C. J. Sansom

C.J. Sansom est né en Angleterre en 1952 et vit dans le Sussex.

Passionné par la littérature et diplômé d'histoire, il quitte sa profession d'avocat en 2000 pour se consacrer pleinement à l'écriture. S'appuyant sur des recherches approfondies, il écrit *Dissolution* (Belfond, 2003), projet qui lui tient à cœur depuis de nombreuses années et pour lequel il fut finaliste du prix Ellis Peters du roman historique décerné par la prestigieuse Crime Writer's Association.

Les larmes du diable, son deuxième roman, a paru en février 2005 aux Éditions Belfond.

LES LARMES DU DIABLE

C. J. SANSOM

LES LARMES
DU DIABLE

*Traduit de l'anglais
par Françoise du Sorbier*

BELFOND

Titre original :
DARK FIRE

© C.J. Sansom 2004. Tous droits réservés.
© Belfond 2005 pour la traduction française.
ISBN 978-2-266-15820-6

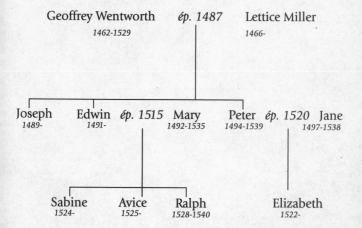

La famille Wentworth, de Walbrook, Londres

Geoffrey Wentworth *ép. 1487* Lettice Miller
1462-1529   1466-

Joseph   Edwin *ép. 1515* Mary   Peter *ép. 1520* Jane
1489-   1491-   1492-1535   1494-1539   1497-1538

Sabine   Avice   Ralph   Elizabeth
1524-   1525-   1528-1540   1522-

1

J'AVAIS QUITTÉ DE BONNE HEURE MA MAISON de Chancery Lane pour me rendre à l'hôtel de ville où, mandaté par le Conseil de la Cité, je devais discuter d'un procès. Si l'affaire beaucoup plus sérieuse qui m'attendait à mon retour me tracassait, je pris néanmoins plaisir à sentir l'air tiède et doux du petit matin en descendant l'artère silencieuse de Fleet Street. Je ne portais qu'un léger pourpoint sous ma robe noire d'avocat, le soleil brillant déjà comme une boule incandescente dans le ciel limpide de cette fin du mois de mai. Monté sur mon vieux cheval Chancery, qui allait au pas, je regardais les feuilles des arbres en repensant à mon désir de fuir les foules turbulentes de Londres. D'ici deux ans, j'aurais quarante ans, l'âge où commence la vieillesse ; si les affaires marchaient bien, je pourrais me retirer. Je traversai le pont sur la Fleet, avec ses statues des anciens rois Gog et Magog et, à l'approche du mur d'enceinte de la Cité qui se

9

dressait au-delà, me préparai à affronter la puanteur et le vacarme de Londres.

À l'hôtel de ville, je rencontrai le maire, Hollyes, et l'huissier du Conseil de la Cité. Lequel conseil avait déposé une plainte devant l'assise [1] des nuisances, contre l'un de ces rapaces qui rachetaient les monastères abandonnés depuis la Dissolution. En ce printemps 1540, le dernier d'entre eux venait d'être vendu. Le spéculateur en question était à ma grande honte un confrère de Lincoln's Inn, un coquin avide et hypocrite du nom de Bealknap. Il avait mis la main sur un petit couvent de Londres et, au lieu de détruire l'église, y avait aménagé quantité de logements infâmes qu'il exploitait comme maisons de rapport. Il avait fait creuser une fosse d'aisances commune pour ses locataires, mais, le travail ayant été bâclé, les occupants des maisons avoisinantes, propriété de la Cité, se trouvaient fort incommodés par d'immondes infiltrations dans leurs caves.

La cour avait ordonné à Bealknap de prendre les dispositions nécessaires, mais le drôle avait déposé une plainte en révision auprès de la cour du banc du roi [2], sous prétexte que la charte originale du couvent l'excluait de la juridiction de la Cité et qu'il n'était

---

1. En Angleterre, le mot désigne une cour où les magistrats (assis) jugent aussi bien des cas civils que des affaires relevant du pénal. L'assise des nuisances jugeait les différends de voisinage. *(Toutes les notes sont de la traductrice.)*
2. Il y avait alors différentes cours de justice : les cours royales, appliquant la *Common Law* (le droit civil et coutumier) : cour du banc du roi, cour des plaids communs ; et des tribunaux ecclésiastiques appliquant le droit canon, comme les cours des évêques, entre autres.

donc pas tenu de faire quoi que ce soit. L'affaire devait être entendue devant le juge la semaine suivante. J'informai le maire que les chances de Bealknap étaient minces, précisant qu'il s'agissait d'un de ces fieffés coquins comme en rencontrent parfois les avocats, qui prennent un plaisir pervers à engager du temps et de l'argent dans des procès incertains plutôt que d'admettre leur échec et de faire réparation comme des gens civilisés.

J'avais prévu de rentrer par où j'étais venu, par Cheapside, mais, en arrivant au carrefour de Lad Lane, je trouvai Wood Street obstruée par une charrette renversée, qui transportait une cargaison de plomb et de tuiles provenant de la démolition du couvent de St Bartholomew. Un tas de tuiles moussues s'était répandu sur toute la rue. L'attelage de la grande charrette se composait de deux puissants chevaux de trait, dont l'un avait été détaché par le conducteur ; l'autre, couché sur le flanc entre les brancards, lançait des ruades à l'aveuglette, fracassant des tuiles de ses énormes sabots, soulevant d'impressionnants nuages de poussière. Il hennissait, terrifié et roulait des yeux fous en direction de l'attroupement qui se formait. J'entendis quelqu'un dire que d'autres charrettes étaient bloquées presque jusqu'à Cripplegate.

Ce n'était pas la première fois que j'assistais à semblable scène dans la Cité ces derniers temps. Partout on entendait le bruit des pierres qui s'écroulaient à mesure qu'étaient détruits les vieux bâtiments : tant de lieux s'étaient vidés que, même dans la ville surpeuplée, les courtisans et autres spoliateurs entre les mains desquels ils étaient tombés ne savaient qu'en faire.

Je tournai bride afin de m'engager dans le dédale de ruelles menant à Cheapside, qui, à certains endroits, étaient à peine assez larges pour qu'un cheval et son cavalier puissent passer sous les encorbellements. Malgré l'heure encore matinale, les ateliers étaient ouverts. Une foule dense et pressée d'ouvriers, de marchands ambulants, de porteurs d'eau courbés sous le poids de leurs lourds paniers coniques ralentissait mon avance. Il n'avait guère plu pendant le dernier mois, et les affaires de ces derniers allaient bon train car les tonneaux étaient vides. Je repensai à mon rendez-vous : je le redoutais, et j'allais y arriver en retard.

La chaleur faisait monter du cloaque au milieu de chaque ruelle une puanteur qui prenait à la gorge. Lorsqu'un cochon, le groin souillé d'immondices, traversa juste devant Chancery, le faisant broncher, je lâchai un juron bien senti. Deux apprentis en pourpoint bleu, qui rentraient, l'œil bouffi, de quelque fête nocturne, se retournèrent en m'entendant ; l'un d'eux, un jeune gaillard trapu aux traits grossiers, m'adressa un sourire méprisant. Je serrai les lèvres et éperonnai Chancery. Je m'imaginai tel qu'ils devaient me voir : un avocat bossu à la mine de papier mâché, en robe et toque noires, un plumier et une dague à la taille en lieu et place d'une épée.

C'est avec soulagement que j'arrivai sur la large artère pavée de Cheapside, où des foules se pressaient autour des éventaires du marché. Sous les auvents aux couleurs vives, les colporteurs criaient : « Tout nouveau, tout beau, j'ai ce qu'il vous faut ! », ou discutaient avec des ménagères en coiffe blanche. Çà et là, une riche dame se promenait entre les étals avec ses serviteurs armés, le visage caché par un masque en tissu pour protéger du soleil son teint blanc.

En contournant la masse imposante de St Paul, j'entendis un vendeur de pamphlets crier à tue-tête. Une pile de feuillets sous le bras, le gamin, un maigrichon vêtu d'un pourpoint taché, hurlait à la cantonade : « L'infanticide de Walbrook emprisonnée à Newgate ! » Je me penchai pour lui donner une piécette. Il se lécha le doigt, détacha un exemplaire de la liasse et me le tendit, puis continua à glapir : « Le crime le plus abominable de l'année ! »

Je pris le temps de lire le texte à l'ombre de la cathédrale, dont les abords étaient comme d'habitude encombrés de mendiants, adultes et enfants, appuyés contre les murs, maigres et en haillons, exposant leurs plaies et difformités dans l'espoir de récolter quelque aumône. Je détournai les yeux pour ne pas croiser de regard suppliant et les reposai sur le libelle : sous une gravure grossière représentant un visage de femme — cela aurait pu être n'importe qui car la gravure n'était qu'une ébauche de visage couronnée de cheveux en désordre —, je lus :

Crime horrible à Walbrook
Un enfant assassiné par sa cousine jalouse

*Le seize mai dernier au soir, jour du sabbat, dans la demeure de sir Edwin Wentworth, habitant Walbrook et membre de la guilde des merciers, son fils unique, un **garçon de douze ans**, a été découvert au fond du puits du jardin,*

13

la **nuque brisée**. *Les filles de sir Edwin, âgées de quinze et seize ans, ont raconté comment leur cousine,* **Elizabeth Wentworth**, *une* **orpheline** *que sir Edwin avait recueillie par charité à la mort de son père, avait attaqué le petit garçon avant de le pousser dans le puits. Elle est emprisonnée à* **Newgate** *où elle comparaîtra devant les juges le* **vingt-neuf mai** *prochain. Elle refuse de parler et subira sans doute le* **supplice de la presse**. *Si elle plaide et est déclarée coupable, elle sera pendue à* **Tyburn** *le prochain* **jour d'exécutions**.

Le texte, grossièrement imprimé sur du mauvais papier, me laissa des marques d'encre sur les doigts quand je le mis dans ma poche. Je tournai dans Paternoster Row. L'affaire, désormais livrée au public, offrait des sensations fortes contre un demi-penny. Innocente ou coupable, comment cette fille obtiendrait-elle à présent un procès équitable ? Le développement de l'imprimerie nous avait apporté la Bible anglaise, qui, sur ordre du roi l'an dernier, se trouvait désormais dans chaque église ; mais il avait aussi entraîné l'apparition de ce genre de publication qui engraissait les imprimeurs des bas quartiers et donnait du travail au bourreau. Comme nous l'ont appris les Anciens, il n'existe rien sous le soleil qui ne soit susceptible de corruption, même la chose la plus belle.

Le soleil était presque à son zénith lorsque j'attachai Chancery devant ma porte. Le ruban de ma toque laissa une marque humide sous mon menton quand je le dénouai. Joan, ma femme de charge, ouvrit la porte en me voyant descendre. Son visage rond paraissait inquiet.

« Il est là, chuchota-t-elle en jetant un regard derrière elle. L'oncle de cette fille…

— Je sais. » Joseph avait dû traverser Londres à cheval, et peut-être avait-il lu lui aussi le récit du crime crié dans les rues. « Il vous semble de quelle humeur ?

— Fort sombre, monsieur. Il est dans le salon. Je lui ai donné un verre de petite bière.

— Vous avez bien fait. » Je tendis les rênes à Simon, le garçon que Joan avait engagé depuis peu pour l'aider dans la maison, et qui était arrivé en courant. Un gamin aux cheveux filasse, épais comme une allumette. Chancery, qui n'était pas encore habitué à lui, se mit à piaffer sur le gravier et faillit marcher sur l'un des pieds nus du gamin. Simon lui parla d'une voix rassurante, puis me fit un salut rapide avant de conduire le cheval à l'écurie.

« Il faut qu'il mette des chaussures, ce garçon », dis-je.

Joan secoua la tête : « Il ne les portera pas, monsieur. Il prétend que ça lui fait mal aux pieds. Je lui ai pourtant répété que, dans la maison d'un gentleman, on allait chaussé.

— Dites-lui qu'il aura six pence s'il les met pendant une semaine, lançai-je. Et maintenant, il faut que je voie Joseph. »

Joseph Wentworth avait une cinquantaine d'années, une silhouette assez massive, des joues rouges et un air emprunté. Son pourpoint du dimanche en simple laine brune, trop épais pour la chaleur du moment, le faisait transpirer. Il ressemblait à ce qu'il était : un fermier laborieux, propriétaire de terres peu fertiles dans l'Essex. Alors que ses deux frères cadets étaient venus chercher fortune à Londres, lui était resté à la ferme. Il avait été mon client deux ans plus tôt : je l'avais défendu contre un gros propriétaire terrien qui voulait transformer sa ferme en pâturage à moutons. J'aimais bien Joseph, et sa lettre, reçue quelques jours auparavant, m'avait serré le cœur. J'avais été tenté de répondre honnêtement que je doutais de pouvoir l'aider, mais il m'avait semblé totalement désemparé.

À ma vue, son visage s'éclaira et il s'approcha pour me serrer la main avec empressement. « Messire Shardlake ! Bonjour, bonjour ! Avez-vous reçu ma lettre ?

— Oui. Vous logez à Londres ?

— Je me suis installé dans une auberge à côté de Queenhithe. Mon frère m'a interdit sa maison pour avoir pris la défense de notre nièce. » Une lueur désespérée brillait dans ses yeux noisette. « Il faut m'aider, messire, il faut aider Elizabeth. »

Mieux valait aller droit au but. Je sortis la feuille de ma poche et la lui tendis.

« Avez-vous lu cela, Joseph ?

— Oui, répondit-il en passant la main dans ses cheveux noirs et bouclés. Ont-ils le droit de raconter ces choses-là ? N'est-elle pas innocente tant que sa culpabilité n'est pas prouvée ?

— En théorie, oui. Mais en pratique, il en va tout autrement. »

Il prit dans sa poche un mouchoir délicatement brodé pour s'essuyer le front. « Je suis allé voir Elizabeth à Newgate ce matin, dit-il. Seigneur, quel endroit abominable ! Pourtant, elle garde obstinément le silence. » Il passa la main sur ses joues mal rasées. « Pourquoi refuse-t-elle de parler ? Pourquoi ? C'est sa seule chance de salut. » Il me regarda d'un œil implorant, comme si je connaissais la réponse. Je lui fis signe de s'asseoir.

« Allons, Joseph, reprenons tout depuis le début. Je ne sais que ce que vous m'avez dit dans votre lettre, qui ne m'en a guère appris plus que cet infâme pamphlet.

— Pardon, je n'ai pas grand talent pour écrire, déclara-t-il, l'air navré.

— L'un de vos deux frères est le père du garçon assassiné, n'est-ce pas ? Et l'autre était le père d'Elizabeth ? »

Il hocha la tête, luttant manifestement pour maîtriser son émotion.

« Mon frère Peter était le père d'Elizabeth. Il est parti pour Londres tout jeune et a loué ses services comme apprenti chez un teinturier. Il a gagné sa vie convenablement, mais depuis l'embargo de la France, le commerce a décliné de façon régulière ces dernières années. »

Je hochai la tête à mon tour. Depuis notre rupture avec Rome, les Français avaient interdit l'exportation de l'alun, qui était indispensable aux teinturiers, vers l'Angleterre. On disait que même le roi portait à présent des chausses noires.

« La femme de Peter est morte il y a deux ans, poursuivit Joseph. Quand un flux de sang a emporté Peter à l'automne passé, il restait à peine de quoi payer l'enterrement, et plus rien pour Elizabeth.

— Elle était fille unique ?

17

— Oui. Elle voulait venir vivre chez moi, mais j'ai pensé qu'elle serait mieux chez Edwin. C'est que, moi, je ne me suis jamais marié. Tandis que lui, il a de l'argent et un titre de chevalier. » Une note d'amertume perça dans sa voix.

« C'est lui le mercier dont parle le libelle ? »

Joseph opina. « Edwin s'y entend en affaires. Quand il a suivi Peter à Londres, tout jeune, il a tout de suite travaillé dans l'industrie du drap. Il savait où il y avait les meilleurs profits à faire. Aujourd'hui, il possède une belle maison à Walbrook. En toute justice, je dois reconnaître que c'est lui qui a proposé de recueillir Elizabeth. Il avait déjà pris notre mère chez lui. Elle a quitté la ferme il y a dix ans lorsqu'elle a perdu la vue des suites de la petite vérole. Edwin a toujours été son fils préféré. » Il leva les yeux avec un sourire mi-figue, mi-raisin. « C'est notre mère qui tient la maison depuis la mort de la femme d'Edwin il y a cinq ans. Et, bien qu'elle ait soixante-quatorze ans et n'y voie plus, elle régente tout d'une main de fer. » Je vis qu'il tordait son mouchoir, dont la broderie commençait à se déchirer.

« Edwin est donc veuf ?

— Oui. Avec trois enfants : Sabine, Avice et... et Ralph.

— Le libelle dit que les filles sont adolescentes, plus âgées que le garçon.

— En effet, opina Joseph. Jolies, blondes avec le teint délicat de leur mère. Elles ne parlent que de beaux habits et des jeunes gens qu'on rencontre aux bals des merciers. Bref, d'aimables bavardages de filles. Du moins jusqu'à la semaine dernière.

— Et le garçon, Ralph ? Comment était-il ? »

Joseph se remit à tordre son mouchoir. « Son père tenait à lui comme à la prunelle de ses yeux. Edwin avait toujours voulu un fils qui pourrait prendre sa succession. Sa femme, Mary, a eu trois garçons avant Sabine, mais ils sont tous morts en bas âge. Puis elle a eu deux filles et enfin, un garçon qui a survécu. Le pauvre Edwin est accablé de chagrin. Peut-être a-t-il trop aimé son fils pour bien le châtier... » Il s'interrompit.

« Pourquoi dites-vous cela ?

— Ralph était un petit diable, il faut bien le reconnaître. Toujours prêt à jouer des tours. Sa pauvre mère n'arrivait pas à le faire obéir. » Joseph se mordit la lèvre. « Pourtant, il avait un rire désarmant. Je lui avais acheté un jeu d'échecs l'année dernière et il adorait cela. Il a eu vite fait d'apprendre et de me battre. » À la tristesse de son sourire, je devinai toute la solitude qu'entraînerait pour Joseph une brouille avec sa famille. Il n'avait pas agi ainsi de gaieté de cœur.

« Comment avez-vous appris la mort de Ralph ? demandai-je.

— Edwin m'a envoyé une lettre par porteur spécial le lendemain du jour où c'est arrivé. Il me demandait de venir à Londres et d'assister à l'enquête. Il devait reconnaître le corps de Ralph et ne pouvait supporter l'idée d'affronter seul cette épreuve.

— Vous êtes donc venu à Londres il y a une semaine, c'est cela ?

— Oui. J'ai identifié le corps officiellement avec lui. C'était horrible. Voir le pauvre Ralph étendu sur cette table crasseuse, le visage tout blanc, avec son petit pourpoint. Le malheureux Edwin a éclaté en sanglots, lui que je n'avais jamais vu pleurer jusque-là.

19

Il a sangloté sur mon épaule en répétant : "Mon petit garçon, mon petit garçon. La méchante sorcière."

— En parlant d'Elizabeth ? »

Joseph hocha la tête. « Après quoi, nous sommes allés au tribunal pour entendre les témoignages devant le coroner. L'audience n'a pas été longue. J'ai été stupéfié par sa rapidité. »

Je hochai la tête. « Je sais que Greenaway a tendance à expédier un peu les procédures. Qui a témoigné ?

— Sabine et Avice d'abord. Cela m'a surpris de les voir sur le banc des prévenus ensemble, si calmes. Je crois que les pauvres petites étaient mortes de peur. Elles ont dit que l'après-midi du drame, elles faisaient toutes deux de la tapisserie dans la maison. Elizabeth était allée s'asseoir dans le jardin pour lire sous un arbre à côté du puits. Elles l'apercevaient de la fenêtre du salon. Elles ont vu Ralph traverser le jardin et lui parler. Puis elles ont entendu un grand cri et un affreux bruit sourd. Elles ont levé le nez de leur ouvrage et ont constaté que Ralph n'était plus là.

— Plus là ?

— Il avait disparu. Elles se sont précipitées dans le jardin. Elizabeth était debout à côté du puits, l'air en colère. Elles ont hésité à l'approcher, mais Sabine lui a tout de même demandé ce qui s'était passé. Elizabeth n'a pas voulu répondre et elle n'a pas ouvert la bouche depuis. Sabine a dit qu'elles avaient regardé dans le puits, mais, comme il est profond, elles n'ont rien pu voir.

— Il est toujours en service ?

— Non. Depuis plusieurs années, l'eau de source est polluée par les égouts à Walbrook. Peu après avoir acheté la maison, Edwin a eu recours aux services d'un fondeur pour fabriquer une canalisation apportant l'eau de la conduite jusque chez lui. C'était l'année où le roi a épousé Nan Bullen[1].

— Cela a dû coûter cher.

— Edwin est riche. Mais on aurait dû boucher ce puits. » Il secoua de nouveau la tête. « On aurait dû le boucher, oui. »

J'eus la vision soudaine d'une chute dans le noir, d'un cri qui se réverbérait contre les parois de brique humide. Malgré la chaleur du jour, je frissonnai.

« D'après les filles, que s'est-il passé ensuite ?

— Avice a couru chercher Needler, le major-dome, qui a pris une corde et est descendu. Ralph était au fond, la nuque brisée ; son pauvre petit corps était encore chaud. Needler l'a remonté.

— Il a témoigné à l'enquête ?

— Oui, bien sûr. » Joseph fronça les sourcils. Je l'étudiai avec attention.

« Vous ne l'aimez pas ?

— C'est un impertinent. Il me regardait avec dédain quand je venais de ma ferme voir ma famille à Londres.

— Donc, d'après leur témoignage, aucune des deux filles n'a vu ce qui s'était passé ?

— Non. Elles n'ont levé les yeux qu'en entendant crier. Elizabeth allait souvent s'installer seule dans le jardin. Ses… enfin, ses relations avec le reste de la famille étaient… difficiles. Elle semblait éprouver une aversion particulière pour Ralph.

1. Anne Boleyn.

21

— Je vois. » J'ai regardé Joseph bien en face. « Pouvez-vous me décrire Elizabeth ? »

Il s'est adossé à sa chaise en posant son mouchoir chiffonné sur ses genoux. « Elle ressemblait à Ralph par certains côtés. Tous deux avaient les yeux et les cheveux bruns de notre côté de la famille. Comme lui, elle avait tendance à n'en faire qu'à sa tête. Ses pauvres parents l'avaient gâtée, car elle était fille unique. Il lui arrivait d'être insolente ou de donner ses opinions d'une façon trop péremptoire pour une jeune fille. Ses goûts la portaient plutôt vers les livres et le savoir que vers les choses proprement féminines. Pourtant, elle jouait bien de l'épinette, et aimait broder. Vous savez, monsieur, elle est jeune, très jeune. Et elle a un cœur d'or : elle ramenait toujours des chats et des chiens errants.

« Mais, elle a changé après la mort de sa mère d'abord, de son père ensuite. Elle s'est repliée sur elle-même, messire. Ce n'était plus la fille bavarde et spontanée que j'avais connue. Je me souviens qu'après l'enterrement de Peter, quand je lui ai dit que, dans son intérêt, il vaudrait mieux qu'elle aille chez Edwin plutôt que de revenir à la campagne avec moi, elle m'a lancé un regard furieux, puis elle s'est détournée sans un mot. »

Des larmes montèrent aux yeux de Joseph à l'évocation de ce souvenir. Il cligna des paupières pour les refouler.

« Et les choses se sont gâtées quand elle s'est installée chez sir Edwin ?

— Oui. Je suis allé lui rendre visite plusieurs fois. Elle me faisait faire du souci. Chaque fois, Edwin et ma mère se plaignaient de ce qu'elle devenait de plus en plus difficile, impossible même.

— Comment cela ?

— Elle refusait de parler aux autres membres de la famille, restait dans sa chambre, n'assistait pas aux repas. Elle ne s'occupait même pas convenablement de ses vêtements. Si quelqu'un lui faisait des remontrances, elle ne répondait pas, ou elle se mettait dans une rage folle, et criait à tout le monde de la laisser en paix.

— Ainsi, elle ne s'entendait avec aucun de ses trois cousins ?

— Je crois que Sabine et Avice ne savaient pas comment s'y prendre avec elle. Elles ont dit au coroner qu'elles avaient essayé de lui proposer des distractions féminines, mais qu'Elizabeth les avait repoussées sans ménagement. Avec ses dix-huit ans, elle était un peu plus âgée, mais, entre filles, elles auraient dû bien s'entendre. De plus, les enfants d'Edwin évoluaient dans une société plus élégante, et Elizabeth avait beaucoup à apprendre d'eux. » Il se mordit à nouveau la lèvre. « J'avais espéré qu'elle aurait une vie plus aisée. Or voyez où cela a mené.

— Pourquoi pensez-vous qu'elle détestait Ralph à ce point ?

— C'est justement ce qui m'a paru le plus incompréhensible. Ma mère et Edwin m'ont dit que ces temps derniers, quand Ralph s'approchait d'elle, elle lui lançait des regards si chargés de haine que c'en était effrayant. J'ai pu le constater moi-même un soir en février. Je dînais avec la famille, au grand complet. L'atmosphère était contrainte. On avait servi du bœuf. Mon frère l'aime très saignant, ce qui, je crois, n'était

23

pas du goût d'Elizabeth. Elle mangeait du bout des lèvres. Ma mère l'a réprimandée, mais elle n'a pas répondu. Puis Ralph lui a demandé très poliment si elle avait plaisir à manger sa bonne viande saignante. Elle est devenue toute pâle, a posé son couteau et lui a jeté un regard si noir que je me suis demandé…

— Quoi donc ?

— … si elle n'avait pas l'esprit un peu dérangé, souffla-t-il.

— À votre connaissance, Elizabeth avait-elle des raisons de détester cette famille ?

— Non. Edwin ne comprend pas. Il est dérouté depuis l'arrivée d'Elizabeth chez eux. »

Que s'était-il donc passé chez sir Edwin ? Bien qu'il eût l'air tout à fait franc, Joseph taisait-il certains faits, comme cela arrive fréquemment dans les familles ? Il poursuivit : « Après avoir trouvé le corps de Ralph, David Needler a enfermé Elizabeth dans sa chambre et envoyé un message à Edwin à la halle des merciers. Mon frère est revenu à cheval chez lui, mais, devant le silence obstiné d'Elizabeth, il a appelé le commissaire de quartier. Que pouvait-il faire d'autre ? expliqua Joseph en écartant les mains. Il craignait pour la sécurité de ses filles et de notre vieille mère.

— Et lors de l'enquête ? Elizabeth n'a rien dit ? Rien du tout ?

— Non. Le coroner l'a informée que c'était le moment ou jamais de se défendre, mais elle est restée assise à le fixer avec des yeux vides et froids. Cela l'a irrité, et le jury aussi, dit Joseph en soupirant. Le jury a conclu que Ralph avait été tué par Elizabeth Wentworth et le coroner l'a fait conduire à Newgate en attendant son procès pour meurtre aux assises. Il a ordonné que, pour outrage au tribunal, elle soit enfermée dans la basse-fosse réservée aux condamnés. Et alors…

— Oui ?

— Alors Elizabeth s'est retournée vers moi. Juste une seconde. Il y avait une telle détresse dans ses yeux, messire… Pas de la colère, juste de la détresse. » Joseph se mordit à nouveau les lèvres. « Jadis, quand elle était petite, elle venait souvent chez moi. Mes deux frères me considéraient un peu comme un rustaud, mais Elizabeth, elle, adorait la ferme. Dès qu'elle arrivait, elle se précipitait pour voir les animaux. » Il sourit tristement. « Enfant, elle voulait toujours jouer avec les moutons et les cochons comme avec des animaux domestiques, et elle pleurait quand ils ne se laissaient pas faire. » Il lissa le mouchoir chiffonné et déchiré. « Elle m'en a brodé une série, vous savez, il y a deux ans. J'en ai fait du joli ! Et voilà, maintenant que je vais la voir dans cette abominable prison, elle reste couchée là, dans la crasse, comme si elle n'avait plus rien à attendre que la mort. Je la prie, je la conjure de parler, et elle, elle me regarde sans me voir, comme si je n'étais pas là. Et elle comparaît samedi, dans cinq jours seulement. » Sa voix s'éteignit et il chuchota : « Je me demande parfois si elle n'est pas possédée.

— Allons Joseph, sortez-vous ces idées de la tête. »

Il me lança un regard implorant. « Pouvez-vous l'aider, messire Shardlake, pouvez-vous la sauver ? Vous êtes mon dernier espoir. »

Je gardai le silence un moment et choisis mes mots avec soin : « Les preuves contre elles sont sérieuses. Elles suffiraient à satisfaire un jury, à moins qu'elle n'ait quelque chose à dire pour sa défense. » Je m'interrompis, puis demandai : « Vous êtes sûr qu'elle n'est pas coupable ?

— Oui », répondit-il aussitôt. Il se frappa la poitrine du poing. « Je le sens là. Elle a toujours eu du cœur, messire, du cœur. Dans la famille, elle est la seule à m'avoir témoigné une véritable affection. Même si elle a l'esprit dérangé, et c'est ma foi possible, je ne peux croire qu'elle ait tué son cousin.

— Quand elle comparaîtra devant le juge, on lui demandera si elle plaide coupable ou non coupable. Si elle refuse de se prononcer, la loi interdit qu'elle soit jugée par un jury. Mais l'issue sera bien pire. »

Joseph hocha la tête. « Je sais.

— Elle subira la peine forte et dure : on l'emmènera dans une cellule de Newgate où elle sera étendue, enchaînée, sur une grande pierre, et on placera sur elle une planche où l'on posera des poids.

— Si seulement elle acceptait de parler », gémit Joseph, se prenant la tête dans les mains. Mais je poursuivis, car il fallait qu'il sache ce qu'elle risquait.

« On lui autorisera de faibles rations d'eau et de nourriture. Chaque jour des poids seront ajoutés, jusqu'à ce qu'elle parle ou meure par suffocation. Quand les poids seront trop lourds, ses vertèbres se briseront sous la pression. » Je m'interrompis un instant. « Certaines âmes courageuses refusent de plaider et se laissent supplicier à mort parce que, si on ne peut prouver leur culpabilité, leurs biens ne seront pas confisqués par l'État. Elizabeth a-t-elle du bien ?

— Elle ne possède rien.

— Peut-être a-t-elle commis cette action horrible, Joseph, dans un moment de folie et peut-être se

26

sent-elle si coupable qu'elle veut mourir. Vous avez songé à cela ? »

Il secoua la tête : « Non. Je ne peux pas y croire. Vraiment pas.

— Vous savez que les accusés pour meurtre n'ont pas le droit à un avocat au procès ? »

Il hocha la tête, la mine sombre.

« D'après la loi, les preuves nécessaires pour convaincre dans un procès pour meurtre doivent être si nettes que la présence d'un avocat est inutile. Ce qui est stupide. Les affaires défilent rapidement et, souvent, les jurés tranchent parce qu'ils ajoutent foi à la parole d'un homme plutôt qu'à celle d'un autre, voilà tout. Souvent, ils décident en faveur de l'accusé, parce que la plupart des jurés n'aiment pas envoyer les gens à la potence, mais dans le cas présent — je regardai la méchante feuille sur la table —, il s'agit du meurtre d'un enfant, et leurs sympathies iront de l'autre côté. Le seul espoir d'Elizabeth est d'accepter de plaider et de me raconter son histoire. Si elle avait agi dans un moment de folie, je pourrais essayer de plaider la démence, et la sauver. Elle irait à Bedlam, mais nous pourrions essayer de demander la grâce du roi. » Cela coûterait plus d'argent que n'en avait Joseph. Lequel me lança un regard où, pour la première fois, je vis une lueur d'espoir. Je me rendis compte que sans réfléchir, j'avais dit : « Je pourrais essayer de plaider. » Je m'étais engagé.

« Mais si elle refuse de parler, personne ne pourra la sauver », continuai-je.

Il se pencha pour saisir mes mains entre ses paumes moites. « Oh, merci, messire Shardlake, merci. Je savais que vous la sauveriez...

« — Je n'en suis pas sûr du tout, rétorquai-je vivement, avant de reprendre d'un ton plus doux : J'essaierai.

— Je paierai, messire. Je ne suis pas riche, mais je paierai.

— Il faudrait que j'aille à Newgate pour la voir. Il reste cinq jours et j'ai besoin de la rencontrer au plus tôt. Mais j'ai à faire à Lincoln's Inn, et cela me prendra tout l'après-midi. Je peux vous retrouver à la taverne The Pope's Head, demain matin. À neuf heures ?

— Parfait. » Il se leva, remit le mouchoir dans sa poche et me saisit la main. « Vous êtes un homme bon, messire, un homme pieux. »

Un homme sans volonté, plutôt, pensai-je. Mais je fus touché du compliment. Joseph et les siens étaient tous de farouches partisans de la Réforme, comme je l'avais été moi-même, et ils ne parlaient pas à la légère. « Ma mère et mon frère la croient coupable. Ils étaient furieux quand j'ai annoncé mon intention de l'aider. Mais je dois découvrir la vérité. Lors de l'enquête, un détail curieux nous a troublés, Edwin et moi...

— Qu'est-ce que c'était ?

— Nous avons vu le corps du pauvre Ralph deux jours après sa mort. Il faisait chaud, certes, mais, en attendant que le coroner examine les corps, on les place dans une cave souterraine où ils sont au frais. Or, bien que Ralph fût habillé, son corps dégageait une puanteur épouvantable, comme une tête de génisse qu'on aurait laissée en plein air l'été aux abattoirs. J'en ai eu la nausée, et le coroner aussi. Quant à Edwin, j'ai cru qu'il allait s'évanouir. Je me demande

28

comment cela peut s'expliquer, messire. Qu'est-ce que cela signifie ? »

Je secouai la tête : « Mon ami, nous ignorons le sens de la moitié des choses en ce monde. Parfois, elles n'en ont aucun.

— Mais Dieu veut que nous découvrions le sens des choses. Il nous donne des indices. Et puis, messire, si cette affaire n'est pas résolue et qu'Elizabeth meure, le véritable assassin, quel qu'il soit, courra toujours. Et en ce moment, il circule librement. »

2

L E LENDEMAIN MATIN, JE RETOURNAI DE BONNE HEURE
dans la Cité. Il faisait encore chaud et le soleil qui
se réverbérait sur les vitres en losange des maisons de
Cheapside m'éblouissait.

Au pilori dressé près du Standard[1] était exposé un
homme d'un certain âge, debout, un chapeau de papier
sur la tête et une miche de pain pendue au cou. Un écri-
teau annonçait que c'était un boulanger qui trichait sur le
poids du pain. Il y avait sur sa robe quelques éclaboussures de fruits pourris, mais les passants lui prêtaient
peu attention. L'humiliation était sans doute l'aspect le
plus douloureux du châtiment, me dis-je, regardant
l'endroit où il était placé, avant de voir son visage se
crisper de douleur lorsqu'il changea de position. Il avait
le cou pendant, la tête et les bras immobilisés par des
liens dans les entailles du bois, ce qui devait être fort

1. Borne au cœur de la Cité, à partir de laquelle on mesurait les
distances.

pénible pour un homme de son âge. Je frémis en imaginant combien mon dos m'aurait fait souffrir si je m'étais trouvé en pareille posture. Pourtant, grâce à Guy, j'avais beaucoup moins mal ces derniers temps.

La boutique de Guy faisait partie d'une rangée de semblables officines dans une étroite allée juste au-delà de la Vieille Barge. La Barge était une vaste bâtisse ancienne, jadis imposante, mais aujourd'hui divisée en logements bon marché. De nombreuses corneilles nichaient sous les créneaux menaçant ruine, tandis que les murs de brique étaient envahis par le lierre. Je tournai dans l'allée, heureux d'y trouver de l'ombre.

Au moment où je m'arrêtai devant la boutique de Guy, j'eus la désagréable impression d'être épié. La ruelle était calme et la plupart des échoppes encore fermées. Je descendis lentement de cheval et attachai Chancery à la grille, m'efforçant de prendre un air nonchalant, l'oreille aux aguets. Puis je me retournai prestement et scrutai la ruelle.

Je perçus un mouvement à l'un des derniers étages de la Barge, mais ne distinguai qu'une vague silhouette à une fenêtre avant que les volets vermoulus fussent fermés. Saisi d'un sentiment de malaise, je me dirigeai vers la boutique de Guy.

L'enseigne ne portait que son nom, Guy Malton. Dans la vitrine s'alignaient des flacons aux étiquettes bien nettes au lieu des alligators empaillés ou autres monstres qu'affectionnaient la plupart des apothicaires. Je frappai et entrai. Comme d'habitude, la boutique était propre et rangée, les bocaux de simples et d'aromates bien alignés sur les étagères. L'odeur musquée et épicée m'évoqua le cabinet de Guy au monastère de Scarnsea. La longue robe d'apothicaire qu'il portait était d'un vert si foncé que, dans la pénombre, elle paraissait noire et aurait pu passer pour celle d'un moine. Guy était assis à sa table, concentré, les sourcils froncés. Il penchait son mince visage brun sur le bras grièvement brûlé d'un jeune homme trapu et y appliquait un emplâtre préparé dans un bol à côté de lui. Une bouffée de lavande parvint à mes narines. Guy leva les yeux et sourit, découvrant brièvement ses dents blanches.

« Je suis à vous dans une minute, Matthew, dit-il avec son accent légèrement zézayant.

— Pardonnez-moi, je suis en avance.

— Peu importe, j'ai presque fini. »

Je hochai la tête, pris place sur une chaise, et regardai le mur où était fixé un croquis représentant un homme nu au milieu d'une série de cercles concentriques, l'Homme relié à son Créateur par les chaînes de la nature. Cela évoquait pour moi un homme attaché à une cible de tir à l'arc.

Au-dessous se trouvait un schéma des quatre éléments et des quatre types de nature humaine auxquels ils correspondent : la terre pour la nature mélancolique, l'eau pour la flegmatique, l'air pour la sanguine et le feu pour la colérique.

Le jeune homme poussa un soupir et leva les yeux vers Guy.

« Sapristi, monsieur, je me sens déjà soulagé.

— Tant mieux. La lavande possède des propriétés froides et humides ; elle absorbe la chaleur sèche de votre bras. Je vais vous en donner un flacon, et vous en appliquerez sur votre blessure quatre fois par jour. »

Son interlocuteur le regarda avec curiosité. « Jamais je n'ai entendu parler de ce remède. Il est utilisé dans le pays d'où vous venez, monsieur ? Peut-être que là-bas, tout le monde est cuit par le soleil ?

— Oh, certes, messire Pettit, répondit Guy avec le plus grand sérieux. Si nous ne nous enduisions pas de lavande, nous serions tous brûlés et desséchés. D'ailleurs, nous en couvrons aussi les palmiers. » Son patient lui jeta un regard perplexe, se demandant si on ne se moquait pas de lui. Il avait de grandes mains carrées couturées de cicatrices pâles. Guy se leva et lui tendit un flacon avec le sourire. « Quatre fois par jour, n'oubliez pas, dit-il en agitant l'index. Et appliquez-en aussi sur la blessure à la jambe que vous a faite cet imbécile de médecin.

— Oui, monsieur. » Le jeune homme se leva. « Je sens la brûlure qui s'apaise déjà, alors que depuis une semaine le seul contact de ma chemise me faisait souffrir le martyre. Merci. » Il prit l'escarcelle pendue à sa ceinture et donna à l'apothicaire une pièce d'argent de quatre pence. Lorsqu'il sortit, Guy se mit à rire discrètement.

« Au début, quand les gens faisaient ce genre de remarque, je les corrigeais, je leur disais qu'il neige parfois à Grenade, ce qui est vrai. Maintenant, j'opine à tout ce qu'ils disent. Ils ne savent jamais si je plaisante ou non. Mais ainsi, ils se souviennent de moi ; peut-être parlera-t-il de mes talents à ses amis.

— Il est fondeur ?

— Oui. Messire Pettit vient de finir son apprentissage. C'est un garçon très sérieux. Il s'est renversé du plomb fondu sur le bras. Selon toute vraisemblance, ce vieux remède le soulagera.

— Vous apprenez les règles du commerce. Vous tirez parti de vos différences. »

L'apothicaire Guy Malton, jadis frère Guy de Malton, avait fui l'Espagne enfant avec ses parents maures après la chute de Grenade. Il avait fait ses études de médecine à Louvain. Nous étions devenus amis lors de ma mission à Scarnsea, trois ans auparavant. Pendant cet épisode éprouvant, il m'avait prêté son concours. Quand le monastère avait été dissous, j'avais espéré l'aider à s'installer à Londres, mais le Collège des médecins n'avait pas voulu de lui à cause de son teint basané et de son passé papiste. Néanmoins, en distribuant quelques pots-de-vin, j'avais réussi à le faire accepter par la guilde des apothicaires, et il avait fini par se faire une bonne clientèle.

« Messire Pettit est d'abord allé consulter un médecin, dit Guy en secouant la tête. Lequel lui a posé un drain dans la jambe pour y faire descendre la douleur du bras. Quand la plaie s'est enflammée, il a déclaré que cela prouvait l'efficacité du remède. » Il ôta son bonnet d'apothicaire, découvrant une toison bouclée, jadis noire, à présent grisonnante. Je trouvai surprenant de le voir sans tonsure. Ses yeux bruns et perspicaces se posèrent sur moi.

« Comment vous portez-vous ces temps-ci, Matthew ?

— De mieux en mieux. Je fais mes exercices deux fois par jour, en patient obéissant. Mon dos me gêne peu, sauf lorsque je soulève des poids, comme les gros paquets de documents légaux qui arrivent dans mon bureau de Lincoln's Inn [1].

1. La plus ancienne des *Inns of Court* de Londres, fondée en 1422. Comme les autres, elle était à la fois lieu d'études et d'exercice des avocats et hommes de loi.

« — Vous devriez les faire monter par votre clerc.

— Skelly ? Il y met un désordre invraisemblable. Jamais vous n'avez vu un nigaud pareil. »

Guy sourit. « Eh bien, montrez-moi donc ce dos, si vous voulez bien. » Il se leva, alluma une bougie odorante et ferma les volets pendant que j'ôtais mon pourpoint et ma chemise. Guy était la seule personne à qui je laissais voir mon dos contrefait. Il me fit mettre debout, bouger les épaules et les bras, puis, passant derrière moi, il palpa doucement mes muscles. « Bien, dit-il. Il n'y a guère de raideur. Rhabillez-vous. Continuez vos exercices. Je suis content d'avoir un patient consciencieux.

— Je n'aimerais pas que revienne l'époque où je sentais la douleur s'aggraver chaque jour. »

Il me jeta encore un regard perçant. « Êtes-vous toujours mélancolique ? On le dirait, à voir votre mine.

— C'est ma nature, Guy. Ma tristesse est profondément ancrée en moi. » Je regardai le schéma sur le mur. « Tout dans le monde est une combinaison des quatre éléments. Il y a chez moi un excès de terre, ce qui engendre un déséquilibre permanent. »

Il baissa la tête. « Il n'est rien sous le soleil qui ne soit susceptible de changer.

— Je m'intéresse de moins en moins aux remous de la politique et de la loi, bien qu'ils aient jadis occupé la place centrale dans ma vie. Il en est ainsi depuis Scarnsea.

— Cette période a été abominable. Vous ne regrettez pas de ne plus vous trouver dans la sphère du pouvoir ? » Il hésita. « Auprès de lord Thomas Cromwell, comte d'Essex ?

— Non. J'aspire à une vie tranquille à la campagne, peut-être à côté de la ferme de mon père. Il se pourrait que je recommence alors à peindre.

— Je me demande pourtant si c'est la vie qui vous conviendrait, mon ami. Ne vous ennuieriez-vous pas sans affaires sur lesquelles exercer votre esprit, sans mystères à élucider ?

— Autrefois, peut-être. Mais Londres aujourd'hui… Fanatiques et fourbes s'y font plus nombreux chaque année. Et ma profession en a son lot. »

Il hocha la tête. « Il est vrai qu'en matière de religion les opinions deviennent de plus en plus extrêmes. Je ne souffle mot de mon passé à personne, vous vous en doutez. Comme dit le proverbe, prudence est mère de sûreté, et qui ne veut pas d'ennuis doit éviter de se faire remarquer.

— Je suis las de tout cela. Je me dis souvent que tout ce qui compte, c'est la foi dans le Christ et que tout le reste n'est que vain bavardage.

— Jamais vous n'auriez parlé ainsi autrefois, lança-t-il avec un sourire en coin.

— En effet. Pourtant, parfois, même cette foi essentielle me fuit et je ne crois plus que ceci, à savoir que l'homme est une créature déchue. De cela au moins, je suis sûr, ajoutai-je en sortant de ma poche la feuille froissée que je posai sur la table. Voyez ce qui est écrit ici. L'oncle de cette fille est un de mes clients de longue date, qui me demande mon aide. Sa nièce comparaît en jugement samedi. Si je suis venu si tôt, c'est que je dois le retrouver à Newgate à neuf heures. » Je lui racontai mon entrevue de la veille avec Joseph. C'était une entorse au secret professionnel, mais je savais que Guy ne dirait rien.

« Elle refuse de parler ? demanda-t-il en se caressant pensivement le menton.

— Obstinément. On aurait pu croire que la peur l'aurait poussée à changer d'avis en apprenant qu'elle subirait le supplice de la presse, mais non. J'en arrive à croire qu'elle doit avoir l'esprit dérangé. » Je regardai Guy d'un air sérieux. « Son oncle commence à craindre qu'elle ne soit possédée. »

Il pencha la tête. « Il est facile de crier à la possession. Je me suis souvent demandé si le malheureux que Notre-Seigneur avait exorcisé n'était pas simplement un pauvre fou. »

Je lui jetai un regard de biais : « La Bible est claire sur ce point : il était possédé par le démon.

— Et aujourd'hui, nous devons croire tout ce que dit la Bible, et seulement ce que dit la Bible. Enfin, dans la traduction de messire Coverdale. » Il grimaça un sourire, puis son visage redevint grave et il se mit à arpenter la pièce, faisant bruire les joncs qui recouvraient le sol. « Vous ne pouvez pas la présumer folle, reprit-il. Pas encore. Les gens se taisent pour de multiples raisons. Il se peut qu'ils aient trop honte ou trop peur pour révéler certaines choses. Ou qu'ils souhaitent protéger quelqu'un.

— Ou qu'ils aient cessé de se soucier de ce qui leur arrive.

— Oui. C'est un état d'esprit terrible. Proche du suicide.

— Quelles que soient les raisons de cette fille, il faudra que je la persuade de renoncer à sa conduite si je veux la sauver. Le supplice de la presse est une mort horrible. » Je me levai. « Oh ! Guy, pourquoi me suis-je laissé entraîner là-dedans ? La plupart des

37

avocats ne s'occupent pas d'affaires criminelles, car l'accusé n'a pas le droit d'être représenté. J'ai donné des conseils à une ou deux personnes avant leur procès, mais je n'aime pas cela. Et je déteste l'odeur de mort qui rôde aux assises, car je sais que les charrettes remplies de condamnés iront à Tyburn quelques jours plus tard.

— Mais ces charrettes vont à Tyburn, que vous les voyiez ou non. Si vous pouvez faire en sorte qu'il y ait une place vide dans l'une d'elles…

— Vous avez toujours la foi du moine dans le salut par les bonnes œuvres.

— Ne devrions-nous pas croire aux mérites de la charité ?

— Oui. Si nous en avons l'énergie. On m'attend à Newgate, dis-je en me levant.

— J'ai une potion qui améliore l'humeur mélancolique et réduit la bile noire dans l'estomac du patient.

— Non, Guy, dis-je en levant une main, je vous remercie, mais tant que mon esprit ne sera pas affecté je resterai dans l'état où Dieu m'a mis.

— Comme il vous plaira. » Il tendit une main vers moi. « Je dirai une prière pour vous.

— Devant votre grande croix espagnole ? Vous l'avez toujours dans votre chambre ?

— C'est un souvenir de famille.

— Méfiez-vous du commissaire de quartier ; ce n'est pas parce qu'on emprisonne des évangéliques en ce moment que le gouvernement est plus indulgent avec les catholiques.

— Le constable est un ami. Le mois dernier, il avait bu de l'eau achetée à un porteur d'eau ; une heure plus tard, il est arrivé en titubant dans ma boutique, les mains crispées sur son ventre tant il souffrait.

— Il avait bu de l'eau non bouillie ? Mais tout le monde sait qu'elle est pleine d'humeurs mortelles !

— Il avait très soif, vous vous souvenez de la chaleur qu'il a fait. Il était gravement intoxiqué et je lui ai administré une cuillerée de moutarde pour qu'il vomisse.

— Je croyais que la bière salée était le meilleur émétique.

— La moutarde est plus efficace, elle agit sur-le-champ. Il s'est rétabli, et maintenant il circule dans le quartier, frais comme un gardon, en chantant mes louanges. Et c'est tant mieux, parce qu'en ce moment, avec ces bruits d'invasion, les étrangers sont vus d'un mauvais œil. Il m'arrive de plus en plus souvent de me faire insulter dans la rue. Au reste, quand je vois une bande d'apprentis, j'évite de croiser leur chemin.

— Hélas… Les temps sont difficiles.

— Il circule une rumeur en ville, selon laquelle le roi n'est pas content de son dernier mariage. Cette Anne de Clèves peut tomber, et Cromwell avec elle.

— N'y a-t-il pas toujours de nouvelles rumeurs et de nouvelles peurs ? » Je posai une main sur son épaule. « Ne perdez pas courage. Et venez dîner chez moi la semaine prochaine.

— Volontiers. » Il me reconduisit à la porte et je me retournai sur le seuil : « N'oubliez pas votre prière !

— Ne vous inquiétez pas. »

Je détachai Chancery et repartis dans la ruelle. En passant devant la Vieille Barge, je levai les yeux vers la fenêtre où j'avais vu la silhouette. Les volets étaient toujours fermés. Toutefois, en tournant dans Bucklers-bury Street, j'eus à nouveau la sensation d'être épié. Je tournai vivement la tête. Les rues étaient plus animées à présent, mais j'aperçus un homme en pourpoint cramoisi adossé à un mur, les bras croisés, l'œil fixé sur moi. Il avait moins de trente ans, un visage aux traits marqués, plaisants mais durs, sous une crinière brune en désordre, et un corps de lutteur, aux larges épaules et à la taille mince. Lorsqu'il croisa mon regard, sa large bouche esquissa un sourire narquois. Après quoi il se détourna, se dirigea d'un pas rapide et léger vers la Barge, et disparut dans la foule.

3

E N ME DIRIGEANT VERS NEWGATE, je repensai avec inquiétude à l'homme qui me surveillait. Pouvait-il avoir un rapport avec l'affaire Wentworth ? J'en avais parlé à Lincoln's Inn la veille, et les ragots se propagent plus vite chez les avocats que chez les lavandières de Moorgate Fields. Ou était-ce un agent du gouvernement qui enquêtait sur mes attaches avec l'ancien moine à la peau basanée ? Pourtant, je ne me mêlais plus de politique.

Chancery frémit nerveusement et hennit, sentant peut-être mon trouble, à moins qu'il ne fût dérangé par la puanteur ambiante à proximité des abattoirs, et par l'immonde traînée de sang et autres liquides qui coulait dans le cloaque central depuis Bladder Street. L'odeur était toujours saisissante, malgré les directives que la Cité pouvait donner aux bouchers. Par temps chaud, elle devenait intolérable. Si ce temps continuait, je serais obligé de m'acheter un bouquet, comme ces passants cossus qui enfouissent leur nez dans des fleurs printanières.

Je passai sur la place du marché de Newgate, à l'ombre de la grande église du monastère de Grey-friars. Derrière ses vitraux, le roi entassait le butin pris aux Français en mer. Au-delà se dressait le haut mur d'enceinte de la Cité, dans lequel était construite la prison de Newgate, dont les tours à damiers déton-naient. La principale prison de Londres est un bel édifice ancien, mais il renferme plus de misère que tout autre dans la Cité, la plupart de ses pensionnaires n'en sortant que pour être exécutés.

J'entrai dans la taverne The Pope's Head. Ouverte à toute heure, elle faisait de coquets bénéfices grâce aux visiteurs de la prison. Assis à une table donnant sur un jardin poussiéreux, Joseph serrait entre ses mains une chope de petite bière, une boisson désaltérante et peu alcoolisée. Il avait posé sur la table un petit bouquet rond et regardait d'un air gêné un jeune homme bien mis qui se penchait sur lui avec un sourire affable.

« Allez, l'ami, une partie de cartes vous distraira. J'ai rendez-vous avec des collègues dans une auberge à côté. Plaisante compagnie... » C'était l'un de ces écornifleurs qui infestent la Cité, à l'affût des provin-ciaux et campagnards nouveaux venus en ville, qu'ils repèrent à leurs vêtements simples et s'emploient à plumer.

« Vous nous excuserez, dis-je d'un ton cassant en me laissant tomber sur une chaise, ce monsieur et moi devons discuter affaires. Je suis son avocat. »

Le jeune homme haussa les sourcils en regardant Joseph. « Alors, monsieur, vous perdrez votre argent plus sûrement encore, dit-il. La justice coûte gros. »

En passant près de moi, il se pencha et me souffla : « Vampire bossu ! » Joseph n'entendit pas.

« Je suis retourné à la prison, me dit-il, la mine sombre. J'ai dit au geôlier que je venais avec un avocat. Il m'a fait payer six pence supplémentaires pour autoriser la visite. Et, qui plus est, il avait un exemplaire de cet infâme pamphlet. Il m'a dit que, pour un penny, il autorisait les gens à voir Elizabeth. Ils crient son nom par le guichet et lui lancent des insultes. Il m'a raconté cela en riant. C'est cruel et, assurément, je ne pense pas qu'il en ait le droit.

— On laisse les geôliers agir à leur guise pour gagner quelque argent. Il vous a sûrement dit cela en espérant que vous lui graisseriez la patte pour qu'il fasse cesser ce manège et que votre nièce ne soit plus importunée. »

Joseph se passa une main dans les cheveux. « Il a fallu que je paie pour sa nourriture, son eau et tout le reste. Je ne peux pas débourser davantage, messire. Ces geôliers doivent être les plus méchants hommes de la terre, ajouta-t-il en secouant la tête.

— Sans doute. Mais assez intelligents pour tirer profit de leur méchanceté. » Je le regardai, la mine sérieuse. « Je suis allé à Lincoln's Inn hier après-midi, Joseph. J'ai appris que le juge qui préside les assises de samedi est Forbizer. Cela n'augure rien de bon. C'est un bibliste convaincu, un incorruptible…

— C'est sûrement bon signe, un bibliste…

— Incorruptible, mais dur comme la pierre, dis-je en secouant la tête.

— Il n'aura aucune miséricorde pour une jeune orpheline qui n'a plus tous ses esprits ?

— Pour aucune âme qui vive. J'ai déjà eu affaire à lui pour des affaires civiles. » Je me penchai vers lui. « Joseph, nous devons convaincre Elizabeth de parler, sinon, je ne donne pas cher de sa vie. »

Il se mordit la lèvre, une habitude chez lui. « Quand je lui ai apporté à manger hier, elle est restée couchée et a regardé l'assiette. Pas un mot de remerciement, pas même un signe de tête. Je crois que cela fait des jours qu'elle n'a rien avalé. Je lui ai apporté des fleurs, mais je ne sais même pas si elle leur accordera un regard.

— Voyons ce que nous pouvons faire. »

Il hocha la tête avec reconnaissance. Alors que nous nous levions, je demandai : « Sir Edwin sait-il que vous vous êtes adressé à moi ?

— Je ne lui ai pas parlé depuis une semaine, depuis qu'il m'a chassé de chez lui pour avoir dit qu'Elizabeth n'était peut-être pas coupable », répondit Joseph en secouant la tête. Un éclair de colère passa sur son visage. « Il s'imagine que, si je veux sauver Elizabeth, je suis nécessairement contre lui et les siens.

— Malgré tout, il l'a peut-être appris.

— Qu'est-ce qui vous fait croire cela, messire ?

— Oh rien, peu importe. »

Le corps tout entier de Joseph parut s'affaisser à mesure que nous approchions de la prison. Nous passâmes la grille ménagée dans le mur, par laquelle les plus démunis des prisonniers tendaient leurs mains avides, apostrophant les passants et implorant leur charité pour l'amour de Dieu. Les prisonniers sans argent n'avaient presque rien à manger et on racontait

44

que certains mouraient de faim. Je déposai un penny dans une main crasseuse et fébrile, puis frappai vigoureusement à la porte de bois massive. Un guichet s'ouvrit et un visage dur, coiffé d'un bonnet graisseux, apparut. Les yeux glissèrent sur ma robe noire.

« Je suis avocat et viens voir Elizabeth Wentworth avec son oncle, dis-je. Il a payé pour ma visite. » Le guichet se referma avec un bruit sec et la porte s'ouvrit. Le geôlier me scruta d'un œil curieux. Il était vêtu d'une chemise sale et un gourdin pendait à sa ceinture. Malgré la chaleur extérieure, il faisait frais dans la prison, dont les épaisses murailles mêmes semblaient dégager un froid humide. Le geôlier cria : « Williams ! » et un gros guichetier en justaucorps de cuir apparut, un imposant trousseau de clefs à la main.

« Un avocat pour l'infanticide. » Il m'adressa un sourire mauvais. « Vous avez lu ce qu'on publie sur elle ?

— Oui, répondis-je sèchement.

— Elle refuse toujours de parler, fit-il en secouant la tête. Pour elle, ça sera la presse. Dites-moi, l'avocat, vous le saviez, vous, que d'après les anciens textes les prisonniers doivent être nus quand on les enchaîne au sol pour leur mettre les poids dessus. Dommage d'être obligé d'écrabouiller une jolie paire de tétons. »

Le visage du malheureux Joseph se crispa. « Rien ne stipule une chose pareille », rétorquai-je froidement.

Le geôlier cracha par terre. « Foin des scribouilleurs comme vous ! Je connais les règles en vigueur dans ma prison. » Il fit un signe au guichetier : « Emmène-les à la basse-fosse des femmes. »

On nous fit emprunter un large couloir qui traversait les quartiers. À travers les ouvertures à barreaux ménagées dans les portes, on voyait des hommes assis ou couchés sur des paillasses, les jambes attachées au mur par de longues chaînes ; l'odeur d'urine était si forte qu'elle piquait les narines. Le guichetier avançait en se dandinant, dans un cliquetis de clefs. Il ouvrit une lourde porte et nous fit descendre un escalier plongé dans la pénombre. En bas se trouvait une autre porte. L'homme tira un guichet et regarda à l'intérieur avant de nous laisser entrer.

« L'est couchée comme hier, quand j'ai amené à la porte les gens qui voulaient la regarder. Muette comme la pierre, elle était. S'est cachée quand ils l'ont traitée de sorcière et de tueuse d'enfant. » Il secoua la tête.

« Pouvons-nous entrer ? »

Il haussa les épaules et ouvrit la porte, qu'il referma bruyamment dès que nous en eûmes franchi le seuil.

La basse-fosse, la partie la plus profonde et la plus sombre de la prison, comprenait un cachot pour les hommes et un pour les femmes. Celui des femmes était une petite pièce carrée, chichement éclairée par une fenêtre à barreaux tout près du plafond, par laquelle on apercevait les chaussures et le bas des jupes des passants. Non seulement il y faisait aussi froid que dans le reste de la prison, mais de plus l'humidité sournoise qui y régnait était encore plus pénible que l'odeur fétide. Le sol était couvert d'une paille dégoûtante, souillée par toutes sortes d'immondices agglutinées. Blottie dans un coin se trouvait une grosse femme âgée, vêtue d'une robe de tiretaine tachée. Elle dormait à poings fermés. Je regardai autour de moi, d'abord étonné de ne voir personne d'autre. Puis je découvris que, dans le coin le plus éloigné de la porte, la paille avait été entassée de façon à cacher une silhouette humaine, dont on ne voyait que le visage noir de crasse, entouré d'une chevelure emmêlée aussi brune et bouclée que celle de Joseph, et qui fixait sur nous le regard vide de ses grands yeux noisette identiques à ceux de son oncle.

Joseph traversa le cachot. « Lizzy, dit-il d'un ton de reproche. Pourquoi as-tu fait un tas de paille autour de toi comme cela ? Elle est répugnante. As-tu froid ? »

La jeune fille ne répondit pas, les yeux dans le vague, ne pouvant ou ne voulant pas nous regarder en face. Sous la crasse, elle avait un joli visage fin, aux pommettes hautes. À travers la paille, on devinait une main sale, que Joseph voulut saisir, mais sa nièce eut un brusque mouvement de recul, sans changer d'expression.

« Je t'ai apporté des fleurs, Lizzy », dit Joseph. Le regard de la jeune fille effleura le bouquet, puis croisa celui de son oncle. Avant qu'elle ne détourne à nouveau les yeux, je remarquai non sans surprise qu'ils étaient pleins de rage. Sur la paille étaient posés un cruchon de bière et une assiette de morue. Le repas apporté par Joseph, sans doute. Elle n'y avait pas touché, de gros cafards grouillaient sur le poisson desséché.

« Elizabeth, dit Joseph d'une voix qui tremblait légèrement, je suis venu avec messire Shardlake. C'est un avocat, l'esprit le plus subtil de Londres. Il peut t'aider. Mais il faut que tu lui parles. »

Je m'accroupis de façon à pouvoir la regarder en face sans m'asseoir sur cette paille infecte. « Demoiselle Wentworth, dis-je d'une voix douce, m'entendez-vous ? Pourquoi vous taire ainsi ? Gardez-vous un secret ? Le vôtre, ou celui d'un autre ? » Je m'interrompis. Elle ne bougeait pas, continuant à me fixer comme si j'étais transparent. Dans ce silence ambiant, le bruit des pas dans la rue au-dessus paraissait amplifié. Soudain, l'irritation me gagna.

« Vous savez ce qui se passera si vous refusez de plaider ? Vous subirez le supplice de la presse. Le juge devant lequel vous comparaissez samedi est un homme sans pitié et sa sentence ne fait aucun doute. On vous a dit en quoi consistait ce supplice ? » Toujours pas de réponse. « C'est une mort lente. L'agonie peut durer plusieurs jours. »

À ces mots, ses yeux s'animèrent et se fixèrent sur les miens, mais guère plus d'une seconde. J'y vis un tel abîme de souffrance que je frissonnai.

« Si vous acceptez de vous confier à moi, je serai peut-être en mesure de vous sauver. Il y a des solutions à envisager, quels que soient les événements survenus ce jour-là près du puits. Qu'est-il arrivé, Elizabeth ? Je suis votre avocat, je ne le répéterai à personne. Nous pouvons demander à votre oncle de sortir si vous préférez me parler seul à seul.

— Pour sûr, dit Joseph. J'irai volontiers attendre dehors. »

Elle garda néanmoins le silence et se mit à ramasser des brins de paille d'une main.

« Oh ! Lizzy, s'exclama Joseph. Tu devrais être en train de lire, de faire de la musique, au lieu d'être couchée là, dans cette affreuse prison. » Je me déplaçai pour pouvoir regarder la jeune fille droit dans les yeux. Je venais de remarquer un détail.

« Elizabeth, je sais que des gens sont venus jusqu'ici pour vous observer et se moquer de vous. Or vous cachez votre corps, mais pas votre visage. Oh, je me doute que cette paille est immonde, mais si vous dissimuliez votre tête, les gens n'auraient rien à voir. On dirait presque que vous consentez à vous donner en spectacle. »

Elle frissonna et, l'espace d'un instant, je crus avoir eu raison de sa résistance. Mais elle serra les dents. Ses muscles se contractèrent. Après quelques instants de silence, je me relevai péniblement. À ce moment-là, j'entendis un bruit de paille froissée de l'autre côté du cachot et, quand je me retournai, j'aperçus la vieille femme en train de se soulever sur les coudes. Elle hocha solennellement la tête.

« Elle ne parlera pas, messieurs, dit-elle d'une voix éraillée. Je suis arrivée il y a trois jours et elle n'a pas desserré les dents.

— Pourquoi êtes-vous ici ? demandai-je.

— On est accusés d'avoir volé un cheval, mon fils et moi. On doit passer en jugement samedi aussi. » Elle soupira et passa sa langue sur ses lèvres craquelées. « Vous n'auriez pas quelque chose à boire, monsieur ? Ne serait-ce que de la bière allongée d'eau ?

— Non, je suis désolé. »

Elle jeta un regard en direction d'Elizabeth. « On dit qu'elle est possédée, celle-là, et qu'un démon la tient. » Elle eut un rire amer. « Mais démon ou pas, c'est pareil pour le bourreau. »

Je me retournai vers Joseph. « Je crois que nous n'obtiendrons rien de plus. Allons-nous-en. » Je le conduisis à la porte et frappai. Elle s'ouvrit aussitôt.

Le guichetier devait avoir gardé l'oreille collée à l'huis. Je jetai un coup d'œil dans le cachot : Elizabeth était toujours allongée, immobile.

« La vieille a raison, dit le guichetier en refermant à clef derrière nous. Cette fille est possédée par le démon.

— Alors méfiez-vous quand vous la montrez aux curieux par le guichet, lançai-je. Elle pourrait se changer en corbeau et les attaquer. »

Une minute plus tard, Joseph et moi étions à l'air libre, clignant des yeux au soleil. Nous regagnâmes la taverne, où je posai une pinte de bière en face de lui.

« Combien de fois êtes-vous allé la voir depuis qu'elle est emprisonnée ? demandai-je.

— Aujourd'hui, c'est ma quatrième visite. Et chaque fois, elle reste là, inerte comme une pierre.

— Ma foi, je ne peux pas lui faire entendre raison. J'avoue que je n'ai jamais rien vu de semblable.

— Vous avez agi pour le mieux, messire, lança-t-il d'un ton déçu.

— Même si elle était jugée coupable, ajoutai-je en tambourinant des doigts sur la table, on pourrait trouver un moyen de lui éviter la pendaison. On pourrait persuader le jury qu'elle est folle ; elle pourrait même dire qu'elle est enceinte, si bien qu'on ne pourrait l'exécuter avant la naissance de l'enfant. Cela permettrait de gagner du temps.

— Du temps pour quoi, messire ?

— Pour enquêter, pour découvrir ce qui s'est vraiment passé. »

Il se pencha vers moi avec un empressement tel qu'il faillit renverser sa chope. « Vous la croyez innocente, alors ? »

Je le regardai en face : « Vous-même êtes convaincu de son innocence, alors que la façon dont elle vous traite est bien cruelle en vérité.

— Je la crois innocente parce que je la connais. Et parce que, quand je la vois ici, je me dis que la fille que j'ai devant moi est… » Il chercha ses mots.

« La victime d'une odieuse injustice plutôt que l'auteur d'un crime odieux ? suggérai-je.

— Oui ! s'exclama-t-il. C'est exactement cela. Vous avez le même sentiment ?

— Assurément. » Je le regardai sans ciller. « Mais ni votre sentiment ni le mien n'ont valeur de preuve, Joseph. Et nous nous trompons peut-être. Il n'est pas bon qu'un avocat s'appuie sur l'instinct dans son travail. Seuls le détachement et la raison doivent le guider. Je parle d'expérience.

— Que faire, messire ?

— Il faut que vous alliez la voir tous les jours d'ici samedi. Je ne pense pas qu'on puisse la convaincre de parler, mais cela lui montrera qu'elle n'est pas oubliée, et je crois que c'est important, même si elle nous ignore. Si elle dit quoi que ce soit ou si elle change de comportement, prévenez-moi, et je reviendrai.

— Comptez sur moi, messire.

— Et si elle continue à se taire, je me présenterai devant la cour samedi. Je ne sais pas si Forbizer acceptera de m'entendre, mais je m'efforcerai de faire valoir que sa raison est ébranlée…

— Dieu sait qu'elle doit l'être. Elle n'a aucune raison de me traiter comme elle le fait. À moins — il hésita —, à moins que la vieille n'ait vu juste.

— Il ne faut pas penser ainsi, Joseph. J'essaierai de faire valoir que c'est à un jury de décider si elle est ou non saine d'esprit. Je suis certain qu'il existe des précédents, encore que Forbizer ne soit pas obligé d'en tenir compte. Mais là encore, cela nous permettrait de gagner du temps. » Je le regardai, la mine grave. « Je ne crois pas trop en nos chances cependant. Vous devez vous préparer au pire, Joseph.

— Non, messire. Tant que vous vous occupez de notre affaire, je garde espoir.

— Préparez-vous au pire », répétai-je. Guy avait beau jeu de parler des mérites des bonnes œuvres. Il n'avait pas à comparaître devant le juge Forbizer le jour de la prochaine séance d'assises, lui.

4

Après ma visite à Newgate, je me dirigeai vers mon cabinet de Lincoln's Inn, à deux pas de chez moi. Lorsque le roi Edward III avait décrété qu'aucun magistrat n'aurait le droit d'exercer dans l'enceinte de la ville, nous obligeant à déménager hors les murs, il nous avait rendu un grand service, car le collège des avocats était un lieu presque rural, avec de grands vergers et des prés derrière : les champs de Lincoln's Inn.

Je passai sous les hautes tours carrées de Great Gate, laissai Chancery aux écuries et me dirigeai vers mon cabinet, traversant Gatehouse Court. Le soleil brillait gaiement sur les bâtiments de brique rouge et une petite brise soufflait ; nous étions trop loin des murs de la Cité pour que les odeurs de Londres pénètrent jusque-là.

Des avocats circulaient d'un pas décidé ; la session d'été commençait une semaine plus tard, et il fallait mettre de l'ordre dans les affaires. Aux toges et toques noires des avocats se mêlaient aussi, comme d'habitude, les vêtements de ville des inévitables jeunes gentilshommes en pourpoint de couleurs vives et braguette légèrement outrée. Ils paradaient, ces fils de la bourgeoisie qu'on envoyait fréquenter les collèges uniquement pour qu'ils apprennent les manières de Londres et se fassent des relations. J'en vis passer deux qui étaient manifestement allés chasser le lapin dans la garenne toute proche de Coney Garth, car deux chiens fringants couraient sur leurs talons, les yeux rivés sur les dépouilles sanglantes que leurs maîtres portaient à l'épaule, suspendues à des bâtons.

Puis j'avisai une grande silhouette mince qui descendait le chemin du palais, celle de Stephen Bealknap, contre qui je devais plaider à la cour du banc du roi dans quelques jours. Arborant son habituel sourire aimable sur son visage d'aigle, il vint me saluer. La courtoisie exige des avocats, même lorsqu'ils sont adversaires dans les procès les plus épineux, qu'ils observent les règles de la civilité. Mais les manières amicales de Bealknap sentaient quelque peu la dérision, comme s'il annonçait : « Vous savez que je suis un gredin, mais vous êtes obligé de vous montrer poli avec moi. »

« Mon cher confrère ! s'exclama-t-il. Encore une chaude journée. À ce compte-là, les puits seront bientôt taris. »

En temps normal, j'eusse répondu brièvement à sa remarque et passé mon chemin, mais je me dis qu'il pourrait peut-être me donner un renseignement. « En effet, répondis-je. Le printemps a été sec. »

Ma civilité inaccoutumée fit apparaître un sourire sur son visage. Un visage qui semblait aimable tant que vous ne vous en approchiez pas assez pour remarquer la bouche mince et mesquine, ni les yeux bleu pâle qui ne vous regardaient jamais en face, même si vous les fixiez. Il s'échappait de sa toque quelques mèches de cheveux blonds frisés, rudes comme du crin.

« Notre procès est fixé à la semaine prochaine, au premier juin, dit-il.

— Oui. C'est arrivé très vite. Vous avez déposé votre appel en mars seulement. Je suis encore surpris, mon cher confrère, que vous ayez porté l'affaire devant la cour du banc du roi.

— On y respecte mieux la propriété. Je montrerai aux magistrats le cas des *Frères prêcheurs contre le prieur d'Okeham*.

Je ris discrètement : « Je vois que vous êtes allé compulser les archives des assises des nuisances, mon cher confrère. Cette affaire-là porte sur un point différent et elle remonte à deux siècles. »

Il me rendit mon sourire, cependant que ses yeux fuyaient. « Elle crée un précédent. Le prieur a allégué qu'il n'était pas du ressort du conseil de statuer sur un problème de nuisances dues à son caniveau défectueux.

— Parce que son prieuré relevait directement de l'autorité du roi. Mais ce n'est pas le cas du prieuré de St Michael puisque vous en êtes franc-tenancier. Et à ce titre, responsable de toutes les nuisances qu'il engendre. J'espère que vous avez de meilleurs arguments à invoquer. »

Ne voulant pas se laisser entraîner sur ce terrain, il se mit à examiner les manches de sa toge sans répondre. « Mon cher confrère, dis-je d'un ton léger, nous verrons bien. Mais, puisque nous nous sommes rencontrés, puis-je vous poser une question sur un autre sujet ? Assisterez-vous à la session de samedi ? » Je savais que Bealknap se livrait à nombre d'activités louches, qu'il faisait notamment comparaître des témoins à décharge au tribunal des évêques, et qu'à cette fin il venait souvent rôder au tribunal de l'Old Bailey pour y recruter d'éventuels clients. Il me jeta un regard circonspect.

« Peut-être.

— C'est le juge Forbizer qui préside, je crois. Quel temps consacre-t-il aux affaires en général ?

— Le moins possible, répondit-il en haussant les épaules. Vous savez bien que ces juges de la cour du banc du roi estiment que s'occuper de voleurs et d'assassins n'est pas digne d'eux.

— Mais Forbizer est un excellent juriste, bien qu'il manque de compassion. Je me demandais s'il serait susceptible de prendre en considération un argument légal en faveur d'un accusé. »

La curiosité se lut aussitôt sur le visage de Bealknap et son regard brillant croisa un instant le mien. « Le bruit court qu'on a retenu vos services pour l'infanticide de Walbrook. J'ai dit que cela m'étonnait, parce que vous êtes spécialiste du droit de propriété.

— L'infanticide présumée, ai-je rétorqué. Elle comparaît devant Forbizer samedi.

— Vous n'irez pas loin avec lui, estima Bealknap d'un ton satisfait. Comme tout bon bibliste, il méprise les pécheurs et fait en sorte qu'ils reçoivent au plus vite le châtiment mérité. Elle ne doit s'attendre à aucune miséricorde de sa part. Faute de prouver son innocence, elle sera exécutée. »

Il plissa les yeux, se demandant manifestement s'il pouvait tirer avantage de la situation. Mais je ne lui aurais pas posé cette question dans ce cas.

« C'est bien ce que je pensais, dis-je d'un ton léger. Mais merci quand même. Je vous souhaite le bonjour !

— Je viendrai vous écouter samedi, cher confrère, cria-t-il tandis que je m'éloignais. Et bonne chance, vous en aurez besoin ! »

C'est de fort méchante humeur que je pénétrai dans les petites pièces en rez-de-chaussée que je partageais avec mon ami Godfrey Wheelwright. Dans le premier cabinet, mon clerc, John Skelly, examinait un acte de cession qu'il venait de rédiger, une expression lugubre sur son visage maigre. C'était un petit jeune homme rabougri dont les cheveux bruns et longs formaient des queues-de-rat. Bien qu'il n'eût pas encore vingt ans, il était marié et avait un enfant. Je l'avais engagé l'hiver précédent par pitié pour sa pauvreté manifeste. Ancien élève de l'école de St Paul[1], il connaissait bien le latin, mais n'était pas bon à grand-chose par ailleurs ; il écrivait mal et égarait sans cesse des papiers, comme je l'avais dit à Guy. Il leva vers moi un regard penaud.

« Je viens de finir l'acte de cession de Beckman, monsieur, marmonna-t-il. Je suis désolé d'avoir mis si longtemps. »

Je le lui pris des mains. « Il aurait dû être prêt il y a deux jours. Y a-t-il du courrier ?

— Sur votre bureau, monsieur.

1. Institution fondée en 1509, qui fournissait chaque année une éducation sérieuse à 153 garçons sans ressources.

57

— Bien. »

Je passai dans mon cabinet, qui manquait d'air et de clarté ; des grains de poussière dansaient dans le rai de lumière qui venait du fenestron donnant sur la cour. J'ôtai ma toge et ma toque, m'assis devant ma table et pris ma dague pour briser les sceaux des lettres. Je fus surpris et déçu en constatant que j'avais encore perdu une affaire. J'avais été mandaté pour acheter un entrepôt à Salt Wharf, or voilà que mon client m'écrivait sans ambages pour me dire que le vendeur s'était retiré et que mes services n'étaient plus requis. J'examinai cette lettre. La transaction était curieuse. Mon client était avoué au Temple et l'entrepôt devait être acheté à son nom, ce qui signifiait que l'acheteur voulait que son identité reste secrète. C'était la troisième fois en deux mois qu'un client me retirait brusquement une affaire sans raison.

Fronçant les sourcils, je mis la lettre de côté et pris l'acte de cession. Il était grossièrement calligraphié, avec une tache d'encre au bas de la page. Skelly pensait-il qu'un travail aussi bâclé passerait ? Il allait falloir qu'il recommence : une perte de temps qui me coûterait cher. Je jetai la feuille, aiguisai une nouvelle plume d'oie et pris mon mémorandum, qui contenait des années de cas d'école et de notes de lecture. Je consultai celles qui se rapportaient au droit criminel, mais sans rien trouver concernant la peine forte et dure.

On frappa à la porte et Godfrey entra. Nous avions le même âge. Vingt ans auparavant, nous étions tous deux étudiants, et partisans zélés de la Réforme. Contrairement à moi, Godfrey croyait toujours avec ardeur que la rupture avec Rome annonçait l'aube d'un nouvel État chrétien en Angleterre. Son étroit visage aux traits fins paraissait troublé.

« Tu as entendu les bruits qui courent ? demanda-t-il.

— Qu'y a-t-il encore ?

— Hier soir, le roi a descendu la Tamise pour dîner chez la duchesse douairière de Norfolk. Catherine Howard était assise à côté de lui sous le dais dans la barque royale, au vu et au su de tout Londres. On ne parle plus que de cela dans la Cité. Il voulait être vu, ce qui veut dire que le mariage avec Anne de Clèves est terminé. Une union avec une Howard entraînera un retour à Rome. »

Je secouai la tête. « Mais la reine Anne était à côté de lui aux joutes du mai. Le fait que le roi pose les yeux sur une fille Howard ne signifie pas la disgrâce de la reine. Morbleu ! il a eu quatre épouses en cinq ans. Il ne peut en vouloir une cinquième.

— Tiens donc ! Tu imagines le duc de Norfolk à la place de Thomas Cromwell ?

— Cromwell est capable de grande cruauté.

— Seulement quand c'est nécessaire. Et le duc serait beaucoup plus dur. » Il se laissa tomber lourdement sur la chaise située face à moi.

« Je sais, dis-je à mi-voix. Aucun des membres du Conseil privé n'a pire réputation de férocité.

— Il est invité au déjeuner du barreau dimanche, non ?

— En effet, répondis-je avec une grimace. Je le verrai pour la première fois, et je ne m'en fais guère une joie. Mais tu sais, Godfrey, jamais le roi ne reviendra en arrière. Nous avons la Bible en anglais, et Cromwell vient juste d'être élevé au rang de comte.

59

— Je sens que des ennuis se préparent, dit-il en secouant la tête.

— Cela ne nous changera guère de ces dix dernières années ! Ma foi, si Londres a un nouveau sujet de conversation, cela détournera l'attention d'Elizabeth Wentworth. » Je lui avais annoncé la veille que j'avais accepté l'affaire. « Je suis allé à Newgate, poursuivis-je. Elle n'a pas dit un mot.

— Alors, ce sera la presse pour elle, Matthew.

— Écoute, Godfrey, j'ai besoin d'un précédent afin de pouvoir déclarer que quelqu'un qui ne parle pas parce qu'il est fou ne peut être soumis à ce supplice.

— Elle est folle ? » Il fixa sur moi ses grands yeux bleu-gris étrangement innocents pour un homme de loi.

« Peut-être. Il y a un précédent quelque part dans les annales, j'en suis certain. » Je le regardai. Godfrey avait une mémoire excellente quant aux procès passés.

« Oui, dit-il. Je crois que tu as raison.

— Je pensais aller faire des recherches à la bibliothèque.

— Quand doit avoir lieu la prochaine session d'assises ? Samedi ? Tu n'as pas beaucoup de temps. Je t'aiderai à chercher.

— Merci », dis-je avec un sourire reconnaissant. Cela ressemblait bien à Godfrey, d'oublier ses propres soucis pour me venir en aide. Ses craintes, je le savais, étaient fondées. Il connaissait certains des évangéliques du cercle de Robert Barnes, enfermé depuis peu à la Tour de Londres pour avoir prêché des sermons d'inspiration un peu trop luthérienne.

Je me dirigeai avec lui vers la bibliothèque où nous passâmes deux heures entourés de piles de dossiers de droit jurisprudentiel. Nous trouvâmes deux ou trois affaires susceptibles de nous servir.

« Je vais envoyer Skelly copier ces procès, dis-je.

— Et maintenant, tu peux m'offrir un déjeuner tardif pour me remercier de mon aide, fit Godfrey en souriant.

— Volontiers. » Nous sortîmes dans la chaleur de l'après-midi. Je soupirai. Comme d'habitude lorsque je me trouvais au milieu des dossiers de la magnifique bibliothèque, j'avais éprouvé sur le moment un sentiment de sécurité, d'ordre et de raison. Mais là, dans la lumière crue du dehors, je me souvins qu'un juge peut ignorer un précédent et me rappelai les paroles de Bealknap.

« Courage, mon ami, déclara Godfrey. Si elle est innocente, Dieu ne permettra pas qu'elle subisse un tel châtiment.

— Les innocents sont châtiés alors que les coquins prospèrent, Godfrey, nous le savons tous deux. Il paraît que cette fripouille de Bealknap a mille *angels* [1] dans le fameux coffre qu'il garde dans son cabinet. Viens, j'ai faim. »

En traversant la cour pour aller à la salle à manger, je remarquai une riche litière aux tentures damassées qui attendait devant un cabinet voisin, et quatre porteurs vêtus de la livrée de la corporation des merciers. Un bouquet à la main, deux suivantes se tenaient à distance respectueuse d'une femme élancée en robe de velours bleu à col montant, en grande conversation avec Gabriel Marchamount, l'un des sergents, avocats de premier rang. Grand et corpulent,

1. *Angel* : pièce d'or d'une valeur de deux écus.

Marchamount était vêtu d'une belle toge de soie, une toque ornée d'une plume de cygne posée sur la tête. Je me rappelai qu'il avait autrefois pris Bealknap sous son aile, jusqu'à ce qu'il se lasse de ses incessantes manœuvres frauduleuses. Marchamount tenait fort à sa réputation de probité.

J'étudiai la femme, remarquant le bijou qui pendait à une chaîne d'or sur sa poitrine : une pomme d'ambre. Pendant que j'étais ainsi absorbé, elle se retourna et croisa mon regard. Elle murmura quelques mots à Marchamount, qui leva une main pour me faire signe. Offrant son bras à la dame, il traversa la cour afin de nous rejoindre. Les suivantes leur emboîtèrent le pas, leurs jupes froufroutant sur les dalles de pierre.

La compagne de Marchamount était une fort jolie femme d'une trentaine d'années, avec un regard direct. De sa coiffe ronde à la française bordée de perles s'échappaient de petites mèches de cheveux blonds qui frémissaient sous la brise.

« Messire Shardlake, lança Marchamount de sa voix de basse sonore, un sourire sur son visage rubicond, puis-je vous présenter ma cliente et très chère amie lady Honor Bryanston ? Mon confrère, Matthew Shardlake. »

Elle tendit une main. Je pris doucement les longs doigts blancs en m'inclinant : « Très honoré, madame.

— Pardonnez-moi de vous déranger », dit-elle d'une voix de contralto pur, aux résonances profondes et à l'accent aristocratique. Ses lèvres charnues se retroussaient en un sourire qui creusait dans ses joues des fossettes enfantines.

« Mais vous ne me dérangez pas du tout, madame », répondis-je. Je m'apprêtais à lui présenter Godfrey, mais elle ignora sa présence et poursuivit : « Je parlais avec messire Marchamount et vous ai reconnu d'après une description que le comte d'Essex a faite de vous la dernière fois que nous avons dîné ensemble. Il a chanté vos louanges, affirmant que vous étiez l'un des meilleurs avocats de Londres. »

Thomas Cromwell. Le comte d'Essex. J'avais cru — et espéré — qu'il m'aurait oublié... Et je compris qu'il avait dû dire à lady Honor que j'étais bossu.

« Je lui sais gré de sa bonne opinion, répondis-je prudemment.

— Il s'est répandu en compliments », dit Marchamount. Son ton était léger, mais ses yeux bruns proéminents m'étudiaient avec attention. Je me souvins qu'il était connu comme l'un des opposants à la Réforme et me demandai ce qui avait pu l'amener à dîner avec Cromwell.

« Je suis toujours à l'affût de beaux esprits pour faire assaut d'intelligence à ma table, poursuivit lady Honor. Le comte d'Essex a dit que vous feriez un excellent convive. »

Je levai la main. « Vous me flattez. Je ne suis qu'un simple robin.

— Non, messire, vous êtes trop modeste. On m'a dit que vous serez peut-être sergent un jour. Je vous enverrai une invitation pour l'un de mes banquets. Vous habitez plus bas, dans Chancery Lane, je crois ?

— Vous êtes bien informée, madame.

— Je m'efforce de l'être, répondit-elle en riant. Des informations et de nouveaux amis permettent à une veuve de faire échec à l'ennui. » Elle laissa courir son regard autour de la cour carrée, étudiant la scène avec intérêt. « Comme il doit être plaisant de vivre loin de l'air vicié de la Cité.

— Mon confrère a une agréable demeure, à ce qu'il paraît. » Il y avait une certaine âpreté dans la voix de Marchamount, un éclat dur dans ses yeux sombres. Il rit, découvrant des dents blanches. « C'est que le droit foncier rapporte, n'est-ce pas, cher confrère ?

— À juste titre, j'en suis sûre, intervint lady Honor. Mais je vous prie de nous excuser, j'ai un rendez-vous à la halle des merciers. » Elle se détourna, levant une main en guise de salut. « Vous aurez de mes nouvelles sans tarder, messire Shardlake. »

Marchamount nous adressa un salut et reconduisit lady Honor à sa litière, où il l'aida à monter avec force cérémonies avant de regagner son cabinet, l'allure aussi majestueuse qu'un navire voguant toutes voiles dehors. Nous regardâmes la litière s'éloigner vers la grille en oscillant, tandis que les suivantes fermaient la marche à pas lents.

« Je te prie de m'excuser, Godfrey, dis-je. Je voulais te présenter, mais elle ne m'en a pas laissé le temps. C'était assez cavalier de sa part.

— Je ne tenais guère à lui être présenté, maugréa-t-il d'un ton pincé. Sais-tu qui est cette dame ? »

Je secouai la tête. La vie mondaine ne m'intéressait pas.

« La veuve de sir Harcourt Bryanston. C'était le plus gros mercier de Londres quand il est mort, il y a trois ans. Il était beaucoup plus âgé qu'elle, ajouta-t-il d'une voix réprobatrice. Ils ont fait venir soixante-quatre pauvres pour son enterrement, un pour chacune des années de sa vie.

— Ma foi, quel mal y a-t-il à cela ?

— C'est une Vaughan, une aristocrate qui a eu des revers de fortune. Elle a épousé Bryanston pour son argent, et depuis sa mort, elle se pose en grande dame, l'une des hôtesses les plus en vue de Londres. Elle essaie de redorer son blason, car son nom est sorti flétri de la guerre des Deux-Roses.

— Elle est issue d'une des grandes familles de ce pays ?

— Oui. Son petit jeu favori est de mettre face à face réformateurs et papistes lors de ses réceptions. Elle y prend un malin plaisir. » Il me regarda avec insistance. « Elle a invité monseigneur Gardiner et monseigneur Ridley, et devant ces deux évêques elle a lancé la conversation sur la transsubstantiation. Les vérités religieuses ne sont pas faites pour qu'on joue avec elles de cette façon-là. » Sa voix prit soudain une inflexion dure. « Elles demandent mûre réflexion, car le salut de notre âme en dépend. Comme tu te plaisais à le dire toi-même, ajouta-t-il.

— C'est vrai », soupirai-je. Je savais que mon ami s'inquiétait de voir mon zèle religieux faiblir. « Elle en tient donc pour les deux factions ?

— Elle invite Cromwell et Norfolk à sa table, mais elle n'épouse la cause ni de l'un ni de l'autre. N'y va pas, Matthew. »

J'hésitai. Il y avait chez lady Honor une énergie, un raffinement qui éveillaient en moi des émotions enfouies. Pourtant, il serait très fâcheux de se trouver au milieu de discussions du genre que Godfrey avait décrit. Et en dépit de toutes les paroles aimables que Cromwell était censé avoir prononcées à mon endroit, je n'avais aucun désir de me retrouver face à lui. « Je verrai », dis-je.

Godfrey regarda du côté du cabinet de Marchamount. « Je parie que notre cher confrère donnerait cher pour avoir un lignage aussi prestigieux. J'ai entendu dire qu'il harcèle le collège des hérauts pour qu'on lui accorde un blason, alors que son père n'était qu'un poissonnier. »

Je me mis à rire. « Certes, mais il aime fréquenter les gens bien nés. »

Cette rencontre inattendue m'avait distrait des soucis liés à mon travail, qui revinrent cependant dès que nous pénétrâmes dans le réfectoire. Sous les hautes poutres, j'aperçus Bealknap assis seul à l'extrémité d'une longue table. Il enfournait sa nourriture avec sa cuillère tout en lisant un épais dossier : *Frères prêcheurs contre le prieur d'Okeham*, à n'en pas douter, afin d'y trouver matière à réfuter mes attaques la semaine suivante à Westminster Hall.

5

L E TRIBUNAL DE L'OLD BAILEY EST UN PETIT BÂTI-
MENT ÉTRIQUÉ, adossé au côté extérieur du mur
de la Cité en face de Newgate. Rien n'y rappelle la
pompe des tribunaux civils de Westminster, bien
qu'ici les jugements ne portent pas sur l'argent ou la
propriété, mais sur les violences et la mort.

Ce samedi matin, j'arrivai en avance. En général,
la cour ne siégeait pas ce jour-là, mais, comme la
session des affaires civiles devait commencer la
semaine suivante, les juges seraient très occupés, les
assises de Londres avaient donc été avancées afin
qu'on se débarrasse des affaires criminelles. Je passai
dans la salle d'audience, serrant contre moi mon
dossier de précédents, et saluai la cour.

Assis sur son estrade, le juge Forbizer examinait des
papiers. Sa toge écarlate tranchait sur les vêtements
ternes de la foule qui se pressait sur les bancs. Les
assises étaient un spectacle fort apprécié, et l'affaire
Wentworth suscitait grand intérêt. Je cherchai Joseph

du regard et le découvris assis à l'extrémité d'un banc, serré contre la fenêtre tant l'affluence était grande. Dans son angoisse, il se mordait la lèvre. Il leva une main pour me saluer et je souris avec une assurance que je n'éprouvais pas. Il avait rendu visite à Elizabeth chaque jour depuis le mardi, mais elle n'avait toujours pas prononcé un mot. Je l'avais rencontré la veille et lui avais dit que j'essaierais d'invoquer la démence car c'était notre seule issue.

À quelque distance de lui était assis un homme qui lui ressemblait tant qu'il ne pouvait que s'agir de son frère Edwin. Il portait une élégante robe verte bordée de fourrure, et avait les traits tirés. En me voyant, il me lança un regard furieux et rassembla les plis de sa robe autour de lui. Ainsi, il savait qui j'étais.

C'est alors qu'au rang devant lui j'avisai le jeune homme qui m'avait épié près de la boutique de Guy. Aujourd'hui, il portait un pourpoint plus sobre, vert foncé. Il était assis dans une posture insolente, le menton sur un coude, négligemment appuyé sur la balustrade qui séparait les rangs des spectateurs du tribunal. Ses grands yeux sombres me dévisageaient avec curiosité. Je fronçai les sourcils, ce qui provoqua un sourire furtif de sa part, et il s'installa plus confortablement. Je ne m'étais donc pas trompé. On avait chargé ce drôle de me surveiller afin d'essayer de me déconcerter. Eh bien, ils en seraient pour leurs frais. Je relevai ma toge et me dirigeai vers le banc des avocats. Comme il s'agissait d'affaires au criminel, il était vide, mais Bealknap se tenait un peu plus loin, dans l'embrasure d'une porte. Il parlait avec un homme en robe ecclésiastique : l'ordinaire de l'évêque.

À cette époque, on faisait encore un usage répandu et perverti du bénéfice de clergie. Un homme convaincu de crime pouvait prétendre qu'il était clerc d'un ordre religieux et demander à être jugé par l'évêque. Pour obtenir ce bénéfice, il suffisait de prouver qu'on n'était pas illettré en lisant le premier verset du Psaume 51. Le roi Henry avait restreint l'usage du bénéfice de clergie aux crimes non passibles de la peine de mort, mais la loi était encore en vigueur. Ceux qui satisfaisaient à l'épreuve de la lecture étaient transférés à la prison de l'évêque où ils restaient jusqu'à ce que ce dernier estime qu'ils s'étaient repentis, ledit repentir étant vérifié par douze témoins justificateurs, hommes de bon renom, qui attestaient de la vérité des dires de l'accusé. Bealknap avait tout un réseau de ces témoins justificateurs qui, moyennant finances, se portaient volontiers garants pour un accusé. À Lincoln's Inn, tout le monde était au courant des pratiques de Bealknap, mais aucun avocat ne dénonçait jamais un confrère.

Lorsque je pris place, Forbizer me dévisagea. Impossible de juger de son humeur : son mince visage bilieux exprimait toujours le même froid dégoût devant la dépravation humaine. Il avait une longue barbe grise, soigneusement coupée, et des yeux durs, très noirs, qui me regardaient froidement. Un avocat apparaissant lors d'un procès criminel signifiait des interruptions procédurales fâcheuses.

« Que voulez-vous ? » me demanda-t-il.

Je le saluai. « Je suis ici pour représenter demoiselle Wentworth, Votre Honneur.

— Ah oui ? Nous verrons. » Il se replongea dans ses papiers. Je m'assis.

Il se fit un branle-bas dans la salle à l'apparition du jury, composé de douze marchands de Londres manifestement bien nourris que l'on escorta jusqu'au banc des jurés. Puis la porte des cellules s'ouvrit et l'huissier introduisit douze prisonniers en haillons. Les affaires les plus graves étaient d'abord entendues, celles qui étaient passibles de la peine de mort : assassinat, vol avec effraction, et vol d'objets évalués à plus d'un shilling. Les accusés étaient enchaînés ensemble par les chevilles et leurs fers cliquetaient tandis qu'on les menait au banc des accusés. À leur entrée se répandit une vigoureuse puanteur, et certains spectateurs sortirent des bouquets. Mais Forbizer ne parut pas autrement incommodé. Elizabeth était au bout de la file, à côté de la grosse femme accusée d'avoir volé un cheval. Celle-ci serrait étroitement la main d'un jeune homme loqueteux qui tremblait et ravalait ses larmes : son fils, assurément. Auparavant, je n'avais aperçu d'Elizabeth que son visage. Je constatai alors qu'elle était bien faite. Elle était vêtue d'une robe ordinaire grise, toute sale et fripée d'avoir été portée plus d'une semaine à Newgate. J'essayai de croiser son regard, mais elle gardait la tête baissée. Un murmure parcourut l'assistance, et je vis le jeune homme au visage aigu la regarder avec intérêt.

Les prisonniers entravés avancèrent et prirent place sur le banc. La plupart d'entre eux avaient la mine tirée, terrifiée, et à présent le jeune voleur de chevaux tremblait comme une feuille. Forbizer leur adressa un regard sévère. Le greffier se leva et demanda aux prisonniers un par un ce qu'ils plaidaient. Chacun répondit non coupable. Le tour d'Elizabeth vint en dernier.

« Elizabeth Wentworth, dit solennellement le greffier, vous êtes accusée du meurtre infâme de Ralph Wentworth, le seize mai dernier. Plaidez-vous coupable ou non coupable ? »

Dans la salle, la tension était palpable mais je restai assis, il fallait que j'attende de voir si elle saisissait cette dernière chance de parler, et je la regardai avec insistance. Elle baissa la tête et ses longs cheveux emmêlés tombèrent en avant, lui cachant le visage. Forbizer se pencha sur sa table.

« On vous pose une question, demoiselle, dit-il d'un ton uni et froid. Vous feriez bien de répondre. »

Elle leva la tête et posa sur lui le même regard vague qu'elle avait eu pour moi dans sa cellule. Forbizer rougit légèrement.

« Demoiselle, vous êtes accusée du crime le plus infâme qui soit envers Dieu et les hommes. Acceptez-vous, oui ou non, d'être jugée par un jury de vos semblables ? »

Elle ne répondit ni ne broncha.

« Fort bien, nous reviendrons là-dessus à la fin de la séance. » Il l'observa intensément pendant quelques instants encore, puis lança : « Qu'on examine la première affaire. »

Elizabeth resta totalement immobile tandis que le greffier lisait le premier acte d'accusation. Elle ne bougea pas pendant les deux heures qui suivirent, sauf de temps à autre pour changer de jambe d'appui.

Moi qui n'avais pas assisté à un procès criminel depuis des années, je fus à nouveau surpris par la vitesse et la désinvolture avec lesquelles on expédiait les affaires. Après la lecture de l'acte d'accusation, on appelait des témoins, qui prêtaient serment. Les prisonniers avaient le droit de poser des questions à leurs accusateurs, ou de produire des témoins, et à plusieurs reprises cela donna lieu à des échanges d'insultes que Forbizer fit cesser en intervenant d'une voix claire et sèche. La mère et le fils furent accusés par un gros aubergiste ; la mère répéta à moult reprises avec insistance qu'elle ne s'était jamais trouvée là, bien que l'aubergiste eût deux témoins. Son fils se borna à sangloter en tremblant de tous ses membres. Enfin, les jurés se retirèrent pour délibérer. Ils devaient rester sans manger et sans boire dans la salle des délibérations tant qu'ils n'étaient pas parvenus à tomber d'accord sur un verdict. Ils ne seraient donc pas longs. Les prisonniers, angoissés, bougeaient les pieds, faisant tinter leurs chaînes. Les conversations allaient bon train dans le public.

Tout le monde ayant été entassé depuis le matin dans cette salle chaude, la puanteur était devenue épouvantable. Par la fenêtre entrait un rai de soleil qui me chauffait le dos et commençait à me faire transpirer. Je jurai intérieurement : les juges n'aiment pas du tout les avocats qui transpirent. Je regardai à l'entour. Joseph était assis, la tête dans les mains tandis que, les yeux mi-clos, la bouche crispée, son frère observait la silhouette figée et immobile d'Elizabeth. Mon espion s'adossa à son banc, les bras croisés.

Le jury revint. Le greffier tendit à Forbizer la liasse de plaintes sur lesquelles ils avaient noté leur verdict. Je perçus la tension sur le banc des accusés : les prisonniers regardaient fixement les morceaux de papier qui allaient sceller leur destin. Elizabeth elle-même leva un instant les yeux avant de baisser à nouveau la tête.

Cinq prisonniers furent déclarés innocents du vol dont ils étaient accusés, et sept coupables, dont la vieille femme et son fils, répondant au nom de Corde. Lorsque le verdict fut annoncé, la vieille dame prit la parole, suppliant le juge d'épargner son fils, qui n'avait que dix-neuf ans.

« Dame Corde, dit Forbizer dont la lèvre inférieure se retroussa légèrement, rouge sur le fond gris de sa barbe, crispée dans sa moue habituelle de mépris, vous avez volé ce cheval ensemble, vous avez été tous deux déclarés coupables de vol et vous aurez donc tous deux la corde au cou. » Quelqu'un rit dans l'assistance, aussitôt fustigé par un regard glacial de Forbizer, qui détestait le manque de sérieux au tribunal, même en réaction à ses propres plaisanteries. La vieille femme saisit le bras de son fils, qui avait recommencé à pleurer.

Le constable détacha ceux qui avaient été jugés innocents, lesquels se hâtèrent de disparaître. Les condamnés furent reconduits à Newgate, et le bruit de leurs chaînes s'estompa. Elizabeth était seule sur le banc des accusés.

« Demoiselle Wentworth, grinça Forbizer, allez-vous répondre maintenant ? »

Silence. Dans la salle s'élevèrent des murmures que Forbizer fit cesser d'un regard. Je me levai, mais il m'intima l'ordre de me rasseoir.

« Une minute, cher confrère. À nous, demoiselle. Coupable ou non coupable ? Cela n'est quand même pas difficile à dire. » Elizabeth garda le silence. Forbizer pinça les lèvres. « Fort bien. Dans ce cas, la loi est très claire. Vous subirez la peine forte et dure, jusqu'à ce que vous parliez ou que mort s'ensuive. »

Je me levai à nouveau : « Votre Honneur… »

Il se tourna froidement vers moi. « Il s'agit d'un procès criminel, mon cher confrère. On n'entend pas de plaidoirie. Ne connaissez-vous donc pas la loi ? » Il y eut des rires dans l'assistance. Le public voulait la mort d'Elizabeth.

Je rassemblai mon courage : « Votre Honneur, je souhaite intervenir non pas sur l'assassinat, mais sur l'incapacité de ma cliente. Elle ne répond pas parce qu'elle n'a plus sa tête, elle est démente. Aussi ne devrait-elle pas subir le supplice de la presse. Je demande qu'elle soit examinée…

— Le jury pourra apprécier son état mental lorsqu'elle sera jugée, coupa-t-il. Si elle consent à parler. »

Je regardai Elizabeth. Elle avait porté les yeux sur moi, mais ils étaient toujours aussi fixes et vides.

« Votre Honneur, dis-je d'un ton ferme, j'aimerais citer le précédent d'Anon au tribunal du banc du roi en 1505, où il a été considéré qu'un accusé qui refuse de plaider et dont la santé mentale est remise en question doit être examiné par un jury. » Je montrai une copie du procès. « J'ai ici…

— Je connais cette affaire, trancha Forbizer en secouant la tête. Ainsi que l'affaire contradictoire de Bedloe, jugée au tribunal du banc du roi en 1498, qui stipule que seul le jury d'assises est habilité à décider de la santé mentale d'un accusé.

— Mais s'il faut choisir entre ces affaires, Votre Honneur, j'attire votre attention sur le fait que ma cliente n'a pas l'âge de la majorité, et qu'eu égard à la faiblesse du sexe qui est le sien… »

La lèvre de Forbizer se retroussa de nouveau, charnue et humide, dans la masse grise de sa barbe. « Et vous voudriez qu'un jury soit constitué pour statuer sur la santé mentale de votre cliente, ce qui vous permettrait de gagner du temps pour elle. Non, mon cher confrère, non !

— Votre Honneur, jamais la vérité ne sera connue si ma cliente meurt sous la presse. Il n'y a que des preuves par présomption dans cette affaire, et la justice exige une enquête plus approfondie…

— Là, vous intervenez sur l'affaire elle-même, Shardlake. Je ne le tolérerai pas…

— Elle est peut-être enceinte, dis-je en désespoir de cause. Comment le savoir, puisqu'elle ne dit rien ? Nous devrions attendre de voir ce qu'il en est. Songez que le supplice risque de tuer un enfant dans le sein de sa mère ! »

Les murmures reprirent de plus belle dans la salle. L'expression d'Elizabeth avait changé. À présent elle me regardait d'un air outragé.

« Souhaitez-vous plaider votre ventre, demoiselle ? » demanda Forbizer. Elle secoua la tête lentement, puis la baissa, faisant une fois de plus retomber ses cheveux sur son visage.

« Ainsi, vous comprenez l'anglais », lui lança Forbizer. Il se tourna de nouveau vers moi. « Tous les prétextes vous sont bons pour obtenir un délai, mon cher confrère. C'est inadmissible. » La tête enfoncée dans les épaules, il s'adressa encore une fois à Elizabeth : « Si vous n'avez pas l'âge de la majorité, demoiselle, vous avez assurément celui de la responsabilité. Vous savez ce qui est bon ou mauvais devant Dieu. Or vous êtes accusée de ce crime infâme et vous refusez de répondre. Je vous condamne à subir la peine forte et dure. Que les poids vous soient appliqués dès cet après-midi. »

Je me levai d'un bond. « Votre Honneur…

— Pour l'amour du ciel, Shardlake, taisez-vous ! » tonna Forbizer en abattant son poing sur sa table. Il fit signe au constable. « Emmenez-la ! Qu'on fasse entrer les petits délits et malversations. » L'homme obéit et conduisit Elizabeth, qui gardait la tête obstinément baissée, hors de la salle. Avant que la porte ne se referme sur eux, j'entendis une femme dire à une autre : « La presse tue plus lentement que la corde. Bien fait pour elle. »

Je restai assis, tête basse. Comme les spectateurs se levaient, il y eut un brouhaha de conversations et des bruits d'étoffe froissée. Beaucoup étaient venus voir Elizabeth ; les petits vols de moins d'un shilling ne provoquaient guère de curiosité. Les coupables seraient seulement brûlés au fer dans la main, ou on leur couperait les oreilles. Seul Bealknap, toujours embusqué dans son coin de fenêtre, paraissait intéressé, car ceux qui étaient accusés de délits mineurs pouvaient toujours réclamer le bénéfice de clergie. Edwin quitta la salle avec les autres. Joseph resta seul sur son banc, regardant d'un air navré son frère s'éloigner. Le jeune homme aux traits aigus était déjà parti ; peut-être avec sir Edwin. Je m'approchai de Joseph.

Il me saisit la main. « Messire, accompagnez-moi à Newgate sur l'heure. Quand on lui montrera les poids, la pierre sur laquelle on la couchera, sans doute aura-t-elle peur et se décidera-t-elle à parler. Cela la sauverait, non ?

— Oui, elle comparaîtrait à nouveau pour être jugée. Mais elle ne parlera pas, Joseph.

— Essayez, messire, je vous en prie. Une dernière fois. Venez avec moi... »

Je fermai quelques instants les yeux. « Soit. »

Comme nous traversions le vestibule, Joseph poussa un gémissement et crispa ses mains sur son abdomen. « Aïe, mon ventre ! Je crois qu'il se ressent de tous ces soucis. Y a-t-il un cabinet privé par ici ?

— À l'arrière. Je vous attends. Dépêchez-vous. Ils vont lui appliquer la presse sans délai. »

Il se fraya un chemin à travers la foule des gens qui sortaient. Resté seul, je m'assis sur un banc. Puis j'entendis des pas rapides dans la salle, dont la porte s'ouvrit à toute volée. Le secrétaire de Forbizer, un petit homme rond, trotta vers moi, le visage rouge, toge et manches au vent. « Mon cher confrère, haleta-t-il. Dieu soit loué. Je craignais que vous ne fussiez parti.

— Qu'y a-t-il ? »

Il me tendit une feuille. « Le juge s'est ravisé et il m'a demandé de vous donner ceci.

— Pardon ?

— Il s'est ravisé. Vous disposez de deux semaines pour convaincre demoiselle Wentworth de plaider. »

Je le dévisageai sans comprendre. Personne n'avait l'air moins disposé à se raviser que Forbizer. Le secrétaire avait une mine fuyante et gênée. « Un double est déjà parti pour Newgate. » Il me brandit la feuille sous le nez et disparut dans la salle d'audience.

Je regardai le papier. Un ordre bref au-dessus de la signature anguleuse de Forbizer, stipulant qu'Elizabeth Wentworth devait rester enfermée dans la basse-fosse de Newgate encore douze jours, jusqu'au dix juin, afin de reconsidérer sa défense. Je restai assis, regardant autour de moi et m'efforçant de comprendre. C'était un revirement extraordinaire de la part d'un juge, à plus forté raison de Forbizer.

Quelqu'un me toucha le bras. Je levai les yeux et vis à côté de moi le jeune homme à l'air malin. Je fronçai les sourcils et il m'adressa un de ses sourires caustiques, qui lui releva les commissures des lèvres et découvrit des dents blanches et régulières.

« Messire Shardlake, je vois que vous avez en main la décision du juge », dit-il. Il avait un ton aussi caustique que son expression, son accent était celui d'un homme du peuple.

« Que voulez-vous dire ? Qui êtes-vous ? »

Il inclina brièvement la tête. « Jack Barak, à votre service, messire. C'est moi qui ai persuadé le juge de revenir sur sa décision à l'instant. Ne m'avez-vous pas vu me glisser derrière l'estrade du tribunal ?

— Non. »

Son sourire s'évanouit, révélant à nouveau la dureté de son visage. « Je suis au service du comte d'Essex. C'est en son nom que j'ai persuadé le juge de vous accorder un délai. La vieille ganache ne voulait pas, mais on n'oppose pas de refus à mon maître. Vous le savez.

— À Cromwell ? Mais pourquoi… ?

— Il désire vous voir. Il travaille à côté, aux Archives, et m'a demandé de vous y conduire. »

Mon cœur se mit à cogner sous l'effet de l'appréhension. « Pourquoi ? Que me veut-il ? Je ne l'ai pas vu depuis près de trois ans.

— Il a une mission à vous confier, messire. » Barak haussa les sourcils et fixa sur moi un regard insolent. « Deux semaines de sursis pour la fille, voilà vos honoraires, payés d'avance. »

6

BARAK ME CONDUISIT D'UN BON PAS VERS LES ÉCURIES et je le suivis, le cœur cognant toujours dans ma poitrine, le visage crispé. Je savais que lord Cromwell était parfaitement capable d'intimider un juge. Mais il aimait que les formes soient observées et, assurément, il n'avait pas agi à la légère. De plus, le choix de Barak pour mener cette transaction était surprenant. À ceci près que, malgré son rang actuel de ministre principal, Thomas Cromwell, fils d'un aubergiste de Putney, se plaisait à travailler avec des hommes de basse extraction, pourvu qu'ils fussent intelligents et impitoyables. Enfin, que diable me voulait-il donc ? Sa dernière mission, trois ans auparavant, m'avait précipité dans une spirale de crime et de violence dont le seul souvenir me faisait frémir.

Le cheval de Barak était une superbe jument noire à la robe luisante. Il sortit au petit trot alors que je n'avais pas fini de seller Chancery, s'arrêta à la porte de l'écurie, et se retourna non sans impatience. « Sa Seigneurie souhaite vous voir ce matin, vous savez. »

Je l'examinai à nouveau en montant sur le marche-pied pour me mettre en selle. Une carrure de lutteur, une lourde épée au côté ainsi qu'un poignard à la ceinture, un œil d'aigle où brillait l'intelligence et une grande bouche sensuelle faite pour l'ironie.

« Attendez un instant », dis-je en voyant Joseph traverser la cour à la hâte pour nous rejoindre, son visage rond rosi par l'exercice, le bonnet à la main. Lorsqu'il était revenu du privé, je l'avais informé que Forbizer avait changé d'avis, mais que j'ignorais pourquoi. « C'est que vous avez été persuasif, messire. Vos paroles ont ébranlé sa conscience. » Joseph était d'une naïveté à toute épreuve.

Il posa une main sur le flanc de Chancery et leva vers moi un visage souriant. « Il faut que je parte avec ce monsieur, Joseph, dis-je. Une autre affaire urgente m'attend.

— Encore un malheureux à sauver de l'injustice, n'est-ce pas ? Mais vous serez bientôt de retour ? »

Je regardai Barak, qui hocha discrètement la tête.

« Ne vous inquiétez pas, Joseph, je vous préviendrai. Vous savez, maintenant que nous avons le temps d'enquêter sur l'assassinat de Ralph, je voudrais vous demander de faire quelque chose pour moi, si vous le pouvez. Ce ne sera pas facile.

— Demandez-moi ce que vous voudrez, messire.

— J'aimerais que vous alliez demander à votre frère Edwin qu'il accepte de me recevoir chez lui. Dites-lui que je ne suis pas sûr qu'Elizabeth soit coupable et que je souhaite entendre sa version. »

81

Une ombre passa sur le visage de Joseph. « Il faut que je voie la famille, Joseph, lui expliquai-je avec douceur. Ainsi que la maison et le jardin. C'est important. »

Il se mordit la lèvre, puis hocha lentement la tête. « Je ferai de mon mieux. »

Alors que nous débouchions sur la rue, il me cria : « Je préviendrai Elizabeth. Je lui dirai que, grâce à vous, elle échappe au supplice de la presse ! » Barak me regarda et leva un sourcil sardonique.

Nous descendîmes l'Old Bailey Street. Les Archives se trouvaient non loin de là, juste en face de Lincoln's Inn. C'était un ensemble complexe de bâtiments, autrefois le *Domus Conversorum*, où les Juifs qui voulaient se convertir au christianisme étaient instruits dans leur nouvelle religion. Depuis l'expulsion de tous les Juifs d'Angleterre plusieurs siècles auparavant, les bâtiments abritaient les archives de la cour de la chancellerie. Toutefois, un ou deux Juifs étrangers échoués par hasard en Angleterre et disposés à se convertir au christianisme y étaient encore hébergés de temps à autre. S'y trouvait aussi le bureau des six secrétaires, qui administrait la cour de la chancellerie. L'office de garde du Domus était toujours combiné à celui de vice-président de la cour de la chancellerie.

« Je croyais que lord Cromwell avait abandonné la vice-présidence de la Cour, dis-je à Barak.

— Il conserve un bureau aux Archives. Il y travaille quand il ne veut pas être dérangé.

— Si vous me disiez ce dont il s'agit ? »

Il secoua la tête. « Mon maître le fera lui-même. »

Nous montâmes Ludgate Hill. Il faisait encore chaud et les femmes qui apportaient des provisions à vendre en ville avaient la tête et le visage couverts pour se protéger de la poussière soulevée par les charrettes qu'elles croisaient. Je regardai en contrebas les toits de tuiles rouges de Londres et le large ruban luisant du fleuve. La marée était basse et la boue de la Tamise, marbrée de jaune et de vert par les déchets qui jour après jour se déversaient de la rive nord, était à découvert, comme une énorme tache. On prétendait que, récemment, on avait vu danser des feux follets sur les ordures et on se demandait avec inquiétude ce que cela augurait.

Je fis une nouvelle tentative afin d'obtenir des informations : « Votre maître doit avoir cette affaire à cœur. Forbizer n'est pas homme à se laisser facilement intimider.

— Il tient à sa peau, comme tous les hommes de loi. » J'entendis la pointe de mépris dans la voix de Barak et poursuivis : « Cela m'intrigue fort. » Je marquai une pause avant de demander : « Je risque des ennuis ?

— Pas si vous faites ce qu'on vous demande. Comme je vous l'ai dit, mon maître veut vous confier une mission. Venez. Il ne faut pas tarder. »

Nous arrivions à Fleet Street. Au-dessus des bâtiments monastiques de Whitefriars planait un épais nuage de poussière, car le grand couvent était en cours de démolition. Un échafaudage couvrait la loge d'entrée, dont des hommes détruisaient les sculptures au burin. Un ouvrier nous barra la route, tendant une main poussiéreuse.

« Halte-là ! messieurs », cria-t-il.

Barak fronça les sourcils. « Service de lord Cromwell. Fichez-moi le camp. »

L'homme s'essuya la main sur sa chemise sale. « Pardon, messire. Je voulais seulement vous prévenir qu'on va faire sauter la salle du chapitre, et que le bruit risque d'effrayer les chevaux...

— Écoutez... » Barak s'arrêta net. Une lueur rouge apparut au-dessus du mur, suivie d'une impressionnante explosion, plus forte qu'un coup de tonnerre. On entendit le bruit sourd de pierres qui s'écroulaient, accompagné d'applaudissements et de vivats, tandis qu'un nuage de poussière se déployait au-dessus de nous. Bien qu'elle parût fougueuse, la jument de Barak se borna à faire un écart en hennissant, mais Chancery poussa un cri strident et se cabra. Il m'aurait désarçonné si Barak n'avait tendu la main et saisi les rênes en disant d'une voix ferme : « Tout doux, tout doux. » Chancery se calma aussitôt et se remit d'aplomb. Il tremblait, et moi aussi.

« Ça va ? » demanda Barak.

J'avalai ma salive. « Oui. Merci.

— Sangdieu, quelle poussière ! » Le nuage, chargé de l'odeur âcre de la poudre, tournoyait au-dessus de nous et, en quelques instants, ma robe et le pourpoint de Barak furent constellés de petites particules grises. « Allons, partons d'ici.

— Je vous présente mes excuses, messieurs ! cria l'ouvrier d'un ton inquiet.

— C'est la moindre des choses ! lança Barak par-dessus son épaule. Pendard, va ! »

Nos chevaux étaient encore nerveux, agacés par la chaleur et les mouches, quand nous tournâmes dans Chancery Lane. Si je transpirais à grosses gouttes,

Barak, lui, ne semblait pas affecté par la température. À mon corps défendant, je lui savais gré d'avoir réagi si rapidement. Sans lui, j'aurais pu faire une mauvaise chute.

Je regardai non sans regret l'entrée familière de Lincoln's Inn tandis que Barak se dirigeait vers celle des Archives. Au centre d'un labyrinthe de maisons aujourd'hui occupées par des hommes proches du pouvoir s'élevait une grande église trapue. Un garde portant la livrée bleu et jaune de Cromwell se tenait devant la porte une pique à la main. Sur un signe de tête de Barak, l'homme salua et d'un claquement de doigts appela un gamin pour mener nos chevaux à l'écurie.

Quand Barak poussa la lourde porte de l'église, nous entrâmes dans un espace envahi de rouleaux de parchemin noués de rubans rouges, qui s'entassaient le long des murs ornés de scènes de la Bible aux couleurs passées et s'amoncelaient contre les bancs. Çà et là, un greffier en robe noire les triait, en quête de précédents. D'autres greffiers faisaient la queue près du bureau des six secrétaires, attendant une assignation ou une date d'audience.

Jamais je n'avais pénétré dans ce bureau. Les rares fois où j'avais eu affaire à la chancellerie, j'avais envoyé un greffier s'occuper de la paperasserie, la lenteur des transactions de cette cour étant légendaire. Je laissai mes yeux courir sur les milliers de rouleaux de parchemin. Barak suivit mon regard.

« Les fantômes des anciens Juifs ont des lectures ardues ! dit-il. Suivez-moi, par ici. » Il me conduisit vers une petite chapelle latérale fermée par un mur ; un autre garde en livrée aux couleurs vives se tenait à la porte. Cromwell n'allait-il plus nulle part sans gardes armés ? Barak frappa légèrement et entra. Je pris une grande inspiration et le suivis. Mon cœur s'était remis à cogner.

Les fresques de la petite chapelle avaient été passées à la chaux, car Thomas Cromwell détestait les décorations idolâtres. L'endroit avait été transformé en vaste salle de travail, avec placards muraux et chaises tirées devant un bureau qu'éclairait de façon incongrue un vitrail en surplomb. Devant nous, une table imposante était couverte de papiers et de parchemins ; dans un coin, derrière un bureau de moindres dimensions, était assis un homme de petite taille en robe noire. Je le connaissais : c'était Edwin Grey, le secrétaire particulier de Cromwell. Il le secondait depuis quinze ans, depuis que le comte avait commencé à travailler pour Wolsey [1]. Lorsque j'étais en faveur, j'avais eu souvent affaire à lui. Il se leva et nous adressa un salut. Sous les cheveux gris clairsemés, le visage rose et rond paraissait inquiet.

Il me serra la main de ses doigts noircis par des années d'écriture à l'encre. Il fit un signe de tête à Barak et je perçus une lueur d'antipathie dans son regard.

« Messire Shardlake... Comment vous portez-vous ? Voilà longtemps que nous ne nous sommes vus.

— Bien, ma foi, messire Grey. Et vous ?

— Bien, malgré l'époque. Mon maître a dû donner réponse à un message, il ne tardera pas.

---

1. Thomas Wolsey (1473-1530), cardinal et lord-chancelier de Henry VIII, finit en disgrâce. Thomas Cromwell, qui était son secrétaire, le remplaça comme conseiller du roi.

— Comment va-t-il ? » risquai-je.

Grey hésita. « Vous verrez. » Il se tourna brusquement, entendant la porte s'ouvrir. Thomas Cromwell entra à grands pas dans la pièce. Mon ancien maître avait la mine renfrognée, mais, à ma vue, un large sourire éclaira ses traits lourds. Je m'inclinai profondément.

« Matthew, Matthew ! » s'exclama-t-il avec chaleur. Me saisissant la main, il la serra énergiquement, puis alla s'asseoir derrière son bureau. Je l'étudiai. Il était vêtu sobrement d'une robe noire. Un seul ornement, l'ordre de la Jarretière dont le roi l'avait décoré, se balançait sur son pourpoint bleu foncé. En le détaillant, je fus frappé par le changement qui s'était opéré en lui depuis notre dernière entrevue, trois ans auparavant. Il avait les cheveux beaucoup plus gris et ses traits étaient tirés par la fatigue et les soucis.

« Eh bien, Matthew, comment vous portez-vous ? Vos affaires prospèrent-elles ? »

J'hésitai, songeant à celles que j'avais perdues. « Ma foi, je ne me plains pas, mons… Votre Grâce », rectifiai-je, me rappelant la façon dont on s'adressait à un comte.

« Qu'avez-vous sur votre robe ? Et sur votre pourpoint, Jack ?

— De la poussière, Votre Grâce, répondit Barak. Ils sont en train d'abattre le chapitre du couvent de Whitefriars, et ils ont failli nous faire subir le même sort. »

Cromwell se mit à rire et adressa un regard entendu à Barak. « Votre mission ?

— Remplie, Votre Grâce. Forbizer n'a soulevé aucune objection.

— Je m'en doutais. » Cromwell se tourna vers moi. « Ainsi, c'est vous qui vous occupez de l'affaire Wentworth, Matthew ? La nouvelle m'a intéressé. Je me suis dit que nous pourrions nous aider mutuellement, en mémoire du passé. » Il sourit à nouveau. Je me demandai non sans embarras comment il avait appris cela. Mais il avait des yeux et des oreilles partout, notamment à Lincoln's Inn.

« Je vous en suis très reconnaissant, Votre Grâce », répondis-je prudemment.

Il eut un sourire ambigu. « Ah, vous les aimez bien, ces petites croisades, Matthew ! Vous tenez à la vie de cette fille ?

— Beaucoup. » Je me rendis compte que, de toute la semaine, je n'avais guère pensé à autre chose. L'espace d'un instant, je me demandai pourquoi. Sans doute cela tenait-il à l'impuissance et à la détresse de cette jeune créature gisant dans la paille infâme de Newgate. Si Cromwell voulait utiliser son salut comme moyen de pression, il avait trouvé le bon argument.

« Je la crois innocente, Votre Grâce. »

Il agita une main chargée de bagues. « Peu importe », dit-il sans ambages en me fixant. À nouveau, je ressentis le pouvoir de ces yeux sombres. « J'ai besoin de votre aide pour une affaire d'importance, Matthew. Secrète, au demeurant. Le marché, c'est que j'accorde douze jours de sursis à la fille Wentworth. Nous ne disposons pas de plus longtemps pour l'affaire qui m'intéresse. » Il me fit un signe brusque : « Asseyez-vous. »

J'obéis. Barak, lui, alla s'adosser au mur, les mains croisées sur son haut-de-chausse mordoré. Sur le bureau de Cromwell, j'aperçus au milieu des papiers une miniature dans un petit cadre d'argent, un ravissant portrait de femme. Cromwell suivit mon regard. Il fronça les sourcils et retourna le portrait, puis désigna Barak du menton.

« Jack est un serviteur de confiance. Il est l'une des huit personnes au courant de cette affaire, en comptant Grey et moi, ainsi que Sa Majesté le roi. » En entendant ces mots, j'écarquillai les yeux. Je tenais toujours ma toque, que j'avais retirée en entrant dans l'église, et me mis à la tourner machinalement entre mes mains.

« L'une des cinq personnes restantes est une de vos vieilles connaissances. » Cromwell eut à nouveau un sourire cynique. « Cette fois-ci, il ne s'agit pas d'une affaire qui troublera votre conscience, vous n'avez pas besoin de transformer votre toque en charpie. » Il s'adossa à son fauteuil et secoua la tête avec indulgence. « Je vous ai brusqué à propos de Scarnsea, Matthew. Je m'en suis rendu compte ensuite. Aucun d'entre nous n'aurait pu deviner la tournure que prendraient les événements. J'ai toujours admiré votre intelligence, le talent et la minutie dont vous usez pour faire apparaître la vérité dans les entreprises humaines. Et ce, depuis l'époque maintenant lointaine où nous étions de jeunes partisans de la Réforme. Vous en souvenez-vous ? » Il sourit, mais une ombre traversa son visage. « À l'époque, il y avait plus d'espoir et moins de soucis. » Il garda le silence un instant, et je pensai aux bruits qui couraient sur les tracas que lui causait le mariage du roi avec Anne de Clèves.

« Puis-je vous demander qui est cette vieille connaissance, Votre Grâce ? risquai-je.

— Vous vous souvenez de Michael Gristwood ? »

Lincoln's Inn est un cercle restreint. « Gristwood ? L'avoué qui travaillait pour Stephen Bealknap ?

— Lui-même. »

Je me rappelais un petit homme toujours pressé, aux yeux vifs et durs. Gristwood était jadis en excellents termes avec Bealknap et comme lui, toujours à l'affût de nouveaux projets susceptibles de rapporter des pécunes. Mais il n'avait pas la froideur calculatrice de Bealknap, et ses projets échouaient toujours. Il était venu un jour me demander mon aide à propos d'une affaire qu'il avait acceptée et qui relevait du droit de la propriété foncière. Simple avoué, il s'était attaqué à une affaire horriblement compliquée excédant de beaucoup ses compétences, et il m'avait été fort reconnaissant. Il m'avait offert un dîner dans la Grande Salle du collège, où je l'avais écouté d'une oreille à moitié amusée me proposer en guise de remerciement de m'associer à ses projets insensés.

« Il s'est brouillé avec Bealknap pour une raison ou pour une autre, dis-je. Cela fait longtemps qu'on ne l'a pas vu à Lincoln's Inn. Ne travaille-t-il pas pour la cour des augmentations [1] ?

— En effet, dit Cromwell en hochant la tête. Afin d'aider Rich à mettre en pratique la procédure de dissolution. » Il joignit les mains devant son visage, et me regarda par-dessus. « L'an dernier, lorsque le prieuré de St Bartholomew à Smithfield s'est rendu, Gristwood a été envoyé pour superviser l'inventaire des biens qui devaient revenir au roi. »

1. Cour créée en 1535 par Henry VIII pour gérer l'augmentation des revenus entraînée par la confiscation des biens des monastères après leur dissolution.

Je hochai la tête. Le prieuré de l'hôpital avait jadis été un grand couvent. Je me souvenais que le prieur, de connivence avec Cromwell et Rich, avait reçu en récompense la plus grande partie des terres du couvent. Ainsi en allait-il du vœu de pauvreté. Pourtant, on disait que le prieur Fuller se mourait d'un mal qui le consumait, envoyé par Dieu pour le punir d'avoir fermé l'hôpital. D'autres prétendaient que Richard Rich, qui s'était lui-même installé dans sa belle demeure, l'empoisonnait lentement.

« Gristwood a emmené avec lui des agents de la cour des augmentations, poursuivit Cromwell, afin de compter le mobilier, l'argenterie à fondre, etc. Il a demandé au bibliothécaire du monastère de lui montrer les livres susceptibles d'êtres gardés. Les agents des Augmentations sont minutieux, ils fouillent dans des coins que les moines eux-mêmes ont souvent oubliés.

— Je sais.

— Et dans la crypte au-dessous de l'église, dans un renfoncement plein de toiles d'araignée, ils ont trouvé quelque chose. » Il se pencha en avant ; ses yeux sombres et durs me donnaient le sentiment de percer les miens. « Quelque chose qui était perdu pour les hommes depuis des siècles, qui a été réduit au statut de légende, de passe-temps pour les alchimistes. »

Je le regardai avec étonnement : je ne m'attendais pas à cela. Il eut un rire gêné : « On dirait un conte de bonne femme, n'est-ce pas ? Dites-moi, Matthew, avez-vous jamais entendu parler du feu grégeois ?

— Je n'en suis pas sûr, répondis-je, sourcils froncés, mais le nom me dit quelque chose.

91

— J'en ignorais tout moi-même jusqu'à ces dernières semaines. Le feu grégeois, Matthew, était un liquide inconnu que les empereurs byzantins utilisaient dans les guerres contre les Infidèles il y a huit cents ans. Ils s'en servaient pour embraser les navires ennemis et les détruire complètement. C'était un feu violent, inextinguible. Il brûlait même sur l'eau. Sa formule originale est restée secrète. Les empereurs byzantins se la transmettaient jusqu'à ce qu'un jour, elle se perdît. Les alchimistes cherchent en vain à la découvrir depuis des siècles, sans parvenir à la reconstituer. Approchez, Grey », dit-il en claquant des doigts. Le secrétaire quitta son bureau et lui remit un morceau de parchemin. « Maniez ceci avec grand soin, Matthew », murmura-t-il.

Je m'en saisis avec circonspection. Les bords du document, très ancien, étaient abîmés, et le haut en avait été déchiré. Quelques mots en grec étaient surmontés d'une enluminure somptueuse, mais dénuée de perspective, comme celles dont se servaient jadis les moines pour illustrer leurs ouvrages. Deux bateaux à rames d'un modèle ancien se faisaient face sur l'eau. Devant l'un des deux, un tuyau doré vomissait des langues de feu rouges qui engloutissaient l'autre navire.

« C'est bien le genre d'illustration exécutée par des moines, dis-je.

— En effet. » Il se tut et se concentra. Je regardai Barak, qui écoutait avec une mine d'où avait disparu toute trace de moquerie. Debout à côté de moi, Grey étudiait le parchemin, les mains croisées.

Cromwell reprit la parole, à mi-voix, bien que nous ne fussions que trois à pouvoir l'entendre. « Notre ami

Gristwood était à St Bartholomew un jour de l'automne dernier lorsqu'il fut appelé à l'église par un agent des Augmentations. Parmi tout le fatras qui encombrait la crypte, on avait trouvé un grand tonneau qui, une fois ouvert, se révéla empli d'un liquide sombre, épais et nauséabond. Michael Gristwood affirme qu'on aurait dit le cabinet d'aisances de Lucifer. Jamais il n'avait rien vu de pareil, ni de près ni de loin, et cela a éveillé sa curiosité. Sur le tonneau était fixée une plaque portant un nom : Alan Saint-John, ainsi que ces mots latins : *Homo homini lupus.*

— "L'homme est un loup pour l'homme."

— Ces moines étaient incapables de parler notre langue simplement. Quoi qu'il en soit, notre ami Gristwood eut l'idée de demander au bibliothécaire de chercher le nom de Saint-John dans ses ouvrages. Ils le trouvèrent dans le catalogue, ce qui les conduisit à un vieux carton de manuscrits consacrés au feu grégeois, déposé là par un certain capitaine Saint-John qui était mort à l'hôpital St Bartholomew un siècle auparavant. C'était un ancien soldat, un mercenaire qui s'était trouvé à Constantinople lorsque la ville était tombée aux mains des Turcs. Il avait laissé un mémoire, où il racontait comment un bibliothécaire de Byzance, qui avait gagné le port avec lui pour fuir, lui avait donné le tonneau qui, d'après lui, contenait les derniers restes de feu grégeois, ainsi que la formule pour le fabriquer. L'homme avait fait cette découverte en rangeant la bibliothèque de l'empereur et l'avait confiée à Saint-John pour que le secret ne tombe pas dans les mains des Turcs. Vous voyez que la page est déchirée.

— En effet.

— Gristwood s'est approprié la formule écrite en grec au-dessus de l'image, ainsi que les instructions concernant la construction de l'appareil utilisé pour projeter le liquide. Naturellement, il aurait dû m'apporter ce document, car c'était la propriété du monastère, et, à ce titre, elle appartient au roi à présent. Or il ne l'a pas fait. »

Cromwell fronça les sourcils et sa lourde mâchoire se contracta. Il y eut un instant de silence et je me rendis compte que je tordais à nouveau ma toque. Cromwell poursuivit, toujours à mi-voix.

« Michael Gristwood avait un frère aîné. Samuel. Connu sous le nom de Sepultus Gristwood l'alchimiste. Sans doute une allusion aux connaissances enterrées que seul l'alchimiste peut découvrir. Oui, comme la plupart de ces drôles, il a pris un nom latin. Mais, quand Sepultus entendit l'histoire de Michael, il comprit que la formule pouvait faire sa fortune. »

Incontestablement, il s'agissait là d'une affaire d'envergure.

« Si elle est authentique, dis-je. Il y en a treize à la douzaine, des formules d'alchimistes censées créer des merveilles…

— Oh que oui, elle est authentique. Elle a été expérimentée sous mes yeux. »

Je ne pus m'empêcher de me signer, bien que ce geste fût impie.

« Les Gristwood ont dû passer un certain temps à fabriquer cette substance, car c'est en mars de cette année que Michael est entré en pourparlers avec moi. Pas directement, bien entendu : quelqu'un de sa qualité ne pouvait agir ainsi, mais il s'est servi de truchements. L'un d'eux m'a apporté ce parchemin ainsi que d'autres documents du couvent. Tout, hormis la formule. Avec un message des frères Gristwood disant qu'ils avaient fabriqué du feu grégeois et qu'ils se proposaient de m'en faire la démonstration ; que si je voulais la formule, ils me la donneraient. En échange d'une licence d'exploitation leur accordant l'exclusivité de la fabrication. »

Je regardai le parchemin : « Mais ce document ne leur appartient pas ! Comme vous l'avez dit, il était propriété du monastère et donc celle du roi à ce jour. »

Il hocha la tête. « En effet. Et j'aurais pu faire enfermer les frères à la Tour et leur arracher l'information par la force. Ce fut mon premier mouvement. Mais s'ils fuyaient avant d'être arrêtés ? S'ils vendaient la formule aux Français ou aux Espagnols ? C'étaient deux êtres retors. Alors, j'ai décidé de jouer leur jeu jusqu'à me faire une idée de leurs compétences. Une fois que j'aurais jugé si la chose présentait un intérêt réel, je pouvais leur promettre cette licence et les faire arrêter pour vol au moment où ils s'y attendraient le moins. » Ses lèvres minces se pincèrent. « J'ai commis une erreur. » Il regarda Grey, toujours debout à côté de moi. « Asseyez-vous, monsieur le secrétaire, grinça-t-il. Vous me donnez le tournis, à vous balancer d'un pied sur l'autre. Matthew peut garder le parchemin. »

Grey s'inclina et retourna s'asseoir à son bureau, le visage inexpressif. Il devait avoir l'habitude de servir de bouc émissaire lorsque Cromwell avait ses humeurs. Je surpris le regard de Barak sur son maître, un regard de sollicitude presque filiale. Cromwell s'adossa derechef à son fauteuil.

« L'Angleterre a allumé un incendie en Europe, Matthew. Elle a été le premier grand État à rompre avec Rome. Le pape veut que les Français et les Espagnols unissent leurs forces pour nous vaincre. Ils refusent de faire du commerce avec nous. Dans les eaux de la Manche, nous nous livrons à une guerre non déclarée avec les Français, nous sommes obligés de consacrer la moitié du revenu des monastères à la défense du pays. Si vous saviez combien d'argent nous avons dépensé, vos cheveux se dresseraient sur votre tête. Les nouvelles forteresses le long de la côte, la construction de bateaux, les canons et la poudre…

— Je sais, Votre Grâce. Tout le monde redoute l'invasion.

— Du moins les loyaux partisans de la Réforme. Vous n'êtes pas devenu papiste depuis notre dernière rencontre, j'espère ? » Il me dévisagea avec une intensité terrible.

Mes mains se crispèrent sur ma toque. « Non, Votre Grâce. »

Il hocha lentement la tête. « C'est bien ce qu'on m'a rapporté, en effet. Votre zèle pour notre cause est moins vif, mais vous n'êtes pas passé à l'ennemi. On ne peut pas en dire autant de certains. Ainsi, vous mesurez toute l'importance d'une arme nouvelle, qui serait susceptible de rendre nos bateaux invincibles.

— Oui, mais… » J'hésitai.

« Continuez.

— Votre Grâce, parfois, dans des temps désespérés, on s'accroche à des remèdes désespérés. Les alchimistes nous promettent monts et merveilles, mais parmi leurs prétendues trouvailles, bien peu se sont matérialisées. »

96

Il fit un signe d'approbation. « Ah ! Matthew, vous avez toujours su mettre le doigt là où le bât blesse. Mais n'oubliez pas que j'ai assisté à l'expérience. J'ai rencontré les Gristwood ici, et leur ai dit que je mettrais à leur disposition une vieille gabarre que l'on amènerait de Deptford un matin de bonne heure, que, s'ils étaient capables de la détruire sous mes yeux avec le feu grégeois, je conclurais un marché avec eux. Jack s'est chargé de tout. Lui et moi étions les seuls témoins de l'expérience, un jour de mars, à l'aube. Et ils ont réussi. » Il écarta largement les bras et secoua la tête. Je vis qu'il était encore impressionné par ce qu'il avait vu.

« Ils ont apporté un étrange mécanisme en acier, qu'ils avaient fabriqué eux-mêmes, avec un tuyau monté sur pivot. Ils ont branché une pompe sur ledit mécanisme et une grande nappe de feu liquide a jailli, consumant le vieux bateau en quelques minutes. En voyant cela, j'ai failli tomber dans l'eau. Il n'y a pas eu d'explosion, comme avec la poudre à canon, mais seulement… » Il secoua à nouveau la tête. « Un feu irrésistible, plus vorace et plus furieux que je n'en ai jamais vu. On aurait dit l'haleine d'un dragon. Et il n'y a eu ni incantations ni formules magiques, Matthew. Ce n'est pas un tour de passe-passe, c'est une innovation véritable ; ou plutôt une redécouverte. J'ai assisté à une seconde démonstration, une semaine plus tard. Tout aussi concluante. J'en ai donc informé Sa Majesté. »

Je regardai Grey, qui acquiesça, la mine sérieuse. Cromwell prit une inspiration profonde.

« Il a manifesté plus d'enthousiasme que je n'avais osé l'espérer. Vous auriez dû voir ses yeux s'illuminer. Il m'a tapé sur l'épaule, ce qu'il n'avait pas fait depuis longtemps, et a demandé à assister à une démonstration. Un vieux vaisseau de guerre, la *Grâce de Dieu*, est mouillé à Deptford en attendant d'être détruit. J'ai organisé son transport pour le dix juin, dans douze jours. » Le dix juin... Le jour où expirait la grâce d'Elizabeth.

« J'ai été pris au dépourvu, poursuivit-il. Je ne pensais pas que le roi agréerait aussi vite cette idée. Je ne peux plus continuer à jouer au chat et à la souris avec les Gristwood. Il me faut cette formule, ainsi que le feu grégeois qu'ils ont fabriqué, avant que le roi n'assiste à cette démonstration. Je veux que vous les obteniez d'eux. »

Je poussai un profond soupir. « Je vois.

— Ce n'est qu'une affaire de persuasion, Matthew. Michael Gristwood vous connaît et vous respecte. Si vous lui rappelez que la formule appartient légalement au roi, qui s'intéresse personnellement à cette découverte, je pense que vous réussirez à obtenir la formule. Je veux que ceci soit fait sur-le-champ. Jack a cent livres en pièces d'or, qu'il comptera à Gristwood en récompense. Et vous pouvez le prévenir que s'il ne coopère pas, j'appellerai à ma rescousse le chevalet de torture de la Tour. »

Je levai les yeux vers lui. La tête me tournait à l'idée de m'impliquer dans une affaire concernant le roi en personne. Cependant, Cromwell avait la vie d'Elizabeth entre ses mains. Je rassemblai mon courage.

« Où habitent les Gristwood ?

— Ils vivent avec la femme de Michael, dans une grande maison délabrée, à Wolf Alley, dans la paroisse de Tous-les-Saints à Queenhithe. Sepultus y travaille.

Je veux que vous vous y rendiez dès aujourd'hui. Jack vous accompagnera. »

Je restai assis un moment et choisis mes mots avec soin : « Si je fais cela, Votre Grâce, je vous supplie de ne plus me confier d'autre tâche ensuite. Je mène une vie tranquille désormais, c'est tout ce à quoi j'aspire. »

Je pensais que ce manque d'ambition m'attirerait une volée de bois vert, mais Cromwell se contenta de m'adresser un sourire ambigu. « Oui, Matthew, vous retournerez à votre vie paisible. Et réjouissez-vous d'avoir le choix.

— Merci, Votre Grâce. »

Il se leva. « Partez tout de suite. Si les Gristwood ne sont pas là, trouvez-les. Jack, vous me ferez votre rapport à la fin de la journée.

— Oui, Votre Grâce. »

Je me levai et saluai. Barak alla ouvrir la porte. Avant de le suivre, je me retournai vers mon ancien maître. « Votre Grâce, puis-je vous demander pourquoi vous m'avez choisi pour cette mission ? »

Du coin de l'œil, je vis Grey secouer légèrement la tête à mon intention.

Cromwell baissa les yeux. « Parce que Gristwood vous considère comme un homme droit et vous fera confiance, comme je vous fais confiance moi aussi, parce que je sais que vous êtes l'un des rares qui ne chercheront pas à tirer profit de la situation. Vous êtes trop honnête.

— Je vous remercie », dis-je à mi-voix.

Son visage se durcit. « Et aussi parce que vous attachez trop de prix au destin de la fille Wentworth. Et enfin, parce que vous avez trop peur pour oser me contrarier. »

7

DEHORS, BARAK M'ENJOIGNIT AVEC BRUSQUERIE d'attendre pendant qu'il allait chercher les chevaux. Je restai sur les marches du bâtiment, regardant vers Chancery Lane. Voilà que, pour la seconde fois, Cromwell me lançait dans une affaire complexe et dangereuse. Mais que faire ? Même si j'avais osé le défier, il restait Elizabeth.

Barak reparut sur sa jument noire, menant Chancery par la bride. Je montai en selle et nous nous acheminâmes vers la grille d'entrée. Mon compagnon avait le visage sérieux et fermé. Barak : quel drôle de nom ! Il avait des résonances étrangères alors que l'homme, lui, paraissait tout à fait anglais.

Nous nous arrêtâmes à la porte pour laisser passer une longue procession d'apprentis à la mine maussade qui portaient l'insigne bleu et rouge des peaussiers et se dirigeaient vers Holborn Fields. Tous avaient des arcs sur l'épaule, et quelques-uns portaient de longs fusils à mèche : à cause de la menace d'invasion, tous les jeunes gens étaient tenus de faire un service militaire.

Nous descendîmes vers la Cité. « Ainsi, vous avez assisté à la démonstration du feu grégeois, Barak », dis-je, adoptant un ton délibérément hautain. J'avais décidé de ne pas me laisser impressionner par ce jeune gaillard mal embouché.

Il me lança un regard peu amène : « Parlez plus bas, nous ne voulons pas que le mot circule. Oui, j'étais là. Et ça s'est passé comme l'a dit le comte. Jamais je ne l'aurais cru si je ne l'avais vu de mes propres yeux.

— On peut faire des tours extraordinaires avec de la poudre. À la dernière procession du lord-maire, j'ai vu un dragon cracher des boules de feu qui explosaient ensuite.

— Vous ne me croyez pas capable de reconnaître un tour d'artificier ? Ce qui s'est passé à Deptford était tout autre chose. Il ne s'agissait pas de poudre, et ç'a été un événement sans précédent, en Angleterre en tout cas. » Il se détourna pour conduire son cheval à travers la foule qui se pressait afin de franchir la porte de Ludgate.

Nous suivîmes Thames Street à petite allure à cause de la cohue de midi qui ralentissait notre avance. C'était l'heure la plus chaude de la journée, et Chancery était couvert de sueur. Je me rendis compte que j'avais grand-faim. Le soleil me brûlait les joues, et lorsqu'un tourbillon de poussière m'entra dans la bouche je me mis à tousser.

« Nous ne sommes plus bien loin, annonça Barak. Nous allons tourner en direction de la Tamise. »

Une idée m'était venue, qui m'inspira cette question : « Pourquoi Gristwood n'a-t-il pas cherché à entrer en contact avec Thomas Cromwell par le truchement de sir Richard Rich, le chancelier des Augmentations ?

— Il n'avait pas confiance en lui. Tout le monde sait qu'il est sans scrupule. Il aurait gardé la formule pour la monnayer lui-même, et aurait probablement renvoyé Gristwood par la même occasion. »

J'opinai. Sir Richard était un brillant avocat, un administrateur hors pair, mais on le disait plus cruel et cynique que quiconque en Angleterre.

« Le bruit court qu'il empoisonne le prieur Fuller à petites doses », lançai-je.

Barak haussa les épaules. « Allez savoir. C'est ici que nous tournons. »

Nous pénétrâmes dans un labyrinthe de ruelles descendant vers la Tamise, dont j'aperçus les eaux brunes sillonnées de bachots et de bateaux couverts à voiles blanches. Mais le vent qui soufflait du fleuve n'avait rien de vivifiant : la marée étant toujours basse, la boue chargée d'immondices cuisait au soleil.

Wolf's Lane était une longue rue étroite bordée de vieilles maisons, en majorité des échoppes décrépites et des gîtes garnis. Devant l'une des maisons les plus spacieuses, j'avisai une enseigne aux couleurs vives montrant Adam et Ève debout de chaque côté de l'œuf philosophal, le vase clos légendaire dans lequel on pouvait transformer en or un vil métal. Une enseigne d'alchimiste… Je vis que l'endroit aurait eu grand besoin d'être entretenu : le plâtre tombait des murs et il manquait des tuiles au toit en surplomb. Comme beaucoup de maisons en torchis faites avec la boue de la Tamise, elle penchait nettement d'un côté.

La porte d'entrée était ouverte et je vis avec surprise qu'une servante très simplement vêtue se cramponnait des deux mains au chambranle comme si elle craignait de tomber.

« Qu'est-ce qui se passe ? demanda Barak. Déjà saoule à une heure de l'après-midi ?

— Je ne crois pas », répondis-je. Un sinistre pressentiment m'avait brusquement envahi. En nous voyant, la femme poussa un cri perçant.

« Au secours ! pour l'amour de Dieu, aidez-moi. À l'assassin ! »

Barak sauta à terre et courut vers elle. J'accrochai prestement les rênes de mon cheval à une balustrade et me précipitai à la rescousse. Barak tenait la femme par les deux bras. Elle le fixait avec des yeux égarés et sanglotait bruyamment.

« Allons, ma fille, chuchota-t-il avec une douceur surprenante, qu'avez-vous ? »

Elle fit un effort pour se calmer. C'était une jeunesse aux joues rondes, une campagnarde, d'après son apparence.

« Le maître, souffla-t-elle. Oh ! mon Dieu, le maître… »

Le bois de la porte auquel elle s'était cramponnée si désespérément était éclaté et brisé. La porte elle-même avait été forcée et pendait sur un gond. À l'intérieur s'ouvrait un long couloir où était accrochée une grande tapisserie aux teintes passées représentant les Rois mages qui apportaient des présents à l'Enfant Jésus. Je saisis le bras de Barak : sur les joncs étalés par terre se détachaient des traces de pas. Rouge sombre.

« Que s'est-il passé dans cette maison ? » murmurai-je.

Barak secoua doucement la fille : « Nous sommes ici pour vous aider. Allez, dites-nous votre nom. »

Celui qui avait défoncé la porte était peut-être encore là. Ma main se crispa sur la dague pendue à ma ceinture.

« Je m'appelle Susan, monsieur, dit la fille d'une voix tremblante. J'étais partie faire le marché à Cheapside avec ma maîtresse et quand... quand nous sommes revenues, nous avons trouvé la porte dans cet état. Et à l'étage, mon maître et son frère — elle déglutit et regarda vers l'intérieur — Oh, Seigneur, monsieur...

— Où est votre maîtresse ?

— Dans la cuisine. » Elle inspira péniblement. « Elle est devenue toute raide quand elle les a vus. Incapable de bouger. Je l'ai assise et j'ai dit que j'allais chercher de l'aide, mais, en arrivant à la porte, je me suis sentie mal et je n'ai pas pu faire un pas de plus... » Elle se cramponnait à Barak.

« Vous êtes une fille courageuse, Susan, dit-il. Pensez-vous pouvoir nous conduire auprès de votre maîtresse ? »

La fille lâcha la porte. Frissonnant en voyant les traces de pas sanglantes à l'intérieur, elle avala sa salive et, serrant bien fort la main de Barak, s'engagea dans le couloir.

« À voir les empreintes, ils étaient deux, murmurai-je. Un grand et un petit.

— Nous voilà dans un joli bourbier », souffla-t-il.

Nous suivîmes Susan dans une vaste cuisine qui donnait sur une cour dallée. La pièce était assez mal tenue, avec une cuisinière noire de crasse et un plafond passé à la chaux où s'étalaient des auréoles brunâtres. Je me dis que les grands projets de Gristwood ne lui avaient guère rapporté. Devant la table patinée par les ans était assise une petite femme plus âgée que je ne m'y attendais, qui portait un tablier blanc sur une robe bon marché. Des mèches de cheveux gris s'échappaient de sa coiffe blanche. Elle était assise toute droite, les mains crispées sur le rebord de la table, la tête tremblante.

« Elle est sous le choc, la pauvre », déclarai-je.

La servante s'approcha d'elle. « Madame, dit-elle d'une voix hésitante, ces messieurs que vous voyez là vont nous aider. »

La femme sursauta et fixa sur nous des yeux égarés. Je levai une main apaisante. « Dame Gristwood ?

— Qui êtes-vous ? demanda-t-elle, soudain méfiante.

— Nous étions venus pour voir votre mari et son frère. Susan a dit qu'en rentrant vous avez trouvé la porte défoncée…

— Ils sont là-haut, chuchota dame Gristwood. En haut. » Elle croisa si fort ses mains décharnées que les articulations blanchirent.

« Pouvons-nous aller voir ? » demandai-je.

Elle ferma les yeux. « Si vous en avez le courage.

— Susan, restez ici et occupez-vous de votre maîtresse. Venez, Barak. » Il hocha la tête. S'il éprouvait le même saisissement et la même crainte que moi, il n'en laissait rien paraître. Comme nous sortions, Susan alla s'asseoir près de sa maîtresse et lui prit timidement la main.

Nous repassâmes devant la tapisserie, dont le style montrait qu'elle était fort ancienne, et montâmes l'étroit escalier en bois menant au premier. Ici, on sentait nettement que la maison était bancale : certaines marches étaient de guingois et une grande fissure courait sur le mur. Les traces de pas étaient plus nombreuses, et le sang frais.

En haut de l'escalier, plusieurs portes donnaient dans le couloir, toutes fermées, hormis celle qui se trouvait juste en face de nous. Comme la porte d'entrée, elle avait été fracturée et ne tenait que par un seul gond. Je pris une profonde inspiration et entrai.

La pièce, grande et bien éclairée, occupait toute la longueur de la maison. Une curieuse odeur un peu soufrée y flottait. Des textes en latin étaient peints sur les grosses poutres du plafond. Je déchiffrai : *Aureo hamo piscari*. « Pêcher avec un hameçon d'or. »

Personne ici ne pêcherait plus. Un homme en robe d'alchimiste tachée était étalé de tout son long sur un banc renversé, au milieu d'un indescriptible désordre de cornues et de tuyaux cassés. Son visage, effroyablement écrasé, n'était plus qu'une bouillie rouge d'où sortaient des esquilles d'os, des dents et des bouts de cervelle grise. Au milieu de l'horrible masse, un iris bleu me fixait. Je sentis mon estomac remonter dans ma gorge et me détournai rapidement pour examiner le reste de la pièce.

L'atelier était sens dessus dessous. Partout, du verre brisé et d'autres bancs renversés. À côté d'une haute cheminée gisaient les restes d'un grand coffre cerclé d'acier dont il ne restait plus qu'un tas de lattes brisées, les bandes de métal avaient été déchiquetées. Celui qui avait manié la hache — tout semblait indiquer que c'était l'arme du crime — devait être doté d'une force peu commune.

À côté du coffre, Michael Gristwood gisait sur le dos. Son corps était à demi recouvert d'une carte de plans astraux tombée du mur et qui avait trempé dans son sang. Il avait la tête presque détachée du cou. Un jet puissant de sang avait taché le sol et même les murs. Je me sentis blêmir à nouveau.

« C'est lui, l'avoué ? demanda Barak.

— Oui. » Michael avait les yeux et la bouche grands ouverts comme sur un dernier cri de terreur et de surprise.

« Eh bien, il n'aura pas l'usage du sac d'or de lord Cromwell », dit Barak. Je fronçai les sourcils. Il haussa les épaules. « Allons, redescendons. »

Après avoir jeté un dernier regard aux corps massacrés, je le suivis dans la cuisine. Susan, qui semblait avoir repris ses esprits, faisait bouillir de l'eau sur le fourneau crasseux. Dame Gristwood était toujours assise, les mains crispées.

« Quelqu'un d'autre habite ici, Susan ? s'enquit Barak.

— Non, monsieur.

— N'y a-t-il personne qui pourrait venir afin que vous ne restiez pas seules ? demandai-je à dame Gristwood. Des parents ? » De nouveau, son visage se durcit, puis elle répondit « Non.

— Bien, dit brusquement Barak. Je vais chez le comte de ce pas, afin qu'il me donne des directives. Restez avec elles, m'ordonna-t-il en désignant du bras les femmes, et qu'elles ne sortent pas d'ici.

— Il faudrait prévenir le constable.

— La peste soit du constable. Je vais voir le comte. »

Susan leva des yeux inquiets. « Vous voulez dire lord Cromwell, monsieur ? Mais… mais nous n'avons rien fait. » Sa voix alarmée se fit aiguë.

« Ne craignez rien, Susan, dis-je avec douceur, il faut le prévenir. Il… » J'hésitai.

Dame Gristwood intervint d'une voix froide et dure : « Mon mari et Sepultus travaillaient pour lui, Susan. Je n'en sais pas plus. Je leur avais dit qu'ils commettaient une erreur de taille, car c'est un homme dangereux. Mais Michael n'a pas voulu m'écouter. » Elle nous fixa de ses yeux bleu très clair, soudain chargés de colère. « Alors voyez ce qui leur est arrivé ! dit-elle d'une voix étranglée par la fureur et le chagrin.

— Sangdieu ! madame, éclata Barak, votre mari baigne dans son sang là-haut, et c'est tout ce que vous trouvez à dire ! » Je le regardai, étonné, puis me rendis compte que, sous ses airs bravaches, lui aussi était bouleversé par ce que nous venions de découvrir. Dame Gristwood se contenta de sourire amèrement et détourna la tête.

« Restez ici, me répéta Barak, je ne tarderai pas. » Il tourna les talons et quitta la cuisine. Susan me regardait, l'air apeuré. Dame Gristwood s'était à nouveau enfermée dans ses pensées.

« Rassurez-vous, Susan, dis-je en m'efforçant de sourire. Vous n'avez rien à craindre. On vous posera peut-être quelques questions, mais rien de plus. » Elle avait toujours l'air terrifié : le nom de Cromwell produisait cet effet sur la plupart des gens. Je serrai les dents. Dans quel guêpier étais-je allé mettre les pieds ?

Et pour qui se prenait Barak, en me donnant des ordres ?

Je me dirigeai vers la fenêtre et regardai la cour, surpris de voir que les dalles comme les murs étaient noircis. « Y a-t-il eu un incendie ici ? demandai-je à Susan.

— Maître Sepultus faisait parfois des expériences dans la cour, monsieur. Il y avait des explosions, et ça sifflait ! » Elle se signa. « Heureusement qu'il ne voulait pas que je regarde ! »

Dame Gristwood reprit la parole. « Oui, nous étions obligées de sortir de la cuisine quand mon mari et lui faisaient leurs bêtises, là-dehors. »

Je réexaminai les traces de brûlé. « Et ils venaient souvent dans cette cour ?

— Seulement ces derniers temps, monsieur », répondit Susan. Elle se tourna vers sa maîtresse. « Je vais faire une tisane, madame, cela nous calmera. Vous en prendrez, monsieur ? J'ai de la fleur de souci...

— Non merci. »

Nous gardâmes le silence un moment. Mon esprit réfléchissait à toute vitesse. Peut-être la formule était-elle encore dans l'atelier, peut-être même avec des échantillons de feu grégeois. C'était le moment de chercher, avant que la pièce ne soit mise encore plus sens dessus dessous. Malgré ma répugnance à retourner là-haut, je priai les femmes de ne pas bouger et remontai l'escalier.

Je restai un moment à la porte, m'armant de courage pour regarder à nouveau ces restes effroyables. Je me rappelai que le pauvre Michael devait avoir environ trente-cinq ans, et était donc plus jeune que moi. Le soleil de l'après-midi éclairait la pièce et un rayon tombait sur le visage du mort. Je me souvenais de ce dîner à Lincoln's Inn où je lui avais trouvé l'air curieux et insistant d'un aimable rongeur. Je me détournai de son regard terrifié.

Il y avait une désinvolture choquante dans la façon dont les deux hommes avaient été supprimés. On eût dit que les assassins avaient simplement enfoncé les portes, puis abattu les frères comme des animaux, chacun d'un coup de hache. Ils avaient dû surveiller la maison et attendre que les femmes sortent. Je me demandai si, en entendant qu'on enfonçait la porte d'entrée, Michael et Sepultus s'étaient enfermés à clef dans l'atelier, dans le vain espoir de se protéger.

Michael portait une blouse grossière par-dessus sa chemise. Qui sait s'il n'était pas en train d'aider son frère. Mais à quoi ? Je regardai à l'entour. Jamais je n'étais entré dans un atelier d'alchimiste. Je me tenais soigneusement à l'écart de cette confrérie, qui avait la réputation de se composer en majorité d'imposteurs notoires. Mais j'avais vu des gravures représentant leurs ateliers ; or là, il manquait quelque chose. Les sourcils froncés, je m'approchai d'un mur tapissé d'étagères ; sous mes pieds craquaient des éclats de verre brisé. Un des rayonnages était chargé de livres, mais les autres étaient vides. Voilà ce que j'avais vu sur les gravures : les antres des alchimistes étaient pleins de bouteilles, de liquides et de poudres. Rien de tel ici. De plus, certains bancs étaient couverts de cornues aux formes bizarres. Le verre brisé par terre, sans doute. « Ils ont emporté ses potions », murmurai-je.

Je pris un livre sur l'étagère, *Epitome corpus herme-ticus*, et le feuilletai. Un passage était souligné : « La distillation est l'exaltation de l'essence d'une matière sèche, par le feu ; ainsi, par le feu, nous arrivons à l'essence de toute chose, cependant que tout le reste est consumé. » Secouant la tête, je reposai le volume et portai mon attention vers les restes du coffre. La cheminée et le mur derrière elle étaient noircis, comme la cour.

Le contenu du coffre gisait épars sur le sol : lettres et documents, dont un ou deux portaient l'empreinte d'un pouce sanglant. Les assassins avaient donc fouillé. Il y avait un document daté de trois ans aupa-ravant, concernant la vente de la maison à Sepultus et Michael Gristwood, et un contrat de mariage entre Michael Gristwood et Jane Harper, établi dix ans plus tôt. D'après ses termes, le gendre aurait hérité de tous les biens du père de Jane, une clause d'une générosité inhabituelle.

Par terre, quelque chose attira mon regard. Je me penchai et ramassai une pièce d'or d'un angel, tombée d'un sac qui en contenait vingt autres. On n'avait pas emporté l'argent des deux frères. Ainsi, ce n'était pas cela que cherchaient les assassins. Je me levai, empo-chant l'angel. Dans l'atelier, une autre odeur commen-çait à l'emporter sur celle du soufre : l'odeur douceâtre et écœurante de la décomposition. Je marchai sur quelque chose qui crissa sous mon talon. J'avais cassé une délicate balance d'alchimiste. Celle de Septulus. Bah, il n'en aurait plus l'usage. Après un dernier regard aux restes ensanglantés, je quittai la pièce.

111

Jane Gristwood était assise, telle que je l'avais laissée. À côté d'elle, Susan, qui sirotait un breuvage dans une coupe en bois, leva les yeux avec nervosité à mon retour. Je pris la pièce d'or et la posai devant sa maîtresse. Elle me regarda.

« Qu'est-ce que c'est ?

— Je l'ai trouvée en haut, dans les restes du coffre de votre mari. Il y a une bourse pleine d'angels, ainsi que l'acte notarié de vente de la maison et d'autres documents. Vous devriez les mettre en lieu sûr. »

Elle hocha la tête : « L'acte de vente de la maison. Elle doit m'appartenir à présent. Cette grande baraque délabrée. Je ne l'ai jamais aimée.

— Oui, elle vous revient légalement, à moins que Michael n'ait des fils.

— Non, il n'en a pas, dit-elle avec une amertume soudaine, avant de relever les yeux vers moi. Ainsi, vous connaissez la loi. Et le droit de succession.

— Je suis avocat, madame, rétorquai-je sèchement, car sa froideur commençait à me déplaire. Peut-être voudrez-vous prendre l'or et les papiers ; il ne va pas tarder à y avoir beaucoup d'allées et venues dans cette maison. »

Elle me regarda fixement quelques instants. « Je ne peux pas monter là-haut », souffla-t-elle. Puis ses yeux s'écarquillèrent et sa voix dérapa dans les aigus : « Ne me forcez pas à remonter, pour l'amour du ciel, ne me forcez pas à les revoir ! » Elle se mit à sangloter, laissant échapper un hurlement désespéré comme celui d'un animal pris au piège. La servante la réconforta de nouveau.

« Je vais aller chercher tout cela », dis-je, honteux de m'être montré aussi cassant.

Je rassemblai donc les papiers et la bourse. La chaleur de l'après-midi exaltait l'odeur de la mort. En me relevant, je faillis glisser. Je regardai au sol, craignant d'avoir dérapé sur du sang, mais non : près du feu se trouvait une flaque d'un autre liquide, incolore, qui avait coulé d'une petite fiole de verre gisant sur le sol. Je me penchai et y plongeai le doigt, que je frottai. Le liquide était très fluide. J'inspirai. Pas plus d'odeur que de l'eau. Non sans hésitation, j'y hasardai le bout de ma langue. Aussitôt, un goût amer et piquant m'emplit la bouche, me faisant suffoquer et tousser.

J'entendis des pas dehors et m'approchai de la fenêtre, tamponnant ma bouche en feu. Barak était là, accompagné de six hommes portant la livrée de Cromwell, l'épée au côté. Je redescendis en hâte tandis qu'ils entraient dans la maison. Leurs pas lourds résonnèrent sur les lattes du plancher, ils se dirigeaient rapidement vers la cuisine. Susan poussa un petit cri. Les hommes étaient tous entrés dans la pièce, et dame Gristwood les regardait d'un air hostile. Barak vit les papiers que j'avais à la main. « Qu'est-ce que c'est que ça ? demanda-t-il d'une voix coupante.

— Des papiers de famille et un peu d'or. Ils étaient dans le coffre en haut. Je suis allé les chercher pour les remettre à dame Gristwood.

— Montrez-les-moi. »

Je fronçai les sourcils en le voyant saisir les papiers. Le drôle savait donc lire. Il ouvrit la bourse et en examina le contenu. Satisfait, il posa l'or et les papiers devant dame Gristwood, qui les serra aussitôt contre sa poitrine. Barak me regarda.

« Avez-vous trouvé là-haut la moindre trace de la formule ?

— Je n'ai rien vu de tel. Si elle était dans le coffre, ils l'ont emportée. »

Il se tourna vers la veuve. « Savez-vous si votre mari et votre frère avaient en leur possession certain document contenant une formule sur laquelle ils travaillaient ? »

Elle secoua la tête avec lassitude. « Non. Ils ne me parlaient pas de ce qu'ils faisaient. Ils m'ont seulement dit qu'ils agissaient sur ordre de lord Cromwell. Je ne tenais pas à être au courant.

— Ces hommes vont devoir fouiller la maison de haut en bas, dit-il. Il faut absolument que nous trouvions ce papier. Après quoi, l'un d'eux restera auprès de vous. »

Elle le regarda fixement. « Nous sommes donc prisonnières ?

— Non, mais il faut vous protéger, madame. Il se peut que vous soyez en danger. »

Elle ôta sa coiffe et se passa les doigts dans ses cheveux gris. Puis elle regarda Barak, l'œil dur : « Et ma porte d'entrée ? N'importe qui pourrait s'introduire ici.

— On la réparera. Vous vous en occuperez, Smith, dit-il à l'un des hommes de la suite, un gaillard au visage rude.

— Oui, messire Barak. »

Il se tourna alors vers moi : « Le comte veut vous voir tout de suite. Il est parti chez lui, à Stepney. »

J'hésitai. Barak s'approcha. « C'est un ordre, dit-il à mi-voix. J'ai annoncé la nouvelle à mon maître. Il est fort contrarié. »

8

EN TRAVERSANT DE NOUVEAU LA CITÉ après notre passage dans cette maison silencieuse où la mort avait fait son œuvre, je me sentais à mille lieues de la cohue, du bruit et de la bousculade. Nous avions un long chemin en perspective, car la maison du comte d'Essex à Stepney se trouvait à bonne distance des murs de la Cité. Nous ne nous arrêtâmes que pour laisser passer une procession : un ecclésiastique en blanc conduisait un homme vêtu d'une haire, le visage frotté de cendres et portant un fagot sur le dos. Suivaient les paroissiens. Il devait s'agir d'un homme dont les opinions réformistes avaient paru hérétiques, mais qui s'était repenti ; le fagot et les cendres étaient là pour lui rappeler que le bûcher l'attendait s'il retombait dans ses erreurs. L'homme pleurait : peut-être s'était-il repenti, mais, en cas de rechute, ce seraient des larmes de sang que son corps verserait.

Barak regardait la scène avec dégoût mais qu'en pensait-il au juste ? Ç'avait été un véritable exploit que d'aller jusqu'à Cromwell, de réunir ces hommes et de revenir si rapidement à Queenhithe. Or il n'avait pas l'air fatigué, alors que moi, je me sentais épuisé. La procession passa lentement, et nous reprîmes notre route. Heureusement, les ombres commençaient à s'allonger et les encorbellements protégeaient du soleil.

« Qu'est-ce que vous avez dans la poche ? » me demanda-t-il tandis que nous remontions la rue menant à Bishopsgate.

Je portai ma main à mon pourpoint et constatai que j'y avais glissé machinalement le livre de Sepultus.

« Un livre sur l'alchimie. » Je regardai fixement Barak. « Comme vous me surveillez ! Vous pensiez que la formule se trouvait avec les papiers que j'ai donnés à dame Gristwood ? »

Il haussa les épaules. « On ne peut faire confiance à personne, par les temps qui courent. Surtout si on est au service du comte. Et puis, ajouta-t-il avec un sourire insolent, vous êtes avocat, et tout le monde sait que c'est une engeance à tenir à l'œil. Sinon, ce serait *crassa negligentia*, comme vous dites, vous autres.

— Vous savez le latin ?

— Oh oui ! J'ai fréquenté le latin et les hommes de loi. Beaucoup d'entre eux sont d'ardents réformateurs, non ?

— On ne peut le nier, répondis-je avec circonspection.

— Vous ne trouvez pas amusant que, maintenant que les moines et les frères ont disparu, les hommes de loi restent les seuls à circuler en robe noire, en essayant d'extorquer leur argent aux gens ?

116

— Depuis toujours, on brocarde les avocats, répondis-je sèchement. Cela devient lassant.

— Et vous avez fait vœu d'obéissance, sinon de chasteté et de pauvreté », rétorqua Barak, toujours narquois. Sa jument se faufilait avec agilité dans la foule, et je dus donner de l'éperon à Chancery pour qu'il ne se laisse pas distancer. Nous passâmes sous la porte de Bishopsgate et bientôt apparurent les cheminées de l'impressionnante demeure à deux étages de Cromwell.

Quand j'y étais allé la dernière fois, il y a trois ans, par une âpre journée d'hiver, une foule de gens attendait à la porte latérale. Par ce chaud après-midi, il y avait encore un attroupement. Des gueux de Londres, pieds nus et déguenillés. Certains tenaient debout avec des béquilles de fortune, d'autres avaient le visage ravagé par la petite vérole ou les stigmates d'autres maux. Le nombre de pauvres désœuvrés dans la ville augmentait, échappant à tout contrôle. La dissolution des monastères de Londres avait jeté sur le pavé des centaines de domestiques ainsi que les infortunés patients des hôpitaux et des infirmeries. Et si les charités distribuées par l'Église étaient congrues, maintenant, elles aussi avaient disparu. On parlait d'œuvres charitables, de fondations d'écoles et d'hôpitaux, de projets financés par l'État. Mais rien n'était encore fait. Entre-temps, Cromwell, adoptant la coutume des riches propriétaires terriens, distribuait lui-même ses aumônes, ce qui renforçait son crédit à Londres.

Nous passâmes devant les mendiants et entrâmes par la porte principale. Devant l'entrée de la demeure, un serviteur vint à notre rencontre et nous demanda d'attendre dans le vestibule. Quelques minutes plus tard apparut John Blitheman, le majordome de lord Cromwell.

« Messire Shardlake, soyez le bienvenu, dit-il. Cela fait longtemps qu'on ne vous a vu ici. La loi vous occupe donc tant ?

— Eh oui. »

Barak, qui avait détaché son épée, la tendit avec son bonnet à un petit domestique et s'approcha de nous.

« Il nous attend, Blitheman. » Le majordome m'adressa un sourire d'excuse et nous pria de le suivre. Quelques instants plus tard, nous nous trouvions devant la porte du bureau de Cromwell. Aux coups discrets de Blitheman fut répondu un « Entrez ! » très sec.

Le bureau du ministre était tel que je me le rappelais, encombré de tables couvertes de rapports et de projets de loi. L'endroit était austère, malgré le soleil qui entrait à flots. Cromwell était assis derrière son bureau, dans une attitude bien différente de celle qu'il avait eue le matin même : tassé dans son fauteuil, la tête rentrée dans les épaules, il nous adressa un regard si lugubre que j'en eus le frisson.

« Ainsi, dit-il sans préambule, d'une voix froide et tendue, vous les avez trouvés assassinés.

— Oui, Votre Grâce. Massacrés.

— J'ai laissé des hommes, et ils sont chargés de retrouver la formule, dit Barak. Ils démoliront la maison s'il le faut.

— Et les femmes ?

— Elles ne quitteront pas les lieux. Elles sont mortes de peur et ne savent rien. J'ai demandé aux hommes d'interroger les voisins pour savoir si

118

quelqu'un a vu les agresseurs. Mais Wolf's Alley est de ces lieux où les gens ne s'occupent pas des affaires des autres.

— Qui m'a trahi ? » souffla Cromwell, avec une intense concentration. Puis il me regarda fixement. « Alors, Matthew, quelles conclusions tirez-vous de ce que vous avez vu ?

— Je crois qu'il y avait deux hommes, qui sont entrés en défonçant la porte à la hache. Ils ont tué les frères tout de suite, dans l'atelier où ils travaillaient, puis se sont attaqués à un coffre qui se trouvait là et l'ont fracassé. Dedans se trouvait un sac d'or auquel ils n'ont pas touché. » J'hésitai. « Je suppose que la formule se trouvait dans le coffre et qu'ils le savaient. »

Le visage de Cromwell avait viré au gris et il serra ses lèvres minces.

« Vous ne pouvez en être sûr, intervint Barak.

— Je ne suis sûr de rien », répondis-je avec fougue. Je me forçai à poursuivre d'une voix plus calme. « Mais on n'a pas fouillé le reste de la pièce. Les livres sur les étagères sont restés en place. Or c'est là qu'on aurait tout naturellement cherché un papier caché, non ? Je pense aussi que certains flacons ont disparu des étagères. Ceux qui ont assassiné ces malheureux savaient exactement ce qu'ils cherchaient.

— Ainsi, il ne restera aucune trace de leurs expériences, dit Cromwell.

— Je gage que non, Votre Grâce. » Je le regardai, redoutant sa réaction, mais il se borna à hocher pensivement la tête.

« Tu vois, Jack, dit-il soudain, me désignant du menton, prends modèle sur un maître de

119

l'observation. » Il reposa sur moi son regard morose. « Il faut m'aider à résoudre cette affaire, Matthew.

— Mais, Votre Grâce…

— Je ne peux en parler à personne d'autre, coupa-t-il avec un emportement soudain. Je n'ose pas. Si j'en parle au roi… » Il soupira, frémissant. C'était la première fois que je voyais Thomas Cromwell avoir peur.

« Il vous faut résoudre cela. Vous disposerez de toute l'autorité et de toutes les ressources dont vous aurez besoin, répéta-t-il. »

Je sentis mon cœur cogner. Une fois déjà, il m'avait envoyé enquêter sur un assassinat et m'avait précipité dans des horreurs défiant l'imagination. Oh, non, pensai-je, cela ne va pas recommencer !

Comme s'il lisait dans mes pensées, ses yeux lancèrent un éclair furieux : « Corbleu ! Shardlake, j'ai sauvé la vie de cette fille pour vous. Ou plus exactement, je la sauverai si vous m'aidez. On peut faire revenir Forbizer sur sa décision si besoin est. Il se trouve que ma vie est peut-être en jeu, ainsi que tout ce à quoi vous avez cru jadis. » J'eus une brève vision d'Elizabeth gisant dans sa cellule, l'œil vide. J'aspirais de toutes mes forces à la sauver, et je savais que, sur un mot de Cromwell, moi aussi je pouvais être jeté en prison.

« Vous pouvez compter sur moi, Votre Grâce », répondis-je à mi-voix.

Il me regarda longuement, puis fit un signe à Barak. « Jack, la Bible. Avant de vous en dire davantage, Matthew, je dois exiger de vous le serment que vous garderez le secret sur cette affaire. »

Barak posa une édition de luxe de la nouvelle Grande Bible, dont on avait ordonné qu'un exemplaire fût placé sur le lutrin de chaque église. J'examinai la page de titre aux couleurs vives : le roi Henry, sur son trône, distribuait des exemplaires de la parole de Dieu à Cromwell d'un côté, de l'autre à l'archevêque Cranmer qui, à leur tour, les transmettaient aux fidèles. J'avalai ma salive et posai la main sur le livre.

« Je jure de garder le secret sur tout ce qui touche au feu grégeois », dit Cromwell. Je répétai ses paroles, avec le sentiment de verrouiller des chaînes qui allaient à nouveau m'attacher à lui.

« Et de m'aider dans toute la mesure de vos moyens.

— Dans toute la mesure de mes moyens. »

Satisfait, Cromwell hocha la tête tout en restant assis, penché sur son bureau, comme un grand animal aux abois. Il prit un objet qu'il retourna dans ses mains puissantes. La miniature que j'avais vue sur son bureau des Archives.

« La cause de la Réforme chancelle, Matthew, murmura-t-il. La situation est bien pire que ne le laissent croire les rumeurs. Le roi a peur, et chaque jour davantage, à mesure que Norfolk et l'évêque Gardiner lui distillent leur poison dans l'oreille. Il a peur que les gens du commun lisent la Bible et que cela les incite à renverser l'ordre social pour provoquer une anarchie sanglante, à l'instar des anabaptistes à Munster. Les réformateurs radicaux risquent de périr sur le bûcher. Vous savez que Robert Barnes a été arrêté ?

— J'étais au courant. » Je poussai un profond soupir. C'était la dernière chose dont j'avais envie d'entendre parler.

« L'acte des Six Articles [1] promulgué sur les instances du roi l'an dernier nous renvoie dans le giron de Rome, et maintenant il veut qu'on interdise aux classes inférieures de lire la Bible. Par-dessus le marché, il a peur d'une invasion.

— Nos défenses...

— N'ont jamais été susceptibles de repousser une attaque combinée de la France et de l'Espagne. Le roi François et l'empereur Charles sont brouillés, la menace est donc écartée pour l'instant, mais tout peut changer. » Il prit la miniature et la posa au-dessus de la Bible. « Vous peignez toujours pour votre plaisir, Matthew ? »

Je le regardai, surpris par le changement de sujet. « Pas depuis quelque temps, Votre Grâce.

— Donnez-moi votre avis sur ce portrait. »

Je l'examinai. La femme était jeune, avec de jolis traits, mais une expression un peu niaise. L'image était si nette, si réelle, qu'on pouvait s'imaginer voir la personne à travers une fenêtre. D'après les pierreries incrustées dans son élégante coiffe et sur le col de sa robe montante, il s'agissait d'une dame fortunée.

« Un très beau travail, répondis-je. On dirait une miniature peinte par Holbein.

— C'est en effet une œuvre de Holbein. Le portrait d'Anne de Clèves, notre reine actuelle. Je l'ai gardé lorsque le roi me l'a jeté à la figure. » Il secoua la tête.

1. L'acte des Six Articles (1539) visait à établir la suprématie de la religion anglicane en Angleterre. Si l'autorité du pape n'était pas reconnue, tous les autres points étaient en accord avec la doctrine catholique. En vertu de cet acte, les persécutions contre les ardents partisans de la Réforme reprirent.

« Je croyais pouvoir renforcer en même temps nos défenses et notre foi réformée en faisant épouser au roi une princesse allemande. » Il eut un rire bref, amer. « Après la mort de la reine Jane, j'ai passé deux ans à lui trouver une princesse étrangère. Cela n'est pas allé sans mal. Il a une certaine réputation. »

Il fut interrompu par un toussotement. Barak regardait son maître avec inquiétude. Cromwell se remit à rire.

« Jack m'avertit que je vais trop loin. Mais vous avez prêté serment de garder un silence total sur le sujet, Matthew, n'est-ce pas ? » Ses yeux bruns et durs vrillèrent les miens lorsqu'il appuya sur les mots.

« En effet, Votre Grâce. » Je sentis la sueur perler à mon front.

« Le duc de Clèves a finalement accepté de nous donner l'une de ses filles. Le roi voulait voir dame Anne avant de l'épouser, mais les Allemands ont pris cela comme un affront. Aussi ai-je demandé à maître Holbein d'exécuter son portrait. Après tout, il est réputé pour l'exactitude de ses représentations.

— Personne en Europe ne s'y entend mieux que lui. » J'hésitai. « Et pourtant…

— Et pourtant, qu'est-ce qu'une représentation *exacte*, n'est-ce pas, Matthew ? Nous sommes tous différents lorsque nous sommes vus sous des jours différents. Or on ne peut jamais tous les appréhender d'un seul coup d'œil. J'ai recommandé à Holbein de la peindre sous son jour le plus flatteur. Ce qu'il a fait. Et c'était encore une erreur. Vous voyez pourquoi ? »

Je réfléchis un instant.

« Le portrait est de face…

— Oui, ce n'est que lorsqu'on la voit de profil qu'on s'aperçoit qu'elle a un long nez. De même, le portrait ne donne aucune idée de l'odeur de fouine qu'elle dégage, ni de son incapacité à parler un seul mot d'anglais. » Les épaules de Cromwell se voûtèrent. « Quand elle a débarqué à Rochester en janvier, le roi s'est pris d'aversion pour elle au premier regard. Et maintenant, le duc de Norfolk met sous le nez du roi sa nièce, envoyée tout exprès pour lui plaire. Catherine Howard est jolie, elle n'a pas encore dix-sept ans et il est séduit. Il salive devant elle comme un vieux chien qui voit un beau morceau de viande, et m'en veut de l'avoir affublé d'une épouse comme la Clèves. Mais, s'il épouse la nièce de Norfolk, les Howard auront ma tête et l'Angleterre retrouvera le joug de Rome.

— Alors, tout ce qui se sera passé ces dix dernières années, toutes ces souffrances et ces morts auront été inutiles, dis-je lentement.

— Pis encore. Pour éliminer les réformateurs, on organisera des purges au regard desquelles l'inquisition de Thomas More fera figure d'aimable plaisanterie. » Il serra les poings, puis se leva et alla se poster devant la fenêtre, regardant la pelouse. « Je m'efforce de les discréditer, de découvrir des intrigues papistes. J'ai fait arrêter lord Lisle ; l'évêque Sampson aussi, qui est enfermé dans la Tour. Il a subi le chevalet. Mais je ne découvre rien, rien. » Il se tourna et me fit face. « Sur ces entrefaites, j'ai parlé au roi du feu grégeois. Il est impatient d'en voir la démonstration, lui qui adore les armes de guerre, surtout les bateaux de guerre. Il aimerait que nous fassions de la flotte anglaise la plus puissante du monde, et que nous débarrassions les côtes du sud des Français. Il me regarde à nouveau avec faveur. » Cromwell serra les poings encore plus fort. « Une puissance étrangère paierait cher pour avoir cette formule. J'installe des espions chez les ambassadeurs, je fais surveiller tous les ports. Matthew, il faut que je remette la main sur cette formule avant la démonstration. Nous sommes le vingt-neuf mai. Nous n'avons que douze jours pleins. »

À ma grande surprise, j'éprouvai une étrange émotion vis-à-vis de Thomas Cromwell : de la compassion. Mais je me souvins que c'est lorsqu'une créature est aux abois qu'elle est le plus redoutable.

Il glissa la miniature dans la poche de sa robe. « Michael Gristwood a dû passer par trois intermédiaires pour parvenir jusqu'à moi. Ils sont les seuls à part nous à connaître l'existence du feu grégeois. Deux sont des avocats, des hommes que vous côtoyez à Lincoln's Inn. Il s'est adressé d'abord à Stephen Bealknap...

— Oh non ! Grand Dieu ! C'est la dernière personne en qui on peut avoir confiance. Par-dessus le marché, ils ont eu des mots.

— Je l'ai entendu dire. Ils ont dû se raccommoder.

— Je plaide contre Bealknap dans une affaire en cours. »

Cromwell hocha la tête. « Remporterez-vous ce procès ?

— Oui, s'il y a une justice. »

Il grogna. « Prenez-le à part pour savoir s'il a parlé de cette affaire à quiconque. J'en doute, car j'avais dit à Gristwood de lui donner de ma part l'ordre de garder bouche cousue.

— Bealknap se soucie fort de sa sécurité. Mais le coquin a les dents longues.

— Vous êtes bien placé pour en juger. » Il marqua une pause. « Lorsque Gristwood a parlé du feu grégeois à Bealknap, celui-ci s'est demandé qui pourrait avoir accès à moi. Alors il est allé trouver Gabriel Marchamount.

— Tiens. Ils ont travaillé ensemble autrefois, mais la probité de Bealknap était trop douteuse au goût de Marchamount.

— Il évolue dans les cercles papistes. Cela m'inquiète. Questionnez-le, lui aussi. Menacez-le, flattez-le, offrez-lui de l'or, peu importe, pourvu que vous arriviez à lui délier la langue.

— Je m'y emploierai, Votre Grâce. Et le troisième ?

— Marchamount a raconté l'histoire à une de nos connaissances communes, lady Honor Bryanston. »

Mes yeux s'écarquillèrent. « Je l'ai rencontrée il y a quelques jours seulement. Elle m'a invité à un dîner.

— Oui, j'ai mentionné votre nom à sa table la semaine dernière, lorsque je songeais à utiliser vos services pour reprendre la formule à Gristwood. Tant mieux. Acceptez cette invitation. Parlez-lui aussi. »

Je réfléchis quelques instants. « Je le ferai, Votre Grâce, mais si je dois trouver le fin mot de l'histoire…

— Oui ?

— Il me faut en savoir un peu plus sur le feu grégeois. Sur ce qui s'est passé entre sa découverte et les démonstrations auxquelles vous avez assisté.

— Si vous jugez cela opportun. Mais souvenez-vous : le temps presse. Barak, ici présent, pourra vous décrire en détail les démonstrations. Il pourra même vous emmener à Deptford pour vous montrer où elles ont eu lieu.

— Et je pourrai parler au bibliothécaire du monastère. Peut-être même visiter St Bartholomew, pour voir où a été trouvé le baril. »

Il eut un sourire froid. « Vous ne croyez toujours pas au feu grégeois. Mais vous y viendrez. Quant au bibliothécaire, Bernard Kytchyn, frère Bernard, comme il s'appelait autrefois, j'essaie de le retrouver depuis le jour où lady Honor est venue me parler de tout cela. Afin de m'assurer qu'il ne divulguerait rien. Mais comme la moitié de ces anciens moines, il a disparu sans laisser de trace.

— Je pourrais peut-être me renseigner auprès de la cour des augmentations. Il doit bien venir chercher sa pension. »

Cromwell hocha la tête. « C'est le domaine de Richard Rich. Mais vous pouvez toujours dire que cela a un rapport avec vos affaires... » Il me lança un regard perçant. « Je ne veux pas que Rich se doute de quoi que ce soit. Je l'ai élevé à la dignité de membre du Conseil privé, mais il n'ignore rien des menées contre moi, et il aura tôt fait de retourner sa veste pour se protéger. Si jamais il allait voir le roi pour lui dire que j'ai perdu le feu grégeois... » Il haussa les sourcils.

« Je voudrais avoir un autre entretien avec dame Gristwood, annonçai-je. J'ai le sentiment qu'elle cache quelque chose.

— À votre aise.

— Enfin, j'aimerais consulter un homme de science. Un apothicaire. »

Il fronça les sourcils : « Pas le moine noir de Scarnsea ?

— C'est un érudit. Je souhaite seulement lui demander des conseils sur l'alchimie, si besoin est. Je n'ai aucune intention de l'impliquer plus que nécessaire.

— Du moment que vous ne lui parliez pas du feu grégeois. Il y a eu des rumeurs concernant sa redécouverte il y a trois cents ans, et le concile de Latran en a interdit l'usage, sous prétexte qu'il était trop dangereux. Un ancien religieux pourrait se sentir lié par cette décision. Ou bien donner la formule à la France ou à l'Espagne, où les communautés monastiques sont toujours florissantes.

— Il ne ferait pas une chose pareille. Mais je ne souhaite pas le mettre en péril.

— Je vois que cette affaire vous intrigue, Matthew, déclara Cromwell avec un sourire soudain.

— Je vais m'appliquer à l'éclaircir. »

Il approuva. « Si vous avez besoin de quoi que ce soit, venez me le demander. Mais il faut faire vite. Jack sera à vos côtés pour vous aider, je le mets à votre disposition. »

Je regardai fixement Barak. Mes sentiments devaient se lire sur mon visage, car il eut un sourire sarcastique.

« J'ai pris l'habitude de travailler seul, dis-je.

— Dans le cas présent, vous aurez besoin d'aide. Jack habitera chez vous. Vous vous accoutumerez à ses manières un peu rudes. »

Je savais déjà que Barak se méfiait de moi mais Cromwell aussi, semblait-il, puisqu'il m'imposait la présence de Barak pour me surveiller.

J'hésitai, puis me lançai.

« Votre Grâce, je dois également m'occuper du procès Wentworth. »

Il haussa les épaules. « Soit. Là aussi, Jack vous aidera. Mais notre affaire passe avant. » Il fixa sur moi ses yeux durs. « Si vous échouez, tous ceux qui me sont proches courent un risque. Votre vie pourrait également être menacée. »

Il agita une clochette et Grey arriva, l'air soucieux.

« Grey est au courant. Informez-moi chaque jour de vos démarches. Si vous voulez me faire parvenir des nouvelles ou une requête, passez par lui, et personne d'autre. »

Je hochai la tête en signe d'assentiment.

« Je ne peux avoir confiance en personne en ce moment, gronda-t-il. Ni à ceux que j'ai fait entrer au Conseil privé, ni même à mes gens, que Norfolk paie pour m'espionner. Mais Grey est à mon service depuis l'époque où je n'étais rien, hein, Edwin ?

— En effet, Votre Grâce. » Grey hésita. « Messire Barak fait-il aussi partie de l'entreprise ?

— Oui. »

Grey pinça les lèvres. Cromwell le regarda : « Matthew se chargera de tout ce qui requiert de la diplomatie.

— C'est… heu… préférable.

— Et Jack s'occupera de ce qui requiert de la poigne, voilà. »

Je vis Barak qui étudiait le visage de son maître. Derechef, je remarquai cette expression de sollicitude et je compris qu'il s'inquiétait pour Cromwell. Et peut-être aussi pour son propre sort.

9

LORSQUE NOUS SORTÎMES, BARAK ME DIT qu'il avait des documents à aller chercher. Je récupérai Chancery et passai dans la cour devant la demeure. J'entendis un brouhaha et un cri : « Poussez pas ! » On distribuait les aumônes.

J'avais l'esprit fort troublé. Cromwell et la Réforme en posture critique ? Je me rappelai la détresse de Godfrey, quelques jours auparavant, et les rumeurs qui couraient partout sur la reine. L'ardeur de ma foi avait certes considérablement décliné, mais mon cœur se serrait à l'idée de voir les papistes au pouvoir à nouveau, ainsi que les effusions de sang et le retour à la superstition qui s'ensuivraient.

Je me mis à arpenter nerveusement la cour. J'étais désormais flanqué de ce rustre de Barak. Que faisait-il donc ? « La peste soit de tout cela ! lançai-je.

— Eh là, quelle mouche vous pique ? » Je pivotai sur mes talons et me trouvai nez à nez avec Barak et sa mine narquoise. Je rougis d'embarras.

« Allons, vous n'avez rien à craindre. Je m'énerve aussi comme vous parfois. Mais moi, j'ai un tempérament sanguin. Sa Grâce vous a décrit comme un homme mélancolique, qui garde ses humeurs pour lui.

— Oui, en temps normal », répondis-je d'un ton sec. Je vis que Barak avait une grosse sacoche de cuir pendue à l'épaule.

Il la désigna du menton. « Les papiers de l'abbaye et des documents que mon maître a réunis à propos du feu grégeois. » Il alla chercher sa jument noire et nous repartîmes. « J'ai une faim de loup, dit-il sur le ton de la conversation. Votre femme de charge est-elle bonne cuisinière ?

— Elle fait de bons plats simples.

— Et l'oncle de la fille, vous allez le voir bientôt ?

— Je lui enverrai un message en rentrant.

— Sa Grâce l'a sauvée de la presse. C'est une vilaine mort.

— Douze jours. Nous n'avons guère de temps, ni pour Elizabeth, ni pour ce qui nous concerne présentement.

— Je n'y vois goutte en cette affaire, reprit Barak en secouant la tête. Vous avez raison d'interroger à nouveau la mère Gristwood.

— La mère ? Elle n'a pas d'enfants.

— Ah bon ? Voilà qui ne me surprend guère. Je ne voudrais pas la culbuter, cette vieille guenille !

— Je ne vois pas pourquoi vous en tenez contre elle. Vous n'avez aucune raison de la soupçonner », maugréai-je. Barak grogna. Je me retournai pour le regarder. « Votre maître semble souhaiter vivement que sir Richard Rich soit tenu à l'écart de cette affaire.

— S'il entendait parler du feu grégeois et de sa disparition, il utiliserait l'information contre le comte. C'est lui qui a élevé Rich à sa dignité actuelle, comme il l'a dit, mais c'est un homme qui changerait de maître sans scrupule s'il y trouvait son intérêt. Vous connaissez sa réputation.

— Oui. Il a commencé sa carrière en se parjurant au procès de Thomas More. Beaucoup disent que c'était sur ordre du comte... »

Barak haussa les épaules. Nous continuâmes notre chemin, en direction d'Ely Place, sans plus prononcer un mot. Barak approcha son cheval du mien et me glissa : « Ne vous retournez pas, mais nous sommes suivis. »

Je le regardai, effaré. « Vous êtes sûr ?

— Ma foi oui. J'ai jeté un coup d'œil derrière nous à deux reprises et j'ai vu le même homme. Un gueux qui a une drôle de mine. Là, tournez à l'église St Andrew et entrez dans la cour. »

Il passa le premier sous le porche, et sauta de son cheval à l'abri du haut mur entourant l'église. Je mis pied à terre plus lentement. « Dépêchez-vous, voyons ! » dit-il avec impatience, menant sa jument à l'abri du mur. Puis il passa le nez dehors, aux aguets. Je le rejoignis.

« Regardez, souffla-t-il, le voilà. Ne vous montrez pas. »

Il y avait beaucoup de passants et quelques charrettes, mais un seul cavalier, monté sur une pouliche blanche. C'était un grand gaillard maigre, qui devait avoir l'âge de Barak, avec une tignasse brune encadrant un visage pâle à l'air intelligent, mais tout grêlé de marques de petite vérole. Notre homme s'arrêta,

132

mit une main devant ses yeux pour se protéger du soleil et scruta la rue en direction de Holborn Bar. Barak me tira en arrière. « Il nous a perdus. Il ne va pas tarder à venir chercher par ici. Mon Dieu, quelle sale tête ! À croire qu'on vient de le déterrer. » Je fronçai les sourcils, trouvant qu'il se montrait bien familier en me touchant ainsi, mais il me sourit joyeusement, ravi d'avoir déjoué la surveillance de l'homme au visage grêlé.

« Venez, nous allons longer l'église et ressortir par Stow Lane. » Il prit les rênes de sa jument et je le suivis avec Chancery sur le chemin traversant le cimetière. « Qui était-ce ? » demandai-je quand nous fîmes halte de l'autre côté de l'église, plutôt essoufflé car il était allé bon train.

« Je n'en sais rien. Il a dû nous suivre depuis la maison de Sa Grâce. Peu d'hommes auraient eu le front de nous guetter là-bas. » Il enfourcha prestement sa monture, et je montai sur le dos de Chancery avec un peu moins d'aisance : après une journée à chevaucher ici et là, mon dos me faisait souffrir. Barak me regarda avec curiosité.

« Vous vous sentez bien ?

— Évidemment, rétorquai-je en m'installant sur ma selle le plus confortablement possible.

— N'hésitez pas à demander, si vous voulez un coup de main. Moi, ça ne me fait ni froid ni chaud, que vous soyez bossu. Je ne suis pas superstitieux. » Suffoqué, je le regardai tourner dans Stow Lane et remonter la rue en sifflant horriblement faux.

Nous passâmes dans Chancery Lane, et je ne pipai mot tant son insolence m'avait blessé. Puis je me ravisai et songeai que je devais essayer d'en savoir davantage sur mon fâcheux compagnon. « Cela fait deux fois que l'on me suit cette semaine, dis-je. Cet homme, et avant cela, vous.

— Eh oui, répondit-il allégrement. Sa Grâce m'avait chargé de découvrir de quelle affaire vous vous occupiez, et si vous seriez susceptible d'entreprendre la nôtre. Je lui ai dit que je vous trouvais l'air très déterminé.

— Vraiment ? Et cela fait longtemps que vous travaillez pour lui ?

— Ça oui. Mon père était de Putney, où le père du comte tenait une taverne. Quand le mien est mort, le comte m'a proposé d'entrer à son service. J'avais des accointances à Londres, par-ci par-là, voyez… » Il leva un sourcil et m'adressa son sourire cynique. « Et il a été content de moi.

— Que faisait votre père ?

— Il était puisatier. Il nettoyait les fosses d'aisances. Le pauvre gueux est tombé dans une de celles où il travaillait et s'y est noyé. » Malgré la légèreté du ton, une ombre passa sur son visage.

« Mon Dieu !

— Je n'ai plus de famille, ajouta-t-il avec entrain. Je suis libre comme l'air. Et vous ?

— Mon père vit toujours. Il a une ferme à Lichfield, dans les Midlands. » J'éprouvai quelques remords de conscience : il se faisait vieux, et je n'étais pas retourné le voir depuis un an.

« Ainsi, vous êtes né les pieds dans la bouse ? Où avez-vous fait vos études ? Ils ont des écoles, là-bas ?

— Oui. Je suis allé à celle de la cathédrale de Lichfield.

— Moi aussi, j'ai de l'instruction, répliqua Barak.

— Par exemple !

— J'ai obtenu une bourse de bon élève. Je suis allé à l'école de St Paul. Mais, après la mort de mon père, il a fallu que je me débrouille seul. » À nouveau, une ombre de tristesse — de colère, peut-être ? — passa sur son visage. Il tapota sa sacoche. « Ces papiers que mon maître m'a donnés pour vous, je peux les lire. »

Lorsque nous arrivâmes devant ma grille, je vis que Barak examinait ma maison, et qu'il était impressionné par les fenêtres à meneaux et les hautes cheminées. Il se tourna vers moi, le sourcil levé. « Belle bâtisse !

— Maintenant que nous sommes arrivés, peut-être ferions-nous bien de nous mettre d'accord. Je suggère que nous disions aux domestiques que vous êtes l'agent d'un de mes clients et que vous m'aidez pour une affaire. »

Il hocha la tête. « À votre aise. Vous avez combien de domestiques ?

— Joan Woode, ma femme de charge, et un gamin. » Je le regardai avec insistance : « Et surveillez votre langage quand vous me parlez. Compte tenu de nos états respectifs, il conviendrait de m'appeler "monsieur". Et quand vous parlez de moi, il serait poli de dire "messire Shardlake". Pendant tout le chemin, vous ne m'avez donné aucun titre de courtoisie, comme si j'étais votre frère ou votre chien. Cela n'est guère civil.

— Vous avez raison. Vous avez besoin d'un coup de main pour descendre, monsieur ? lança-t-il avec un sourire moqueur.

— Je me débrouillerai. »

Comme nous mettions pied à terre, Simon, le gamin, apparut, venant de derrière la maison. Il regarda la jument noire d'un œil admiratif. « Elle s'appelle Sukey, dit Barak. Occupe-toi bien d'elle et tu auras une pièce. » Il lui fit un clin d'œil. « Elle apprécie qu'on lui donne une carotte de temps en temps.

— Bien monsieur. » Simon salua et emmena les chevaux. Barak le regarda partir.

« Il ne devrait pas porter des chaussures ? Par ce temps sec, il va s'écorcher les pieds sur les pierres et les ornières.

— Il refuse d'en mettre. Pourtant, Joan et moi avons essayé de le convaincre.

— C'est vrai qu'au début elles font mal aux pieds, elles frottent. »

Joan apparut à la porte. Elle jeta un regard intrigué à Barak. « Bonsoir, monsieur. Puis-je vous demander comment s'est passé le procès ?

— Nous avons obtenu deux semaines de sursis pour Elizabeth, dis-je. Joan, je vous présente messire Jack. Il va loger quelque temps chez nous, afin de m'assister dans une nouvelle affaire pour le compte de son maître. Pourriez-vous lui préparer une chambre ?

— Oui, monsieur. »

Barak lui adressa un salut et un sourire, aussi charmeur que ceux dont il m'avait gratifié étaient insolents. « Messire Shardlake ne m'avait pas dit que sa femme de charge était aussi jolie. »

Le visage rond de Joan s'empourpra et elle repoussa quelques cheveux gris sous sa coiffe : « Oh, monsieur, voyons… »

J'en restai bouche bée, stupéfait que ma brave femme de charge soit sensible à ces fadaises, mais elle avait toujours le rose aux joues lorsqu'elle fit entrer Barak dans la maison. Elle le conduisit au premier et je l'entendis annoncer : « Cette chambre n'a pas été utilisée depuis longtemps, monsieur, mais elle est propre. »

Je passai dans le salon. Joan avait ouvert la fenêtre, et la tapisserie sur le mur illustrant l'histoire de Joseph et de ses frères frémissait doucement sous la brise tiède. Il y avait sur le sol une brassée de joncs frais qui couvrait l'odeur piquante de l'armoise dont Joan s'était servie pour repousser les mouches.

Je me rappelai que je devais envoyer un mot à Joseph pour lui fixer un rendez-vous et montai l'escalier afin de gagner mon bureau. En passant devant la chambre de Barak, j'entendis Joan caqueter comme une vieille poule à propos des couvertures. Cette pièce avait jadis été occupée par mon ancien assistant, Mark. Je secouai la tête, frappé par la façon inattendue dont tournait la roue de la fortune.

Joan servit le souper de bonne heure. C'était jour de poisson, et il y avait des truites, suivies d'un compotier de fraises. Le beau temps de ce printemps les avait fait mûrir en avance. Barak me rejoignit à table et je dis le *benedicite*, ce que je ne faisais plus lorsque j'étais seul. *Bénissez-nous, Seigneur, ainsi que la nourriture que nous allons prendre. Amen.* Barak ferma les yeux et pencha la tête. Il la releva dès que j'eus prononcé le dernier mot, et entama allégrement son poisson, portant la nourriture à sa bouche avec son couteau, ce qui était fort mal élevé. Je me demandai quelles étaient ses opinions religieuses, si tant est qu'il en eût.

Il interrompit le fil de mes pensées. « Je vous donnerai ces livres et ces papiers tout à l'heure, dit-il. Vertudieu ! c'est une curieuse lecture.

— Et il faut que je réfléchisse à la marche à suivre », dis-je. L'heure était venue de prendre les rênes de cette affaire. « Récapitulons. La première personne concernée, dans l'ordre chronologique, c'est le moine bibliothécaire. » J'énumérai les noms sur mes doigts. « Puis les Gristwood sont allés voir Bealknap, qui à son tour est allé voir Marchamount, et Marchamount a prévenu lady Honor, qui a prévenu Cromwell. Cela fait donc trois personnes. Nous pouvons éliminer le moine comme partie prenante dans cette affaire.

— Pourquoi ?

— Parce que quelqu'un a engagé deux impitoyables malfaiteurs pour assassiner les Gristwood. Je vois mal lady Honor ou l'un des deux avocats en train de charger, la hache au poing. Certes, l'un des trois peut avoir engagé des hommes de main, mais un moine pensionné ne pourrait réunir une aussi forte somme. Il n'empêche, je tiens à lui parler, car il a assisté à la découverte du liquide et de la formule. Je verrai Bealknap et Marchamount demain à Lincoln's Inn, au déjeuner. En l'honneur du duc de Norfolk », ajoutai-je.

Barak fit une grimace de dégoût. « Ce gueux. Il voue une haine violente à mon maître.

— Je sais. Nous pourrons profiter de la matinée pour nous rendre à St Bartholomew, et j'essaierai de voir Joseph par la même occasion. Nous pourrons aussi tenter de nous rendre aux Augmentations. Ils ont tant de travail en ce moment là-bas qu'ils sont ouverts le dimanche. Pour une fois, je n'irai pas à l'église. Et vous ?

— Dans ma paroisse, à Cheapside, il y a une telle cohue et tant d'allées et venues que le ministre du culte remarque à peine qui est là. »

Satisfait d'avoir si rondement formulé mon plan d'action, j'adressai à Barak un petit sourire ironique pour me mettre à son diapason. « Ainsi, vous n'éprouvez pas le besoin de faire acte d'humilité devant Dieu et de demander pardon de vos péchés ? »

Il haussa les sourcils. « Je sers le vicaire général du roi, et le roi a été sacré représentant de Dieu sur terre. Si c'est à son service que je m'emploie, comment pourrais-je faire autre chose que la volonté de Dieu ?

— Croyez-vous vraiment ce que vous dites ?

— À peu près autant que vous. »

Je pris quelques fraises et passai le compotier à Barak, qui en mit la moitié dans son assiette en ajoutant de la crème. « Il y a lady Honor, poursuivis-je aussi.

— En général, elle donne ces banquets sucrés le mardi. Si vous n'avez pas reçu d'invitation d'ici lundi, je demanderai à Sa Grâce de rafraîchir la mémoire de la dame. »

Je le regardai sans broncher : « Toujours prêt à rendre service, hein ?

— Ma foi…

— Est-ce donc là votre rôle ? D'être mon assistant ?

— Je dois en effet vous assister et vous faciliter les choses, répliqua-t-il aussitôt. Sa Grâce m'a chargé de cette mission. Je sais ce que j'ai à faire. Ne vous occupez pas de Grey. Ce vieux maniaque n'aime pas mes manières frustes, et il croit connaître les affaires de mon maître mieux que lui, mais ce n'est pas vrai. Ce n'est qu'un scribouillard ! »

Je refusai de me laisser distraire de mon propos. « Vous avez commencé par m'épier. »

Il changea de sujet : « Cette affaire Wentworth est plus compliquée qu'il n'y paraît au premier regard, si vous voulez mon avis. Au procès, vous savez à qui elle m'a fait penser, cette fille ? À John Lambert sur son bûcher. Vous vous en souvenez ? »

Hélas ! je ne m'en souvenais que trop. John Lambert avait été le premier prédicateur protestant à aller trop loin au goût du roi. Dix-huit mois auparavant, il avait été jugé comme hérétique pour avoir nié la transsubstantiation. Le procès avait eu lieu devant le roi en personne, siégeant en qualité de chef de l'Église, juge et inquisiteur, revêtu des vêtements blancs de la pureté théologique. Cela avait été le premier revers significatif pour la Réforme.

« Un supplice particulièrement cruel, dis-je en regardant Barak avec attention.

— Vous y avez assisté ?

— Non. J'évite ce genre de spectacle.

— Mon maître aime que ses partisans y aillent, pour montrer leur loyauté envers le roi.

— Je m'en souviens. Il m'a forcé à assister à l'exécution d'Anne Boleyn. » Je fermai les yeux un instant pour chasser ce souvenir.

« Le bûcher a brûlé lentement et, sous la chaleur, Lambert s'est mis à suer du sang. »

La lueur de dégoût que je vis sur le visage de Barak me fut un soulagement. La mort par le feu était abominable, et à cette époque de délation tout le monde la redoutait particulièrement. Je frissonnai et me passai la main sur le front. Il était chaud, cuisant même : j'avais attrapé un coup de soleil.

Barak posa les coudes sur la table. « La façon dont Lambert est monté au bûcher, la tête baissée, refusant de répondre aux insultes de la foule, m'a rappelé cette fille. Son attitude, surtout. Plus tard, bien sûr, il s'est mis à hurler.

— Vous trouvez qu'Elizabeth avait l'air d'une martyre ?

— Oui, fit Barak en hochant la tête. C'est le mot juste.

— Mais pour quelle cause ?

— Allez savoir. Quoi qu'il en soit, vous avez raison de vouloir parler à la famille. La réponse est là, j'en suis persuadé. »

L'idée qu'Elizabeth avait un comportement de martyre ne m'était pas venue, mais elle sonnait juste. Je reportai les yeux sur Barak. En tout cas, il n'était pas sot. « J'ai envoyé Simon porter un message à Joseph lui demandant de venir ici à midi demain, dis-je en me levant. Ainsi, nous, nous pourrons aller à l'embarcadère de bon matin. Il faut commencer notre journée tôt. Où se trouve l'endroit au juste ?

— En aval, au-delà de Deptford.

— Et maintenant, je voudrais regarder les papiers que vous avez. Pouvez-vous me les apporter ?

— Oui, répondit-il en se levant. Vous prenez l'affaire à bras-le-corps, à ce que je vois. Vous préparez votre plan d'action. Mon maître m'avait prévenu. Il m'a dit qu'une fois que vous entreprenez quelque chose vous allez jusqu'au bout. »

Le soir tombait lorsque j'emportai la sacoche de Barak dans le jardin. J'y avais beaucoup travaillé ces deux dernières années et j'allais souvent m'y asseoir pour profiter de son calme et de ses doux parfums. La disposition en était toute simple : des parterres de fleurs carrés divisés par des allées garnies de treillis et ombragées par des roses grimpantes. Pour moi, pas de parterre de broderie avec des dessins complexes de formes géométriques ou conçus comme des casse-tête. Des casse-tête, il y en avait suffisamment dans mon travail. Mon jardin était un lieu où je cherchais la tranquillité et l'ordre. L'ordre : j'avais cru autrefois que la Réforme pourrait l'apporter dans le monde, mais j'avais abandonné cet espoir depuis longtemps. Plus récemment, j'avais espéré que la paix de mon jardin m'offrirait un avant-goût de vie tranquille, loin de la capitale. Un rêve qui lui aussi me semblait très lointain à présent. Je m'assis sur un banc, heureux d'être enfin seul, et ouvris la sacoche.

Je passai deux heures à lire, tandis que le soleil sombrait peu à peu à l'horizon et qu'apparaissaient les premiers papillons de nuit, qui se précipitèrent d'un vol maladroit vers les chandelles allumées par Simon. Je regardai d'abord les papiers que Michael Gristwood avait pris au monastère. Il y avait là quatre ou cinq manuscrits enluminés par des moines copistes, donnant des descriptions fort vivantes de l'utilisation du feu grégeois. Parfois, on l'appelait le feu volant, parfois les larmes du diable, la langue du dragon, ou encore le feu noir. Cette dernière appellation m'intrigua. Comment le feu pouvait-il être noir ? Une curieuse image me vint en tête, celle de flammes noires jaillissant de charbons noirs. Absurde.

Une page en grec, déchirée, provenait de la biographie de l'empereur Alexis Ier, qui régnait il y avait quatre cents ans.

> Chacune des galères byzantines avait la proue équipée d'un tube terminé par une tête de lion en laiton doré, terrifiante à voir. Les soldats devaient faire jaillir du feu de la gueule ouverte du lion au moyen d'un appareil flexible. Les Pisans s'enfuirent, n'ayant jamais vu cet appareil et se demandant comment le feu, qui en général brûle vers le haut, pouvait être dirigé vers le bas ou latéralement, au gré de l'artificier qui dirige le jet.

Je reposai le papier. Qu'était-il advenu du mécanisme volé à Wolf's Lane ? S'il était en métal, il devait être lourd ; les assassins étaient-ils venus avec une charrette ? Je me tournai vers un autre compte rendu, celui d'une flotte géante envoyée par les Arabes à l'assaut de Constantinople, et totalement détruite en 678 avant Jésus-Christ par le feu volant, qui brûlait même sur la surface de la mer. Je reposai le document et regardai ma pelouse. Un feu qui brûlait vers le bas, qui pouvait brûler sur la mer même ? Je ne connaissais rien aux mystères de l'alchimie, mais, assurément, c'étaient là des choses impossibles.

Ensuite, je consultai l'unique document en anglais. Il était calligraphié avec une écriture ronde et maladroite.

Je soussigné Alan Saint-John, ancien soldat de l'empereur Constantin Paléologos de Byzance, rédige ce testament à l'hôpital St Bartholomew de Smithfields ce onze mars 1454.

L'année qui avait suivi la prise de Constantinople par les Turcs.

On me dit que je dois mourir et qu'il me faut confesser mes péchés, car j'ai eu toute ma vie la conduite brutale d'un soldat de fortune. Les frères de ce saint lieu m'ont soigné et réconforté lors de ces derniers mois, depuis que je suis revenu grièvement blessé après la chute de Constantinople. Or mes blessures se sont infectées à nouveau. La sollicitude des moines est une preuve de l'amour de Dieu, et c'est à eux que je laisse mes papiers, qui révèlent l'antique secret du feu grégeois, connu des Byzantins, et qui a été secrètement transmis d'un empereur à l'autre avant d'être finalement perdu. Je laisse aussi ce dernier baril de feu grégeois distillé, que j'ai rapporté d'Orient. Le secret a été retrouvé par un bibliothécaire de Constantinople lorsqu'il a remis de l'ordre dans les ouvrages pour les soustraire aux Turcs qui approchaient. Il m'a confié le baril et les papiers avant que nous ne fuyions la ville dans les vaisseaux envoyés par les Vénitiens. Je n'entends ni le grec ni le latin, et j'avais l'intention de consulter des alchimistes en Angleterre, mais ma maladie m'en a empêché. Que Dieu me pardonne, j'espérais faire un profit grâce à cette substance, et l'argent ne saurait m'aider à présent. Les frères disent que c'est la volonté de Dieu, car il s'agit d'un secret terrible qui pourrait apporter à notre malheureuse humanité ruine, malheur et effusions de sang. Il n'est pas surprenant qu'on ait nommé l'élément principal du feu grégeois « les larmes du diable ». Je laisse aux frères le soin de faire comme bon leur semblera, car ils sont proches de Dieu et de Sa Grâce.

Je reposai le testament. Ainsi les moines avaient caché les documents et la barrique, mesurant le danger potentiel de destruction qu'ils avaient entre les mains, et ne sachant pas que quatre-vingt-dix ans plus tard, le roi Henry et Cromwell les expulseraient tous de leur couvent. Assis là, j'eus une vision de la chute de Constantinople, cette tragédie majeure de notre époque, des soldats, officiers et citoyens fuyant la Cité condamnée, courant vers le port et les bateaux à destination de Venise parmi le grondement des canons et les cris des Turcs, à l'extérieur des murs.

Je ramassai le document et le reniflai. Il avait une odeur agréable, légère et un peu musquée. Intrigué, je tournai mon attention vers les autres papiers, sur lesquels je relevai la même odeur. Je fronçai les sourcils : elle ne ressemblait pas à l'encens et, assurément, ne venait pas d'une cave de couvent. Jamais je n'avais senti semblable parfum. Je reposai les documents, puis sursautai lorsqu'un papillon de nuit vint me heurter le visage. Le soleil rasait à présent les cimes des arbres du côté de Lincoln's Inn Fields, où les vaches meuglaient au loin. Je me mis en devoir d'examiner les livres.

C'étaient pour la plupart des ouvrages grecs et latins relatant différentes histoires sur le feu grégeois. Je lus les vieilles légendes athéniennes de vêtements magiques qui s'enflammaient lorsqu'on les enfilait, les descriptions que faisait Pline d'étangs près de l'Euphrate d'où se déversait une boue inflammable. À l'évidence, les auteurs répétaient des récits antérieurs ; aucun n'avait la moindre idée de la composition du feu grégeois. Deux ouvrages d'alchimie discutaient de la question en termes de pierre philosophale, préceptes d'Hermès et analogies entre métaux, étoiles et créatures vivantes. Je les trouvai tout aussi incompréhensibles que le livre que j'avais pris dans l'atelier de Sepultus.

En dernier ressort, j'examinai le vieux parchemin que Cromwell m'avait montré dans son bureau, et qui représentait un navire crachant du feu grégeois. Je passai les doigts sur le bord déchiré du haut de la page. Voilà qui avait coûté la vie à Michael Gristwood. En me remémorant le corps baignant dans son sang, je frissonnai.

« Les moines auraient mieux fait de tout détruire », articulai-je tout haut.

J'entendis des pas et, levant les yeux, vis Barak approcher. Il regarda les parterres de fleurs. « Ça sent bon, ici. » Il fit un mouvement de tête pour désigner les documents épars autour de moi. « Alors ? Qu'avez-vous tiré de tout ça ?

— Pas grand-chose. Derrière ces discours confus, personne ne semble avoir une idée de ce qu'est réellement le feu grégeois. Quant aux ouvrages d'alchimie, ce ne sont qu'énigmes incompréhensibles et énoncés abscons.

— J'ai jadis essayé de lire un livre de droit, ça m'a fait le même effet, dit Barak en souriant.

— Guy saura peut-être y trouver un sens.

— Votre ami le moine noir ? Il est connu dans son quartier. Sangdieu, il a une drôle de tête.

146

« — C'est un homme très érudit.

— Oui, c'est ce qu'on dit du côté de la Vieille Barge.

— Vous habitez là-bas ? » Je me souvins des volets qu'on avait fermés.

« Oui, ce n'est pas un endroit aussi agréable que celui-ci, mais il est commode pour moi qui suis obligé de circuler dans toute la Cité. » Assis à mon côté, il me jeta un regard perçant. « Vous devez révéler aussi peu de choses que possible à ce moricaud, vous ne l'avez pas oublié, au moins ?

— Je lui demanderai d'élucider ces livres d'alchimie en lui disant qu'il faut que j'en étudie le contenu pour un client. Il ne m'en demandera pas davantage, car il sait que mon travail est confidentiel.

— Guy Malton, c'est comme ça qu'il se nomme, cet apothicaire noir, dit Barak d'un ton songeur. Je parie que ce n'est pas son nom de naissance.

— Non, il est né Mohammed el-Akbar. Ses parents se sont convertis au christianisme après la chute de Grenade. Somme toute, vous aussi vous avez un nom peu commun. Barak, cela ressemble à Baruch, l'un des noms de l'Ancien Testament que les gens commencent à donner à leurs enfants ces temps-ci. Mais vous êtes trop vieux pour ça. »

Il rit et étendit ses longues jambes devant lui. « Il est vrai que vous êtes un homme instruit ! La famille de mon père descendait de Juifs convertis, puis tous expulsés d'Angleterre. J'y pense chaque fois que je vais voir mon maître au Domus. Oui, peut-être que je me serais appelé Baruch autrefois. J'ai une curieuse petite cartouche en or que mon père m'a laissée. Il disait qu'elle datait de cette époque ancienne. C'est

147

tout ce qu'il avait à me léguer, le pauvre homme. »
Une lueur sombre passa une fois de plus brièvement
sur son visage. Il haussa les épaules. « Vous avez
trouvé d'autres informations dans ces vieux papiers ?

— Non. Mais je crois que les moines avaient caché
la formule et le baril par peur de la destruction
qu'aurait pu entraîner le feu grégeois. Et ils avaient
raison, ajoutai-je en le regardant. Le pouvoir dévasta-
teur d'une telle arme pourrait se révéler terrible. »

Il me rendit mon regard. « Mais elle pourrait sauver
l'Angleterre d'une invasion. Assurément, c'est une
raison suffisante. »

Au lieu de répondre, je demandai : « Dites-moi ce
qui s'est passé à la démonstration.

— Je vous raconterai ça demain, à l'embarcadère.
Je suis venu vous dire que je sortais. Il faut que je
retourne chez moi prendre des vêtements. Ensuite,
j'irai dans quelques tavernes pour voir si une de mes
accointances peut m'apprendre quelque chose sur ce
drôle au visage grêlé. Après quoi, je verrai une fille,
alors je ne rentrerai pas de bonne heure. Vous avez une
clef à me donner ? »

Je lui jetai un regard réprobateur. « Demandez à
Joan qu'elle vous prête la sienne. Nous devons partir
de bonne heure demain matin, rappelai-je.

— Ne vous inquiétez pas. Vous ne pourrez me
reprocher mon manque de diligence.

— J'espère que non.

— La donzelle non plus », ajouta-t-il en m'adressant un clin d'œil lubrique avant de se détourner.

10

CETTE NUIT-LÀ, J'EUS DU MAL À DORMIR, à cause de la chaleur et des images qui se bousculaient dans mon esprit : Elizabeth dans son cachot, la mine tendue et inquiète de Cromwell, les deux cadavres terrifiants. Tard dans la nuit, j'entendis Barak rentrer et monter à pas de loup dans sa chambre. Je me levai et m'agenouillai près de mon lit dans le noir pour prier et demander à Dieu qu'il m'accorde du repos et me guide le lendemain. Ces derniers temps, je priais de moins en moins, car j'avais le sentiment que mes paroles, au lieu de monter vers Dieu, se dissipaient dans ma tête comme de la fumée. Toutefois, lorsque je me recouchai, je m'assoupis aussitôt pour ne m'éveiller qu'à la lumière du petit jour. Une brise tiède entrait par la fenêtre et Joan m'appelait pour me dire que le petit-déjeuner était prêt.

Malgré sa nuit agitée, Barak était frais et dispos, impatient de commencer la journée. Il me dit qu'il n'avait pas réussi à retrouver la trace de l'homme qui nous avait suivis, mais qu'il avait demandé à ses accointances de le rechercher. Le petit-déjeuner fini, nous descendîmes à Temple Stairs pour y prendre un bateau. Il n'était pas encore sept heures. Étant rarement dehors si tôt un dimanche matin, le spectacle de la ville déserte me parut insolite. Le fleuve lui aussi était tranquille. Les passeurs attendaient à l'embarcadère, contents de voir arriver des clients. La marée étant basse, il nous fallut marcher jusqu'au bateau sur une passerelle de bois posée sur une belle épaisseur de boue chargée de détritus. Devant le cadavre gonflé d'un âne mort, je détournai la tête et me bouchai le nez. Je ne fus pas fâché de m'asseoir dans l'embarcation. Le passeur se dirigea vers le milieu de la Tamise.

« Voulez-vous franchir les rapides sous London Bridge ? s'enquit-il. Ça vous fera deux pence de plus. »

C'était un jeune gaillard plutôt laid, au visage barré d'une cicatrice, sans doute récoltée dans une rixe. Les bateliers de la Tamise avaient la réputation d'être une engeance batailleuse. J'hésitai, mais Barak opina : « Oui, l'eau est basse et il n'y aura pas beaucoup de courant sous les ponts. »

Je m'agrippai aux flancs du bateau tandis que surgissaient les arches du grand pont sur lequel se dressaient des maisons tassées les unes contre les autres. Le passeur gouverna prestement son bateau entre les piles et nous continuâmes notre chemin en aval, laissant derrière nous Billingsgate, où de grands navires de haute mer étaient à l'ancre, puis la masse menaçante de la Tour de Londres. Nous dépassâmes ensuite les nouveaux chantiers navals de Deptford, et je regardai avec admiration le grand vaisseau de guerre du roi, la *Mary Rose*, qui était en réparation, et dont les gigantesques mâts et les gréements impressionnants se dressaient, hauts comme des clochers au-dessus des bâtiments environnants.

Au-delà de Deptford, les habitations se faisaient plus rares et le fleuve s'élargissait ; à peine voyait-on la rive opposée. Des marécages couverts de joncs descendaient jusqu'au bord de l'eau. Les quelques embarcadères devant lesquels nous passions semblaient abandonnés, car les chantiers navals étaient concentrés plus en amont.

« Nous y voilà », dit enfin Barak, se penchant par-dessus le flanc du bateau. À quelque distance, j'aperçus une jetée délabrée qui se dressait sur des pilotis de bois. Une bande de terre couverte d'herbes sèches, où les roseaux avaient été défrichés, s'étendait devant un grand hangar en bois qui menaçait ruine.

« J'imaginais quelque chose de plus grand, dis-je.

— Mon maître a choisi cet endroit pour sa discrétion. »

Le passeur manœuvra sa barque jusqu'à la jetée et saisit une échelle fixée à l'extrémité, que Barak escalada avec agilité. Je suivis avec plus de précaution.

« Revenez nous chercher dans une heure », lança Barak au passeur en lui payant la traversée. L'homme hocha la tête et repartit, nous laissant seuls. J'examinai les lieux. On n'entendait d'autre bruit que le murmure de la brise qui agitait les roseaux où voletaient des papillons aux couleurs vives.

« Je vais juste vérifier que le hangar est vide, déclara Barak, au cas où un vagabond s'y serait installé. »

Pendant qu'il allait jeter un coup d'œil entre les planches disjointes, mon regard fut attiré par ce qui pendait d'un anneau fixé à une bitte d'amarrage en fer à l'extrémité de la jetée : une corde épaisse en chanvre tressé, qui aurait pu servir à retenir un bateau. Je la tirai à moi. Il n'y avait que cinquante centimètres de corde et le bout en était calciné, comme si le reste avait brûlé.

Barak me rejoignit. « La voie est libre ! » dit-il en me rejoignant. Il me tendit une outre de cuir. « Vous avez soif ?

— Merci ». J'ôtai le bouchon et bus une gorgée de petite bière. Barak fit un signe de tête en direction de la corde que je tenais toujours. « C'est tout ce qui reste du bateau que j'avais attaché ici.

— Contez-moi cette histoire. »

Il me conduisit à l'ombre du hangar. Pendant quelques instants, il scruta le fleuve, puis prit une autre gorgée de bière et commença son récit. Il narrait avec plus d'aisance que je ne l'aurais supposé, et sa forfanterie habituelle cédait le pas à un authentique émerveillement.

« C'était en mars. Mon maître m'avait dit d'acheter une vieille gabarre à mon nom, et de la faire amener ici. J'en ai trouvé une, un grand rafiot de dix mètres, que j'ai fait conduire à la rame et amarrer ici.

— Une fois, je suis monté du Sussex à Londres en gabarre.

— Vous connaissez ce genre de bateau, alors. Long et lourd. Celui-ci était un bâtiment à voiles et à rames, qui autrefois transportait le charbon de Newcastle. La *Bonaventure*, elle s'appelait, cette gabarre. » Il secoua la tête. « Pour l'aventure, elle n'a pas été déçue du voyage. Comme je le disais tout à l'heure, mon maître a choisi cet endroit pour sa situation isolée. Il m'a demandé de me trouver là au point du jour un matin de mars, gageant qu'à une heure pareille il n'y aurait personne sur le fleuve, et de l'attendre. Il m'a prévenu que je verrais un étrange spectacle. "Il y a d'ailleurs de fortes chances pour que tu ne voies rien du tout", a-t-il ajouté.

« Bref, je suis arrivé ici à cheval, avant l'aube, et j'ai eu le plus grand mal à me diriger en pleine nuit dans ces marécages. La vieille gabarre était là où je l'avais laissée, trop décrépite pour tenter les voleurs. J'ai attaché Sukey et me suis promené, battant la semelle pour éviter d'avoir les pieds gelés. Le soleil s'est levé et les oiseaux ont commencé à pousser de drôles de cris, comme toujours au point du jour. Ils m'ont fait sursauter plus d'une fois.

« Et puis j'ai entendu un bruit de sabots, des craquements et, à travers les roseaux, j'ai vu mon maître approcher à cheval. Ça m'a paru bien étrange de le voir ici. Il avait l'air renfrogné et lançait des regards noirs aux deux hommes qui l'accompagnaient. Ils étaient à cheval et l'un des deux tirait une charrette où se trouvait quelque chose de lourd, caché sous une pile de vieux sacs.

« Arrivés à l'embarcadère, ils ont mis pied à terre. C'est là que j'ai vu les Gristwood pour la première fois. Je les ai pris pour des petites gens, Dieu ait leur âme. »

J'ai opiné : « Michael était un homme de loi sans diplôme. De ceux qui traitent de petites affaires et préparent le travail pour les juristes patentés.

— Ah, je la connais, cette engeance ! s'exclama Barak avec une âpreté qui me fit lever les yeux. C'étaient deux petits maigrichons, qui jetaient sans cesse des regards apeurés à mon maître. Je voyais bien qu'il trouvait toute cette opération indigne de lui, et je me suis dit que, s'ils ne lui donnaient pas satisfaction, ils le regretteraient amèrement. L'un des deux portait un calot, une longue robe d'alchimiste, et toute la panoplie, à ceci près qu'il était crotté de boue après son expédition dans les marais. Mon maître avait une cape noire toute simple, comme toujours quand il se déplace seul. Il m'a présenté aux frères Gristwood, qui m'ont salué tous les deux, se découvrant et me faisant des courbettes comme si j'étais un haut personnage. » Il se mit à rire. « J'ai pensé que ces deux pauvres hommes n'avaient plus toute leur tête.

« Mon maître m'a dit d'aller attacher les chevaux à des piquets à côté du hangar où j'avais mis Sukey. Quand je suis revenu, les Gristwood déchargeaient leur charrette. Jamais je n'avais vu d'appareil aussi étrange : un tuyau de cuivre long et mince, et une grosse pompe à main en métal, ainsi qu'on en voit sur certains conduits. Le comte s'est approché et m'a glissé : "Viens vérifier ce bateau avec moi, Jack. Je veux m'assurer qu'il n'y a pas de piège." Quand je me suis risqué à lui demander à quoi rimait tout ça, il a lancé un regard perplexe aux deux frères occupés à décharger une cuve métallique suant et soufflant comme s'il y avait un grand poids à l'intérieur. Le comte m'a dit que Sepultus était alchimiste, et qu'il avait promis de nous montrer quelque chose d'extraordinaire avec ces appareils. Il a haussé un sourcil et s'est dirigé vers le bateau.

« Il a examiné la gabarre d'un bout à l'autre. Il est même allé dans la cale, où la poussière de charbon l'a fait tousser. Il m'a ordonné de tout inspecter et de lui signaler la moindre bizarrerie, le moindre signe suspect. Mais il n'y avait rien, rien qu'un vieux rafiot vide. Que j'avais acheté bon marché.

« Quand nous sommes ressortis sur le pont, les deux frères avaient monté leur dispositif sur la jetée. La cuve avait été reliée à la pompe d'un côté et au tuyau de l'autre. J'ai senti une odeur venant de la cuve. Une odeur comme je n'en avais encore jamais senti, quelque chose d'âcre qui semblait vous remonter des narines jusque dans le crâne.

— Vous ne pouvez pas me décrire le dispositif un peu plus en détail ?

— Le tuyau avait environ douze pieds de long et était creux comme le canon d'un fusil. Sous l'extrémité, ils avaient fixé une mèche, un petit pot de ficelle graissée à la cire de chandelle. L'autre bout était fixé à la cuve comme je l'ai dit.

— Quelle était la taille de cette cuve ? Était-elle assez grande pour contenir, disons une grosse barrique de liquide ? »

Il fronça les sourcils. « Oui. Mais je ne sais pas si elle était pleine.

— Bien sûr. Pardonnez-moi. Continuez.

— Quand mon maître et moi sommes redescendus à terre, nous avons vu que la cuve était placée sur un gros trépied de fer. À ma grande surprise, nos deux hommes essayaient d'allumer un feu de brindilles dessous et ils se donnaient beaucoup de mal pour y parvenir avec des silex.

« Sur ce, Michael Gristwood a poussé un grand cri de triomphe : "Ça y est ! C'est allumé ! Écartez-vous, Votre Grâce, écartez-vous du tuyau !" Mon maître a semblé scandalisé qu'on lui parle si familièrement, mais il est allé se mettre derrière les frères. Je l'ai accompagné, curieux de ce qui allait bien pouvoir suivre. »

Barak se tut un instant. Il regardait l'eau où de petits remous commençaient à bouillonner, signe que la marée remontait.

« Ensuite, tout s'est passé très vite. Michael a pris une brindille enflammée, a allumé la mèche, puis est revenu en courant, et Sepultus et lui ont actionné la pompe. J'ai vu un mouvement devant le tuyau, puis une grande nappe de flammes jaunes d'une douzaine de pieds de long a jailli avec un ronflement violent, s'est propulsée dans l'air et a frappé le bateau par le milieu. À la voir se tortiller dans les airs, on aurait dit qu'elle était vivante.

— Comme la flamme qui sort de la bouche d'un dragon ? »

Il frissonna. « Oui. Le bois a pris feu aussitôt. Les flammes semblaient se coller à lui et le dévorer tel un animal rongeant une carcasse. Quelques langues de feu sont tombées sur l'eau et, corbleu, *j'ai vu l'eau brûler* ! Je l'ai vu, de mes yeux vu : une plaque de feu qui sautillait sur le fleuve. Pendant une minute, j'ai eu peur que la Tamise s'embrase et que le feu remonte jusqu'à Londres.

« Après quoi, les deux frères ont tourné le tuyau de façon à changer d'angle, ils ont pompé à nouveau et une autre longue langue de flamme aveuglante est sortie du tuyau et a frappé la poupe. Elle a bondi dessus comme un être animé. Le bateau flambait allégrement. Le feu dégageait une chaleur épouvantable. J'avais beau être à vingt pas, je sentais mon visage me brûler. Encore une langue de feu, et la pauvre vieille gabarre ne fut plus qu'une flamme. Partout, les oiseaux sortaient des marais le plus vite qu'ils pouvaient et s'envolaient. Jésus Marie, j'ai eu une de ces peurs ! Je ne suis pas dévot, mais je suppliais Notre-Dame et tous les saints de me protéger. Si mon maître avait autorisé les rosaires, j'en aurais tripoté les perles jusqu'à ce qu'elles se brisent.

« Nous avons regardé le bateau, qui n'était plus qu'une masse de flammes couronnées d'une fumée noire qui montait dans le ciel. J'ai observé mon maître. Il n'avait pas peur, non, il observait la scène, les bras croisés, une lueur d'excitation dans l'œil.

« C'est alors que j'ai entendu des hennissements de panique. Ils devaient retentir depuis un certain temps déjà, mais je n'avais rien remarqué. Les chevaux, qui avaient vu sauter ces grandes langues de feu, étaient terrifiés. Ils ruaient et se cabraient en essayant de se détacher. Je me suis précipité vers eux et j'ai réussi à les calmer avant qu'ils ne se blessent parce que je sais leur parler. Dieu merci, il n'y avait plus de flammes ; ce qui restait du bateau était en train de couler. Lorsque je suis retourné sur la jetée, il avait disparu. Même la corde qui l'amarrait avait brûlé, comme vous pouvez le voir. Mon maître discutait avec les Gristwood. Ils étaient trempés de sueur mais avaient l'air satisfait. Après quoi, ils se sont mis à ranger leurs affaires. » Barak rit et secoua la tête. « Le calme était revenu. On aurait cru qu'il ne s'était rien passé, à ceci près qu'une gabarre de trente tonnes avait été réduite à néant en quelques instants. » Il prit une grande inspiration et se massa la tempe. « Après le départ des Gristwood, mon maître m'a dit que cela s'appelait le feu grégeois, m'a raconté comment Michael Gristwood avait découvert la formule à St Bartholomew, et m'a fait jurer le secret. »

J'allai jusqu'au bout de la jetée, Barak sur les talons. Je plongeai le regard dans les eaux brunes et tumultueuses.

« Vous avez assisté à la seconde démonstration ?

— Non. Mon maître m'avait demandé de trouver un autre bateau, plus grand, une vieille corvette, et de la lui apporter ici. Mais ce jour-là, il est venu seul. Il m'a dit que le second bateau avait été détruit exactement comme le premier. »

Je hochai la tête, pensif. « Ainsi, pour que le feu grégeois agisse, il faut cet appareillage. Qui l'a construit pour les Gristwood et où le rangeaient-ils ? »

Barak me jeta un regard narquois. « Alors, vous y croyez, maintenant ?

— Je crois que vous avez vu quelque chose de fort étonnant. »

Un navire marchand apparut, voguant au milieu du fleuve, une grosse caraque rentrant à Londres, en provenance de quelque lointaine contrée. Ses voiles étaient choquées pour prendre la brise légère, et sa proue robuste fendait orgueilleusement les vagues. En nous voyant, les marins sur le pont se mirent à crier en agitant les bras : nous étions sans doute les premiers Anglais qu'ils voyaient depuis des mois. Tandis que le bateau passait devant nous, je l'imaginai en flammes de la proue à la poupe, les marins hurlant, sans aucun espoir de salut.

« Nombreux sont ceux qui prétendent que la fin du monde est proche, dis-je à mi-voix. Que le monde sera détruit, que le Christ reviendra et que sonnera l'heure du Jugement dernier.

— Vous y croyez ?

— Je n'y croyais pas avant ce jour. » Un autre bateau dépassa la caraque et s'approcha de nous. « Voilà notre marinier. Rentrons à Londres et partons en quête de ce bibliothécaire. »

Nous demandâmes au passeur de nous conduire à Westminster, car les bureaux de la cour des augmentations se trouvaient dans une salle où l'on accédait par Westminster Hall, le palais de justice. Après avoir monté l'escalier, nous fîmes une pause dans la cour de New Palace pour reprendre notre souffle. Le soleil était à son zénith ; encore une chaude journée. Il n'y avait plus beaucoup d'eau dans la fontaine ; je pensai à des pompes, des siphons, des cuves.

« Alors c'est ici que viennent les avocats pour discuter, dit Barak en regardant avec intérêt la haute façade nord de Westminster Hall où s'ouvrait son énorme vitrail.

— Oui, c'est ici que siègent les cours de justice civiles. Vous n'y êtes donc jamais entré ?

— Comme toutes les honnêtes gens, moins je m'en approche, mieux je me porte. »

Il me suivit dans l'escalier menant à la porte du nord. À la vue de ma robe noire, le garde me fit un salut de la tête et nous entrâmes. En hiver, l'intérieur de ce gigantesque bâtiment de pierre est glacial, et tout le monde frissonne, sauf les juges avec leurs fourrures.

Même ce jour-là, il y faisait froid. Barak leva les yeux vers l'immense plafond sculpté et les statues des anciens rois près des hautes fenêtres. Il émit un sifflement qui se réverbéra comme le moindre bruit en ce lieu.

« Ça ne ressemble guère à l'Old Bailey.

— Non, en effet. » Le Hall était un long espace bordé de part et d'autre d'échoppes vides ; au bout se trouvaient les cours de justice, derrière leurs cloisons basses : le banc du roi, les plaids communs, la chancellerie. Tables et bancs étaient vides, noyés dans le silence. Demain commencerait la session et il y aurait une telle foule que chaque pouce de l'espace serait occupé. Or je devais plaider contre Bealknap ici même dans une semaine. Il faudrait que je trouve le temps de préparer mon intervention. Je regardai une porte dans le coin le plus éloigné. De derrière parvenait un murmure de voix. « Venez », dis-je à Barak, et je le conduisis aux bureaux de la cour des augmentations.

Il n'y avait rien d'étonnant à ce que les Augmentations eussent obtenu une dispense pour ouvrir le dimanche. Il n'y avait pas de lieu plus affairé que celui-ci, où l'on s'occupait de la vente de centaines de bâtiments monastiques et où l'on gérait les pensions des anciens moines. À l'intérieur, de part et d'autre de la salle, étaient installés des guichets où des commis répondaient aux questions. Un groupe de femmes au visage inquiet, à la mise austère, argumentaient avec un commis qui avait l'air épuisé.

« On avait promis la croix du maître-autel à notre abbesse, disait l'une des femmes d'un ton plaintif.

Pour qu'elle puisse la conserver précieusement, monsieur, comme une relique de notre vie passée. »

Le commis désigna un document d'un geste agacé : « Rien n'est spécifié à cet effet dans l'acte d'abandon. Pourquoi voulez-vous cette croix, de toute façon ? Si d'anciennes nonnes comme vous se rassemblent encore pour des offices papistes, c'est illégal. »

Je conduisis Barak plus loin. Nous passâmes devant un petit groupe d'hommes bien mis qui examinaient un plan où l'on reconnaissait la forme familière d'une église monastique et de son cloître. « Ça ne nous rapportera même pas mille livres, si nous devons abattre les bâtiments », disait l'un d'eux.

Nous arrivâmes au guichet des pensions, où il n'y avait personne. J'agitai une petite sonnette et un commis d'un certain âge apparut derrière une porte, visiblement mécontent d'être dérangé. Je lui dis que nous tentions de retrouver la trace d'un ancien moine. L'homme commença par rétorquer qu'il avait à faire, et que nous devions revenir plus tard, mais Barak plongea la main dans son pourpoint, d'où il sortit un sceau portant les armoiries de Cromwell et le posa sur la table avec un bruit sec. Le commis devint aussitôt servile.

« Je ferai tout ce qui est en mon pouvoir, naturellement, pour servir le comte d'Essex…

— Je cherche un dénommé Bernard Kytchyn, dis-je. Ancien bibliothécaire du prieuré de St Bartholomew, à Smithfield. »

Le commis sourit. « Ah oui ! le prieuré, ce sera facile. Il vient chercher sa pension ici. » Il ouvrit un tiroir, d'où il sortit un énorme registre et se mit à le feuilleter. Au bout d'une minute, il abattit son index noirci par l'encre sur une ligne d'écriture.

« Nous y sommes, messieurs. Bernard Kytchyn, six livres et deux marks par an. Il est enregistré comme prêtre de la chantrerie de l'église St Andrews à Moorgate. C'est un scandale, messieurs, qu'on tolère encore ces institutions où les prêtres continuent à se livrer tous les jours à des mascarades en latin pour les morts. On devrait les supprimer elles aussi. » Il nous adressa un large sourire. Comme nous étions des agents de Cromwell, il s'attendait à nous voir opiner. Je me bornai à grogner et tournai le registre vers moi pour le consulter.

« Barak, dis-je, quand je rentrerai chez moi, je suggère que vous alliez trouver Kytchyn pour lui dire… »

Je m'interrompis. La porte derrière le commis s'ouvrit et, à ma grande stupéfaction, je vis apparaître Stephen Bealknap, dont l'étroit visage affichait un air maussade. « Dites donc, l'ami, nous n'avions pas terminé. Sir Richard Rich demande… » Il se tut à son tour en me voyant et parut surpris. Ses yeux croisèrent un instant les miens avant de se détourner.

« Mon cher confrère…

— Bealknap. J'ignorais que vous vous intéressiez aux pensions des Augmentations. »

Il sourit. « Je ne m'y intéresse pas en temps ordinaire mais, dans ma propriété de Moorgate, il y a un prébendier qui a reçu droit de résidence. Il semblerait que j'aie la responsabilité de cet homme en même temps que celle du bien. C'est un problème juridique intéressant, n'est-ce pas ?

— En effet. » Je me tournai vers le commis. « Nous en avons terminé. Eh bien, mon cher confrère, dis-je à Bealknap en le saluant, nous nous verrons après-demain. » Le commis rangea son registre et reconduisit Bealknap dans son bureau. La porte se referma derrière eux.

Je fronçai les sourcils. « Les prébendes sont attachées aux monastères, pas aux prieurés. Que fait-il ici en réalité ?

— Il a parlé de Rich.

— Oui. » J'hésitai. « Cromwell pourrait-il faire interroger le commis ?

— Sans que sir Richard en soit informé ? Ce ne sera pas facile. » Barak passa une main dans sa tignasse brune. « Je l'ai déjà vu quelque part, ce gueux au visage chafouin.

— Bealknap ? Où cela ?

— Il faudra que je réfléchisse. C'était il y a long-temps, mais je vous garantis que je le connais.

— Il faut partir à présent. Joseph va m'attendre. »

J'avais demandé à Simon de venir à Westminster avec Chancery pour que nous puissions rentrer à cheval de Westminster à la maison. Il m'attendait en effet à côté d'un des arcs-boutants du mur est, assis sur le large dos de mon cheval et balançant ses pieds chaussés de frais. Nous le laissâmes rentrer à pied tout à loisir.

En passant devant Charing Cross, je remarquai une femme bien mise montée sur un joli hongre. Un masque protégeait son visage du soleil. Elle était accompagnée de trois cavaliers et de deux suivantes à pied, qui avaient le nez dans des bouquets et parais-saient fort affectées par la chaleur. Lorsque nous passâmes à côté d'elle, la femme se tourna et me dévisagea. Son masque, encadré par une coiffe coûteuse, était en toile rayée avec deux trous pour les yeux. Ce regard intense au milieu d'un masque impassible était étrangement déconcertant. Lorsqu'elle le souleva, je reconnus lady Honor. Elle paraissait toute fraîche, malgré le désagrément qu'il devait y avoir à porter par ce temps les accessoires et dessous qu'imposait la mode. Elle sourit et leva une main en guise de salut.

« Messire Shardlake ! Quelle coïncidence. »

Je tirai sur les rênes de Chancery. « Lady Honor. Encore une chaude journée.

— N'est-ce pas ? répondit-elle aimablement. Je suis ravie de vous avoir rencontré. Venez donc dîner chez moi mardi prochain.

— Avec plaisir. »

J'étais conscient de la présence de Barak à mon côté, le regard baissé comme il convenait à un domestique.

« Vous trouverez la Maison de verre dans Blue Lion Street, tout le monde la connaît. Soyez là à cinq heures. C'est seulement un banquet sucré, cela ne se poursuivra pas tard dans la soirée. Je gage que la compagnie vous intéressera.

— J'attends mardi avec impatience.

— À propos, j'ai appris que vous représentiez la nièce d'Edwin Wentworth.

— Il semble que tout Londres soit au courant, madame.

— J'ai rencontré sir Edwin aux dîners de la guilde des merciers. Il se croit plus malin qu'il ne l'est. Mais il s'y entend en affaires.

— Vous trouvez ? »

Elle se mit à rire. « Ah, si vous aviez vu votre mine ! Celle d'un homme qui connaît l'envers de la tapisserie ! J'ai piqué votre intérêt, monsieur.

— La vie de cette demoiselle est entre mes mains, lady Honor. »

Elle hocha la tête. « Quelle responsabilité ! Mon Dieu, je dois vous quitter. Je suis attendue chez des parents de mon défunt mari. »

Elle rabattit son masque et s'éloigna avec sa suite.

« Beau morceau, fit Barak comme nous repartions.

— Une dame d'une distinction naturelle.

— Elle a la langue un peu trop bien pendue pour mon goût. J'aime les femmes qui restent à leur place. Les riches veuves sont souvent impertinentes.

— Vous en connaissez beaucoup ?

— Ma foi… »

Je me mis à rire. « Elle est de bien trop haut rang pour vous, Barak.

— Et pour vous aussi.

— Je n'aurai pas l'outrecuidance de penser le contraire.

— Jamais cette femme-là ne se trouvera dans la misère.

— Les grandes familles n'ont plus la place privilégiée qu'elles occupaient jadis dans le monde.

— À qui la faute ? rétorqua-t-il. À force de se battre pendant les guerres entre York et Lancaster, elles se sont presque éteintes. Mieux vaut devoir obéir à des "hommes nouveaux" comme le comte.

— Qui, au reste, tient fort à son titre de comte, Barak. Des armoiries, voilà qui fait rêver tout le monde. Marchamount est la risée de Lincoln's Inn parce qu'il s'efforce de persuader le Collège héraldique qu'il a des ancêtres gentilshommes. » Une pensée me traversa l'esprit. « Je me demande si c'est la raison pour laquelle il cultive la compagnie de lady Honor. En épousant quelqu'un de haute naissance… » À cette perspective, mon cœur se serra de façon inattendue.

« Il a une idée derrière la tête ? dit Barak. Voilà qui pourrait être intéressant. Chez les gens de la haute, cette chasse aux honneurs me met en joie, fit-il en secouant la tête.

— Qui convoite le statut de gentilhomme vise également à vivre mieux.

— J'ai ma lignée, moi aussi, dit-il en se gaussant.

— Ah oui. À preuve, la babiole que vous a léguée votre père.

— Je reste discret sur mes origines. On dit que les Juifs étaient des sangsues, qu'ils amassaient l'or et assassinaient les enfants. Allons, dit-il sans transition, il faut que je retrouve le dénommé Kytchyn.

— Oui. Si vous y parvenez, demandez-lui de me retrouver demain, à St Bartholomew. »

Il pivota sur sa selle. « Là-bas ? Mais c'est la résidence de sir Richard Rich à présent. Mon maître ne tient pas à ce qu'il soupçonne quoi que ce soit. Et cela m'a inquiété d'entendre votre ami Bealknap prononcer son nom.

— Je dois voir l'endroit où on a trouvé cette barrique.

— Soit. Mais nous devons être prudents.

— Morbleu, croyez-vous que je n'en sois pas conscient ? »

Nous nous séparâmes en bas de Chancery Lane. En rentrant seul chez moi, je me sentis brusquement nerveux. La veille, nous avions été suivis, et je revis les cadavres de la maison de Queenhithe. Je fus soulagé en arrivant à ma porte. C'est alors qu'apparut Joseph, à l'autre bout de la rue, les épaules voûtées, le visage triste et inquiet. Toutefois, en me voyant, il sourit et leva la main. J'en fus touché. C'était le premier geste amical qu'on m'adressait depuis le procès.

11

EN ARRIVANT À SA HAUTEUR, je constatai que Joseph avait l'air bien las.

Je le priai d'aller m'attendre dans la maison car, Simon n'étant pas encore rentré, je devais mener nos chevaux à l'écurie.

Dans le vestibule, je retirai ma toque et ma robe. Il faisait meilleur que dehors et je restai quelques instants immobile, à savourer la fraîcheur sur mon visage moite. En passant dans le salon, je vis que Joseph s'était assis dans mon fauteuil. Il se releva aussitôt, embarrassé.

« Je vous en prie, Joseph. Évitez de bouger par cette chaleur. » Je m'assis en face de lui. Malgré sa fatigue, il avait dans les yeux une lueur d'excitation, un nouvel espoir.

« Messire Shardlake, j'ai réussi ! dit-il. J'ai convaincu mon frère de vous recevoir.

— À la bonne heure. » Joan avait laissé une cruche de bière sur la table, et j'emplis deux chopes.

« Comment vous y êtes-vous pris ?

— Cela n'a pas été chose facile. Je suis allé chez lui. Ils ont été obligés de me laisser entrer pour éviter de se donner en spectacle devant les domestiques. J'ai dit à Edwin que vous n'étiez pas certain de la culpabilité d'Elizabeth et que vous souhaitiez parler à la famille avant de décider si vous continueriez à assurer sa défense. Au début, Edwin était très hostile, furieux de me voir me mêler de ce qui, à son sens, ne me regardait pas. Il est vrai que je ne sais guère mentir ; je craignais de m'embrouiller.

— Ah, Joseph, vous êtes bien trop honnête.

— La fausseté me déplaît fort, en effet. Mais j'ai pensé à l'intérêt de Lizzy — et de fait, c'est ma mère qui a emporté la décision. Cela m'a étonné, car elle a été la première à prendre parti contre la pauvre enfant, bien que ce soit sa petite-fille. Mais elle a dit que, si nous réussissions à vous convaincre que c'était bien Elizabeth qui avait tué Ralph, vous nous laisseriez en paix. Ils nous attendent demain matin à dix heures, monsieur. Ils seront tous là.

— Parfait. Vous avez fait du bon travail, Joseph.

— Je leur ai laissé entendre que vous aviez des doutes sur l'innocence de Lizzy, mais ce n'était pas péché, je l'espère, que de mentir pour la sauver ? dit-il en me regardant d'un air implorant.

— Hélas ! le monde ne nous permet pas toujours d'agir en toute ingénuité.

— Dieu nous soumet à de rudes épreuves, dit-il en secouant tristement la tête.

— Je vous demande pardon, Joseph, mais je dois vous quitter à nouveau. On m'attend à Lincoln's Inn.

Retrouvez-moi demain juste avant dix heures à la fontaine de Walbrook.

— Oui, messire Shardlake. Vous êtes bien bon de m'accorder du temps alors que vous êtes si occupé.

— Avez-vous déjeuné ? Restez ici, ma femme de charge va vous apporter quelque chose.

— Je vous remercie, monsieur. »

Après un salut rapide, je sortis. Je donnai des instructions à Joan, puis me hâtai de passer ma robe. Bien qu'elle eût été lavée la veille, la puanteur de la Cité l'imprégnait déjà. Je voulais voir Marchamount et Bealknap avant le dîner. En retournant dans la rue, je pensai que, si mon honnête Joseph savait dans quel infernal imbroglio m'avait plongé Cromwell, il quitterait la maison à la course. Mais non : tant que je représentais son seul espoir de libérer Elizabeth, il resterait là, aussi inébranlable qu'un rocher battu par les vagues.

En me hâtant vers Lincoln's Inn, je réfléchis à ce que Barak m'avait raconté sur l'embarcadère. Ma nature sceptique ne me portait guère à croire à la réalité du feu grégeois ; quant à « Sepultus » Gristwood, je ne lui faisais aucune confiance, tant il était notoire que les alchimistes sont associés aux supercheries de toutes sortes. Pourtant, je ne doutais pas un instant de la bonne foi de Barak. Ni Cromwell ni lui n'étaient hommes à se laisser abuser facilement. Chaque jour apparaissaient de nouvelles merveilles et de nouvelles terreurs dans ce monde qui, à en croire les prophètes, touchait à sa fin. Pourtant, j'avais peine à ajouter vraiment foi à des histoires aussi extravagantes.

Et si elles étaient vraies malgré tout ? Les Byzantins avaient pu si bien garder le secret qu'ils avaient fini par le perdre, mais dans notre Europe d'espions et de querelles religieuses, l'Angleterre ne pouvait espérer le conserver longtemps. Il serait dérobé tôt ou tard. Avec quelles conséquences ? Les mers désertées par les navires, des flottes entières dévorées par le feu ? Je secouai la tête, perplexe et troublé. Songer à de pareils sujets tout en remontant la rue poussiéreuse et familière où j'habitais me paraissait incongru. Il me fallait bannir ces idées et me concentrer sur la tâche qui m'attendait. Sachant que j'avais été suivi la veille, je devais rester sur mes gardes. Je jetai un rapide coup d'œil, mais les seuls autres cavaliers dans la rue étaient des avocats en robe qui se hâtaient vers Lincoln's Inn. Quand je franchis le porche, le garde me salua de sa guérite.

Je me rendis d'abord à mon cabinet pour laisser un message à Godfrey. Contre toute attente, j'y trouvai Skelly en train de recopier un document, si penché sur sa plume que son nez touchait presque la feuille. Il leva les yeux vers moi.

« Que faites-vous là un dimanche, John ? Vous ne devriez pas approcher la tête si près de votre feuille : les humeurs vont envahir votre cerveau.

— Cela m'a pris si longtemps de réécrire l'acte de cession Beckman, monsieur, que j'ai du retard. Je suis revenu pour recopier l'accord d'arbitrage pour la guilde des sauniers.

— Belle preuve d'application », dis-je en me penchant pour regarder. Je restai suffoqué : son encre avait été mal préparée, et les mots étaient tout pâles. « Peste ! » m'exclamai-je.

Il leva vers moi le regard tremblant de ses yeux rougis. « Qu'est-ce que j'ai fait, monsieur ?

— L'encre est trop diluée. » Son regard de chien battu m'irrita soudain. « Mais vous ne le voyez donc pas ? Dans un an, tout sera effacé. Un document légal ne vaut rien s'il n'est pas écrit à l'encre noire bien épaisse, d'une écriture lisible, de façon à se conserver.

— Je vous demande pardon, monsieur. »

Je ne pus contenir mon exaspération : « Tout est à recommencer. Vous m'avez encore une fois gâché du bon papier. J'en retiendrai le coût sur vos gages. » En voyant sa mine inquiète, je sourcillai. « Allez ! au travail. »

Godfrey ouvrit la porte. « Que se passe-t-il ? J'ai entendu des éclats de voix.

— John Skelly réussirait à mettre un ange en colère. Je ne pensais pas te trouver là, Godfrey. Tu ne vas pas au déjeuner en l'honneur de Norfolk, j'imagine ? »

Il grogna : « Je me suis dit qu'il fallait que je voie de mes yeux à quoi ressemble ce coquin papiste.

— Eh bien, puisque tu es là, puis-je te demander une faveur ? Viens dans mon cabinet. »

Je refermai la porte sur Skelly et dis à mon ami de s'asseoir. « Godfrey, j'ai une… une nouvelle affaire. Très urgente. Entre le procès Wentworth et cela, je n'aurai guère de temps la semaine prochaine. Pourrais-tu assurer une partie de mon travail ? Bien entendu, je te reverserai les honoraires.

— Volontiers. Y compris l'audience avec Bealknap ?

— Non, cette affaire-là, mieux vaut que je la conserve. Mais si tu pouvais t'occuper de tout le reste, je t'en saurais gré. Tu me rendrais un fier service. »

Il me regarda avec attention. « Tu as l'air soucieux, Matthew.

— Je déteste perdre mon calme. Mais entre Skelly et cette nouvelle affaire…

— Quelque chose d'intéressant ?

— Je ne peux pas t'en parler. Et maintenant, dis-je en soulevant une pile de papiers de la table, je vais te montrer les procès en cours. » Pendant la demi-heure qui suivit, je passai mes affaires en revue avec lui, soulagé à l'idée qu'en dehors de l'audience avec Bealknap je n'aurais pas à me rendre au tribunal lors des quinze prochains jours.

« Je suis ton obligé, une fois de plus, dis-je quand nous eûmes terminé. Tu as des nouvelles de ton ami Robert Barnes ? »

Il poussa un profond soupir. « Il est toujours à la Tour.

— Barnes est un ami de l'archevêque Cranmer. Assurément, celui-ci le protégera.

— Je l'espère. » Le visage de Godfrey s'éclaira. « L'archevêque doit prêcher la semaine prochaine à St Paul's Cross [1], maintenant que monseigneur Sampson est emprisonné à la Tour. » Il serra les poings, ce qui me rappela que, en dépit de ses façons affables, il ne plaisantait pas en matière de convictions religieuses. « Avec l'aide de Dieu, nous l'emporterons sur cette bande de papistes.

— Écoute-moi, Godfrey, j'essaierai de passer au cabinet quand je pourrai. Garde Skelly à l'œil et veille

---

1. Il s'agissait d'une chaire en plein air où les prédicateurs s'adressaient à la foule, notamment pendant la Réforme. Elle fut détruite en 1643.

à ce qu'il fasse un travail au moins présentable. J'ai un autre rendez-vous maintenant, mais je te verrai au déjeuner. Merci, mon ami. »

Je sortis à nouveau et traversai la cour pour gagner le cabinet de Marchamount. Du côté de la Grande Salle, les domestiques s'affairaient aux préparatifs du repas. Les quatre collèges rivalisaient pour obtenir la protection des proches du roi, et la présence de Norfolk était un événement, encore que ses orientations politiques ne fussent guère appréciées par la plupart des membres de Lincoln's Inn.

Je frappai et entrai dans le bureau d'accueil de Marchamount, une pièce impressionnante, tapissée de livres et de papiers ; un commis était en train de travailler sur des documents. Il leva des yeux interrogateurs.

« Le sergent est-il là ?

— Il est fort occupé, messire. Il a une affaire importante qui commence demain à la cour des plaids communs.

— Dites-lui que son confrère Shardlake est là, mandé par lord Cromwell. »

Ses yeux s'écarquillèrent et il disparut dans une autre pièce. Quelques instants plus tard, il était de retour.

« Il va vous recevoir, messire. » Et avec un salut, il me pria de passer.

Comme beaucoup d'avocats, Gabriel Marchamount habitait et travaillait à Lincoln's Inn. Sa salle de réception était l'une des plus fastueuses qu'il m'eût été donné de voir. Un papier mural dans les tons vert et rouge vif tapissait les murs. Lui-même était assis dans un fauteuil à haut dossier qui n'aurait pas déshonoré un évêque, derrière un vaste bureau couvert de papiers. Son opulente silhouette était sanglée dans un coûteux pourpoint jaune à poche ventrale, qui soulignait encore son teint sanguin. Ses rares cheveux roux étaient soigneusement rabattus sur son crâne. Posées sur un coussin à côté de lui se trouvaient une toge bordée de fourrure et la calotte blanche de sergent, marque de son rang, le plus haut qu'un avocat puisse atteindre, hormis celui de juge. Un gobelet d'argent rempli de vin attendait son bon plaisir.

Marchamount avait la réputation d'un homme qui ne vivait que pour la loi et qui adorait le statut qu'elle lui conférait ; depuis son entrée dans la confrérie des sergents, trois ans auparavant, ses manières patriciennes s'étaient accentuées au point qu'on se gaussait de lui dans le Collège. On disait qu'il entendait monter plus haut et devenir juge. Mais, d'après les mauvaises langues, son avancement devait beaucoup à sa fréquentation assidue des membres du parti antiréformiste à la cour du roi. Je savais que c'était là une information à ne pas sous-estimer.

Se levant, il m'accueillit avec un sourire et un petit salut, mais ses yeux sombres étaient circonspects et à l'affût.

« Mon cher confrère, êtes-vous venu assister à mon déjeuner avec le duc ? » Il sourit avec une modestie feinte. Je n'avais pas compris qu'il était l'instigateur de ce repas. « Mon déjeuner. » Voilà qui était bien de lui.

« J'y ferai peut-être une apparition.

— Comment vont les affaires ?

— Bien, je vous remercie, sergent.

— Voulez-vous du vin, mon cher confrère ?

— Merci. C'est un peu tôt pour moi. »

175

Il s'assit à nouveau. « Il paraît que vous vous occupez du cas Wentworth. Une bien pénible affaire. Il n'y aura guère d'*unguentum auri* à mon avis. »

Je répondis par un sourire crispé. « Non. De modestes honoraires. En fait, c'est à propos d'autres meurtres que je suis venu vous voir. Michael Gristwood et son frère ont été sauvagement assassinés. »

Je guettai sa réaction, mais il se borna à hocher la tête en disant : « Oui, je sais. Quelle horreur !

— Comment l'avez-vous appris, messire sergent ? demandai-je aussitôt. Lord Cromwell a ordonné la plus grande discrétion. »

Il écarta les bras : « Sa veuve est venue me voir hier. Elle m'a dit que, d'après vous, la maison lui appartenait à présent, et elle m'a demandé de l'aider à la faire mettre à son nom, puisque je connaissais son mari. » Il plissa les yeux : « La formule du feu grégeois a donc disparu ? »

Je ne répondis pas tout de suite. Les mots restèrent suspendus dans l'air pendant un instant. « Oui, messire sergent. C'est pour cette raison que lord Cromwell tient à ce qu'il y ait une enquête rapide et discrète. Dame Gristwood n'a pas perdu de temps. C'est curieux qu'elle ne se soit pas adressée à Bealknap, qui était plus proche de son mari.

— Elle n'a pas d'argent. Bealknap l'aurait renvoyée dans la seconde en apprenant qu'elle ne pouvait pas payer, mais elle savait que je travaille parfois bénévolement. » Il eut un sourire satisfait. « Il y a longtemps que je ne m'occupe plus moi-même des petites transactions immobilières, mais je connais un confrère débutant qui l'aidera. »

Oui, pensai-je. Marchamount était bien homme à faire du bénévolat dans l'espoir d'acquérir du crédit auprès de Dieu, conformément aux vieux principes religieux. Il aurait aimé voir rétablis les anciens rituels, les cérémonies solennelles et le latin sonore. « Ne donnez aucun détail à l'avocat, dis-je. Lord Cromwell ne veut pas que l'affaire s'ébruite. »

Mes manières péremptoires ne lui plurent guère. « Je m'en serais douté tout seul. Je n'ai pas parlé du feu grégeois à dame Gristwood. Elle m'a seulement dit que son mari et son beau-frère avaient été tués. Ce qui n'est pas rare par les temps qui courent. » Il marqua une pause. « N'y aura-t-il pas d'enquête ?

— C'est à lord Cromwell d'en décider. Et je dois interroger tous ceux qui étaient au courant de l'existence du feu grégeois. Puis-je vous demander de me dire le rôle exact que vous avez joué dans cette affaire, messire sergent ? »

Marchamount se cala dans son fauteuil et croisa les mains. De puissantes mains carrées, aussi blanches pourtant que son visage était rouge. Une bague en or ornée d'une énorme émeraude brillait à son majeur. Il prit un air pensif, mais je perçus de la peur derrière cette façade. Les nouvelles apportées par dame Gristwood avaient dû lui causer un choc. Il se doutait probablement que Cromwell voudrait en avoir le cœur net et que, s'il ne lui donnait pas satisfaction, il risquait fort de se retrouver dans la Tour, malgré ses grands airs.

« Je ne connaissais guère Michael Gristwood, dit-il. Il est venu me voir il y a deux ans environ pour me demander si je n'avais pas besoin d'un assistant. Il avait travaillé avec notre confrère Bealknap, mais ils s'étaient brouillés.

— Oui, je l'ai appris. Vous connaissez le motif de leur brouille ? »

Il haussa un sourcil. « Michael n'hésitait pas à frauder un peu à l'occasion, mais il trouvait intolérable la façon qu'avait Bealknap d'escroquer tout le monde comme si cela allait de soit. Je lui ai dit que, s'il travaillait avec moi, toute fraude serait exclue. »

Je hochai la tête.

« J'ai fait appel à sa collaboration pour quelques petites tâches, et, pour tout vous dire, il s'en est fort médiocrement acquitté, et j'ai renoncé à ses services. J'ai appris qu'il était allé travailler à la cour des augmentations, ce qui ne m'a guère surpris, car il y a des profits faciles à y réaliser. Dieu ait pitié de son âme, ajouta-t-il d'une voix sonore.

— Amen », répondis-je.

Marchamount soupira et poursuivit. « Et puis, un jour de mars dernier, notre confrère Bealknap est venu à mon cabinet et a demandé à me voir. Il m'a expliqué ce que Michael avait trouvé à St Bartholomew. Il voulait que je serve de truchement afin qu'ils puissent mander leur découverte à lord Cromwell. » Marchamount tendit les mains. « Pensant qu'il s'agissait d'une mystification, je lui ai ri au nez. Mais, lorsqu'il m'a apporté les documents, je me suis rendu compte qu'ils méritaient à tout le moins de… d'être étudiés plus avant.

— En effet. C'est moi qui en ai la garde à présent. » Je fronçai les sourcils. « En mars, avez vous dit ? Mais Michael Gristwood avait trouvé ces papiers à l'automne dernier. Que s'est-il passé entre-temps ?

— C'est une question que je me suis posée. Michael m'a dit que son frère et lui s'étaient employés tout l'hiver à étudier les plans afin de construire l'appareil utilisé pour lancer la substance, et à faire des expériences. »

Je me rappelai les traces calcinées dans la cour des Gristwood. « Et ils ont réussi ?

— Ils ont prétendu que oui, dit-il en haussant les épaules.

— Alors, vous avez organisé une entrevue entre Michael Gristwood et Cromwell. Michael a-t-il proposé de vous payer ? »

Il me toisa avec hauteur. « Quel besoin ai-je de leur argent ? Je les ai aidés à faire parvenir les documents au comte, parce que c'était ce qu'il convenait de faire. Naturellement, je ne pouvais pas entrer moi-même en communication avec le vicaire général. Mes accointances ne vont pas jusqu'à lui. Mais je connais lady Honor, une personne de qualité, la femme la plus discrète d'Angleterre. Elle, elle est en relation avec le comte. Une femme de qualité, répéta-t-il avec un sourire. Je lui ai demandé de transmettre les documents à lord Cromwell. »

Excellent moyen pour vous de glisser le pied dans la porte du pouvoir, pensai-je. « Mais n'auriez-vous pu lui donner la seule formule ?

— Hélas non ! cela n'était pas à ma discrétion. Je ne crois pas que quiconque l'ait vue, hormis les frères. Moi, en tout cas, je ne l'ai pas vue. Ils n'ont même pas consenti à me dire où ils la conservaient. Et ils voulaient de l'argent en échange. Michael n'en a pas fait mystère.

— Mais en tant que propriété monastique, ces papiers appartiennent au roi. Gristwood aurait dû les porter à sir Richard Rich, chancelier des Augmentations, afin qu'il les transmette à lord Cromwell. »

Marchamount eut un geste d'impuissance. « Je le sais bien… que vouliez-vous que je fasse ? Je ne pouvais pas obliger Gristwood à me donner la formule, mon cher confrère. Naturellement, je lui ai dit qu'il aurait dû la porter aussitôt aux autorités compétentes. » Il leva le menton et me regarda de haut.

« Vous avez donc confié les papiers à lady Honor avec un message.

— En effet. Et elle m'en a rapporté un du comte, destiné à Gristwood. Ensuite, j'ai fait passer deux ou trois autres messages. Tous fermés, bien entendu. J'ignore tout de leur contenu. Je ne sais rien de plus, mon cher confrère. Je n'ai été qu'un truchement. Je ne sais rien de ce feu grégeois. Pas même s'il est authentique.

— Fort bien, messire sergent. Je dois vous répéter de ne souffler mot de tout ceci à âme qui vive. »

Il écarta les mains : « Bien entendu. Je suis prêt à faciliter l'enquête de lord Cromwell.

— Si quelqu'un cherche à vous rencontrer ou si vous vous souvenez d'un détail susceptible de nous être utile, faites-le-moi savoir.

— Oui, bien entendu. À propos, je crois que nous nous voyons mardi prochain, au banquet de lady Honor. Nous y sommes tous deux invités.

— En effet.

— Une dame de qualité, dit-il encore une fois, puis il me regarda avec attention. Vous allez l'interroger, elle aussi ?

— À un moment ou à un autre. Et je demanderai certainement à vous revoir, dis-je en me levant. Je vous laisse à vos affaires, pour l'instant. J'attends avec impatience le banquet de mardi. »

Il acquiesça puis s'adossa à son fauteuil. « Le feu grégeois existe donc bien ? me demanda-t-il à brûle-pourpoint.

— C'est là une question à laquelle je ne peux répondre, hélas.

— Ainsi, vous voici à nouveau au service de lord Cromwell. Vous savez, beaucoup estiment que vous méritez la coiffe blanche de sergent, et que vous devriez exercer vos talents devant la cour des plaids communs, et non devant des rustres comme Forbizer. Pourtant, on a sauté votre nom à plusieurs reprises. Certains prétendent que c'est parce que vous n'êtes pas en odeur de sainteté auprès des gens influents.

— Je ne peux pas empêcher les ragots.

— Beaucoup disent que lord Cromwell risque de ne pas rester en place très longtemps si le roi répudie la reine Anne... » Il laissa sa phrase en suspens et secoua tristement la tête.

« Là encore, je ne peux empêcher les ragots », répondis-je.

Marchamount me sondait, je le savais, et il se demandait si j'appartenais à cette confrérie, nombreuse, de ceux qui étaient susceptibles de retourner au conservatisme religieux. Je gardai le silence et me contentai de croiser les mains devant moi.

Il eut une petite moue. « Allons, je ne dois pas vous retarder. » Il se leva et me salua.

Je souris intérieurement à la manière dont il avait pris l'initiative de mettre fin à l'entretien. Mais, en croisant son regard, j'y avais perçu à nouveau de la peur.

12

Dans la cour du collège, des avocats en robe noire convergeaient vers la Grande Salle. Parmi eux, j'aperçus Bealknap, seul comme d'habitude, car il avait peu d'amis, si tant est qu'il en eût un, mais semblait ne pas s'en soucier. Il était trop tard pour lui parler, il me faudrait attendre que le repas soit passé. En rejoignant la foule qui entrait dans la salle, je vis Godfrey devant moi et lui tapai sur l'épaule.

Lincoln's Inn avait son visage des jours de fête. Sous la charpente à blochets, les peintures aux riches couleurs resplendissaient aux lueurs d'une multitude de chandelles. Les lattes sombres du plancher luisaient d'encaustique. Un fauteuil ressemblant à un trône attendait le duc au centre de la table d'honneur, à l'extrémité nord de la Grande Salle. D'autres longues tables, dressées avec la plus belle argenterie du lieu, avaient été disposées à angle droit de la table principale. Les convives cherchaient leurs places ; quelques étudiants en toge courte enfilée par-dessus des pourpoints aux couleurs vives, et qui avaient été choisis parmi les fils de famille, prenaient les places les plus éloignées de la table d'honneur. Les plus proches étaient réservées aux sergents, transpirant sous leur coiffe blanche nouée autour de leur visage. Entre les deux se trouvaient les avocats frais émoulus et les doyens.

Comme nous appartenions à cette dernière catégorie, Godfrey et moi avions le droit de nous asseoir à côté des sergents ; à ma grande surprise, je vis Godfrey se frayer un chemin afin de se trouver le plus près possible du duc. Je m'installai à côté de lui. Mon autre voisin était un vénérable membre du barreau nommé Fox. Comme il ne se lassait jamais de le répéter, il avait été étudiant à Lincoln's Inn sous le règne du roi Richard III et avait vu le Collège sortir de terre. Alors que nous nous installions, j'aperçus Bealknap en grande discussion avec l'un de nos confrères pour savoir qui occuperait le siège en face de moi. Malgré ses quinze ans de pratique, Bealknap n'avait pas été inscrit au barreau à cause de sa réputation douteuse. Ce qui ne l'empêchait pas d'argumenter avec virulence afin d'occuper cette place. L'autre, membre du corps des doyens, trouvant sans doute cette discussion indigne de lui, céda son siège à Bealknap, qui le prit avec un sourire de satisfaction.

Un domestique frappa le sol d'un coup de bâton et tout le monde se leva à l'entrée des dignitaires du collège. Au milieu des robes noires, on remarquait un homme vêtu de l'écarlate des pairs du royaume, avec un large col blanc bordé de fourrure : Thomas Howard, second duc de Norfolk. Je fus surpris par sa petite taille. Par son âge aussi : sous le grand chapeau orné de pierreries, le visage était profondément ridé et les longs cheveux, gris et rares. S'il avait porté des vêtements ordinaires, personne ne l'aurait remarqué tant son aspect était insignifiant. Sa suite se composait d'une douzaine de personnes portant la livrée rouge et or des Howard, qui allèrent se poster le long des murs.

Les dignitaires saluèrent en souriant et conduisirent le duc à sa place. Marchamount s'assit à la table d'honneur. Il ne faisait pas partie des notables du collège, mais, d'après ce qu'il m'avait dit, il avait joué un rôle important dans l'organisation de ce repas. Il souriait à la foule, manifestement dans son élément. Je me demandais quel était son degré d'intimité avec le plus grand ennemi de Cromwell et de la Réforme. Curieux, j'examinai le visage marqué du duc. Il était très dur ; sous le nez proéminent, la bouche mince était pincée en une ligne sévère. De petits yeux noirs, vifs et calculateurs, inspectaient la foule. Son regard croisa un instant le mien et je baissai les yeux.

On apporta le premier service, un plat fumant de légumes découpés en forme d'étoiles et de demi-lunes, nappés d'une sauce au vinaigre et au sucre, et accompagnés de viande froide. Puisque c'était un repas de fin d'après-midi, il ne fallait pas s'attendre à des agapes spectaculaires, comme pour un souper, mais la préparation des mets avait été fort soignée. Je me tournai vers Godfrey.

« Le contenu de l'assiette mérite presque autant d'attention que l'assemblée, soufflai-je.

— Cette assemblée prime tout », dit-il en fixant le duc. Une mine amère avait remplacé l'expression habituellement aimable de mon ami.

« Il vaudrait mieux qu'il ne te surprenne pas à le regarder ainsi », chuchotai-je, mais il haussa les épaules sans baisser les yeux. Le duc parlait au trésorier, le sergent Cuffleigh.

Je l'entendis dire de sa voix grave : « Nos défenses ne sauraient résister à un assaut combiné des Français et des Espagnols. »

Cuffleigh sourit. « Peu d'hommes ont autant d'expérience militaire que vous, Votre Grâce. Vous avez pilonné nos ennemis les Écossais à Flodden.

— Je ne crains pas d'attaquer. Encore faut-il que l'équilibre des forces soit favorable. Lorsque j'ai affronté les rebelles au nord il y a trois ans, je n'avais pas assez d'hommes. Le roi et moi les avons convaincus avec de bonnes paroles de renvoyer leurs troupes. Après quoi, nous les avons massacrés. » Il eut un sourire froid.

Marchamount se pencha : « Mais nous ne pouvons faire de même avec les Français ou les Espagnols.

— Je ne pense pas, non, intervint Cuffleigh d'une voix hésitante.

— Voilà pourquoi nous avons besoin de la paix. Une mauvaise alliance avec des factions allemandes en perpétuel désaccord ne nous servirait à rien. »

Le vieux Fox se pencha vers moi : « Je vois que Sa Grâce parle au trésorier, dit-il. Vous saviez que Thomas More avait refusé ce poste et qu'il a dû payer une amende d'une livre ? Ah, le roi a requis un châtiment plus sévère lorsque More a refusé de reconnaître Nan Bullen comme reine.

— Notre confrère Cuffleigh paraît un peu inquiet, dis-je pour détourner l'attention de Fox avant qu'il ne commence à dévider ses souvenirs de l'époque de More.

— Cuffleigh est partisan de la Réforme, et le duc adore provoquer ceux de son espèce. » Traditionaliste lui-même, Fox parlait avec satisfaction.

Le duc fixait le trésorier avec un regard froid.

« Non, il n'y a pas que les apprentis. Même les femmes sans cervelle s'imaginent qu'elles peuvent lire la Bible à présent, et comprendre la parole de Dieu ricana-t-il.

— C'est autorisé, Votre Grâce, répondit Cuffleigh, mal à l'aise.

— Pas pour longtemps. Le roi envisage de restreindre aux chefs de famille le droit de lire la Bible. Moi, j'irais même plus loin et je ne donnerais ce droit qu'au clergé. Je ne l'ai jamais lue et ne la lirai jamais. »

Tous les convives des tables proches de la table d'honneur qui entendirent les paroles du duc le dévisagèrent, certains d'un air approbateur, d'autres avec le visage crispé. Il laissa son regard dur et brillant courir sur l'assemblée et eut un sourire cynique.

Avant que j'eusse pu l'en empêcher, Godfrey s'était levé. Tous les convives se tournèrent vers lui. Il prit une grande inspiration, regarda le duc bien en face et déclara d'une voix forte : « La parole de Dieu est faite pour être lue par tous, car elle apporte la plus douce des lumières, celle de la vérité. »

Sa voix résonna et se réverbéra dans toute la Grande Salle. Les yeux s'écarquillèrent. Norfolk se pencha, posant le menton sur une main chargée de bagues et regarda Godfrey avec un amusement glacial. Je tirai sur la manche de mon ami et essayai de le faire se rasseoir, mais il me repoussa.

« La Bible nous arrache à l'erreur, elle nous conduit à la vérité et nous rapproche de Jésus-Christ », poursuivit-il. Deux étudiants applaudirent, jusqu'à ce que les regards furibonds des dignitaires les réduisent à un silence circonspect. Godfrey rougit, comme s'il venait de se rendre compte de son impardonnable audace, mais il poursuivit : « Même si je devais mourir pour mes convictions, je me lèverais dans ma tombe pour proclamer à nouveau la vérité. » Puis, à mon grand soulagement, il se rassit.

Le duc se leva : « Non, monsieur, vous ne le feriez pas. Vous rôtiriez en enfer avec les autres hérétiques luthériens. Prenez garde, monsieur, de ne pas perdre la tête à cause de votre langue, et de ne pas être jeté dans la fosse avant l'heure. » Il se rassit, se pencha vers Marchamount, dont le regard transperçait Godfrey, et se mit à lui parler à voix basse.

« Mon ami, quelle mouche t'a piqué ? » glissai-je à Godfrey.

Il me regarda. Son visage d'ordinaire bienveillant avait une expression inflexible, butée. « Jésus-Christ est mon sauveur, par la grâce, et je ne tolérerai pas qu'on se moque de Sa parole. » Une colère vertueuse faisait étinceler ses yeux. Je me détournai. Lorsque la foi dominait ses émotions, Godfrey pouvait devenir un être très différent, voire dangereux.

Le repas se termina enfin. Dès que le duc et sa suite sortirent, les langues se délièrent. Godfrey resta assis, flatté, semblait-il, d'être la cible de nombreux regards.

Certains avocats, des traditionalistes pour la plupart, se levèrent et quittèrent la salle. Le vieux Fox, l'air fort troublé, se leva. J'en fis autant ; Godfrey me lança un regard chargé de reproche.

« Tu pars déjà ? demanda-t-il. Est-ce parce que tu ne veux plus être associé à moi ?

— Morbleu ! Godfrey, rétorquai-je, je travaille plus que de raison ces temps-ci. Tu n'es pas le centre du monde. Il faut que je voie Bealknap avant qu'il ne s'échappe. » Lequel se dirigeait en effet vers la porte. Je me précipitai à sa suite. Lorsqu'il sortit dans la cour, le soleil l'éblouit et il s'arrêta, clignant des yeux.

« Mon cher confrère, j'ai à vous parler, annonçai-je sans préambule.

— Concernant notre affaire ? Votre ami s'est ridiculisé tout à l'heure. Ça ne restera pas sans conséquences…

— Il ne s'agit pas de notre affaire, Bealknap. Je suis chargé d'une mission par lord Cromwell. Il veut que j'élucide l'assassinat de Michael Gristwood, qui a eu lieu hier. »

Ses yeux s'écarquillèrent et il parut stupéfait. S'il jouait l'ignorance, il le faisait avec talent. Mais il est vrai que les avocats sont des acteurs plus convaincants que les mimes des mystères médiévaux.

« Allons à votre cabinet, ce sera préférable. »

Il opina, encore sous le coup de la surprise, et traversa Gatehouse Court. Il occupait un bureau au premier étage dans un bâtiment d'angle ; on y accédait par un escalier étroit aux marches grinçantes. Le mobilier était sommaire : un modeste bureau et deux tables délabrées encombrées de papiers en désordre. L'élément le plus important occupait un coin de la pièce : un coffre de bois massif cerclé de métal et fermé par des barres de fer et des cadenas. Au collège, on chuchotait que tout l'or que gagnait Bealknap était entassé dans ce coffre et qu'il passait ses soirées à y plonger les mains et à compter ses pécunes. Il n'en dépensait guère, au demeurant : il était de notoriété publique que tailleurs et aubergistes le poursuivaient depuis des années jusque dans le collège pour les sommes qu'il leur devait et dont il aurait pu facilement s'acquitter.

Bealknap lança un regard à son coffre, ce qui parut le calmer momentanément. Beaucoup d'avocats auraient été fort gênés de traîner une telle réputation de ladrerie, mais lui ne semblait guère en être affecté. Son coffre était en lieu sûr, car il habitait à côté et, avec ses gardiens, Lincoln's Inn était l'un des endroits les plus sûrs de Londres. Néanmoins, je n'avais pas oublié ce que les assassins avaient fait du coffre de Sepultus.

Bealknap ôta son bonnet et se passa une main dans les cheveux. « Asseyez-vous, mon cher confrère.

— Merci. » Je m'installai sur une chaise près de son bureau et regardai ses papiers. À ma grande surprise, j'aperçus le blason de la Ligue hanséatique sur l'un des documents, et vis qu'un autre était rédigé en français.

« Vous traitez avec des marchands français ? demandai-je.

— Ils paient bien. Ils ont des difficultés avec les Douanes en ce moment.

— Quoi d'étonnant ? Ils menacent de nous faire la guerre.

— Cela ne se produira pas. Comme le disait le duc à midi, le roi en connaît les risques. » Il écarta le sujet d'un revers de main. « Venons-en au fait, mon cher, que me disiez-vous au sujet de Michael Gristwood ?

— On l'a trouvé mort hier matin chez lui. Son frère a été assassiné, lui aussi. La formule a disparu. Vous savez de quoi je parle.

— Ce pauvre ami. Je suis bouleversé. » Ses yeux se posèrent partout dans la pièce, évitant les miens. J'aurais préféré qu'ils restent immobiles.

« Vous avez parlé de la formule à quelqu'un, hormis au sergent Marchamount ? » demandai-je.

Il secoua catégoriquement la tête : « Non, je vous assure. Lorsque Michael m'a apporté les papiers qu'il avait trouvés à St Bartholomew, je lui ai dit qu'il fallait les faire parvenir à Cromwell.

— Contre de l'argent, alors qu'en droit ils étaient propriété du roi. Était-ce votre idée ou la sienne ? »

Il hésita, puis me regarda en face. « La sienne. Mais je n'ai pas protesté. C'était une belle occasion, et seuls les imbéciles l'auraient laissée passer. J'ai proposé d'aller voir Marchamount de sa part.

— Moyennant finance ?

— Naturellement. » Il leva une main. « Mais Cromwell a bien compris la situation, et moi, je n'étais qu'un simple truchement…

— Vous êtes sans vergogne, Bealknap. » Je regardai à nouveau les papiers. « Vous auriez peut-être pu les négocier auprès des Français. Ils vous auraient offert sans doute davantage pour empêcher le secret de tomber entre les mains de Cromwell.

Très agité, il bondit de sa chaise : « Morbleu, cela eût été un crime contre la sûreté de l'État ! Vous croyez que je courrais le risque d'être éviscéré tout vif à Tyburn ? Il faut me croire… »

Je ne répondis pas. Il se rassit et éclata d'un rire nerveux. « Au reste, j'ai pris tout cela pour des sottises. Michael m'a payé après que je l'ai conduit auprès de Marchamount et je n'ai plus entendu parler de lui depuis. » Il me planta son index dans la poitrine. « N'essayez pas de m'impliquer dans cette affaire, Shardlake. Sur ma parole, je n'ai rien à y voir.

— Quand Michael vous a-t-il apporté les documents ?

— En mars.

— Il a attendu six mois après les avoir trouvés ?

— Il m'a dit que son frère l'alchimiste et lui avaient essayé la formule, qu'ils avaient fabriqué du liquide et construit une sorte d'appareil pour enflammer les bateaux. Pour moi, cela n'avait aucun sens. »

Cela recoupait le récit de Marchamount. « Ah oui, l'appareil. L'ont-ils construit eux-mêmes ?

— Je n'en ai pas la moindre idée, répondit Bealknap en haussant les épaules. Michael a seulement déclaré qu'il avait été fabriqué. Je vous le répète, je ne connais rien de ces détails.

— Ils ne vous ont pas dit ce qu'ils avaient fait de la formule et de l'appareil ?

— Non. Je n'ai même pas examiné leurs documents. Michael me les a montrés, mais la moitié étaient écrits en grec ; quant à ceux que j'arrivais à lire, ils m'ont paru n'avoir ni rime ni raison. Vous savez, certains de ces anciens moines étaient des plaisantins, tout à fait capables de fabriquer de faux documents pour passer le temps.

— Et vous avez pris ces papiers pour des faux ?

— J'ai présenté Michael à Marchamount, et après cela, j'ai été bien content de pouvoir passer à autre chose.

— Vous êtes retourné à vos témoins justificateurs ?

— Je suis retourné à mes affaires.

— Fort bien. » Je me levai. « Nous en resterons là pour aujourd'hui. Ne dites à personne que Michael est mort, Bealknap, ni que nous avons eu cette conversation, sinon vous en répondrez devant lord Cromwell.

— Je n'ai pas la moindre envie d'en parler, je ne veux pas être mêlé à tout cela.

— Vous l'êtes, que vous le vouliez ou non, dis-je avec un mince sourire. Je vous verrai au palais mardi prochain, pour notre procès. À propos, ajoutai-je avec une nonchalance feinte, avez-vous résolu votre problème de prébende ?

— Mais oui.

— C'est curieux, je ne pensais pas que les prieurés avaient des pensionnaires.

— Eh bien ! celui-là, si, dit-il en me lançant un regard mauvais. Demandez à sir Richard Rich si vous ne me croyez pas.

— Ah oui, vous avez cité son nom aux Augmentations. Je ne savais pas que vous aviez sa faveur.

— Je ne l'ai pas, répondit-il d'un ton uni. Seulement je savais que le commis devait le voir, c'est pourquoi je lui ai dit de se dépêcher. »

Je pris congé de lui avec un sourire. J'étais sûr de ne pas me tromper sur les prébendes, mais je vérifierais. Je fronçai les sourcils : il y avait quelque chose qui sonnait faux dans la réponse que m'avait faite Bealknap à propos du prébendier. Il avait eu peur, mais, en parlant de Richard Rich, il avait semblé retrouver son assurance. En un sens, cela m'inquiétait fort.

13

J'E REDESCENDIS CHANCERY LANE D'UN PAS LOURD pour rentrer chez moi. Sans doute y trouverais-je Barak. J'avais apprécié ces instants de répit sans lui. Rien ne m'aurait fait plus plaisir que de me reposer. Hélas, j'avais promis d'aller voir dame Gristwood aujourd'hui, ce qui signifiait traverser Londres encore une fois. Mais il ne nous restait plus que onze jours. Mes pas semblaient scander ces mots : onze jours, onze jours.

Barak était assis dans le jardin, les pieds posés sur un banc à l'ombre, une chope de bière à côté de lui. « Eh bien, Joan vous soigne, à ce qu'il semble, dis-je.

— Comme un prince. »

Je m'assis et me remplis une chope aussi. Mon compagnon avait pris le temps d'aller chez le barbier, car ses joues étaient lisses. Je m'avisai que les miennes étaient couvertes d'une barbe noire de plusieurs jours, et que je n'aurais pas dû me présenter ainsi à un repas tel que celui d'aujourd'hui. Marchamount n'aurait pas manqué de me le faire remarquer si l'affaire dont je l'avais entretenu avait été moins grave.

« Alors, vous avez fait bonne moisson chez les avocats ? demanda Barak.

— Tous les deux prétendent n'avoir agi que comme truchements. Et vous ? Avez-vous pu voir le bibliothécaire ?

— Oui. » Gêné par le soleil, Barak plissa les yeux. « Un drôle de petit bonhomme. Je l'ai trouvé en train de dire une messe dans une des chapelles latérales de son église. » Il grimaça un sourire. « Lorsque je lui ai dit ce que je cherchais à savoir, il s'est mis à trembler comme une feuille. Mais il nous retrouvera demain matin devant la porte d'entrée de St Bartholomew à huit heures. Je l'ai prévenu que s'il nous faussait compagnie le comte le ferait rechercher. »

J'ôtai ma toque pour m'éventer. « Eh bien, je présume qu'il faut nous mettre en route pour Wolf's Lane à présent. »

Barak se mit à rire : « Vous semblez avoir bien chaud.

— En effet. Je travaillais, moi, pendant que vous vous prélassiez sur mon banc. » Je me levai lourdement. « Allons, finissons-en. »

Nous allâmes à l'écurie. Chancery, qui avait marché la veille plus que de coutume, ne manifesta guère d'enthousiasme lorsqu'on le sortit sous le soleil. C'était un vieux cheval à présent. Il fallait que je songe à le mettre au vert. En montant sur son dos, je faillis prendre ma robe dans la selle. Je l'avais gardée, car elle me conférait une certaine dignité qui me serait utile pour mon entretien avec dame Gristwood, mais, par ce temps, elle me tenait fort chaud.

Chemin faisant, je repassai dans ma tête ce que je devais dire. Il me fallait découvrir si elle savait quoi que ce soit au sujet de l'appareil à lancer le feu grégeois. De surcroît, j'étais sûr qu'elle nous avait caché quelque chose la veille.

Barak interrompit le cours de mes réflexions. « Vous autres gens de robe, dit-il, quel est le secret de votre art ?

— Que voulez-vous dire ? demandai-je avec lassitude, pressentant son sarcasme.

— Chaque métier a ses secrets, ceux qui sont dévoilés aux apprentis. Le charpentier sait faire une table qui ne s'effondrera pas, l'astrologue sait deviner le destin d'un homme, mais quels secrets connaît un avocat ? Il m'a toujours semblé qu'ils ne sont guère bons qu'à vendre des salades. » Il me sourit avec insolence.

« Vous devriez essayer de résoudre certains des problèmes qu'on soumet aux étudiants des collèges de droit. Cela vous clouerait le bec. La loi de ce pays est faite de règles détaillées, qui ont évolué au cours de plusieurs générations, et qui permettent aux hommes de régler leurs différends dans le respect de l'ordre.

— Ça ressemble plus à un grand galimatias pour empêcher que justice soit rendue aux hommes. Mon maître dit que le droit de la propriété est un infernal fatras. » Il m'adressa un regard acéré et je me demandai s'il me tendait un piège pour voir si je contredirais Cromwell.

« Vous avez donc une certaine expérience en la matière, Barak ? »

Il regarda devant lui. « Oh oui, ma mère a épousé un clerc de procureur après la mort de mon père. Un fin sophiste, jamais à court de mots. Mais sans aucune qualification, comme notre ami Gristwood. Il gagnait son écot en engageant ses clients dans des actions en justice qu'il ne savait pas résoudre. »

Je grognai : « Les praticiens de la justice ne sont pas parfaits. Les collèges s'efforcent de contrôler l'exercice des avocats non qualifiés. Et certains d'entre nous essaient de faire en sorte que justice soit rendue à chacun de nos clients. » En prononçant ces paroles, je sentis qu'elles pouvaient paraître creuses, mais l'éternel sourire narquois de Barak m'irritait.

En descendant Cheapside, il nous fallut nous arrêter à la Grande Croix pour laisser passer un troupeau de moutons que l'on conduisait aux abattoirs. Une longue file de porteurs d'eau avec leurs paniers attendaient devant l'aqueduc. Je vis qu'à la fontaine il ne coulait plus qu'un filet d'eau.

« Si les sources au nord de Londres se tarissent, la ville va être en grande difficulté, dis-je.

— Vous avez raison, répondit Barak. Normalement, à la Vieille Barge, nous avons une réserve de seaux en cas d'incendie. Mais, pour l'heure, l'eau commence à manquer. »

Je me mis à étudier les bâtiments autour de moi. Malgré l'obligation faite aux Londoniens de construire en pierre, de nombreuses maisons étaient en bois. La ville était humide en hiver et parfois l'odeur de moisissure dans les maisons les plus pauvres vous prenait à la gorge. Mais, en été, les gens redoutaient presque autant l'appel au feu que l'autre calamité des mois chauds, la peste.

Je me tournai brusquement en entendant un cri aigu. Une petite mendiante âgée de dix ans à peine, vêtue de haillons crasseux, venait de se faire expulser de chez un boulanger. Les gens s'arrêtèrent pour la regarder se retourner et tambouriner de ses poings menus à la porte.

« Vous avez pris mon petit frère ! Vous en avez fait de la farce pour vos tourtes ! »

Les passants riaient. La petite, sanglotant, se laissa glisser le long de la porte et resta là, effondrée. Quelqu'un déposa un penny à ses pieds avant de s'éloigner bien vite.

« Au nom du ciel, que se passe-t-il ? » demandai-je.

Barak grimaça. « Elle divague. Elle mendiait du côté de Walbrook et du marché aux bestiaux avec son petit frère. Sans doute ont-ils été mis à la porte de l'hospice d'un monastère. Son frère a disparu il y a quelques semaines et maintenant elle court vers les gens en criant qu'ils l'ont tué. Ce n'est pas le premier commerçant qu'elle accuse. Elle est devenue la risée de tout le monde. Pauvre petite, fit-il, les sourcils froncés.

— Le nombre de mendiants augmente chaque année.

— C'est un sort qui attend beaucoup d'entre nous, si nous ne sommes pas vigilants, dit-il. Allez, viens, Sukey. »

Je regardai la petite fille, dont les bras maigres comme des allumettes entouraient le corps frêle tassé contre la porte.

« Vous venez ? » me lança Barak.

Je le suivis dans Friday Street, puis nous descendîmes Wolf's Lane. Même par cette chaude journée, la rue étroite avait un aspect sinistre. Les encorbellements masquaient le soleil et de nombreuses maisons

197

étaient si bancales qu'on avait l'impression qu'elles risquaient de s'effondrer à tout moment. Sous l'enseigne de l'alchimiste, la porte avait été réparée grossièrement à l'aide de planches et de clous. Lorsque nous fûmes descendus de cheval, Barak frappa à la porte. Je donnai quelques tapes à ma robe pour en ôter la poussière brune.

« Voyons ce que cette vilaine chouette va nous raconter cette fois-ci, grogna mon compagnon.

— Pour l'amour du ciel, Barak, elle vient de perdre son mari.

— Peu lui chaut. Tout ce qu'elle veut, c'est mettre son nom sur l'acte de propriété de cette maison. »

La porte fut ouverte par l'un des hommes du comte, qui salua mon compagnon. « Je vous souhaite le bonjour, messire Barak.

— Bonjour, Smith. Tout est calme ?

— Oui, messire. Nous avons fait emmener les corps. » Je me demandai où. Le comte avait-il une réserve pour cadavres gênants ? La servante, Susan, apparut. Elle semblait avoir recouvré ses esprits.

« Bonjour, Susan, dit Barak, avec un clin d'œil qui fit rougir la donzelle. Comment va votre maîtresse ?

— Mieux, monsieur.

— Nous aimerions lui parler à nouveau », dis-je.

Elle fit une révérence et nous la suivîmes à l'intérieur. J'effleurai la vieille tapisserie du vestibule. Elle était épaisse et sentait la poussière. « Où votre maître avait-il trouvé cela ? demandai-je avec curiosité. C'est une belle pièce. Et très ancienne. »

Susan la regarda avec dégoût. « Elle vient de chez la mère supérieure du couvent de St Helen, monsieur. Les Augmentations n'en voulaient pas parce qu'elle était fort passée et ne valait rien. C'est une bien vilaine chose, qui bat dans les courants d'air et vous fait sursauter. »

Elle nous conduisit au salon, qui donnait sur la cour curieusement noircie et s'en fut quérir sa maîtresse. Le salon était une vaste pièce aux belles poutres de chêne, mais pauvrement meublée ; il n'y avait que quelques modestes pièces d'argenterie sur le vaisselier. Les Gristwood avaient-ils acheté une maison au-dessus de leurs moyens ? Michael ne devait pas gagner beaucoup comme commis aux Augmentations ; quant aux gains d'un alchimiste, ils devaient être incertains.

Dame Gristwood arriva. Elle portait la même robe ordinaire que la veille et son visage était crispé. Elle nous fit une révérence de pure forme.

« Je regrette, dame Gristwood, je dois vous poser encore quelques questions, dis-je avec douceur. J'ai appris que vous étiez allée voir le sergent Marchamount. »

Elle me lança un regard noir. « Je dois me préoccuper de mon avenir. À qui d'autre puis-je m'adresser ? Je lui ai dit que Michael était mort. Et c'est la vérité, ajouta-t-elle avec amertume.

— Sans doute, mais vous devez éviter que l'on sache ce qui s'est passé ici. Pour l'instant.

— Soit, soupira-t-elle.

— Et maintenant, pourriez-vous m'en dire un peu plus sur ce qui s'est passé hier ? Asseyez-vous, je vous en prie. »

Elle obéit de mauvaise grâce.

« Lorsque Susan et vous êtes sorties faire des emplettes, n'avez-vous rien remarqué d'anormal chez votre mari et son frère ? »

Elle me regarda d'un œil las. « Non. Nous sommes parties avant l'ouverture des marchés et sommes revenues à midi. Michael n'était pas allé aux Augmentations ce jour-là. Il était monté aider son frère pour l'une de ses expériences particulièrement nauséabondes. Lorsque nous sommes revenues, j'ai vu que la porte d'entrée avait été enfoncée et puis j'ai remarqué ces… ces traces de pas rouges. Susan ne voulait pas entrer, mais je l'y ai obligée. » Elle hésita. « Je ne sais pas pourquoi, mais j'ai eu le sentiment qu'il n'y avait personne dans la maison, personne de vivant. » Ses traits crispés parurent se détendre très légèrement. « Alors nous sommes montées, et nous les avons trouvés.

— Avez-vous d'autres domestiques hormis Susan ?

— Nos moyens ne nous le permettaient pas. Mais elle n'est vraiment pas dégourdie

— Et aucun des voisins n'a rien vu ni entendu ?

— La voisine a dit à votre homme qu'elle avait entendu des coups sur le bois et du fracas, mais quand mon beau-frère travaillait, cela n'avait rien d'extraordinaire.

— J'aimerais revoir l'atelier. Vous sentez-vous la force de m'y accompagner ? »

Je me souvenais de sa terreur à cette idée, la veille, mais elle se borna à hausser mollement les épaules.

« Si vous voulez. On a emmené les corps. Une fois que vous aurez vu la pièce, pourrai-je la faire nettoyer ? Si je veux avoir de quoi manger, il faudra que je le loue, cet atelier.

— À votre aise. »

Elle me précéda dans l'escalier en colimaçon, se plaignant toujours de ce qu'elle allait devoir louer la

200

pièce car elle n'avait plus de revenus. Barak suivait ; dans le dos de dame Gristwood, il fit une grimace pour imiter la façon qu'elle avait de parler. Je lui lançai un regard sévère.

En haut de l'escalier, elle se tut. La porte était toujours hors de ses gonds. Je regardai les autres portes qui donnaient sur le couloir. « Où mènent-elles, celles-là ? demandai-je.

— Voici la porte de notre chambre, celle de mon beau-frère et la troisième, c'était le débarras de Samuel.

— Samuel ?

— Sepultus, dit-elle avec une grimace. Samuel était son véritable prénom. *Sepultus !* » répéta-t-elle avec dérision.

Je me dirigeai vers cette dernière porte et l'ouvrit à la volée. Un instant j'avais espéré y trouver l'appareil à lancer le feu grégeois, mais je ne vis qu'un bric-à-brac de chaises cassées, flacons ébréchés, et, dans un coin de la pièce, un gros crapaud dans une bouteille, qui nous regardait. Barak examina la pièce par-dessus mon épaule. Je ramassai une énorme corne incurvée posée sur un linge et dans laquelle avaient été découpés de petits morceaux.

« Au nom du ciel, qu'est-ce que cela ? »

Dame Gristwood eut un ricanement de dégoût. « Une corne de licorne. Enfin, c'est ce que prétendait Samuel. Il la sortait pour impressionner les gens, et il mettait un peu de poudre de cette corne dans ses potions. Si je ne parviens pas à louer des chambres, j'en serai réduite à la faire bouillir en guise de soupe. »

Je refermai la porte et examinai le couloir, avec son plancher nu, ses vieux joncs séchés amoncelés dans un coin et le mur sur lequel courait une grosse lézarde. Dame Gristwood suivit la direction de mon regard. « Oui, la maison est en train de s'écrouler. Toute la rue est construite avec la boue de la Tamise. Par ce temps chaud, elle sèche. Peut-être que la maison va me tomber sur la tête. Cela mettrait fin à mes tracas. »

Barak leva les yeux au plafond. Je toussotai : « Pourrions-nous voir l'atelier ? »

Les corps avaient été enlevés, mais le plancher était toujours couvert de sang, dont l'odeur légèrement métallique se mêlait à celle d'œufs pourris que dégage le soufre. Dame Gristwood regarda les taches de sang éparses sur le mur et pâlit.

« Il me faut m'asseoir », dit-elle.

Je m'en voulus de l'avoir fait monter. Sortant une chaise des décombres, je l'aidai à s'asseoir. Au bout d'une minute, un peu de couleur revint à son visage, et elle regarda le coffre défoncé.

« Michael et Samuel l'ont apporté à l'automne dernier. Ils l'ont monté jusqu'ici. Ils ne m'ont pas dit ce qu'il y avait dedans. »

Je regardai les étagères vides : « Et là-dessus ? Savez-vous ce qu'ils y rangeaient ?

— Les poudres de Samuel et ses produits : soufre, chaux et Dieu sait quoi encore. Les odeurs que j'ai dû supporter ! Et les bruits ! » Elle hocha la tête en direction de la cheminée. « Quand il chauffait certaines de ses potions là-dedans, je craignais parfois qu'il ne fasse exploser la maison comme une église de monastère. Ceux qui les ont tués ont emporté aussi tous les flacons de Samuel. Allez savoir pourquoi. Voilà où les ont menés, Michael et lui, les connaissances extraordinaires que Samuel prétendait maîtriser », dit-elle avec lassitude. Soudain, sa voix se brisa. Elle avala sa salive et reprit sa mine sévère. Je l'étudiai. Elle refoulait des émotions violentes. Douleur ? Colère ? Peur ?

« A-t-on dérobé autre chose, à votre connaissance ?

— Non. Mais c'est que je montais ici aussi rarement que possible.

— Vous ne teniez pas en grande estime la pratique de votre beau-frère ?

— Michael et moi étions heureux tous les deux jusqu'au jour où Samuel a proposé que nous achetions ensemble une grande maison lorsque le bail de son ancien atelier est arrivé à échéance. Samuel s'y entendait à purifier la chaux pour les fabricants de poudre à canon, mais, s'il essayait quoi que ce soit de plus ambitieux, il échouait. Comme tous les alchimistes, il avait une trop haute idée de ses compétences. » Elle soupira. « Il y a deux ans, il croyait avoir découvert un moyen de durcir l'étain, d'après une formule qu'il avait trouvée dans l'un de ses grimoires, mais il n'a obtenu aucun résultat et la guilde des potiers d'étain l'a poursuivi. Michael, qui s'en laissait facilement conter, était persuadé qu'un jour, grâce à son frère, ils feraient tous deux fortune. Les dernières semaines, Samuel et lui passaient la moitié de leur temps ici, dans l'atelier. Ils m'avaient dit qu'ils avaient découvert un merveilleux secret. » Son regard se posa à nouveau sur le chambranle taché de sang : « Jusqu'où va la convoitise des hommes…

— Ont-ils jamais prononcé les mots "feu grégeois" ? » J'observai son visage. Elle hésita avant de répondre.

« Pas devant moi. Comme je vous l'ai dit, je ne m'intéressais pas à ce qu'ils faisaient ici. » Elle se dandina sur sa chaise, mal à l'aise.

« Vous avez évoqué des expériences auxquelles ils se livraient parfois dans la cour. Avaient-ils un appareil, une machine assez volumineuse, avec des cuves et des tuyaux ? Avez-vous jamais vu quelque chose d'approchant ?

— Non, monsieur. Je l'aurais remarqué. Tout ce qu'ils ont jamais emporté dans la cour, c'étaient des flacons de liquides ou de poudres. Ne me dites pas que c'est pas pour chercher cela que les hommes du comte ont mis ma maison sens dessus dessous. Je croyais qu'ils étaient en quête de papiers.

— En effet », dis-je benoîtement. Mais ses yeux s'étaient plissés avec méfiance lorsque j'avais évoqué l'appareil. « Il y avait aussi une grosse machine en métal. Êtes-vous sûre de ne rien savoir à ce sujet ?

— Rien, monsieur, je le jure. » Elle mentait, j'en étais persuadé. Je hochai la tête et m'approchai de la cheminée. Le petit flacon bouché était là où je l'avais laissé, mais j'eus la surprise de constater que le liquide qui s'était répandu sur le plancher s'était évaporé. Il ne restait rien qu'une vague tache. Je touchai le bois : il était pratiquement sec. J'hésitai, puis saisis le petit flacon, encore à moitié plein.

« Avez-vous une idée de la nature de ce liquide, madame ?

— Non, aucune. » Sa voix se fit plus aiguë. « Feu grégeois, formules, grimoires, je n'entends rien à tout cela ! Je vous jure bien que c'est le cadet de mes soucis ! » Sa phrase se termina dans un cri et elle se couvrit le visage de ses mains. J'enveloppai le flacon avec précaution dans mon mouchoir et glissai le tout dans ma poche en réprimant un frisson de peur : si c'était là du feu grégeois, pourvu qu'il ne s'enflamme pas brutalement !

Dame Gristwood s'essuya le visage et garda l'œil fixé sur le sol. Elle reprit la parole, parlant tout bas. « Si vous voulez trouver la personne qui aurait pu dénoncer mon mari à ses assassins, vous devriez allez voir cette créature.

— Qui ?

— Sa putain. » Barak et moi échangeâmes un regard surpris. Dame Gristwood continua d'une voix qui évoquait un mince filet d'eau glacée. « Au mois de mars, la femme qui tient la brasserie m'a dit avoir vu Michael entrer dans l'un des bordels de South-wark. Elle jubilait de me raconter ça. » Elle me regarda d'un air amer. « Quand je l'ai questionné, il a reconnu que c'était vrai. Il m'a affirmé qu'il ne recommencerait pas, mais je ne l'ai pas cru. Certains jours, il rentrait saoul à la maison, sentant la garce à plein nez, et l'œil cerné de s'être vautré dans la débauche. »

Barak éclata de rire en entendant cette tirade. Dame Gristwood lui fit face. « Taisez-vous donc, mauvais drôle ! Vous moquer d'une femme humiliée !

— Laissez-nous », dis-je sèchement à Barak. L'espace d'un instant, je crus qu'il allait protester, mais il haussa seulement les épaules et sortit. La dame me regarda avec des yeux furibonds. « Michael était rassoté de cette méchante garce. J'avais beau crier et rager, il retournait toujours la voir. » Elle se mordit la lèvre. « Avant, j'avais toujours réussi à le raisonner, à l'empêcher de se laisser entraîner dans de vaines entre-prises, mais ensuite, Samuel est arrivé, et entre lui et

cette catin, j'ai perdu toute influence sur mon mari. »
Elle fixa de nouveau les traces de sang puis reposa sur
moi son regard furieux. « Un jour, je lui ai demandé
si autre chose comptait, que ses plaisirs, et il m'a dit
que cette fille était gentille avec lui et qu'il pouvait
lui parler. Alors, allez la voir, vous. Bathsheba Green.
Vous la trouverez au bordel de la Mitre, à Bank End.

— Fort bien.

— Ils agissent à leur guise à Southwark, ils sont
hors les murs, à l'abri de la justice. De ce côté-ci de la
Tamise, on lui marquerait la joue au fer rouge, ce que
je ferais volontiers moi-même. »

Malgré la virulence de ses propos, je ressentis
quelque pitié pour Jane Gristwood, seule désormais
dans sa grande maison décrépite. Qu'avait-elle
éprouvé pour son mari ? Pas seulement le mépris et
l'amertume qu'elle exprimait, j'en étais certain. Mais
il ne faisait aucun doute que, le cas échéant, elle
n'aurait aucune pitié pour la fille.

En l'observant, j'eus à nouveau le sentiment qu'elle
cachait quelque chose. Je décidai de revenir le voir
lorsque j'aurais retrouvé cette Bathsheba Green.

« Merci, dame Gristwood, dis-je en m'inclinant.

— C'est tout ? » Elle parut soulagée.

« Pour l'instant.

— Interrogez donc cette créature, répéta-t-elle avec
rage. Allez la voir. »

En descendant l'escalier, j'entendis des voix à
l'arrière de la maison, un murmure masculin et un
gloussement soudain de femme. « Barak ! » criai-je
sèchement. Il apparut, suçant une orange. « C'est

Susan qui me l'a donnée », dit-il en rangeant le fruit entamé dans son escarcelle. « Toute fraîche sortie de la cale d'un bateau.

— Allons-y », ordonnai-je en me dirigeant vers la porte. Après la pénombre de la maison sinistre, je clignai des paupières, ébloui par le soleil de l'après-midi.

« Qu'avait-elle à dire, cette vieille pisse-vinaigre ? demanda Barak en détachant les chevaux.

— Elle m'en a dit davantage quand vous n'avez plus été là à la tarabuster. D'après elle, Michael voyait une dénommée Bathsheba Green, une des filles de la Mitre, à Southwark.

— Je connais la Mitre. C'est un lieu assez malfamé. J'aurais cru qu'un commis des Augmentations pouvait s'offrir quelque chose de plus raffiné. »

Après avoir enfourché ma monture, j'ajustai ma toque de façon à protéger mon cou du soleil.

« J'ai posé à Susan quelques questions sur la famille, dit Barak tandis que nous nous éloignions. Dame Gristwood essayait de faire la loi, mais son mari et son beau-frère ne lui prêtaient aucune attention, à ce qu'il paraît. Ils s'entendaient comme larrons en foire. D'après elle, ils cherchaient à faire fortune au plus vite.

— Et elle était au courant des frasques de son maître à Southwark ?

— Oui. Elle dit que sa maîtresse en a été aigrie. Mais ça n'a rien d'étonnant, une vilaine chouette comme elle !

— Elle se trouve bien démunie à présent. »

Barak grogna. « Gristwood l'a sans doute épousée pour son argent quand elle avait près de trente ans. Il y a eu un scandale de son côté à elle, mais Susan n'a pas su me dire de quoi il s'agissait au juste. »

Je me tournai vers lui : « Pourquoi vous déplaît-elle autant ? »

Il eut un rire aussi amer que celui de Jane Gristwood. « Elle me rappelle ma mère, si vous voulez tout savoir. Cette façon qu'elle a eu d'essayer de vous tirer les vers du nez au sujet de la maison dès que nous avons passé la porte, alors que son mari était là-haut, baignant dans son sang. Ma mère était comme ça. Elle a épousé notre locataire moins d'un mois après la mort de mon père. C'est pour cette raison que j'ai quitté la maison.

— Une pauvre veuve doit se préoccuper de son avenir, non ?

— Ne vous inquiétez pas pour ces femmes-là. »

Il fit avancer son cheval de façon à me dépasser, mettant ainsi fin à la conversation, et nous poursuivîmes notre chemin sans piper mot. Je me passai à maintes reprises la main sur le front afin d'essuyer la sueur qui me tombait dans les yeux. Je n'étais pas habitué à sillonner Londres ainsi. La chaleur cuisait les ordures jetées à même la rue, qui exhalaient leurs humeurs mauvaises. Sous mon pourpoint, je ruisselais et mes chausses collaient à la selle de Chancery, qui avait du mal à suivre la jument de Barak. Pour mon vieux cheval aussi, ces allées et venues étaient une épreuve. Je résolus que, dorénavant, nous emprunterions la Tamise chaque fois que ce serait possible. Barak et son cheval ne souffraient pas — ils avaient dix ans de moins que Chancery et moi.

Lorsque nous rentrâmes à la maison, le soleil était bas. Je demandai à Joan de nous préparer à manger et m'installai au salon, où je me laissai tomber avec soulagement dans mon fauteuil. Barak rassembla quelques coussins et s'étala sur le sol sans nul souci d'élégance.

« Alors, où en sommes-nous maintenant ? La journée est presque finie. Il ne nous en reste plus que dix.

— Jusqu'à présent, nous avons plus de nouvelles pistes que de réponses. Mais cela n'a rien d'étonnant au début d'une enquête aussi complexe que celle-ci. Il nous faut aller voir cette fille. Et je persiste à penser que dame Gristwood ne nous a pas tout dit. Votre homme, Smith, reste-t-il là-bas ?

— Oui, jusqu'à nouvel ordre de ma part. » Il sortit son orange et se remit à la sucer bruyamment. « Je vous l'avais bien dit, que c'était une vilaine chouette.

— Elle n'a pas tout dit sur cet appareil. Je ne pense pas qu'il soit dans la maison.

— Alors, où l'ont-ils mis ?

— Je ne sais pas. Dans quelque entrepôt ? Mais je n'ai vu dans les papiers aucune allusion à une autre propriété.

— Vous avez cherché ?

— Oui. »

Je sortis de ma poche le flacon et le tendis avec précaution à Barak. « Il y avait une petite flaque de ce liquide par terre. Incolore, inodore, mais si vous en goûtez, ça vous arrache la bouche comme un coup de pied de mule. »

Il le renifla prudemment, puis l'effleura de sa langue et grimaça, comme moi. « Seigneur Dieu ! Vous avez raison ! Mais ce n'est pas du feu grégeois. Je vous l'ai dit : ça empestait. »

Je repris le flacon, le rebouchai et le secouai doucement, regardant le liquide incolore tournoyer à l'intérieur. « Je veux montrer ça à Guy.

— Pourvu que vous en disiez le moins possible.

— Morbleu ! combien de fois faudra-t-il vous répéter que je serai discret ?

— Je vous accompagne.

— À votre aise.

— Qu'avez-vous appris au juste des deux avocats ?

— Marchamount et Bealknap affirment tous deux n'avoir été que des truchements. Je ne suis pas sûr que Bealknap dise vrai. Il a partie liée avec Richard Rich, mais j'ignore si cela concerne le feu grégeois. Par ailleurs, il traite avec des marchands étrangers qu'il prétend représenter dans leurs transactions avec les Douanes. J'ai vu certains papiers à ce propos sur son bureau. Le comte a accès aux registres de commerce. Peut-il faire vérifier cela par l'un de ses agents ? Je n'ai pas assez de temps moi-même.

— Je lui enverrai une note à ce sujet, répondit Barak. J'ai essayé de me souvenir de l'occasion où j'avais vu ce gueux de Bealknap, mais cela ne m'est pas revenu. En tout cas, c'était il y a longtemps. »

On frappa à la porte et Joan entra avec un cruchon de bière et des chopes sur un plateau. En voyant la poussière qui couvrait nos vêtements, elle fit claquer sa langue et je lui demandai de nous préparer des tenues de rechange en haut. Mon dos douloureux m'arracha une grimace lorsque je me penchai pour verser la bière.

« Vous présumez de vos forces, monsieur, me dit-elle.

— Cela ira mieux lorsque je me serai reposé. »

Elle nous laissa et nous bûmes de bonnes lampées de bière fraîche.

« Le duc de Norfolk paraissait bien sûr de lui aujourd'hui, dis-je. Il cherchait noise aux partisans de la Réforme. L'un de mes amis, qui lui a répondu vertement, risque des ennuis.

— Je croyais tous les avocats partisans de la Réforme…

— Pas tous. Mais si Cromwell tombe, ils iront dans le sens du vent, comme toutes les autres girouettes de Londres.

— Nous avons si peu de temps, dit Barak. Êtes-vous sûr qu'il est nécessaire d'aller voir ce bibliothécaire à St Bartholomew demain ? Vous devez l'interroger, j'en conviens, mais pourquoi ne pas le voir dans son église ?

— Non, il faut que je remonte au point de départ de tout ceci. Demain, nous irons à St Bartholomew, puis chez Guy, et ensuite au bordel. Et j'ai aussi une entrevue avec les Wentworth, ne l'oubliez pas.

— Dix jours ! lança-t-il en secouant la tête.

— Barak, je suis peut-être un mélancolique, mais vous, vous avez toutes les caractéristiques du sanguin. Si je vous laissais faire, vous agiriez avec trop de précipitation.

— Nous devons en finir avec cette affaire. Et n'oubliez pas qu'hier nous avons été suivis, ajouta-t-il d'un air sombre. Nous sommes peut-être en danger nous aussi.

— Je ne le sais que trop, répondis-je en me levant. Et maintenant, je vais examiner à nouveau ces vieux documents. »

Je le quittai et montai dans ma chambre. Oui, j'avais eu peur en allant seul à Lincoln's Inn. Je devais reconnaître que, lorsque je sortais, je me sentais plus rassuré en compagnie de Barak, qui évoluait dans les rues comme un poisson dans l'eau. Mais j'aurais préféré ne pas éprouver ce besoin.

14

L E LENDEMAIN MATIN, 31 MAI, il faisait plus chaud que jamais. Encore une fois, nous partîmes de bonne heure, à cheval : St Bartholomew étant au nord, nous ne pouvions emprunter le fleuve. Le soleil, encore bas dans le ciel, teintait en rose vif un banc de nuages légers à l'horizon. Barak était sorti le soir précédent. Je dormais quand il était rentré. Au petit-déjeuner, il avait paru d'humeur maussade : peut-être avait-il la gueule de bois, ou la fille l'avait-elle envoyé promener, blessant sa vanité. Le repas terminé, j'avais mis dans ma sacoche de cuir râpé, cadeau de mon père lorsque je m'étais installé à Londres, deux vieux ouvrages d'alchimie que je voulais montrer à Guy le moment venu.

La Cité revenait à la vie après le repos dominical. Les commerçants se préparaient à la nouvelle semaine, faisant claquer volets et étagères, chassant les mendiants de leurs pas de porte à grand renfort d'insultes. Ceux-ci retournaient en titubant dans la rue, le visage brûlé par le soleil auquel ils étaient constamment exposés. Une petite miséreuse buta contra Chancery.

« Eh là, attention ! criai-je.

— Fais attention toi-même, sale épouvantail, maudit bossu ! »

Deux yeux furibonds me fixaient et je reconnus le visage crasseux de la fillette qui avait provoqué un attroupement à la porte du boulanger. Je la regardai s'éloigner en tirant la jambe. « Pauvre petite, dis-je. Quand les gens prétendent que les mendiants ôtent le pain de la bouche des vrais ouvriers, je me demande s'ils pensent aux enfants abandonnés, comme celle-ci.

— Ah çà ! Avez-vous découvert d'autres informations dans ces vieux documents, hier soir ?

— On parle beaucoup des guerres des Grecs dans ces manuscrits. Ils ont utilisé de multiples stratagèmes. Un jour, pour faire croire à ses adversaires que ses troupes étaient bien plus nombreuses, Alexandre a attaché des torches à la queue de moutons. En espionnant son camp la nuit venue, les Perses s'y sont trompés.

— Sottises et billevesées, maugréa Barak. Les moutons ont dû courir dans tous les sens. Au reste, quel rapport avec notre affaire ?

— Je ne sais pas pourquoi je ne peux pas me sortir cette histoire de la tête. On y fait aussi allusion à un liquide utilisé par Rome dans ses guerres contre Babylone. Il y a des livres sur les campagnes romaines à Lincoln's Inn ; il faudra que j'essaie de les consulter.

— Tant que cela ne vous demande pas trop de temps.

214

« — Avez-vous envoyé un message à Cromwell concernant Bealknap et les Douanes ?

— Oui. Et hier soir, j'ai essayé d'en apprendre davantage sur le gaillard qui nous a suivis. Mais j'ai fait chou blanc.

— Nous ne l'avons pas revu. Peut-être a-t-il renoncé.

— Peut-être. Je continue quand même à ouvrir l'œil. »

Dans une ruelle, nous nous trouvâmes devant le cadavre gonflé d'un dogue mort qui dégageait une puanteur infâme. Pourquoi les gens venaient-ils tous s'agglutiner dans la Cité, comme des rats en quête de nourriture, pour finir le plus souvent par mendier dans les rues. L'appât du gain, sans doute. L'espoir de récolter laborieusement de quoi vivre. Des rêves de richesses.

St Sepulchre's était l'une des nombreuses rues qui donnaient sur le grand espace ouvert de Smithfield, très calme ce matin, car ce n'était pas l'un des jours de foire où bouviers et bergers menaient des centaines de bêtes au marché aux bestiaux. Sur l'un des côtés se dressait l'hôpital St Bartholomew, vide et silencieux derrière son grand mur ; un homme des Augmentations montait la garde à la porte. Lorsque le monastère avait été dissous l'année précédente, les malades avaient été renvoyés et forcés de se débrouiller par leurs propres moyens. On parlait d'un nouvel hôpital subventionné par de riches fondateurs, mais rien n'était encore décidé.

Le monastère lui-même se dressait perpendiculairement à l'hôpital. Ses hauts bâtiments — dont certains avaient disparu — dominaient le parvis. Là aussi, un

215

homme montait la garde devant la porte. Je vis des ouvriers qui sortaient des caisses et les empilaient contre le mur, où un groupe d'apprentis en sarrau bleu s'activaient autour d'elles.

« Je ne vois Kytchyn nulle part, dit Barak. Interrogeons le garde. »

Nous traversâmes le vaste espace vide où des chemins coupaient des pans d'herbe rabougrie. On remarquait un large carré où l'herbe ne poussait plus et où la terre se mêlait à des cendres noircies : l'emplacement du bûcher destiné aux hérétiques. Cromwell m'avait raconté autrefois qu'il mourait d'envie de faire brûler un papiste ; or, deux ans auparavant, il y était parvenu : un saint de bois avait nourri le bûcher lors du supplice du père Forest, suspendu enchaîné au-dessus du feu pour prolonger son agonie devant dix mille spectateurs. Il avait contesté la suprématie du roi sur l'Église de façon si légale qu'il aurait dû être exécuté comme traître et non brûlé, mais Cromwell avait décidé de passer outre à ces subtiles distinctions. Je n'avais pas assisté au supplice, mais je détournai les yeux de l'endroit, incapable de chasser les images de cette mort horrible. J'arrêtai Chancery devant la porte d'entrée du monastère et mis pied à terre.

Les caisses qu'on ramassait étaient pleines d'antiques ossements brunâtres. Un groupe d'apprentis fouillait dedans, jetant sur le sol des morceaux de suaires déchirés, sortant des crânes et raclant soigneusement la mousse verdâtre collée sur certains. Nous attachâmes nos chevaux à un piquet. Le gardien, un énorme bonhomme, les observait avec indifférence. Barak s'approcha de lui et, désignant les apprentis, lui demanda : « Corbleu, mais que font-ils donc ?

— Ils récoltent la mousse de cimetière. Sir Richard fait vider celui des moines. À en croire les apothicaires, dit le gros homme en haussant les épaules, la mousse qui pousse sur le crâne des morts est excellente pour le foie, et ils ont envoyé les apprentis ici pour en faire provision. » Il plongea sa main dans sa poche, d'où il sortit un petit bijou d'or en forme de croissant. « Il y a de bien étranges choses enterrées ici. Ce moine était allé aux croisades, fit-il en clignant de l'œil. Voici mon petit cadeau pour avoir laissé les garçons fouiller.

— Nous sommes ici en mission, dis-je. Nous devons rencontrer un certain Kytchyn.

— Service du comte Cromwell », ajouta Barak.

Le portier hocha la tête. « L'homme que vous cherchez est déjà arrivé, je l'ai autorisé à entrer dans l'église. » Il nous dévisagea, les yeux plissés par la curiosité.

Je me dirigeai vers le porche d'entrée. Le gardien hésita un instant, puis s'effaça pour nous laisser passer. Je me figeai net face à la scène que je découvris de l'autre côté de la grande porte. La nef de la grande église avait été abattue et il n'en restait plus qu'un gigantesque amas de décombres hérissés de poteaux et de poutres en bois. L'extrémité nord était encore debout, et un immense mur de bois avait été dressé pour la protéger des intempéries. La plupart des cloîtres environnants avaient été détruits, eux aussi, et la salle capitulaire dépouillée de tout le plomb qu'on avait pu y trouver. Derrière le prieuré, j'aperçus la belle demeure qu'avait achetée sir Richard Rich. Du linge qu'agitait le vent séchait à une corde dans le jardin de derrière, où trois petites filles jouaient entre les draps qui claquaient, scène étrangement incongrue au milieu des ruines environnantes. J'avais déjà vu des monastères détruits — à cette époque, rares étaient ceux qui n'avaient pas contemplé ce spectacle — mais jamais avec un tel acharnement. Un silence sinistre planait sur le site dévasté.

Barak rit en se grattant le crâne. « Reste pas grand-chose, hein ?

— Où sont les ouvriers ?

— Si le travail est sous l'autorité des Augmentations, ils ne doivent pas commencer de bonne heure. Ils savent qu'ils seront bien payés. »

Je le suivis vers une porte ménagée dans la palissade en bois. Toute ma vie, je n'avais eu que mépris pour ces grandes églises monastiques prospères, que l'on entretenait pour l'agrément d'une douzaine de moines ; et quand le but de la fondation était d'abriter un hôpital, le gaspillage paraissait encore plus indécent. Cependant, en suivant Barak, je dus reconnaître que ce qui restait de l'intérieur de l'église St Bartholomew était magnifique. Les murs s'élevaient à une hauteur de cent cinquante pieds en une série d'arches soutenues par des piliers richement peints d'ocre et de vert, et montaient vers une rangée de vitraux. La palissade empêchant la lumière d'entrer au sud, ce qui restait de l'intérieur de l'église était très sombre. Les niches jadis occupées par les reliquaires des saints étaient vides et les chapelles latérales avaient été dépouillées de toutes leurs statues. Cependant, près du chevet de l'église, il restait un grand tombeau orné d'un dais. Un cierge brûlait devant, le seul dans un bâtiment où, jadis, des milliers eussent été allumés. Une silhouette était agenouillée devant le tombeau, tête baissée. Je perçus une vague odeur épicée, vestige de siècles d'encens.

Entendant nos pas résonner sur le sol pavé, l'homme se retourna. Grand et mince, il portait un froc blanc, et une masse de cheveux gris encadrait son long visage inquiet. Il pouvait avoir une cinquantaine d'années. Le regard qu'il nous lança était méfiant. Il esquissa un mouvement de recul, comme s'il souhaitait pouvoir se fondre dans l'ombre du mur.

« Messire Kytchyn ? demandai-je.

— Oui. Messire Shardlake ? » Il avait une voix curieusement haut perchée et jeta à Barak un regard si inquiet que je me demandai si ce dernier ne l'avait pas un peu rudoyé la veille. « Pardonnez-moi pour le cierge, messire, dit-il rapidement. Je… un moment de faiblesse en voyant le tombeau de notre fondateur. » Il se pencha vivement en avant et éteignit la flamme entre le pouce et l'index, grimaçant lorsque la cire chaude lui brûla les doigts.

« C'est sans importance », répondis-je. Je regardai le tombeau, où l'effigie remarquablement réaliste d'un moine en robe de dominicain était allongée dans l'obscurité, les bras croisés, en prière.

« Le prieur Rahere, marmonna Kytchyn.

— Oui. Peu importe. Ce que je voulais voir, c'est l'endroit où un dénommé Gristwood a fait certaine découverte l'an passé. »

Il déglutit, l'air toujours inquiet. « Messire Gristwood a bien recommandé de ne rien dire de ce que nous avions trouvé, sous peine de mort. Je me suis tu, je le jure. Messire, est-ce vrai, ce que m'a dit cet homme ici présent, à savoir que messire Gristwood a été assassiné ?

— C'est vrai, mon frère.

— Je ne suis plus frère, déclara Kytchyn. Je ne suis plus moine. Il n'y en a plus.

— Bien sûr. Je vous demande pardon. Je me suis mal exprimé. » Je promenai mon regard autour du bâtiment. « Doit-on détruire le reste ?

— Non. » Son visage s'éclaira quelque peu. « Les habitants du voisinage ont demandé qu'on laisse ce qui subsiste afin d'utiliser le lieu comme église. Ils y sont très attachés. Sir Richard a accepté. »

Et leur soutien sera utile à sir Richard quand le prieur mourra, pensai-je. « J'imagine que tout cela a commencé quand les agents des Augmentations ont fouillé la crypte l'automne dernier », dis-je.

Kytchyn hocha la tête. « Oui. Lorsque le prieuré s'est rendu, les agents des Augmentations sont venus dresser l'inventaire. Je me trouvais dans la bibliothèque au moment où messire Gristwood y est entré. Il a demandé s'il existait un registre susceptible d'expliquer une curieuse trouvaille qu'ils avaient faite dans la crypte.

— Elle était utilisée comme entrepôt ?

— Oui, messire. Elle est vaste, et certains objets s'y trouvent depuis plusieurs siècles. J'étais bibliothécaire ici depuis vingt ans, je ne pensais pas que l'on y entreposait autre chose que des vieilleries et du bric-à-brac. Je vous le jure.

— Je vous crois. Poursuivez, messire Kytchyn.

— J'ai demandé à messire Gristwood s'il pouvait me montrer ce qu'il avait trouvé. On m'a conduit dans l'église. À l'époque, on n'avait pas détruit la nef. » Il regarda avec tristesse la palissade.

« Dans quelle partie de l'église se trouvait la crypte ?

— De l'autre côté de ce mur, là-bas. »

Je lui souris pour le rassurer. « Venez, j'aimerais voir l'endroit. Si vous voulez bien rallumer votre cierge. »

Kytchyn s'exécuta après plusieurs tentatives aussi nerveuses que maladroites et nous conduisit à une porte cloutée. Il marchait à pas lents et calmes, comme il avait dû apprendre à le faire quand il était novice. La porte grinça bruyamment lorsqu'il l'ouvrit, envoyant des échos dans l'église caverneuse.

Il nous précéda dans un escalier qui menait à une crypte humide occupant toute la longueur du bâtiment. Le cierge illumina de vieux meubles, des statues brisées. Un énorme trône d'abbé, richement décoré mais vermoulu, se dressa devant nous et je faillis crier lorsqu'un visage surgit des ténèbres. Je fis un bond en arrière, bousculant Barak, puis rougis en m'apercevant que c'était une statue de la Vierge dont un bras était cassé. J'aperçus l'éclat des dents blanches de Barak, découvertes par un sourire amusé.

Kytchyn s'arrêta devant un mur. « C'est ici qu'ils m'ont conduit, messire, dit-il. Il y avait un baril debout à cet endroit, un gros baril en bois, très ancien.

— De quelle taille ?

— On en voit la marque dans la poussière. » Il baissa le cierge et je découvris un large cercle dans l'épaisse poussière qui recouvrait les dalles de pierre. Le baril avait la taille d'un tonneau de vin. Gros, pas énorme cependant. Je hochai la tête et me relevai. Kytchyn approcha le cierge de sa poitrine, ce qui donna à son visage ridé un aspect désincarné.

« L'avait-on ouvert ? demandai-je.

— Oui. Un agent des Augmentations était là, et tenait un ciseau dont il s'était servi pour desceller le couvercle. Il a eu l'air soulagé en nous voyant. Messire Gristwood a dit : "Regardez là-dedans, frère bibliothécaire — j'étais encore frère à l'époque —, et dites-moi si vous savez ce qui se trouve à l'intérieur. Je vous avertis que ça pue." Il s'est mis à rire, mais j'ai vu son compagnon se signer avant d'ouvrir le couvercle.

— Et qu'y avait-il ?

— Du noir, répondit-il. Rien que du noir, un noir plus profond que l'obscurité de la crypte. Et une odeur abominable, telle que je n'en avais jamais senti avant. Piquante, avec une étrange composante sucrée, comme une matière en putréfaction. Cela m'a pris à la gorge et je me suis mis à tousser.

— C'est ce que j'ai senti également. Vous décrivez cela très bien, l'ami.

— J'ai levé ma chandelle et l'ai tenue au-dessus de la barrique, reprit-il. Le noir à l'intérieur réfléchissait la lumière. C'était tellement étrange que j'ai failli la laisser tomber dedans.

— Eh bien, heureusement que vous ne l'avez pas fait, lança Barak en riant.

— J'ai vu que c'était du liquide. J'ai approché un doigt. Épais et visqueux, le contact en était fort déplaisant. J'ai dit que je n'avais aucune idée de ce que cela pouvait être. C'est alors qu'ils m'ont montré la plaque au nom de Saint-John, prouvant que le baril se trouvait là depuis un siècle. J'ai dit qu'on retrouverait peut-être dans la bibliothèque trace du moment où elle avait été déposée. Je vous assure, monsieur, que je n'avais qu'une idée en tête : partir. » Il promena autour de lui un regard inquiet.

« Je le conçois volontiers, dis-je. Ainsi, le liquide était noir et épais. Cela explique pourquoi l'un des noms que lui ont donné les Anciens était "le feu noir".

— Aussi noir que le fond de l'enfer. Messire Gristwood, trouvant mon idée bonne, a donné à son agent l'ordre de resceller le baril, puis il est remonté avec moi dans la bibliothèque.

— Allons-y nous aussi, dis-je. Je vois bien que vous aimeriez sortir d'ici. »

Nous retournâmes dans l'église, puis sortîmes au soleil. Kytchyn s'arrêta pour regarder les décombres, des larmes au coin des yeux. Autrefois, lorsqu'un moine entrait dans le cloître, il cessait d'avoir une personnalité distincte en droit, et il mourait au monde. Le Parlement venait de voter une loi rendant aux religieux leur statut de personnes légales. À Lincoln's Inn, les plaisanteries allaient bon train sur ces moines « ressuscités » par Cromwell. Mais à quelle vie étaient-ils rendus ?

« Eh bien ! messire Kytchyn, dis-je avec douceur, allons à la bibliothèque. »

Il nous fit traverser la salle capitulaire, maintenant à l'air libre, et je me rendis compte que nous allions devoir passer par le jardin où les petites filles jouaient toujours. Une servante qui ramassait le linge nous jeta un regard intrigué.

Nous étions à mi-chemin lorsqu'une porte s'ouvrit, découvrant un homme de petite taille en élégante chemise de soie. Je sursautai en reconnaissant sir Richard Rich, à qui j'avais été présenté au déjeuner de la veille.

« Quelle guigne ! » grommela Barak à voix basse, avant de s'incliner bien bas lorsque Rich s'approcha. Je saluai moi aussi, comme Kytchyn, dont les yeux s'étaient écarquillés de peur.

Rich s'arrêta devant nous. Son visage aux traits délicatement anguleux était plissé par la perplexité. Ses yeux gris nous examinaient.

« Mais c'est notre cher Shardlake ! dit-il sur un ton de surprise amusée.

— Vous vous souvenez de moi, Votre Grâce ?

— Je n'oublie jamais un bossu. » Son sourire me rappela sa réputation de cruauté. On disait qu'il lui était parfois arrivé d'officier lui-même au chevalet à l'époque où il était chargé de traquer les hérétiques. Je fus surpris de voir les petites filles accourir vers lui, les bras grands ouverts. « Papa ! Papa ! criaient-elles.

— Je suis occupé, mes chéries. Mary, faites-les rentrer. »

Rich les suivit des yeux tandis qu'elles obéissaient. « Ma progéniture, dit-il d'un ton indulgent. Ma femme prétend que je ne les châtie pas assez. Bien, maintenant dites-moi ce que vous faites dans mon jardin tous les trois. Ah ! mais c'est l'ancien frère Bernard, si je ne m'abuse ? Cet habit vous va mieux que celui des dominicains.

— Votre Grâce… Je… Votre Grâce… », bégaya le pauvre Kytchyn, figé.

Je pris la parole, m'efforçant d'adopter un ton aussi léger que celui de sir Richard.

« Messire Kytchyn se propose de nous montrer la bibliothèque. Le comte Cromwell a dit que je devais considérer cela comme une faveur. »

Rich inclina la tête. « Il n'y a plus de livres, mes agents les ont tous brûlés, dit-il en adressant un sourire moqueur au malheureux Kytchyn.

— C'est l'architecture du bâtiment qui m'intéresse, Votre Grâce. J'envisage de construire une bibliothèque.

— Vous feriez mieux d'en visiter une qui a toujours un toit, gloussa-t-il. Corbleu ! vous devez être prospères, à Lincoln's Inn. À moins que vos pécunes ne vous viennent du comte Cromwell ? Vous jouissez à nouveau de sa faveur ? » Les yeux perspicaces de Rich se plissèrent. « Ma foi, si le comte dit que vous pouvez visiter la bibliothèque, faites donc. Prenez garde que les corbeaux qui nichent dans les poutres du toit ne vous crottent pas dessus. Après les papistes, les oiseaux, n'est-ce pas, mon cher ? » Il sourit de nouveau à Kytchyn, qui baissa les yeux. La bouche de Rich se crispa et il tourna la tête vers moi.

« Mais la prochaine fois, demandez la permission avant de traverser à nouveau mon jardin, Shardlake. » Sans ajouter un mot, il se détourna et suivit ses enfants dans sa maison. Kytchyn nous conduisit rapidement vers une porte située dans le mur.

« Je savais que c'était une mauvaise idée de venir ici, grogna Barak. Mon maître m'avait dit que Rich devait être tenu à l'écart de cette histoire.

— Nous ne lui avons rien dit, répondis-je, mal à l'aise.

— Il est curieux. Ne vous retournez pas, il nous observe de sa fenêtre. »

Une fois la porte franchie, Kytchyn nous fit traverser une pelouse toute piétinée entourée sur trois côtés par des bâtiments sans toit. Il nous en désigna un : « Voici la bibliothèque, à côté de l'infirmerie. »

Nous le suivîmes dans ce qui avait dû être jadis une imposante bibliothèque. Des étagères vides et brisées couvraient les murs sur une hauteur de deux étages ; le sol était jonché de bouts de placards et de manuscrits déchirés. Le spectacle m'attrista encore plus que celui de l'église. Je levai les yeux vers le haut, où quelques poutres squelettiques tenaient encore, jetant leurs ombres sur le sol. Un vol de corbeaux s'ébranla en croassant. Les oiseaux décrivirent des cercles, puis se posèrent ici et là. Par une fenêtre sans vitres, j'aperçus une enceinte avec une pelouse et, au-delà, des maisons. Au milieu se dressait une fontaine asséchée. Kytchyn regardait autour de lui d'un air malheureux.

« Qu'avez-vous trouvé quand vous êtes venu ici avec messire Gristwood ?

— Il m'avait demandé de chercher ce que je pouvais découvrir sur le soldat Saint-John. Les papiers un tant soit peu importants laissés par les patients morts à l'hôpital étaient archivés ; certains étaient enregistrés au nom de Saint-John et messire Gristwood les a tous emportés. Puis, le lendemain, il est revenu et a passé l'après-midi à compulser les références concernant Byzance ou le feu grégeois.

— Comment se fait-il que vous sachiez ce qu'il cherchait ?

— Il m'a demandé mon aide, messire. Il a emporté d'autres papiers et d'autres ouvrages. Jamais il ne les a rapportés, et peu après toutes les étagères ont été vidées et les livres brûlés. » Il secoua la tête. « Certains étaient très beaux, messire.

— Hélas ! le mal est fait. »

Soudain, un bruit d'ailes retentit : les corbeaux prenaient à nouveau leur envol. Ils se mirent à tourner en rond au-dessus de nous en croassant bruyamment. « Qu'est-ce qui leur prend ? marmonna Barak.

— Vous avez aidé messire Gristwood à chercher des papiers. En avez-vous lu certains ?

— Non, messire, je préférais ne rien savoir. » Il me regarda d'un air convaincu. La sueur ruisselait sur son visage, car il faisait chaud et le soleil tapait directement sur nous. « Je ne suis pas un audacieux, messire. Tout ce que je souhaite, c'est qu'on me laisse à mes prières.

— Soit. Savez-vous ce qu'il est advenu du baril ?

— Messire Gristwood a envoyé une charrette pour l'emporter. Je ne sais pas où. » Kytchyn prit une profonde inspiration et leva la main pour ouvrir le col de son surplis. « Excusez-moi, messire, il fait si chaud... » En parlant, il fit un pas de côté à l'instant où un léger déclic se produisait quelque part. Son mouvement me sauva la vie. Kytchyn se cassa en deux en poussant un cri aigu et, à ma grande horreur, je vis qu'un carreau d'arbalète s'était fiché dans le gras de son bras tandis qu'une tache de sang s'élargissait sur sa manche blanche. Il tituba et s'appuya contre le mur, contemplant son bras.

Barak dégaina et se précipita vers la fenêtre, l'épée au clair. L'homme au visage grêlé s'y tenait debout. Il fixait sur Barak ses yeux bleus étincelants tout en ajustant un nouveau carreau à son arme. Déjà, Barak était presque sur lui. L'homme hésita, lâcha l'arbalète qui tomba avec fracas, et s'enfuit dans la cour. Malgré les éclats de verre brisé, Barak enjamba le rebord de la fenêtre. L'autre avait déjà atteint le mur de l'abbaye qu'il commençait à escalader. Barak attrapa un pied qui oscillait dans le vide, mais trop tard. L'assaillant disparut par-dessus le mur. Parvenu au sommet, Barak s'y accouda, regarda un moment dans la rue avant de se laisser retomber de notre côté. Blême de rage, il ramassa son épée, puis revint à la fenêtre qu'il enjamba à nouveau. Je m'étais penché pour réconforter Kytchyn, effondré sur le sol, une main crispée sur son bras. Il sanglotait de douleur tandis que le sang jaillissait entre ses doigts. « Je voudrais n'avoir jamais vu ces papiers, gémit-il. Je ne sais rien, messire, rien, je le jure. »

Barak s'agenouilla et desserra la main de Kytchyn avec une douceur surprenante. « Allez, l'ami, laissez-moi voir. » Il examina la blessure. « Heureusement, la tête du carreau est ressortie de l'autre côté. On aura tôt fait de vous retirer ça. Montrez-moi comment vous levez le bras. » Kytchyn obéit en tremblant. Barak prit dans sa poche un mouchoir qu'il noua très serré au-dessus de la blessure.

« Allez, l'ami, de l'autre côté de la rue, il y a un médecin qui soigne les marchands de bestiaux. Je vous y emmène. Gardez le bras levé. » Et il aida le malheureux à se remettre debout.

« Qui a voulu me tuer ? demanda le blessé d'une voix aiguë. Je ne sais rien, moi, rien du tout.

— Je crois que c'est moi qui étais visé, dis-je lentement. Le carreau m'aurait atteint si vous n'aviez pas bougé juste à ce moment-là. »

Barak ne se souciait plus de me narguer. Il me répondit avec gravité : « Vous avez raison. Tudieu ! comment savait-il que nous étions là ?

« — Peut-être avons-nous été suivis depuis la maison ?

— Non, je m'en serais aperçu. Mais quelqu'un va sans doute pouvoir nous éclairer, ajouta-t-il sombrement. N'avez-vous pas trouvé que le gros portier a fait une drôle de tête quand je lui ai montré le sceau de Cromwell ?

— En effet.

— Je vais accompagner Kytchyn chez le médecin, puis j'irai aux renseignements. Le grêlé ne reviendra pas, mais quand même, ne restez pas devant la fenêtre. Je n'en ai pas pour longtemps. »

J'étais si bouleversé que je me bornai à hocher la tête. Je m'appuyai contre le mur pendant que Barak faisait sortir le blessé qui geignait. Mon cœur battait comme s'il voulait sortir par ma bouche et je ruisselais de sueur froide. Je poussai une plainte involontaire. Cromwell avait mis ma vie en danger une seconde fois. Je regardai l'arbalète qui gisait, massive et mortelle, là où l'homme l'avait lâchée. Un bruit soudain me fit sursauter, mais ce n'étaient que les corbeaux qui regagnaient leur perchoir.

Quelques minutes plus tard, j'entendis des voix, celle de Barak et une autre. Le gros portier fut propulsé dans l'embrasure de la porte, malgré ses protestations vigoureuses. L'homme avait beau être énorme, Barak lui avait tordu un bras dans le dos et le serrait d'une poigne de fer. Brusquement, il lâcha prise et envoya son prisonnier tournoyer dans la salle, où il alla s'écraser au milieu des débris.

« Vous n'avez pas le droit ! cria le portier. Quand on apprendra ça aux Augmentations…

— La peste soit des Augmentations ! » glapit Barak. Empoignant la robe crasseuse de l'homme il le força à se remettre debout. Il avait rengainé son épée, mais sortit de sa ceinture un poignard peu engageant qu'il approcha du cou gras et flasque. « Écoute-moi, sale pendard. Je sers le comte d'Essex et j'ai le droit de prendre toutes les mesures à ma convenance. Comme par exemple couper ton méchant sifflet, tu vois ? » L'homme déglutit, les yeux écarquillés. Barak empoigna sa tête et la tourna sans ménagement pour qu'il me regarde. « Ce prêtre que je viens d'emmener à l'instant a reçu un carreau d'arbalète qui visait mon maître ici présent, l'avocat de lord Cromwell. Et la seule personne qui a pu laisser entrer ici son assaillant, c'est toi, vilain Jean-fesse. Alors parle.

— Mais… je n'ai rien fait, bafouilla l'homme. Il y a d'autres accès… »

Barak se pencha, saisit les parties du bonhomme et les tordit, lui arrachant un hurlement. « Je vais tout vous dire ! s'écria-t-il.

— Et plus vite que ça ! »

Le portier avala sa salive. « Peu après votre arrivée, un homme s'est approché de moi. Un gaillard avec une drôle de mine : on aurait dit un clerc, mais il avait le visage tout grêlé. Il m'a montré une pièce d'or et m'a demandé ce que vous faisiez là tous les deux. Je… je lui ai dit que vous aviez rendez-vous avec quelqu'un. Il m'a donné la pièce et je l'ai laissé entrer. C'était une pièce d'un angel, monsieur, et je ne suis qu'un pauvre homme.

— Montre-nous ça. »

Le portier fouilla dans sa ceinture et en sortit une grosse pièce d'or. Barak s'en saisit. « Fort bien, je la

230

prends. Ça paiera le médecin de notre ami. Et maintenant, parle-nous de ce gaillard. Avait-il quelque chose à la main ? Une arbalète, par exemple ?

— Je n'ai pas vu d'arbalète, gémit l'homme. Il avait une grande sacoche, mais je ne sais pas ce qu'il y avait dedans ! »

Barak recula d'un pas. « Allez file, sac à merde. Et pas un mot de tout cela, sinon lord Cromwell te le fera payer. »

L'homme se ratatina. « Jamais je ne ferais du tort à Crom, monsieur, enfin je veux dire, au comte.

— Sors d'ici ! Vilain gueux ! » Barak le fit pivoter et l'expédia d'un coup de pied de l'autre côté de la porte. Puis il se retourna vers moi, le souffle court.

« Je vous demande pardon d'avoir laissé le grêlé vous approcher, dit-il. J'ai baissé ma garde.

— Vous ne pouvez pas être toujours sur le qui-vive.

— Il a dû se cacher dans la foule aux abords de l'hôpital. Corbleu, il est habile. Vous vous sentez bien ?

— Mais oui, voyons, dis-je en époussetant ma robe.

— Il faut que j'informe le comte de ce qui vient d'arriver. Et maintenant. Il est à Whitehall. Venez avec moi. »

Je secouai la tête. « C'est impossible, Barak. Je dois retrouver Joseph, je suis tenu de respecter mon engagement : je reste responsable d'Elizabeth. Ensuite, il me faut voir Guy.

— Soit. Je vous retrouverai devant sa boutique dans quatre heures. Il était neuf heures à l'horloge de l'église quand je suis entré. Alors... disons à une heure ?

— Fort bien. »

Il me regarda d'un air peu convaincu. « Êtes-vous sûr de pouvoir circuler seul sans danger ?

— Morbleu, grondai-je, si nous ne pouvons pas nous séparer une minute, il nous faudra deux fois plus de temps pour arriver au bout de cette affaire. Allons, dis-je d'un ton plus doux, nous pouvons aller ensemble jusqu'à Cheapside. »

Mon compagnon avait l'air inquiet. Quelle serait la réaction de Cromwell en apprenant cette troisième tentative d'assassinat ?

15

CE N'EST QU'EN ARRIVANT À ALDERSGATE que Barak ouvrit la bouche : « Je le savais, que nous n'aurions jamais dû aller à St Bartholomew. À quoi ça a servi, hein, sinon à mettre la vie d'un pauvre homme en danger et éveiller la méfiance de Rich ?

— Nous avons eu confirmation que le feu grégeois a été découvert comme Gristwood l'avait dit. Qu'il y avait bien une barrique de... liquide, et une formule.

— Alors, vous y croyez, maintenant ? Eh bien, nous avons fait un grand pas en avant, railla-t-il.

— Quand j'étudiais le droit, l'un de mes professeurs affirmait que la même question se pose dans tous les cas : "Quels sont les détails importants ?"

— Et la réponse ?

— *Tous*. On doit connaître tous les faits, toute l'histoire, avant de pouvoir agir. Et j'ai beaucoup appris hier, à Deptford, et aujourd'hui encore, malgré ce que cela a failli me coûter. J'ai quelques pistes dont j'aimerais parler avec Guy. »

Barak haussa les épaules, visiblement peu convaincu. Chemin faisant, l'idée me vint que tous ceux qui connaissaient l'existence du feu grégeois étaient sans doute en danger : Marchamount, Bealknap, lady Honor…

« Je suis obligé de rapporter au comte que nous avons rencontré Rich, dit Barak. Il ne sera pas content.

— Je sais. » Je me mordis la lèvre. « Cela m'inquiète de voir que nos trois suspects sont liés à certains des personnages les plus importants et les plus dangereux du royaume. Marchamount à Norfolk, Bealknap à Rich. Quant à lady Honor, elle a des liens avec presque tout le monde, semble-t-il. Quel peut bien être celui entre Rich et Bealknap ?

— À vous de le découvrir », marmonna Barak. Nous étions arrivés à Cheapside. « Je vous quitte ici, dit-il. Rendez-vous devant chez le vieux Maure à une heure. »

Il tourna bride vers le sud et je descendis Cheapside. En passant entre les rangées d'éventaires, je restai vigilant. Assurément, personne n'oserait m'attaquer dans une telle cohue, de peur de se faire prendre avant d'avoir pu s'enfuir. Mais je ne fus pas fâché de voir un nombre important de constables disséminés dans la foule. Quand je tournai dans Walbrook Road, bordée d'imposantes demeures de marchands, j'avisai Joseph qui faisait les cent pas un peu plus haut. Je descendis de cheval et lui serrai la main. Il paraissait fatigué et tendu.

« Je suis retourné voir Elizabeth ce matin, annonça-t-il. Elle ne dit toujours mot. Je la trouve un peu plus pâle et un peu plus maigre à chaque visite. » Il m'examina. « Vous paraissez également mal en point, messire Shardlake.

— Cette nouvelle affaire est des plus préoccupantes. Eh bien, maintenant, allons affronter votre famille. »

Il serra les mâchoires. « Je suis prêt. »

Alors, moi aussi, pensai-je. Prenant Chancery par le licol, je le conduisis vers une imposante maison neuve. Joseph frappa à la porte, qui fut ouverte par un grand gaillard brun d'une trentaine d'années, vêtu d'un justaucorps neuf et d'une belle chemise blanche. Il haussa les sourcils.

« Tiens, vous voilà ! Sir Edwin avait bien dit que vous le demanderiez. »

Cet accueil insolent fit rougir Joseph. « Il est prêt à me recevoir, Needler ?

— Oui. »

La mine du majordome ne me plut guère : l'air sournois, un large visage, de longs cheveux noirs et un corps trapu qui commençait à s'empâter. Un domestique impertinent, qu'on laisse se pousser du col. « Peut-on mener mon cheval à l'écurie ? » demandai-je. Le majordome appela un valet pour conduire les chevaux et nous fit traverser un grand vestibule et monter un escalier imposant aux balustres taillés en forme d'animaux héraldiques. Nous le suivîmes dans un salon richement meublé et tendu de tapisseries. La fenêtre donnait sur un jardin de belle taille pour une maison de ville. Des massifs fleuris, séparés par des allées bordées de treillis, descendaient jusqu'à une pelouse dont l'herbe jaunissait à cause de la sécheresse. Un banc était placé à l'ombre d'un chêne, non loin d'un puits circulaire, à l'ouverture scellée.

Quatre personnes se trouvaient là, assises sur des chaises capitonnées, en grand deuil, ce qui me surprit, car il y avait quinze jours que Ralph était mort, et il n'est pas d'usage de porter des vêtements noirs si longtemps. Sir Edwin Wentworth était le seul homme. En le voyant de près, je remarquai sa ressemblance avec Joseph, non seulement à cause de son visage rond, mais aussi de ses manières un peu tatillonnes. Il jouait nerveusement avec l'ourlet de sa robe tout en posant sur moi un regard dur et hostile.

Ses deux filles étaient assises l'une près de l'autre ; elles étaient aussi jolies que l'avait laissé entendre Joseph : des cheveux blonds tombant sur les épaules de leurs robes noires, un teint de lait et des yeux bleus. Elles brodaient, mais, à mon entrée, elles piquèrent leurs aiguilles dans leurs coussins et m'adressèrent un bref sourire modeste avant de baisser la tête. Elles restèrent ainsi, les mains sur les genoux, et observèrent une immobilité de bon ton pour des jeunes filles bien élevées, bienséante certes, mais un peu déconcertante.

La troisième femme dans la pièce n'avait rien de commun avec elles dans son apparence. La mère de Joseph était assise, le dos droit comme un i, les cheveux tirés sous un bonnet noir ; ses mains, croisées sur le pommeau de sa canne, étaient sillonnées de grosses veines apparentes. Elle était si maigre qu'on voyait les os de son crâne sous la peau pâle, couverte de rides et de cicatrices de petite vérole. Des paupières flétries étaient fermées à jamais sur ses yeux aveugles. Elle aurait dû faire pitié, or, au contraire, sa présence dominait la pièce.

Elle tourna la tête vers moi, faisant ainsi saillir son menton en galoche et prit la parole la première. « C'est l'avocat qui est venu avec Joseph ? » demanda-t-elle d'une voix claire où perçait une pointe d'accent campagnard. Je vis des dents d'une blancheur parfaite dont je soupçonnai qu'elles étaient fausses. J'eus un frisson involontaire, car l'idée de porter dans la bouche des dents de morts montées sur une plaque de bois me répugnait fort.

« Oui, mère », dit Edwin en me jetant un regard hostile.

Elle eut un sourire en coin. « Celui qui cherche la vérité. Approchez-vous, messire avocat, que je fasse connaissance avec votre visage. » Elle leva une main griffue ornée de bagues et je compris qu'elle voulait toucher mon visage, comme le font parfois les aveugles avec leurs inférieurs. Je m'approchai lentement. De la part d'une femme qui autrefois n'était qu'une fermière, quelle présomption ! Néanmoins, je me penchai vers elle. Je sentis tous les yeux converger sur moi tandis que ses mains effleuraient mes traits avec une douceur surprenante.

« Un fier visage, dit-elle. Anguleux, mélancolique. » Elle passa légèrement les mains sur mes épaules : « Ah ! une sacoche de livres et une robe d'avocat enfilée par-dessus le reste. » Elle marqua une pause. « Il paraît que vous êtes bossu. »

Je pris une profonde inspiration, me demandant si elle entendait m'humilier ou si elle disait ce qui lui passait par la tête, compte tenu de son âge.

« Oui, madame. »

Elle sourit, découvrant ses gencives de bois. « Eh bien, consolez-vous en pensant que vous avez un visage distingué. Êtes-vous un bibliste ? Il paraît qu'autrefois vous étiez proche du comte d'Essex en personne, que Dieu le protège de ses ennemis.

— Je l'ai bien connu quand j'étais plus jeune.

— Edwin refuse de recevoir des papistes dans cette maison. Il donne même à ses filles des livres religieux et les encourage à étudier la Bible. Ce sont des idées un peu avancées pour moi. » Elle agita une main en direction de son fils. « Il faut répondre à ses questions, Edwin, dit-elle d'un ton brusque. Et vous aussi, mes petites-filles.

— Sabine et Avice en ont assez, mère, vous le savez. » La voix d'Edwin se fit suppliante.

« J'ai dit "mes petites-filles aussi". » Les filles de sir Edwin levèrent sur leur grand-mère le même regard bleu. Apparemment, elles subissaient l'ascendant de la vieille femme, tout comme leur père.

« Il faut en finir avec tout cela, poursuivit-elle. Avez-vous une idée du malheur qui s'est abattu sur ce qui reste de notre famille avec l'assassinat de Ralph par Elizabeth ? Il y a trois semaines, nous étions heureux, et nous avions des perspectives riantes. Regardez-nous à présent. Et le fait que Joseph ait pris le parti d'Elizabeth a encore aggravé la situation. Vous pouvez peut-être concevoir nos sentiments à son égard. Après ce jour, il ne passera plus le seuil de notre porte. » Elle parlait calmement, tout uniment, sans tourner la tête vers son fils aîné. Joseph baissa la tête comme un enfant puni. Je songeai à la force d'âme qu'il lui avait fallu pour affronter cette mégère.

« Ai-je raison de penser que, si vous estimez Elizabeth coupable, vous cesserez de la représenter, que telles sont les règles de votre métier ? demanda sir

238

Edwin d'une voix grave qui ressemblait beaucoup à celle de son frère.

— Pas exactement, messire, répondis-je. Si je suis convaincu qu'elle est coupable, mon mandat prendra fin. » Je m'interrompis. « Puis-je vous dire ce que je pense de l'affaire ?

— À votre aise. »

Je citai les faits tels que je les connaissais : les filles entendant crier, regardant par la fenêtre et se précipitant dans le jardin ; Needler arrivant pour trouver le corps de Ralph dans le puits. J'étais navré pour les deux filles qui étaient obligées d'écouter une fois encore cet effroyable récit. Elles baissèrent la tête à nouveau, la mine impassible.

« Seulement voilà, dis-je en manière de conclusion. Personne n'a effectivement *vu* Elizabeth pousser le jeune garçon dans le puits. Il se peut qu'il ait glissé.

— Alors pourquoi ne le dit-elle pas ? demanda la vieille femme.

— Parce qu'elle se doute bien qu'un interrogatoire lui délierait la langue, lança Edwin avec une brusque véhémence. Bien sûr qu'elle a tué Ralph ! Vous ne l'avez pas eue neuf mois chez vous, monsieur. Vous n'avez pas vu le vice dont elle est capable ! » Sa mère se pencha et lui posa une main sur le bras. Il se carra sur sa chaise avec un soupir irrité.

« Pouvez-vous m'en dire davantage à ce sujet ? demandai-je. Je n'en sais que ce que m'a dit Joseph. »

Sir Edwin lança un regard courroucé à son frère. « Elle était insolente, désobéissante et violente. Oui, monsieur, malgré la faiblesse de son sexe, elle était violente.

— Depuis le début ?

— Depuis le jour où elle est arrivée chez nous ; dès le lendemain des funérailles de son père, elle s'est montrée hargneuse. Nous étions prêts à lui trouver des excuses, car elle avait tout perdu. J'étais disposé à partager tout ce que j'avais avec elle, et je ne suis pas un homme pauvre, bien qu'à mon arrivée à Londres je ne fusse pas plus fortuné que Joseph. » La fierté gonfla un instant la poitrine de sir Edwin, malgré tout le chagrin et la rancœur qu'il éprouvait. « J'ai dit à mes filles de bien l'accueillir, de lui apprendre le luth et l'épinette, de l'emmener en visite. Elles n'ont guère été remerciées pour leur peine. Raconte-lui, Sabine. »

L'aînée des deux filles leva la tête, tourna vers moi ses yeux de poupée et dit d'une voix calme : « Elle nous repoussait toujours, monsieur, et vertement. Elle disait qu'elle avait mieux à faire que de s'évertuer sur une boîte à musique.

— Nous lui avons proposé d'aller voir nos amis, intervint Avice. D'assister à des banquets, de rencontrer des jeunes gens. Mais, après une ou deux fois, elle a refusé de nous accompagner, disant que nos amis étaient des sots maniérés.

— Nous nous sommes vraiment efforcées d'être gentilles, monsieur, ajouta gravement Sabine.

— Je sais que c'est vrai, mes enfants, intervint leur grand-mère. Vous avez fait de votre mieux. »

Je me souvenais de ce que m'avait dit Joseph quant à l'intérêt d'Elizabeth pour la lecture, et son amour de la ferme. Visiblement, c'était une fille à l'esprit indépendant, différente de ses cousines, lesquelles se contentaient volontiers des domaines féminins et n'avaient d'autre but que de faire un bon mariage.

Toutefois, cette divergence ne suffisait pas à conduire au meurtre.

« Au bout d'un moment, elle nous adressait à peine la parole », dit Avice avec tristesse.

Sa sœur opina. « Oui, elle a pris l'habitude de rester dans sa chambre.

— Elle en avait une à elle ? » Cela me surprit, car dans la plupart des maisons, les jeunes filles dormaient dans la même pièce.

« La maison est grande, dit Edwin avec hauteur. Je peux donner une chambre particulière à chacun des membres de la famille. Dans le cas d'Elizabeth, c'était au reste préférable.

— Jamais elle n'aurait accepté de dormir avec nous, dit Sabine. D'ailleurs, elle n'a pas tardé à nous chasser en criant, lorsque l'une de nous deux allait lui demander de se joindre à nous. » Elle rougit. « Le temps passant, elle s'est mise à nous insulter.

— Elle a perdu tout sens des convenances, ajouta Edwin. Elle ne se comportait pas du tout comme il sied à une jeune fille. »

La vieille dame se pencha en avant, reprenant le contrôle de la conversation. « Elle paraissait nous détester de plus en plus. Aux repas, c'est à peine si elle était polie. À la fin, elle a annoncé qu'elle préférait manger seule dans sa chambre, et nous l'avons laissée faire, car sa présence à table gâchait notre plaisir. Quand on est aveugle, messire Shardlake, on est plus sensible à l'atmosphère. Or l'atmosphère autour d'Elizabeth était empoisonnée par la haine irraisonnée qu'elle nous portait. Une haine noire comme le péché.

241

— Une fois, elle m'a frappée, déclara Sabine. Nous nous trouvions dans le jardin. Quand il a commencé à faire chaud, elle a pris l'habitude d'aller s'y asseoir toute seule. Un jour où elle était assise à lire un de ses livres, je suis allée lui demander si elle voulait nous accompagner pour cueillir des primevères de l'autre côté du mur de la Cité. Alors elle s'est mise à me taper sur la tête avec son livre en m'insultant. Je me suis enfuie, j'ai couru jusqu'à la maison.

— J'ai moi-même été témoin de la scène, intervint sir Edwin. Je travaillais dans mon bureau et, de ma fenêtre, j'ai vu Elizabeth s'en prendre à ma pauvre fille. J'ai interdit à ma nièce de sortir de sa chambre le reste de la journée. J'aurais dû me douter alors de ce qu'elle serait capable de faire. Je m'en veux. » Soudain, il s'enfouit la tête dans les mains, et sa voix se brisa. « Mon Ralph, mon petit garçon. Je l'ai vu étendu, mort, dégageant cette odeur... » Il laissa échapper un sanglot à vous briser le cœur.

Les filles baissèrent à nouveau la tête et la mâchoire de la vieille femme se crispa.

« Vous voyez les horreurs dont vous nous forcez à nous souvenir, messire Shardlake ? » Elle se tourna vers Edwin. « Allez, mon fils, courage. Raconte-lui comment Elizabeth traitait Ralph. »

Le mercier s'essuya le visage avec un mouchoir. Il lança de nouveau un regard hargneux à Joseph, qui semblait lui-même au bord des larmes, puis à moi. « Au début, j'ai cru qu'elle apprécierait davantage la compagnie de Ralph que celle de mes filles. Il aimait lui aussi n'en faire qu'à sa tête, le petit coquin, que Dieu le bénisse. Content de voir un visage nouveau dans la maison, il s'est efforcé d'être gentil avec elle.

Au début, ils s'entendaient bien. Elle est allée se promener une ou deux fois avec lui, et ils jouaient aux échecs ensemble. Mais elle lui a bientôt montré les griffes à lui aussi. Un soir, un mois environ après son arrivée, nous nous tenions dans cette pièce avant le dîner lorsque Ralph a proposé à Elizabeth de faire une partie d'échecs. Elle a accepté, mais d'un air revêche. Il n'a pas tardé à gagner, mon petit malin. Il lui a pris son fou en disant : "Voilà, ce méchant fou cessera de martyriser mes pions." Alors Elizabeth a bousculé l'échiquier avec un cri de colère, envoyant les pièces voler partout. Elle a donné à Ralph un grand coup sur la tête et, quand il s'est mis à pleurer, elle est partie dans sa chambre en courant.

— Une scène pénible, se souvint la vieille femme.

— Après cela, nous avons dit à Ralph de l'éviter, poursuivit sir Edwin. Mais il adorait aller dans le jardin, ce qui était son droit d'ailleurs. Or elle allait souvent s'y asseoir.

— On peut prétendre qu'Elizabeth est folle, dit la vieille dame. Si elle refuse de parler, personne ne peut être sûr de rien. Mais moi, je dis qu'elle était rongée par une affreuse jalousie, parce que ses cousins étaient plus évolués qu'elle et notre maison plus confortable que celle qu'elle avait perdue. » Elle se tourna pour me faire face. « J'étais très bien placée pour sentir croître sa haine irraisonnée et sa violence, et l'entendre aussi, car je reste à la maison pendant qu'Edwin vaque à ses affaires dans la Cité et que les filles sont en visite. » Elle poussa un soupir. « Eh bien, messire Shardlake, vous avez entendu notre témoignage. Doutez-vous encore qu'Elizabeth a poussé Ralph dans ce puits ? »

J'évitai de répondre. « Vous étiez présente ce jour-là, madame ?

— J'étais dans ma chambre. Needler est monté à la course pour me dire ce qui s'était passé. C'est moi qui lui ai donné l'ordre de descendre dans le puits. J'ai touché le visage du pauvre Ralph quand on l'a remonté. » Elle agita une main osseuse en l'air, comme si elle tâtait à nouveau ce visage mort. Ses traits durs s'attendrirent un instant.

Je me tournai vers les filles. « Vous confirmez ce qu'ont dit votre père et votre grand-mère ?

— Oui, dit Avice.

— Plût au ciel qu'il en fût autrement, ajouta Sabine en se passant une main sur les yeux. Grand-mère, dit-elle d'une voix douce, j'y vois trouble. Dois-je continuer à prendre la belladone ?

— Oui, mon enfant, cette plante est excellente. En dilatant la pupille, elle te donne un plus joli regard. Réduis peut-être un peu la dose. »

Je regardai la vieille dame avec horreur. J'avais entendu dire que les gouttes de belladone étaient parfois utilisées à des fins cosmétiques, alors que c'était une substance toxique.

Je réfléchis un moment, puis me levai. « Pourrais-je aller voir la chambre d'Elizabeth, et peut-être aussi le jardin, avant de partir ? Cela ne prendra que quelques minutes.

— C'en est trop ! » protesta Edwin. Mais une fois encore, sa mère l'interrompit.

« Demande à Needler de l'y conduire. Emmène aussi Joseph. Ensuite, ils partiront directement tous les deux.

— Mère… », commença Joseph, qui s'était levé et s'était avancé vers la vieille femme. Elle resserra la main sur sa canne et je crus un instant qu'elle allait le frapper, mais elle détourna seulement la tête avec brusquerie. Joseph recula, le visage crispé. Sir Edwin le foudroya du regard et sonna. Le majordome apparut si vite que je me demandai s'il n'était pas resté l'oreille collée à la porte. Il s'inclina profondément devant son maître.

« Needler, messire Shardlake souhaite voir la chambre qu'occupait Elizabeth, puis le jardin. Montrez-les-lui. Après quoi, vous reconduirez nos visiteurs.

— Bien, monsieur, dit Needler d'un ton obséquieux. La cuisinière vous fait dire qu'elle a préparé des merles pour ce soir, si cela vous fait plaisir.

— Qu'on ne les noie pas dans la sauce cette fois, lança sèchement la vieille dame.

— Bien, madame. »

Ni sir Edwin ni sa mère n'esquissèrent le moindre geste pour prendre congé de nous et les filles baissèrent la tête. Je vis cependant Sabine glisser un regard vers Needler et rougir. Avait-elle un faible pour le drôle ? Les goûts des demoiselles étaient si imprévisibles.

Le majordome nous précéda et ferma la porte du salon avec un bruit sec. Je n'étais pas fâché d'en être sorti. Joseph était pâle. Needler nous fixa d'un air interrogateur.

« Commencerons-nous par la chambre de la meurtrière ?

— La chambre de l'accusée, rétorquai-je. Surveillez vos paroles, l'ami. » D'abord Barak, et lui à présent. J'étais entouré de faquins impertinents. Needler haussa les épaules et nous fit monter à l'étage. Il ouvrit une porte fermée à clef et nous fit entrer.

Quoi qu'il lui soit arrivé par ailleurs dans cette maison, on ne pouvait nier qu'Elizabeth eût une belle chambre. Un lit à baldaquin avec un matelas de plumes, une coiffeuse avec un miroir et des coffres pour ses vêtements ; étalés sur le sol, des joncs qui dégageaient une agréable odeur dans l'air tiède. Plusieurs livres étaient rangés sur une étagère au-dessus de la coiffeuse. J'en lus les titres avec surprise : *L'Obéissance du chrétien*, de Tyndale, *Le Nouveau Testament*, de Coverdale, plusieurs ouvrages pieux ainsi que des recueils de poèmes de Virgile et de Lucain. Une petite bibliothèque savante, qui dénotait un intérêt marqué pour la religion.

« Elizabeth était-elle pieuse ? demandai-je à Joseph.

— C'était une bonne chrétienne, comme tous les Wentworth. Elle aimait la lecture. »

J'examinai le *Nouveau Testament*. Il avait été beaucoup feuilleté. Je me tournai vers Needler : « Elizabeth parlait-elle souvent de la religion ?

— Peut-être méditait-elle sur ses péchés, compte tenu de la façon dont elle traitait la famille. Peut-être demandait-elle son secours à Dieu, répondit-il en haussant les épaules.

— Il ne semble pas qu'il le lui ait accordé.

— Il est encore temps, dit Joseph.

— Elizabeth avait-elle une domestique attachée à sa personne ? Une femme qui l'aidait à faire sa toilette et à s'habiller ? »

Needler leva les sourcils : « Elle n'en voulait pas, monsieur. Elle disait que les domestiques se moquaient d'elle.

— Et c'était vrai ?

— Sans doute, lorsqu'ils trouvaient son comportement étrange.

— Qu'est-il arrivé à Griset ? » s'enquit soudain Joseph en montrant un panier rempli de paille dans un coin. « Le vieux chat d'Elizabeth, expliqua-t-il. Elle était arrivée ici avec lui.

— Il s'est sauvé », répondit Needler.

Joseph hocha tristement la tête. « Ça arrive, quand les chats se trouvent dans une maison qu'ils ne connaissent pas. Elizabeth l'adorait. » Ainsi, elle était même privée de la compagnie de son animal familier, pensai-je. J'ouvris l'un des coffres : il était empli de robes soigneusement rangées. Je fis signe que j'en avais assez vu et nous quittâmes la chambre. L'odeur des joncs me restait dans les narines et je pensai au contraste avec l'immonde puanteur de la basse-fosse de Newgate.

Le majordome nous fit redescendre et sortir dans le jardin par une porte latérale. Sous le soleil, tout était paisible, les insectes bourdonnaient paresseusement autour des fleurs. Il nous conduisit sur la pelouse, dont l'herbe sèche glissait sous les pas. Arrivé au puits, il s'arrêta et désigna le banc à l'ombre du grand chêne. « Voilà où elle était assise quand je suis sorti après avoir entendu crier les jeunes maîtresses. Demoiselle Sabine et demoiselle Avice étaient près du puits, à se tordre les mains. "Ralph est parti, m'a crié demoiselle Sabine. Elizabeth l'a mis dans le puits."

— Et Elizabeth n'a rien dit ?

— Elle est restée assise, la tête penchée, l'air buté. »

Je m'approchai du puits ; Joseph, lui, ne bougea pas. Une grande planche ronde en bouchait l'ouverture, assujettie par des cadenas fixés à des anneaux de métal pris dans la maçonnerie de brique.

« Cette installation paraît récente.

— En effet, monsieur. Le maître a fait poser cette planche la semaine dernière. Un peu tard, il est vrai. Cela aurait dû être fait il y a bien longtemps.

— J'aimerais voir l'intérieur. Avez-vous la clef de ces cadenas ?

Il me regarda sans ciller : « Sir Edwin a ordonné qu'on les jette, monsieur. Personne ne se servira plus de ce puits. L'eau est empoisonnée depuis des années. Notez qu'il n'y en avait pas quand je suis descendu, il a si peu plu ce printemps. »

Je me penchai. Il y avait un espace d'environ deux centimètres et demi entre le bois et la margelle d'un côté. Je me penchai tout près, et reculai aussitôt, suffoqué par l'odeur qui se dégageait de l'ouverture : celle d'une chose morte, en putréfaction. Je me rappelai ce qu'avait dit Joseph en décrivant la puanteur du cadavre de Ralph : celle d'une tête de génisse oubliée en plein air une semaine aux abattoirs. Je le regardai : assis sur le banc, il contemplait la fenêtre de la pièce que nous venions de quitter. La façon dont sa famille le traitait avait dû beaucoup l'affecter. Je me tournai vers Needler qui attendait, impassible.

« Ce puits dégage une odeur infecte.

— Je vous l'ai dit : l'eau est empoisonnée.

— Quand vous y êtes descendu, sentait-il aussi mauvais ?

248

— Ma foi oui, mais je ne prêtais guère attention aux odeurs, dit-il en haussant les épaules, je cherchais à tâtons le corps de ce pauvre messire Ralph, en espérant que l'échelle de corde que j'avais déroulée ne romprait pas. Si vous n'avez plus d'autres questions… je dois aller surveiller les préparatifs du déjeuner. »

Je le regardai fixement quelques instants. « Non, je vous remercie. J'ai vu tout ce que je voulais voir. »

Il plissa les yeux. « Avez-vous quelque chose à faire dire à mon maître ? Peut-être cesserez-vous de défendre la fille à présent.

— Si j'ai quoi que ce soit à dire à sir Edwin, je m'en chargerai moi-même, Needler. Et maintenant, Joseph, allons-nous-en. »

Lequel se leva lourdement et me suivit jusqu'au vestibule. Needler ouvrit la porte d'entrée et nous nous retrouvâmes dans la rue. Le majordome dit qu'il me ferait conduire mon cheval, puis il ferma la porte d'un coup sec. Pendant que nous attendions sur le perron, Joseph me regarda bien en face.

« Croyez-vous Elizabeth coupable maintenant, comme l'a dit ma mère ?

— Non, Joseph. Je suis de plus en plus persuadé de son innocence. Il se passe quelque chose d'anormal dans cette maison, poursuivis-je en fronçant les sourcils.

— Ma mère est une femme étonnante. Plus forte que bien des hommes. Quand elle était jeune, elle était très belle, bien qu'aujourd'hui il n'y paraisse plus. Edwin a toujours été son préféré. Moi, elle me méprise un peu de me contenter de la ferme. »

Je lui touchai le bras. « C'était très courageux de votre part de supporter tout cela pour Elizabeth.

— Il est vrai que cette visite a été pénible pour moi.

— Je m'en suis rendu compte. Dites-moi, quand Elizabeth était plus jeune, son comportement laissait-il penser qu'elle pouvait avoir l'esprit dérangé ?

— Pas du tout, messire. Avant de venir habiter ici, elle était de nature enjouée.

— Ce qui est intéressant, c'est qu'elle ne semble avoir montré de l'hostilité que lorsqu'un membre de la famille s'adressait à elle. Sinon, elle demandait seulement à ce qu'on la laisse tranquille. » Après une hésitation, je poursuivis : « Joseph, je pense qu'il y a quelque chose dans ce puits.

— Comment ? Que voulez-vous dire ?

— Je ne sais pas encore. Mais je me souviens que vous m'avez dit que le cadavre de Ralph sentait très mauvais. Or j'ai senti une puanteur abominable. On pourrait s'attendre à une odeur d'égout s'il y avait de l'eau croupie en bas, mais Needler a dit que le puits était à sec quand il y est descendu. Non, il y a autre chose au fond. En décomposition. »

Il écarquilla les yeux : « Mais quoi ? Qu'est-ce que cela pourrait bien être ?

— Je l'ignore, Joseph, je l'ignore. Il faut que je réfléchisse. » Je lui posai une main sur le bras.

« Oh, Seigneur, que nous est-il arrivé ? » gémit-il. Je vis à l'horloge d'une église qu'il était plus de midi. « Je regrette, mais je dois vous quitter encore une fois, mon ami. Un autre rendez-vous. Je vais réfléchir à la marche à suivre. Puis-je vous faire mander à votre logis ?

— Oui, je n'en bougerai pas tant que cette affaire ne sera pas réglée, répondit-il d'un ton décidé.

— Et la ferme ?

250

— Je me suis entendu avec mon voisin. Les récoltes sont compromises à cause du manque d'eau de ces dernières semaines. Mais ce n'est pas parce que je serai en Essex qu'il y pleuvra, n'est-ce pas ? »

Le petit valet apparut au coin de la maison, menant Chancery par la bride. Lorsque je lui donnai une pièce, il nous regarda d'un air insolent. J'enfourchai ma monture.

« Vous aurez de mes nouvelles sans tarder, Joseph. »

Il me serra la main. En le voyant redescendre Walbrook Road, je trouvai qu'il y avait quelque chose d'indomptable dans sa silhouette massive. Ma foi, il me fallait être indomptable, moi aussi. Même si le trajet pour aller chez Guy n'était pas bien long, chemin faisant, mon cœur battit à la vue d'un homme grand et pâle au milieu des passants. Heureusement, ce n'était qu'un vieillard, qui entra dans une boutique. Je frissonnai et dirigeai mon cheval vers le sud.

16

LORSQUE J'ARRIVAI CHEZ GUY, il n'y avait aucune trace du cheval de Barak. Tout en me demandant s'il était encore chez Cromwell, j'attachai Chancery à la grille et entrai dans la boutique.

Guy se trouvait à sa table, où il broyait des simples dans un mortier. Surpris, il leva les yeux. « Tiens, Matthew ! Je ne m'attendais pas à vous voir aujourd'hui.

— Guy, j'ai une faveur à vous demander. Un renseignement. À propos, j'ai rendez-vous avec quelqu'un ici, un jeune gaillard aux cheveux bruns et au sourire insolent. Vous ne l'avez pas vu, par hasard ? »

Il secoua négativement la tête. « Je n'ai vu personne. Mais ce n'est pas un matin où je reçois, car je prépare mes plantes. Votre question a-t-elle un rapport avec l'affaire Wentworth ? Comment avance-t-elle ?

— J'ai obtenu une ordonnance de surseoir. Excusez-moi de ne pas vous avoir invité à dîner comme je vous l'avais promis, mais je dois m'occuper d'un autre cas imprévu, et, entre les deux, je n'ai pas eu un instant de répit.

— Cela n'a pas d'importance », dit-il en souriant. Mais je savais qu'il était très seul et qu'il aimait venir chez moi. À cause de sa peau sombre, il était rarement invité en ville. Je laissai glisser ma sacoche de mon dos, ce qui m'arracha une grimace de douleur.

« Faites-vous bien vos exercices ? demanda Guy.

— Pas cette semaine, non. Comme je vous l'ai dit, c'est à peine si j'ai le temps de respirer.

— Vous paraissez aussi tendu que la corde d'un arc, Matthew. »

Je m'assis et m'essuyai le front. « Pas étonnant. Quelqu'un vient d'essayer de me tuer.

— Comment ?

— Je finirai bien par vous raconter cette histoire un jour ou l'autre. Je ne peux pas tout vous dire, mais le comte Cromwell a accordé un sursis de douze jours à Elizabeth Wentworth, à condition que je remplisse une mission pour lui. Rien à voir avec les monastères, cette fois. Mais, là encore, il y a meurtre et fourberie... » Je m'interrompis pour regarder par la fenêtre. « Le jeune Barak, qui est là en train d'attacher son cheval dehors, a été mandé par Cromwell pour m'assister dans ma tâche.

— Alors ce que vous attendez de moi, c'est que je vous aide dans votre mission pour Cromwell ? » Guy me regarda, l'air grave.

« Il s'agit de capturer un dangereux assassin. Je n'ai pas le droit de vous en dire davantage. Je n'aurais même pas dû citer le nom de Cromwell, c'est trop dangereux. Je n'insisterai pas, surtout si, en votre âme et conscience, vous estimez ne pas devoir m'aider. »

La porte s'ouvrit et Barak entra. Il parut impressionné par les fioles et les bocaux tapissant les murs, et par le visage basané et la robe d'apothicaire de Guy.

« Messire Barak, j'espère que vous vous portez bien », dit Guy après l'avoir salué. Il roulait les « r » comme à son habitude. Je me rendis compte qu'il devait paraître très étrange et exotique à Barak.

« Merci, messire l'apothicaire », répondit ce dernier en promenant un œil curieux autour de lui. Je devinai qu'il n'était jamais entré dans semblable boutique ; il était de ces gaillards qui ont une santé de fer.

« Vous prendrez bien un peu de bière ? proposa Guy.

— Volontiers, merci. C'est une chaude journée », répondit Barak.

Guy sortit pour chercher à boire, Barak s'approcha de moi. « Le comte est soucieux. Il a fait emmener Kytchyn en lieu sûr en attendant que les choses soient terminées.

— Dieu soit loué.

— Il vous trouve trop lent, et s'inquiète de ce que vous ne voyiez lady Honor que demain. Il reste dix jours avant la démonstration, que le roi attend avec impatience.

— Alors Cromwell devrait peut-être avoir recours aux services d'un magicien. »

Barak s'écarta lorsque Guy revint, portant deux chopes de petite bière. Je bus avec plaisir, car j'avais grand-soif. Guy resta debout à l'extrémité de sa table. Il étudia attentivement Barak quelques instants. J'eus plaisir à voir que ce dernier paraissait fort mal à l'aise sous ce regard pénétrant.

« Alors ? s'enquit Guy à mi-voix. Quelle aide attendez-vous tous deux de moi ?

— Nous avons affaire à des alchimistes, expliquai-je. Je ne connais rien à leur art et vos conseils me seraient précieux. » J'ouvris ma sacoche et posai les livres d'alchimie sur la table. Puis je sortis avec précaution de ma poche la fiole que je lui tendis. « Avez-vous une idée de ce que peut être cette étrange substance ? »

Il ouvrit le petit flacon avec précaution, humecta son doigt et le renifla. « Attention, cela brûle comme du feu », dis-je en le voyant se pencher pour goûter avec le bout de sa langue.

À ma grande surprise, il se mit à rire. « Il n'y a rien là d'inquiétant, ni de mystérieux. C'est de l'eau-de-vie, distillée de telle façon qu'elle est fort concentrée.

— De l'eau-de-vie ? Cette nouvelle boisson que l'on fabrique avec du mauvais vin et que l'on prescrit pour les maux d'yeux et la mélancolie ?

— C'est cela même. Je crois qu'on en surestime les vertus et que son seul effet, c'est de provoquer l'ébriété chez ceux qui la boivent. » Il frotta ses doigts mouillés. « Il paraît qu'une tasse suffit à rendre un cheval aveugle. Où avez-vous trouvé cela ?

— Sur le sol d'un atelier d'alchimiste qui avait été… abandonné. » Il posa sur moi ses yeux perspicaces.

« Peu importe où nous l'avons trouvée, l'apothicaire, intervint Barak. Vous êtes sûr que c'est de l'eau-de-vie ? »

Guy l'examina longuement et je craignis qu'il ne le jette dehors, mais non, il se tourna vers moi en souriant.

« Je crois, oui. Le liquide est certes fort épais, et le goût brûlant indique une forte concentration. Je crois même être en mesure de vous en dire la provenance. Mais d'abord, il existe un moyen de prouver ce que c'est. C'est tout à fait spectaculaire, messire Barak. Si vous voulez bien attendre quelques instants. »

Il posa la fiole avec précaution et sortit.

« Écoutez-moi bien, Barak, dis-je, Guy est un ami, veillez à lui parler avec respect. Il n'est pas question de le rudoyer comme le portier de ce matin. Vous ne feriez que l'irriter.

— Je me méfie de lui, à cause de sa mine.

— Il en a autant à votre service, à mon avis. »

Guy revint, portant une bougie et un plat vernissé. Il ferma les volets, puis versa précautionneusement un peu de liquide dans le plat. Ensuite, il en approcha la chandelle.

J'eus le souffle coupé et Barak recula : une flamme bleue s'élevait dans le plat, haute de cinq centimètres. « Vous allez mettre le feu à la boutique ! » s'exclama Barak. Mais Guy se contenta de rire.

« Cette flamme est trop faible pour mettre le feu à quoi que ce soit, et elle va s'éteindre dans un instant. » Et de fait, nous vîmes la lueur bleue diminuer aussi vite qu'elle avait surgi, jaunir, s'incliner d'un côté et s'éteindre. Guy nous sourit. « Et voilà ! Cette flamme bleue est caractéristique de l'eau-de-vie. La substance était assurément très forte. » Il rouvrit les volets. « Vous remarquerez qu'il n'y a ni odeur, ni fumée.

256

— Vous avez dit que vous pourriez peut-être en indiquer la provenance, intervint Barak, d'un ton plus respectueux cette fois.

— En effet. Nous autres apothicaires cherchons sans cesse de nouvelles herbes, de nouvelles mixtures en provenance de ces contrées étranges où les Anglais voyagent à présent. C'est un sujet de conversation récurrent à la chambre des apothicaires. Il y a quelques mois, nous avons entendu parler d'une cargaison arrivée à Billingsgate sur un bateau qui faisait le commerce de la Baltique et s'aventurait dans ces contrées où la neige ne fond jamais. Il avait rapporté une cargaison d'un liquide incolore que les hommes de ces pays-là boivent, paraît-il. Ici, ceux qui ont voulu en boire, et l'ont avalé comme s'il s'agissait de bière, ont été très malades. Il pourrait s'agir de la boisson en question.

— Qu'est-il advenu de cette cargaison ?

— Je l'ignore. Je crois qu'un ou deux de mes confrères ont essayé de mettre la main sur cette substance, par curiosité, mais on leur a dit que la cargaison avait été vendue. Il faudrait que vous alliez aux nouvelles dans les tavernes de marins. »

Je hochai la tête, pensif. Un liquide épais et visqueux qui brûlait de façon peu banale. À certains égards, cela ressemblait au feu grégeois, mais à d'autres, absolument pas. Le liquide trouvé au monastère était noir, et sentait très fort, d'après Kytchyn ; quant à la flamme que nous avions vue, elle n'aurait jamais pu réduire en cendres un navire. Et si cette substance entrait dans la composition du feu grégeois et changeait de propriété en fonction de ce qui lui était ajouté ?

« Que savez-vous de l'alchimie, Guy ? demandai-je. L'art de ces gens-là m'est totalement mystérieux et leur livres sont si abscons que j'ai du mal à en comprendre un seul mot. »

Il prit un des livres que j'avais apportés et le feuilleta. « L'alchimie s'est acquis une fort mauvaise réputation, qu'elle ne mérite peut-être pas entièrement. Les alchimistes aiment à s'entourer de mystère et emplissent leurs ouvrages de références qu'ils sont seuls à comprendre. Il est des textes anciens auxquels personne ne doit rien entendre à mon avis, ajouta-t-il en riant.

— Et cela impressionne les gens, car ils ont le sentiment de se trouver devant un grand mystère à découvrir.

— Oui, mais en cela les alchimistes ne sont guère différents de certains médecins, avec leurs remèdes d'autrefois et leurs formules secrètes. Ou des avocats, d'ailleurs, qui dans certains tribunaux plaident dans un vieux français que le commun des mortels ne peut comprendre. »

Barak s'esclaffa. « Là, il vous a rivé votre clou ! »

Guy leva une main. « Pourtant, l'alchimie fait partie des sciences de la nature, de l'étude du monde qui nous entoure. Dieu a laissé dans ce monde des signes et des indices, afin que, grâce à nos efforts, nous arrivions à comprendre, à soigner les maladies, à obtenir de meilleures récoltes.

— À changer le plomb en or ? À enflammer l'eau ?

— Peut-être. Et le propos de l'astrologie, comme celui de la médecine au reste, est de savoir interpréter ces signes : comment les étoiles peuvent influer sur notre destin, quelles plantes peuvent guérir et lesquelles tuent.

— Au même titre que la corne de rhinocéros renforce la virilité, parce qu'elle ressemble à l'organe mâle. Vous savez, Guy, il y a une large part de supercherie dans toute cette recherche de signes et de correspondances.

— Je vous le concède bien volontiers. Et j'admets que la façon dont les alchimistes s'entourent de secrets et professent un savoir mystérieux n'est souvent qu'un subterfuge pour préserver l'inaccessibilité de leur art.

— Vous pensez donc comme la plupart des gens que l'alchimie est un commerce suspect ?

— Pas tout à fait. Un certain nombre d'imposteurs prétendent avoir trouvé la pierre philosophale, susceptible de transmuer en or un métal ordinaire, mais, pour chacun de ceux-là, il y a un homme honnête qui s'est efforcé de faire de réelles recherches à force d'observations minutieuses, en étudiant comment les substances sont faites et comment elles se transforment ; comment les quatre éléments — la terre, l'air, l'eau et le feu — agissent les uns sur les autres pour composer toutes les choses que nous connaissons ; comment la chaleur peut changer une chose en une autre, le vin en eau-de-vie par exemple. Car tout vient des quatre éléments. Toute nouvelle matière, telle cette substance étrange, se réduit nécessairement à ces quatre éléments de base, à partir desquels on peut le recomposer. Un bon alchimiste pourra découvrir, par exemple, comment fondre les minerais dans un fourneau de façon à produire un fer de meilleure qualité, ainsi qu'on le fait en ce moment dans le sud-ouest du pays.

— Ou comment réussir à fabriquer un étain plus solide, dis-je en me souvenant de l'histoire que m'avait racontée dame Gristwood à propos des expériences ratées de Sepultus.

— Exactement. Cela revient en général à éliminer une impureté de nature matérielle. Je rejoins ces penseurs qui considèrent que Dieu a voulu que nous découvrions les secrets de la terre par les moyens lents et sûrs de l'observation plutôt que par des formules mystiques sorties de vieux grimoires. Même si, parfois, ils arrivent à de bien étranges hypothèses, comme ce Polonais qui prétend que la terre tourne autour du soleil.

— Oui. » Ses propos réveillaient un souvenir. « Un fourneau, avez-vous dit ? Vous me rappelez que c'est là que sont forgés les métaux. Aussi les alchimistes travaillent-ils souvent avec les fondeurs, et tous ont des fourneaux.

— Certes, opina Guy. Je me sers d'un feu ici pour distiller mes plantes, mais ce serait insuffisant pour fondre minerais et métaux. Que voilà une étrange discussion, Matthew. Qu'a-t-elle à voir avec votre affaire ?

— Je n'en sais trop rien. Il faudrait également un fondeur pour fabriquer par exemple une grande cuve de métal avec une pompe et des tuyaux.

— En effet. Les alchimistes ont souvent des accommodements avec les fondeurs de Lothbury pour les aider. Il faut qu'ils travaillent avec une personne de confiance, bien entendu, s'ils doivent partager leurs secrets.

— Guy, dis-je, soudain fébrile, vous souvenez-vous de ce jeune homme que j'ai rencontré chez vous la semaine passée ? Saurait-il qui est susceptible de travailler avec des alchimistes là-haut ? Il en connaît peut-être un qui travaille pour la Cité sur les conduites d'eau, et qui s'occupe de pompes et de valves ? »

Il hésita. « Peut-être. C'est un travail spécialisé. Mais, Matthew, si cette affaire est dangereuse, je préfère ne pas y mêler messire Pettit.

— Lord Cromwell peut en donner l'ordre », dit Barak.

Guy se tourna vers lui. « Il peut donner des ordres tout à son aise », répondit-il, imperturbable.

Barak lui lança un regard hostile. « Oui, l'ami espagnol, tout à son aise.

— Morbleu ! Barak, tenez votre langue, lançai-je, furieux. Vous avez raison, Guy. Je peux trouver ce dont j'ai besoin tout aussi facilement dans les registres de la Cité, où je relèverai les noms de ceux qui travaillent sur les conduites. »

Guy hocha la tête. « Je préférerais cela. » Il se tourna de nouveau vers Barak. « Et un détail, monsieur, je ne suis pas espagnol. Je viens de Grenade, qui a été conquise par les Espagnols il y a cinquante ans. Mes parents étaient musulmans et ont été expulsés d'Espagne par Ferdinand et Isabelle. En même temps que les Juifs. Vous portez un nom juif, si je ne m'abuse ? »

Barak rougit. « Je suis anglais, l'apothicaire, répondit-il.

— Ah oui ? fit Guy en haussant un sourcil. Vous m'en direz tant. Eh bien ! Matthew, merci de votre compréhension. J'espère que votre quête ne compromettra pas votre sécurité. » Il me serra la main et me regarda d'un air mi-figue, mi-raisin. « Vous avez les yeux qui brillent, Matthew, à la perspective d'avancer dans votre enquête. À propos, puis-je garder ces ouvrages ? Cela m'intéresserait de pouvoir les parcourir.

— Je vous en prie.

— Si vous voulez reprendre cette discussion, vous savez où me trouver. » Il adressa à Barak un regard froid. « Tant qu'on laisse le droit de séjour aux étrangers. »

Une fois dehors, je me retournai vers Barak, excédé. « Beau travail ! Vos façons ont vraiment servi notre enquête ! »

Il haussa les épaules.

« Quel insolent, ce vieux Maure ! Corbleu, qu'il est laid !

— Et vous, qui traitez tout le monde de gueux, vous en êtes un aussi ! »

Il se contenta de sourire.

« Puisque vous avez sans doute compromis l'aide que nous aurions pu espérer de Guy, allez donc à l'hôtel de ville vous renseigner sur les fondeurs qui travaillent sur les canalisations d'eau. Moi, je vais à Wolf's Lane poser quelques questions à dame Grist-wood. Elle devrait savoir si Michael et Sepultus avaient à faire à Lothbury.

— Je croyais que nous allions à Southwark ?

— Je vous retrouverai à Steelyard Steps, à l'embar-cadère, dans une heure et demie. » Peut-être aurais-je même le temps d'acheter une petite tourte chez un marchand ambulant. J'essuyai mon front ruisselant de sueur. La chaleur de l'après-midi était éprouvante.

Barak hésita. Allait-il soulever des objections ? J'étais tellement furieux que je n'attendais que cela. Mais il s'abstint, monta sur sa jument et s'éloigna au petit galop.

Tandis que j'avançais dans les ruelles menant à Queenhithe, ma colère s'apaisa. Je me surpris à nouveau à guetter un éventuel danger dans les endroits sombres. Les rues étaient désertes, les gens se terraient pour s'abriter de la chaleur. Mes joues me piquaient sous la morsure du soleil, j'enfonçai un peu plus ma toque sur ma tête. Un rat qui détala d'une porte et descendit la rue en rasant le mur me fit sursauter.

La maison des Gristwood était toujours dans le même état : on n'avait pas remplacé la porte défoncée. Quand je frappai, le bruit se répercuta à l'intérieur. Ce fut Jane Gristwood qui m'ouvrit. Elle commençait à avoir un aspect négligé. Sa robe portait des traces de nourriture et elle n'avait toujours pas changé sa coiffe blanche. Elle me lança un regard las.

« Encore vous ?

— Oui, madame. Puis-je entrer ? »

Elle ouvrit la porte avec un haussement d'épaules. « Cette petite sotte de Susan est partie, dit-elle.

— Où est le garde ?

— À la cuisine, en train de boire et de péter. » Elle me précéda dans le couloir, passa devant l'antique tapisserie, entra dans le méchant salon où, debout, elle attendit que je prenne la parole.

« Il y a des nouvelles concernant la maison ?

— Oui. Elle est à moi. J'ai vu le notaire du sergent Marchamount. » Elle eut un rire amer. « Pour ce

qu'elle vaut... Je serai obligée de prendre des locataires. Dans un pareil trou à rats, je vais avoir une belle
clientèle. C'est lui qui avait mon argent, vous savez.

— Qui ?

— Michael. Mon père lui a donné une jolie dot
pour l'avoir débarrassé de moi. Tout a été dépensé
maintenant, et je me trouve sans le sou. Il n'a même
pas été capable de rapporter des meubles décents des
monastères, hormis cette vieille tapisserie affreuse.
Vous avez vu sa putain ? demanda-t-elle sans
transition.

— Pas encore. Mais j'avais une question à vous
poser, madame. Je pense que Sepultus a travaillé avec
un fondeur pour ses expériences les plus récentes. »

La frayeur qui se peignit sur son visage m'apprit
que j'avais vu juste. Sa voix se fit plus aiguë.

« Je vous l'ai déjà dit, je ne m'intéressais pas du
tout à ses extravagances. Mon seul souci était qu'il ne
fasse pas exploser la maison. Pourquoi posez-vous ces
questions à une pauvre veuve seule au monde ?

— Vous taisez quelque chose, madame. Et il faut
que je sache quoi. »

Mais elle ne m'écoutait plus. Les yeux écarquillés,
elle regardait le jardin. « Il est encore là »,
souffla-t-elle.

Je pivotai sur mes talons. Une porte dans le mur
était ouverte et un homme apparaissait dans l'encadrement. J'avais redouté de voir l'homme au visage grêlé,
mais c'était un jeune gaillard trapu aux cheveux bruns.
Quand il se vit découvert, il fit demi-tour et s'enfuit.
J'allai jusqu'à la porte, puis me ravisai. Même si je
l'attrapais, que ferais-je ? Il me maîtriserait facilement.
Je me retournai vers dame Gristwood. Assise devant la

table, elle pleurait, son corps maigre secoué de sanglots. J'attendis qu'elle fût calmée.

« Vous savez qui est cet homme, madame ? » lui demandai-je d'un ton sévère. Elle leva vers moi un visage pitoyable. « Mais non, voyons ! Pourquoi essayez-vous de me tendre des pièges ? Je l'ai vu qui surveillait la maison hier. Il est resté là tout l'après-midi. J'étais à moitié morte de peur. C'est l'un de ceux qui ont tué Michael, n'est-ce pas ?

— Je n'en sais rien, madame. Mais vous devriez en parler à l'homme qui monte la garde chez vous.

— C'est le châtiment de mon péché, chuchota-t-elle. Dieu me punit.

— Quel péché ? » demandai-je aussitôt.

Elle prit une grande inspiration, puis planta son regard dans le mien. « Quand j'étais jeune, messire Shardlake, je n'étais pas jolie. Mais j'avais le diable au corps et, à quinze ans, j'ai fait la bête à deux dos avec un apprenti. » J'avais oublié qu'elle pouvait parler cru. « J'ai eu un enfant. Ensuite, j'ai été obligée de l'abandonner, de faire publiquement pénitence à l'église devant tous les fidèles, et de confesser dimanche après dimanche que j'avais commis l'impureté. L'ancienne religion n'était pas plus tendre que la nouvelle pour ce qui est du péché de chair.

— Pauvre de vous.

— J'ai eu trente ans avant de pouvoir trouver quelqu'un qui veuille bien m'épouser. Ou plus exactement, c'est mon père qu'il l'a trouvé. Mon père était maître charpentier. Michael lui avait donné un conseil concernant une dette impayée. Il en avait d'ailleurs quelques-unes aussi lui-même, car il s'était laissé entraîner dans des projets insensés pour faire fortune.

Ma dot lui a évité la prison pour dettes. » Elle soupira. « Mais Dieu n'oublie jamais un péché, hein ? Il continue à punir, encore et encore. » Elle serra ses mains calleuses.

« Alors, ce fondeur ? »

Elle resta quelques secondes les poings serrés. Quand elle reprit la parole, ce fut avec une détermination rigide.

« On m'a forcée à abandonner mon fils au couvent de St Helen. Les sœurs ne voulaient pas que je m'en approche, mais j'ai soudoyé une laveuse pour qu'elle me donne des nouvelles. Quand David a eu quatorze ans, les sœurs l'ont mis en apprentissage chez un fondeur. Lorsqu'il a enfin quitté le couvent, je me suis fait connaître. Depuis, je vais le voir chaque semaine. » Elle eut un petit sourire triomphant.

« C'est alors que Sepultus est venu habiter avec vous et qu'il a cherché un fondeur pour l'aider dans son travail ?

— Comment le savez-vous ? fit-elle, les yeux écarquillés.

— Simple déduction.

— Si je ne vous en ai rien dit, c'était que je ne voulais pas que David soit mêlé à cette horrible histoire.

— Madame, votre fils pourrait être en danger si d'autres apprenaient le rôle qu'il y a joué. Or il n'a rien à craindre s'il s'est borné à faire honnêtement son travail. »

Elle se leva à demi. « En danger ? David en danger ? »

J'acquiesçai. « Et si vous me dites où il est, le comte Cromwell le fera protéger, tout comme vous. »

Elle n'hésita pas : « Il s'appelle David Harper. C'était mon nom de jeune fille. Il travaille de temps en temps pour Peter Leighton, à Lothbury. C'était avec Leighton que travaillait Sepultus.

— Et maître Leighton est spécialisé dans les réparations des conduites d'eau ?

— Comment le savez-vous ?

— Simple déduction, là encore. »

Elle se leva. « Je vais aller voir David tout de suite. L'avertir.

Il faut que je lui annonce votre visite : les fondeurs se serrent les coudes, vous savez.

— Fort bien. Mais il faut que je le voie, ainsi que Leighton, son patron.

— Où puis-je vous envoyer un message ? »

Je lui donnai mon adresse.

« Vous nous aiderez, messire ? » demanda-t-elle d'une voix tremblante comme une mère inquiète, toute aigreur oubliée.

« Je ferai tout ce qui est en mon pouvoir, je vous le promets. Et je parlerai au garde, pour m'assurer qu'il reste vigilant. Dites-lui de vous accompagner à Lothbury. Fermez bien toutes vos portes. » Je me rappelai l'arbalète. « Et vos volets aussi.

— Mais… il fait si chaud…

— C'est plus sûr. »

Le grêlé, et maintenant ce jeune gaillard. Je me souvins des deux séries d'empreintes. Je m'étais douté qu'ils étaient deux.

17

Atteindre les degrés près de la Tamise fut un réel soulagement. La marée haute recouvrait momentanément la boue nauséabonde et une brise bienvenue soufflait du fleuve. Je laissai mon cheval aux petites écuries et regardai les hauts entrepôts de la Ligue hanséatique pour laquelle travaillait mon cher confrère Bealknap. Les anciens privilèges autorisant ces marchands allemands à commercer avec les ports de la Baltique étaient de plus en plus souvent bafoués par les navires des marchands aventuriers anglais comme celui qui avait rapporté l'eau-de-vie de Pologne. Bealknap pouvait avoir eu connaissance de cette substance par ses accointances dans le monde du négoce, et peut-être était-ce par lui qu'elle était parvenue jusqu'aux Gristwood.

Je fis glisser sur mon épaule la courroie de ma sacoche pleine de livres, qui commençait à se faire lourde. Partout sur la Tamise glissaient des voiles aux couleurs vives. Ces navires transportaient non seulement des passagers se rendant à Southwark ou en revenant, mais aussi des gens plus aisés qui avaient loué des bateaux couverts pour se promener sur l'eau et profiter de la brise. Lady Honor et ses suivantes étaient-elles du nombre ?

Quelqu'un me toucha l'épaule. Je me retournai : c'était Barak.

« Avez-vous trouvé quelque chose à l'hôtel de ville ? demandai-je d'un ton sec : je lui en voulais encore de son attitude envers Guy.

— J'ai apporté une liste des fondeurs qui travaillent sur les conduites d'eau. » Il avait l'air un peu penaud. Commençait-il à se rendre compte que ses manières brutales n'étaient guère compatibles avec une enquête aussi délicate ?

« Quant à moi, j'ai pu obtenir l'information que je désirais auprès de dame Gristwood. » Je lui répétai notre conversation. Il me passa sa liste, où le nom de Peter Leighton figurait en bonne place.

« Parfait. Voilà qui est fort utile, car cela confirme que nous suivons la bonne piste.

— Je suis aussi allé à la Vieille Barge, dit Barak. J'ai demandé que les messages soient envoyés à la fois là-bas et chez vous. Il y en a un du secrétaire de Cromwell. Bealknap travaille de temps en temps pour les marchands de la Hanse ainsi que pour des Français. Il s'agit d'une tâche de routine, puisqu'il déclare les importations à l'hôtel des Douanes.

— Je me demande combien il prélève au passage.

— Le lien avec les Français est dangereux. » Il me regarda d'un air grave. « Vous imaginez des bateaux boutefeux français remontant la Tamise ?

— Je préfère ne pas y penser.

— À propos, je me suis rappelé l'endroit où j'avais vu Bealknap. »

Je le regardai avec intérêt. « Où donc ?

— Je vous ai dit que l'homme que ma mère a épousé après la mort de mon père était greffier, vous vous en souvenez ? Eh bien, c'était un des témoins à décharge de notre ami Bealknap. Je me souviens de Bealknap venant chez nous pour lui demander d'affirmer qu'il connaissait tel ou tel coquin qui avait plaidé le bénéfice de clergie et était enfermé dans la prison de l'évêque.

— Vous vous le rappelez clairement ? demandai-je avec empressement. Assez clairement pour le jurer devant le tribunal ?

— Assurément, maintenant que vous avez rafraîchi ma mémoire.

— Quel âge aviez-vous ?

— Environ dix ans. »

Je me frottai le menton. « Hélas ! il n'est pas sûr qu'un tribunal accepte votre témoignage. Avez-vous encore des relations avec votre mère et votre beau-père ?

— Non. » Barak rougit. « Cela fait des années que je ne les ai vus. » Les coins de sa grande bouche, généralement rieuse, s'abaissèrent.

« Mais même dans ces conditions, cela nous donne prise sur ce pendard de Bealknap. Bien joué, Barak. » Je guettai sa réaction à un compliment de cette sorte, mais il se borna à hocher la tête. Je décidai alors de le pousser dans ses retranchements.

« Vous savez que je suis allé voir les Wentworth ce matin.

— Oui.

— Pouvez-vous forcer une serrure ? »

Il haussa les sourcils. « Ma foi, assez aisément.

— C'est ce que je pensais. » Je lui résumai l'entrevue chez sir Edwin. Il siffla quand je lui parlai de l'odeur qui sortait du puits.

« Je voudrais que nous entrions dans le jardin à la nuit tombée et que nous ouvrions ces cadenas, puis que vous descendiez voir ce qu'il y a au fond. Il nous faudrait une échelle de corde. »

Il se mit à rire. « Morbleu, comme vous y allez ! Ce n'est pas rien, cela !

— Le comte en exige bien davantage de moi. Alors ? Votre aide dans l'affaire Wentworth faisait partie du marché, Barak.

— Soit. Je suis votre débiteur, car je suppose que je vous ai mis dans l'embarras vis-à-vis de votre ami. » Je compris que c'était là sa manière de s'excuser.

À ce moment précis, un bachot couvert d'un dais accosta, déposant au bas des marches deux marchands flamands bien mis. Barak et moi prîmes leur place et le batelier se dirigea vers le milieu du fleuve. C'était très agréable de se trouver sur l'eau lisse et brune. Je regardai les cygnes qui se balançaient près de la rive. On entendait des éclats de rire venant des bateaux à l'entour et, au-dessus de nous, les cris des mouettes.

« Votre procès contre Bealknap a lieu demain, non ? s'enquit Barak.

— Ne m'en parlez pas. Il faut que je passe la soirée à le préparer. Mais cela me donnera encore une occasion de le questionner.

— Et que signifie le rang des sergents comme Marchamount ?

— Les sergents sont les seuls à avoir le droit d'être entendus à la cour des plaids communs. Ils sont nommés par la couronne et les autres juges. Quant aux juges eux-mêmes, ils sont toujours choisis parmi les sergents.

— On vous a déjà pressenti ?

— Ce sont des choses qui se règlent en secret, dans la coulisse », répondis-je en haussant les épaules.

Le bruit perçant d'une trompette me fit sursauter. Au milieu du fleuve, les bateaux firent force rame pour s'écarter et laisser la place libre à une énorme barge dorée, sur laquelle était tendu un dais. Une douzaine de rameurs portant la livrée royale avançaient rapidement au rythme d'un tambour. Notre bachot oscilla violemment dans le sillage de la barge royale et, comme les passagers de tous les autres bateaux, nous nous hâtâmes de nous découvrir et de baisser la tête. Les rideaux étaient tirés pour protéger le roi du soleil. Cromwell était-il là avec lui, ou peut-être Catherine Howard ? La barge fila en amont, vers Whitehall.

« Il paraît que si la reine Anne tombe il y aura encore des changements religieux, dit notre batelier.

— Peut-être, répliquai-je sans me compromettre.

— Pour nous autres petites gens, c'est difficile de suivre tout ça. » Et il baissa la tête vers ses rames.

Le bateau nous déposa devant les degrés de St Mary Overy, que je gravis derrière Barak jusqu'au quai. Le palais de Winchester apparut tandis que nous montions l'escalier glissant. Je m'arrêtai un instant pour reprendre mon souffle et regardai la façade de l'imposante demeure normande, dont la gigantesque fenêtre à la rose étincelait sous le soleil de midi. L'évêque de Winchester possédait la majeure partie de Southwark, y compris les bordels. Ce palais était sa résidence londonienne, et on disait que le roi avait maintes fois dîné chez lui ce printemps avec Catherine Howard. Je me demandai quels complots contre Cromwell avaient été ourdis dans cette demeure.

Barak se mit à longer le haut mur latéral du palais en direction de l'est. Je le suivis.

« Vous êtes déjà venu à Southwark ? me demanda-t-il.

— Non. » J'avais souvent emprunté la route du Surrey, mais sans jamais m'aventurer dans le dédale des ruelles qui se trouvaient au-delà, repaires de ribaudes et de criminels. Barak avançait d'un pas assuré. Il me gratifia de l'un de ses sourires narquois.

« Vous êtes déjà allé dans un bordel ?

— Oui, répliquai-je sèchement. Mais plus élégant.

— Je vois : avec des jardins et des coins ombragés ?

— Quand j'étais étudiant et béjaune.

— Les poules de Winchester peuvent être des volailles très timides si elles vous prennent pour un agent de l'administration. Si, avant d'avoir été admis dans la maison, nous lâchons la moindre allusion qui leur laisse à penser que nous en voulons à autre chose qu'à leurs fesses, vous les verrez s'enfuir à tire-d'aile. Réglez votre conduite sur la mienne, ajouta mon compagnon en me regardant sérieusement.

— Soit.

— Ôtez votre toge, sinon vous allez leur faire peur. Nous nous présenterons comme des clients. Je suis votre valet et je vous ai amené de ce côté-ci de la

Tamise parce que vous vouliez vous divertir un peu. La patronne nous invitera à boire avec ses filles ; si elle vous offre à manger, acceptez, même si ça coûte cher. C'est leur seule façon de faire des bénéfices puisque les filles sont bon marché, ici.

— Fort bien. »

J'ôtai ma robe avec soulagement et l'enfouis dans ma sacoche.

« Quand nous serons entrés, je demanderai Bathsheba Green en disant qu'elle nous a été recommandée. Et une fois seul avec elle, vous pourrez l'interroger. Si j'étais vous, j'éviterais la familiarité parce que ces endroits sont renommés pour le mal français.

— Comment savez-vous qu'elle est pensionnaire ici ?

— J'ai bavardé avec les gamins des rues, je les ai déjà payés pour qu'ils surveillent certaines maisons à ma place. » Il sourit et baissa la voix. « Un membre de la faction conservatrice, un très saint clerc, fréquentait l'une des maisons à gitons du quartier. Ce renseignement a été très utile à mon maître. »

Je secouai la tête. « Il ne recule donc devant rien ?

— Pas devant grand-chose. Les gamins connaissent les horaires de Bathsheba. Elle sera là cet après-midi. »

Nous passâmes devant des venelles en terre bordées de petites maisons en bois, et encombrées de détritus nauséabonds où les chiens et les cochons venaient gratter pour trouver à manger. La puanteur des tanneries de Southwark rendait l'air chaud encore plus lourd. Conformément aux règlements en vigueur à Southwark, les bordels étaient peints en blanc, se détachant ainsi sur le torchis crasseux des autres logis. Au-dessus de chaque porte se trouvait une enseigne évocatrice : Adam et Ève nus, un lit, une chemise de nuit. Nous nous arrêtâmes devant une maison de piètre apparence à la peinture écaillée. Une mitre était grossièrement peinte sur l'enseigne. Les volets étaient fermés. De l'intérieur nous parvinrent de bruyants éclats de rire masculins. Après avoir écarté à coups de pied deux ou trois ribaudes accroupies devant la porte, Barak frappa avec assurance.

Une femme entre deux âges nous ouvrit. Petite et trapue, elle avait un visage carré assez laid entouré de cheveux roux frisés. Elle portait sur la joue la marque au fer des putains de Londres, qui tranchait sur sa peau blanche. Elle nous examina d'un œil soupçonneux.

« Bonjour, madame, dit Barak. J'ai amené mon maître de la Cité. Il préfère les maisons tranquilles. »

Elle m'étudia de la tête aux pieds puis hocha la tête et dit : « Entrez. »

Nous la suivîmes dans une pièce sombre où il faisait encore plus chaud que dans la rue. L'encens à bon marché qui brûlait dans un coin dissimulait mal l'odeur âcre des corps mal lavés et des chandelles de mauvaise qualité. Celles qui étaient allumées sur la table fumaient, éclairant deux hommes entre deux âges eux aussi, sans doute des boutiquiers, à leur aspect. L'un était gros, avec une mine joviale ; l'autre mince et mal à l'aise. Une fille était assise à côté de chacun d'eux, une créature avenante pour le gros homme et une jeune fille d'environ seize ans, à l'air inquiet, pour son compagnon. Ainsi installées devant la table, elles avaient un aspect plus étrange qu'érotique.

La patronne désigna un buffet devant lequel un garçon maigrelet en justaucorps graisseux attendait à côté d'un tonnelet de bière. « Voulez-vous manger quelque chose avec nous, monsieur ?

— De bon cœur. » Elle fit un signe au garçon qui emplit deux chopes de bière et vint les poser sur la table. La ribaude potelée se pencha et glissa à l'oreille du gros homme quelque chose qui le fit éclater d'un rire gras.

« Ça fera deux pence chacun, messieurs », dit la patronne. Je lui passai les pièces qu'elle examina soigneusement avant de les glisser dans une bourse pendue à sa ceinture. Elle nous adressa alors un sourire, une fente rouge découvrant des dents gâtées.

« Mettez-vous à l'aise. Je vais chercher deux autres filles pour se joindre à nous, et le déjeuner sera joyeux.

— Une seule, pour mon maître, dit Barak. Il est timide et en veut une gentille qui le traitera avec douceur. On a entendu parler d'une certaine Sheba, ou Bathsheba, qui travaille ici. »

Les yeux de la patronne s'étrécirent aussitôt : « Qui vous a dit ça ?

— Quelqu'un à l'hôtel de ville, répondis-je.

— De quelle compagnie ?

— Je ne m'en souviens pas. C'était pendant l'un des dîners. » Je me forçai à sourire. « Je les aime douces et il m'a dit que Bathsheba était agréable. Je paierai plus cher pour une fille douce.

— Je vais voir. » Elle disparut par une porte intérieure.

« La mienne est douce et ronde à souhait ! s'exclama le gros boutiquier. Pas vrai, Mary ? » La fille lui adressa un clin d'œil, se mit à rire et lui jeta un bras autour du cou, ce qui fit trembloter ses gros seins veinés de bleu.

J'entendis la patronne appeler quelque part à l'intérieur de la maison. « Daniel, arrive ici ! » Le garçon se précipita et je ne perçus plus que des chuchotis. Une minute plus tard, la patronne revint et me sourit à nouveau.

« Bathsheba va vous recevoir dans sa chambre, monsieur. Emportez votre chope si vous voulez.

— Merci, je préfère la laisser ici. » Je me levai, m'efforçant de paraître empressé.

« Vous ne voulez pas perdre de temps à boire, hein ! » gloussa le gros bonhomme.

La patronne me conduisit dans un couloir sombre où plusieurs portes étaient fermées. Ses pas lourds résonnaient sur le parquet aux lames inégales. Soudain, j'eus peur, me rendant compte que j'étais seul. Je sursautai en entendant une porte s'ouvrir, mais ce n'était qu'une prostituée fanée qui jeta un coup d'œil et se hâta de refermer la porte en la claquant. La patronne frappa à une autre. « Voilà, Bathsheba », dit-elle avec son horrible sourire en me faisant entrer. Elle referma derrière elle, mais je ne l'entendis pas repartir. Elle devait être restée là à écouter.

La pièce était petite et pauvrement meublée d'un coffre très ordinaire et d'un grand lit bas à roulettes. Malgré les volets entrouverts, une odeur de sueur flottait dans la pièce. Une fille était couchée sur le lit. Je ne sais pourquoi, mais j'avais imaginé que Bathsheba était jolie. Or, bien qu'elle fût jeune, elle avait des traits lourds et empâtés, un teint bistre et des cheveux noirs. Son visage m'était curieusement familier, bien que je ne puisse pas le situer. Elle n'avait fait aucun effort de coquetterie et était étendue là, vêtue d'une vieille robe tachée, sans maquillage, les cheveux épars sur l'oreiller grisâtre. Ce qu'elle avait de plus beau, c'étaient ses grands yeux bruns et intelligents qui, cependant, me regardaient avec plus d'appréhension que d'intérêt. Sur une pommette s'étalait un large bleu, ainsi qu'une coupure encore fraîche.

« Bonjour, Bathsheba, commençai-je d'une voix calme, on m'a dit que vous étiez une gentille fille.

— Qui vous a raconté ça, monsieur ? demanda-t-elle d'une voix terrifiée.

— Quelqu'un que j'ai rencontré à l'hôtel de ville.

— Je n'ai eu qu'un seul client de votre condition, dit-elle. Et il est mort. » J'eus la surprise de voir qu'elle avait les larmes aux yeux. Les sentiments de Michael Gristwood pour elle semblaient avoir été payés de retour. Elle continua à me regarder d'un air craintif. Comment avait-elle compris si vite que je n'étais pas un client ordinaire ? J'étudiai quelques instants son visage anxieux, posai mon sac sur le bord du lit et m'assis avec circonspection.

« Je vous jure que je ne vous veux aucun mal, dis-je d'un ton apaisant. Mais je suis ici pour enquêter sur la mort de messire Gristwood. Je suis avocat.

— Je ne sais rien de sa mort, répondit-elle aussitôt.

— C'est bien ce que je pensais. Je voudrais seulement savoir de quoi il parlait avec vous. A-t-il évoqué son travail ? »

En la voyant regarder la porte, je baissai la voix. « Vous serez payée, je m'y engage. » Puis, après un silence, je repris : « Vous teniez l'un à l'autre ?

— Oui. » Une expression de défi apparut sur son visage. « Nous avions tous deux besoin de tendresse et nous nous en donnions. Cela ne plaisait pas à la mère

Neller que je me lie avec un client, mais ce sont des choses qui arrivent.

— Comment vous êtes-vous rencontrés ?

— Il est entré ici un jour avec d'autres agents des Augmentations, qui avaient traversé la Tamise pour s'amuser et avaient échoué ici. Michael m'a donné du plaisir, il m'a fait rire, et il est revenu tout seul. Sa femme lui menait la vie dure.

— Je l'ai rencontrée. C'est vrai qu'elle ne respire guère la gaieté.

— Mais il ne me parlait jamais de son travail. » Elle regarda à nouveau la porte. Sa pommette était bleu violacé. Je me demandai si c'était sa patronne qui l'avait frappée.

« Il ne vous a jamais parlé de certains papiers, ni d'un projet sur lequel il travaillait avec son frère ? demandai-je doucement.

— Je ne sais rien, répondit-elle d'une voix tremblante. Je l'ai déjà dit aux autres…

— Quels autres ?

— Ceux qui m'ont fait ça », répliqua-t-elle en indiquant sa joue.

On entendit au-dehors des pas lourds et des chuchotis. Je me rejetai en arrière tandis que la porte s'ouvrait à la volée. Deux hommes entrèrent dans la chambre. Un grand gaillard lourdaud et chauve armé d'un gourdin et un jeune homme trapu, ressemblant tellement à Bathsheba que ce ne pouvait être que son frère. Je le reconnus aussitôt : c'était lui que j'avais vu dans la cour des Gristwood. Il avait à la main un long poignard qu'il pointait vers ma gorge. J'aperçus le visage soucieux de la patronne avant que le grand gaillard ne referme la porte en se postant devant.

« Il ne t'a pas fait de mal, Sheba ? demanda le jeune homme sans me quitter des yeux.

— Non, George. Mais j'avais peur que le gamin ne te trouve pas à temps.

— Il t'a fait du mal ? répéta-t-il.

— Non. On a parlé. De Michael, une fois de plus.

— La peste soit de la mère Neller, qui laisse entrer tous ces pendards ! » Il se tourna vers moi. « Nous vous avons eu cette fois-ci, compagnon. Et il vous en cuira d'avoir frappé une femme sans défense. »

Je levai les mains. « C'est une erreur, je vous le jure. Je n'avais jamais vu cette fille.

— Vous, non, mais votre ami au visage grêlé, si. Celui qui est venu la semaine dernière et lui a fait ça. Il l'aurait tuée si le gamin n'était pas accouru pour me chercher. » Il se tourna vers sa sœur, les poings serrés. « Celui qui est dans l'autre pièce, c'est le grêlé ? Ou son complice, ce grand pendard avec des grosseurs sur le nez ?

— La mère Neller dit que non. Elle l'occupe.

— Un homme au visage grêlé ? demandai-je. Grand et très pâle ? Qui pose des questions sur Michael Gristwood ?

— Oui, votre complice. »

J'avais envie d'appeler Barak, mais le frère de Bathsheba semblait si nerveux qu'il était susceptible de me couper la gorge à tout moment. Je me forçai à parler calmement. « Je vous en prie, écoutez-moi. Cet homme-là est à mes trousses, il a essayé de m'assassiner hier. Je ne veux aucun mal à Bathsheba, je souhaitais juste lui parler de messire Gristwood…

— Lui aussi, il m'a posé des questions sur les papiers de Michael, les projets de son frère. Il prétend être avocat. »

Les yeux du jeune homme lancèrent de vifs éclairs de colère. « Je ne savais pas que les bossus pouvaient devenir avocats. » Il s'approcha de moi et posa de nouveau son poignard contre ma gorge. « Si vous êtes avocat, vous travaillez pour quelqu'un. Qui ?

— Lord Cromwell. Mon assistant a son sceau. »

Le frère de Bathsheba et le grand gaillard à la porte échangèrent un regard. « Oh ! George, gémit Bathsheba, qu'avons-nous fait ? »

Son frère m'empoigna le bras et me plaqua contre le mur du fond, la pointe du poignard appuyée contre ma gorge.

« Pourquoi ? Tudieu, en quoi cela le concerne-t-il ?

— George ! s'écria Bathsheba en se tordant les mains, il faut tout leur dire et s'en remettre à leur merci… »

Son frère se tourna vers elle, furieux. « À la merci de qui, de Cromwell ? Non, nous allons tuer le bossu et son acolyte, et nous jetterons les corps dans la Tamise. Il n'y aura aucune trace de leur passage ici… »

J'entendis hurler la maquerelle de l'autre côté de la porte, puis il se fit un grand branle-bas. L'homme au gourdin traversa la pièce en titubant et atterrit sur le lit de Bathsheba, qui se mit à crier tandis que la porte s'ouvrait brusquement. Barak se précipita dans la chambre brandissant son épée. Il l'abattit sur le poignard de George Green qui se tournait vers lui. Poussant un cri, le jeune homme laissa tomber son arme.

« Vous n'êtes pas blessé ? me demanda Barak.

— Non, soufflai-je.

— J'ai entendu ces gaillards dans le couloir, bien qu'ils aient essayé d'être discrets. » Il se tourna vers George, qui se tenait le bras. Du sang ruisselait entre ses doigts. « Ce n'est pas grand-chose, l'ami, juste une coupure. J'aurais pu te trancher le bras, mais je ne l'ai pas fait. En retour, tu me donneras bien quelques renseignements…

— Attention ! » hurlai-je. Le grand gaillard avait sauté du lit, brandissant son gourdin, pour l'abattre sur la tête de Barak. Je me jetai sur lui, le déséquilibrant. Il chancela et se cogna contre le mur. Comme Barak se retournait, George empoigna sa sœur terrorisée par la main, poussa les volets et sauta par la fenêtre. Bathsheba le suivit en criant. Le grand reprit son aplomb, laissa tomber son gourdin et s'enfuit par la porte ouverte.

Barak courut à la fenêtre. « Arrêtez ! » cria-t-il en sautant pour se lancer à la poursuite de Bathsheba et de son frère, qui disparurent au coin de la ruelle. Je m'assis sur le lit crasseux, m'efforçant de reprendre mes esprits. Au bout de quelques instants, je me rendis compte qu'un silence total régnait dans la maison. Tout le monde avait-il donc pris la fuite ? Je me levai, ramassai le poignard de George et retournai dans la salle à manger. Les filles et leurs clients avaient disparu. La patronne était assise toute seule à la table, la tête entre les mains. Sa tignasse rousse, une perruque en réalité, reposait au milieu des chopes. Ses véritables cheveux étaient gris et rares.

« Alors, madame ? » dis-je.

Elle leva les yeux vers moi, la mine accablée. « Est-ce la fin de cette maison ?

— Pas forcément. Si vous m'en disiez davantage sur les relations entre Bathsheba et Michael Gristwood ? Et sur l'agression dont elle a été victime ? Est-ce pour cette raison que vous étiez inquiète lorsque nous avons demandé après elle ? »

Elle hocha la tête et me regarda d'un air craintif. « Je vous ai entendu mentionner le nom de Cromwell, chuchota-t-elle.

— Je travaille pour lui. Mais il n'a que faire des maisons de prostitution de Southwark, du moment que leurs propriétaires ne lui causent pas d'ennuis.

— Les filles ne doivent pas s'attacher à leurs clients, dit-elle en secouant la tête. Ça arrive parfois quand une fille n'est pas jolie, ou qu'elle n'est plus toute fraîche. Bathsheba a plus de vingt-cinq ans. Parfois, elles s'imaginent qu'elles sont amoureuses. Non que j'aie eu quelque chose contre Michael Gristwood. Pour un homme de loi, c'était un gai luron. Nous avons passé certains après-midi à bien rire autour de cette table. Mais, quand il était seul avec Bathsheba, il se mettait à pleurer et à se plaindre de ses malheurs. » Sa bouche prit un pli amer. « J'aurais bien voulu le voir à ma place, avec une marque comme celle-ci. » Elle désigna sa joue, sur laquelle la cicatrice du fer se voyait clairement malgré la pénombre ; on avait dû frotter la brûlure avec des cendres pour s'assurer qu'elle ne s'effacerait jamais.

« Ainsi, vous avez découragé Bathsheba.

— Quand j'ai vu qu'ils s'attachaient trop, oui. Ces affaires-là finissent toujours mal. » Elle fixa sur moi ses yeux bleus et durs. « Bathsheba se faisait du souci à propos de ce que lui racontait Gristwood, je le savais. Il avait des ennuis, c'est sûr.

— Vous avez su lesquels ?

— Non. Bathsheba était muette comme une carpe. Et puis Michael a cessé de venir. Bathsheba s'est dit qu'il ne voulait plus la voir. Elle est allée se renseigner à Queenhithe et est revenue en pleurant comme une Madeleine parce qu'elle avait appris qu'il était mort. Je lui ai conseillé de partir se mettre à l'abri, de retourner à Hertford, d'où elle venait. Mais elle ne voulait pas quitter son frère. Il est passeur sur la Tamise.

— Ils sont très proches ?

— Comme les doigts de la main. Et puis, mardi dernier, deux hommes se sont présentés chez moi. Ils n'ont pas été malins comme vous. Ils ont dégainé leurs épées, ont dit aux filles de sortir et demandé après Bathsheba.

— Et l'un d'entre eux était un grand gaillard avec des cicatrices de petite vérole ?

— Oui. Il avait le visage aussi marqué qu'une table de boucher, son compagnon était une vilaine brute.

— Savez-vous qui les avait envoyés ?

— Non. » Elle se signa. « Le diable, peut-être, parce qu'ils avaient des trognes d'assassins. Les filles ont filé. J'ai envoyé le gamin chercher George, comme aujourd'hui. Il est venu avec une douzaine de compagnons. Seulement, le temps qu'ils arrivent, les autres avaient emmené Bathsheba dans sa chambre et le grêlé la battait. Quand les passeurs ont débarqué, les deux coquins ont filé.

— Ont-ils obtenu des informations de Bathsheba ? »

Elle haussa les épaules. « Je n'en sais rien. Je lui ai

donné l'ordre de partir d'ici. Si le bruit court qu'il y a des bagarres dans cette maison, ce sera la fin de tout. Certaines des pensionnaires sont déjà parties. Bathsheba est revenue me demander de la reprendre. Je manquais de filles, alors j'ai accepté. J'aurais mieux fait de m'abstenir. »

La porte s'ouvrit sur un Barak hors d'haleine. « Ils ont filé, annonça-t-il. Ils ont dû se cacher dans un trou à rats quelconque ! » Il regarda la mère Neller : « Qu'est-ce qu'elle raconte, cette vieille guenon ?

— Je vous le dirai dehors. » Je me levai, sortis ma bourse et posai une pièce d'or sur la table. « Il y en aura deux autres si vous me mandez le jour où Bathsheba reviendra, ou si vous apprenez où elle se trouve. Je ne lui veux aucun mal, je le répète. »

La mégère referma sa main sur la pièce. « Et je n'aurai pas d'ennuis avec le comte Cromwell ?

— Pas si vous faites ce que je vous dis. Vous pouvez me trouver à Chancery Lane.

— Fort bien », dit-elle à mi-voix en empochant la pièce. Et elle nous fit un bref signe de tête.

Suivi de Barak, je sortis et me dirigeai rapidement vers les escaliers du fleuve. Bien que tout fût calme, nous étions sur nos gardes. Il n'y avait pas de bateaux à l'embarcadère, le fleuve étant fort encombré. Barak s'assit sur la première marche et je l'imitai, faisant glisser la courroie de ma sacoche, qui recommençait à me meurtrir l'épaule. Je lui racontai ce que m'avait dit la maquerelle. « À propos, ajoutai-je, merci de m'avoir sauvé la vie là-bas.

— Merci de m'avoir rendu la pareille. Ce coquin m'aurait écrabouillé la cervelle. Et ce puits ? Vous voulez le voir ce soir ?

— Non, je dois me rendre à Lincoln's Inn afin de préparer l'audience de demain. Et je veux aussi trouver des livres sur le feu grégeois. »

Il contempla le fleuve. Le soleil baissait à l'horizon et l'eau devenait argentée. « Demain, c'est le premier juin. Plus que neuf jours. Vous voyez que vous avez besoin de moi.

— Eh oui », avouai-je dans un grand soupir en croisant son regard. Il se mit à rire.

« Puis-je vous demander de me rendre un service ce soir ? Je voudrais que vous demandiez dans les tavernes de Lothbury si quelqu'un sait quoi que ce soit sur la famille Wentworth, s'il y a des bruits qui courent. Vous le ferez ?

— Pourquoi pas ? J'aime passer mes soirées à boire. Je peux aussi aller dans les tavernes de marins pour me renseigner sur cette boisson polonaise. »

Je regardai le palais de l'évêque. Des domestiques en livrée s'affairaient à l'extérieur et déroulaient un grand tapis rouge. « On dirait que monseigneur Gardiner attend des visites. Ah ! voici un bachot. Profitons-en. »

18

BARAK ET MOI SOUPÂMES DE BONNE HEURE à Chancery Lane. Notre aventure nous avait épuisés, mais l'atmosphère entre nous était plus détendue même si nous ne parlions guère. Barak repartit aussitôt pour la Cité afin d'essayer de glaner des informations dans les tavernes. Il y en avait à Londres autant que d'églises, et je me doutais qu'il s'était déjà livré à ce genre de tournée pour le compte de Cromwell. Une occupation qui pouvait se révéler dangereuse. Entre-temps, j'avais le procès Bealknap à préparer, et il fallait que je consulte certains ouvrages à la bibliothèque de Chancery Lane. Je me levai à contrecœur et passai une fois de plus ma robe noire.

Au-dehors, le jour déclinait. C'était l'un de ces couchers de soleil éclatants qui terminent parfois une chaude journée. Je levai la main pour me protéger les yeux en débouchant dans la rue et examinai les alentours en quête d'éventuels inconnus inquiétants. Je fis le trajet d'un bon pas dans une rue vide et ne fus pas fâché de franchir la porte d'entrée de Lincoln's Inn.

Un long carrosse bleu attendait dans la cour ; les chevaux mangeaient placidement, le nez dans leurs sacs à fourrage pendant que le cocher somnolait sur son siège. Un visiteur de haut rang… Pourvu que ce ne soit pas encore Norfolk.

De nombreuses fenêtres étaient éclairées par la douce lumière des chandelles, car les avocats travaillaient tard maintenant que la session judiciaire avait commencé. Une odeur de poussière montait des pavés ronds et le soleil couchant teintait en rouge vif les murs de brique de Gatehouse Court. Un groupe d'étudiants, de plaisants damoiseaux en pourpoint à crevés fort colorés, passèrent en riant, en route pour quelque goguette dans la Cité.

En tournant pour gagner mon bureau, j'avisai deux personnes assises sur un banc devant le hall et, à ma grande surprise, je reconnus Marchamount et lady Honor. Marchamount se penchait vers elle et parlait d'une voix basse et pressante. Je ne voyais pas le visage de lady Honor, mais toute son attitude exprimait la tension. Je me glissai discrètement derrière l'un des piliers de la voûte pour les observer. Au bout d'un moment, Marchamount se leva, salua sa compagne et s'éloigna rapidement, le visage froid et crispé. Après un instant d'hésitation, je m'approchai de lady Honor, ôtai ma toque et m'inclinai profondément. Elle portait une robe de soie aux larges manches bouffantes, au corselet brodé de fleurs. Je devais avoir piètre figure, car je transpirais et je n'avais toujours pas trouvé le temps d'aller chez le barbier. Peut-être allait-elle penser que je sacrifiais à la mode et me laissais pousser la barbe ?

« Vous voici donc à nouveau parmi nous, madame. »

Elle leva les yeux vers moi, repoussa une mèche de cheveux sous son élégante coiffe à la française. « Encore un entretien avec ce bon sergent Marchamount. » Elle sourit doucement. « Asseyez-vous un instant à côté de moi. Vous venez à mon banquet demain ? »

Je pris la place de Marchamount sur le banc et respirai le léger parfum exotique qu'elle utilisait. « Je m'en fais une joie, lady Honor.

— Quel endroit paisible ! dit-elle en regardant la cour. Mon grand-père a étudié ici — oh, il y a bien soixante-dix ans. Lord Vaughan de Hartham. Il est tombé à Bosworth. » Des éclats de rire bruyants retentirent tandis que deux étudiants passaient. Lady Honor sourit. « Il devait ressembler à ces jeunes gens. Il est venu ici acquérir des rudiments de droit pour administrer ses domaines, mais il s'intéressait probablement davantage aux fêtes de la Cité.

— Certaines choses ne changent pas, bien que le monde où nous vivons soit sens dessus dessous.

— Oh, si ! dit-elle avec une insistance soudaine. Aujourd'hui, ces étudiants sont d'origine bourgeoise, et non point aristocratique. Ils s'amusent, mais quand ils s'établiront ce sera pour essayer de faire fortune, ce qui est l'unique préoccupation des hommes aujourd'hui. » Elle fronça soudain les sourcils, et deux fossettes mélancoliques se creusèrent aux coins de ses lèvres. « Même ceux que l'on fréquente ne sont pas toujours aussi honnêtes qu'on l'imaginait.

— Voilà qui est fâcheux. »

Sans doute pensait-elle à Marchamount. Elle ne savait pas que je les avais vus ensemble. Je me sentis coupable de les avoir épiés.

« En effet. Mais je ne pense pas que vous, vous fassiez partie de ces grippe-sou. Vous semblez avoir une vie intérieure qui s'accorde mal avec ce genre de préoccupation. »

Je me mis à rire. « Qui sait ? Vous êtes perspicace, lady Honor.

— Pas toujours autant que je le devrais. » Elle garda le silence quelques instants. « Il paraît qu'un de vos amis a adressé hier au duc de Norfolk quelques remarques sévères. Il doit être très courageux ou très sot.

— Comment avez-vous appris cela ?

— J'ai mes sources », répondit-elle. Sans doute par Marchamount, pensai-je. Elle semblait aimer les mystères.

« Peut-être courageux et sot à la fois, dis-je.

— Peut-on être les deux ?

— Je le pense. Godfrey est un farouche partisan de la Réforme.

— Et vous ? Si vous êtes un homme de Cromwell, vous devez aussi être partisan de la Réforme.

— Quand j'étais jeune, j'étais fasciné par les écrits d'Érasme. J'aimais sa vision d'un État paisible où les hommes adoraient Dieu en toute harmonie, débarrassés des abus de l'ancienne Église.

— Moi aussi, jadis, j'ai été séduite par Érasme. Pourtant, le monde n'a pas évolué comme il l'espérait, n'est-ce pas ? Martin Luther s'est lancé dans de violentes attaques contre l'Église, et l'Allemagne a été en proie à l'anarchie.

— Érasme s'est toujours abstenu de faire des commentaires sur Luther, en sa faveur ou à son encontre. Cela m'a toujours intrigué.

— Je crois qu'il était trop choqué par ce qui se passait. Pauvre Érasme. Il se plaisait souvent à citer saint Jean, chapitre 6, n'est-ce pas ? *C'est l'esprit qui vivifie, la chair ne sert de rien.* Mais les hommes obéissent à leurs passions, aujourd'hui comme hier, et comme demain. Et ils saisiront la première occasion de renverser l'autorité. Ainsi, ceux qui pensent que l'humanité est perfectible grâce à la seule raison sont-ils toujours déçus.

— Que voilà une conclusion désenchantée ! répliquai-je.

— Pardonnez-moi, je suis d'humeur mélancolique ce soir. Il faut m'excuser. Vous êtes sans doute venu ici pour travailler ; comme ces gens que je vois derrière toutes ces fenêtres, penchés sur leurs papiers à la lueur d'une chandelle. Mais je vous distrais de votre travail…

— Une agréable distraction. » Elle inclina la tête et sourit en entendant le compliment. Après un instant d'hésitation, je poursuivis : « Lady Honor, j'aimerais vous poser une question.

— Je sais. Je m'y attendais, dit-elle en levant une main. Mais, de grâce, pas ce soir. Je suis fatiguée, de méchante humeur, et je dois rentrer. » Elle me regarda d'un air grave. « J'ai entendu dire qu'il était mort. Michael Gristwood. Son frère aussi. C'est Gabriel qui m'a appris la nouvelle, et m'a avertie que je recevrais votre visite.

— Ils ont été assassinés tous les deux.

— Je sais. Mais souffrez que nous ne parlions pas de cela ce soir.

— C'est votre carrosse qui se trouve dans la cour ?

— Oui. Nous parlerons demain, messire Shardlake. C'est promis. »

J'aurais dû insister, mais je me bornai à me lever dans le même élan qu'elle et m'inclinai. Elle s'éloigna gracieusement vers la porte du Collège, sa large jupe balayant les pavés. Je fis demi-tour et me dirigeai vers mon cabinet, où brillait une lumière à la fenêtre de Godfrey.

Assis à son bureau, mon ami examinait les papiers d'une de mes affaires, les sourcils froncés, le nez chaussé de petites lunettes rondes qui lui donnaient un air savant et le vieillissaient. Des papillons voletaient autour de sa chandelle et se brûlaient les ailes comme toujours, les sottes créatures. Les cheveux blonds de Godfrey se dressaient sur sa tête là où il y avait passé la main.

« Est-ce pour moi que tu veilles si tard ? demandai-je en souriant.

— Je suis venu travailler de mon propre chef, dit-il en opinant. Cela me distrait. » Il soupira. « J'ai appris aujourd'hui que j'étais convoqué devant le Trésorier en personne pour justifier ma conduite. Je m'attends à une amende considérable. » Il sourit avec tristesse. « Aussi, ce travail supplémentaire que tu me fournis vient à point. J'aimerais seulement que Skelly soit capable de mettre les documents en ordre. Il essaie, le pauvre bougre, mais sans résultat.

— Tu as pris des risques en provoquant Norfolk », dis-je.

Il secoua la tête et ses verres étincelèrent à la lumière des chandelles. « Je ne l'ai pas provoqué. J'ai défendu la parole de Dieu. Est-ce un crime ?

— Tout est dans la manière. La maladresse de certains les a conduits au bûcher. »

Son visage se ferma. « Qu'est-ce qu'une demi-heure de souffrance contre la félicité éternelle ?

— Facile à dire. »

Il soupira et ses épaules s'affaissèrent. « Je sais. Un autre prédicateur protestant a été arrêté hier. Je me demande si j'aurais le courage d'affronter le bûcher. J'ai assisté au supplice de John Lambert, tu t'en souviens ?

— Oui. » Je me rappelai l'évocation que Barak avait faite de l'héroïque martyr.

« J'avais voulu me fortifier en observant son courage. Et il a été aussi brave que peut l'être un homme. Malgré tout, ce fut un spectacle abominable.

— C'est toujours abominable.

— Je me souviens que le vent s'est levé et qu'il a dispersé sur la foule des parcelles de suie grasse. Lambert était déjà mort. Pourtant, certains méritent leur sort, s'emporta Godfrey, sous l'effet d'une soudaine bouffée de rage. J'ai vu brûler le frère Forest, ce renégat papiste. » Il serra les poings. « J'ai vu le sang suinter de son corps jusqu'à ce que son âme aille s'abîmer en enfer. Parfois, c'est nécessaire. Les papistes ne l'emporteront pas. » Son visage avait pris à nouveau cette expression fanatique et inflexible, et je frissonnai en voyant qu'un homme pouvait ainsi passer d'un instant à l'autre de la douceur à la plus implacable cruauté.

« Il faut que je parte, Godfrey, murmurai-je. Il faut que je prépare le procès du Conseil de la Cité contre Bealknap. » Je regardai son visage buté. « Mais si l'amende est lourde et te met en difficulté, n'hésite pas à me demander mon aide. »

Son expression se radoucit. « Merci, Matthew, dit-il en secouant la tête. Il est vraiment regrettable que les profits de la dissolution aillent à des gens comme Bealknap, bassement intéressés, au lieu d'être affectés à la fondation d'hôpitaux et d'écoles chrétiennes au service de l'État.

— Assurément », répondis-je. Puis je me souvins des paroles de lady Honor, selon lesquelles la fortune seule comptait pour les hommes.

Je travaillai deux heures sur mon affaire, révisant des notes de procès antérieurs et traçant les grandes lignes de mon argumentation. Puis je rassemblai mes papiers dans mon sac, le mis sur mon épaule et me dirigeai vers la bibliothèque, de l'autre côté de la rue. Je voulais poursuivre la piste indiquée par l'assortiment de documents que Gristwood avait empruntés à St Bartholomew, selon lesquels, plusieurs siècles avant les Byzantins, les Romains connaissaient un liquide ressemblant au feu grégeois. Quelle était cette substance que les Romains avaient été incapables d'exploiter au contraire des Byzantins ? C'était étrange, compte tenu de l'efficacité de leurs forces armées.

La plupart des fenêtres étaient sombres à présent, hormis celle de la bibliothèque, où brillait une lueur jaune. J'entrai. Les imposantes étagères se dressaient tout autour de moi dans la pénombre. L'unique lumière venait du bureau derrière lequel travaillait maître Rowley, le bibliothécaire, entouré d'un cercle de chandelles. L'homme était un vieil érudit qui n'aimait rien tant que s'absorber dans l'étude d'ouvrages juridiques, et pour l'heure il était plongé dans un volume de Bracton. Jamais il ne s'était aventuré dans une salle d'audience, mais il avait cependant une connaissance encyclopédique de la jurisprudence, si bien que les sergents venaient souvent le consulter discrètement. En me voyant approcher, il se leva et me salua.

« Puis-je prendre une chandelle, maître Rowley ? Je cherche plusieurs ouvrages. »

Il sourit avec empressement. « Puis-je vous aider à en trouver certains en particulier ? Vous êtes spécialiste du droit de la propriété, messire Shardlake, n'est-ce pas ?

— Merci, Rowley, je ne pense pas avoir besoin de vous déranger ce soir. » Je pris une chandelle sur la crémaillère et l'allumai à celle qui se trouvait sur son bureau. Puis je me dirigeai vers les étagères où étaient rangés les livres concernant l'histoire et le droit romains. J'avais une liste de ceux auxquels les papiers faisaient allusion : Tite-Live, Plutarque, Lucullus. Les grands chroniqueurs.

Tous les ouvrages que je désirais manquaient. Il y avait comme une brèche dans l'alignement des livres, et la rangée était à moitié vide. Je fronçai les sourcils. Michael Gristwood était-il passé par ici avant moi ? Pourtant, on prêtait rarement les ouvrages, sauf aux doyens. Or Gristwood n'était que simple avocat. Le bureau de Rowley étant placé de façon stratégique, nul n'aurait pu sortir avec une demi-douzaine de livres sans qu'il le remarque. Je retournai à son bureau. Il leva les yeux avec un sourire interrogateur.

« Tous les ouvrages dont j'ai besoin sont sortis, Rowley. Chacun de ceux qui figurent sur cette liste. » Je la lui tendis. « Je suis surpris qu'on ait permis à quiconque d'en sortir autant. Pouvez-vous me dire qui les a empruntés ? »

Il examina la liste, les sourcils froncés. « Ces livres n'ont pas été empruntés, messire. Êtes-vous sûr qu'ils n'ont pas été déplacés par erreur ? » Il me regarda, cependant, je vis à son sourire gêné qu'il mentait.

« Il y a de grands vides sur l'étagère. Allons, Rowley, vous avez bien une liste des ouvrages sortis ? »

Mon ton sévère le mit mal à l'aise et il s'humecta les lèvres. « Je vais voir, messire », dit-il. Il fit semblant de consulter un papier puis soupira et me regarda à nouveau.

« Non, messire. Ces livres n'ont pas été empruntés. Le commis doit les avoir mal rangés. Je les ferai rechercher demain. »

J'éprouvai une bouffée de chagrin en voyant qu'il était capable de me mentir ainsi. Toutefois, je m'aperçus aussi qu'il avait peur.

« C'est une affaire sérieuse, maître Rowley. J'ai besoin de ces ouvrages et ils sont précieux. Je dois soulever la question auprès du conservateur de la bibliothèque.

— À votre aise, messire, dit-il en avalant sa salive.

— Je verrai donc messire Heath. » Mais la ou les personnes que Rowley redoutait lui faisaient beaucoup

plus peur que le conservateur. Il se borna à répéter :
« À votre aise. »

Je tournai les talons et sortis. Une fois dehors, je
serrai les poings et laissai échapper un juron. Où que
j'aille, quelqu'un m'avait précédé. En tout cas, j'avais
appris une chose : ce qui se trouvait dans ces ouvrages
avait un rapport avec l'histoire du feu grégeois. Il existait d'autres sources. J'irais à la bibliothèque de l'hôtel
de ville.

En me dirigeant vers la grille du porche, je
m'aperçus que le temps avait changé : l'air était lourd
et moite. Au moment où j'allais tourner dans la rue,
j'aperçus du coin de l'œil un mouvement à côté du
porche. Je fis volte-face prestement et vis un jeune
gaillard trapu, le visage rond, l'air balourd et le nez
couvert de grosses verrues. Il avait été un instant
éclairé par la lumière d'une fenêtre. Ma main alla à
la dague qui se trouvait à ma ceinture. Les yeux de
l'homme suivirent mon geste et il tourna les talons.
J'entendis son pas s'éloigner dans la rue.

Je me reculai sous le porche, le souffle court. Un
homme au nez couvert de grosseurs, avait dit George
Green. Je regardai tout autour pour voir si le grêlé était
là lui aussi, et essayai de percer l'ombre des murs du
Domus, en face, mais je ne vis personne. Le gaillard
avait dû me suivre jusqu'à la bibliothèque sans se faire
remarquer, et m'attendre pour m'agresser quand je
sortirais.

J'attendis encore un bref instant, puis remontai avec
précaution la rue sombre, l'oreille aux aguets. Ce fut
avec soulagement que j'ouvris la grille de chez moi,
mais je lâchai encore un juron en me rendant compte
que, désormais, il serait imprudent de sortir seul le soir.

19

L E LENDEMAIN MATIN, EN ME LEVANT, je vis que des nuages lourds s'amassaient au-dessus de la Cité. On était le premier juin. Plus que neuf jours avant la nouvelle comparution d'Elizabeth à l'Old Bailey et la démonstration du feu grégeois devant le roi.

Pendant le petit-déjeuner, je parlai à Barak des livres manquants et de l'homme tapi dans l'ombre à côté de Lincoln's Inn. À son tour, il me raconta sa tournée des tavernes, où il avait entendu dire que l'étrange boisson de la Baltique avait été vendue dans un estaminet du bord de la Tamise, à Billingsgate, The Blue Boar. Il s'était aussi rendu dans les tavernes de Walbrook, sans rencontrer toutefois aucun des domestiques des Wentworth. Ils avaient la réputation d'être sobres et pieux.

« J'ai bavardé avec un domestique de la maison d'à côté, mais il m'a seulement dit que les Wentworth restaient sur leur quant-à-soi. Il m'a rebattu les oreilles pendant une heure avec la disparition de son vieux chien, dont il ne se console pas.

— Vous avez eu une soirée bien occupée », dis-je. Or, malgré toute la bière qu'il avait dû avaler la veille, Barak avait l'air frais et dispos.

« Je me suis aussi enquis du grêlé et de l'homme aux verrues. Rien. Ils doivent être étrangers à la Cité. Je me demandais si on avait mis fin à leur mission, mais ce n'est pas le cas d'après ce que vous me dites. »

Joan entra, portant un message, dont je brisai le cachet.

« C'est de dame Gristwood. Elle nous retrouvera à Lothbury à midi. Si l'audience n'a pas de retard, nous pourrons y être à l'heure.

— Je vous accompagnerai d'abord à Westminster, si vous voulez. »

Je ne pouvais rien faire d'autre ce matin. « Merci. Je me sentirai plus en sécurité. Avez-vous une tenue sobre, noire ?

— Assurément. Je peux avoir l'air respectable, si besoin est.

— Ce soir, c'est le banquet de lady Honor. » Il cligna de l'œil. « Je parie que vous l'attendez avec impatience. »

Je grognai. Je n'avais pas parlé à Barak de notre rencontre à Lincoln's Inn. Il m'aurait reproché de ne pas l'avoir interrogée sur-le-champ. Et il aurait eu raison.

Comme nous descendions vers le fleuve pour prendre un bateau aux marches du Temple, je remarquai que les passants regardaient le ciel de plus en plus menaçant. L'air lourd et nauséabond me faisait déjà transpirer. Avec un peu de chance, l'orage ne tarderait pas trop. Malgré l'heure matinale, un petit attroupement s'était déjà formé à Fleet Street. Je me demandais ce qu'attendaient les badauds quand j'entendis le grincement de roues métalliques sur les pavés ronds et le cri de : « Courage, frères ! » C'était jour de pendaison. Une grande charrette tirée par quatre chevaux à côté de laquelle marchait un groupe de gardes vêtus de la livrée rouge et blanc de la Cité approcha. Elle se dirigeait vers Tyburn en passant par Fleet Street afin d'être vue du plus grand nombre, avertissant ainsi la populace du châtiment qui attendait ceux qui transgressaient la loi.

Nous laissâmes passer la charrette. Dedans se trouvaient une douzaine de prisonniers, les mains liées derrière le dos et la corde au cou. Elizabeth aurait pu se trouver parmi eux, et il n'était pas certain qu'elle ne serait pas du prochain convoi. Ce voyage était pour les condamnés le dernier. Il les menait au grand gibet de Tyburn, où l'on attacherait les cordes aux crochets des fourches. Puis on baisserait la plate-forme de la charrette et on ferait repartir les chevaux, laissant les prisonniers pendus par le cou. Ils seraient lentement étranglés à moins que des amis ne les tirent par les talons pour que leur nuque se brise.

La plupart d'entre eux faisaient ce dernier voyage la tête basse, mais un ou deux souriaient à la foule et saluaient avec une gaieté forcée terrible à voir. J'aperçus la vieille femme et son fils, condamnés pour avoir volé un cheval. Le jeune homme regardait fixement devant lui et son visage se contractait nerveusement, tandis que la tête grise de sa mère était appuyée sur sa poitrine. La charrette passa devant nous en grinçant.

« Il ne faut pas lanterner », dit Barak en se frayant un chemin dans la foule. « Je n'ai jamais aimé voir ça, ajouta-t-il à mi-voix. J'ai tiré sur les jambes d'un vieil ami à Tyburn, pour abréger sa dernière danse. » Il me regarda, l'air sérieux. « Quand voulez-vous que je descende dans ce puits ?

— J'aurais dit ce soir s'il n'y avait eu le banquet. Alors demain sans faute. »

Dans le bachot qui nous emmenait, j'éprouvai un pincement au cœur. Chaque jour de retard était un jour de plus dans la basse-fosse pour Elizabeth, un jour d'angoisse de plus pour Joseph. La masse de Westminster Hall apparut et je me forçai à me concentrer sur l'affaire Bealknap. Chaque chose en son temps, sinon je deviendrais fou. Barak me regarda bizarrement et je me rendis compte que j'avais parlé tout haut.

Comme toujours pendant la session judiciaire, il y avait foule dans la cour du palais de justice. Nous nous frayâmes un chemin jusqu'à la grande salle où, sous le gigantesque plafond, avocats et clients, libraires et badauds foulaient les dalles anciennes. Les spectateurs s'agglutinaient contre la barrière séparant le public du tribunal du banc du roi. De l'autre côté, une rangée d'avocats attendaient devant la barre en bois, face à une longue table chargée de papiers derrière laquelle siégeaient les membres du tribunal. Sous la tapisserie aux armes royales, le juge, assis dans son fauteuil à haut dossier, écoutait un avocat avec une expression d'ennui profond. Je fus déconcerté en reconnaissant le juge Heslop, un homme à la réputation de fainéant, dont je savais qu'il avait acheté un certain nombre de biens monastiques. Il y avait peu de chance qu'il se prononce contre un autre charognard. Je serrai les poings et me dis qu'aujourd'hui j'avais tiré une piètre carte pour la partie que j'allais jouer devant la cour. Néanmoins, après mes recherches de la veille au soir, j'étais en mesure de présenter des arguments qui auraient dû être concluants, toutes choses égales par ailleurs.

« Messire Shardlake ! » Je sursautai et me retournai pour aviser à côté de moi Vervey, l'un des avocats du Conseil de la Cité. C'était un homme sérieux et érudit, qui devait avoir mon âge, un partisan convaincu de la Réforme. Je le saluai. Il avait manifestement été mandé pour surveiller le déroulement de l'affaire, qui était importante pour la Cité.

« Heslop va fort vite en besogne, dit-il. Notre tour ne tardera guère. Bealknap est là. » Il me désigna du menton l'endroit où mon adversaire, impeccable dans sa robe noire, se trouvait à la barre avec d'autres avocats. Je me forçai à sourire et soulevai ma sacoche de mon épaule. « Je suis prêt. Attendez-moi ici, Barak. » Lequel regarda fixement mon compagnon et lança joyeusement : « Belle journée pour la chicane ! »

Je franchis la barrière de séparation, saluai les magistrats et pris place à la barre. Bealknap se pencha et je lui adressai un petit salut. Quelques minutes plus tard, l'affaire venant avant la nôtre se termina et les deux parties, dont l'une souriait et l'autre faisait triste mine, passèrent de l'autre côté de la barre. « Conseil de la Cité contre Bealknap », annonça un huissier.

Je commençai en disant que la fosse d'aisances, objet du litige, avait été mal construite et que les eaux usées qui filtraient dans les habitations mitoyennes constituaient une nuisance grave pour les locataires. Je soulignai le caractère fautif de l'aménagement de Bealknap. « Transformer les anciens monastères en habitations aussi dangereuses et insalubres va à l'encontre du bien commun et des ordonnances de la Cité », dis-je en conclusion.

Confortablement adossé à son fauteuil, Heslop m'adressa un regard lourd d'ennui. « Vous n'êtes pas à la cour de la chancellerie, mon cher confrère. Quels sont les enjeux juridiques ? »

Je vis le hochement de tête complaisant de Bealknap, mais je saisis la balle au bond. « Je ne faisais que commencer, Votre Honneur. Je peux vous citer cinq ou six affaires qui confirment la souveraineté du Conseil de la Cité sur les biens monastiques en cas de nuisance. » Je tendis des copies desdites affaires et en résumai les principaux arguments. Pendant que je parlais, je vis que les yeux du juge étaient vitreux, et mon cœur se serra. Quand un juge a cette expression-là, cela signifie qu'il a pris sa décision. Néanmoins, je poursuivis mon argumentation vaille que vaille. Lorsque j'eus terminé, Heslop grogna et fit un signe de tête à la partie adverse.

« Messire Bealknap, qu'avez-vous à dire ? »

Bealknap se leva et salua. Avec ses traits maigres rasés de frais et sa mine pleine d'assurance, il était l'image même de l'avocat respectable. Il hocha la tête et sourit, comme pour signifier : « Je suis un honnête homme qui va vous dire le fond de cette affaire. »

« Votre Honneur, commença-t-il, nous vivons une époque de grand changement pour notre ville. La chute des monastères a mis sur le marché pléthore de terrains. Les loyers sont bas et les hommes entreprenants doivent faire de leur mieux pour mettre leurs investissements à profit. Sinon, nous courons le danger de voir des sites monastiques tomber en ruine et devenir des repaires de vagabonds. »

Heslop approuva du chef. « Si fait, et c'est à la Cité que reviendra la charge de s'en occuper.

— J'ai ici un précédent qui, je crois, réglera l'affaire à la satisfaction de Votre Honneur. » Bealknap fit passer au juge un document. « *Frères prêcheurs contre le prieur d'Okeham*, Votre Honneur. Un procès de nuisance intenté au prieur, renvoyé devant le Conseil privé puisque le monastère était sous l'autorité du roi. Comme le sont tous les monastères aujourd'hui. Je tiens donc que lorsque se pose une question concernant la charte originelle, elle doit être soumise au roi. »

Heslop lut lentement le texte, hochant la tête. Je tournai les yeux vers la salle et me figeai en voyant un homme richement vêtu, encadré par deux valets, debout près de la barre. Les gens s'étaient écartés de quelques pas, comme s'ils redoutaient de l'approcher de trop près. Sir Richard Rich, en robe doublée de fourrure, me regardait fixement de ses yeux gris, froids comme une mer glacée.

Heslop leva les yeux. « Eh bien, mon cher confrère, je ne vous contredirai pas. Je crois que ce précédent tranche la question. »

Je me levai. « Votre Honneur, puis-je répondre à cela ? Les affaires que je vous ai soumises sont à la fois plus nombreuses et plus récentes… »

Heslop fit non de la tête. « Il m'incombe de choisir le précédent qui exprime le mieux le droit civil, et l'affaire citée par notre confrère Bealknap est la seule qui traite directement du problème de l'autorité royale...

— Mais notre confrère a acheté cette maison, Votre Honneur, donc un contrat est intervenu...

— J'ai un ordre du jour très chargé, mon cher confrère. L'affaire est entendue aux dépens du plaignant. »

Quand je quittai le tribunal, Bealknap souriait. Je regardai là où j'avais aperçu Rich tout à l'heure, mais il avait disparu. Je n'étais pas surpris de le voir à Westminster Hall, car son propre fief des Augmentations n'était pas loin, mais pourquoi m'avait-il fixé de la sorte ? Je rejoignis Vervey et Barak, qui m'attendaient ensemble. Je rougis en pensant qu'à deux reprises Barak m'avait vu perdre — l'affaire d'Elizabeth et celle-ci — alors qu'en général j'étais fier de mes succès. « Vous me portez le mauvais œil quand vous venez me voir plaider, lançai-je d'un ton maussade pour cacher mon embarras.

— Cette décision est monstrueuse ! s'écria Vervey avec indignation. Elle bafoue la loi.

— En effet. J'ai le regret de vous dire, monsieur, que je vous conseille de porter l'affaire devant la chancellerie, malgré le coût élevé que cela suppose. Sinon, ce jugement permettra à tous les acquéreurs de propriétés monastiques à Londres de faire fi des règlements de la Cité... »

D'un coup de coude, Barak m'avertit de me taire. Bealknap était arrivé à côté de moi. Je fronçai les sourcils. C'était manquer à l'étiquette que de s'approcher d'un confrère pendant qu'il était en conférence avec un client. Bealknap aussi avait les sourcils froncés et paraissait contrarié.

« Vous voulez porter l'affaire devant la chancellerie, mon cher confrère ? demanda-t-il. Mais vous perdriez à nouveau, voilà tout. Engager le Conseil de la Cité dans une procédure aussi coûteuse…

— Notre conversation était privée, Bealknap. Mais tel sera mon conseil, en effet. Ce jugement est inique et la cour d'équité le cassera. »

Il s'esclaffa pour bien faire sentir son incrédulité. « Vous avez une idée des délais d'attente à la cour de la chancellerie en ce moment ?

— Nous attendrons le temps qu'il faudra. » Je le fixai. Comme d'habitude, il évita de croiser mon regard. « Comment se fait-il que cette affaire ait été jugée par Heslop ? N'y aurait-il pas eu une petite circulation de pièces d'or de vous à lui ?

— Quelle calomnie ! s'indigna-t-il vertueusement.

— De votre part, je m'attends à tout, Bealknap, surtout quand il s'agit de votre intérêt. Mais à la chancellerie, les débats seront impartiaux. Et ne croyez pas que j'aie oublié l'autre affaire qui nous occupe. J'ai fait une petite enquête sur vos liens avec les marchands français. Ils paieraient très cher pour avoir la formule. »

Ses yeux s'écarquillèrent. « Jamais je ne…

— J'espère que non parce que, si vous avez trempé dans des affaires relevant de la trahison, Bealknap, vous vous apercevrez qu'à force de jouer avec le feu, on finit par s'y brûler. »

Pour la première fois, il parut déstabilisé. « Je n'ai pas fait cela. Je vous jure. Tout s'est passé comme je vous l'ai dit.

— Vraiment ? Eh bien, je le souhaite. »

Je m'écartai de lui. Il tapota sa robe, reprenant ses esprits, et me jeta un regard venimeux.

« Vous me paierez les dépens de cette affaire, mon cher confrère, dit-il avec un tremblement passager dans la voix. J'enverrai ma note de frais au Conseil de la Cité…

— Faites donc. »

Je lui tournai le dos et rejoignis Barak. Vervey, l'air très mal à l'aise, s'apprêtait à partir.

« Messire Vervey, je vais transmettre mon avis au Conseil. Sachez que je déplore cette décision. Je soupçonne le juge d'avoir été acheté.

— Je n'en serais pas autrement surpris, répondit-il. Je connais la réputation de Bealknap. Pouvez-vous nous mander votre avis dès que possible ? Les duplications de cette affaire vont inquiéter le Conseil.

— Certes. »

Vervey nous salua et disparut dans la cohue. « Qu'avez-vous dit à Bealknap ? demanda Barak. J'ai cru que vous alliez lui tordre le cou.

— Je l'ai prévenu que je l'avais toujours à l'œil. Et que j'avais fait ma petite enquête sur ses affaires avec les Français.

— Bealknap est sans aucun doute le vilain gueux qui est venu voir mon… mon beau-père. » Il laissa tomber le mot avec dégoût.

Je serrai les lèvres. « Croyez-vous pouvoir en apprendre davantage sur ses façons de fournir de faux témoins à décharge ? Pouvez-vous trouver un adulte qui serait disposé à témoigner ? Ce serait un moyen de faire pression sur lui… »

Je fus interrompu. Autour de nous, la foule s'agita et, quand je me retournai, je vis Rich s'avancer droit sur moi. Malgré son sourire, il me fixait aussi froidement que tout à l'heure.

« Mon cher confrère Shardlake et son assistant mal coiffé. » Il s'adressa à Barak. « Vous devriez faire l'effort de vous passer un peigne dans les cheveux, monsieur, avant de venir à une audience. » Barak lui rendit son regard sans ciller.

Rich se tourna vers moi. « Votre homme est bien impertinent. Vous devriez lui apprendre les bonnes manières. Et peut-être mieux les observer vous-même. »

Le regard de Rich visait à me décontenancer, mais je tins bon.

« Pardonnez-moi, sir Richard, mais je ne comprends pas ce que vous voulez dire.

— Vous vous mêlez d'affaires qui vous dépassent. Contentez-vous d'aider les fermiers à résoudre leurs différends fonciers.

— De quelles affaires voulez-vous parler, sir Richard ?

— Vous m'avez compris. Ne jouez pas au plus fin avec moi. Prenez garde, ou il vous en cuira. » Là-dessus, il tourna les talons et disparut. Il y eut un instant de silence.

« Il est au courant, dit Barak d'une voix sourde et tendue. Il est au courant, pour le feu grégeois.

— Comment ? C'est impossible.

— Je ne sais pas comment, mais c'est un fait. Qu'aurait-il pu vouloir dire d'autre ? Peut-être que Gristwood est allé le voir, au bout du compte, pendant ces six mois dont on ignore tout. »

Je fronçai les sourcils.

« Mais en me menaçant, il menace aussi Cromwell.

— Il ne sait peut-être pas que le comte est impliqué. »

Je regardai pensivement du côté où Rich avait disparu. « Bealknap s'esquive et une seconde plus tard Rich surgit. Par ailleurs, l'autre jour, aux Augmentations, il faisait quelque chose qui avait un rapport avec Rich.

— Peut-être bénéficie-t-il de la protection de Rich, hasarda Barak en pinçant les lèvres. Il faut en informer le comte. »

Je hochai la tête de dépit. « Morbleu ! penser que Rich est aussi mêlé à cela... » Je poussai une exclamation furieuse lorsque quelqu'un me bouscula. « Allons, filons d'ici, nous sommes attendus à Lothbury. »

20

L A TAMISE ÉTAIT À NOUVEAU ENCOMBRÉE, et il nous fallut attendre un bateau près des degrés. Barak s'appuya au parapet.

« Vous croyez que Bealknap a graissé la patte au juge ? demanda-t-il.

— Je n'en serais pas autrement surpris. Heslop n'est pas réputé pour son intégrité.

— Vous gagnerez, si vous portez l'affaire devant la chancellerie ?

— Normalement, oui. Elle considérera le bien-fondé de la cause. Mais Dieu sait quand nous réussirons à obtenir une audience. Bealknap a raison quand il parle de la lenteur de ce genre de procédure. Si j'ai donné son nom à mon cheval, c'est parce qu'il n'est pas pressé non plus [1]. Barak, il faut trouver l'un de ces faux témoins. Nous lui offrirons une récompense, et si

1. Chancery, le cheval de Shardlake, est en effet nommé d'après la cour de la chancellerie (Court of Chancery).

Cromwell y consent nous pourrons peut-être aussi lui promettre qu'il ne sera pas poursuivi.

— Je m'en charge. » Il se tourna vers moi. « Mais je n'irai pas voir mon beau-père et ma mère. Même si je savais où ils habitent. Même pour le comte.

— Ah ? Je croyais votre loyauté sans limites à son égard. »

Ses yeux étincelèrent. « J'adorais mon père, malgré son odeur de merde. Il a commencé à creuser des puisards après ma naissance, sinon, je ne serais pas là : ma mère n'a plus voulu qu'il la touche dès qu'il a fait ce métier. J'avais douze ans quand il est mort. » Je hochai la tête, intéressé. C'était la première fois que mon farouche compagnon me faisait une confidence si personnelle.

« Pendant des années, nous avons eu comme locataire ce pendard d'avocat. Kenney, il s'appelait. Il occupait la plus grande partie de la maison, tandis que nous, nous vivions dans deux pièces. Il était beau parleur et ma mère l'aimait bien. Il était plus — Barak cracha le mot — "huppé". Elle l'a épousé un mois après la mort de mon père. Vous savez ce qu'elle m'a dit ? La même chose que vous, quand on est sortis de cette maison de Wolf's Lane : "Une pauvre veuve doit prendre soin de ses affaires."

— C'est sans doute vrai.

— Après cela, j'en ai fait de belles, comme si j'étais un peu fou. » Il eut un rire bref. « Je me demande si je ne le suis pas resté. Je me suis enfui de la maison. J'ai quitté l'école, où j'étais pourtant bon élève. Je me suis acoquiné avec de mauvais garçons. Un enfant pauvre doit savoir se défendre et se débrouiller seul, vous savez. » Il laissa son regard errer sur le fleuve. « J'ai fini par me faire prendre en train de voler un jambon. J'ai risqué la peine de mort car c'était un gros jambon qui valait plus d'un shilling. Mais le gardien était natif de Putney, et il a reconnu le nom de mon père. Comme lord Cromwell venait de là-bas aussi, il s'est mis en rapport avec lui. J'ai été convoqué par le comte et il m'a pris à son service. Au début, je faisais des courses pour lui, et puis je suis passé à d'autres activités. » Barak se retourna vers moi. « C'est pourquoi je dois tout au comte. Ma vie même.

— Je vois. »

Il se leva. « Il y avait une taverne près de la Tour où mon beau-père rencontrait Bealknap. Je crois que c'était un lieu de rendez-vous pour toute cette bande de canailles. Je retournerai là-bas pour essayer de la trouver.

— Je ne m'étonne plus que vous teniez les avocats en piètre estime.

— Vous êtes plus honnête que la plupart, grommela-t-il.

— Vous ne revoyez jamais votre mère ni votre beau-père ?

— Je les ai croisés une ou deux fois dans la Cité, mais je me détourne toujours. Ils doivent me croire mort, ce qui est, au reste, le cadet de leurs soucis. »

Nous empruntâmes un bateau jusqu'à l'embarcadère de Three Cranes, pour prendre ensuite vers le nord en direction de Lothbury. Je dus presser le pas pour rattraper Barak, qui avançait à longues enjambées. Je ne tardai pas à ruisseler de sueur. À côté de la halle des épiciers, nous avisâmes deux gentilshommes en train de se gausser d'un mendiant assis dans l'encoignure de la porte, et dont le visage couvert de plaies purulentes et de croûtes était censé susciter la pitié des passants.

« Allons, l'ami, tu devrais te faire soldat, disait l'un. Tout le monde doit répondre présent à l'appel, pour combattre le pape et les ennemis du roi. » Il sortit son épée de son fourreau de cuir et l'agita. Effrayé, le mendiant, qui semblait incapable de se relever, et encore plus de prendre les armes, se recula tant bien que mal en poussant des grognements rauques, comme un muet.

« Il ne parle pas l'anglais, ajouta l'autre. C'est peut-être un étranger ? »

Barak s'approcha, une main sur le pommeau de son épée, prêt à en découdre avec le jeune homme. « Laissez-le tranquille. À moins que vous vouliez vous mesurer à moi ? »

Les yeux de son interlocuteur se plissèrent, mais il rengaina son épée et s'éloigna. Barak prit une pièce dans sa poche et la posa à côté du mendiant. « Allons-y », fit-il d'un ton sec.

« Voilà un geste courageux », dis-je. L'inscription sur le tonneau de feu grégeois me revint à l'esprit : *Homo homini lupus.*

Barak eut un rire bref. « Ces gueux ne peuvent se battre que contre des malheureux incapables de se défendre. » Il cracha par terre. « On appelle ça des gentilshommes ! »

Nous arrivâmes à Lothbury Street. Devant nous se dressait l'église St Margaret, entourée d'une multitude de ruelles bordées de petits bâtiments où résonnaient des bruits métalliques. À cause du vacarme incessant, presque personne, hormis les fondeurs, n'habitait là.

« Dame Gristwood nous retrouvera à la fonderie où travaille son fils, dis-je. Allons-y, c'est à Nag's Lane. »

Nous tournâmes dans un étroit passage entre deux maisons à un étage. Des cendres et des fragments de charbon se mêlaient à la poussière de l'allée, où l'air se chargeait de l'odeur âcre du fer brûlant. Presque toutes les maisons avaient un atelier attenant. Par les portes ouvertes, on voyait les ouvriers évoluer à l'intérieur. Des pelles raclaient le sol tandis qu'on jetait le charbon dans les fours d'où sortait une lueur rouge vif. Ce travail devait être effroyablement pénible par pareille chaleur.

Enfin, je m'arrêtai devant une petite maison. La porte de l'atelier était fermée. Barak frappa deux fois avant qu'un jeune homme sec portant un épais tablier sur un vieux sarrau constellé de traces de brûlures vienne enfin nous ouvrir. Il nous dévisagea d'un œil soupçonneux. Il avait les traits maigres et aigus de dame Gristwood.

« Messire Harper ? demandai-je.

— Oui.

— Je suis messire Shardlake.

— Entrez, répondit le fondeur d'un ton rien moins qu'aimable. Ma mère est là. »

Je le suivis dans la petite fonderie. Un four éteint dominait la pièce, flanqué d'un tas de charbon. Une collection de pots s'alignait devant la porte. Dame Gristwood, assise sur un tabouret dans un coin, m'adressa un signe de tête maussade.

« Eh bien, messire avocat, le voilà. »

Harper désigna Barak d'un signe de tête. « Qui est-ce ?

— Mon assistant.

— Nous autres fondeurs, nous nous serrons les coudes, annonça-t-il en manière d'avertissement. Si je pousse un cri, tout Lothbury arrivera à la rescousse.

— Nous ne vous voulons aucun mal. Nous cherchons seulement des informations. Votre mère a dû vous dire que nous aimerions avoir des renseignements sur les expériences de Michael et de Sepultus ?

— Oui. » Il s'assit à côté de sa mère et me regarda. « Ils voulaient faire fabriquer quelque chose, un dispositif composé de cuves et de pompes. Cela n'entrait pas dans mes compétences, mais je coule souvent du métal pour un homme qui travaille pour la Cité et répare les conduites d'eau.

— Peter Leighton.

— Oui. J'ai aidé maître Leighton à couler le fer pour les tuyaux et la cuve. » Il scruta mon visage avec intérêt. « D'après mère, ceux qui sont au courant risquent des ennuis.

— C'est possible. Nous pouvons peut-être vous rendre quelque service à cet égard. » Je marquai une pause. « Avez-vous vu le liquide que l'on devait mettre dans la cuve ? »

Harper secoua la tête. « Michael a dit que c'était un secret, et qu'il valait mieux que je ne sache rien. Ils ont fait quelques expériences dans la cour de maître Leighton. Ils l'avaient louée et ne le laissaient pas s'approcher. Le mur est haut, et c'est là qu'il range ses tuyaux de plomb pour travailler sur les conduites. »

Quels avaient été les rapports entre Harper et celui qui, finalement, était son beau-père ? Je supposai que

315

leur relation avait été fondée non sur l'affection, mais sur l'intérêt que présentait pour Gristwood la nature du travail de Harper.

« À quoi ressemblait cet appareil ?

— Il était compliqué. Une grosse cuve étanche à laquelle était attachée une pompe, et d'où sortait un tuyau. Cela nous a pris des semaines à le fabriquer, et puis maître Leighton a dit qu'il fallait recommencer, parce que le tuyau était trop gros.

— Et où était-il rangé ? Dans la cour de maître Leighton ?

— Sans doute. Ils payaient grassement pour en avoir l'usage. »

Dame Gristwood ricana. « Et maître Leighton a eu son argent ?

— Oui, mère. Il a insisté pour être payé à l'avance. »

Elle fronça les sourcils. « Alors, où Michael a-t-il pris la somme ? Ni lui ni Sepultus n'avaient un sou de côté.

— Et si quelqu'un d'autre avait payé ? lançai-je.

— C'est la seule solution, répondit-elle d'un ton amer. Pendant quinze ans, j'ai dû supporter les projets extravagants de Michael. Il m'arrivait de n'avoir aucune pitance à mettre sur la table. Pour finir, il a été assassiné, et voilà David en danger. » Son visage s'adoucit tandis qu'elle regardait son fils.

« Je peux faire en sorte que vous soyez tous deux mis en sûreté, dis-je. Mais je voudrais parler à maître Leighton. » Je regardai David Harper. « Lui avez-vous fait savoir que je venais ?

— Non, monsieur. Nous avons pensé qu'il était préférable de ne rien dire.

« — Se trouve-t-il à sa fonderie ?

— Sans doute. Il a obtenu un contrat pour réparer la conduite de Fleet Street. Vendredi dernier, il m'a annoncé qu'il aurait du métal à me faire couler. Il était très content de lui.

— Pouvez-vous nous mener chez lui ?

— Et ensuite, nous n'aurons plus à nous occuper de tout cela ? demanda dame Gristwood.

— Vous n'aurez plus affaire à nous, madame. »

Elle hocha la tête à l'intention de son fils, qui se leva et sortit, nous emmenant à sa suite, tandis que sa mère trottinait derrière.

Nous remontâmes la ruelle, nous enfonçant plus loin dans Lothbury. Par les portes ouvertes, nous apercevions les fondeurs torse nu, ruisselant de sueur, qui s'affairaient devant leurs fourneaux. Les gens nous regardaient passer avec curiosité. À l'extrémité d'une ruelle sinueuse, David s'arrêta devant une maison d'angle, plus grande que la plupart, comportant un atelier mitoyen jouxté par un haut mur.

« Le bruit ou la fumée d'un feu passeraient inaperçus ici, me souffla Barak.

— En effet. L'endroit était particulièrement bien choisi. »

David frappa à la porte. Les volets étaient clos, ainsi que ceux de l'atelier. Il essaya aussi les portes de l'atelier, mais elles étaient fermées à clef.

« Maître Leighton ! cria-t-il. Maître Leighton, c'est moi, David. » Il se tourna vers nous et nous dit en manière d'excuse : « Les fondeurs deviennent sourds en vieillissant. Mais c'est curieux que son four ne soit pas allumé. »

J'eus un désagréable pressentiment. « Quand l'avez-vous vu pour la dernière fois ?

— Vendredi, monsieur. Quand il m'a parlé de ce nouveau marché. »

Barak examina la porte. « Je pourrais l'ouvrir.

— Inutile, dit Harper. Je sais qui a une clef. Tout le monde a la clef du voisin, ici, en cas d'incendie. Attendez-moi. » Il descendit la ruelle. Tout autour de nous régnait un grand tapage de coups de marteau et de bruits métalliques de toutes sortes. Dame Gristwood commençait à se tordre nerveusement les mains.

« Que s'est-il passé, messire ?

— Je l'ignore, madame. »

Son fils reparut, une grosse clef à la main. Il ouvrit la porte et nous fit entrer dans la cour. De fait, l'endroit était parfait pour Michael et Sepultus. Le haut mur fermait la cour sur trois côtés, le quatrième étant occupé par l'arrière aveugle de la maison mitoyenne. Une pile de tuyaux et de valves, dont Leighton avait à n'en pas douter besoin pour son travail, s'y entassait. Des taches noires sur les murs attirèrent mon regard ; les mêmes que j'avais vues dans la cour des Gristwood, mais plus étendues.

Dame Gristwood et son fils étaient restés près de la porte, inquiets. À le voir, on eût dit que David Harper était prêt à détaler à tout moment, aussi lui adressai-je un sourire rassurant.

« Messire Harper, remarquez-vous quelque chose d'inhabituel dans cette cour ?

— Elle a été soigneusement nettoyée récemment », répondit-il après avoir regardé autour de lui.

Je hochai la tête. « C'est bien ce que je pensais. Elle est parfaitement propre.

— Pourquoi s'embarrasserait-on de faire le ménage dans une cour de fondeur ? demanda Barak.

— Pour qu'on ne puisse plus voir ce qu'elle a abrité. Quelqu'un a dû faire disparaître l'appareil ainsi que toutes les traces du feu grégeois.

— Leighton ?

— Peut-être. Allons, je crois que nous devrions jeter un coup d'œil dans la maison. »

Je sortis de la cour le premier. Nous frappâmes de nouveau à la porte de la maison, mais il n'y avait pas le moindre signe de vie. Je m'essuyai le front. J'avais l'impression qu'il faisait plus chaud que jamais, ici, au milieu des fonderies. Autour de nous le vacarme continuait.

« Nous pouvons entrer par l'atelier, dit Harper. C'est la même serrure. » Après un instant d'hésitation, il ouvrit la porte de l'atelier et cria : « Maître Leighton ! » Barak le suivit. « Je reste dehors, dit dame Gristwood d'un ton inquiet. Fais bien attention, David. »

Je suivis Barak. David ouvrit les volets et je vis un atelier encombré de tuyaux, de valves et de pots de toute sorte ; le four était vide. Harper y ramassa un morceau de charbon. « Complètement froid », dit-il.

Dans un mur de pierre se trouvait la porte d'accès à la maison. Toujours hésitant, Harper inséra la clef dans la serrure et ouvrit, découvrant une pièce qui, elle aussi, était dans la pénombre. Percevant une odeur âcre et familière, je saisis le bras de Barak. « Attendez », dis-je.

Harper ouvrit les volets et se retourna. Il resta bouche bée. Nous nous trouvions dans un salon plus confortable qu'on aurait pu s'y attendre, mais où régnait le chaos le plus total. Le buffet, renversé, gisait sur le côté, la vaisselle d'argent était éparpillée par terre.

David Harper avait pâli et porté la main à sa bouche. « Ils l'ont tué lui aussi, soufflai-je. Ils l'ont assassiné et ont emporté l'appareil.

— Où est le corps ? demanda Barak.

— Quelque part dans la maison, peut-être. » Après avoir dit à Harper de nous attendre, Barak et moi commençâmes à fouiller le reste du logis. Barak tira son épée en montant l'étroit escalier. Tout était en ordre. Seul le salon avait été saccagé. En revenant, nous ne retrouvâmes pas David Harper où nous l'avions laissé. Par la fenêtre, je l'aperçus à côté de sa mère, en train de regarder la maison avec effroi. Un homme qui passait avec une charge de pots sur le dos les dévisagea tous deux avec curiosité.

« Ils ont emporté le corps, répétai-je. Ils ne voulaient pas que l'on crie au meurtre à Lothbury. » Je m'agenouillai pour examiner le sol. « Voyez, cette partie du plancher a été nettoyée. Il n'y a pas de poussière. » Deux mouches tournoyaient autour du buffet renversé, mais je ne vis qu'une tache de sang séché. Barak siffla.

« Comment se fait-il que les portes étaient fermées ?

— Ils ont dû prendre la clef sur le cadavre de Leighton. » Je regardai l'entrée. « Ils n'ont pas enfoncé la porte. Ils ont dû frapper, puis, quand Leighton a répondu, ils l'ont repoussé à l'intérieur pour l'assassiner. Sans doute un coup de hache rapide.

— C'était risqué. Et s'il avait appelé à l'aide ? À en croire Harper, les fondeurs sont très solidaires.

« — Peut-être Leighton connaissait-il ses visiteurs. Ou quelqu'un qui les aurait accompagnés. L'un de nos conspirateurs potentiels.

— On devrait interroger les voisins.

— Certes, mais je suis prêt à parier que les agresseurs sont venus le soir, quand il n'y avait personne à l'entour. Venez, nous n'avons plus rien à faire ici. »

Nous rejoignîmes Harper et dame Gristwood, debout côte à côte dans la rue. Leur ressemblance était flagrante, mêmes traits, même expression inquiète et tendue.

« Que s'est-il passé, monsieur ? s'enquit Harper. Maître Leighton est-il…

— Il n'est pas là. Mais hélas ! il y a des signes de violence… »

Dame Gristwood laissa échapper un petit gémissement.

« Je suis soucieux de votre sécurité et de celle de votre fils, madame, dis-je. Le garde est-il toujours chez vous ?

— Oui. Il m'a accompagnée jusqu'ici. C'est moi qui l'ai renvoyé. »

Je me tournai vers Harper. « Je crois que votre mère devrait rester avec vous pour le moment. Je vais essayer de vous trouver un lieu plus sûr. »

La femme me regarda d'un air consterné. « Qu'ont-ils donc fait ? Pour l'amour du ciel, qu'est-ce que Michael et Sepultus sont venus faire ici ?

— Ils ont frayé avec des gens dangereux. »

Elle secoua la tête. Quand elle me regarda à nouveau, sa bouche avait repris son pli dur. « Cette putain, vous l'avez interrogée ? demanda-t-elle sans préambule.

— J'ai essayé, mais elle s'est enfuie. » Je me tournai vers David. « Quelqu'un aurait-il pu emporter cet appareil sans se faire remarquer ? Sur une charrette, peut-être ? »

Il opina. « Des charrettes circulent sans arrêt à Lothbury, chargées de marchandises à livrer aux clients ou aux boutiques. La nuit aussi, quand il y a beaucoup de travail. »

Je hochai la tête. « Interrogez tout de même les voisins. Dites seulement que Leighton a disparu, vous voulez bien ? »

Il fit signe que oui, puis entoura d'un bras les épaules de sa mère. « Sommes-nous vraiment en danger, monsieur ?

— Je crois que votre mère l'est. Quelqu'un sait-il où elle se trouve ?

— Personne, sauf moi et le garde de Wolf's Lane.

— Alors n'en dites pas davantage. Vous savez lire ?

— Oui. »

Je griffonnai mon adresse sur un bout de papier. « Si vous apprenez du nouveau, ou si vous avez besoin de quoi que ce soit, faites-moi mander. »

Il prit le papier. Sa mère était pendue à son bras. J'étais content qu'ils soient ensemble ; chacun n'avait plus que l'autre au monde.

Malgré ma fatigue, j'insistai pour m'arrêter chez un barbier en prévision du banquet. Barak m'attendit, puis nous prîmes un bateau pour regagner le Temple, et rentrâmes à pied chez moi. Je tenais à m'étendre avant de me préparer. Je somnolai pendant une heure et me réveillai sans être reposé. Le ciel était toujours plombé et l'air étouffant. J'avais hâte que l'orage éclate. Je me levai, tout ankylosé et, pour la première fois depuis des jours, fis les exercices que Guy m'avait prescrits pour mon dos. J'étais penché, essayant en vain de toucher mes orteils, lorsque Barak frappa un coup à la porte et entra. Ses yeux s'écarquillèrent.

« Drôle de façon de prier ! dit-il.

— Je ne prie pas. J'essaie de soulager mon dos qui me fait mal. Vous pourriez avoir la politesse d'attendre qu'on vous dise d'entrer avant de faire irruption dans une pièce.

— Pardon », dit-il en s'asseyant souplement sur mon lit. « Je suis venu vous prévenir que je sors. Une de mes vieilles accointances a des informations sur les deux coquins que nous traquons. Le grêlé et son compère. J'ai rendez-vous avec lui, ensuite j'irai voir le comte. » Il redevint sérieux. « Je vais lui parler de Rich. Il voudra peut-être vous voir.

— Eh bien, vous savez où me trouver. Demandez-lui aussi s'il peut installer les Gristwood en lieu sûr. »

Barak hocha la tête et lança : « Jusqu'à présent, nous lui avons présenté plus de requêtes que nous ne lui avons fourni d'informations.

— Peut-être, mais nous faisons de notre mieux.

— Il vous faudra chevaucher seul jusque chez lady Honor.

— Il fait encore jour.

— Ensuite, je me mettrai en quête de la taverne où Bealknap rencontrait mon beau-père. Cela m'occupera pendant que vous serez au banquet.

— Fort bien.

— Vous êtes sûr que vous ne voulez pas aller voir le puits plus tard ? Après le banquet ? »

Je secouai la tête. « Je serai trop fatigué, il faut que je dorme. Et je dois ralentir l'allure, Barak, maugréai-je. Je suis de plus de dix ans votre aîné. Au reste, quel âge avez-vous ?

— J'aurai vingt-huit ans au mois d'août. Dites-moi, il y a quelque chose qui m'intrigue : je peux comprendre que ceux qui ont manigancé tout cela aient tué les frères Gristwood pour s'emparer de la formule, puis l'aient gardée par-devers eux, peut-être pour la vendre à l'étranger quand les choses seraient calmées. Mais pourquoi s'en être pris au fondeur Leighton ? Pourquoi assassiner tous ceux qui sont liés à cette affaire ?

— Sans doute ont-ils tué Leighton juste pour s'emparer de l'appareil. Nous savons qu'ils n'ont aucun respect pour la vie humaine.

— Ils veulent votre peau. Cela n'a pas l'air de leur plaire que vous vous occupiez de cette affaire. »

Je fronçai les sourcils. « Est-ce simplement parce que je risque de découvrir qui tire les ficelles et paie ces coquins ? Ou parce qu'ils redoutent que j'apprenne quelque chose à propos du feu grégeois ? Est-ce pour cette raison que les livres ont disparu ? »

Les yeux de Barak s'écarquillèrent. « Vous ne persistez tout de même pas à prendre tout cela pour une imposture ! Pas après tout ce que vous avez vu et entendu ?

— C'est que j'y perçois quelques incohérences. Je dois aller à l'hôtel de ville pour y récupérer d'autres exemplaires de ces ouvrages. » Je pressai mes poings contre ma tête : « Morbleu ! il y a tant à faire.

— Cela me dépasse de voir que vous espérez trouver des indices dans une pile de vieux grimoires. »

Il soupira. « Quatre suspects possibles : Bealknap et Rich, Marchamount et lady Honor. Surtout, interrogez-la sans faute.

— Je n'y manquerai pas », répliquai-je sèchement.

Barak me gratifia de son sourire sardonique. « Vous en tenez pour elle. Vous avez beau être un érudit, vous avez toujours la queue verte.

— Et vous la langue grasse. De plus, comme vous me l'avez déjà fait remarquer, cette dame est bien trop huppée pour moi. »

Je le regardai. Le soir où il était arrivé chez moi, il avait parlé d'une fille qu'il voyait, mais, hormis cela, je ne savais rien du rôle que les femmes jouaient dans sa vie. Elles devaient être nombreuses, malgré la peur du mal français qui régnait alors.

Il s'étendit sur le lit.

« Bealknap et Rich, répéta-t-il. Marchamount et lady Honor. Un ou plusieurs d'entre eux sont des assassins. Preuve que les gens de haut rang ne sont pas nécessairement des gens de bien, ce que je n'ai au reste jamais cru.

— L'idée de pouvoir se hausser jusqu'au rang de gentilhomme m'a toujours semblé un but honorable. Mais cet idéal sera peut-être réduit en poussière un jour, comme les espoirs qu'avait Érasme de voir naître un État chrétien. À cette époque de bouleversements, qui peut le dire ?

— Il y a des choses qui durent. Je vous avais promis de vous montrer certain objet, vous vous souvenez ?

— Quoi donc ? »

Il se remit sur son séant et déboutonna sa chemise. Sur son large torse, un bijou pendait au bout d'une chaîne en or. Ce n'était pas une croix, cela ressemblait plutôt à un petit cylindre. Barak passa la chaîne par-dessus sa tête et me tendit le tout. « Voilà. »

J'examinai le cylindre. Il portait une inscription gravée, presque effacée par l'usure. « Cela a été transmis de génération en génération dans la famille de mon père, dit-il. C'est censé avoir un rapport avec la religion juive. Mon père appelait ça une "mezza". » Il haussa les épaules. « J'aime bien l'avoir sur moi, comme porte-bonheur.

— Beau travail d'orfèvrerie. Ce bijou a l'air très ancien.

— Les Juifs ont été expulsés il y a plus de deux siècles, n'est-ce pas ? L'un d'eux a dû garder cela après sa conversion et l'a transmis à sa descendance. En souvenir du passé. »

Je tournai l'objet entre mes mains. Malgré sa petite taille, le cylindre était creux, et fendu sur un côté.

« Mon père disait qu'on y mettait un minuscule rouleau de parchemin, et qu'on accrochait le tout à côté de la porte de son logis. »

Je le lui rendis : « C'est une pièce étonnante. »

Barak repassa la chaîne autour de son cou, se reboutonna et se leva. « Il faut que je parte, annonça-t-il.

— Et moi, que je me prépare. Bonne chance avec le comte. »

Tandis que la porte se refermait derrière lui, je me tournai vers la fenêtre et regardai mon jardin desséché. Les nuages étaient si bas que bien que la nuit fût encore loin la lumière était déjà crépusculaire. J'ouvris mon armoire et choisis mes plus beaux habits. Au loin, de l'autre côté de la Tamise, retentit un roulement de tonnerre.

21

L A MAISON DE LADY HONOR se trouvait dans Blue Lion Street, une rue partant de Bishopsgate. C'était une grande demeure à trois étages, avec une cour intérieure et une façade donnant directement sur la rue. Elle venait d'être somptueusement rénovée. Je compris pourquoi on l'appelait la Maison de verre. Des fenêtres aux vitres en losange avaient été installées sur toute la façade, et certaines des vitres centrales portaient les armoiries de la famille Vaughan : un lion rampant avec épée et bouclier, la quintessence des vertus martiales. Cependant, l'ensemble avait un caractère féminin.

La porte d'entrée était ouverte et des domestiques en livrée attendaient à l'extérieur. En dépit de mes plus beaux habits, fort inconfortables au reste, je craignais d'avoir l'air d'un rustre, n'étant pas accoutumé à une aussi noble compagnie. Je fis sortir un peu plus la fraise de ma chemise de soie au-dessus du col de mon pourpoint pour en faire apparaître les broderies.

J'étais venu au banquet monté sur Chancery. Mon vieux cheval paraissait remis de ses fatigues récentes et trottait assez allégrement. Quand je mis pied à terre, un laquais qui transpirait sous sa livrée prit les rênes. L'orage n'avait toujours pas éclaté, malgré les grondements du tonnerre et la vilaine teinte jaune qu'avaient pris les nuages.

Un autre domestique s'inclina devant moi et me fit franchir la porte, traverser un vestibule richement décoré et pénétrer dans une grande cour intérieure sur laquelle s'ouvraient des fenêtres aussi grandes que celles de la façade. Des animaux héraldiques avaient été sculptés sur les murs, qui s'ornaient encore des armoiries des Vaughan. Au milieu de la cour se trouvait une fontaine, avec juste assez d'eau pour murmurer joyeusement. En face, une grande salle de banquet occupait tout le premier étage. On y entendait tinter joyeusement la vaisselle d'argent, tandis que les flammes des chandelles vacillaient derrière les fenêtres ouvertes, projetant des ombres sans cesse changeantes sur les gens qui circulaient à l'intérieur. Si lady Honor était mêlée à l'affaire du feu grégeois, ce n'était assurément pas par manque de pécunes.

Le majordome me fit monter un large escalier et me conduisit dans une pièce où étaient disposés sur une table de larges bassins d'eau tiède ainsi qu'une pile de serviettes. Les bassins, je le notai, étaient en or.

« Voulez-vous vous laver les mains, monsieur ?

— Je vous remercie. »

Trois personnes s'y employaient déjà : un jeune homme arborant l'écusson de la guilde des merciers sur son pourpoint, un homme plus âgé en robe ecclésiastique ; quant au troisième, qui affichait un grand sourire sur son large visage lorsqu'il leva les yeux, c'était Gabriel Marchamount. « Ah ! Shardlake, dit-il avec cordialité, j'espère que vous aimez le sucre. Il y en a toujours à profusion dans les banquets de lady Honor. » Il avait à l'évidence décidé de se montrer affable ce soir.

« Je ne suis pas vraiment un bec sucré et je tiens à prendre soin de mes dents.

— Je vois que, comme moi, vous avez encore toutes les vôtres, dit Marchamount en secouant la tête. Je trouve insupportable cette affectation qui pousse les femmes à se noircir délibérément les dents pour faire croire qu'elles ne mangent que du sucre le plus fin.

— Une mode bien disgracieuse, en effet.

— J'en ai entendu certaines dire que la douleur en valait la peine, si cela accroît la considération qu'on leur porte. » Il se mit à rire. « Les dames du rang de lady Honor, les dames de qualité, dédaignent ces stratagèmes. » Il s'essuya les mains, replaça à son doigt sa bague ornée d'une émeraude voyante, et tapota son ventre épanoui, sanglé dans un pourpoint de soie à poche ventrale. « Allons-y », dit-il en prenant une serviette sur une pile et en la jetant sur son épaule ; je l'imitai et nous passâmes dans la salle du banquet.

La longue pièce avait un magnifique plafond ancien à blochets. Les murs étaient recouverts de tapisseries aux couleurs vives relatant l'histoire des croisades, dont on avait soigneusement effacé la tiare papale là où l'on voyait l'évêque de Rome bénir les armées en partance. Comme il faisait déjà sombre, on avait planté de grandes bougies dans des candélabres d'argent, qui répandaient une lumière dorée dans la salle.

Je regardai la table monumentale dominant la pièce. La lueur des chandelles se réfléchissait sur la vaisselle d'or et d'argent et les domestiques se livraient à un véritable ballet, apportant plats et verres sur le large buffet dressé contre un mur. Ainsi que le voulait l'usage, j'avais apporté mon propre couteau de table en argent, cadeau de mon père. Au milieu de tout ce luxe, il ferait piètre figure.

La salière d'un pied de haut, à la décoration particulièrement chargée, était disposée à l'extrémité de la table, en face d'un fauteuil à haut dossier où avaient été empilés des coussins. Cela signifiait que presque tous les convives se trouveraient au-dessous de la salière, et donc qu'un hôte de marque était attendu. Était-il possible que ce fût Cromwell ?

Debout, Marchamount distribuait sourires et saluts à la ronde. Une douzaine d'invités bavardaient en groupes. La plupart d'entre eux étaient des hommes d'un certain âge, bien qu'il y eût aussi quelques épouses, dont certaines avaient les joues lourdement fardées au rouge d'Espagne pour rehausser leur teint. Le lord-maire Hollyes en personne était là, resplendissant dans sa robe d'office rouge. La plupart des autres invités portaient la tenue de la guilde des merciers, hormis deux ecclésiastiques. La chaleur, oppressante malgré les fenêtres ouvertes, faisait transpirer tout le monde. Avec leurs lourds vertugadins, les femmes paraissaient particulièrement affectées.

Un garçon d'environ seize ans, aux longs cheveux noirs et à l'étroit visage pâle fâcheusement gâté par une éruption de boutons comme en ont parfois les adolescents, se tenait tout seul dans un coin, l'air mal à l'aise. « C'est Henry Vaughan, chuchota

Marchamount, le neveu de lady Honor. Héritier du titre et des domaines. De ce qu'il en reste du moins. Elle l'a amené avec elle du Lincolnshire pour essayer de le faire recevoir à la cour.

— Il semble fort contraint.

— Oui, c'est un pauvre diable, mal taillé pour le genre de compagnie turbulente qu'affectionne le roi. » Il s'arrêta, puis lança avec une conviction soudaine : « Ah ! si seulement j'avais un héritier. » Je le regardai, surpris. Il eut un sourire triste. « Ma femme est morte en couches il y a cinq ans. Nous aurions eu un garçon. Quand j'avais déposé ma demande pour faire valoir mes droits à des armoiries, j'espérais que ma femme et moi aurions un fils.

— Je suis navré de votre deuil. » Curieusement, je n'avais jamais soupçonné que Marchamount fût susceptible d'éprouver du chagrin et des regrets.

Il hocha la tête en regardant la bague de deuil en forme de crâne que je portais. « Vous aussi, vous avez perdu un être cher.

— Oui, pendant la peste de 1534. » Cependant même que je faisais cette réponse, je me sentis malhonnête, non seulement parce que Katy m'avait annoncé ses fiançailles à un autre peu avant sa mort, mais surtout parce que ces deux dernières années, je pensais à elle de moins en moins souvent. Avec un sentiment d'agacement soudain, je me dis que je devrais cesser de porter cette bague.

Marchamount chassa sa mélancolie et demanda : « Avez-vous résolu cette affaire déplaisante dont nous avons parlé avant-hier ?

— J'avance. J'ai constaté une chose étrange pendant mes investigations. » Je lui parlai de la disparition des livres dans la bibliothèque.

« Vous devriez en aviser le conservateur.

— Peut-être.

— L'absence de ces livres sera-t-elle un obstacle à votre enquête ?

— Non, elle ne fera que la retarder. Il y a d'autres sources. » Je scrutai son visage, mais il se borna à opiner solennellement. Un domestique saisit une trompette et une note prolongée retentit. La compagnie se tut. Lady Honor fit son entrée. Elle portait une robe à col montant, un large vertugadin en velours vert vif et une coiffe rouge à la française bordée d'aiguillettes de perles. Je constatai avec plaisir qu'elle ne portait pas de rouge. Son teint clair n'en avait nul besoin. Mais ce n'était pas vers elle que convergeaient les regards. La salle fixait l'homme qui la suivait, vêtu d'une robe écarlate bordée de fourrure malgré la chaleur, et ornée d'une lourde chaîne d'or. Mon cœur se serra. Le duc de Norfolk. Je m'inclinai avec toute l'assistance lorsqu'il s'avança d'un pas assuré vers le haut bout de la table d'où il toisa la compagnie d'un œil hautain. Je me demandai avec inquiétude s'il se souviendrait que, le dimanche précédent, j'étais assis à côté de Godfrey. Attirer l'attention du pire ennemi de Cromwell était bien la dernière chose que je souhaitais.

Lady Honor sourit et tapa dans ses mains. « Gentes dames et messires, prenez place, je vous en prie. » Les domestiques guidèrent les convives à table. J'eus la surprise de constater que j'étais placé non loin du haut bout, près d'une femme replète d'un certain âge, en chaperon à l'ancienne et robe à basquine au décolleté de laquelle brillait une grosse broche de rubis. De l'autre côté de ma voisine se trouvait Marchamount, qui était placé juste à côté du duc. Lady Honor guida le garçon timide jusqu'à l'autre siège voisin de Norfolk, qui lui jeta un coup d'œil intrigué.

« Votre Grâce, dit lady Honor, puis-je vous présenter Henry Vaughan, le fils de mon cousin. Comme je vous l'ai dit, il arrive de province. »

Le duc lui donna une tape sur l'épaule, avec une cordialité soudaine. « Bienvenue à Londres, mon garçon, dit-il de sa voix âpre. Il est agréable de voir la noblesse envoyer sa progéniture à la cour pour y prendre la place qui lui revient. Votre grand-père a combattu avec mon père à la bataille de Bosworth, le saviez-vous ? »

L'adolescent eut l'air plus gêné que jamais. « Oui, Votre Grâce. »

Le duc le détailla de la tête aux pieds. « Corbleu, vous êtes bien maigrelet. Il faudra que nous vous engraissions.

— Merci, Votre Grâce. »

Lady Honor conduisit le lord-maire à côté du jeune Vaughan et prit place presque en face de moi. Les yeux inquiets de l'adolescent ne la quittaient pas.

« Et maintenant, reprit lady Honor, s'adressant à toute la compagnie, le vin et notre première friandise. » Elle tapa dans ses mains et les domestiques, jusque-là immobiles comme des souches, s'agitèrent soudain. On apporta le vin dans de délicats verres vénitiens de couleur, finement gravés. Je fis tourner le mien entre mes doigts pour l'admirer. La trompette retentit à nouveau et un cygne en sucre filé fit son entrée, trônant sur un lit de crème anglaise.

L'assemblée applaudit et le duc s'esclaffa. « Tous les cygnes de la Tamise appartiennent au roi, lady Honor ! Aviez-vous la permission de capturer celui-ci ? » Tout le monde éclata d'un rire servile et tendit son couteau pour se couper un morceau de la magnifique pâtisserie. Lady Honor était tranquillement assise, mais ses yeux vigilants ne perdaient rien de ce qui se passait dans la pièce. J'admirai ses talents d'hôtesse tout en me demandant quand j'aurais l'occasion de l'interroger.

« Êtes-vous avocat comme le sergent Marchamount ? me demanda ma voisine.

— Oui. Messire Shardlake, à votre service.

— Je suis lady Mirfyn, répliqua-t-elle solennellement. Mon mari est le trésorier de la guilde des merciers cette année.

— J'ai parfois affaire à l'hôtel de ville, quoique je n'aie pas eu l'honneur de rencontrer sir Michael.

— On dit à l'hôtel de ville que vous êtes occupé ailleurs. » Ses petits yeux dont le bleu tranchait sur son visage passé à la céruse m'examinèrent sévèrement. « Cette ignoble affaire de la petite Wentworth.

— C'est en effet ma cliente. »

Elle continua à me fixer. « Sir Edwin est bouleversé par ce qui est arrivé à son fils. Il déplore que sa perfide nièce soit autorisée à retarder la justice. Mon mari et moi le connaissons bien, ajouta-t-elle comme si c'était là le dernier mot sur l'affaire.

— Elle a le droit d'être défendue. » Je remarquai que le duc s'était tourné vers Marchamount et était en grande conversation avec lui, ignorant le jeune Vaughan qui, tout à fait désorienté, gardait l'œil rivé sur la table. Dieu merci, le duc ne paraissait pas m'avoir reconnu.

« Elle mérite la corde ! poursuivit lady Mirfyn. Quoi d'étonnant à ce que la Cité grouille de gueux impertinents et sans maître quand on voit la justice ainsi bafouée. Edwin adorait cet enfant, ajouta-t-elle avec véhémence.

— Je sais que la situation est douloureuse pour sir Edwin et ses filles, dis-je d'un ton conciliant, espérant que la dame n'allait pas continuer ainsi toute la soirée.

— Ce sont de bonnes petites, mais elles ne peuvent remplacer un fils. Il avait placé tous ses espoirs dans ce garçon.

— Mais il a appris à ses filles à lire les Écritures, que je sache ? » Après tout, autant profiter de la situation. Cette obstinée connaissait la famille, et me donnerait peut-être une information intéressante.

Lady Mirfyn haussa les épaules. « Edwin a des idées avancées. Je ne pense pas que cela rende service aux filles qu'on leur apprenne la religion ; leurs maris n'aimeront pas qu'elles discutent avec eux, voyons.

— Certains en seraient heureux. »

Elle haussa les sourcils. « Moi, je n'ai jamais appris à écrire et je suis contente de pouvoir laisser cela à mon mari. Je suis sûre que Sabine et Avice, qui sont des jeunes filles bien élevées, préféreraient faire de même. Le pauvre Ralph était un enfant turbulent, mais ce n'est que très naturel chez les garçons.

— Vraiment ?

— Il paraît que ses sottises répétées ont contribué à mener prématurément sa mère au tombeau. » Comprenant soudain qu'elle en avait trop dit, elle me jeta un regard méfiant. « Ce qui n'excuse en rien ce meurtre infâme.

— Assurément. » Je m'apprêtais à ajouter que le véritable assassin se trouvait peut-être encore en liberté, mais lady Mirfyn prit ma réponse pour un assentiment, hocha la tête avec satisfaction et désigna lady Honor du menton.

« Notre hôtesse est une femme instruite, dit-elle avec une note de réprobation dans la voix. Mais je suppose que, ayant le statut de veuve, elle peut vivre de façon indépendante si cela lui agrée. Pour ma part, c'est une existence que je n'envie guère. »

J'entendis Norfolk qui glissait à mi-voix à Marchamount : « Je ne prendrai pas ce garçon si elle ne consent pas. »

Je baissai la tête afin d'entendre la réponse du sergent, mais il parla à voix trop basse. « Diable, siffla le duc, elle en passera par là où je veux qu'elle passe.

— Je crains que non, entendis-je Marchamount répliquer.

— Morbleu ! je ne me laisserai pas contrecarrer par une femme. Prévenez-la. Dites-lui que je ne ferai rien pour son neveu si je n'obtiens pas satisfaction. Elle s'engage sur un terrain glissant. » Le duc avala une lampée, puis fixa lady Honor. Il avait le visage congestionné à présent et je me souvins qu'on disait qu'il s'enivrait souvent et avait le vin mauvais.

Lady Honor croisa son regard. Le duc sourit et leva son verre. Elle leva le sien en retour, avec un sourire qui me parut contraint. Un domestique apparut à côté d'elle et lui chuchota quelques mots. Elle eut l'air soulagé et se leva. « Messires et gentes dames, dit-elle, beaucoup d'entre vous ont entendu parler de ces nouveaux tubercules jaunes du Nouveau Monde qui ont déchaîné la curiosité depuis leur arrivée le mois

336

dernier. » Elle s'interrompit et on entendit s'esclaffer grassement plusieurs hommes autour de la table. « Eh bien, nous allons en goûter ce soir. Voici pour vous les fruits les plus doux du Nouveau Monde. »

Elle s'assit et de nouveau des rires et des applaudissements retentirent tandis que les domestiques posaient sur la table six plateaux d'argent. Là, sur des lits de massepain, reposaient d'étranges fruits jaune pâle. Je compris la raison des rires paillards, car, de fait, ils avaient la taille et presque la forme d'une grosse queue en érection.

« Voici donc ce dont tout le monde se gausse, dit lady Mirfyn. Il faut vraiment avoir l'esprit mal tourné ! » ajouta-t-elle en gloussant avec un rire de petite fille, comme en ont parfois les riches matrones lorsqu'elles entendent des plaisanteries un peu lestes.

Je pris l'un de ces fruits étranges et y mordis. C'était ferme, avec un goût un peu amer. Alors, je vis que les autres convives ôtaient la peau pour découvrir la chair jaune pâle. Je suivis leur exemple. Le goût était farineux et plutôt fade.

« Comment ça s'appelle ? demandai-je à lady Mirfyn, qui en avait également pris un.

— Ils n'ont pas de nom à ma connaissance », dit-elle et, regardant la tablée qui s'esclaffait, elle secoua la tête avec indulgence en répétant : « Il faut vraiment avoir l'esprit mal tourné. »

J'entendis mon nom prononcé par lady Honor et, me retournant, la vis qui me souriait. « Le lord-maire me dit que vous défendez un cas épineux pour le Conseil de la Cité, qui touche aux monastères dissous, dit-elle.

— C'est vrai, lady Honor. Nous avons perdu la première manche, mais nous gagnerons la seconde. Il s'agit de permettre à la Cité de faire respecter ses règlements dans ces bâtiments, et ce pour le bien de tous les citoyens. »

Le maire hocha la tête d'un air pénétré. « Je l'espère, messire. Le public ne comprend pas que les règles doivent être renforcées afin de combattre les humeurs impures qui favorisent les pestilences. Tant de bâtiments sont aujourd'hui loués à bas prix comme maisons de rapport. » Il parlait avec animation, en homme qui vient d'enfourcher son dada. « Avez-vous entendu parler des maisons qui se sont effondrées le mois dernier, près de la guilde des menuisiers ? Quatre locataires et quatre passants ont été tués…

— Qu'elles s'effondrent toutes ! » entendit-on. Tous les yeux se tournèrent vers le duc, au bout de la table. Il avait l'élocution embarrassée, et je vis qu'il était bel et bien ivre. Sa conversation avec Marchamount semblait l'avoir mis de fort méchante humeur. « Plus il y aura de maisons qui s'effondrent sur la populace de ce grand cloaque, mieux cela vaudra. Si seulement cela pouvait en pousser certains à retourner dans leurs paroisses et à travailler la terre comme leurs pères ! »

Un silence tomba sur l'assemblée, comme cela s'était produit au déjeuner à Lincoln's Inn. Le jeune Vaughan aurait manifestement aimé pouvoir se cacher sous la table.

« Ma foi, il y a beaucoup à améliorer, je crois que nous sommes tous d'accord là-dessus », intervint lady Honor. Elle s'efforçait de parler d'un ton léger, mais sa voix était tendue. « Monseigneur Gardiner n'a-t-il pas dit la semaine dernière dans son sermon que chacun, quel que soit son état, doit œuvrer au maintien de l'ordre dans le royaume ? » Tandis qu'elle citait ces mots lénifiants du plus conservateur des évêques, elle parcourut la table du regard, cherchant quelqu'un qui lui donnerait la réplique. Elle ne souhaitait pas de controverse ce soir, semblait-il.

« En effet, lady Honor, c'est notre devoir », dis-je, saisissant la balle au bond. Elle m'adressa un sourire reconnaissant et je continuai vaille que vaille. « Nous devons tous nous efforcer de travailler pour le bien commun. »

Le duc s'esclaffa. « À la bonne heure ! Avec des gratte-papier comme vous, nous voilà sauvés ! Je me souviens de vous, messire l'avocat. Vous étiez à côté de ce drôle qui m'a tenu des propos luthériens dimanche dernier. »

J'avoue que je frémis sous son regard froid. « Êtes-vous luthérien vous aussi, messire l'avocat ? »

Tous les regards se tournèrent vers moi. Répondre oui aurait été risquer une accusation pour hérésie. Pendant un instant, je restai sans voix car j'étais trop effrayé pour rétorquer. Je vis l'une des femmes se frotter le visage, y laissant une traînée de rouge. Il y eut un grondement de tonnerre, plus proche à présent.

« Non, Votre Grâce. Simplement disciple d'Érasme.

— Ce pédéraste hollandais ! J'ai entendu dire que ses appétits le poussaient vers un autre moine quand il était jeune. Son cher Servatius Rogerus. » Je m'appuyai au dossier de ma chaise, le cœur battant à tout rompre, tandis que le duc se tournait vers le jeune Henry Vaughan et se mettait à lui raconter des anecdotes sur l'époque où il faisait la guerre.

Lady Honor tapa dans ses mains. « Et maintenant, musique ! » Deux joueurs de luth apparurent, ainsi qu'un jeune homme vêtu de façon voyante et qui se mit à chanter des chansons populaires, de façon à être entendu sans dominer les conversations. Je regardai vers le bas de la table. Les propos étaient décousus à présent. Entre la chaleur, la boisson et la nourriture sucrée, la plupart des convives paraissaient affectés et fatigués. D'autres sucreries suivirent, dont une reproduction de la Maison de verre elle-même, en massepain garni de fraises, que les invités se bornèrent à picorer.

Le jeune chanteur égrenait une complainte et tout le monde se tut pour l'écouter chanter « Ah, mon doux Robin ». Elle faisait écho à l'humeur morose qui s'était abattue sur l'assemblée. Seul Norfolk s'était remis à bavarder, de nouveau avec Marchamount. Le regard de lady Honor croisa le mien et elle se pencha vers moi.

« Merci d'être venu à mon secours tout à l'heure, dit-elle. Je suis désolée de la tournure qu'a prise la conversation.

— On m'avait prévenu qu'à votre table, il y avait parfois des controverses. » Je me penchai aussi. « Lady Honor, il faut que je vous parle... »

Soudain, la méfiance se peignit sur son visage. « Dans la cour, après le banquet », dit-elle à mi-voix.

Un brusque éclat de tonnerre fit sursauter les convives et un courant d'air frais balaya la pièce. Des murmures satisfaits s'élevèrent et quelqu'un dit : « Aurons-nous enfin la pluie ? »

Lady Honor saisit l'occasion, se leva, l'air soulagé, et dit : « Il est encore tôt, mais peut-être serait-il préférable que tout le monde parte maintenant pour éviter d'être pris sous l'orage. » Les invités se levèrent, en tirant sur leurs chausses et leurs jupes qui avaient collé aux sièges. Tous s'inclinèrent lorsque le duc se leva en titubant légèrement. Il adressa un petit salut à son hôtesse et quitta la pièce d'un pas mal assuré.

Je me tins en retrait pendant que les invités prenaient congé de lady Honor. Je vis Marchamount se pencher vers elle et lui parler avec insistance. Comme à Lincoln's Inn, sa réponse ne parut guère le satisfaire. Lorsqu'il se détourna, il semblait soucieux. En passant devant moi, il s'arrêta et haussa un sourcil.

« Prenez garde, Shardlake, j'aurais pu obtenir pour vous la faveur du duc, mais vous semblez aller au-devant de sa réprobation. Si les temps changent, cela pourrait avoir des conséquences. » Il me salua froidement et quitta la pièce.

Des conséquences… Si Norfolk remplaçait Cromwell, les conséquences seraient fâcheuses pour tous sauf pour les papistes. Et si je ne réussissais pas à trouver le feu grégeois, le roi serait furieux. Était-ce donc cela que souhaitait celui qui était derrière toute cette affaire : une victoire papiste ? Ou seulement du profit ?

Je quittai la salle à mon tour et descendis dans la cour, où j'attendis près de la porte. Un autre roulement de tonnerre retentit, tout proche cette fois. L'air vibrait comme une corde tendue. Personne d'autre ne descendit par là. Tout le monde devait être passé directement par les écuries. Qu'était-ce donc que Norfolk tenait tant à obtenir de lady Honor ? Marchamount le savait, lui.

Quelqu'un me toucha le coude. Je sursautai et me retournai. Lady Honor était là. Son visage ferme et carré avait une expression égarée, ce qui n'était guère surprenant au terme d'une soirée qui avait pris un tour aussi désagréable.

« Pardonnez-moi, messire Shardlake, je vous ai fait peur.

— Mais non, lady Honor », répondis-je en m'inclinant.

Elle poussa un profond soupir. « Quel désastre ! Jamais je n'ai vu le duc de si méchante humeur. Je vous prie de m'excuser de la manière désagréable dont il vous a traité. C'est ma faute.

— Vraiment ? Pourquoi ?

— J'aurais dû charger les domestiques de surveiller son verre. » Elle me regarda bien en face. « Ainsi, vous voulez me poser des questions. Le sergent Marchamount m'a appris ce qui était arrivé aux Gristwood », ajouta-t-elle plus bas.

— Le sergent est-il l'un de vos amis ?

— Un ami, en effet, répondit-elle vivement. Je crains de ne pouvoir vous dire grand-chose. Comme le sergent Marchamount, je n'ai été qu'un truchement. J'ai porté un paquet à lord Cromwell et lui ai transmis un message dont le contenu devait avoir un grand intérêt pour lui. C'était après l'un de mes banquets, dans des circonstances assez analogues à celles d'aujourd'hui. » Elle eut un petit sourire forcé. « Et c'est tout ; d'autres messages sont passés par Lincoln's Inn. Je n'ai au reste jamais rencontré les Gristwood. »

Elle avait répondu un peu trop promptement. Et, tandis que je me tenais ainsi près d'elle, je reconnus brusquement son parfum : c'était la même odeur musquée que celle que dégageaient les papiers concernant le feu grégeois.

« Saviez-vous ce que contenait ce paquet ? demandai-je.

— Des documents concernant l'antique secret du feu grégeois. Le sergent Marchamount me l'a dit. Sans doute n'aurait-il pas dû, mais il aime à m'impressionner.

— Combien de temps avez-vous gardé ces papiers ?

— Quelques jours.

— Et vous les avez regardés ? »

Elle marqua une pause et sa poitrine palpita.

« Je sais que oui », dis-je d'une voix douce. Je ne voulais pas l'entendre mentir.

Elle me lança un regard surpris. « Comment cela ?

— Parce qu'ils sentaient le suave parfum que vous portez. C'était si léger que je n'ai su le reconnaître qu'à l'instant. »

Elle se mordit la lèvre. « Je confesse que j'ai ma part pleine et entière de curiosité féminine, messire Shardlake. Oui, je les ai lus et j'ai refermé le paquet ensuite.

— Avez-vous compris ce dont ils parlaient ?

— Oui, à l'exception des livres d'alchimie. Assez en tout cas pour regretter de les avoir examinés. J'ai eu tort, je le sais. Mais, je vous l'ai dit, je suis curieuse comme une chatte. Je sais aussi reconnaître les choses auxquelles il vaut mieux ne pas toucher.

— Ce qui signifie que parmi ceux qui ont eu ces papiers entre les mains, vous êtes la seule à les avoir lus. À moins que Marchamount n'en ait fait autant.

— Gabriel est trop prudent pour cela. »

Mais il savait qu'ils concernaient le feu grégeois. En avait-il informé Norfolk ? Norfolk pressait-il lady

343

Honor de lui en dire davantage ? Mon cœur se serra à l'idée que Norfolk en personne puisse être mêlé à cette affaire. Était-ce pour cela qu'il s'était souvenu de moi ?

« Pensez-vous que ces papiers aient véritablement contenu le secret du feu grégeois ? » demandai-je.

Elle hésita, puis me regarda franchement. « Je me suis dit que c'était possible. Le récit du soldat était très clair. Et ces papiers étaient anciens, il ne pouvait s'agir de faux.

— L'un d'entre eux était déchiré.

— En effet, mais ce n'est pas moi qui en suis responsable. » Pour la première fois, je vis une lueur d'effroi dans ses yeux.

« Je sais. La formule figurait sur la partie manquante du document. Les Gristwood l'ont gardée. »

Quelque part au-dessus du fleuve, il y eut un éclair. Un autre roulement de tonnerre retentit, qui nous fit tressaillir tous les deux. La bouche de lady Honor prit un pli inquiet. « Messire Shardlake, serez-vous tenu de dire à lord Cromwell que j'ai regardé ces papiers ?

— Hélas oui ! lady Honor.

— Pouvez-vous lui demander de se montrer indulgent ?

— Si vous n'avez rien dit à personne, madame, cela ne porte pas à conséquence.

— Je n'en ai parlé à personne, je vous en donne ma parole.

— Alors, je lui dirai que vous avez reconnu spontanément avoir lu les papiers. » À part moi, je doutais qu'elle l'eût avoué si je n'avais reconnu son parfum.

« Dites-lui que je suis désolée de mon geste. J'avoue avoir été très inquiète à l'idée d'être démasquée.

— Vous avez dû être fort alarmée lorsque le sergent Marchamount vous a annoncé la mort des Gristwood.

— Oui, j'ai été bouleversée en apprenant qu'ils avaient été assassinés. J'ai été bien sotte, ajouta-t-elle avec une conviction soudaine.

— Ma foi, répondis-je, la sottise est pardonnable. » Pourvu que Cromwell soit de cet avis !

« C'est un bien étrange travail que le vôtre. Vous devez enquêter sur deux affaires de meurtre.

— Croyez-moi si vous voulez, mais, en temps ordinaire, je m'occupe du droit de la propriété.

— Cette vieille sorcière de lady Mirfyn vous a-t-elle appris quoi que ce soit d'utile sur les Wentworth ? Je vous ai vu en grande conversation avec elle.

— Peu de chose. Il faudrait qu'Elizabeth se décide à parler. Tout dépend encore de cela, or j'ai négligé de m'en occuper.

— Son sort vous tient fort à cœur. » Lady Honor avait eu tôt fait de recouvrer son calme, et elle parlait d'un ton léger.

« C'est ma cliente. »

Elle hocha la tête, et les perles de son front luirent en reflétant la lumière de la fenêtre. « Peut-être avez-vous trop de sensibilité pour vous accommoder du sang et de la mort, dit-elle en souriant doucement.

— Comme je vous l'ai dit la semaine dernière, je ne suis qu'un simple robin. »

Elle secoua la tête, souriant toujours. « Non, vous êtes plus que cela. Je l'ai tout de suite pensé en vous

345

voyant. » Elle pencha la tête de côté et ajouta : « J'ai senti que tout votre être vibrait de tristesse. »

Je la regardai avec stupéfaction. Des larmes me picotèrent soudain le coin des yeux mais je les refoulai.

« Pardonnez-moi. J'ai la langue trop longue. Si j'étais une femme du commun, on me dirait insolente.

— Vous êtes certainement une femme hors du commun, lady Honor. »

Son regard erra de l'autre côté de la cour. Il y eut un autre grondement de tonnerre, après un éclair qui illumina son visage à l'expression mélancolique. « Mon mari me manque encore, bien que sa mort remonte à trois ans. On raconte que je l'ai épousé pour son argent, mais je l'aimais. Et nous étions amis.

— C'est une chose qui compte, dans un mariage. »

Elle inclina la tête et sourit. « Mais il m'a laissé les souvenirs du temps que nous avons passé ensemble, et un statut de veuve. Je suis une femme indépendante, messire Shardlake, et c'est un grand privilège.

— Je suis sûr que vous en êtes digne, madame.

— Tous n'en diraient pas autant. » S'écartant un peu, elle alla se mettre à côté de la fontaine, face à moi dans la pénombre.

« Le sergent Marchamount vous admire, hasardai-je.

— Je ne l'ignore pas. Comme vous le savez, je suis née Vaughan. J'ai passé le début de ma vie à apprendre le maintien, la broderie et à lire suffisamment pour avoir quelque talent de conversation. L'éducation d'une femme bien née est fort ennuyeuse. J'avais envie de hurler tant je me morfondais, alors que la plupart des jeunes filles semblent bien s'en accommoder. Voilà, maintenant, vous allez me trouver insolente. C'est vrai que je n'ai jamais pu résister à l'envie de mettre mon nez dans les affaires des hommes.

— Loin de moi l'idée de vous trouver insolente. Au contraire, je partage votre avis. » Brusquement, l'image des filles Wentworth me traversa l'esprit. « Je trouve moi aussi les jeunes filles accomplies très ennuyeuses. » À peine avais-je prononcé ces mots que je le regrettai, car ils pouvaient lui laisser croire que je cherchais à lui faire la cour. Je trouvais beaucoup de charme à lady Honor, mais je ne souhaitais pas du tout qu'elle s'en doutât. Après tout, elle figurait encore au nombre des suspects.

« Lady Honor, poursuivis-je, j'agis au nom de lord Cromwell. Si... si quelqu'un tente de faire pression sur vous, de vous arracher des informations concernant ces papiers, il vous donnera sa protection.

— Certains disent qu'il ne sera bientôt plus en mesure de l'offrir à qui que ce soit s'il ne réussit pas à trouver une solution aux difficultés conjugales du roi.

— Ce ne sont là que des rumeurs. La protection qu'il peut vous offrir pour l'heure est bien réelle. »

Je la vis hésiter un moment. Elle m'adressa un sourire, au demeurant fort réservé. « Je vous sais gré de votre sollicitude, mais je n'ai pas besoin de protection. » Elle se détourna quelques instants, puis me regarda à nouveau avec un sourire qui avait retrouvé sa chaleur. « Pourquoi n'êtes-vous pas marié, messire Shardlake ? Est-ce parce que toutes ces femmes ordinaires vous ennuient ?

— Sans doute. Mais... je ne suis pas un parti très séduisant.

— Pour des yeux aveugles, peut-être. Certaines personnes attachent un grand prix à l'intelligence et à la sensibilité. C'est la raison pour laquelle je m'efforce de mettre une compagnie choisie autour de ma table. » Je vis qu'elle me regardait avec attention.

« Certes, mais le mélange est parfois instable, dis-je, pour détourner la conversation vers la plaisanterie.

— C'est le prix à payer lorsqu'on met en présence des hommes aux opinions différentes, dans l'espoir qu'une discussion devant une bonne table pourra permettre de les surmonter. »

Je levai un sourcil « Peut-être certaines discussions offrent-elles aussi un amusant spectacle ? »

Elle rit et leva un doigt : « Vous m'avez percée à jour. Mais d'habitude, cela ne prête pas à conséquence. Le duc peut être charmant en société, lorsqu'il est à jeun.

— Vous aimeriez voir votre neveu retrouver certaines prérogatives de la famille. Une place à la cour, aux côtés du roi ? »

Norfolk pouvait offrir cela, contre des informations sur le feu grégeois, peut-être ? Était-ce la raison pour laquelle il avait d'abord fait bonne figure au jeune garçon, avant de l'ignorer ?

Elle pencha la tête. « J'aimerais que ma famille retrouve ce qu'elle a perdu. Mais peut-être mon jeune neveu n'est-il pas celui par qui cela se produira. Il n'est exceptionnel ni par l'intelligence, ni par la robustesse. Je le vois mal aux côtés du roi.

— On dit que les manières du roi sont parfois plus rudes que celles du duc. »

Lady Honor haussa les sourcils. « Prenez garde aux propos que vous tenez. » Elle regarda rapidement à l'entour. « Mais vous avez raison. À propos du duc, savez-vous que lorsque sa femme lui a reproché de lui imposer la présence de sa maîtresse, il aurait donné à ses domestiques l'ordre de s'asseoir sur elle jusqu'à ce qu'elle se calme ? Et elle serait restée ainsi écrasée sur le sol jusqu'à ce que le sang lui coule du nez. » Les lèvres de lady Honor se retroussèrent en une moue de dégoût.

« Je l'avais entendu dire. Pour ma part, j'ai un assistant dont les origines ne pourraient être plus basses. Or le duc et lui ont des manières très semblables.

— Ainsi, vous vous tenez entre les plus hauts et les plus bas comme une rose entre les épines ? plaisanta-t-elle.

— Seulement comme un pauvre gentilhomme. »

Nous nous mîmes à rire tous les deux, mais notre rire se perdit dans un coup de tonnerre fracassant, juste au-dessus de nous. Les cieux s'ouvrirent alors et un torrent de pluie s'abattit, nous trempant aussitôt. Lady Honor leva les yeux.

« Oh ! Seigneur, ce n'est pas trop tôt ! »

Je clignai des yeux pour en chasser les gouttes de pluie. La fraîcheur de l'eau était délicieuse après la chaleur torride de ces derniers jours. Le soulagement me coupait le souffle.

« Il faut que je rentre, dit lady Honor. Mais nous devons encore parler, messire Shardlake. Il nous faut nous revoir. Quoique je n'aie plus rien à dire à propos du feu grégeois. » Elle s'approcha et m'effleura la joue de ses lèvres dont la tiédeur soudaine contrastait avec toute cette pluie froide. Sans se retourner, elle franchit la porte donnant sur l'escalier et la ferma. Je restai planté là sous la pluie battante, une main sur ma joue, figé par la surprise.

22

JE M'ÉLOIGNAI DE LA MAISON DE VERRE sous une averse dont les gouttes rebondissaient sur ma toque comme des milliers de minuscules graviers. Mais l'orage fut de courte durée. Lorsque j'atteignis Cheapside, les derniers roulements de tonnerre s'éloignaient. Dans les rues, les rigoles centrales s'étaient transformées en ruisseaux, qui drainaient les ordures des ruelles où, en une demi-heure, l'eau avait changé la poussière en boue. Les dernières lueurs de la longue soirée d'été s'éteignaient. Je sursautai en entendant les cloches de l'église St Mary the Bow sonner à toute volée derrière moi pour marquer le couvre-feu. La porte de Ludgate allait fermer et il faudrait que je demande l'accès à la Cité. Chancery continuait à avancer lourdement, la tête basse. « Allons, mon vieux bidet, on sera bientôt à la maison », dis-je en caressant son flanc blanc, et il me répondit par un petit hennissement sourd.

L'extraordinaire conversation que je venais d'avoir avec lady Honor tournait et retournait dans ma tête comme un écureuil dans sa cage. Son baiser, quoique chaste, constituait une audace pour une femme de son rang. Mais il m'avait d'abord fallu la contraindre à reconnaître qu'elle avait lu les papiers pour qu'elle adopte un ton plus intime. Elle m'attirait, et plus encore après cette soirée, mais je devais rester sur mes gardes. Ce n'était pas le moment de me laisser obséder par de tendres sentiments pour une femme. Demain, nous serions le deux juin. Plus que huit jours.

Une certaine agitation régnait autour de Ludgate. Je vis des allées et venues d'hommes portant des torches sur l'un des côtés de l'ancien corps de garde où se trouvait la prison pour dettes. Y avait-il eu une évasion ? En m'approchant, je m'aperçus qu'une partie de l'enceinte extérieure, où l'on avait monté un échafaudage, s'était effondrée. Je fis arrêter Chancery en face d'un constable occupé à examiner au moyen d'une lanterne une petite pile de pierres rondes dans la rue, sous l'œil du gardien et de quelques badauds.

« Que s'est-il passé ? » demandai-je.

L'homme leva le nez et se découvrit en voyant qu'il avait affaire à un gentilhomme. « Un morceau de la muraille s'est écroulé, monsieur. L'ancien mortier s'effritait, et les ouvriers l'ont gratté aujourd'hui, et puis l'orage a détrempé ce qui restait, si bien que des blocs de pierre sont tombés. Heureusement que le mur a trois mètres d'épaisseur, sinon les prisonniers se sauveraient comme des rats. » Il plissa les yeux en me regardant et ajouta : « Excusez-moi, monsieur, mais savez-vous lire les langues anciennes ? Il y a quelque chose d'écrit sur ces pierres. On dirait des symboles païens. » Je perçus une note d'effroi dans la voix de l'homme.

« Je connais le latin et le grec. » Je mis pied à terre. Mes chaussures très légères et trempées faisaient un bruit mou sur les pavés ronds et mouillés. Une douzaine de dalles très anciennes gisaient dans la rue. Le constable abaissa sa lanterne sur la surface interne de l'un des blocs. Et je vis comme des lettres gravées, une étrange écriture tout en lignes courbes et demi-cercles.

« Que croyez-vous que ce soit ? demanda le constable.

— Ça date du temps des anciens druides, dit l'un des badauds. Ce sont des sortilèges païens. Il faudrait mettre ces pierres en morceaux. »

Je suivis du doigt le tracé de l'une des marques. « Je sais ce que c'est. C'est de l'hébreu. La pierre doit provenir de l'une des synagogues qu'on a détruites après l'expulsion des Juifs. Ces blocs ont sans doute été mis là lors de réparations antérieures, car le corps de garde remonte à l'époque normande. »

Le constable se signa : « Les Juifs ? Les assassins de Notre-Seigneur ? » Il regarda les signes avec inquiétude. « Nous devrions peut-être briser ces blocs en fin de compte.

— Non, dis-je. Ils ont valeur d'antiquités. Il faut prévenir l'échevin. Le Conseil de la Cité doit être avisé de cette découverte. En ce moment, il y a un regain d'intérêt pour l'étude des textes hébreux. »

L'homme paraissait sceptique.

« Peut-être y aura-t-il une récompense pour vous », ajoutai-je.

Son visage s'éclaira. « Je ne manquerai pas d'avertir l'échevin. Merci, monsieur. »

Après un dernier regard aux inscriptions anciennes, je rejoignis Chancery. Le gardien ouvrit la grille et je chevauchai jusqu'à Fleet Bridge. J'entendis au-dessous de moi le bruit d'un fort courant qui me fit penser à toutes les générations qui avaient vécu dans la Cité, traversant la vie au grand galop ou à petits pas pressés, certains pour laisser derrière eux de grands monuments et de véritables dynasties, d'autres seulement pour s'enfoncer dans l'oubli.

Lorsque je rentrai, Barak n'était pas encore là. Joan était couchée. Je dus réveiller le petit Simon afin qu'il mène mon cheval à l'écurie. Je me sentis un peu coupable d'envoyer le jeune garçon dehors sous la pluie alors qu'il avait les yeux tout bouffis de sommeil. Je pris une chope de bière et une chandelle et montai dans ma chambre. Par la fenêtre ouverte, je remarquai que le ciel était dégagé et qu'on voyait les étoiles. La chaleur allait revenir. Il avait plu sur le plancher et sur ma Bible, que j'avais laissée sur une table, près de la fenêtre. Je l'essuyai et me fis la réflexion qu'il y avait longtemps que je ne l'avais ouverte. Six ans plus tôt, l'idée d'une Bible en anglais m'aurait empli de joie. Je soupirai et me mis à examiner les papiers concernant l'affaire Bealknap que j'avais rapportés du tribunal. Je devais préparer sans délai mes recommandations au Conseil de la Cité pour un recours devant la cour de la chancellerie.

Il se faisait tard lorsque j'entendis Barak rentrer. J'allai dans sa chambre et le trouvai en chemise, en train de mettre à sécher son pourpoint à l'extérieur de la fenêtre.

« Vous vous êtes donc fait surprendre par l'orage ?

— Oui. J'ai eu une soirée bien remplie, à aller d'une taverne à l'autre. Je me suis fait tremper alors que je me rendais à celle où se retrouvent les faux témoins. J'ai aussi vu le comte, ajouta-t-il, le visage grave. Il est mécontent. Il a besoin de résultats, et non d'une foule de gens à cacher. »

Je m'assis sur le lit. « Lui avez-vous dit que nous passions nos journées à sillonner Londres ?

— Il veut nous voir. Il doit aller à Hampton Court demain pour y rencontrer le roi, mais il nous attend après-demain, et d'ici là, il veut des résultats.

— Était-il en colère ? »

Barak secoua la tête. « Inquiet. L'idée que Rich puisse être mêlé à tout cela lui déplaît fort. J'ai parlé à Grey. Comme d'habitude, il m'a regardé avec réprobation, mais il a admis que le comte était fort soucieux. » Je décelai une fois de plus de la peur derrière les rodomontades de Barak. Peur pour son maître, peur pour lui-même au cas où Cromwell tomberait. « Que s'est-il passé au banquet ? » s'enquit-il.

« J'y ai vu le duc de Norfolk de fort méchante humeur et ivre. » Et lui racontai la soirée. Et lui parlai même du baiser de lady Honor, car le souci que j'avais vu s'inscrire sur son visage me poussait à la franchise. Pour le meilleur ou pour le pire, Barak et moi étions embarqués dans la même galère. Je m'attendais à une remarque moqueuse, mais il me regarda seulement d'un œil pensif.

« Vous croyez qu'elle essayait de se faire pardonner le fait d'avoir lu ces documents ?

— C'est possible. Mais ce n'est pas tout. » Je lui parlai de la conversation que j'avais surprise. « Norfolk veut obtenir quelque chose d'elle, et Marchamount sait de quoi il s'agit.

— Peste ! Norfolk est peut-être dans le secret lui aussi ! Il est beaucoup plus dangereux que Rich. Le comte doit être informé d'urgence. Pensez-vous que Norfolk essaie de soutirer à lady Honor des renseignements sur le contenu de ces papiers ?

— C'est possible. Il n'y a guère d'informations dedans, mais il l'ignore. S'il la presse, pourquoi ne m'en a-t-elle pas parlé ? Elle semble penser que Cromwell risque de ne plus pouvoir protéger très longtemps ses amis.

— C'est ce qu'affirme la rumeur, lança Barak en haussant les épaules.

— Je retournerai la voir demain avec les papiers. Je dirai que je souhaite les examiner avec elle, en manière de prétexte pour l'interroger un peu plus avant. »

Barak eut un sourire pincé et secoua la tête. « Vous êtes séduit par son parfum de femme riche, hein ?

— Oui. Je savais que l'odeur de ces livres m'était familière. »

Barak se passa les doigts dans les cheveux. « Si ça se trouve, ils trempent tous dans cette affaire. Bealknap, lady Honor, Marchamount, Rich et Norfolk. Jolie brochette.

— Non. Cela n'a pas de sens. Celui qui a tué les Gristwood et Leighton sait tout du feu grégeois. Il a la formule et il essaie d'empêcher les gens de parler. Or, si je ne m'abuse, Norfolk essaie de faire parler lady Honor. Ce qui signifie qu'il n'est pas au courant de l'affaire du feu grégeois. Pas encore.

— Le comte aurait dû faire emprisonner d'emblée Bealknap, Marchamount et la dame dans la Tour, et les menacer du chevalet. »

Je frémis en imaginant lady Honor dans la Tour. Barak me regarda. « Les beaux sentiments ne nous seront d'aucun secours, dit-il d'un ton impatient.

— Et si tous ces gens-là étaient enfermés, combien de temps faudrait-il avant qu'un geôlier ou un bourreau commence à faire courir des bruits sur la redécouverte et la perte du feu grégeois ? »

Barak grogna. « C'est pour cela que lord Cromwell ne les a pas fait saisir. Encore que, s'il tombe, il ne sera pas seul à aller à la Tour. Vous et moi, nous ferons partie du lot si le pape revient. » Il haussa les épaules. « En tout cas, j'ai avancé sur d'autres points. Je sais qui est le grêlé. »

Je me remis sur mon séant. « Et qui donc ?

— Il s'appelle Bernard Toky. Il vient du côté de Deptford. Il a commencé dans la vie comme moine, apparemment.

— Moine ?

— Oui. Il a la réputation d'un homme instruit. Mais il a été défroqué, Dieu sait pourquoi. Ensuite, il s'est fait soldat et a combattu contre les Turcs, ce qui lui a donné le goût du sang. Le grand, lui, s'appelle Wright, c'est un compagnon de longue date de Toky. Ils ont été impliqués ensemble dans diverses affaires louches, mais on n'a jamais pu les prendre. Il y a quelques années, Toky a eu la petite vérole, ce qui l'a rendu très malade et l'a laissé défiguré, mais il n'a pas changé ses habitudes pour autant.

— Des histoires louches pour le compte de qui ?

— Il loue ses services. Le plus souvent à de riches marchands qui ont des comptes à régler mais ne veulent pas se salir les mains. Il a quitté Londres pour la campagne quelques années auparavant, quand cela a commencé à sentir un peu trop le roussi. Mais il est revenu et a été repéré, bien qu'il semble éviter ses anciens amis. J'ai mis des gens à ses trousses.

— Espérons qu'il ne nous attrapera pas le premier.

— Et puis j'ai retrouvé la taverne où se réunissent les faux témoins.

— Eh bien, vous êtes allé vite en besogne !

— C'est vrai. J'ai dit au tavernier que je paierais généreusement toute information sur Bealknap. S'il apprend quelque chose, il me le fera savoir. J'ai aussi offert une récompense pour des renseignements sur la cargaison polonaise. Le bonhomme se souvient de quelqu'un qui avait essayé de lui vendre cette boisson, un dénommé Miller. Lequel navigue pour l'instant sur un bateau qui est allé chercher du charbon à Manchester. Mais il devrait être de retour après-demain. Si nous allons à la taverne, il pourra nous le présenter.

— Bien joué. Et si nous pouvons suivre la trace de la boisson polonaise jusqu'à la maison des Gristwood... Ma foi, vous avez fait merveille. »

Il me regarda de nouveau avec un visage grave. « Nous avons encore beaucoup à faire. Beaucoup. »

Je hochai la tête et repris : « Ce soir au banquet, j'avais pour voisine une femme de mercier qui a fait une curieuse réflexion sur le petit Ralph Wentworth, à savoir qu'il avait contribué à la mort prématurée de sa mère. Que peut-elle avoir voulu dire ?

— Elle n'a rien ajouté ?

— Non. Elle s'est rendu compte qu'elle en avait trop dit. »

Un brusque coup frappé à la porte nous fit sursauter tous deux. Barak saisit son épée au passage tandis que nous descendions les escaliers à la hâte. Joan, réveillée en sursaut, était déjà à la porte, l'air alarmé. Je lui fis signe de reculer. « Qu'est-ce que c'est ? demandai-je.

— Un message, répondit une voix d'enfant. Urgent. Pour messire Shardlake. »

J'ouvris la porte. Un gamin des rues se tenait devant moi, me tendant une feuille pliée. Je la pris et lui donnai un penny.

« C'est de Grey ? » s'enquit Barak.

Je regardai l'adresse. « Non. C'est l'écriture de Joseph. » Je brisai le cachet et ouvris la lettre. Elle était brève et me demandait de le retrouver à la première heure le lendemain matin à Newgate, car il s'était produit une chose terrible.

23

L E LENDEMAIN MATIN, NOUS PARTÎMES une fois encore
de bonne heure. L'espoir que l'orage ait pu
préluder à un changement de temps était anéanti. Il
faisait plus chaud que jamais. Pas un nuage dans le
ciel. Les flaques séchaient déjà et une vapeur nauséabonde montait des tas d'ordures que la pluie, en ruisselant, avait chassés des allées.

J'avais pensé que Barak désapprouverait ce que
j'entendais faire de ma matinée, à savoir me rendre à
Newgate, puis à l'hôtel de ville pour présenter ma
recommandation de transfert du procès Bealknap
devant la cour de la chancellerie ; et, pendant que
j'étais sur place, chercher à la bibliothèque les
ouvrages que je n'avais pu consulter à celle de
Lincoln's Inn. J'allais donc passer plusieurs heures à
m'occuper d'autre chose que de l'affaire du feu
grégeois. Toutefois, il n'émit aucune objection, et me
dit qu'il se proposait de refaire la tournée des tavernes
pour voir s'il pouvait récolter des informations

concernant les faux témoins ou Toky. À ma grande surprise, il me proposa de m'accompagner à Newgate pour voir Elizabeth. Je promis de retourner voir lady Honor l'après-midi même pour lui poser d'autres questions.

Une fois arrivés à la prison, nous laissâmes nos chevaux dans une auberge avoisinante. Cette fois, j'ignorai les mains quémandeuses tendues à travers les grilles et frappai à la porte. Le gros geôlier l'ouvrit. « Tiens ! dit-il, l'avocat. Votre cliente nous a donné du fil à retordre aujourd'hui.

— Joseph Wentworth est-il là ? Il m'a donné rendez-vous.

— Il est là. » Le geôlier s'encadra dans la porte, barrant l'entrée. « Mais il refuse de me donner les six pence qu'il me doit.

— Encore ! Pourquoi ?

— Pour avoir fait tondre le crâne de la sorcière hier quand elle est tombée en démence. Après qu'elle s'est mise à crier, à hurler et à se jeter contre les murs de la basse-fosse. On a été obligés de l'enchaîner et j'ai appelé un barbier pour lui raser le crâne afin de lui rafraîchir le cerveau. C'est bien ce qu'on est censé faire aux fous, non ? »

Sans mot dire, je lui donnai une pièce de six pence. Il s'effaça et nous laissa pénétrer dans le vestibule obscur. La chaleur avait pénétré à l'intérieur, à présent, et l'air confiné empestait. On entendait goutter de l'eau. « Cet endroit pue comme le pot de chambre de Lucifer », marmonna Barak tandis que nous nous dirigions vers Joseph, assis sur un banc. Il paraissait si anéanti que ce fut à peine si son visage s'éclaira lorsqu'il me vit.

« Que s'est-il passé, demandai-je. Le geôlier dit qu'Elizabeth a eu une crise de folie.

— Merci d'être venu, messire Shardlake. Je ne sais plus quoi faire. Depuis le procès, elle s'obstine à rester muette. Et puis voilà qu'hier, ils ont emmené cette femme qui avait volé un cheval. » Il sortit le mouchoir qu'Elizabeth lui avait donné et s'épongea le front. « Dès que la femme a quitté la pièce, il paraît qu'Elizabeth est devenue folle. Elle s'est mise à hurler et à se jeter contre les murs. Dieu sait pourquoi, parce que la vieille n'avait jamais été particulièrement gentille avec elle. Il a fallu l'entraver, monsieur, et on lui a mis les chaînes. » Il leva vers moi des yeux éperdus. « On lui a rasé la tête, messire, on lui a coupé les cheveux, ses cheveux noirs bouclés, si beaux. Et on m'a demandé de payer le barbier. J'ai refusé, parce que j'estime la méthode cruelle. »

Je m'assis à côté de lui. « Joseph, vous savez que vous devez payer ce qu'on vous réclame. Sinon, elle sera encore plus mal traitée. » Il pencha la tête et opina à contrecœur. Je devinai que cette querelle avec les geôliers à propos d'argent était pour Joseph la seule façon de conserver un peu de dignité.

« Comment va-t-elle à présent ?

— Elle est calme. Mais elle s'est coupée et meurtrie.

— Allons voir. »

Joseph regarda Barak d'un air interrogateur. « Un confrère, dis-je, me souvenant que Joseph m'avait vu partir à cheval avec Barak après l'audience devant Forbizer. Cela vous ennuie s'il nous accompagne ? »

Il haussa les épaules. « Non. Aucune aide n'est de trop.

— Allons, venez, dis-je avec un détachement feint. Allons la voir. » Au vrai, ma dernière visite ne remontait pas si loin, mais j'avais le sentiment que beaucoup de temps s'était écoulé depuis.

Une fois de plus, le gros guichetier nous précéda, nous faisant passer devant les cellules où croupissaient des hommes enchaînés pour descendre dans la basse-fosse.

« Ce matin, elle se tient tranquille, dit-il. Mais hier, elle était violente. Elle s'est débattue comme un démon quand le barbier est venu. Elle a eu de la chance qu'il ne lui coupe pas la peau du crâne. On a été obligés de la tenir pendant qu'il maniait le rasoir. »

Il ouvrit la porte et nous entrâmes dans un espace où l'odeur était encore plus insupportable qu'avant. Je restai bouche bée en voyant Elizabeth, car c'est à peine si elle avait figure humaine. Elle gisait recroquevillée dans la paille, le visage couvert d'égratignures et de filets de sang. On lui avait complètement rasé la tête, dont le dôme blanc contrastait de manière saisissante avec son visage sale et ensanglanté. Je m'approchai. Elle cilla et son regard se fixa sur Barak derrière moi.

« C'est messire Barak, un confrère, dis-je. Vous ont-ils fait mal ? » Lorsque je tendis une main, elle eut un mouvement de recul. J'entendis un tintement métallique et vis qu'elle était attachée au mur par de longues chaînes. Des fers épais entouraient ses poignets et ses chevilles.

« Est-ce le départ de la vieille femme qui vous a rendue furieuse ? »

Elle ne répondit pas, me fixant seulement d'un regard chargé de colère. Barak s'agenouilla près de moi et me glissa à l'oreille : « Puis-je lui poser une question ? Je vous jure que je parlerai doucement. » J'hésitai. Mais quel mal pouvait-il lui faire, compte tenu de l'état dans lequel elle était ? Je hochai la tête.

Il s'agenouilla devant elle. « J'ignore la cause de votre chagrin, demoiselle. Mais, si vous ne parlez pas, personne ne saura jamais la vérité. Vous mourrez et, avec le temps, les gens finiront par oublier. Ils se diront que l'énigme demeure et ils n'y penseront plus. »

Elle étudia mon compagnon un long moment. Barak hocha la tête. « Est-ce cela qui vous a rendue furieuse quand on a emmené la vieille femme ? L'idée qu'on pourrait vous arracher au monde sans que personne ne vous entende, comme elle ? » Elizabeth bougea un bras et Barak eut un mouvement de recul, craignant qu'elle ne le frappe, mais non, elle cherchait seulement quelque chose dans la paille crasseuse. Elle en sortit un mince éclat de charbon. Se penchant en avant avec peine, elle déblaya un espace dans la paille à ses pieds. Je voulus l'aider, mais, d'un signe, Barak m'en dissuada. Elizabeth épousseta une plaque d'excréments séchés qui maculait le sol de pierre et se mit à écrire. Silencieux, nous la regardâmes tracer des lettres, puis s'écarter, sur son séant. Je me penchai, plissant les yeux pour mieux voir dans la pénombre. C'était du latin : *Damnata iam luce ferox.*

« Qu'est-ce que c'est ? demanda Joseph.

— *Damnata*, fit Barak. Cela veut dire damnée, condamnée.

— C'est une citation de Lucain, dis-je. Elle avait un recueil de ses poèmes dans sa chambre. "La fureur dans l'âme, j'étais déjà condamnée." Le vers fait allusion à des guerriers romains qui, sachant qu'ils allaient perdre une bataille, se sont suicidés plutôt que d'être acculés à la défaite. »

Elizabeth appuya son dos contre le mur. L'effort d'écrire semblait l'avoir fatiguée. Mais ses yeux allaient de l'un à l'autre.

« Qu'est-ce que cela signifie ? demanda Joseph.

— Je crois qu'elle veut dire qu'elle préfère mourir sous la presse plutôt que de subir l'humiliation d'un procès qu'elle perdra inévitablement. »

Barak acquiesça. « Voilà pourquoi elle refuse de parler. Mais c'est stupide, ma fille. C'est l'occasion ou jamais de dire la vérité, et peut-être d'être libérée.

— Alors, Elizabeth, murmurai-je, si vous deviez plaider, vous plaideriez non coupable.

— Je le savais ! s'exclama Joseph en se tordant les mains. Allons, dis-nous ce qui s'est passé, Lizzy, ne nous tourmente pas avec des devinettes, c'est cruel. » C'était la première fois qu'il perdait patience. Je ne pouvais guère lui en tenir rigueur. Pour toute réponse, Elizabeth baissa les yeux vers les mots qu'elle avait tracés. Elle secoua très légèrement la tête.

Après un instant de réflexion, je me penchai davantage vers elle, grimaçant lorsque mes genoux se mirent à craquer. « Je suis allé chez votre oncle Edwin, Elizabeth. J'ai parlé à votre oncle, à votre grand-mère, à vos cousines et au majordome. » Je l'observai pour voir si elle réagissait en entendant l'un de ces noms, mais elle continua à me regarder d'un œil courroucé. « Tous disent que vous êtes coupable. » Lorsqu'elle entendit ces mots, un sourire amer retroussa le coin de sa bouche. Ce qui fit saigner sa lèvre ouverte. Je me penchai encore plus, afin de n'être entendu que d'elle seule : « Je crois que dans le puits où est tombé Ralph, il y a quelque chose qu'ils cherchent à dissimuler. »

Elle eut un mouvement de recul et me fixa avec horreur.

« Je me propose d'y aller voir de plus près, repris-je doucement. Et on m'a dit que Ralph avait causé beaucoup de souci à sa mère. Je découvrirai la vérité, Elizabeth. »

Alors elle parla pour la première fois, d'une voix rauque après un aussi long silence. « Si vous y descendez, vous détruirez votre foi en Jésus-Christ », souffla-t-elle. Ces mots furent suivis d'une quinte de toux. Elle se pencha en avant, cassée en deux. Joseph approcha de ses lèvres une tasse remplie d'eau. Elle la saisit et en avala le contenu, puis se pencha en avant et enfouit sa tête entre ses genoux.

« Lizzy, s'écria Joseph d'une voix tremblante. Qu'est-ce que tu as voulu dire ? Explique-toi, je t'en prie ! » Toutefois, la jeune fille ne bougea pas.

Je me relevai : « Elle ne parlera plus. Allons, laissons-la tranquille pour le moment. » J'examinai attentivement la basse-fosse. De l'autre côté, près du mur, se trouvait une sorte de cercle creusé dans la paille immonde, là où la vieille femme était restée couchée.

« Elle tombera malade si elle reste ici plus longtemps, dit Barak. Après la vie à laquelle elle était habituée, cela n'a rien d'étonnant que son esprit soit affecté.

— Lizzy, parle ! s'exclama Joseph, incapable de se maîtriser davantage. Tu es cruelle, cruelle ! C'est péché, ce que tu fais ! »

Barak lui lança un regard exaspéré et je posai une main sur l'épaule tremblante du fermier. « Allons, venez, Joseph. » Je frappai à la porte et le geôlier nous raccompagna jusqu'à l'entrée de la prison. Je fus encore plus soulagé de me retrouver dehors que la première fois. Cependant, Joseph était toujours agité.

« Nous ne pouvons pas la laisser comme ça juste au moment où elle a recommencé à parler. Il ne nous reste plus que huit jours, messire Shardlake ! »

Je levai les mains. « J'ai une idée, Joseph. Je ne peux pas vous en dire davantage maintenant, mais j'espère trouver bientôt la clef de cette énigme.

— C'est *elle* qui a la clef, monsieur, elle ! » Il hurlait à présent.

« Elle ne nous la donnera pas. C'est pourquoi je vais suivre d'autres voies.

— D'autres voies. Du langage d'homme de loi. Oh, mon Dieu, que lui avez-vous dit en bas tout à l'heure ? » Il secoua la tête. Je ne répondis pas. Mieux valait qu'il ignore que je me proposais de m'introduire par effraction dans le jardin de son frère. Je me forçai à parler d'une voix calme : « Joseph, donnez-moi jusqu'à demain. Ayez confiance en moi, je vous en prie. Et si vous allez voir Elizabeth à nouveau, pour l'amour du ciel, ne lui faites pas la morale. Cela ne servira qu'à aggraver les choses.

— Il a raison, vous savez », renchérit Barak.

Joseph nous regarda l'un après l'autre. « Je n'ai pas le choix, semble-t-il. Mais cela me rend fou, monsieur, fou. »

Nous retournâmes à l'auberge où nous avions laissé nos chevaux. Dans l'étroite ruelle, Joseph marchait quelques pas derrière Barak et moi, les épaules voûtées.

« Il est à bout, soufflai-je à mon compagnon. Moi aussi, du reste. »

Barak haussa les sourcils. « Ah, vous n'allez pas commencer à jouer les martyrs, vous aussi ! Avec eux deux, c'est déjà bien suffisant. »

Je le regardai avec curiosité. « Vous avez bien pris la mesure de cette jeune fille. »

Il haussa les épaules. « Sa façon de penser ne m'est pas étrangère. Quand je me suis enfui de chez moi, j'avais le sentiment que le monde entier s'était ligué contre moi. Il a fallu que l'on m'emprisonne pour que je puisse voir les choses autrement.

— Visiblement, cela n'a pas eu le même effet sur elle. »

Il secoua la tête. « Il a sûrement fallu qu'une chose très grave se passe pour la pousser à une telle extrémité. Et elle doit penser que jamais personne ne voudra la croire. » Il baissa la voix. « Ce soir, nous découvrirons ce qu'il y a dans le puits. »

24

JE PRIS CONGÉ DE JOSEPH EN LUI PROMETTANT que le lendemain, j'aurais des nouvelles à lui mander. En descendant Cheapside pour me rendre à l'hôtel de ville, je me demandai avec un sinistre pressentiment ce qu'il pouvait bien y avoir au fond du puits. J'étais obligé de chevaucher avec précaution pour éviter les gamins jouant et pataugeant avec délices dans la boue qui faisait un bruit de ventouse. Je pensai à l'ardeur du soleil qui changeait l'eau en vapeur et l'attirait vers le ciel. La terre, l'air, le feu et l'eau. Les quatre éléments qui, combinés de mille façons différentes, composaient toutes choses. Mais quelle combinaison avait produit le feu grégeois ?

En arrivant à l'hôtel de ville, je laissai Chancery aux écuries et m'en fus à la recherche de Vervey, dans son petit cabinet bien à l'abri du soleil. Il étudiait un contrat sans hâte mais avec son habituelle vigilance. Je me surpris à envier la routine paisible qui était la sienne. Après qu'il m'eut accueilli chaleureusement, je lui tendis la feuille où j'avais rédigé la veille au soir mes recommandations. Il la lut, hochant la tête de temps à autre, puis leva les yeux vers moi.

« Ainsi, vous espérez que nous aurons gain de cause devant la chancellerie ?

— Oui, encore qu'il nous faudra peut-être un an avant d'être autorisé à déposer notre demande. »

Il me regarda d'un air entendu. « Nous devrons peut-être verser plus que la somme habituelle au bureau des six secrétaires.

— Cela pourra en effet contribuer à accélérer l'enregistrement de l'affaire. À ce propos, je me rends ce matin dans les logements loués par Bealknap. Le juge de la cour de la chancellerie voudra connaître la nuisance dans ses moindres détails.

— Faites, faites. Le Conseil attache la plus grande importance à cette affaire. Certaines de ces maisons établies dans d'anciennes propriétés monastiques sont en piètre état. Ce sont des taudis de bois, hautement insalubres, et qui constituent un risque permanent d'incendie en cette période où tout est sec comme de l'amadou. » Il regarda le ciel bleu par la fenêtre. « Si un incendie se déclarait, les conduites ne débiteraient pas assez d'eau pour l'éteindre. Et tout le monde s'en prendrait alors au Conseil de la Cité. Nous essayons de colmater les fuites dans les conduites, mais certaines sont longues de plusieurs kilomètres.

— Je connais un fondeur qui travaille plus spécialement sur les conduites. Maître Leighton.

— En effet. J'ai reçu un message me demandant de le trouver. Il était censé apporter de nouveaux tuyaux à nos maîtres d'œuvre, mais il n'est pas venu. Vous le connaissez ?

— Seulement de réputation. On m'a dit qu'il travaillait bien. »

Vervey sourit. « Oui, il est l'un des rares fondeurs à s'y entendre à cette tâche-là. Un habile artisan. »

Un artisan mort, selon toute probabilité, mais je ne pouvais pas le lui dire. Je changeai de sujet. « Croyez-vous que je pourrais aller consulter quelques ouvrages dans votre bibliothèque pendant que je suis ici ? Et peut-être en emprunter un ou deux, le cas échéant ? »

Il rit. « Cela m'étonnerait que nous ayons des ouvrages qui ne se trouvent pas à Lincoln's Inn.

— Ah ! mais ce ne sont pas des ouvrages de droit que je cherche. Je fais des recherches sur l'histoire romaine et aimerais consulter Tite-Live, Plutarque et Pline.

— Je vais préparer un message pour le bibliothécaire. À propos, j'ai eu vent de l'incident entre votre ami Godfrey Wheelwright et le duc de Norfolk. »

Je pouvais parler sans crainte, car Vervey était partisan de la Réforme. « Godfrey aurait dû être plus prudent.

— Oui, les temps redeviennent périlleux. » Bien que nous fussions seuls, il baissa la voix. « Deux anabaptistes doivent être brûlés à Smithfield à la fin de la semaine prochaine s'ils refusent de se repentir. Le Conseil a été prié de participer à l'organisation de l'exécution et de veiller à ce que tous les apprentis y assistent.

— Je l'ignorais. »

Il secoua tristement la tête. « Je crains pour l'avenir. Mais allons, je vais vous écrire ce mot. »

Au fond de moi, je croyais très probable que les livres eussent également disparu de la bibliothèque de l'hôtel de ville, mais ils étaient tous là, sur l'étagère. Je les pris avec empressement. Le bibliothécaire était l'un de ces hommes qui estiment que les livres sont faits pour rester sur leurs étagères et non pour être lus, mais, grâce à la note écrite par Vervey, je pus passer outre. Il me regarda d'un air chagrin les ranger dans ma sacoche. En redescendant les marches de l'hôtel de ville, pour la première fois depuis des jours, je ne me sentais pas mécontent de moi-même. C'est alors que je faillis me heurter à sir Edwin Wentworth, qui montait.

L'oncle d'Elizabeth semblait avoir vieilli pendant les quelques jours qui s'étaient écoulés depuis notre entrevue. Il avait les rides creusées, les traits tirés par la souffrance, et était toujours en grand deuil. Sa fille aînée Sabine l'accompagnait, et Needler suivait, les bras chargés de gros registres.

En me voyant, sir Edwin se figea sur place. L'espace d'un instant, on eût dit qu'il avait reçu un coup. Je touchai ma toque et fit mine de passer, mais il me barra la route. Needler donna ses registres à Sabine et se posta à côté de son maître, comme pour le protéger.

« Que faites-vous ici ? demanda sir Edwin d'une voix frémissante de colère, le visage empourpré. Vous cherchez des renseignements sur ma famille ?

— Non, répondis-je benoîtement. Je m'occupe d'une affaire pour le compte du Conseil de la Cité.

— Oh, bien sûr, vous autres avocats, vous vous mêlez de tout. La peste vous emporte, bossu. Combien Joseph vous paie-t-il pour que la criminelle reste en vie ?

— Nous n'avons pas parlé argent », répondis-je, ignorant l'insulte. J'ajoutai : « Je crois votre nièce innocente, sir Edwin. Songez que, si elle l'est, vous allez envoyer au gibet une innocente alors que le coupable reste en liberté.

— Vous en savez plus long que le coroner, sans doute ? » intervint Needler avec insolence.

Sa morgue, plus encore que l'insulte de sir Edwin, me fit sortir de mes gonds. « Ainsi, vous laissez votre majordome répondre à votre place, monsieur ? lançai-je.

— David dit vrai, et il sait aussi bien que moi que vous entendez faire traîner les choses en longueur tant que vous serez payé pour cela.

— Avez-vous la moindre idée de ce qu'est au juste le supplice de la presse ? » demandai-je. Deux échevins qui passaient par là se retournèrent, en m'entendant hausser la voix, mais je n'y prêtai aucune attention. « Cela signifie rester étendu pendant des jours sous de lourdes pierres, à souffrir de la faim et de la soif, à essayer de respirer en attendant que votre dos se brise ! » Sabine se mit à pleurer. Sir Edwin la regarda, puis se retourna vers moi.

« Comment osez-vous tenir de tels propos devant ma pauvre fille ? hurla-t-il. Elle pleure son frère comme je pleure mon fils ! Vilain corbeau ! Bossu tordu ! On voit bien que vous n'avez pas d'enfants ! »

Il avait le visage déformé et de la salive au coin des lèvres. Les gens qui montaient ou descendaient les marches s'étaient arrêtés pour observer la scène. Quelqu'un éclata de rire en entendant sa volée d'insultes. Afin d'éviter que l'incident ne fasse à nouveau jaser sur le compte d'Elizabeth, je voulus contourner sir Edwin, mais Needler fit un pas de côté, me barrant la route. Je le regardai avec une telle rage qu'il finit par s'écarter. Suivi par de nombreux regards curieux, je descendis les marches et me dirigeai vers les écuries.

Lorsque j'arrivai près de Chancery, je me rendis compte que je tremblais. Je lui caressai le museau, et il chercha ma main, espérant que je lui apportais à manger. La fureur de sir Edwin m'avait déconcerté ; sa haine d'Elizabeth dépassait toute mesure. Mais il avait perdu son fils unique, et il avait raison : je n'avais pas d'enfants et je ne pouvais savoir ce qu'il éprouvait. Je pendis la sacoche de livres à mon épaule, montai en selle et quittai l'hôtel de ville où sir Edwin avait disparu.

Je me dirigeai vers le nord, en direction du mur d'enceinte de la Cité, près duquel se trouvait l'ancien prieuré de St Michael. Il était situé dans une rue où de solides maisons jouxtaient des habitations misérables. La rue était vide, tranquille et ombragée. St Michael se trouvait à mi-hauteur. C'était un petit couvent, dont l'église n'était pas plus grande qu'une belle église paroissiale. Les larges portes étant ouvertes, je descendis de cheval pour regarder à l'intérieur et satisfaire ma curiosité.

Je n'en crus pas mes yeux. De part et d'autre de la nef s'élevaient des cloisons de bois à l'aspect fragile. Au niveau du sol s'ouvrait une rangée de portes, tandis que des escaliers branlants menaient à d'autres portes à l'étage. Il devait y avoir une douzaine d'appartements en tout. Le centre de la nef était transformé en un étroit couloir dont les dalles anciennes disparaissaient sous la crasse. Les cloisons obturaient les fenêtres, aussi faisait-il sombre à l'intérieur. Seule celle qui dominait le chœur laissait entrer un peu de lumière.

Derrière la porte, deux anneaux de fer avaient été fixés dans un ancien bénitier. En voyant sur le sol de petits tas de crottin, j'en déduisis que c'était là qu'on attachait les chevaux. Je nouai les rênes de Chancery à l'un des deux anneaux et avançai le long de l'étroit couloir. Voici donc les aménagements de Bealknap, me dis-je. L'ensemble était si précaire qu'il donnait l'impression de menacer ruine à tout instant.

L'une des portes de l'étage s'ouvrit. J'aperçus une pièce pauvrement meublée éclairée par un vitrail qui formait le mur extérieur du logis. Une vieille femme maigre sortit et se posta en haut de l'escalier qui trembla légèrement sous son poids.

« Vous venez de la part du propriétaire, l'avocat ? » demanda-t-elle avec un accent du nord prononcé, regardant ma robe noire d'un air hostile.

Je me découvris. « Non, madame, je représente le Conseil de la Cité. Je suis venu examiner la fosse d'aisances, car nous avons reçu des plaintes. »

La vieille femme croisa les bras. « Cette fosse, quelle honte ! Nous sommes trente à l'utiliser, nous autres qui vivons ici et ceux qui habitent le cloître. Il y a des odeurs à faire tomber raide un bœuf. Je plains ceux qui habitent à côté de la porte de l'église, mais qu'est-ce que vous voulez, il faut bien qu'on s'en serve !

— Personne ne saurait vous en tenir rigueur, madame, bien au contraire. J'espère que nous pourrons obtenir l'ordre de faire construire une fosse d'aisances convenable, mais le propriétaire renâcle. »

Elle cracha avec rage. « Ce chien de Bealknap ! Nous avons refusé de payer notre loyer tant qu'il n'aurait pas fait condamner ces grandes fenêtres. On cuit, à cause du soleil qui entre à flots par ces fioritures papistes.

— En effet. »

Elle se pencha sur la rampe et s'anima, car le sujet lui tenait à cœur. « Je vis ici avec mon fils et sa famille. On s'entasse à cinq dans cette pièce et il nous demande un shilling par semaine ! Dans l'un des logis, la moitié des lattes du plancher se sont effondrées et les malheureux qui y habitent ont failli être tués.

— On voit bien que vous vivez dans des conditions déplorables. » Je me demandai si sa famille était au nombre des milliers qui, dans le nord du pays, avaient été expulsées de leurs terres, désormais dévolues à l'élevage du mouton.

« Vous qui êtes avocat, pouvez-vous me dire s'il a le droit de nous jeter dehors si nous ne payons pas notre loyer ?

— Il le pourrait, mais j'imagine que, si vous refusez de le verser, Bealknap négociera. Ce qu'il déteste par-dessus tout, c'est perdre de l'argent », dis-je avec sarcasme. Parler d'un confrère en ces termes était déloyal, mais, s'agissant de Bealknap, je m'en moquais. La vieille femme hocha la tête.

« Comment puis-je accéder à la fosse ? » demandai-je.

Elle tendit la main vers le couloir. « Vous verrez une petite porte là où était autrefois l'autel. La fosse se trouve dans le cloître. Mais bouchez-vous le nez. » Elle s'interrompit. « Essayez de nous aider, monsieur, la vie ici est un enfer !

— Je vais m'y employer », dis-je en la saluant. Je me dirigeai vers la porte qu'elle m'avait indiquée, pendant de guingois sur ses gonds mal assujettis. J'étais navré pour cette vieille femme. À court terme, je ne pouvais pas faire grand-chose puisque le procès était porté devant la chancellerie, mais, si Vervey graissait la patte aux clercs du bureau des six secrétaires, nous pourrions aller plus vite.

L'ancienne cour du cloître avait été transformée elle aussi. Le déambulatoire avait été fermé par d'autres cloisons de bois posées entre les piliers, laissant au centre un quadrilatère entouré de logis minuscules et branlants. En guise de rideaux, de méchants chiffons pendaient aux minuscules fenêtres. Ces logis étaient destinés aux plus pauvres d'entre les pauvres. Le soleil qui se réverbérait sur les dalles blanches de la cour carrée, autrefois foulées par les moines, me fit cligner des yeux.

La porte de la plus petite de ces pièces, ouverte, laissait sortir une puanteur atroce. Je me bouchai le nez et passai la tête à l'intérieur. Dans la terre, on avait creusé un trou au-dessus duquel on avait jeté des planches posées sur des briques. C'était une de ces fosses sans effluent, où l'on faisait ses affaires debout. Le trou aurait dû être profond de vingt pieds, de façon que les mouches n'atteignent pas la surface ; à voir le nuage d'insectes bourdonnant autour des planches, je devinai qu'il ne devait pas avoir plus de dix pieds. J'examinai l'intérieur du puisard sombre et nauséabond. Les parois n'étaient même pas revêtues de bois, et encore moins de pierre, conformément aux règlements. On ne pouvait s'étonner qu'il y eût des fuites.

Je me souvins de ce que Barak m'avait dit de son père, qui était tombé dans l'une de ces fosses, et frissonnai.

C'est avec soulagement que je ressortis. Il me restait à visiter les maisons voisines, dont la Cité était propriétaire avant de regagner Chancery Lane. La matinée s'avançait et le soleil approchait du zénith. Je me passai la manche sur le front, puis repoussai la bride de ma sacoche pour mieux en répartir le poids, qui me sciait le dos.

C'est alors que je les vis. Ils se tenaient de chaque côté de la porte de l'église, tellement immobiles que je ne les avais pas remarqués tout de suite. Un grand maigre au visage pâle si grêlé par la petite vérole qu'on eût dit que le diable le lui avait déchiré à coups de griffe ; l'autre, un gaillard massif et imposant dont les petits yeux étaient fixés sur moi. Les sourcils froncés, il tenait levée dans ses grosses pattes une hache au manche coupé court, ce qui en faisait une arme redoutable. Toky et son compagnon Wright... Je déglutis et sentis mes jambes trembler. Hormis la porte de l'église, il n'y avait aucune issue au cloître. Je jetai un coup d'œil aux rangées de portes, mais elles étaient toutes closes, les habitants étant soit au travail, soit dans les rues à mendier. Je cherchai ma dague à tâtons.

Toky sourit, découvrant des dents blanches parfaites, et leva son poignard.

« Vous n'avez pas remarqué que nous vous suivions ? demanda-t-il gaiement d'une voix râpeuse au léger accent traînant de la campagne. Vous devenez imprudent, quand vous n'avez pas messire Barak à votre côté. » Il indiqua la direction de la fosse. « Ça vous plairait d'aller là-dedans ? On ne vous retrouverait qu'en la curant, et on ne remarquerait pas l'odeur, vu ce que ça sent déjà. » Il sourit à Wright. Le grand gaillard opina brièvement, sans me quitter des yeux, comme un chien qui file son gibier. Ceux de Toky brillaient avec l'intensité cruelle de ceux d'un chat. Il souriait, savourant son plaisir.

« Quelle que soit la somme qu'on vous paie, dis-je en m'efforçant de parler avec assurance, lord Cromwell vous donnera le double si vous dites le nom de celui qui vous a mandés. Je vous en donne ma parole. »

Toky éclata de rire puis cracha par terre. « Ce fils de tavernier, voilà pour lui !

— Qui vous paie ? Bealknap ? Marchamount ? Rich ? Norfolk ? lady Honor Bryanston ? » Je scrutai leurs visages, à l'affût de la moindre réaction, mais ils étaient tous deux bien trop avertis pour broncher. Le grand fit un pas de côté, brandissant sa hache. Alors Toky déploya les bras et s'avança vers moi pour me repousser comme un mouton à l'abattoir vers son complice afin qu'il me donne le coup fatal. Je hurlai, mais si quelqu'un se trouvait dans ces taudis de bois, il n'interviendrait pas. Nul rideau ne bougea. Mon cœur cognait dans ma poitrine et, malgré la chaleur, je me sentis glacé, paralysé. Cette fois, mon heure était venue. Alors me revint en mémoire l'image du visage fracassé de Sepultus Gristwood et je me dis que si je devais finir comme lui, au moins, je mourrais en me battant.

Leurs yeux fixaient le bras avec lequel je tenais ma dague. Je baissai l'épaule sur laquelle pendait mon sac, la bandoulière glissa et, la saisissant, je lançai la sacoche contre Wright de toute ma force. Il reçut le poids des livres sur le côté du crâne et tituba en poussant un cri.

Je me précipitai vers la porte, remerciant Dieu qu'elle fût vermoulue. J'entendis Toky tout près derrière moi, et grimaçai en redoutant de sentir une lame s'enfoncer dans mon dos. J'empoignai la porte, la fis sortir de ses gonds et la jetai sur Toky, qui perdit l'équilibre, me laissant le temps de courir dans la nef. La vieille femme était toujours sur son escalier, en conversation avec une autre, plus jeune, qui était sortie du taudis voisin. Elles restèrent bouche bée de surprise en me voyant filer dans le couloir. Je passai devant elles et me retournai. Toky était debout dans l'encadrement de la porte, le nez en sang. À mon grand étonnement, il se mit à rire.

« Pour ta peine, l'ami, on te mettra vivant dans la fosse. » Il fit un pas de côté tandis que Wright chargeait vers moi, hache levée.

Il s'arrêta net en recevant sur la tête un flot de liquide lancé de l'étage, suivi d'un pot en faïence qui lui tomba sur l'épaule. Je levai les yeux. La vieille femme avait renversé sur lui un plein pot de chambre. Sa compagne arriva de chez elle avec un autre. Cette fois-ci, elle visa le grand gaillard, qui le reçut en plein front. Il chancela contre le mur en poussant encore un cri, et s'effondra, lâchant sa hache.

« Filez ! » me cria la vieille femme ! Toky courait dans l'allée centrale, l'œil étincelant de rage. Je me précipitai vers la porte et dégageai les rênes de Chancery, qui, les yeux exorbités et tremblant de peur, me laissa néanmoins le tirer dehors. M'enfuir au galop était ma seule chance de salut. À pied, ils auraient tôt fait de me rattraper. Je sautai maladroitement en selle et serrai les rênes. Mais la tête de Chancery plongea brusquement car les rênes avaient été tirées par en dessous. Je baissai les yeux. À ma grande horreur, je vis Toky me faire un sourire hargneux. La lame de son poignard miroitait au soleil. Je cherchai désespérément ma dague, que j'avais glissée dans ma manche en montant à cheval, mais il était trop tard. Le bras de Toky se détendit en direction de mon ventre.

Chancery me sauva en se cabrant au moment du coup. Il se mit à hennir et à ruer de terreur. Toky recula d'un bond. Je vis avec un frisson d'horreur que le poignard était rouge de sang. C'était le sang de Chancery qui maculait l'arme : il avait au côté une large entaille ruisselante. Toky évita les sabots frénétiques de l'animal et essaya de frapper à nouveau, mais, avec un hennissement désespéré, Chancery fit un écart qui faillit me désarçonner. Toky lança un rapide coup d'œil à la ronde. Dans la rue, les volets s'ouvraient en claquant ; un groupe d'hommes était apparu devant la porte d'une auberge en haut de la rue. Je tirai sur les rênes et Chancery se dirigea vers eux en titubant, perdant son sang. Wright avait rejoint Toky, mais il y avait maintenant la moitié de la rue entre nous. Le soleil étincelait sur le poignard de Toky.

« Qu'est-ce qui se passe ? Holà, constable ! » cria une voix. Les clients de l'auberge sortirent dans la rue et des têtes craintives commencèrent à apparaître aux fenêtres. Voyant cela, Toky m'adressa un autre regard meurtrier, puis tourna le dos et détala vers l'autre bout de la rue, Wright sur les talons. Les clients de l'auberge s'approchèrent de Chancery, qui tremblait de la tête aux pieds.

L'aubergiste s'approcha de moi. « Vous n'êtes pas blessé, l'ami ?

— Non, je vous remercie.

— Morbleu ! que s'est-il passé ? Votre cheval a une belle plaie.

— Il faut que je le ramène à la maison », dis-je. Or, au même moment, Chancery frissonna et s'affaissa sur les genoux. J'eus à peine le temps de sauter à terre avant qu'il ne s'effondre sur le flanc. Je regardai le sang qui coulait sur les pavés ronds et poussiéreux, et pensai qu'il avait tenu à peu de chose que ce fût le mien. Je regardai les yeux de mon cheval, mais ils étaient déjà vitreux. Mon vieux compagnon était mort.

25

QUELQUES HEURES PLUS TARD, ALORS QUE LA CHALEUR commençait à décroître, j'étais assis à l'ombre d'une treille dans mon jardin. Après ma rencontre avec Toky et Wright, j'étais rentré chez moi, non sans avoir au préalable pris les dispositions nécessaires pour faire enlever le corps de Chancery. J'avais dit à la foule que j'avais été attaqué, ce qui avait provoqué des murmures hostiles contre les habitants de l'ancien monastère. L'aubergiste avait insisté pour qu'on envoie chercher une charrette afin d'enlever le corps du cheval qui bloquait la rue, et que je paie le déplacement. Lorsque la charrette était arrivée, j'avais dû résister à la tentation ridicule de dire au conducteur de ramener le corps de Chancery chez moi. Mais qu'en aurais-je fait ? Lorsqu'on le chargea sur l'attelage à destination des abattoirs, je ravalai mes larmes et descendis vers la Tamise pour prendre un bateau. Inutile pour l'heure de me rendre chez lady Honor.

J'étais trop sale pour me présenter à la Maison de verre, et j'avais toujours les jambes flageolantes.

Je fermai les yeux en me rappelant le regard soudain figé de Chancery. C'était la stupeur autant que la perte de sang qui l'avait tué, et je m'en voulais. Pendant des jours, je lui avais fait sillonner Londres en pleine chaleur et le pauvre animal, toujours calme et docile, s'était dépensé au-delà de ses forces. Le jeune Simon se mit à pleurer quand je lui appris la mort de Chancery. Je ne me doutais pas qu'il lui était si attaché, lui qui semblait n'avoir d'yeux que pour la jument de Barak.

Je me rappelai le jour où j'avais fait l'acquisition de Chancery. Je venais d'arriver à Londres, et c'était le premier cheval que j'achetais de mes deniers. Je me souvenais de la fierté que j'avais éprouvée en sortant de l'écurie avec le bel animal blanc aux larges paturons, qui s'était montré très doux depuis le début. Je m'étais promis de le mettre au pré, mais jamais il ne jouirait de ces dernières années dans le verger situé derrière mon jardin. Les larmes me montèrent à nouveau aux yeux.

J'entendis tousser à côté de moi et, me retournant, vis Barak. Couvert de poussière, il paraissait avoir chaud.

« Que s'est-il passé ? Le petit me dit que votre cheval est mort. »

Je lui racontai l'agression. Les sourcils froncés, il s'assit près de moi. « Diable ! Encore une mauvaise nouvelle à annoncer au comte demain. Comment ont-ils su que vous deviez aller là-bas ? » Il réfléchit quelques instants. « St Michael appartient à Bealknap.

Ce qui laisse supposer qu'il n'est pas étranger à l'affaire. »

Je secouai la tête. « Bealknap ne pouvait savoir que j'avais l'intention d'y aller aujourd'hui. Non, je pense que Toky m'a suivi à nouveau. Je n'ai pas surveillé mes arrières comme j'aurais dû. J'ai été imprudent. Je venais de rencontrer sir Edwin à l'hôtel de ville. Ces deux marauds vous connaissaient, ajoutai-je. Ils savaient que vous les cherchiez.

— Les informations circulent. Qu'avait à dire lady Honor ?

— Je ne suis pas allé la voir. J'étais couvert de sang et de poussière, et trop bouleversé.

— Il ne nous reste que huit jours. » Il me regarda avec attention. « Vous avez pleuré ?

— La mort de Chancery, oui », répondis-je, d'une voix enrouée et embarrassée.

« Morbleu, ce n'était qu'un cheval ! Enfin, moi, j'ai été à la tâche pendant que vous vous reposiez ici. J'ai trouvé un homme que Bealknap a utilisé comme témoin à décharge, et qui a attesté de la bonne moralité de gens dont il n'avait jamais entendu parler.

— Où est-il ? » demandai-je en me redressant.

Barak désigna la maison d'un signe de tête. « Là. Il a un éventaire de vêtements à Cheapside, et il travaille à l'occasion pour Bealknap, afin de gagner un peu d'argent en sus. Je l'ai installé dans la cuisine. Vous voulez lui parler ? »

Je suivis Barak en m'efforçant de reprendre mes esprits. Devant la table était assis un homme d'âge moyen, grassouillet et la mine respectable, ce qui était sans doute la raison pour laquelle Bealknap l'avait choisi. Il se leva et s'inclina profondément. « Messire

Shardlake, je suis heureux de vous rencontrer. Adam Leman, pour vous servir. »

Je pris place face à lui, et Barak resta debout à nous observer.

« Eh bien, messire Leman, j'apprends que mon cher confrère Bealknap vous a employé comme témoin justificateur.

— C'est vrai, je lui ai prêté mon concours, répondit Leman en hochant la tête.

— Afin de garantir sous serment la bonne moralité de prisonniers incarcérés dans la prison de l'évêque en vertu du bénéfice de clergie. »

Je le vis hésiter. Il avait les yeux larmoyants et le nez fort couperosé. Sans doute un ivrogne qui, incapable de gagner sa vie correctement avec son éventaire, avait besoin de revenus supplémentaires pour s'offrir de la bière.

« Messire Bealknap a la bonté de me verser des honoraires, dit-il prudemment. Il se peut que je ne connaisse pas aussi bien que je le devrais tous les gentilshommes dont je me porte garant, mais j'ai le sentiment de faire acte de charité, messire. Les conditions dans la prison de l'évêque... »

Je coupai court à ce discours oiseux. « Vous prétendez connaître des gens dont vous n'avez jamais entendu parler, et vous déviez le cours de la justice pour de l'argent. Nous le savons tous deux. Allons, prenez une bière. » Sur un signe de moi, Barak alla chercher un pichet dans le placard où l'on gardait la boisson au frais. Leman toussota puis se redressa sur sa chaise.

« Bealknap ne m'a pas payé, messire. Je lui ai dit que je ne travaillerais plus pour lui tant qu'il ne me donnerait pas mon dû. C'est l'homme le plus avare que je connaisse. Il tondrait un œuf. Tous les moyens lui sont bons pour ne pas payer. » Il hocha la tête d'un air vertueux. « Eh bien, tant pis pour lui, il n'aura que ce qu'il mérite. J'ai dit à votre homme que je vous aiderais à le confondre et je le ferai. Merci, ajouta-t-il en prenant la chope des mains de Barak avant d'en avaler de grandes lampées. Ah, ça fait du bien, par ce temps-là. » Il me regarda avec attention. « Vous pouvez me garantir l'immunité ? »

J'ai toujours préféré les coquins qui vont droit au but. Je hochai la tête. « En échange d'une déposition écrite sous serment qui sera transmise aux autorités disciplinaires de Lincoln's Inn. Mais, une fois cette déposition rédigée, je veux que veniez avec moi pour dire en face à Bealknap le tort que vous pouvez lui faire. Y êtes-vous prêt ? »

Il hésita. « Combien ?

— Une livre pour la déposition sous serment, une autre pour la visite à Bealknap.

— Dans ces conditions, c'est une tâche dont je serai heureux de m'acquitter. » Il me dévisagea avec curiosité. « Vous avez une dent contre lui aussi, messire ?

— Occupez-vous de vos affaires », grinça Barak.

Je me levai. « Alors, venez, messire Leman, allons à mon étude préparer cette déposition. »

Je passai une heure avec le coquin. Il signa la déposition d'un paraphe affecté et je le renvoyai avec une avance de cinq shillings sur la somme convenue. Je versai du sable sur le document et Barak, qui avait assisté à la transaction avec intérêt, se mit à rire.

« Jamais je n'avais vu de déclaration sur l'honneur auparavant. Comme vous l'avez obligé à marcher droit !

— C'est un art qui s'apprend. Tout cela m'a donné faim. Je vais demander à Joan de nous préparer à souper de bonne heure.

— Et ensuite… le puits ? » Barak me regarda. « L'occasion risque de ne pas se représenter. »

Maintenant que j'en avais terminé avec Leman, les horreurs de cette journée me saisirent à la gorge. Une expédition nocturne chez sir Edwin était la dernière chose dont j'avais envie. Mais je ne pouvais m'en dispenser.

« Oui, le puits. Cependant, il faudra attendre qu'il fasse nuit. » Je regardai ma sacoche, que j'étais retourné chercher dans le cloître de St Michael avant de rentrer chez moi, et que j'avais jetée par terre dans un coin. « J'en profiterai pour examiner ces livres. »

Après un souper rapide, je retournai dans mon bureau. Je lus pendant plusieurs heures, allumant des chandelles lorsque le soleil sombra à l'horizon et que la lune apparut dans la nuit chaude et moite. Comme toujours, la lecture apaisa mon esprit et m'emporta loin de mes soucis. Mes livres évoquaient les essais d'armes à feu des Romains, qui semblaient n'aboutir à rien. Le nom de Médée revenait souvent, celui de l'ancienne sorcière grecque qui avait fait cadeau à son ennemi d'une tunique qui s'était enflammée comme une torche quand il l'avait revêtue. À l'époque de Néron, placer une « tunique de Médée » sur des victimes dans l'arène était un sport mentionné par

Plutarque et Lucilius. Mais qu'est-ce qui faisait brûler le tissu et pourquoi les Romains n'avaient-ils pas exploité ce « feu infernal » à des fins militaires ?

Je continuai à lire, et trouvai des références à des expériences militaires avec une substance mystérieuse appelée « naphte », que l'on trouvait en Mésopotamie, à la frontière orientale de l'Empire. D'après Pline, elle bouillonnait à la surface, venant des entrailles de la terre, et pouvait s'enflammer, même si on la versait dans une rivière. Dieu avait donc mis quelque chose dans la terre à cet endroit, tout comme il avait mis de l'or ou du fer ici où là. Je savais les alchimistes capables de localiser les gisements d'une substance désirée, comme le charbon ou le fer, en étudiant la nature du sol. Toutefois, jamais ils n'avaient pu trouver de gisements de la fameuse « pierre philosophale » qui pouvait transformer de vils métaux en or, même s'ils avaient très souvent réussi à convaincre de pauvres naïfs qu'ils y étaient parvenus.

Je posai mon livre et me frottai les yeux. Il fallait que je voie Guy. Et à l'insu de Barak, qui serait hostile à l'idée que j'en dise plus long à mon ami. Ce monde de la découverte de la matière et de sa transformation m'était étranger ; pourtant, il y avait quelque chose dans ces livres, quelque indice, j'en étais sûr. Sinon, pourquoi les exemplaires de Lincoln's Inn avaient-ils été volés ? Qui avait dérobé ces ouvrages ? De qui le vieux bibliothécaire avait-il peur ? Je soupirai. Chaque pas en avant semblait seulement faire surgir d'autres énigmes.

Un coup frappé à la porte me fit sursauter. Barak se tenait dans l'embrasure, vêtu d'un pourpoint et de hauts-de-chausse noirs, les yeux brillants. « Prêt ? me demanda-t-il. Il est l'heure d'aller chez sir Edwin. »

Nous nous dirigeâmes vers Temple Stairs afin de prendre un bateau. Barak portait une lourde besace qui, me dit-il, contenait des outils pour forcer les serrures du dessus du puits, et une échelle de corde pour y descendre. Cela me paraissait étrange de sortir la nuit pour commettre un délit ; si un constable demandait à voir le contenu de la besace, nous serions en mauvaise posture. Barak, lui, ne semblait guère soucieux, et il saluait d'un sourire chaque veilleur qui levait sa lanterne en nous croisant.

Nous traversâmes Temple Inn, silencieuse et sombre, hormis la lueur tremblante de chandelles à quelques fenêtres, et passâmes devant la grande masse ronde de l'église du Temple, où avaient prié les chevaliers templiers des croisades.

« Fameux gaillards, hein ? dit Barak. Les puissances chrétiennes allaient de l'avant à l'époque, et ne se faisaient pas battre systématiquement par les Turcs comme aujourd'hui.

— La Chrétienté était unie alors.

— Peut-être le sera-t-elle à nouveau si nous mettons la main sur le feu grégeois. La marine du roi Henry pourrait brûler les flottes française et espagnole et les éliminer de la surface des mers. Alors, nous pourrions traverser l'Atlantique et nous emparer des colonies espagnoles.

— Ne laissez pas votre imagination dériver », dis-je en lui lançant un regard froid. La façon dont il parlait de mettre le feu à des flottes entières me répugnait.

N'avait-il pas vu les bûchers de Smithfield et constaté les ravages que le feu inflige aux êtres humains ? « Peut-être vaudrait-il mieux que cela n'arrive jamais. »

Il pencha la tête, mais ne répondit pas. Quelques instants après, il se baissa, ramassa quelques galets qui séparaient les parterres de roses des allées, et les mit dans sa poche.

« Que faites-vous ?

— Ça peut toujours servir », répondit-il d'un ton sibyllin.

La Tamise apparut, large et lumineuse sous la lune, piquetée par les lampes des bateaux. « Nous avons de la chance : il y a un bachot à quai. »

Le fleuve argenté, que descendaient seulement quelques bachots transportant des agents de l'administration entre la Cité et Westminster, était paisible. Je regardai les petites lumières sur la rive droite et repensai à Chancery. Il était mort, et définitivement, car les animaux n'ont pas d'âme, mais cela valait mieux que d'aller en enfer, où la plupart des hommes doivent terminer leur périple, et moi aussi peut-être, qui sait. Lors de l'attaque du matin, je n'avais pensé qu'à ma survie et mon esprit avait été aiguisé par le danger. Je n'avais songé ni à prier ni à me demander ce qui arriverait après ma mort si je succombais. Était-ce pécher ? Je secouai la tête. Je n'en pouvais plus, mais je devais rester éveillé, l'esprit à l'affût. Le bateau toucha le quai à Downgate Steps avec un bruit sourd. Barak sauta sur la berge, me tendit la main, et nous nous dirigeâmes vers Walbrook.

En arrivant devant chez sir Edwin, nous trouvâmes la maison plongée dans l'obscurité, les volets du rez-de-chaussée clos ; mais, à l'étage, on avait ouvert les fenêtres pour laisser entrer l'air. Barak tourna dans Budge Row, puis je descendis derrière lui une étroite ruelle qui empestait l'urine.

« De l'autre côté de ce mur, il y a un verger qui jouxte le jardin des Wentworth, chuchota-t-il. Je suis venu en reconnaissance un peu plus tôt. » Il s'arrêta à côté d'une porte en bois qui ne paraissait guère résistante. Il fit un pas en arrière et l'ouvrit d'un coup d'épaule : elle céda avec un craquement. Il entra sans attendre. Je le suivis dans un verger où deux formes pâles dans l'herbe haute me firent sursauter. Puis je me rendis compte qu'il s'agissait de deux cochons occupés à fouiller la terre. Ils détalèrent entre les pommiers en grognant. Je regardai la porte par laquelle nous étions entrés. À l'intérieur, il y avait un verrou que la poussée de Barak avait arraché du bois.

« Nous avons commis une effraction, dis-je.

— Chut ! siffla-t-il d'un ton furieux. Vous voulez que les passants nous entendent ? » Il referma soigneusement la porte, puis désigna le haut mur. « Vous auriez peut-être préféré grimper ? Allons, venez. »

Je traversai le verger à sa suite, sursautant à nouveau en voyant une volée de poules s'enfuir en caquetant à notre approche. Barak se dirigea vers l'autre extrémité du verger, où se dressait encore un mur. Celui-ci, plus bas que le premier, avait peut-être sept pieds de haut. Barak me fit signe de m'approcher. Malgré sa mine vigilante, il avait l'air de s'amuser.

« Le jardin est de l'autre côté. Si je vous fais la courte échelle, pourrez-vous vous y laisser glisser ? »

Je levai des yeux perplexes vers le sommet du mur.
« Oui, sans doute.

— Fort bien. Allons-y. »

Il s'accroupit, croisa les mains de façon à m'offrir
un appui. Levant les bras, j'attrapai le haut du mur et
posai un pied dans ses mains. Il le saisit fermement et
me hissa. J'escaladai le mur tant bien que mal et me
trouvai bientôt à plat ventre sur son sommet, regardant
le jardin de sir Edwin en contrebas. Je clignai des yeux
et jetai un coup d'œil rapide à l'entour. Au-delà de
la pelouse et des parterres, l'arrière de la maison était
aussi sombre que la façade. Toutes les fenêtres étaient
fermées. L'ouverture ronde du puits se trouvait seulement à quinze pieds.

« La voie est libre ? chuchota Barak en bas du mur.

— On dirait. Toutes les lumières sont éteintes.

— Pas de chiens ?

— Je n'en vois pas. » Je n'avais pas pensé à cela,
mais il y avait de fortes chances pour qu'une maison
riche comme celle-ci fût gardée par des chiens la nuit.

« Jetez deux pierres avant de sauter. Tenez. » Je
sentis qu'il me déposait les petits galets dans la main.
C'était donc pour cette raison qu'il les avait ramassés.
Je m'assis et en lançai un dans le jardin. Il rebondit sur
le couvercle du puits avec un bruit qui eût fait accourir
et aboyer n'importe quel chien de garde — rien ne se
produisit.

« C'est bon, chuchotai-je

— Alors sautez, je vous suis. »

Je glissai les autres galets dans ma poche, pris mon
courage à deux mains et atterris sur la pelouse. Le
choc se répercuta douloureusement dans mon dos. Je
m'appuyai contre le mur, conscient qu'à présent j'étais

pris au piège et que, en cas d'imprévu, j'aurais du mal à franchir à nouveau ce mur tout seul. J'entendis un raclement lorsque Barak se laissa tomber à côté de moi. Il regarda tout autour de lui, aussi méfiant qu'un chat.

« Montez la garde pendant que j'ouvre ce puits », me souffla-t-il.

Il s'en approcha à grandes enjambées et posa sa besace sur le sol. J'entendis un léger cliquetis lorsqu'il sortit des outils. Je me dirigeai vers l'abri offert par le grand chêne et m'assis sur le banc qui se trouvait dessous, m'efforçant de réfréner les battements de mon cœur et surveillant la maison obscure. Barak semblait savoir ce qu'il faisait. Les sourcils froncés, il introduisit dans le premier cadenas une tige de métal qui ressemblait à un outil de bijoutier. Combien de serrures avait-il déjà forcé sur ordre de Cromwell ? Lorsque le cadenas s'ouvrit, il le jeta sur le sol et s'attaqua à l'autre. Je regardai à nouveau la maison silencieuse et pensai à la vieille femme endormie ; aux deux filles, à sir Edwin, à Needler, le majordome. Qu'était-il arrivé dans le jardin ce fameux après-midi ? J'étais sur le banc où, d'après Sabine et Avice, elles avaient trouvé Elizabeth assise quand elles étaient sorties après avoir entendu crier Ralph. Elizabeth m'avait dit que si j'allais dans le puits, ce que je verrais ébranlerait ma foi. Je frissonnai.

Barak grogna lorsque le second cadenas céda et me fit signe d'approcher. « Il va falloir que vous m'aidiez à soulever ça. C'est lourd.

— Fort bien. » Au risque de respirer l'abominable puanteur que j'avais détectée lors de ma dernière visite, je l'aidai néanmoins à faire glisser la planche.

Après l'avoir calée contre le mur, nous regardâmes au fond. Quelques rangées de briques étaient visibles, mais, au-delà, tout était obscur. Un courant d'air froid me fit frissonner et, de nouveau, je sentis l'odeur fétide de la décomposition.

« Ça pue toujours autant, hein ? me souffla Barak.

— J'ai l'impression que l'odeur est moins forte qu'avant. »

Il se pencha et lança un galet dans le puits. J'attendis, mais je n'entendis aucun bruit. Barak me regarda. « On dirait qu'il a atterri sur quelque chose de mou. J'espérais que cela me donnerait une idée de la profondeur. Pourvu que l'échelle soit assez longue... » Il la tira de sa besace et la fixa d'une main preste à une tige de fer qui dépassait des briques, là où devait autrefois pendre le seau, puis il la laissa filer dans l'obscurité. Il prit une grande inspiration, se raidit et me regarda d'un air grave. L'intrépide appréhendait ce qu'il s'apprêtait à faire.

« Criez si vous voyez quelqu'un bouger. Je ne voudrais pas être pris au piège au fond de ce trou.

— Comptez sur moi.

— J'ai des chandelles et un briquet à amadou, dit-il. Souhaitez-moi bonne chance.

— Bonne chance. Et merci. »

Il porta la main au col de sa chemise, ouvrit un bouton, et caressa son petit talisman. Enfin, il enjamba le rebord du puits et commença à descendre l'échelle. Le sommet de sa tête disparut comme si le puits l'avait avalé.

Je me penchai et chuchotai aussi fort que je l'osai : « Tout va bien ? »

Sa voix me revint, creuse et résonnante : « Oui. L'odeur devient plus forte. »

Je regardai de nouveau la maison. Tout était toujours tranquille.

« Je suis arrivé au fond », dit la voix de Barak, qui se réverbéra sur les parois. Le puits devait avoir environ dix mètres de profondeur. « Je suis debout sur quelque chose de mou ! cria-t-il. Du tissu. Et autre chose, qui ressemble à de la fourrure. Pouah ! Je vais allumer la chandelle. »

J'entendis un raclement et vis une brève étincelle dans les ténèbres, tout au fond, puis une autre.

« Cette saleté ne veut pas s'allumer ! Attendez, j'y suis… oh, tudieu ! » Je fis un bond en arrière en entendant monter du puits son cri de stupéfaction. Au même moment apparut une lumière vacillante au premier étage de la maison.

Je m'agrippai au côté du puits et, malgré la puanteur, me penchai. La chandelle de Barak s'était éteinte à nouveau. Je lançai : « Il y a de la lumière dans la maison. Remontez vite ! »

Il joua frénétiquement des pieds et des mains pour se hisser hors du puits. Je regardai à nouveau la maison. La lumière s'était déplacée derrière la fenêtre voisine. Quelqu'un circulait avec une bougie. Nous avait-on vus ou entendus, ou était-ce simplement quelqu'un qui allait faire ses affaires ? L'extrémité de l'échelle de corde trembla tandis que Barak finissait rapidement son escalade. Je me penchai et tendis une main dans l'obscurité. « Tenez ! »

Sa main dure saisit la mienne. Une douleur fulgurante me traversa le dos tandis que je l'aidais à sortir. Il enjamba la margelle comme s'il avait le diable à ses trousses et s'immobilisa à côté de moi, hors d'haleine, scrutant la maison. Il avait les yeux exorbités et ses vêtements dégageaient une odeur de chair pourrie. La chandelle était toujours là ; elle ne bougeait plus, mais brillait derrière l'une des fenêtres. Quelqu'un inspectait-il le jardin ? Nous étions à bonne distance de la maison, et en partie cachés par l'ombre de l'arbre. Mais la nuit n'était pas noire, à cause de la lune.

« Allons, refermons ça », chuchota Barak d'un ton pressant. Il avait empoigné le couvercle du puits. « Ils ne nous ont peut-être pas vus. Si quelqu'un vient, on file ! »

Nous replaçâmes la planche et Barak chercha à tâtons les cadenas qu'il avait jetés dans l'herbe. Il les remit en place avec la rapidité que procure une longue pratique.

« Je ne vois plus la lumière ! soufflai-je.

— C'est bon, j'ai presque fini. » Il referma le second cadenas avec un cliquetis et recula. À ce moment précis, j'entendis le grincement d'une porte qu'on ouvrait et je reconnus la voix de Needler qui criait : « Hé, qui va là ! »

Barak tourna les talons et courut vers le mur. Je le suivis. Déjà, il s'était penché et avait placé ses mains en étrier. Je jetai un coup d'œil derrière nous. Il était malaisé de voir quoi que ce soit sur la pelouse et les parterres dans l'obscurité, mais je crus apercevoir des formes sombres dans l'embrasure de la porte. Puis j'entendis un aboiement rageur.

« Des chiens ! sifflai-je.

— Grimpez, pour l'amour du ciel ! » Je saisis le sommet du mur, posai mon pied dans les mains de Barak qui me hissa à nouveau et faillis basculer de l'autre côté. Ayant néanmoins réussi à me maintenir à califourchon sur le mur, je vis deux gros chiens noirs qui arrivaient ventre à terre ; ils n'aboyaient pas, mais fonçaient sur Barak avec une rapidité silencieuse et menaçante.

« Vite ! »

Il saisit le sommet du mur, s'aidant des aspérités des briques pour se hisser. Les chiens étaient presque sur lui. Derrière eux, j'entendis Needler qui arrivait. Alors, Barak poussa un cri. L'un des chiens, un gros bâtard, avait saisi sa chaussure et la tenait entre ses mâchoires avec des grondements de fauve. L'autre chien sauta dans ma direction. J'en perdis presque l'équilibre, mais réussis à me cramponner. Dieu merci, le mur était trop haut, et l'animal retomba sans m'avoir atteint. Il resta là, les pattes contre le mur, à aboyer furieusement.

« Aidez-moi, pour l'amour du ciel ! » siffla Barak. Désorienté, j'hésitai une seconde avant de me souvenir des galets dans ma poche. J'en sortis un et le lançai entre les deux yeux de l'animal cramponné à son pied.

Le chien poussa un cri de douleur, puis fit un bond en arrière. Il ne desserra son étreinte qu'un instant, ce qui suffit à Barak pour replier sa jambe. Il ne nous restait plus qu'à dégringoler dans l'herbe haute du verger de l'autre côté du mur. La voix de Needler retentit à nouveau dans le jardin des Wentworth : « Qui va là ? Arrêtez ! »

Nous filâmes nous mettre à l'abri des pommiers, nous attendant presque à voir apparaître au-dessus du mur le visage du majordome, mais il resta de l'autre côté, avec les chiens qui aboyaient frénétiquement. Sans doute avait-il peur de se lancer seul à nos trousses. Une voix qui ressemblait à celle de sir Edwin cria quelque chose depuis la pelouse. Barak me saisit le bras et passa le premier pour sortir du verger. Bien qu'il boitât, il avançait à vive allure. Nous repassâmes par la porte fracturée avant de nous retrouver dans la rue, puis dans Budge Row. Ce fut seulement lorsque nous eûmes redescendu Downgate que Barak s'appuya contre un mur pour examiner son pied.

« Vous êtes blessé ? demandai-je avec inquiétude.

— Ce n'est qu'une égratignure. Heureusement que j'avais mes socques. Regardez. » Il me montra la trace laissée par les crocs du chien dans l'épaisse semelle de bois, puis me regarda d'un œil perçant. « Vous croyez que ce méchant gueux vous a reconnu ?

— Il ne s'est pas suffisamment approché.

— Heureusement qu'il a été trop poltron pour nous poursuivre, sans quoi vous auriez eu des explications à fournir. » Je regardai avec inquiétude la rue déserte. « Sir Edwin va aller chercher le constable, dis-je.

— Oui, mais laissez-moi reprendre mon souffle.

— Qu'est-ce qui vous a fait crier dans le puits ? demandai-je. Qu'avez-vous vu ? »

Il me regarda, la mine sombre. « Je ne suis pas très sûr. Il y a des vêtements là-bas au fond, du tissu et de la fourrure. Et j'ai cru... j'ai cru voir des yeux.

— Des yeux ?

— Des yeux morts, qui réfléchissaient la lumière de ma chandelle.

— Les yeux de qui ? Pour l'amour du ciel, parlez !

— Comment voulez-vous que je le sache ? De petits yeux. Deux paires, au moins. Ça m'a secoué.

— Il y a un cadavre là-dedans ? Plus d'un ?

— Morbleu ! je suis resté à peine une seconde en bas avant que vous me disiez de remonter ! » Barak secoua la tête. « Je ne sais pas. J'ai senti des os s'écraser sous mes pieds. De petits os. Je suis sûr que c'était ça. » Il leva la main pour toucher son talisman, puis s'écarta du mur.

« Ne restons pas ici ! » Clopinant toujours, il se dirigea vers le fleuve.

26

C ETTE NUIT-LÀ, JE DORMIS DU SOMMEIL DE L'ÉPUISE-
MENT. Je me réveillai encore très las, avec la
sensation d'être en plomb, et je me rappelai que je
devais affronter Cromwell dans l'après-midi. Nous
étions le trois juin. Il restait exactement une semaine.
Mon dos me faisait horriblement souffrir depuis que
j'avais tiré Barak du puits. Je restai étendu, me demandant combien de temps encore je pourrais mener pareil
train et braver le danger sans relâche.

Je fis les exercices de Guy très soigneusement, afin
d'éviter de me faire plus de mal que de bien, puis
regardai mon jardin de ma fenêtre. Les fleurs se flétris-
saient dans leurs parterres, sous un soleil dont la
chaleur était déjà vive. Je pensai à la ferme de Joseph,
à ses récoltes qui devaient sécher sur pied. Ce matin,
je n'aurais aucune nouvelle à lui annoncer, car nous
ne savions toujours pas ce qui se trouvait au fond du
puits. Barak avait proposé courageusement d'y redescendre, mais pas ce soir, car les occupants de la

maison seraient aux aguets. Avaient-ils deviné le but de notre visite ? Barak n'avait laissé aucune trace indiquant que nous avions touché au puits ; ils devaient sans doute croire qu'ils avaient dérangé deux malfaiteurs. J'écrivis à la hâte un message pour Joseph en lui disant que je le reverrais dans un jour ou deux et en lui demandant de garder confiance.

Lorsque je descendis, Barak attaquait déjà son petit-déjeuner. Joan nous servit en nous adressant des regards inquiets. Ces derniers jours, elle avait remarqué combien j'étais tendu et soucieux. Je lui avais dit que Chancery s'était tout bonnement écroulé et était mort d'un arrêt du cœur, mais elle semblait ne pas me croire.

« Alors, que faisons-nous à présent ? demanda Barak dès qu'elle fut sortie.

— Je vais d'abord me rendre chez lady Honor et l'interroger à nouveau. Si je pars de bonne heure, j'ai des chances de la trouver chez elle. »

Il réagit avec son exubérance habituelle : « Que dit-on, déjà, qu'on pourrait gréer un bateau pendant le temps qu'il faut à une femme élégante pour se préparer ? Je vois que vous avez mis pour elle un pourpoint neuf et une nouvelle toge.

— Quel mal y a-t-il à paraître à son avantage ? »

Il fit une grimace. « Le comte nous attend à une heure. Il veut nous voir à Whitehall. J'espère que vous découvrirez quelque chose de nouveau grâce à lady Honor. Je vous accompagne ?

— Non. J'aimerais que vous retourniez voir la mère Neller, au cas où elle aurait des nouvelles de Bathsheba. Je vous retrouverai ici à midi. Et j'enverrai Simon chercher Leman à deux heures. Ensuite, nous pourrons aller à Lincoln's Inn avec lui afin de confondre Bealknap. » Je ne voulais pas que Barak sache que, après ma visite à lady Honor, je comptais aller voir Guy pour lui parler plus à loisir du feu grégeois. Je sentais obscurément que le fait que les Romains avaient eu connaissance de cette substance sans pouvoir l'exploiter touchait au cœur même du sujet.

Barak me jeta l'un de ses regards perspicaces, et je me demandai s'il se doutait de quelque chose. Il avait l'esprit fort vif et je me rappelai que c'était à Cromwell qu'il était tout dévoué, et non à moi.

« Nous devons aussi nous rendre ce soir dans cette auberge où l'on avait essayé de vendre cette boisson polonaise, dis-je.

— Oui. Ce n'est sans doute pas un mal de retourner voir la vieille Neller, pour nous rappeler à son bon souvenir. J'aime autant ne pas rester ici à remâcher dans ma tête toutes sortes d'idées à propos de notre rencontre avec le comte. Mais êtes-vous bien sûr que vous ne courrez pas de risques en circulant seul ?

— Oh, je ne quitterai pas les chemins publics et je serai très vigilant. »

Nous fûmes interrompus par des coups frappés à la porte. C'était Joan, l'air étonné. « Il y a un messager qui vient de la part de lord Cromwell, monsieur. Avec un nouveau cheval. »

Barak se leva et hocha la tête. « J'ai envoyé un message à Grey hier après-midi, pour dire que votre cheval avait été tué et demander qu'on vous en envoie un autre. Vous n'avez pas le temps de vous rendre au marché aux chevaux en ce moment.

— Ah.

— Vous avez besoin d'un cheval, nous ne pouvons pas aller partout en bateau. J'ai demandé une bête plus jeune, et qui peine moins à suivre Sukey.

— Ah », répétai-je. J'éprouvai une fureur soudaine. Pensait-il que la perte de Chancery pouvait se réparer si facilement ? Toutefois, si je songeais à ma commodité, il n'avait pas tort. Je sortis. Simon avait pris les deux chevaux à l'écurie. L'élégante jument de Barak était accompagnée d'un grand hongre alezan à l'apparence placide. Je le flattai tout en ayant l'impression que c'était trahir Chancery que de laisser cet animal prendre sa place.

« Comment s'appelle-t-il, demandai-je à Simon.

— Genesis, monsieur. »

Je regardai les socques aux pieds du gamin. « Alors, tu t'habitues ?

— Oui, monsieur. Au bout d'un moment, on ne les sent plus.

— Tu vois que le jeu en valait la chandelle. » Je lui donnai deux messages. « Porte celui-ci à l'auberge où loge messire Wentworth, je te prie, et l'autre à l'éventaire d'un dénommé Leman, à Cheapside. »

Je me hissai en selle. À la porte, Barak me regardait toujours avec le même air perplexe. Je lui adressai un petit signe de la main en partant.

Je décidai de me rendre chez lady Honor par le chemin le plus tranquille, et de passer par Smithfield, pour entrer dans la Cité par la porte de Cripplegate. Cela donnerait à Genesis l'occasion de se familiariser avec son nouveau maître. J'avançai à allure régulière en surveillant sans cesse mes arrières. J'avais emporté avec moi les papiers concernant le feu grégeois et ils me battaient le flanc dans la sacoche dont je m'étais servi la veille pour frapper Wright. En repensant à sa hache, j'eus un frémissement.

Puis je me mis à réfléchir à la famille Wentworth. Que diable pouvait-il bien se passer chez eux ? Je n'imaginais pas qu'aucun de ses membres pût tremper dans ce qui apparaissait à présent comme des assassinats multiples. La vieille femme était dure et sans pitié, mais elle ne s'intéressait qu'à sa famille, et sa cécité l'empêchait de jouer un rôle actif dans de funestes entreprises. Les deux filles n'avaient sans doute d'autre horizon que leur famille et un bon mariage ; si Sabine s'était amourachée de Needler, cela n'avait assurément rien que de très commun. Les deux filles étaient de petites demoiselles mignotées, bien élevées, rompues aux bonnes manières, et aussi satisfaites de leur lot que des vaches au champ.

Quant à sir Edwin, consumé par la rage et le chagrin, il était malaisé de se l'imaginer dans son état normal. D'après ce que j'avais entendu, il avait tout du riche marchand, soucieux en premier lieu de consolider son statut social et celui des siens. Needler, le majordome, était un insolent faquin qui cherchait surtout à se faire bien voir par la famille. Tout était normal en somme. En fait, les seuls chez les Wentworth dont le comportement pouvait surprendre, c'étaient Elizabeth, que je croyais innocente, et Ralph lui-même.

Nous arrivâmes à Smithfield. Je promenai mon regard sur le vaste espace, le prieuré de St Bartholomew et l'hôpital, toujours vide et sous bonne garde. À côté du marché, je vis des hommes vêtus de la livrée de la Cité en train de placer des sièges pliants en gradins. D'autres enfonçaient à coups de marteau dans un grand mât des pitons auxquels étaient fixées des chaînes. Je me souvins de ce que Vervey m'avait dit que la semaine prochaine devaient être brûlés deux anabaptistes, ces gens qui refusaient de reconnaître les sacrements et voulaient que tous les biens fussent mis en commun. Je priai le ciel qu'ils se rétractent, pour que le supplice leur soit épargné, et fis tourner mon cheval en direction du prieuré et de Long Lane afin d'aller au plus court.

Je remarquai une petite suite de gens portant la livrée rouge et or des Howard, qui tenaient tranquillement les rênes de leurs chevaux à côté de la loge d'entrée. Puis, à la porte, vêtu de sa robe dont l'écarlate tranchait sur les pierres grises, j'avisai le duc de Norfolk en personne. Il parlait à un autre homme debout dans l'embrasure, les bras croisés dans une attitude de propriétaire. J'eus la surprise de reconnaître sir Richard Rich.

Ils m'avaient déjà repéré et me regardaient fixement. Le duc leva un bras. « Tiens, messire l'avocat ! Approchez ! »

Quelle guigne ! Allaient-ils encore s'en prendre à moi ? Je tournai la tête de Genesis vers le groupe, priant le ciel que le cheval continue à bien se comporter. Je remarquai que le portier avait changé. Qu'était-il arrivé au gros coquin que Barak avait chassé de la bibliothèque à coups de pied ? Lorsque je m'arrêtai, Rich me jeta un regard froid et hostile, alors que, pour une fois, Norfolk avait l'air assez affable. Rich devait être en train d'accueillir Norfolk au prieuré lorsque j'étais arrivé, et sans doute étaient-ils fâchés d'avoir été vus ensemble. Ces derniers temps, l'atmosphère était si fébrile que, quand deux membres du Conseil privé se rencontraient ailleurs qu'à Whitehall, des rumeurs de complot naissaient aussitôt. Et, de fait, il était fort curieux de voir se rencontrer ici le protégé de Cromwell et son pire ennemi. Je mis pied à terre et les saluai.

« Messire Shardlake, dit Norfolk, dont le visage se plissa en un mince sourire. Lord Rich, voici un habile homme de loi que j'ai rencontré au banquet de lady Honor l'autre soir. Rien à voir avec votre clique des Augmentations, assurément.

— Non, c'est l'un des bons apôtres de Lincoln's Inn, n'est-ce pas, mon cher confrère ? Encore qu'il porte la bonne parole dans d'étranges endroits : je l'ai trouvé en train de se promener l'autre jour dans mon jardin. Vous n'étiez pas venu voler le linge qui séchait, j'espère ? »

Je me forçai à rire de sa plaisanterie. « Je vais à Bishopsgate et ne fais que passer. Comme j'ai un nouveau cheval, je préfère éviter de lui faire affronter les foules de la Cité. »

Norfolk se tourna vers Rich. « Un confrère de messire Shardlake s'est montré fort impertinent avec moi l'autre jour à Lincoln's Inn, il m'a gratifié d'un sermon sur la religion nouvelle. » Ses yeux froids me fixaient, lançant des éclairs. « Mais vous me dites, vous, que vous n'êtes pas un de ces biblistes fanatiques !

— Je suis les règles que le roi a établies, Votre Grâce. »

Norfolk grogna, puis se tourna vers Genesis qu'il examina d'un regard expert. « Voilà un bidet bien ordinaire. Mais aussi, on ne peut guère emmener un cheval fringant dans la Cité. Et j'imagine que vous

seriez mal à l'aise sur une monture un peu nerveuse »,
ajouta-t-il. L'allusion à ma difformité était brutale. Il
écarta les bras. « Palsambleu, Richard, je ne serai pas
fâché de voir le Parlement entrer en vacances, afin de
pouvoir retourner à la campagne. Mais vous, vous êtes
un citadin dans l'âme, non ?

— Je suis londonien, Votre Grâce », répondit Rich
non sans raideur. Il se retourna vers moi. « Le duc est
venu discuter du transfert de certaines terres monastiques. » Il n'était pas tenu de me donner la moindre
explication et me fournissait là une justification à leur
rencontre, au cas où j'eusse été tenté de répandre les
rumeurs selon lesquelles ils fomenteraient une conspiration. Cela pouvait être vrai, car il était de notoriété
publique qu'en dépit de son conservatisme religieux
Norfolk avait pris sa part des biens monastiques.

« Oui, lança Norfolk. Quant à vous, Richard, vous
vous êtes octroyé la jouissance de St Bartholomew en
fait sinon en droit, pas vrai ? » Il se mit à rire. « Sir
Richard a attribué les maisons qui entourent le prieuré
à un si grand nombre de ses agents qu'on pourrait
appeler cet endroit l'annexe de la cour des augmentations à Smithfield. Alors que ce pauvre prieur Fuller
n'est pas encore mort. Ce n'est pas vrai que vous
l'empoisonnez, dites-moi, Richard ? »

Lequel répondit avec un sourire contraint : « Le
prieur a une maladie qui le fait dépérir, Votre Grâce. »

Les railleries du duc visaient sans doute à me faire
comprendre qu'ils n'étaient pas en bons termes. Rich
se détourna lorsqu'un domestique apparut à la porte,
tenant à la main un sac lourd, et lui murmura quelques
mots à l'oreille. « Mettez-les dans mon bureau, dit
Rich d'un ton sec. Je les examinerai plus tard. »

Norfolk regarda le sac avec curiosité lorsque le valet disparut à l'intérieur. « Qu'est-ce qu'il y a là-dedans ?

— Nous retournons l'ancien cimetière des moines dans le cloître pour en faire un jardin. Une coutume d'autrefois voulait, semble-t-il, qu'ils se fassent enterrer avec des objets personnels. Nous avons trouvé quelques articles intéressants. »

Je me souvins des apprentis qui fouillaient dans les cercueils lorsque j'étais venu voir Kytchyn, et du petit bijou d'or que le portier s'était approprié.

« De valeur, sans doute ?

— Certains, oui. Des objets d'intérêt historique aussi. Des bagues anciennes, des talismans contre la peste, et même de vieilles plantes enterrées avec un apothicaire. Je m'intéresse à tout cela, Votre Grâce. Je n'ai pas toujours l'esprit occupé par le profit », dit-il avec une certaine acrimonie. Je compris alors que, malgré sa brutalité et sa cruauté, Rich n'appréciait guère sa réputation de vénalité.

« Une étrange coutume.

— Oui. J'en ignore l'origine. Mais ceux qui sont enterrés ici, moines ou patients de l'hôpital, l'ont tous été avec un objet personnel, quelque chose qui caractérisait leur vie, j'imagine. Nous en aurons fini avec les moines dans deux jours, puis nous passerons au cimetière de l'hôpital. J'y ferai peut-être construire des maisons. »

Mon cœur se mit à battre quand je compris ce qui pouvait avoir été enterré avec le soldat Saint-John. Quelqu'un allait très loin pour faire disparaître les dernières traces du feu grégeois. Mais peut-être y en avait-il encore quelques-unes, enfouies sous la terre de St Bartholomew.

Je me rendis compte que Rich me regardait. « Quelque chose a éveillé votre intérêt, Shardlake ?

— Oh, c'est que je m'intéresse moi aussi aux antiquités, messire. J'ai vu à Ludgate de vieilles pierres provenant d'une ancienne synagogue.

— Il faudrait se mettre à nos affaires, messire, coupa Norfolk, au mépris de toute politesse. Il fait trop chaud pour rester planté toute la journée au soleil.

— Bien, Votre Grâce. Je vous souhaite bonne route, messire Shardlake, dit Rich en plissant ses yeux gris. Évitez de trop fouiller dans les affaires des autres, vous risqueriez de vous brûler les doigts. Ne l'oubliez pas. »

Là-dessus, il tourna les talons, et, accompagné de Norfolk, passa sous le porche d'entrée. La suite du duc me regarda avec curiosité tandis que je faisais faire demi-tour à Genesis et m'éloignais. Je m'aperçus que je ruisselais. Assurément, la chaleur n'était pas seule en cause. Pourquoi cette rencontre entre Norfolk et Rich ? De quoi devaient-ils discuter ? De la vente de propriétés monastiques ou de projets contre Cromwell ? Ou du feu grégeois ? La mise en garde de Rich, avec son allusion au feu, semblait confirmer cette dernière hypothèse. Mais l'allusion était-elle délibérée ?

Ce fut avec soulagement que je tournai dans Long Lane et continuai mon chemin vers la demeure de lady Honor, en pensant à toutes ces tombes ouvertes.

27

L A MAISON DE VERRE ÉTAIT CALME et silencieuse dans la chaleur matinale. Un domestique en livrée vint m'accueillir à la porte. Je demandai à voir lady Honor pour une affaire urgente et il me fit entrer en me priant d'attendre dans le vestibule. Par une des fenêtres donnant sur la cour, je vis que les volets de la salle des banquets étaient fermés pour la protéger du soleil. L'une des vitres du vestibule portait une devise familiale sous les armoiries et je me penchai pour mieux voir. *Esse quam videri.* « Être plutôt que paraître. » Être véritablement une famille noble et puissante au sein de la cour du roi, comme l'étaient les Howard et comme l'avaient été les Vaughan. Je me demandai quel prix lady Honor aurait à payer pour y parvenir. Dans quelques heures, je verrais Cromwell. Il fallait que j'en aie le cœur net d'ici là.

Le valet reparut et m'annonça que lady Honor allait me recevoir. Il me conduisit dans un salon à l'étage. Comme le reste de la maison, la pièce était richement décorée de tapisseries et d'une multitude de gros coussins brodés sur le sol. Au mur était accroché un beau portrait, celui d'un homme âgé en costume de la guilde des merciers. Au-dessus de la barbe blanche, le visage avait l'air bienveillant, malgré la pose solennelle.

Lady Honor était assise dans un fauteuil capitonné et vêtue d'une robe bleu pâle à décolleté carré. Elle portait une coiffe carrée également et, pour une fois, n'était pas entourée de ses suivantes. Je vis que le livre qu'elle lisait était *L'Obéissance du chrétien*, de Tyndale, le livre qu'Anne Boleyn avait utilisé pour essayer de persuader le roi de devenir chef de l'Église.

Lady Honor se leva : « Ah ! messire Shardlake. Vous avez lu maître Tyndale, assurément.

— En effet, madame. À l'époque où il n'était guère en faveur. »

Malgré son ton affable et son sourire, lady Honor avait les sourcils légèrement froncés. Était-elle gênée par ce baiser soudain qu'elle m'avait donné l'avant-veille et craignait-elle que je le lui rappelle ? Soudain, je repris douloureusement conscience de mon dos tordu.

« Que pensez-vous de maître Tyndale ? demandai-je.

— Il est fort convaincant, répondit-elle en haussant les épaules. Son interprétation des passages bibliques a de la force. Avez-vous lu les échanges entre Tyndale et Thomas More ? Deux grands écrivains s'abaissant à de vulgaires insultes, chacun réfutant les vues de l'autre sur Dieu.

— Oui. Si Tyndale n'avait pas été en sécurité à l'étranger, More l'eût volontiers mis sur le bûcher.

— Où il a fini de toute façon. Et Tyndale aurait brûlé More s'il l'avait pu. Je me demande ce que Dieu pense d'eux tous. Si tant est qu'il en pense quoi que ce soit. » Une lassitude rageuse filtra dans ses paroles tandis qu'elle reposait le livre sur la table. « Mais bien entendu, Dieu nous observe tous, n'est-ce pas ? »

Son ton légèrement sarcastique éveilla un instant mes soupçons. Était-elle au nombre de ces hérétiques de la plus dangereuse espèce : ceux qui doutaient de l'existence de Dieu ? Un doute qui assiégeait sournoisement les esprits confrontés aux violents conflits religieux du temps et qui, à une ou deux reprises, avait assailli le mien, me donnant le sentiment d'être suspendu au-dessus d'un gouffre de ténèbres.

« Asseyez-vous, je vous prie », dit lady Honor en désignant les coussins. Je m'exécutai avec plaisir. « Voulez-vous du vin ? proposa-t-elle.

— Non, merci, il est encore tôt. »

Elle me regarda ouvrir ma sacoche. « Eh bien ! voyons ce que vous m'avez apporté aujourd'hui. »

J'hésitai un instant. « Les documents concernant le feu grégeois, madame. Je ne connais personne d'autre qui les ait vus, et je serais heureux de connaître votre opinion sur un ou deux points. »

Malgré ses yeux étincelants de colère, elle garda un ton neutre. « Ainsi, vous voudriez savoir ce que j'ai lu et ce que j'ai compris. Comme je vous l'ai dit il y a deux jours : assez pour regretter d'avoir succombé à ma curiosité. C'est tout.

— Assez pour vous persuader que le feu grégeois était une réalité ?

— Assez pour me le faire redouter, si l'on en juge par les effets qu'il peut produire. Je n'ai rien à ajouter,

412

messire Shardlake. Je vous ai dit la vérité pure et simple. »

Je scrutai son visage avec attention. L'avant-veille, elle avait essayé de me séduire afin que je la croie. Aujourd'hui, mes questions provoquaient son hostilité et son mécontentement. Était-ce parce qu'elle m'avait vraiment dit toute la vérité ?

« Lady Honor, poursuivis-je, choisissant soigneusement mes mots, je dois rendre compte à Thomas Cromwell cet après-midi. Je n'ai pas autant avancé dans mon enquête que je l'aurais souhaité, d'autant que le fondeur qui a aidé les Gristwood a disparu, probablement assassiné lui aussi. Des tentatives de meurtre ont été commises sur ma personne. »

Elle prit une grande inspiration : « Ainsi, tous ceux qui ont quelque rapport avec cette affaire sont en danger ?

— Ceux qui ont aidé les Gristwood dans leur entreprise.

— Suis-je en danger moi aussi ? » Elle s'efforçait de garder son sang-froid, mais un tic faisait frémir sa paupière inférieure.

« Je ne pense pas. Tant que vous ne dites à personne d'autre qu'à moi que vous avez regardé ces papiers.

— À personne. Mais le comte ? Si vous le lui dites, il essaiera peut-être de m'arracher des renseignements avec des méthodes plus rudes que les vôtres.

— C'est en partie pour cela que je suis venu ce matin. Pour que mon rapport soit aussi complet que possible. Lady Honor, le soir où nous avons parlé, sur le banc de Lincoln's Inn, je vous ai vue converser avec le sergent Marchamount. Vous sembliez discuter de choses fort sérieuses.

— Vous m'avez donc épiée ? rétorqua-t-elle, mécontente.

— Je vous ai vue par hasard. J'avoue m'être dissimulé dans l'espoir d'entendre votre conversation, mais je n'ai pas saisi une seule parole. J'ai seulement vu l'expression de vos deux visages. Vous paraissiez soucieux tous les deux. Comme lorsque vous avez parlé à nouveau ensemble après le banquet. Or le sergent a eu lui aussi ces papiers entre les mains. »

J'attendais de la colère, mais elle se borna à soupirer et baissa la tête en la dissimulant derrière sa main levée. « Seigneur, que n'ai-je provoqué par ma sotte curiosité !

— Dites-moi simplement la vérité. Je vous promets de plaider votre cause au mieux auprès du comte. »

Elle leva les yeux avec un sourire triste. « Oui, je vous crois, bien qu'on vous envoie sur mes traces comme un limier. Votre visage me dit que vous n'aimez guère votre tâche. Je me trompe ?

— Peu importe ce que je pense, lady Honor. Je me vois contraint de vous demander ce dont vous parliez avec le sergent. »

Elle se leva et s'approcha de la desserte sur laquelle trônait une belle coupe en or. « Gabriel Marchamount m'a fait cadeau de ceci, dit-elle. Il conseille la guilde des merciers, vous savez, tout comme il conseillait jadis mon mari. Maintenant que je suis veuve, il m'assiste également dans tout ce qui touche au droit dans mes affaires. Il s'est montré… attentif, dirons-nous.

— Ah. » Je me sentis rougir.

« Il m'a fait comprendre à maintes reprises qu'il aimerait prendre la place de mon mari.

— Ainsi, il vous aime. »

Elle éclata d'un rire narquois qui me surprit.
« M'aimer ? Messire Shardlake, assurément vous avez
entendu parler des tentatives de Gabriel pour persuader
le Collège héraldique de lui accorder des armoiries,
bien que son père fût poissonnier ? Il ne peut apporter
aucune preuve d'une noble naissance et n'occupe pas
une position suffisamment élevée dans la société pour
que le roi intervienne en sa faveur. Ses tentatives ont
échoué. Mais il souhaite plus que tout avoir un fils
qui pourra dire un jour qu'il est de noble naissance.
Il a pour la noblesse le même appétit que le cochon
pour les truffes. Aussi s'efforce-t-il à présent de
trouver un autre moyen d'y accéder. Il souhaite s'allier
à une noble famille par le mariage. »

L'embarras et la colère l'avaient fait rougir elle
aussi. Je sentis la honte m'envahir.

« Mais en vérité, messire Shardlake, certains ne sont
pas dignes de se hisser au-dessus de leur état, et
Marchamount fait partie de ceux-là, dit-elle d'une voix
tremblante. Sous ses airs doucereux, c'est un rustre
ambitieux. J'ai refusé son offre, mais il ne veut pas
renoncer à ses projets. Et Dieu sait s'il en a. » Elle
baissa quelques instants la tête, puis releva vers moi
des yeux brillants. « Cependant, jamais je ne lui ai dit
que j'avais regardé les papiers. Je ne suis pas si sotte.
Et il ne m'en a jamais parlé non plus. » Sous son œil,
le nerf se mit à frémir à nouveau. Elle se tourna vers la
fenêtre et regarda vers la salle des banquets de l'autre
côté de la cour. J'avais honte de la question que j'avais
encore à lui poser.

« Ce n'est pas tout ce que j'ai entendu au banquet,
lady Honor. Le duc de Norfolk a chuchoté à

Marchamount que vous refusiez d'accéder à une requête qu'il vous a faite. »

Elle ne se retourna pas. « Le duc de Norfolk convoite des terres, messire Shardlake. Il voudrait être le plus grand propriétaire du royaume. Ma famille possède des domaines, que le duc aimerait s'approprier. Il est disposé à appuyer l'avancement de mon neveu à la cour moyennant une part de ces terres. Mais j'ai conseillé au père d'Henry de ne pas céder le peu qui lui reste, quelles que soient les faveurs que Norfolk prétend accorder. Ralph n'a pas la stature nécessaire pour jouer le rôle du sauveur de notre famille. »

Je regardai son dos rigide et dis : « Je suis vraiment fâché de vous avoir demandé de me révéler des soucis d'ordre privé. »

Lorsqu'elle se retourna, je fus soulagé de voir qu'elle souriait, encore que ce fût avec ironie. Aux coins de ses lèvres se creusaient ses exquises fossettes, qui accusaient son âge tout en rehaussant son charme.

« Oui, je vous crois. Vous avez bien fait votre travail, messire Shardlake. Certains, chargés de la tâche qui est la vôtre, seraient venus ici pleins de bruit et de fureur, et peut-être leur en aurais-je dit beaucoup moins qu'à vous. » Elle réfléchit un moment, puis s'approcha de la petite table où elle saisit la Bible. « Tenez. Prenez cela. »

Intrigué, je me levai et saisis le lourd ouvrage à deux mains. Elle mit la sienne dessus, posant ses longs doigts bien à plat sur la reliure de cuir, et me regarda en face. De si près, je vis briller sous la lumière le très léger duvet doré qu'elle avait sur la lèvre supérieure.

« Je jure par Dieu tout-puissant que je n'ai parlé à personne du contenu des documents concernant le feu grégeois, hormis vous-même.

— Et le duc ne vous a pas demandé de le faire ? »

Elle me rendit mon regard sans ciller. « Je vous jure que non. Direz-vous au comte que j'ai fait ce serment de mon propre chef et librement ?

— Je vous le promets.

— Je sais qu'à lui, vous êtes tenu de tout raconter, mais puis-je vous demander de ne parler à âme qui vive, hormis au comte, de ce que je viens de vous dire concernant Gabriel et le duc ?

— Vous avez ma parole, madame. Je sais que les avocats ont la réputation d'avoir une langue de commère, mais je garderai le secret. »

Elle m'adressa à nouveau son sourire chaleureux. « Ainsi, nous pouvons redevenir amis ?

— Rien ne saurait me faire plus plaisir, madame.

— Parfait. Vous m'avez trouvée de méchante humeur tout à l'heure. » Elle désigna la coupe d'or du menton. « Cet objet est arrivé en même temps qu'une invitation à un combat d'ours demain. Gabriel organise une fête pour l'occasion, et je me sens tenue d'y assister. » Elle marqua une pause. « Ne voudriez-vous pas m'y accompagner. »

J'inclinai la tête. « Le souhaitez-vous réellement ? Après l'interrogatoire que je viens de vous faire subir ?

— Oui. Ne serait-ce que pour vous montrer que je ne vous en veux pas. » Elle avait de nouveau une lueur de coquetterie dans le regard.

« Je viendrai avec plaisir, lady Honor.

— À la bonne heure. Nous nous retrouverons à midi, à l'embarcadère de Three Cranes. »

Je ne répondis pas car la porte s'ouvrit sur le jeune neveu de lady Honor. Il avait le visage rouge et renfrogné. Habillé en tenue de ville, il portait un pourpoint violet à crevés et une grande toque ornée d'une plume de paon. Il ôta la toque et la jeta sur la bonnetière.

« Ma cousine, dit-il d'un air fort piqué, je vous en prie, ne m'envoyez plus chez de pareilles gens. » Il s'interrompit en me voyant assis sur un coussin. « Je vous demande pardon, monsieur, je ne voulais pas vous interrompre. »

Lady Honor prit le jeune garçon par le bras. « Messire Shardlake est venu me rendre une courte visite, Henry. Allons, installez-vous à votre aise. Prenez du vin. »

Le jeune homme se laissa tomber sur un coussin face à moi pendant que lady Honor allait lui chercher du vin. Elle me fit signe de m'asseoir à nouveau. « Henry s'est rendu chez le lord-maire Hollyes. J'ai pensé qu'il lui serait utile de connaître ses enfants. » Elle lui tendit un gobelet de vin et retourna s'asseoir, lui adressant un sourire encourageant. « Alors, Henry, contez-nous donc ce qui s'est passé.

— Ces filles sont des dévergondées. » Le jeune homme prit une grande lampée de vin.

« Les filles du maire ? Voyons, expliquez-vous !

— Je me réjouissais de faire leur connaissance car j'avais entendu dire qu'elles étaient jolies. Elles sont trois. Au début, en présence de la femme du maire, la conversation a été fort plaisante. Elles m'ont posé des questions sur la vie dans le Lincolnshire, la chasse. Mais lorsque leur mère a été appelée ailleurs et que je suis resté seul avec les filles, elles…

— Allons, Henry, poursuivez. »

Il baissa les yeux et passa une main sur son visage pustuleux. « Dès que la vieille femme est sortie, les filles sont devenues cruelles. Elles… elles ont commencé à se moquer de mes… mes boutons, m'ont demandé si j'avais eu la vérole. L'une a dit que même une putain borgne ne voudrait pas de moi. » Sa voix se mit à trembler. « Ma cousine, j'ai Londres en horreur, je veux retourner dans le Lincolnshire. » Il baissa à nouveau la tête et ses cheveux gras lui tombèrent devant le visage.

« Henry, dit lady Honor avec une pointe d'impatience, ce sont des choses qui arrivent. Il faut vous montrer plus viril. »

Il éclata : « Non, ces choses-là ne devraient pas arriver ! Je suis un Vaughan, et je suis en droit d'attendre du respect.

— C'est cruel d'être en butte à la moquerie », dis-je.

Lady Honor soupira. « Montez dans votre chambre, Henry, j'irai vous parler dans un moment. »

Le garçon se leva en silence et sortit sans me regarder, claquant la porte derrière lui. Lady Honor s'appuya au dossier de son fauteuil.

« Vous voyez maintenant pourquoi je crains que ce garçon n'ait pas assez de mordant pour faire son chemin à Londres. C'était une erreur de le faire venir ici. Mais c'est lui l'héritier Vaughan, et il fallait bien essayer. » Elle soupira. « Pauvre garçon ! »

— Certains ressentent le mépris avec une acuité toute particulière à cet âge. C'était mon cas.

— Les filles peuvent être cruelles quand elles sont jeunes. Je l'étais moi-même, ajouta-t-elle avec un sourire ironique.

— Vous, madame ? J'ai peine à le croire.

— Vous savez comment on éduque les filles, en leur apprenant jusque dans le moindre détail la façon dont il convient de se comporter. La bonne façon de marcher, de s'asseoir, le moment où il est opportun de sourire. Je me demande combien hurlent intérieurement d'exaspération, comme je le faisais. Et combien, sous un visage angélique, remâchent des pensées cruelles.

— Il faut être une femme pour comprendre cela.

— Je vais renvoyer Henry chez lui. Il y a un autre cousin Vaughan. Il est jeune, mais peut-être que dans quelques années… »

Je me levai, conscient du temps qui passait. « Je suis au regret de devoir partir. » Je la quittai à contre-cœur, heureux néanmoins que mes questions n'aient pas anéanti notre amitié naissante ; mais, avant de voir Cromwell, je voulais avoir l'avis de Guy sur ces livres.

« Et moi, je dois m'efforcer de réconforter Henry. Je vous raccompagne. » Elle me conduisit en bas. Dans le vestibule, je me tournai vers elle.

« Je suis désolé d'avoir remué de pénibles émotions », dis-je encore.

Elle posa une main légère sur mon bras. « Vous vous acquittez de votre devoir, malgré le désagrément que vous en éprouvez, ce que j'admire. » Elle me regarda avec attention. « Mais vous paraissez bien las. Vous êtes fait pour des tâches plus subtiles et policées. Vous vous rabaissez, Matthew.

— Je n'ai pas le choix.

— Pour l'instant, peut-être. » Elle me prit la main. « À demain. N'oubliez pas : midi, à l'embarcadère de Three Cranes. »

En allant à l'écurie chercher Genesis, je me sentis réconforté par la sollicitude qu'elle m'avait témoignée. Pourtant, mon esprit, toujours sceptique, se demandait si elle ne cherchait pas tout simplement à s'assurer que je prendrais son parti dans mes démarches auprès de Cromwell. Elle avait juré sur la Bible, mais mes sinistres soupçons d'athéisme me revinrent. Pour quelqu'un qui ne croirait pas en Dieu, que signifierait un serment sur la Bible ?

28

L A BOUTIQUE DE GUY N'ÉTAIT PAS TRÈS LOIN, mais, quand j'arrivai, les volets étaient clos. Et sur la porte se trouvait épinglée une note manuscrite où je reconnus l'écriture pointue de Guy, annonçant que la boutique était fermée jusqu'au lendemain. Ma déception était grande et je restai là à fixer le papier. Je me souvins qu'une fois par mois il se rendait dans le Hertfordshire à une foire où l'on vendait plantes et médicaments, afin de se réapprovisionner. Je chargeai un voisin de lui transmettre un message où je lui demandais de me prévenir sitôt qu'il rentrerait, puis remontai sur mon cheval placide et pris le chemin du retour.

À Chancery Lane, Barak m'attendait, la mine morose. « Vous avez des nouvelles ? m'enquis-je.

— Je suis allé voir cette vieille sorcière de mère Neller pour lui rappeler que vous lui aviez promis de l'argent si elle vous faisait dire quand reparaîtrait Bathsheba. Je l'ai avertie de ce à quoi elle devait s'attendre de la part de lord Cromwell si la fille revenait sans qu'elle nous en avise. Mais elle ne sait rien. Personne ne sait rien, hormis les morts, et ceux-là se taisent. Et puis, j'ai trouvé le repaire de Wright et de Toky : un logis très modeste près de la Tamise. Hélas ! ils l'ont quitté hier.

— Ils ont peut-être craint d'être l'objet de recherches officielles.

— Ils n'étaient là que depuis trois jours. Je les soupçonne de changer sans cesse d'endroit, afin de brouiller les pistes. Que vous a appris lady Honor ?

— Que Marchamount voulait sa main et qu'elle l'avait repoussé. Que c'est de cela qu'ils discutaient. Et que le duc de Norfolk essayait d'obtenir d'elle des terres en échange du service qu'il lui rendrait en introduisant son neveu à la cour. Elle affirme n'avoir dit à personne d'autre qu'à moi qu'elle a lu les documents.

— Vous la croyez ?

— Elle a juré sur la Bible, soupirai-je. Elle m'a invité demain à assister à un combat d'ours. Je compte y aller. Marchamount y sera également. C'est une occasion de vérifier les affirmations de lady Honor.

— On dirait que la piste n'a pas abouti. Je gage que vous ne serez pas fâché de la voir lavée de tout soupçon.

— Je reconnais que je la trouve fort aimable. Mais il me déplairait que la sympathie que j'éprouve pour une femme trouble mon jugement.

— En est-il jamais autrement ? »

Je lui lançai un regard peu amène. Je voyais bien qu'il était inquiet à la perspective de l'entretien qui nous attendait, et qu'il passait ses nerfs sur moi.

« J'ai aussi découvert autre chose », ajoutai-je. Je lui parlai alors de ma rencontre avec Norfolk et Rich, et de la possibilité que quelque chose soit enterré avec le soldat.

« Une hypothèse tirée par les cheveux, estima-t-il.

— Je le sais bien. Mais quel objet pourrait le caractériser mieux que le feu grégeois ? Et les anciens moines ne pouvaient pas imaginer qu'un jour les terrains monastiques consacrés seraient retournés comme de la banale terre. Je crois que je vais à nouveau interroger Kytchyn. Le comte saura où il se trouve.

— Sans doute. Mais ne parlez pas du viol des terrains consacrés.

— Je ne suis pas si sot. Eh bien ! il est temps de se mettre en route. Nous prendrons un bateau.

— Comment se comporte le nouveau cheval ?

— Il est très calme », dis-je. Puis j'ajoutai : « Il n'a aucune personnalité. »

Barak se mit à rire. « Oh, pardon ! J'aurais dû demander aux écuries royales s'il n'y avait pas un cheval qui parle.

— Quand vous êtes de méchante humeur, vous passez les bornes, dis-je d'un ton sévère. Mais rien ne sert de se chercher querelle. D'ailleurs, je suis trop las pour cela. En route. »

Nous ne parlâmes guère pendant le trajet. Je me sentis plus nerveux à l'approche de Whitehall. Le bachot nous laissa à Westminster Steps. Nous longeâmes Westminster Hall, en direction du palais qui se trouvait juste derrière. Devant l'énorme porche, Holbein Gate, aux armoiries colorées et médaillons en terre cuite représentant les empereurs romains, Barak se tourna vers moi.

« Peut-être aurions-nous dû confronter Leman et Bealknap ce matin.

— Mon entrevue avec lady Honor était tout aussi importante. »

Il m'adressa un de ses regards pénétrants : « Vous menacerez de le dénoncer, n'est-ce pas, à moins qu'il nous donne des réponses circonstanciées. Pas de solidarité entre confrères cette fois-ci ?

— Non. Encore que, si Bealknap est appelé à comparaître devant le secrétaire, ma réputation à Lincoln's Inn sera compromise. Les avocats ne sont pas censés se dénoncer les uns les autres. Cependant, je vous assure que je n'épargnerai pas Bealknap, déclarai-je en soutenant son regard. Mais dites-moi, qu'avez-vous raconté à mon propos en faisant votre rapport à Cromwell ? Vous ne vous êtes sûrement pas abstenu de tout commentaire.

— Cela ne vous regarde pas, dit-il, gêné.

— Je veux savoir à quoi je dois m'attendre.

— J'ai donné un compte rendu de nos faits et gestes, voilà tout, répondit simplement Barak. Je ne vous ai aucunement critiqué, si vous voulez savoir. Mais cela ne nous avance guère. Ce qu'il veut, ce sont des résultats. »

Je passai le premier et entrai sous le porche monumental qui nous offrit quelques instants une ombre bienvenue. Partout, on construisait, partout on voyait des échafaudages et de la poussière. On achevait des jeux de paume. Des logements sortaient de terre. Le roi, disait-on, voulait faire de Whitehall le plus beau palais d'Europe. Nous tournâmes dans le bâtiment de la nouvelle Privy Gallery où le comte avait ses bureaux. Barak échangea un mot avec le garde, et on nous laissa entrer.

Un long vestibule dont les grandes fenêtres donnaient sur un jardin se déployait devant nous, richement décoré de tapisseries. Le roi, je le savais, recevait souvent ses visiteurs ici. Je retins mon souffle en voyant, gardé par un hallebardier, le grand mural de Holbein représentant la dynastie Tudor. Le gigantesque tableau était aussi magnifique que je l'avais entendu dire. Les défunts parents du roi — Henry VII, que la famille de lady Honor avait combattu à Bosworth, et sa femme Elizabeth d'York — se tenaient de part et d'autre d'un sépulcre de pierre. Au premier plan et au-dessous d'eux, on voyait Jane Seymour, la seule de ses épouses dont Henry VIII se plaisait à se souvenir. En face de sa femme au visage curieusement ingrat, le roi lui-même, mains sur les hanches. Sur le tableau, il portait un manteau court richement décoré, aux énormes épaules, un pourpoint incrusté de pierreries et un haut-de-chausse à la braguette proéminente. On eût dit qu'il me dévisageait. Son visage exprimait une froide autorité, à laquelle se mêlait autre chose. Lassitude ? Colère ? Je frissonnai en pensant qu'après la colère de Cromwell, si le feu grégeois n'était pas retrouvé d'ici quelques jours, s'annonçait celle du roi lui-même.

« Allons, souffla Barak à côté de moi, le comte attend. »

Barak semblait bien connaître son chemin dans ces couloirs où résonnaient les pas. Des courtisans et des agents de l'administration en robe noire circulaient sans bruit et calmement, au cas où le roi serait dans le palais. J'admirai le magnifique jardin, dominé par une fontaine qui, malgré la sécheresse, avait encore un copieux débit. Barak s'arrêta devant une porte gardée par un autre hallebardier, et nous fûmes admis dans un premier bureau où l'inévitable Grey était assis derrière une table. Il se leva pour nous accueillir. Comme la dernière fois, je remarquai que son visage rond d'érudit trahissait une certaine nervosité.

« Messire Shardlake. Apportez-vous des nouvelles ? J'ai vu les messages de Barak. Il reste si peu de temps…

— Nous réservons nos nouvelles au comte », rétorqua sèchement Barak.

Grey le regarda et inclina la tête. « Soit, Barak, mais je préfère vous prévenir qu'il est de fort méchante humeur. Et avec lui se trouve le duc de Norfolk, qui est là depuis deux heures.

— Vraiment ? dis-je. J'ai vu le duc tout à l'heure à Smithfield. En compagnie de Richard Rich. »

Grey secoua sombrement la tête. « Tous les vieux amis du comte complotent contre lui. N'est-ce pas cruel ? » Il secoua la tête, jeta un coup d'œil nerveux vers une porte intérieure, puis se pencha vers moi. « J'ai entendu des éclats de voix, il y a un petit moment. » Il se mordit la lèvre, la mine soucieuse, me rappelant Joseph l'espace d'un instant.

« Devons-nous attendre ? demanda Barak.

— Certes. Il veut vous voir. »

Grey s'interrompit tandis que la porte intérieure s'ouvrait à la volée et que le duc sortait à grands pas. Il claqua la porte derrière lui, un manque de civilité qui me laissa pantois, puis se tourna vers nous, son long visage fendu par un sourire carnassier. Je lui adressai un profond salut.

Il eut un rire râpeux : « Encore vous ! Vous semblez vouloir que votre face s'imprime dans ma mémoire. » Ses yeux pénétrants me fixaient avec une malveillance non dissimulée. Il n'y avait plus trace chez lui de la courtoisie qu'il m'avait témoignée devant Rich. Il hocha la tête. « L'ami de l'hérétique. Soyez tranquille, messire Shardlake, je ne vous oublierai point. » Il se tourna vers Barak. « Vous non plus, mon jeune ami au nom juif. Savez-vous que certains commerçants espagnols ont été démasqués comme étant des Juifs clandestins, ici, dans la Cité ? L'ambassadeur d'Espagne veut qu'ils soient renvoyés chez eux pour y être brûlés. Morbleu ! il y a des hérétiques partout. » Il se retourna vers Grey. « Vous aussi, je vous ai à l'œil. Prenez garde. Tous autant que vous êtes. » Il nous adressa un signe de tête triomphant, puis sortit en claquant derrière lui la porte du bureau.

Barak gonfla les joues.

« La peste soit du gueux. »

Grey avala sa salive : « À l'entendre chanter, on le croirait déjà maître du poulailler. » Il regarda un moment la porte de séparation, puis se leva, frappa timidement et entra. Il reparut un instant plus tard en disant : « Lord Cromwell va vous recevoir. » Nous nous approchâmes de la porte. Le cœur me manquait lorsque j'imaginais son humeur.

Le comte était assis dans une vaste pièce de travail dont les murs étaient tapissés d'étagères et de tiroirs, derrière un bureau encombré de piles de papiers. Une magnifique mappemonde montrait le Nouveau Monde, avec ses côtes dentelées et ses étendues intérieures désertes où rôdaient les monstres. Cromwell était assis, immobile, et son visage lourd et carré était curieusement dénué d'expression. Il nous regarda pensivement nous incliner très bas.

« Alors, Matthew ? dit-il à mi-voix. Jack ?

— Votre Grâce. »

Aujourd'hui, il était vêtu d'une simple robe brune, sur laquelle la seule touche de couleur était sa chaîne d'office avec laquelle il joua un moment. Puis il tendit la main pour saisir une plume, une jolie plume de paon verte dont les couleurs iridescentes formaient un œil. Il la mania un moment, observant l'œil, apparemment perdu dans ses pensées. Puis il eut un sourire sans joie et hocha la tête en direction de la porte.

« À en croire Grey, le duc s'est donné en spectacle tout à l'heure ? »

Je ne sus que répondre. Cromwell poursuivit, toujours sur le même ton pondéré. « Il est venu me demander de faire sortir l'évêque Sampson de la Tour. J'y serai obligé, on n'a pu lui faire confesser le moindre complot, même sur le chevalet. » Il regarda de nouveau l'œil de la plume, qu'il entreprit alors de déchiqueter. « Les papistes sont plus habiles que le renard le plus rusé, car ils gardent si bien le secret de leurs intrigues que je n'ai rien à révéler au roi qui le ferait se retourner contre Norfolk et sa clique. Pas même des murmures. » Il reprit d'un ton bienveillant : « Jack ici présent m'a dit que vous vous êtes occupé d'une affaire contre le dénommé Bealknap et que vous avez été agressé en visitant une maison qui lui appartient.

— Oui, Votre Grâce. »

Il ne haussa pas le ton, mais, lorsqu'il reprit la parole, sa voix avait des inflexions rageuses : « Vous perdez du temps avec des vétilles alors que la seule chose susceptible de me conserver la faveur du roi, le feu grégeois, reste introuvable et que les voleurs assassinent sous votre nez tous ceux qui savent quelque chose.

— Nous avons réussi à parler à dame Gristwood, son fils et l'ancien moine...

— Qui avaient tous fort peu de chose à dire.

— Nous avons travaillé dur, Votre Grâce... », risqua Barak.

Cromwell l'ignora. Il se pencha, pointant vers moi la plume mutilée. « Il reste une semaine avant la démonstration prévue. Le roi insiste à présent pour divorcer de la reine Anne, et c'est à moi qu'il incombe d'en trouver le moyen. Après quoi, il épousera cette petite catin de Catherine Howard, et jamais Norfolk ne sortira de sa salle d'audience, où il ne cessera de lui répéter qu'il devrait me faire exécuter pour l'avoir affublé de cette gueuse allemande. Le feu grégeois est pour l'heure mon seul atout. Si je le lui donne, il me gardera à son service et peut-être parviendrai-je à redresser la barre avant que les Howard ne nous ramènent sous la tutelle de Rome. » Il reposa les débris de la plume et s'adossa à son fauteuil. « Peut-être serai-je alors autorisé à vivre. » Sa lourde carcasse frémit légèrement lorsqu'il prononça ce dernier mot. « Le roi connaît pourtant la gratitude », murmura-t-il doucement, comme s'il parlait pour lui-même. Mon cœur se serra quand je compris qu'il était aux abois. Il cligna des yeux, puis me fixa de nouveau. « Alors ? Avez-vous d'autres nouvelles ? Qu'avez-vous réussi à faire, hormis m'affliger d'un petit troupeau de sots terrorisés ?

— Il fallait que je découvre ce qu'ils savaient, Votre Grâce.

— Vous n'ajoutiez pas foi à l'existence du feu grégeois, semble-t-il », lâcha-t-il brutalement.

Je me dandinai, mal à l'aise. « J'étais bien obligé de remonter jusqu'aux sources de l'affaire.

— Et maintenant ?

— J'y crois, dis-je après une légère hésitation.

— Alors, qu'en est-il des suspects ? Je parle des gens de premier plan ?

— Ils affirment tous ne rien savoir. J'ai interrogé minutieusement lady Honor. » Je lui répétai tout ce qu'elle m'avait dit.

Il grogna : « C'est une femme de qualité. Jolie. » Ses yeux vrillèrent les miens. Barak lui avait-il dit que je la trouvais aimable ? Je me souvins que Cromwell était veuf à présent. On disait que son fils unique, Gregory, était un garçon médiocre, comme le jeune Vaughan.

« Je voudrais vérifier son lien avec Marchamount, dis-je.

— Encore un qui prétend ne rien savoir. Bealknap en est un troisième.

— J'ai beaucoup de questions à poser à Bealknap. J'ai trouvé un moyen de faire pression sur lui, en le menaçant de dénoncer certaines de ses actions frauduleuses. Je vais essayer de le voir cet après-midi.

— Le dénoncer ? Aux autorités de Lincoln's Inn ?

— Oui.

— Voilà qui est parler.

431

— Je l'interrogerai sur ses relations avec Richard Rich. »

Le visage de Cromwell s'assombrit en entendant ce nom. « Oui, vous l'avez ajouté à la liste des suspects possibles, me dit Barak. Ainsi que Norfolk. » Il jeta à la porte close un bref regard furieux. Je frissonnai en pensant à ce qu'il ferait au duc s'il l'avait en son pouvoir.

« Bealknap et Marchamount sont à leurs soldes respectives. » J'hésitai, puis me lançai. « Je les ai vus ensemble ce matin à St Bartholomew. Je me suis demandé… Je me suis demandé s'ils n'avaient pas partie liée.

— Le monde entier a partie liée contre moi. Tous mes protégés m'abandonnent, deviennent des espions ou des ennemis, et font en sorte d'assurer leurs arrières au Conseil au cas où le vent tournerait. » Son regard se porta de nouveau sur moi. « Si Bealknap a parlé du feu grégeois à Rich, Rich pourrait en avoir touché deux mots à Norfolk.

— Ce ne sont là que des hypothèses, Votre Grâce.

— En effet, dit-il la mine sévère.

— Je viens d'apprendre qu'on exhume les cercueils du cimetière des moines de St Bartholomew, et que l'on compte en faire autant pour les tombes de l'hôpital. Or peut-être le soldat s'est-il fait enterrer avec du feu grégeois. Auquel cas, cela nous permettrait de nous en procurer. J'ai songé à en parler à Kytchyn. »

Il hocha la tête. « Cela vaut la peine d'essayer, je suppose. Si j'en avais, ne fût-ce qu'un peu, je pourrais au moins dire au roi qu'il est possible d'en fabriquer davantage. Faites ce que vous avez à faire avec cette tombe, mais que Rich n'en sache rien. Demandez à Grey l'adresse de la maison où j'ai fait loger Kytchyn et dame Gristwood. Grey est le seul qui soit au courant. Presque le seul en qui je puisse avoir confiance par les temps qui courent. Et ne tardez pas à voir Bealknap. Trouvez-moi la solution de cette affaire, Matthew, dit-il avec un regain d'insistance. Trouvez-la-moi.

— Nous trouverons, Votre Grâce », répondit Barak.

Cromwell réfléchit un moment. « Avez-vous vu le mural de Holbein en entrant ? me demanda-t-il.

— Oui, Votre Grâce.

— J'ai pensé en effet qu'il attirerait votre attention. Ne le trouvez-vous pas réaliste ? On dirait que les personnages sont prêts à descendre dans le vestibule, n'est-ce pas ? » Il reprit la plume et se mit à arracher les quelques lames qui y restaient. « Le roi est magnifique là-dessus. Il a des mollets aussi épais et robustes que ceux d'un cheval de trait. Si vous le voyiez maintenant… L'ulcère de sa jambe le fait tant souffrir que, certains jours, on le roule dans un petit chariot pour qu'il circule dans le palais.

— Votre Grâce, intervint Barak, il est dangereux de tenir de tels propos. »

Cromwell agita une main. « Cela me soulage de parler, alors écoutez-moi. Je crois qu'il n'y aura plus de petits princes. Il est si malade que je suis persuadé qu'il n'est plus capable d'en faire. Et je crois que c'est ce qui l'a tant choqué quand il a vu Anne de Clèves : il s'est rendu compte qu'il ne pourrait plus lever son membre pour elle. Sans doute espère-t-il y parvenir avec la jolie petite Catherine, mais je n'en suis pas sûr. » Il arracha les derniers restes de la plume et jeta

433

la tige nue. « Et s'il ne peut pas, dans un an, ce sera la faute de Catherine comme aujourd'hui c'est celle d'Anne. Et là, Norfolk se retrouvera en disgrâce une fois de plus. Je veux durer jusque-là. »

Malgré la chaleur de la pièce, je frissonnai en entendant la façon implacable et calculatrice dont il parlait du roi. Dire qu'il n'était plus capable d'engendrer d'enfants frisait le crime de lèse-majesté. Cromwell releva les yeux, le visage crispé.

« Eh bien, vous semblez fort perplexes. » Son regard passa de Barak à moi. « Si vous échouez et si la démonstration n'a pas lieu, vous pouvez vous attendre à des représailles. Vous avez entendu Norfolk. Alors, réussissez. » Il soupira profondément. « Et maintenant, laissez-moi. »

J'ouvris la bouche, mais Barak me toucha le bras et secoua vivement la tête. Nous saluâmes à nouveau avant de sortir. Barak referma la porte très doucement. Grey leva vers nous un regard inquiet. « Vous a-t-il donné des instructions ?

— Non. Seulement de vous demander de nous dire où loge messire Kytchyn.

— J'ai le renseignement ici. » Il fouilla dans un tiroir, écrivit l'adresse et me la tendit. « Lui et les Gristwood composent une bien étrange maisonnée, me dit-il en essayant de sourire.

— Je vous remercie. Prenez soin de vous, messire Grey. »

29

ASSIS DANS UN COIN DU *BARBARY TURK*, où Barak
avait donné rendez-vous au marin de la Baltique,
nous attendions. La taverne était un antre sombre qui
sentait à la fois la bière rance et l'eau de la Tamise,
étant située sur la berge du fleuve. Par le fenestron,
j'apercevais Vintry Wharf, où se trouvaient de
nombreux entrepôts. Ce qui me rappela que celui dont
on m'avait retiré la vente était tout près de là, à Salt
Wharf.

Comme il était encore tôt, il n'y avait pas grand
monde. Au milieu de la pièce, accroché par des
chaînes à une des poutres du plafond, était suspendu
un énorme fémur, trois fois plus gros que celui d'un
homme. Lorsque nous étions arrivés et que Barak était
allé chercher de la bière au bar, j'avais regardé la
plaque qui y était fixée : *Jambe d'un géant des anciens
temps, pêchée dans la vase de la Tamise, 1518.*
L'année où j'étais arrivé à Londres. En effleurant
l'objet, je le fis osciller doucement au bout de ses

chaînes. Il était froid et à le toucher on aurait dit de la pierre. Pouvait-il vraiment provenir d'un géant ? Assurément, l'humanité revêtait parfois de bien curieuses formes. Je songeai à mon dos tordu, et à la jambe malade du roi, source de tous ses déboires conjugaux. Un contact sur mon bras me fit sursauter. Ce n'était que Barak, qui m'indiquait le coin le plus sombre de la salle.

Nous avions passé un après-midi décevant, surtout après que Cromwell avait souligné l'urgence de la situation. Nous avions pris un bateau pour retourner à Temple Stairs, puis regagné Temple Lane à pied.

Leman nous y attendait. En route pour Lincoln's Inn, je m'aperçus hélas qu'il n'était plus à jeun. Une fois qu'il en eut franchi l'entrée, il jeta des regards inquiets aux bâtiments imposants ainsi qu'aux avocats en robe noire qui circulaient. Mais peut-être la perspective de l'argent à gagner donna-t-elle du courage à notre marchand à la trogne rouge, car il nous laissa l'emmener chez Bealknap.

Nous montâmes l'étroit escalier qui menait à sa porte. Elle était close et un lourd cadenas bloquait la poignée. Nous nous adressâmes alors à l'avocat qui occupait le bureau au-dessous du sien, mais il nous répondit sèchement que notre confrère Bealknap était sorti de bonne heure ce matin-là et qu'il préférait ne pas savoir ce qu'il faisait.

Contrariés, nous allâmes à mon cabinet. Dans la première pièce je trouvai Godfrey, qui examinait des documents avec Skelly. Il leva des yeux surpris en me voyant arriver flanqué de Barak et de Leman. Je les laissai dans cette pièce et passai dans le bureau de Godfrey.

« Il n'y a pas de difficulté particulière dans tes affaires, à ceci près qu'on vient encore de t'en retirer une, dit-il. La vente de la maison de Coldharbour.

— Morbleu ! Comme si je n'avais pas déjà assez de tracas. » Je me passai la main dans les cheveux. « Ce sont de nouvelles affaires qui s'en vont, et de nouveaux clients aussi.

— Tu devrais étudier cela de près, Matthew, dit Godfrey en me regardant gravement. Il semblerait que quelqu'un te calomnie.

— Tu as raison, mais je n'ai pas le temps de m'en occuper maintenant. Pas avant jeudi prochain.

— Tu seras libre ensuite ? »

Je souris avec ironie. « Oh, oui. D'une manière ou d'une autre. » Je m'avisai alors que Godfrey avait les traits tirés, et j'éprouvai quelque remords. « Mes affaires te prennent beaucoup de temps ?

— Non, mais ce matin, j'ai appris que j'étais condamné à une amende de vingt livres pour insolence envers le duc.

— Lourde punition. C'est pitié, Godfrey.

— Je serai peut-être obligé d'accepter ton offre de me prêter de l'argent. Encore que ta réputation souffrira si l'on apprend que tu m'aides.

— C'est le cadet de mes soucis en ce moment. Cet argent, tu l'auras. »

Il se pencha et me saisit la main. « Merci.

— Dis-moi combien il te faut.

— Je dois d'abord voir quelle somme je peux réunir de mon côté. De mon point de vue, c'est de l'argent consacré à une œuvre pie, ajouta-t-il avec ferveur.

— Assurément.

— Qu'en est-il de l'affaire Wentworth ?

— Elle avance, mais lentement. Tout va lentement en ce moment. Écoute, Godfrey, il faut que je voie Bealknap, seulement il est sorti. Peux-tu essayer de savoir quand il rentrera, et le prévenir que je veux lui parler de toute urgence ? Dis-lui qu'il s'agit de l'affaire dont nous avons déjà discuté, et que je lui demande d'entrer en rapport avec moi sans délai.

— Tu peux compter sur moi. » Il me regarda avec curiosité. « C'est au sujet de ce qui t'occupe en ce moment ?

— Oui.

— Tu as de bien curieux compagnons, dit-il en hochant la tête en direction de la porte de séparation.

— Je sais. Je ferais bien de les rejoindre, d'ailleurs. La peste soit de Bealknap. Il est sans doute en train de fouiner dans la Cité, en quête d'affaires louches. Ce vilain cafard a une telle réputation que son voisin du dessous refuse même de prendre des messages pour lui.

— Il a le culte du veau d'or, c'est un esclave de Mammon.

— Comme la moitié de Londres. »

Je retournai dans la première pièce. Assis près de la fenêtre, Leman regardait d'un œil distrait les allées et venues des avocats. Barak se tenait près du bureau de Skelly et écoutait attentivement celui-ci lui expliquer comment on faisait des copies.

« Allons-nous-en, messieurs, dis-je. Godfrey nous préviendra du retour de Bealknap.

— Je dois retourner à mon éventaire », dit Leman. Je le laissai partir, car je pouvais difficilement lui demander de rester là toute la journée, et Cheapside était assez près pour que je puisse envoyer Simon le chercher. Je rentrai à la maison avec Barak.

« Vous le faites travailler dur, le pauvre Skelly, dit Barak. Il m'a dit qu'il était à la tâche depuis sept heures ce matin, à recopier des documents.

— Il met deux heures à faire ce que d'autres font en une, rétorquai-je. Vous ne savez pas ce que c'est que d'avoir des employés. C'est moins facile qu'il n'y paraît.

— Skelly non plus n'a pas la vie facile. »

Je m'abstins de répondre.

« J'ai réfléchi à quelque chose, me dit-il. Si quelqu'un vole un sac de pommes et qu'elles valent plus d'un shilling, il sera pendu à Tyburn.

— C'est la loi.

— Pourtant, très souvent, les gens ne paient pas leurs dettes, à commencer par ce méchant gueux de Bealknap, d'après ce que vous dites. Votre clerc était en train de copier une assignation pour dette selon laquelle le débiteur "cherchait de façon frauduleuse et sournoise à léser le plaignant".

— C'est la formule consacrée pour une assignation.

— Pourtant, si la culpabilité du débiteur est prouvée, si l'on démontre que c'est un escroc qui a dépossédé un homme de son argent, il sera obligé de rembourser la somme, mais rien de plus, c'est bien cela ?

— Morbleu, Barak, dis-je en riant, c'est là tout ce qui vous tracasse ?

439

— Réfléchir ainsi détourne mon esprit de mes propres soucis.

— La différence, c'est qu'en matière de dettes, le désaccord entre les parties repose sur un contrat, tandis qu'un voleur prend tout bonnement ce qui ne lui appartient pas. Et dans un tribunal civil, on n'a pas besoin de preuves solides pour pendre un criminel. »

Barak secoua la tête, l'air cynique : « Nous avons vu à quoi ressemblaient les procès criminels à Newgate. Je crois que ce qu'il faut retenir de tout cela, c'est que les voleurs sont pauvres, tandis que ceux qui font des contrats sont riches.

— Un homme pauvre peut signer un contrat et se retrouver lésé tout comme un riche.

— Et si un pauvre est lésé par un riche, que doit-il faire ? Il n'a pas les moyens de lui intenter un procès.

— Il peut aller devant la cour des requêtes pour les pauvres, soupirai-je. Il est vrai que les pauvres sont désavantagés devant la loi. Il n'en reste pas moins que la loi est l'instrument de la justice. C'est sa fonction. »

Barak me coula un regard de biais : « Si vous croyez cela, vous êtes plus naïf que je ne le pensais. Vrai, vous voyez les choses sous l'angle d'un homme qui a du bien et peut jeter son dévolu sur une haute dame. »

Je soupirai. Pourquoi fallait-il que cette conversation, comme toutes celles que j'avais avec lui, se transformât en dispute ? Nous étions arrivés devant mon jardin, et j'entrai sans répondre. À la maison, je trouvai un mot de Joseph qui se plaignait de ce que je ne lui eusse rien annoncé de nouveau. Il me rappelait, comme si besoin était, qu'Elizabeth comparaîtrait à nouveau devant Forbizer dans une semaine exactement. Je froissai la note avec irritation. Allais-je demander à Barak s'il pensait que nous pourrions sans risque retourner examiner le puits le lendemain soir ? Non, il serait plus sage d'attendre un peu pour le lui proposer. La peste soit du gaillard et de ses humeurs.

Je demandai à Joan de nous préparer à dîner de bonne heure. Ensuite, je remontai la rue jusqu'à Lincoln's Inn, mais, bien que tous les endroits où Bealknap était susceptible de faire des affaires fussent fermés depuis longtemps, le cadenas sur sa porte n'avait toujours pas bougé. Je rentrai et dis à Barak qu'après tout nous pouvions nous rendre à la taverne ; il n'y avait plus de raison d'attendre le retour de Bealknap ce soir.

L'os de géant que j'avais fait osciller se balançait encore dans la pénombre et grinçait de sinistre façon au bout de ses chaînes. Un homme seul, assis à une table, nous regarda avec l'insistance hébétée des ivrognes. Barak reparut et posa devant nous deux chopes de bière.

« L'aubergiste dit que d'ordinaire maître Miller et ses amis ne viennent pas avant huit heures. » Il avala une longue gorgée de bière et s'essuya la main sur sa manche. « Je me suis conduit comme un méchant gueux cet après-midi, non ? ajouta-t-il à brûle-pourpoint.

— Ma foi... »

Il secoua la tête. « C'est le comte, dit-il en baissant la voix. Bon sang ! jamais je ne l'ai vu en pareil état. Il m'a alarmé. Nous ne devons souffler mot à âme qui vive de ses commentaires sur le roi. Dire qu'il ne pourrait plus avoir d'enfants. Seigneur Dieu ! » Il regarda autour de nous, bien qu'il n'y eût personne à proximité.

« Mais pourquoi nous a-t-il parlé de cela ?

— Pour nous effrayer. Pour que nous entendions ses propos compromettants. »

Je secouai la tête. « Je me souviens du comte il y a dix ans. Il n'était que le secrétaire de Wolsey à l'époque, mais on pouvait deviner ce qu'il allait devenir. L'assurance, la force. Aujourd'hui, il m'a paru… aux abois.

— Je crois qu'il l'est. »

Je me penchai vers mon compagnon et baissai la voix de façon à lui chuchoter à l'oreille : « Mais Cromwell ne peut pas tomber. La moitié des membres du Conseil privé sont ses alliés et Londres est une cité réformiste.

— Les Londoniens sont de vraies girouettes. Je suis bien placé pour le savoir, j'ai passé toute ma vie dans cette ville. Personne n'aidera le comte si les Howard retournent le roi contre lui. Palsambleu, qui s'aviserait de tenir tête au roi ? » Il se raidit. « Avez-vous entendu ce qu'a dit Norfolk à propos de mon nom juif ? Il doit avoir une liste des gens du comte. Peut-être qu'il m'enverra au Domus, afin que je me convertisse. On y enferme toujours les pauvres Juifs qui échouent ici.

— Mais votre famille s'est convertie il y a des siècles. Vous êtes tout autant que moi membre de l'Église d'Angleterre.

— Quand j'étais petit, dit-il avec un sourire sardonique, je me souviens qu'à Pâques les prêtres faisaient toujours un sermon sur la façon dont les Juifs avaient crucifié Notre-Seigneur, et sur leur cruauté. Une fois,

442

pendant le sermon, j'ai lâché un pet monstrueux, un pet que j'avais retenu tout exprès, et qui a fait mouche. Le prêtre a levé les yeux et tous les autres garçons ont ricané. Quand je suis rentré, ma mère m'a donné une raclée. » Sa voix prit l'accent d'amertume qu'elle avait toujours quand il évoquait sa mère. « Je voudrais bien autre chose à boire.

— Nous sommes peut-être ici pour un certain temps. Mieux vaut rester sobres.

— Je tiens bien l'alcool. En plus, j'ai besoin d'être requinqué.

Je suis censé voir ma mie plus tard, mais je n'en ai guère l'envie. Ce soir, je ne me sens pas porté sur les femmes.

— Elle croira que vous vous êtes lassé d'elle », dis-je.

Barak était-il de ces hommes qui, séduisant facilement, traitent les femmes à la légère et n'ont jamais de relation durable ? Cela semblait assez dans sa nature instable et aventureuse.

« C'est peut-être vrai, d'ailleurs », dit-il en haussant les épaules. Puis il changea de sujet. « Demain, vous revoyez votre amie lady Honor ?

— Oui, au combat d'ours.

— Voilà des lustres que je n'ai assisté à un combat d'animaux. La dernière fois, c'étaient des taureaux, et l'un d'eux a lancé un chien en l'air si haut que les gens dans la rue l'ont vu passer par-dessus les derniers gradins du stade. Le dégoûtant spectacle quand il s'est écrasé !

— Je me demandais si nous ne pourrions pas retourner au puits de sir Edwin demain soir », dis-je, non sans hésitation.

443

Il opina en regardant l'os géant, qui n'avait pas encore retrouvé son immobilité. « Soit. Morbleu, j'y ai eu une de ces peurs la nuit dernière ! Je jurerais avoir vu des yeux me regarder. » Il se leva et s'approcha du comptoir où l'on servait la bière. Je l'observai, songeur. Étaient-ce des bijoux qu'il avait vu briller à la lueur de la chandelle ? Ou des pierres précieuses ? Je craignais que non.

La porte s'ouvrit à nouveau, et une demi-douzaine de grands et robustes gaillards entrèrent d'un pas lourd. Ils étaient cuits par le soleil et paraissaient fatigués. S'agissait-il de Miller et de ses amis ? Le patron leur fit signe et Barak les rejoignit devant le comptoir. L'œil méfiant, les hommes encerclèrent Barak, qui se mit à parler vite. Devais-je m'approcher ? Mais les marins commençaient à hocher la tête, ce qui laissait à penser qu'ils étaient arrivés à une entente satisfaisante. Barak me rejoignit et posa deux chopes de bière sur la table.

« C'est Hal Miller avec ses compagnons. Ils sont arrivés à Londres à midi, et ils ont déchargé du charbon tout l'après-midi, comme vous pouvez le voir à leur trogne. Au début, ils ont refusé de me parler. Mais je leur ai promis de l'argent et, pour faire bonne mesure, je leur ai montré le sceau du comte. »

Les hommes emportèrent leurs chopes à une grande table au milieu de la salle et lancèrent des regards dans notre direction. Ils avaient la mine plus soucieuse qu'amicale. Vigilant, je suivis Barak qui traversa la pièce pour les rejoindre. Il me présenta comme l'un des agents de Cromwell et nous prîmes place. L'odeur terreuse du charbon me chatouillait les narines.

« Alors, vous avez taillé la besogne, mes gaillards ? demanda Barak.

— Toute la journée, répondit l'un d'eux. Du charbon pour les boulangeries du roi. » Il avait un curieux accent chantant, et je m'avisai que, comme la plupart des charbonniers, il venait des régions sauvages du nord.

« Par une pareille chaleur, cela doit être dur, hasardai-je.

— Oui, et mal payé, rétorqua un autre en lançant un regard appuyé à Barak, qui hocha la tête et donna une claque sur sa bourse, faisant tinter les pièces.

— Lequel d'entre vous est Hal Miller ? demandai-je, décidé à entrer dans le vif du sujet.

— Moi », répondit un solide bonhomme d'une quarantaine d'années, au crâne chauve et aux grosses mains noueuses. Des yeux bleus me fixèrent, très vifs, dans un visage rouge barbouillé de poussière.

« Je voulais vous parler d'une nouvelle boisson qui a été rapportée des rivages de la Baltique il y a quelques mois. D'après ce que je sais, vous avez essayé de la vendre.

— Peut-être, dit-il. En quoi cela intéresse-t-il le comte ?

— Simple curiosité de sa part. Il aurait aimé savoir comment elle était fabriquée.

— Il n'est pas le seul à s'y intéresser. D'autres l'ont fait, qui m'ont menacé.

— Qui ? demandai-je vivement.

— Un dénommé Toky. » Miller cracha sur le sol. « Le coquin a toutes les audaces, malgré sa gueule à faire tourner une sauce.

— Le comte peut vous offrir sa protection, lança Barak.

— Qu'est-ce qui intéressait Toky dans cette boisson ? demandai-je.

— Il voulait nous l'acheter.

— Et il y est arrivé ?

— Oui, dit Miller, qui resta un moment silencieux, puis se pencha en avant, posant ses bras massifs sur la table. À l'automne dernier, on m'a offert une place sur un bateau appartenant à l'un des marchands aventuriers, à destination de la Baltique. Vous savez qu'ils essaient d'établir des liens commerciaux là-bas, et de casser le monopole de la Ligue hanséatique. Mes compagnons m'ont conseillé de rester sur les bateaux charbonniers, et j'aurais mieux fait de les écouter. Il nous a fallu trois semaines pour traverser la mer du Nord et remonter la Baltique. Une fois là, nous n'avons pas osé nous arrêter dans les ports allemands, de peur que les marchands de la Ligue ne nous fassent arrêter. Lorsque nous sommes arrivés dans les régions où règnent les chevaliers Teutoniques, nous étions à moitié morts de faim et de froid. Seigneur, c'est sinistre là-haut. Rien que des forêts de pins jusqu'au rivage. Et en hiver, la mer gèle…

— Vous avez accosté là-bas ?

— Oui, dans un endroit appelé Libau. Les Polonais étaient ravis de faire du commerce avec nous. Nous avons embarqué un chargement de fourrures et d'autres curiosités que le capitaine Fenchurch n'avait jamais vues, comme une drôle de poupée qui s'ouvre sur d'autres poupées plus petites. Et un baril de ce liquide appelé vodka, que boivent les Polonais. Notre équipage en a goûté, mais on aurait dit du feu tant ça brûlait. Une petite tasse nous a rendus malades comme des chiens. Le capitaine Fenchurch en a quand même rapporté avec lui un demi-baril. »

Comme le soldat Saint-John avait jadis rapporté de Constantinople certain autre baril. « Qu'est-il arrivé à cette boisson ?

— Le capitaine Fenchurch nous a donné notre solde à Londres. Avec ce que lui avait coûté le voyage, il n'avait fait qu'un piètre profit, même en comptant les fourrures, et il n'envisageait pas de repartir là-bas. Alors, je suis retourné travailler sur les charbonniers. Mais il m'a donné en souvenir une bouteille de vodka, que j'ai apportée ici. Tu te rappelles cette soirée, Robin ?

— Je ne suis pas prêt de l'oublier, répondit un de ses compagnons, un jeune gars blond, qui poursuivit : Hal est arrivé ici et nous a parlé des Polonais, avec leurs grandes barbes, leurs chapeaux pointus en fourrure et leurs forêts sombres, et puis il a sorti cette bouteille. Dedans, il y avait un liquide transparent qu'il a fait circuler en nous disant que c'était ce que buvaient les Polonais. Tu nous avais prévenus que c'était fort, et que nous ne devions en boire qu'une gorgée, pas vrai, Hal ?

— Oui, Robin, mais toi, tu t'es cru plus malin que tout le monde, dit l'un des autres en riant.

— Eh, oui, répondit le jeune marin blond. J'ai pris une grande lampée au goulot, et par ma foi j'ai cru que ma tête allait éclater, alors j'ai tout recraché sur la table. C'était l'hiver, il faisait nuit et il y avait des bougies allumées dessus. Le liquide a touché la bougie, qui s'est renversée et alors... Seigneur !

— Quoi donc ?

447

— La table a pris feu. Le liquide aurait dû éteindre la chandelle, mais toute la table s'est mise à flamber. Une étrange flamme bleue. Tout le monde paniquait dans la taverne. Les gens criaient et se signaient. Et puis le feu s'est éteint aussi vite qu'il avait pris, sans laisser de marque sur la table. C'était celle-ci, au reste. » Il posa la main sur la table toute rayée qui, cependant, ne portait aucune trace de brûlure.

« On aurait cru à de la sorcellerie, dit Hal. Après ça, j'ai jeté le reste. »

Je fronçai les sourcils. « Vous dites que c'était l'hiver ?

— Janvier. Je me souviens que cela ne nous disait guère de remonter toute la côte jusqu'au nord par gros temps.

— Quand le dénommé Toky s'est-il manifesté ? »

Le regard de Miller se fit à nouveau méfiant. « Plus tard dans le mois, quand nous sommes redescendus de Newcastle. Vous savez, elle avait circulé, cette histoire d'une boisson étrangère qui prenait feu. Toky a débarqué ici un soir avec un autre homme, un grand gaillard. Il est entré comme s'il était chez lui et est venu à notre table. Le grand avait une hache, et la moitié des clients ont déguerpi en la voyant. Il a dit qu'on l'avait chargé de se procurer de ce liquide, et que son maître paierait bien.

— Il n'a pas dit qui était son maître ?

— Non, et nous ne le lui avons pas demandé. Au début, il ne m'a pas cru quand je lui ai dit que j'avais jeté la bouteille dans l'eau du bassin de Queenhithe, et il m'a menacé, mais je lui ai donné l'adresse du capitaine Fenchurch et il est parti. J'ai regretté ensuite de l'avoir fait, mais j'avais eu peur. Plus tard, quand je

448

me suis renseigné auprès d'un des domestiques de Fenchurch, à qui son maître avait confié qu'il avait réussi à vendre le baril, j'ai appris qu'il avait fait un joli profit.

— À qui l'a-t-il vendu ?

— Le domestique ne savait rien de plus. J'ai supposé que c'était au grêlé.

— Marchamount ? Bealknap ? Bryanston ? L'un de ces noms vous évoque-t-il quelque chose ? » Je m'abstins d'ajouter Norfolk ou Rich, car tout le monde à Londres les connaissait.

« Non, messire, je suis au regret.

— Où vit le capitaine Fenchurch ?

— À Bishopsgate Road. Mais il est en mer à nouveau, dit l'homme en secouant la tête. Il s'est embarqué sur un navire en partance pour la Suède. Il m'a bien proposé de partir avec lui, mais j'en ai assez de ces maudits pays. Il ne reviendra pas avant l'automne. »

Au moins, il n'avait pas été assassiné. « Je vous remercie quand même. » Sur un signe de tête de ma part, Barak sortit sa bourse et donna quelques pièces à Miller. « Si vous vous souvenez d'autre chose, dit-il, vous pouvez me faire mander par l'intermédiaire de l'aubergiste. »

Je sortis le premier de la taverne et m'arrêtai à quelque distance. La grue de Vintry Wharf se détachait sur le ciel éclairé par la lune comme le cou d'un gigantesque cygne. Je regardai le fleuve obscur.

« Nous voilà une fois de plus Gros-Jean comme devant, dit Barak. Si seulement ce gueux de capitaine n'était pas reparti ! »

— Réfléchissez aux dates, Barak. Miller met tout le monde en émoi dans la taverne en janvier. Trois mois après la découverte du feu grégeois à St Bartholomew, mais deux mois *avant* que les Gristwood ne fassent une démarche auprès de Bealknap pour qu'il leur obtienne l'accès à Cromwell. Qu'ont-ils fait pendant ces mois-là ?

— Ils ont construit l'appareil et l'ont essayé ?

— Sans doute.

— Et ils ont essayé de fabriquer du feu grégeois en utilisant la formule ? La boisson polonaise devait entrer dans sa composition, dit Barak, dont la curiosité sembla se réveiller.

— Ou peut-être ont-ils entendu parler du liquide qui s'enflammait et ont-ils envoyé Toky pour essayer de s'en procurer afin de voir s'ils pouvaient l'utiliser.

— Mais ils devaient connaître les composants dont ils avaient besoin. Ils avaient la formule.

— C'est ce que l'on peut supposer. Ainsi le commanditaire de Toky, quelle que soit son identité, a été très tôt au courant de l'affaire. Il travaillait *avec* les Gristwood. Des mois avant que Cromwell ne soit mis au courant.

— Cela n'a ni queue ni tête. S'il travaillait avec les Gristwood, pourquoi les faire assassiner par Toky ? » Il me regarda fixement. « À moins que les Gristwood ne soient allés voir Cromwell derrière son dos dans l'espoir de négocier un marché plus avantageux.

— Alors pourquoi attendre deux mois pour les tuer après qu'ils ont mis Cromwell au courant ? Et si la personne qui a commandité les assassinats est l'un de nos suspects, les Gristwood n'auraient utilisé aucun d'entre eux comme intermédiaire pour avoir accès à

Cromwell. » Je haussai les sourcils. « Il faut que je parle à Bealknap. Nous devons lui mettre la main dessus, Barak. »

Il me regarda d'un air inquiet : « Et si Toky est arrivé le premier ? Peste, ils ont déjà eu le fondeur. Et si Bealknap était mort, lui aussi ?

— Je préfère ne pas y penser. Allons à Lincoln's Inn voir s'il y a du nouveau avant de rentrer à la maison. »

Avant de partir, je me retournai pour jeter un dernier regard à la taverne. Drôle d'endroit… C'était seulement la nuit que Londres dévoilait son véritable et sinistre visage.

À Lincoln's Inn, je trouvai un message de Godfrey me disant que Bealknap n'était pas rentré. Sa porte était toujours cadenassée, et le lendemain matin, quand je revins, elle l'était encore. Ses serrures et les gardes à l'entrée du collège protégeaient son or, mais de Bealknap lui-même, il n'y avait pas la moindre trace. Or il ne restait plus que six jours.

30

L A MATINÉE S'ANNONÇAIT DÉCEVANTE. Après m'être rendu à Lincoln's Inn sans trouver trace de Bealknap, j'étais allé chez Guy pour trouver mon message toujours à sa place. Pourquoi les gens ne pouvaient-ils rester chez eux, me demandai-je en poursuivant ma route vers la maison où Cromwell avait logé les Gristwood et Kytchyn pour assurer leur protection. Genesis avançait tranquillement. La foule ne paraissait pas le déranger. Il était plus rapide que ce bon vieux Chancery.

La maison se trouvait dans une rue pauvre non loin de la Tamise. La peinture des portes et des volets, fermés malgré la chaleur de la matinée, était écaillée. J'attachai Genesis et frappai à la porte. Un gros gaillard en sarrau brunâtre apparut dans l'embrasure et me jeta un regard soupçonneux.

« Oui ?

— Je m'appelle Matthew Shardlake. C'est lord Cromwell qui m'a donné cette adresse. »

Il se détendit. « On m'a annoncé votre venue. Entrez.

— Comment vont nos hôtes ? »

Il fit la grimace. « Le vieux moine ne se porte pas mal, mais cette femme est une vraie mégère, et son fils n'a qu'une envie, c'est de partir d'ici. Vous savez combien de temps ils doivent rester ?

— Sans doute guère plus de quelques jours. »

Une porte s'ouvrit et dame Gristwood apparut. « Qui est-ce, Carney ? » demanda-t-elle d'un ton inquiet. Elle parut soulagée en me voyant. « Messire l'avocat.

— Comment vous portez-vous, madame ?

— Assez bien. Vous pouvez disposer, Carney », déclara-t-elle d'un ton péremptoire. Le gros homme fit une grimace et s'éloigna. « L'impertinent faquin ! lança dame Gristwood. Venez dans notre salon, messire. »

Elle me conduisit dans une pièce chaude aux volets clos, où son fils était assis devant une table. Lorsque j'entrai, il se leva. « Bonjour, messire. Êtes-vous venu nous dire que nous pouvions partir ? Je voudrais retourner au travail…

— Je crains que tout danger ne soit pas encore écarté, maître Harper. Encore quelques jours.

— C'est pour notre sécurité qu'on nous garde ici, David », dit sa mère d'un ton de reproche. Dame Gristwood semblait s'être remise du choc de la semaine précédente, et avoir retrouvé son naturel, qui était de faire la loi si elle le pouvait, où qu'elle se trouvât. Je souris.

« Cependant, j'aimerais bien rentrer chez moi, dit-elle. Nous avons décidé que David viendrait habiter avec moi. Il gagne assez à la fonderie pour nous faire vivre tous les deux. Puis, quand le marché sera plus favorable, nous vendrons la maison, et nous aurons un peu d'argent alors, hein, David ?

— Oui, mère », répondit-il docilement. Je me demandai combien de temps il lui faudrait pour prendre le mors aux dents comme Michael.

« Où est messire Kytchyn, demandai-je. J'ai besoin de lui parler.

— Ce cagot de moine ? fit dame Gristwood avec mépris. Dans sa chambre, je suppose. À l'étage.

— Alors, je vais monter, dis-je en m'inclinant. Je suis heureux de vous voir sains et saufs, vous et votre fils.

— Ah, merci, messire, dit-elle, le visage radouci. Vous avez tenu parole. »

Je montai l'escalier, curieusement touché par les remerciements inattendus de dame Gristwood. Elle n'avait pas posé de questions sur Bathsheba Green. Peut-être s'en moquait-elle, maintenant qu'elle avait son fils. Une seule des portes de l'étage étant fermée, j'y frappai doucement. Après un long silence, la voix de Kytchyn s'éleva, hésitante : « Entrez. »

Il devait être en train de prier, car il se relevait lentement. Un pansement à un bras gonflait le léger tissu de son habit blanc. Son mince visage était pâle et il avait les traits tirés par la souffrance.

« Messire Shardlake, dit-il d'un ton inquiet.

— Messire Kytchyn. Comment se porte votre bras ?

— J'ai du mal à me servir de mes doigts. Mais, au moins, la gangrène ne s'y est pas mise, c'est déjà ça. » Il s'assit sur le lit en soupirant.

« Comment vous trouvez-vous dans cette maison ? »

Il fronça les sourcils. « Je n'aime pas la dame qui est avec nous. Elle essaie de tout régenter. Ce n'est pas ce qu'on attend d'une femme », dit-il avec conviction. Je m'avisai qu'il avait sans doute eu fort peu affaire aux femmes pendant de nombreuses années, et que dame Gristwood devait le terroriser. Dans le monde séculier, il était vraiment perdu.

« Votre séjour ne devrait guère se prolonger, dis-je pour le rassurer. Au fait, je voudrais vous poser une question. »

La crainte reparut sur son visage. « À propos du feu grégeois, messire ?

— Oui. Une seule. »

Ses épaules se voûtèrent et il poussa un profond soupir. « Soit.

— On exhume les cercueils de St Bartholomew en ce moment.

— Je sais. Je l'ai bien vu le jour où nous nous y sommes rencontrés. C'est une profanation.

— On m'a dit que, selon une ancienne coutume, les gens enterrés dans l'enceinte du monastère faisaient mettre dans leur tombe un objet personnel ayant trait à leur existence ici-bas. Et que cela valait pour les frères comme pour les patients de l'hôpital.

— C'est vrai. J'ai souvent veillé un frère défunt. Avant de le coucher dans son cercueil, on déposait sur son corps un symbole de sa vie, avec soin et respect. » Des larmes apparurent dans ses yeux.

« Pensez-vous que le soldat Saint-John ait pu être enterré avec du feu grégeois ? »

Kytchyn leva les yeux. Il paraissait soudain intéressé. « Pourquoi pas ? Oui, je suppose que les frères savaient que si une chose symbolisait sa vie, c'était bien cela. Et ils ne pouvaient pas se douter que Richard Rich donnerait l'ordre de profaner les sépultures, ajouta-t-il amèrement.

— Alors, je crois que je ferais bien de retrouver sa tombe avant que Rich ne la fouille. Pourvu qu'il soit encore temps. Il a demandé qu'on lui apporte ce qui serait découvert dans les cercueils. »

Kytchyn me regarda. « Ah ! bien sûr. Il y aura des objets d'or et d'argent.

— Oui, dis-je en soutenant son regard. Messire Kytchyn, une idée me tracasse. Les moines avaient caché cette barrique ainsi que la formule. Ils connaissaient les effets du feu grégeois et ses conséquences possibles. »

Kytchyn hocha la tête, la mine sombre. « En effet. Vous vous souvenez de l'inscription.

— *Homo homini lupus.* Mais s'ils le savaient, pourquoi avoir gardé cette substance diabolique ? Pourquoi ne pas l'avoir détruite ? S'ils l'avaient fait, aucun d'entre nous ne serait en péril aujourd'hui. »

L'ombre d'un sourire mélancolique passa sur le visage de Kytchyn. « Les luttes entre l'Église et l'État n'ont pas commencé avec le goût du roi pour cette catin de Nan Bullen, messire. Il y a souvent eu des... différends bien avant cela.

— Assurément.

— Saint-John a séjourné à St Bartholomew à l'époque des guerres entre les maisons d'York et de Lancaster. Des temps troublés et incertains. J'imagine que les moines ont gardé feu grégeois au cas où ils se trouveraient menacés, afin de l'utiliser comme monnaie d'échange. Il nous fallait bien avoir la tête politique, messire. Les moines l'ont toujours eue, au reste. Ainsi donc, lorsque les Tudor ont rétabli la stabilité dans le pays, le feu grégeois a été oublié. Délibérément peut-être, ajouta-t-il.

— Parce que les Tudor avaient restauré la sécurité en Angleterre. Quelle ironie. »

En descendant vers Three Cranes Wharf où je devais retrouver lady Honor, je sentis mon courage revenir. Il y avait enfin là une perspective d'avancée, et je me rendrais à St Bartholomew le lendemain. Les trois grandes grues qui donnaient son nom au quai apparurent au-dessus des toits, se détachant sur un ciel dans lequel filaient des nuages blancs. Ils ne promettaient pas la pluie, mais donnaient une ombre bienvenue en passant devant le soleil. Des marchandes de fleurs faisaient des affaires à l'extrémité de Three Cranes Lane, où devaient se retrouver les invités de Marchamount. Pour l'occasion, j'avais troqué ma robe noire contre un pourpoint vert vif, que je portais rarement, et mon plus élégant haut-de-chausse.

La Tamise grouillait de barges et de bachots. D'innombrables bateaux couverts la sillonnaient. Dans certains, les passagers jouaient de la flûte ou du luth sous le dais, et le son des instruments portait joyeusement sur l'eau. On eût dit que tout Londres était venu jusqu'au fleuve pour savourer la brise et échapper à la chaleur et aux odeurs de la Cité. Une foule gaie et bruyante attendait à l'embarcadère que des bateaux la transportent jusqu'au lieu du combat, et je vis lady

Honor, debout avec Marchamount au centre d'un groupe qui attendait près des degrés. Ce jour-là, elle portait une coiffe noire et un ample vertugadin jaune. Elle sourit à une remarque de Marchamount, ce qui creusa ses ravissantes fossettes. Comme elle déguisait bien ses sentiments quand il le fallait ! À les voir, on eût dit les meilleurs amis du monde.

Je reconnus certains des autres invités, des merciers qui avaient assisté au banquet. Deux d'entre eux étaient venus avec leurs épouses. Les suivantes de lady Honor et deux serviteurs se trouvaient à côté d'elle, ainsi que le jeune Henry, qui regardait nerveusement l'affluence. Des hommes en armes tenaient à distance la foule qui attendait de traverser pour gagner l'arène, et ouvraient l'œil, à l'affût des coupeurs de bourse.

Lady Honor me vit et me héla. « Messire Shardlake ! Dépêchez-vous ! Le bateau est là ! » Je m'approchai d'elle en hâte et la saluai. « Pardonnez-moi, j'espère ne pas vous avoir fait attendre.

— Quelques minutes seulement », me dit-elle avec un chaleureux sourire. Marchamount m'adressa un bref salut et commença à faire l'empressé et à diriger ses invités vers les degrés descendant jusqu'au fleuve. « Allons, venez vite avant que la marée ne s'inverse. »

Un grand bateau couvert avec quatre rameurs attendait, sa voile bleu vif oscillant doucement au vent. Les invités étaient de plaisante humeur, et tout le monde bavardait gaiement en montant à bord. « Vous étiez las de votre robe noire, Shardlake ? » me demanda Marchamount lorsque je m'assis en face de lui. En tenue de sergent, il transpirait abondamment.

« J'ai fait une concession à la chaleur.

— Je ne vous ai jamais vu porter une couleur si vive, me dit-il en souriant. Cela paraît tout à fait extraordinaire. »

Je me tournai vers le neveu de lady Honor qui se trouvait assis près de moi. « Alors, messire Henry, êtes-vous réconcilié avec Londres ? »

Le jeune garçon rougit. « Il est difficile de s'y habituer, après le Lincolnshire. Cela me donne mal à la tête de voir tant de gens entassés ensemble. » Son visage s'éclaira. « Mais je suis allé dîner chez le duc de Norfolk. Il a une demeure splendide. On m'a dit que demoiselle Howard y vient souvent, et qu'elle sera peut-être bientôt reine. »

Je toussotai. « Vous devriez surveiller vos paroles en public. »

Marchamount se mit à rire. « Voyons, Shardlake, c'est tout à fait certain à présent. Les jours de Cromwell sont comptés.

— J'ai entendu dire que le comte Cromwell est un fameux coquin, et qu'il est de basse extraction, poursuivit Henry.

— Vous devriez *vraiment* faire attention à vos propos et à l'endroit où vous les tenez », protestai-je.

Il me regarda d'un air hésitant. Lady Honor avait raison, ce garçon manquait par trop d'esprit pour avancer la cause de sa famille à la cour. Je regardai vers l'avant du bateau, où lady Honor était assise, l'œil sur le lointain du fleuve, le visage pensif. Devant nous, sur la rive de Southwark, se dressait la haute enceinte circulaire où se déroulaient les combats d'ours. Je soupirai discrètement car j'avais toujours eu horreur de regarder ces gros animaux terrifiés se faire déchiqueter sous les cris de la foule.

Je sentis qu'on me touchait le bras. Marchamount me fit signe de me pencher pour pouvoir me parler à l'oreille. Je sentis son haleine chaude.

« Vous allez réussir à les retrouver, ces documents perdus ?

— Je continue mes recherches.

— J'espère que vous n'importunerez plus lady Honor à ce propos. C'est une femme d'une grande délicatesse. Elle me considère comme un conseiller, depuis la disparition de son pauvre mari. »

M'adossant à mon siège, je le dévisageai. Il hocha la tête d'un air complaisant. Au souvenir de ce que m'avait dit lady Honor, j'eus peine à ne pas lui éclater de rire au nez. Je jetai un coup d'œil à Henry Vaughan qui fixait l'eau, perdu dans ses pensées moroses. Je me penchai vers la grande oreille velue de Marchamount.

« C'est sur ordre de lord Cromwell que je vous ai surveillé, sergent. Je sais que vous avez eu avec lady Honor certaines conversations touchant à des affaires qui vous intéressaient, vous et le duc de Norfolk. » En entendant cela, il eut un sursaut et me regarda d'un air stupéfait.

« Vous n'avez pas le droit… », bredouilla-t-il, mais je le regardai durement et agitai le doigt. De mauvaise grâce, il pencha de nouveau la tête vers moi.

« J'ai tous les droits, sergent, comme vous le savez, alors cessez de me rompre les oreilles en vous préva- lant d'une autorité que vous n'avez pas. » Je fus le premier surpris de parler aussi vertement. Voilà que les façons de Barak me contaminaient.

« Ce sont des affaires d'ordre privé, chuchota-t-il. Cela n'a rien à voir avec… avec les documents manquants. Je vous jure…

— Vos intérêts sont de nature amoureuse, à ce que je crois. »

Il rougit. « Je vous en prie, n'en dites rien. Je vous en prie. Dans son intérêt à elle comme dans le mien. C'est… c'est fort embarrassant. » Soudain, son regard s'était fait suppliant.

« Elle ne m'a pas dévoilé cela de son plein gré, Marchamount, si cela doit vous mettre du baume au cœur. Soyez assuré que je ne dirai rien. Ni au sujet des vues qu'a le duc sur ses terres. »

Il écarquilla des yeux surpris, puis déclara un peu trop précipitamment : « Ah oui ! les terres. Une affaire d'ordre privé. »

Je fus rejeté en arrière lorsque le bateau heurta la rive à l'embarcadère de Bankside Steps. Les dames se mirent à rire. Le batelier les aida à mettre pied à terre. En regardant le large dos de Marchamount qui grimpait les marches devant moi, je repensai à son expression étonnée lorsque je lui avais dit que Norfolk convoitait les terres de lady Honor. Alors, était-ce autre chose que le duc attendait d'elle en réalité ? Je me souvins de la main qu'elle avait posée sur la Bible en jurant que jamais le duc ne lui avait posé de questions sur le feu grégeois, et de mes doutes quant à sa foi.

La rive était noire de monde. C'étaient surtout des gens du commun qui se dirigeaient vers l'arène. Un homme en justaucorps frôla les jupes larges de lady Honor. L'une des suivantes poussa un cri d'alarme et l'un des valets écarta l'homme. Lady Honor soupira.

« Vraiment, on se demande à quoi bon venir ici quand on voit ce bruit et cette foule. » De la sueur perlait sur sa lèvre. Avec une robe aussi lourde, la chaleur devait lui être une véritable épreuve.

« Mais je vous assure que le spectacle en vaut la peine, lady Honor, dit Marchamount. Il y a un bel ours d'Allemagne, appelé Magnus, qui combat aujourd'hui. Il fait plus de six pieds de haut et est sorti vivant du combat d'hier, où il a tué cinq chiens. J'ai parié un shilling sur lui aujourd'hui, bien qu'il ait perdu beaucoup de sang. »

Lady Honor regarda le haut amphithéâtre de bois. Une foule importante attendait devant les grilles, et déjà on entendait à l'intérieur des cris et des vivats : les vieux ours aveugles étaient dans l'arène et on avait lâché les chiens sur eux. Elle soupira de nouveau.

« Quand le célèbre Magnus doit-il entrer en lice ? »

Marchamount ne parut pas percevoir l'ironie dans sa voix. « Pas avant une heure environ.

— Je vous rejoindrai à ce moment-là. Je ne pense pas pouvoir supporter cette affreuse cacophonie pour l'instant. Si vous voulez bien m'excuser, je vais aller me promener le long de la berge avec mes femmes. »

Marchamount eut l'air déconfit : « À votre aise, lady Honor.

— Je reviendrai tout à l'heure. Parmi ces dames, en est-il qui souhaitent se joindre à moi ? » Elle regarda tout autour. L'une des femmes de mercier semblait tentée, mais, lorsqu'elle regarda son mari, il fit non de la tête.

« Je viendrai avec vous, lady Honor, dis-je.

— À la bonne heure, répondit-elle en souriant. Je serai ravie d'avoir de la compagnie. »

Marchamount secoua la tête. « Dois-je croire que vous préférez la compagnie des dames à un spectacle viril, mon cher confrère ?

— Depuis quand la compagnie des dames n'est-elle pas préférable à celle des ours et des chiens ? »

Lady Honor se mit à rire. « Touché ! Allons, Lettice et Dorothy, en route. » Elle tourna les talons et commença à remonter le chemin de Bankside en amont. Je marchai à son côté tandis que les deux suivantes restaient à quelques pas derrière nous avec les valets armés.

La grande jupe de lady Honor me frôlait les jambes et je sentis l'armature d'osier du vertugadin. J'imaginai une seconde les jambes sous cette cage cerclée d'osier, et cette pensée me fit rougir.

Lady Honor esquissa une moue de dégoût en entendant une autre clameur monter du stade. « Un sport viril, en effet. Ce sera viril le jour où ce sera un homme, à la place des chiens, qui affrontera l'ours. » Elle se tourna vers moi avec un sourire malicieux. « Gabriel Marchamount, peut-être ? Quelle figure ferait-il, à votre avis ?

— Assez piètre, répondis-je en riant. Moi non plus, je n'aime pas les combats d'ours. Ni ceux où l'on prend son plaisir à regarder souffrir une autre créature.

— C'est le bruit qui me répugne. À vous entendre, on vous prendrait pour un de ces réformateurs zélés qui souhaitent bannir tout plaisir.

— Ce n'est pas le cas, mais je n'ai jamais aimé ce genre de spectacle. »

Nous continuâmes à marcher lentement. « Ce ne sont que des bêtes brutes, soupira lady Honor. Mais je reconnais qu'en organisant des combats d'animaux, l'humanité ne se montre pas sous son aspect le plus édifiant. Au vrai, j'ai eu peur de m'évanouir, entre la chaleur et l'odeur du sang. C'est beaucoup plus agréable ici. Dame Quaill aurait bien aimé se joindre à nous, mais elle n'a rien dit pour ne pas contrarier son mari.

— L'état de veuve permet de jouir d'une certaine indépendance. »

Elle sourit franchement, découvrant ses dents blanches : « Ainsi, vous vous souvenez de notre conversation ! Savez-vous que j'élargis le champ de mes intérêts : j'ai acheté un atelier près de St Paul où l'on fabrique des vêtements de soie. Gabriel m'a conseillée. Il s'entend à ce genre d'affaire. Mais vous aussi, j'imagine.

— Je ne serais pas fâché d'avoir de nouveaux clients. Les miens m'abandonnent.

— Tant pis pour eux. Comment expliquez-vous cela ?

— Je ne me l'explique pas. » Je changeai de sujet. « Vous employez des femmes dans votre atelier ?

— Oui. La soie est fort difficile à travailler. Nombreuses sont les dames qui préfèrent que leurs vêtements soient faits sur mesure. J'emploie six coutu-rières, toutes d'anciennes nonnes.

— Vraiment ?

— Oui. Elles viennent des couvents de St Clare, St Helen et Clerkenwell. Certaines ont été bien contentes de quitter le cloître. J'ai entendu dire qu'une ou deux ont échoué là-bas, dit-elle en hochant la tête en direction des bordels de Southwark. Mes ouvrières sont plus âgées. Ce sont des créatures qui font pitié, effrayées à l'idée de marcher dans la rue. Elles sont heureuses de se retrouver ensemble pour coudre.

— Leur nouvelle vie doit leur paraître difficile.

— Ces pauvres vieilles apprécient le travail en commun. Je crois qu'il est important pour les anciennes religieuses de trouver un endroit où elles se sentent en sûreté. Chacun doit avoir sa place attitrée dans la société. Si l'on prêtait plus d'attention à cela, je suis sûre que l'on verrait moins d'hommes sans maître rôder dans les rues, dit-elle en secouant la tête. Cela doit être bien fâcheux de ne point avoir de lieu, et vous donner un grand sentiment d'insécurité. » Pour la première fois, je m'avisai que, malgré son expérience et son raffinement, lady Honor ignorait tout de certains aspects du monde et de la ville même où elle vivait.

« Il est plus juste que les gens aient la chance de s'élever dans la société, si leurs mérites le leur permettent.

— Ils le permettent si rarement, Matthew. Si rarement. » Je m'attendais si peu à l'entendre m'appeler par mon prénom qu'un petit frisson me parcourut le dos. « Je crois que vous faites partie des exceptions ; aussi, vous n'êtes pas un être ordinaire.

— Vous me flattez, lady Honor, dis-je, m'inclinant à la hâte pour cacher mon trouble.

— La noblesse naturelle existe. »

Je rougis en pensant que je devais me garder de me laisser gouverner par mes sentiments. Je n'en avais pas le droit. « Il y a beaucoup d'hommes nouveaux au sein du gouvernement du roi, me hâtai-je de dire. Cromwell, Richard Rich. » Je laissai tomber ce nom pour voir comment elle l'accueillerait, mais elle se borna à rire.

« Rich ! Une brute cruelle en pourpoint de velours. Sa femme est fille d'un simple épicier, le saviez-vous ?

— Elle est aujourd'hui maîtresse de St Bartholomew. »

À force de marcher le long de la rive, nous étions remontés jusqu'à Paris Garden, où les maisons cédaient la place à la campagne. Lady Honor s'arrêta et regarda de l'autre côté du fleuve la masse de Bridewell Palace. Ses suivantes et ses domestiques s'arrêtèrent à dix pas derrière nous. Un nuage passa devant le soleil, adoucissant la lumière et offrant un répit momentané dans la chaleur de la journée.

Elle me regarda, l'air grave. « Matthew, j'espère que lord Cromwell n'est pas fâché contre moi. Cela me soucie fort. Vous êtes-vous entretenu avec lui ?

— J'ai répété ce que vous m'aviez dit. Il m'a parlé de vous en termes fort élogieux. »

Elle parut soulagée. « Oui, ils aiment tous venir à mes banquets, lord Cromwell, le duc et tous les courtisans. Mais notre époque est telle que… ma foi, je sais que chaque camp se demande si mes sympathies ne vont pas à l'autre. Alors qu'en vérité, dit-elle avec un petit rire, elles ne vont à personne. Si le duc apprenait que j'aide lord Cromwell dans une enquête secrète, il serait fort mécontent. Vous voyez, je suis prise au piège alors que mon seul désir, c'est que la conversation soit brillante autour de ma table. »

Je fis la grimace. « Par les temps qui courent, il est bien difficile d'éviter d'être pris dans les embarras des grands. Souvent, ajoutai-je en soupirant, je rêve de faire retraite à la campagne.

— Je songe à m'échapper dans le Lincolnshire, sur les terres de ma famille. Bien que j'affectionne Londres, au rebours de mon neveu. Mais sans doute le comte préfère-t-il me voir rester tant que cette affaire n'est pas résolue ?

— Sans doute, madame. C'est aussi mon avis. » J'hésitai. « En venant, dans le bateau, j'ai parlé avec le sergent Marchamount.

— J'ai vu vos deux têtes toutes proches, dit-elle, l'œil soudain vigilant. Avez-vous comparé mes dires aux siens ?

— Oui. J'y étais contraint. J'espère que vous le comprenez. »

Elle rougit. « Quand je pense que je m'imaginais que, aujourd'hui, nous pourrions jouir sans arrière-pensée de cette partie de campagne.

— Allons, lady Honor, vous n'êtes pas si naïve. »

Elle pinça les lèvres. « Vraiment ? Est-il si étrange que j'aie envie de pouvoir bavarder avec un aimable compagnon après avoir répondu à toutes ses questions ? »

Je refusai de me laisser distraire de mon propos. « Marchamount a paru surpris lorsque je lui ai dit que le duc de Norfolk convoitait vos terres. J'ai eu le sentiment que ce n'était point là le sujet de leur discussion au banquet, où le duc demandait à Marchamount de vous presser de façon que vous ne puissiez refuser.

— N'aurai-je donc point de répit ? » demanda-t-elle d'une voix douce. Elle ferma les yeux quelques instants, et quand elle les rouvrit elle les plongea dans les miens avec détermination. « Matthew, j'ai juré sur la Bible que Norfolk ne m'avait posé aucune question concernant le feu grégeois, et j'ai dit la vérité. Il est également vrai qu'il convoite mes terres. C'est ainsi que tout a commencé.

— Tout ?

— Quelque chose qui est devenu beaucoup plus compliqué. Une affaire de famille qui ne vous concerne en rien, et n'a aucun rapport avec votre formule et vos documents de malheur.

— Pouvez-vous en être sûre ?

— Oui. Je n'en dirai pas davantage, Matthew. Si vous le désirez, ajouta-t-elle en levant une main, vous pouvez répéter cela à Cromwell. Et s'il me convoque, je lui ferai la même réponse qu'à vous. Certaines affaires sont strictement privées.

— L'époque des affaires privées entre les familles de l'aristocratie est révolue, madame. Ce sont elles qui ont conduit aux guerres entre York et Lancaster. »

Elle tourna vers moi un visage où se lisait une extrême lassitude. « Certes. Aujourd'hui, le pouvoir est entièrement aux mains de la maison Tudor. Cependant, n'est-il pas difficile de prendre au sérieux un roi qui, en tant que chef de l'Église, décide des rapports que son peuple doit entretenir avec Dieu, alors que sa politique suit le cours de ses passions capricieuses ? »

Bien qu'elle eût parlé doucement, je me retournai, inquiet, pour jeter un coup d'œil à sa suite, ce qui la fit sourire. « Je suis accompagnée de serviteurs depuis que je suis toute petite et je sais comment poser ma voix de façon qu'ils ne m'entendent point.

— Malgré tout, ce sont là de dangereux propos.

— Que l'on entend partout dans la rue. Mais vous avez raison, l'heure est à la prudence. »

Nous marchâmes un moment en silence. « Quelle contrainte, que d'avoir toujours des domestiques alentour ! dit-elle. Souvent, j'aimerais les renvoyer tous. Je me souviens d'un jour, quand j'étais petite, où ma mère m'a fait monter sur le toit avec elle. Elle m'a montré les champs et les bois qui s'étendaient dans toutes les directions, et elle m'a dit : "Ils nous appartiennent, Honor, à perte de vue, et jadis, notre famille possédait toutes les terres entre ici et Nottingham." C'était une journée de printemps venteuse et elle me tenait la main. Nous étions assises sur la partie plate du toit Ses suivantes et ma gouvernante étaient là, leurs robes gonflées ondoyant au vent, et brusquement, l'envie m'a prise de m'envoler au-dessus de ces champs et de ces bois, seule, comme un oiseau. Mais nous sommes attachés à la terre, n'est-ce pas ? Nous ne sommes pas des oiseaux, nous avons des devoirs. Le mien est envers ma famille.

— Je regrette de vous avoir pressée à nouveau, mais...

— Assez, Matthew. Je suis fatiguée.

— Peut-être devrions-nous retourner voir les ours... »

Elle secoua la tête. « Non, je n'en ai pas le courage. Continuons à bavarder, si vous voulez bien, et marchons jusqu'au prochain embarcadère. J'enverrai un domestique dire que j'ai eu un malaise. » Elle plissa les yeux lorsque le nuage céda la place à un soleil brûlant qui fit surgir mille reflets d'argent sur les eaux brunes de la Tamise.

Nous continuâmes à avancer lentement. J'avais le sentiment d'être un rustre, à la harceler de la sorte. Mais j'y étais contraint. Ses sentiments et les miens ne comptaient pas. Une vaste barge emplie de matériaux de construction passa en direction de Whitehall et, l'espace d'un instant, je l'imaginai en flammes, ainsi que l'eau autour d'elle.

« Vous trouvez peut-être stupide mon culte de la famille, dit-elle, interrompant mes pensées morbides.

— Stupide, non. Un peu systématique, peut-être.

— Les choses n'allaient-elles pas mieux lorsque l'aristocratie possédait les terres, plutôt que de voir celles-ci entre les mains de ces nouveaux propriétaires qui les transforment en pâtures et jettent les paysans sur les routes ? Les moutons mangent les hommes, dit-on.

— En effet, et c'est très fâcheux. Mais il serait également fâcheux que les gens du commun ne puissent s'élever hors de leur condition et accéder à l'éducation. »

Elle secoua la tête tout en souriant. « Je crois que vous me trouvez très naïve à certains égards. » Seigneur, pensai-je, elle est fine comme l'œil. « Mais permettez-moi de vous dire que c'est vous le naïf. Pour un homme qui vient à la ville et réussit à sortir du troupeau, il y en a cent, voire mille, qui meurent de faim dans le caniveau.

— Alors il faut prendre des mesures pour les protéger.

— Voyons ! Ni les juristes ni les marchands qui siègent au Parlement ne le permettront jamais. Nous l'avons constaté : ils ont refusé toutes les réformes proposées par Cromwell. »

J'hésitai. « Certes…

— Vos hommes nouveaux n'apportent guère de nouveautés ! »

Je secouai la tête. « Lady Honor, vous êtes la femme la plus intelligente que j'aie rencontrée depuis longtemps. Depuis six ans en fait.

— Vous n'êtes pas habitué à ce que les femmes aient une conversation brillante, voilà tout. » Elle me sourit. « Vous savez, Matthew, je crois que nous n'avons pas la même idée du bon ordre de la société. Ma foi, tant mieux, le désaccord ajoute du piment à la conversation. Et je suis contente de savoir que vous avez connu d'autres femmes qui ne se contentaient pas de baisser les yeux et de parler cuisine ou broderie.

— J'en ai connu une. » Je m'interrompis et tournai mon anneau de deuil. « Je voulais l'épouser, mais elle est morte.

— Pauvre de vous. Je sais ce qu'il en coûte de perdre un être cher. C'est en souvenir d'elle que vous portez cette bague ?

— Katy était fiancée à un autre lorsque c'est arrivé. » Comme lady Honor s'y entendait à me tirer mes secrets !

« Ce n'en est que plus triste. N'avez-vous pas été assidu auprès d'elle alors ? » Cette nouvelle question sans détour allait à l'encontre des bonnes manières, mais je ne m'en formalisai pas.

« Non. Je craignais qu'elle ne veuille pas de moi.

— À cause de… de votre état ? » Malgré ses manières directes, lady Honor avait cherché quelques instants le mot à utiliser.

« Oui. » Je laissai mon regard se perdre au loin, sur l'autre rive.

« Vous êtes un sot de vous soucier de cela. Vous perdrez toutes vos chances.

— Peut-être. » Je m'écartai pour laisser passer un jeune couple suivi d'un petit chien qui gambadait sur leurs talons. Malgré le réconfort que m'apportaient les paroles de lady Honor, je me répétai que je devais rester sur mes gardes.

« Vous croyez que tout ce que les femmes recherchent chez un homme, c'est une belle allure et un mollet bien tourné ?

— Ces avantages ne gâtent en rien les perspectives de celui qui les possède.

— Elles ne l'aideront pas s'il a des traits grossiers ou une intelligence médiocre. Mon mari avait près de vingt ans de plus que moi lorsque nous nous sommes mariés. Or nous avons été heureux. Très heureux.

— Peut-être devrais-je cesser de porter cette bague. J'avoue que je pense peu à Katy à présent.

— Le deuil peut devenir une entrave. » Elle se planta en face de moi. « Lorsque Harcourt est mort, je me suis juré que je ne laisserais pas le deuil m'emprisonner. Il ne l'aurait pas voulu. »

Je vis que nous étions arrivés à l'embarcadère de Barge House. Un bachot attendait les clients. « Si nous le prenions ? proposai-je. Mon cheval est à côté de Three Cranes Wharf. Nous pourrions débarquer là-bas.

— Fort bien. Un instant, je vous prie, je dois envoyer Paul avec un message à Marchamount, sinon il croira que je me suis fait attaquer par des brigands. » Elle se dirigea vers sa suite et parla aux valets. Je clignai des yeux tandis que le soleil sortait de derrière un autre nuage.

C'est alors qu'en me retournant, je me trouvai nez à nez avec Sabine et Avice Wentworth, vêtues de robes d'été aux couleurs vives ; leurs yeux paraissaient immenses, sans doute grâce à la belladone. Leur grand-mère, toujours en deuil, était entre elles deux, se tenant à leur bras. Immobiles, les deux jeunes filles me regardaient. Leur immobilité méfiante et vigilante me déconcerta.

« Que se passe-t-il, mes petites-filles ? » demanda la vieille femme d'un ton brusque. Au grand jour, avec ses orbites creuses, son visage blafard et parcheminé ressemblait plus que jamais à une tête de mort.

« C'est messire Shardlake, grand-maman », dit Sabine d'une voix conciliante.

Je fis un salut rapide. La vieille femme resta un moment immobile, comme si elle humait l'air. Puis son visage se durcit. « J'espérais apprendre que votre enquête était terminée, monsieur. Je porte toujours le deuil de mon petit-fils, comme vous le voyez, et je ne le quitterai pas tant que justice ne sera pas faite, ni l'assassin châtié. » Elle déclara cela calmement, à la cantonade. Lady Honor revint à mon côté et regarda les Wentworth, intriguée. L'un de ses serviteurs était parti au trot vers les arènes.

« Vous m'excuserez, dame Wentworth, mais une dame m'accompagne.

— Une dame ? Avec vous, l'avocat bossu ?

— Vous êtes mal placée pour vous moquer des difformités des autres, madame », lança lady Honor.

Dame Wentworth tourna la tête en direction de cette voix inconnue. « Les miennes sont venues avec l'âge, rétorqua-t-elle, comme vous en ferez l'expérience. Celle de l'avocat est de naissance, ce qui témoigne d'une mauvaise nature.

— Quelle insolence ! Cette femme mériterait d'être jetée dans la Tamise ! » s'exclama lady Honor, indignée.

La vieille femme sourit. « En route, Sabine », dit-elle. Les jeunes filles reprirent leur marche, tête baissée. Mais j'aperçus une expression amusée sur le visage de l'aînée. Je restai à les observer, la respiration coupée.

« Qui était cette vieille sorcière ? demanda lady Honor. Quel visage de cauchemar !

— La mère de sir Edwin Wentworth.

— Ah. Ce sont donc les filles de sir Edwin qui l'accompagnaient ?

— Oui. Je vous suis reconnaissant de m'avoir défendu, mais c'était inutile. Les gens font souvent ce genre de remarque.

— Parce qu'ils sentent qu'ils peuvent vous blesser. » Elle paraissait sincèrement contrariée. Les sourcils froncés, elle rassembla ses jupes et commença à descendre les degrés.

Sur le bateau, les suivantes s'installèrent de part et d'autre de lady Honor et, les paupières baissées, me glissèrent des regards curieux. Elles avaient vu toute la scène. Je détournai le regard. La marée descendait et la boue des berges, souillée d'ordures, exhalait une odeur fétide.

Lady Honor se tourna vers l'une de ses suivantes, qui laissait traîner une main au fil de l'eau. « Prenez garde, Lettice. Il y a une grosse crotte, là. » La fille retira sa main avec un petit cri. Lady Honor secoua légèrement la tête devant tant de sottise. Malgré les propos qu'elle avait tenus sur son désir d'être affranchie de ses serviteurs, je me dis que, lorsqu'on est accompagné partout et toute sa vie par une suite, on doit avoir l'impression d'être une sorte de divinité terrestre. Quoi d'étonnant à ce qu'elle éprouvât un tel orgueil familial ?

Le bateau vint buter contre le quai boueux de Three Cranes Wharf. Lady Honor haussa les sourcils avec un sourire de biais : « Eh bien, nous voici arrivés. Une promenade mémorable, n'est-ce pas ?

— Assurément.

— Je pense que je vais garder le bateau jusqu'à Queenhithe, puis rentrer chez moi. » Elle marqua une pause. « Revenez me voir sans tarder. Et racontez-moi votre conversation avec le comte.

— Je n'y manquerai pas, lady Honor. » Elle savait que je ne pouvais laisser de côté le mystère de ses relations avec le duc, mais il était évident qu'elle ne dirait rien de plus. Je me levai maladroitement et saluai. On avait posé des planches au-dessus de la boue. Je les franchis rapidement et parvins aux escaliers. Lorsque je saisis enfin la rampe et pus me retourner sans risque, le bateau s'éloignait déjà vers l'aval. Je me frayai un chemin dans la foule pour parvenir aux écuries.

J'avais le sentiment de me trouver pris dans une danse diabolique entre lady Honor et Cromwell, et manipulé par eux deux. Pourtant, l'indignation dont elle avait fait preuve lorsque la vieille mégère m'avait parlé était sincère. Si seulement je pouvais me dégager de ces pièges de secrets et de demi-vérités ! Il n'y avait aucune femme dont je préférais la compagnie à la sienne. Je rentrai chez moi en proie à la plus grande confusion.

Quand j'atteignis enfin ma maison et que j'entrai dans le vestibule, je trouvai Barak en bas en train de faire les cent pas.

« Vous rentrez de bonne heure, Dieu soit loué ! s'exclama-t-il. Je n'étais pas sûr de pouvoir la retenir ici beaucoup plus longtemps.

— Qui donc ? »

Il ne répondit pas mais retourna au salon, où je le suivis. Là, assise sur le rebord d'une chaise dure, se trouvait la mère Neller. On ne voyait que sa marque sur sa grosse joue pâle.

« Elle est revenue, dit Barak. Bathsheba Green. »

Je regardai la mère Neller, qui opina. « Elle est revenue hier avec son frère. Ils cherchaient un toit. Le grêlé a failli leur faire leur affaire il y a deux jours, alors ils ont été obligés de se sauver de chez les amis qui les hébergeaient. Je les ai laissés s'installer chez moi. Ils sont à Southwark à présent. » Elle me regarda fixement. « Vous m'aviez promis deux pièces d'or si je vous apportais la nouvelle.

— Vous les aurez.

— Je les ai convaincus de vous parler, reprit-elle en fixant sur moi son regard dur. Je leur ai dit que c'était la seule solution. Mais pas chez moi. Je ne veux pas de vous là-bas, je ne veux pas qu'il y ait encore du grabuge. J'ai déjà perdu assez de clients comme ça. Ça vaut plus de deux pièces d'or », ajoute-t-elle en me jetant un regard entendu.

Je portai la main à ma bourse, mais sentis la main de Barak retenir mon bras.

« Pas si vite. Où Bathsheba nous rencontrera-t-elle ? »

La maquerelle nous gratifia d'un sourire, cette ligne rouge et sinistre que j'avais déjà remarqué dans son bordel. « Son frère et elle vous retrouveront dans la maison de Michael Gristwood, dans Wolf's Lane, à Queenhithe. Sa femme est partie et la voie est libre.

— Comment le savez-vous ?

— C'est Bathsheba qui me l'a dit. George Green s'y est introduit il y a quelques jours. Bathsheba insistait pour qu'il essaie d'y entrer. Elle croit que Michael a été tué à cause de quelque chose qui se trouve là-bas.

— Et quoi donc ? » J'hésitai. « Un morceau de papier ?

— Je n'en sais rien et ne m'en soucie aucunement, dit-elle en haussant les épaules. George est entré par la fenêtre à deux reprises, et a trouvé la maison déserte. Je ne crois pas qu'il ait découvert ce qu'il cherchait.

— La peste soit du garde ! Il est toujours là ? demandai-je en me retournant vers Barak.

— Oui. Il va lui en cuire, à ce gueux, quand le comte apprendra ça. Mais si Green cherchait un bout de papier, cela veut dire que Michael a parlé de la formule à Bathsheba.

— Vous avez raison. »

La mère Neller rajusta sa perruque rousse. « Ils vous y attendront ce soir après la nuit tombée. Ils seront dans la maison, et sur leurs gardes. S'ils voient arriver quelqu'un d'autre que vous, ils fileront.

— Ce sont deux insolents », gronda Barak. La mère Neller haussa les épaules et me regarda à nouveau. Je lui tendis deux pièces d'or. Elle les mordit puis les glissa dans son corsage.

« Dites-leur que j'y serai. »

Elle opina, se leva lourdement de sa chaise et quitta la pièce sans un mot. Elle laissa ouverte la porte menant au vestibule et je la regardai sortir. Joan, qui dispersait une jonchée fraîche par terre, lança un coup d'œil scandalisé à la tenancière tandis que celle-ci prenait la porte.

Barak sourit. « Pauvre Joan. Elle ne sait que penser de toutes ces allées et venues. Si cela doit continuer longtemps, vous la perdrez.

— Je perdrai plus, dis-je avec amertume. Nous perdrons beaucoup plus, vous et moi. »

31

BARAK ET MOI AVIONS PRIS PLACE DANS UNE TAVERNE à bière au coin de Wolf's Lane, presque en face de la maison des Gristwood. C'était un estaminet crasseux où une clientèle de gens très pauvres était installée devant les tables fatiguées, à jouer aux cartes ou à bavarder. Une souillon passait des chopes de bière par une ouverture ménagée dans le mur. Assis en face de moi, Barak plongeait le regard par la porte ouverte sur la rue que l'ombre gagnait.

« Vous croyez que c'est l'heure d'y aller ? demandai-je.

— Il est encore trop tôt. Elle a dit qu'ils ne viendraient pas avant la tombée de la nuit. On ne doit pas leur faire peur. »

Je m'appuyai de nouveau au dossier de ma chaise. Malgré ma fatigue et mon dos douloureux, j'éprouvais une excitation nouvelle. Il était clair que Bathsheba en savait plus long qu'elle n'avait bien voulu le dire au bordel. Quoi au juste, nous le découvririons peut-être ce soir. Je pris une chope de bière allongée d'eau. Barak, lui, observait un groupe de gens qui jouaient aux dés de l'autre côté de la salle. Il se pencha vers moi par-dessus la table.

« Ces dés sont pipés. Vous voyez le jeune gars à l'air morose et aux vêtements ternes ? C'est un nouveau venu à la ville et les autres l'ont invité ici pour le plumer.

— Dans la Cité, ce ne sont pas les moyens qui manquent pour voler les gens. Il n'y a pas de quoi être fier. Les méthodes des campagnards sont plus honnêtes.

— Ah oui ? fit Barak en me fixant d'un œil franchement curieux. Je ne suis jamais allé à la campagne. Quand je rencontre des gens qui en viennent, ils me font l'effet de sots et de mollassons.

— Mon père possède une ferme près de Lichfield. Vous savez, tous les campagnards ne sont pas idiots. Innocents à certains égards, peut-être.

— Regardez ce pauvre gueux, il est obligé de puiser à nouveau dans sa bourse. » Barak secoua la tête, puis se pencha pour me parler de plus près.

« Vous retournerez voir Marchamount, demain ? Pour essayer d'apprendre ce qui se passe avec lady Honor ?

— Oui, j'irai à Lincoln's Inn en sortant de chez moi. »

Je lui avais parlé du nouveau mystère qu'avait fait surgir la conversation au bord du fleuve. Mais je me rendais compte que, quand il s'agissait de lady Honor, j'avais besoin de l'opinion de quelqu'un dont l'esprit n'était pas obscurci par ses sentiments. Barak m'avait dit qu'il fallait que j'interroge Marchamount pour essayer d'avoir une idée plus précise sur ce qui se passait entre eux trois, lady Honor, le duc de Norfolk et lui. J'avais accepté de mauvais gré, car il me déplaisait fort de passer à nouveau au crible les relations de lady Honor avec Marchamount. « Peut-être aurai-je enfin des nouvelles de Bealknap », ajoutai-je, car nous ne savions toujours rien de lui. Au moins, en revenant de ma promenade au bord de la Tamise, j'avais trouvé un message de Guy me disant qu'il était rentré et qu'il attendait ma visite le lendemain.

À la table, de l'autre côté de la salle, le jeune homme s'était laissé persuader de recommencer une autre partie. Je saisis un accent de la campagne. De l'Essex, comme celui de Joseph. Je songeai à Elizabeth en train de dépérir dans la basse-fosse, à son oncle, qui devait être fou d'angoisse et se demander ce que je faisais. « Il faut que nous retournions voir ce puits, chuchotai-je.

— Je sais. Avec les chiens, c'est risqué. » Il fronça les sourcils. « Je réfléchirai à la meilleure façon de procéder.

— Merci. Je suis votre obligé.

— Il paraît que les anabaptistes ont fait amende honorable. On ne parle que de ça.

— Les gens ne sont-ils pas déçus d'être privés du divertissement que leur offre le bûcher ?

— Certains, si. Mais, pour la plupart, ils n'aiment pas assister à ce genre de spectacle.

— Quand je suis arrivé à Londres pour mes études, la mode voulait qu'on fût en faveur de la Réforme. Thomas More lui-même en était partisan. Mais c'est alors que les ouvrages luthériens défendus ont fait leur apparition, et quand More a été nommé chancelier, il a envoyé beaucoup de gens au bûcher. Il croyait fermement que le feu purifiait du péché et créait la terreur. Sur ce dernier point, il avait raison. Le temps est venu où rares étaient ceux qui n'avaient jamais assisté à ce supplice, même si les gens n'y allaient que pour éviter les ragots.

— Je ne me souviens guère de l'époque qui a précédé le luthéranisme, j'étais trop jeune alors, dit Barak. Je ne me rappelle que l'odeur de merde qui accompagnait mon père partout. Quand il approchait, je me sauvais au grenier pour y faire mes devoirs alors que le pauvre gueux voulait seulement me caresser la tête.

— Vous faisiez vos devoirs pour l'école de St Paul ?

— Oui. Les vieux moines étaient des hommes bons, mais, pardieu, ils vivaient bien !

— Je sais. Moi aussi, j'ai fréquenté une école monastique.

— J'ai aperçu l'un de mes anciens maîtres il y a deux jours, en train de mendier dans la rue, dit-il en soupirant. Il avait l'air complètement égaré. C'est l'un de ceux qui ont mal supporté de devoir affronter le monde extérieur. C'était horrible à voir. » Il me regarda, l'air perplexe. « Où cela va-t-il nous mener, vous pouvez me le dire ?

— Non. Je crains seulement que les changements incessants des dernières années n'aient miné la foi de nombreuses personnes, dis-je en pensant à lady Honor.

— Je n'ai jamais eu une foi capable de déplacer les montagnes.

— Moi si, autrefois. Chaque jour, pourtant, elle devient plus incertaine.

— Lord Cromwell a la foi. Et il voudrait aider les pauvres. Mais tous ses projets… Entre ce que veut le roi et ce que veut le Parlement, ils ne voient jamais le jour.

— C'est curieux. Lady Honor a dit quelque chose de semblable ce matin. » Je le regardai. Il venait encore de se découvrir sous un nouvel aspect : réfléchi et, comme beaucoup d'autres dans le royaume d'Angleterre, perplexe et inquiet.

Il hocha la tête en direction de la porte. « Je crois que nous pouvons y aller maintenant. » Il se leva et assura son épée à sa ceinture. Je le suivis dans la nuit.

Le couvre-feu avait sonné et les rues étaient désertes. La nuit était chaude et calme, sans un souffle d'air. Çà et là luisait une chandelle derrière une fenêtre, mais la maison des Gristwood, plongée dans l'obscurité, revêtait un aspect sinistre sous le clair de lune. Barak me fit signe de m'arrêter devant la porte d'entrée brisée. « Restons ici quelques instants, pour qu'ils voient que nous sommes venus seuls. »

Je levai les yeux vers les fenêtres aux volets fermés. J'éprouvai un certain malaise à l'idée que Bathsheba et son frère nous espionnaient entre les lattes.

« Où est le garde ? demandai-je.

— Allez savoir. Je l'ai cherché, mais il doit être parti rôder quelque part, comme ils le font tous quand il n'y a personne pour les surveiller.

— Et si c'était un piège ? Ils ont peut-être fait venir une bande de bateliers là-dedans, des amis de George Green, qui nous sauteront dessus quand nous entrerons.

— Qu'est-ce qu'ils auraient à y gagner ? Bathsheba et son frère ne savent plus où se cacher. Ils n'ont d'autre choix que de s'en remettre à nous et à notre bon vouloir. » Comme toujours lorsqu'il était en présence du danger, Barak avait la mine alerte et excitée. « Bon, allons-y. »

Il frappa doucement à la porte, puis fit un bond en arrière, surpris, lorsque la porte s'ouvrit. Je vis que le nouveau cadenas, un piètre ouvrage, avait été fracassé. Barak siffla : « Ah, les gueux ! ils l'ont cassé. Le garde n'a donc rien vu ? »

Je regardai avec un sinistre pressentiment l'espace noir derrière la porte entrouverte. « La mère Neller a dit que George Green était passé par une fenêtre pour entrer, glissai-je à Barak.

— Vous avez raison. » Il se mordit la lèvre, puis ouvrit toute grande la porte d'un coup de pied. « Il y a quelqu'un ? souffla-t-il à mi-voix. Il y a quelqu'un ? Ça ne me plaît pas, reprit-il après une pause. Ce n'est pas normal. » Il franchit le seuil avec précaution, l'épée au clair. Je le suivis dans le vestibule. On distinguait tout juste deux portes fermées et l'escalier devant nous. Quelque part, quelque chose gouttait. Barak sortit un briquet à amadou et me tendit deux chandelles.

« Tenez, allumons ça », dit-il. Il essaya d'actionner le briquet pendant que je scrutais les ténèbres. Le bruit continuait.

L'amadou s'enflamma et j'allumai les chandelles. Une faible lumière jaune éclaira le vestibule, tremblota sur les murs de guingois et l'escalier, sur l'ancienne tapisserie et les vieux joncs secs dans les coins. « Essayons la cuisine », proposa Barak. Il ouvrit la porte et je lui emboîtai le pas. La table était constellée de crottes de rat. « Regardez-moi ça », chuchota-t-il. Je baissai ma chandelle et vis des traces de pas sur le sol poussiéreux. Plusieurs paires.

« Il y a au moins trois empreintes différentes, soufflai-je. Je vous l'ai dit, c'est un piège. » Je me retournai pour regarder vers la porte, la main posée sur la poignée de ma dague, regrettant de ne pas avoir pris mon épée moi aussi.

« Là ! » souffla Barak d'un ton pressant. Il avait poussé les volets de la cuisine et regardait la cour à l'abandon. La porte où j'avais aperçu un jour George Green était grande ouverte et quelque chose gisait contre le mur à côté d'elle, un tas plus noir que l'obscurité ambiante.

« C'est un homme, dis-je.

— Le garde ! Venez ! »

Comme celle de l'entrée, la porte d'accès à la cour avait été fracturée. Je fus soulagé de me sentir dehors et d'avoir une issue vers la ruelle derrière la maison. Je levai rapidement les yeux vers les fenêtres fermées, puis rejoignis Barak, qui approchait sa chandelle de la silhouette prostrée.

L'espace d'un instant, j'espérai que l'homme dormait, ivre mort, mais j'aperçus alors son crâne largement ouvert, et je devinais le reflet pâle du cerveau. Barak se releva et glissa la main sous sa chemise pour toucher son talisman. Pour la première fois depuis que je le connaissais, il paraissait effrayé.

« Vous aviez raison. C'est un piège. Filons d'ici. »

C'est alors que s'éleva le bruit. J'espère ne plus jamais entendre quelque chose de semblable. Cela venait de l'intérieur de la maison, commençant comme un gémissement et se transformant en plainte aiguë, lourde de chagrin et de souffrance.

« Une femme », dis-je.

Barak hocha la tête, surveillant la cour du regard. « Que faire ? »

J'étais partagé entre le désir de fuir et l'idée que, dans la maison, se trouvait une femme qui souffrait atrocement. « Est-ce Bathsheba ? »

Mon compagnon plissa les yeux pour regarder les volets. « Elle fait peut-être semblant d'être blessée pour nous attirer là-haut.

— Ce n'est point là une souffrance feinte, dis-je. Il faut aller voir. »

Il prit une grande inspiration et brandit de nouveau son épée.

Nous retraversâmes la cuisine pour aller dans le vestibule. La vieille maison décrépite était à nouveau silencieuse, hormis le bruit des gouttes. « Les gémissements venaient de là-haut, soufflai-je. Morbleu, qu'est-ce que c'est que ça ? » Je fis un bond en arrière en voyant quatre formes noires détaler le long du mur, puis filer par la porte.

« Des rats, gloussa nerveusement Barak.

— Et pourquoi s'enfuient-ils ? »

L'atroce gémissement retentit à nouveau et se mua en sanglots étouffés. J'avisai la cage d'escalier obscure. « Ça venait de l'atelier de Sepultus. »

Barak serra la mâchoire et, l'épée au clair, commença à monter l'escalier. Je suivis lentement. Il tenait la chandelle très haut, ce qui projetait nos ombres, monstrueuses, sur le mur.

La porte de l'atelier était ouverte. Barak la fit claquer contre la cloison au cas où quelqu'un se serait caché derrière. Mais aucun bruit ne venait de la pièce, hormis celui des gouttes, qu'on entendait mieux ici. Il entra et je le suivis. Je fus pris à la gorge par l'abominable puanteur. « Oh, mon Dieu ! souffla Barak. Oh, seigneur Jésus ! »

La pièce était nue, à l'exception de la grande table de Sepultus, en travers de laquelle était étendu le jeune George Green. Ses yeux, grands ouverts et figés par la mort, luisaient à la lumière des chandelles. On lui avait sauvagement tranché la gorge ; la table était couverte d'un sang sombre qui coulait lentement, lourdement, goutte après goutte, sur le plancher. Étendue sur lui, en larmes, Bathsheba entourait de ses bras le corps de son frère. Sa robe était déchirée, lacérée, et trempée de sang.

Barak fut le premier à reprendre ses esprits. Il s'approcha de Bathsheba, qui poussa un petit cri et sursauta. Il se pencha sur elle. « Ne craignez rien, dit-il. Nous ne vous voulons aucun mal. Qui a fait ça ? »

Je m'approchai à mon tour et vis qu'elle essayait de parler. À ma grande horreur, quand elle ouvrit la bouche, il en coula un filet de sang mousseux. Elle aussi était grièvement blessée. Elle tenta de parler mais ne réussit à émettre qu'un autre gémissement. Je lui mis la main sur l'épaule, m'efforçant de ne pas broncher en sentant l'humidité gluante du sang. Je tentai de voir où se trouvait sa blessure, mais il faisait trop sombre et elle ne voulait pas lâcher le corps de son frère.

« N'ayez pas peur, chuchotai-je. Évitez de parler. Nous allons vous aider. »

Elle me regarda, roulant des yeux affolés dans son visage ensanglanté. « Par... » Elle essayait de dire quelque chose, et sa salive sanglante coulait le long de son menton. « Partez... tant... qu'il est... encore... temps. »

Barak se retourna aussitôt vers la porte, mais il n'y avait personne. La maison était totalement silencieuse. Nous nous regardâmes. La voix de Bathsheba s'était muée en un gémissement aigu, comme tout à l'heure. Puis nous entendîmes une porte s'ouvrir en bas, celle du salon, j'en étais sûr. Une odeur âcre me piqua soudain les narines et me fit tousser. Barak la sentit aussi. Ses yeux s'écarquillèrent. « Oh misère ! Non... ! » hurla-t-il.

Un bruit extraordinaire nous parvint d'en bas, une sorte de « pchoufff » sonore, suivi du fracas de volets qu'on ouvrait. Barak et moi nous précipitâmes à la fenêtre. Je distinguai les silhouettes de deux hommes qui descendaient la rue en courant. Toky et Wright. Toky s'arrêta un instant pour nous regarder et je vis qu'un mauvais sourire fendait son visage pâle. Il me fixa et passa un doigt sur sa gorge. Puis il se retourna et fila à la suite de son complice.

« Oh seigneur ! » Je me retournai en entendant Barak s'exclamer ainsi. Debout à la porte, il regardait en bas l'escalier vivement éclairé par une lueur rouge et vacillante. Il y eut une bouffée de chaleur et des grésillements.

Je courus à la porte, à côté de lui, et en crus à peine mes yeux. La porte du salon, grande ouverte, révélait une pièce dévorée par un feu plus brillant que mille chandelles ; le plancher et les murs étaient entièrement couverts de flammes rougeoyantes qui ronflaient déjà dans l'ouverture de la porte et léchaient le vestibule. La vieille tapisserie s'enflamma aussitôt. Une fumée noire et nauséabonde se mit à envahir l'entrée.

« Jésus Marie, souffla Barak, le feu grégeois ! Ils veulent nous faire rôtir. Venez ! » Il se tourna vers Bathsheba. « Sortons d'ici. Aidez-moi à la porter ! »

Je l'aidai à détacher Bathsheba du corps de son frère. Malgré sa faiblesse, elle essaya de résister, et je l'entendis gargouiller un « non ».

« Votre frère est mort, dis-je avec douceur, vous ne pouvez plus rien pour lui. »

J'aidai Barak à la soulever et, ce faisant, je vis du sang frais couler sur sa robe d'une grande blessure qu'elle avait au ventre. La pauvre créature avait reçu un coup de poignard.

« Tenez-la », ordonna Barak en se précipitant vers la porte. Le feu se propageait à une vitesse surnaturelle, les murs de l'entrée brûlaient déjà et les flammes avaient presque atteint le bas de l'escalier. Ronflements et craquements étaient beaucoup plus puissants, et je suffoquai en inspirant un peu de fumée noire. Barak s'immobilisa une seconde, dégrafa son épée et la jeta sur le sol. Saisissant la porte de l'atelier, il la poussa de toutes ses forces vers le haut pour la faire sortir du gond auquel elle tenait encore.

« Suivez-moi ! Vite, avant que l'escalier ne s'effondre !

— On ne peut pas descendre là-dedans ! » criai-je en me cramponnant au corps trempé de Bathsheba pour l'empêcher de glisser. Elle ne pesait pas lourd, sinon je n'aurais pu la tenir, et semblait avoir perdu connaissance.

« On ne peut pas la faire passer par la fenêtre et, si on sautait, on se romprait le cou sur les pavés ! Venez ! »

Tenant la porte devant lui comme un bouclier, Barak bondit vers l'escalier qu'il se mit à descendre. Les murs du rez-de-chaussée brûlaient à présent, les flammes léchaient les balustres et les tourbillons de fumée s'enroulaient vers le plafond, de plus en plus épais. Voilà que se produisait ce que j'avais toujours redouté : la mort par le feu, les flammes rouges décollant la peau de mon corps, faisant suinter mon sang et fondre mes yeux. Le texte d'un pamphlet relatant un supplice au bûcher me revint en mémoire. *Le baiser du feu, si léger, si atroce.* Je m'arrêtai, paralysé.

Barak se retourna et me hurla : « Tudieu, vous allez avancer, oui ? Il ne nous reste que quelques secondes ! Par ici la sortie ! »

Ses paroles me galvanisèrent. De l'autre côté de l'entrée en flammes, je voyais la porte entrouverte sur la rue, un rectangle noir dans le rouge de la fournaise. Cela me donna le courage de suivre Barak en tirant Bathsheba avec moi. Je me forçai à compter les marches en descendant. Une, deux, trois… Quelque part au-dehors, j'entendis crier : « Au feu ! Seigneur Jésus ! Au feu ! »

La fumée me piquait les yeux et je clignais des paupières, essayant désespérément de retrouver ma respiration. L'air était si chaud qu'on eût dit que lui aussi brûlait. Barak et moi toussions. Je redoutais que l'escalier ne s'écroule, nous ensevelissant sous un amas de bois en flammes.

Enfin je parvins au bas des marches, au milieu du brasier. J'entendis Barak crier : « Courez ! » Je crus que j'allais tomber, mais une flamme me lécha le bras et j'entendis mon pourpoint grésiller. Je trouvai assez d'énergie pour bondir en avant. Un instant plus tard, j'étais dans la rue, hors de la fournaise et de la fumée. Des bras me saisirent et je me laissai aller. Je sentis qu'on me libérait du poids de Bathsheba. On m'étendit dans la rue où je m'efforçai désespérément de remplir mes poumons, redoutant de suffoquer, car la gorge me brûlait à chaque inspiration. J'entendais les flammes crépiter dans la maison et tout autour de nous résonnaient des cris affolés.

Enfin, ma respiration se fit moins saccadée et je m'assis, chancelant. Devant moi, la maison des Gristwood était la proie des flammes. Le toit aussi brûlait, et le feu s'était communiqué à la maison voisine. Les gens étaient sortis de l'estaminet et de partout dans la rue. Ils couraient en tous sens, la mine terrifiée, criant qu'on aille chercher de l'eau et redoutant de perdre leur toit dans cet incendie aussi terrible que soudain. Dieu soit loué, il n'y a pas de vent, pensai-je. Près de moi, mon compagnon toussait et vomissait. À côté de lui gisait Bathsheba, immobile, comme morte. Barak se tourna vers moi, le visage noirci, et je vis que la moitié de ses cheveux avait brûlé.

« Vous n'êtes pas blessé ? murmura-t-il.

— Je ne crois pas. »

Un homme en justaucorps de veilleur, un bâton à la main, s'approcha de nous, l'air affairé. Il semblait furibond. « Qu'est-ce que vous avez fait pour mettre le feu comme ça ? Sorciers ! hurla-t-il.

— Ce n'est pas nous qui avons mis le feu, maugréa Barak. Envoyez chercher un médecin. Il y a une femme blessée avec nous. »

Quand les yeux du veilleur se posèrent sur Bathsheba, ils s'écarquillèrent à la vue du sang qui la couvrait. Alors, je secouai la tête et le tumulte des cris et des piétinements parut s'éloigner, se réverbérer sous la voûte de la nuit.

« Qu'avez-vous fait ? répéta le veilleur.

— C'était du feu grégeois, répondis-je.

— Quoi ?

— Du feu grégeois. Les rats le savaient, eux. »
Puis, le bruit du feu et des cris s'affaiblit encore, et je sombrai dans l'inconscience.

32

JE REPRIS LENTEMENT CONNAISSANCE, comme si je remontais à la surface d'un lac noir. Lorsque j'ouvris les yeux, je crus pendant un instant que j'étais aveugle. Puis, m'accoutumant à l'obscurité, je me rendis compte que je me trouvais dans une pièce sans lumière, et que c'était la nuit. À côté du lit à roulettes où j'étais couché, je devinais une fenêtre ouverte, qui formait un rectangle légèrement plus clair par lequel une brise tiède parvenait jusqu'à moi.

Je ne me souvenais ni de ce qui s'était passé, ni de l'endroit où j'étais. Lorsque je voulus m'asseoir pour mieux voir ce qui m'entourait, des douleurs fulgurantes m'envahirent tout le corps et je me laissai retomber avec un gémissement. Mon dos me faisait atrocement souffrir et j'éprouvais une douleur lancinante à l'avant-bras gauche. J'avais soif, une soif intense, et la bouche sèche. Quand j'avalais ma salive, j'avais l'impression d'avaler des épines.

Une odeur me frappa. Une odeur de brûlé. Incendie, pensai-je. Alors, tout ce qui s'était passé à Wolf's Lane me revint brusquement à l'esprit. Je voulus à nouveau m'asseoir et appeler, mais l'effort était trop grand et je faillis m'évanouir une seconde fois. Pendant quelques secondes, je restai étendu, terrifié. Et si le feu gagnait l'endroit où je me trouvais ? Soulevant mon bras droit, je l'approchai de mon nez. L'odeur de fumée venait de ma chemise. Je me laissai retomber sur ma couche, respirant péniblement. Il fallait que je rassemble mes forces, que j'appelle pour qu'on me donne à boire, que je sache où j'étais. Avais-je été arrêté et jeté en prison ? Où étaient Barak et la pauvre Bathsheba ? L'horrible vision de la jeune fille penchée sur son frère mort, tous deux baignant dans leur sang, me revint et un douloureux sanglot m'échappa.

J'entendis par la fenêtre un son inattendu, un doux gazouillis. D'autres oiseaux se joignirent au premier, peu à peu le ciel s'éclaira doucement et le bleu sombre se changea en gris pâle. Je distinguai les profils des toits pentus et me rendis compte que je me trouvais au dernier étage d'une maison. Le soleil apparut, d'abord une petite boule rouge sombre, puis un globe jaune incandescent.

À mesure qu'il faisait plus clair, je pus examiner la pièce où je me trouvais. Elle était sommairement meublée : le lit sur lequel j'étais étendu, un coffre et, sur le mur, une grande croix sur laquelle était accroché le Christ, avec un visage tordu par la souffrance et des plaies béantes. Stupéfait, je la fixai quelques instants avant de la reconnaître : l'antique croix espagnole de Guy. J'étais chez Guy.

Je m'allongeai de nouveau avec une sensation de soulagement. Je dus me rendormir car, lorsque je rouvris les yeux, le soleil était haut dans le ciel et il faisait chaud. Je me penchai, grimaçant de douleur tant mon bras gauche me faisait mal, et tapai quelques coups sur le plancher.

J'entendis bientôt des mouvements en bas, puis des pas. Guy entra, portant un grand pot et une tasse. Il avait les traits tirés par l'inquiétude et le manque de sommeil.

« À bbb-oire », croassai-je.

Il hocha la tête, s'assit sur le lit et me souleva la tête pour que je puisse boire à la tasse. « N'avalez pas trop vite, dit-il. Vous avez sûrement très soif, mais vous devez prendre de petites gorgées, sinon vous rejetterez tout. » J'acquiesçai et pris l'eau par petites quantités. En la sentant couler en minces filets, j'avais l'impression que ma gorge exultait. Guy resta à mon chevet pendant plusieurs minutes, me laissant boire lentement. Enfin, je me recouchai et remarquai que j'avais le bras bandé.

« Que s'est-il passé ? chuchotai-je.

— Hier soir, on vous a amené chez moi inconscient dans une charrette avec le dénommé Barak et une fille appelée Bathsheba. Vous avez été asphyxié par la fumée et brûlé au bras. » Il me regarda d'un air grave. « Le feu a provoqué d'importants dégâts. Deux rues de Queenhithe ont été presque entièrement anéanties. Dieu merci, le fleuve est si proche que les gens ont pu aller y chercher de l'eau.

— Y a-t-il des blessés ?

— Je ne sais pas. Votre ami est allé avertir le comte Cromwell qui, dit-il, s'occupera de cette affaire. Barak a été intoxiqué par la fumée lui aussi. Je lui ai dit qu'il ne devait pas sortir, mais il a insisté.

— Et Bathsheba, la fille, comment va-t-elle ? »

Le visage de Guy se rembrunit. « Elle a reçu un coup de poignard dans le ventre, et je ne peux pas faire grand-chose. Je lui ai donné des remèdes pour calmer sa douleur. Elle dort. Mais ce n'est qu'une question de temps. Qui lui a fait cela, Matthew ?

— Le misérable qui a mis le feu à la maison et nous a laissés rôtir, Barak et moi. Il y avait deux autres cadavres dans cette maison, celui du garde et celui du frère de la fille.

— Seigneur Dieu ! dit Guy en se signant.

— Barak a raison. Il faudra que Cromwell intervienne si l'on veut empêcher que l'on donne publiquement la chasse aux criminels. Grand Dieu, faut-il que cela recommence comme à Scarnsea ? Une foule de gens innocents vont-ils perdre la vie dans le sang et la violence ? »

Guy me regardait toujours. Depuis que nous étions amis, je ne lui avais jamais vu une mine aussi grave et sévère.

« Qu'y a-t-il ? demandai-je.

— Pendant que vous dormiez, je suis allé acheter certaines choses. Des rumeurs circulent en ville, selon lesquelles le feu aurait été allumé par des méthodes surnaturelles, et serait l'effet de pratiques magiques. Apparemment, ce n'était pas un incendie normal, il s'est déclaré brutalement et a consumé une maison en quelques minutes.

— C'est vrai. J'y étais. Mais il n'y a aucune magie là-dedans, Guy, je vous assure. Me croyez-vous capable de me mêler des arts occultes ?

— Non, mais…

— Il n'y a là aucune connaissance interdite, je vous le jure. Il s'agit seulement d'une ancienne façon de faire du feu qui a été redécouverte. Voilà ce pour quoi Cromwell emploie mes services. Je ne pouvais pas vous en parler. »

Son œil était toujours interrogateur. « Je vois. Votre ami se méfie de moi. Et vous aussi, peut-être, si l'affaire touche Cromwell, que je considère en effet comme un ennemi. Je me demandais pourquoi vous évitiez de m'en dire davantage.

— Je ne méfie pas de vous, Guy. Morbleu, vous êtes la seule personne en qui j'ai encore confiance.

— C'est Lui le seul guide en qui vous pouvez mettre votre confiance », dit Guy en regardant la croix.

Je secouai tristement la tête. « Où était le Christ quand cette pauvre fille et son frère se sont fait tailler en pièces hier soir ?

— Il regardait, accablé par le chagrin, comme sur cette croix. Il regardait les hommes utiliser à des fins horribles le libre arbitre que Dieu leur a donné, dit-il en soupirant. Tenez, prenez cette cruche. Continuez à boire de l'eau, mais veillez à avaler très lentement. » Il me laissa et, avant de sortir, leva les yeux vers le visage torturé du Christ.

Barak revint une heure plus tard ; Guy le conduisit à ma chambre et nous laissa seuls. Les yeux de Barak étaient rougis, visiblement douloureux, et il avait le plus grand mal à parler. Sa chemise était souillée par la fumée et, sur tout le côté droit de sa tête, ses cheveux étaient brûlés jusqu'à la racine. Le contraste avec ses boucles brunes et en désordre de l'autre côté était si cocasse que je ne pus retenir un éclat de rire nerveux.

« Vous devriez vous voir, maugréa-t-il. Vous avez le visage noir comme la suie. Et le comte ne rit pas, lui. Il va devoir intervenir auprès du maire et du coroner pour que l'affaire ne s'ébruite pas. À Queenhithe, on a retrouvé les restes de George Green et du garde, et on commence à parler de sorcellerie dans le quartier. Savez-vous que deux rues entières ont été détruites ? Heureusement qu'il n'y avait pas de vent, sinon l'incendie aurait pu gagner la Cité.

— Oui. Y a-t-il eu d'autres blessés ?

— Quelques personnes souffrent de brûlures et beaucoup ont perdu leur toit. La maison des Gristwood n'est qu'un tas de cendres. Dame Gristwood est désormais sans abri.

— Pauvre vieille. » Je m'interrompis. « Eh bien ! maintenant, j'ai vu le feu grégeois à l'œuvre. C'était bien lui, non ?

— Oui. J'ai reconnu l'odeur dès que tout a commencé à flamber. Ces canailles devaient attendre dans le salon que nous soyons montés au premier pour nous piéger. Ils ont dû recouvrir les murs de la substance, ont allumé et puis ont filé par la fenêtre. » Il s'assit sur le lit. « Seigneur Jésus, quand j'ai vu ça, j'ai été terrifié. C'était exactement pareil qu'à l'embarcadère. Tout s'est embrasé en quelques secondes. Et c'était la même fumée noire et épaisse. » Il fronça les sourcils. « Pourquoi essayer de nous tuer ainsi ? Ils auraient pu nous surprendre, comme Bathsheba et son frère.

— Ils ont voulu montrer à lord Cromwell qu'ils avaient trouvé le feu grégeois.

— Qu'ils pouvaient en fabriquer et s'en servir à volonté. »

498

Je le regardai à nouveau. « Je tiens à vous remercier, Barak. Sans vous, je ne serais pas sorti vivant de cette maison. Pendant un moment, la peur m'a paralysé.

— Je sais. J'ai bien cru qu'il faudrait que je vous fasse descendre l'escalier à coups de pied dans les fesses.

— Comment avez-vous réussi à nous faire amener ici ?

— J'ai pris une charrette qui avait servi à transporter de l'eau et je vous ai installés dessus, Dieu sait comment. J'avais peur qu'on soit arrêtés ou exterminés sur place. Je ne savais pas où aller, et puis je me suis souvenu que votre ami l'apothicaire habitait à côté. Cela n'a pris que quelques minutes. »

Sa présence d'esprit nous avait évité la prison. Il souriait, content de lui.

« Comment va la fille ? demanda-t-il.

— Elle va sans doute mourir, d'après Guy.

— Misère ! » Il toucha son talisman, puis fit soudain la grimace et posa sa main sur son épaule.

« Ça va ?

— J'ai été brûlé en passant la porte. »

On frappa et Guy entra. Son regard alla de l'un à l'autre.

« La fille s'est réveillée, dit-il à mi-voix. Elle veut vous parler. Je pense qu'elle n'a plus beaucoup de temps à vivre.

— Vous pouvez vous lever ? » me demanda Barak. J'opinai et sortis péniblement du lit, ce qui me fit tousser à nouveau. Chacun de mes muscles semblait protester avec véhémence.

Guy nous conduisit dans une petite pièce où Bathsheba gisait sur un lit, les yeux fermés. Elle avait le souffle court, et le visage mortellement pâle. La blancheur de sa peau contrastait avec les taches rouge vif des bandages lui entourant l'abdomen. Guy lui avait lavé le visage, mais elle avait encore les cheveux englués de sang, le sien et celui de son frère. La tête me tourna un instant.

« Je lui ai donné de quoi calmer la douleur, expliqua Guy. Elle somnole beaucoup. » Il effleura l'épaule de Bathsheba, dont les yeux frémirent et s'ouvrirent.

« Demoiselle Green, je les ai fait venir, comme vous me l'aviez demandé. »

Bathsheba nous regarda fixement et murmura d'une voix si faible que je ne distinguai rien. Prenant un tabouret, je m'assis à son chevet. Elle se tourna vers moi avec difficulté.

« Ils voulaient vous tuer aussi, chuchota-t-elle.

— Je sais.

— J'allais tout vous dire et m'en remettre à la miséricorde de lord Cromwell. Mais ils nous attendaient, mon pauvre George et moi. Ils se sont précipités sur nous à grands coups d'épée. Ils avaient dû nous suivre. L'homme au visage grêlé m'a blessée au ventre. » Elle frissonna. « Il nous a laissés pour morts en disant qu'ils réservaient au bossu une fin saisissante quand il arriverait. » Elle laissa sa tête retomber, épuisée par l'effort.

« Comment savaient-ils que vous étiez là ?

— Par dame Neller, sans doute. Elle ferait n'importe quoi pour de l'or.

— Elle le paiera. »

Elle grimaça de douleur, puis se tourna vers moi et se mit à parler avec un débit rapide : « Je veux vous

500

répéter… tout ce que Michael m'a dit. Pour vous aider à trouver qui a fait ça.

— Vous êtes en sécurité maintenant. Je vous écoute, dis-je en m'efforçant de sourire.

— Les dernières semaines avant sa mort, Michael avait peur, très peur. Il m'a dit qu'il était mêlé à un projet, qui, d'après son frère et lui, pouvait les rendre riches. Cela concernait certains papiers qu'il avait chez lui. Il disait, cependant, qu'il craignait pour leur sécurité à tous.

— D'après dame Neller, votre frère a fouillé la maison.

— C'est vrai. » Elle grimaça à nouveau. « Nous ne savions pas de quoi il s'agissait, mais il s'était dit que, s'il arrivait à les trouver, nous pourrions vous les donner, et obtenir la protection du comte Cromwell. Mais maintenant, ils doivent être réduits en cendres.

— Ils sont en ma possession, Bathsheba. Hormis un seul, qui contient une formule. Michael vous a-t-il dit quoi que ce soit à ce sujet ?

— Non. Seulement qu'il avait peur des gens à qui son frère et lui avaient affaire. Il craignait qu'ils ne les fassent assassiner, Sepultus et lui. Leur but, c'était de faire tomber lord Cromwell.

— Mais… mais je croyais que Michael travaillait *pour* Cromwell. Il possédait une chose que le comte convoitait fort.

— Non. Non, le projet était *contre* le comte. »

Je la regardai fixement. Tout cela n'avait aucun sens. Elle toussa de nouveau, et un filet de liquide incolore coula sur son menton. Son visage se crispa, puis elle me regarda à nouveau. « Nous allions avoir un enfant. Michael parlait de quitter le pays avec son frère, d'aller en Écosse ou en France. Mais il a été tué. Et hier, ce coup de poignard a tué mon bébé. »

Je tendis la main pour prendre la sienne. Elle était menue et légère comme une patte d'oiseau. « Pauvre de vous.

— Quelle importance a notre vie ? fit-elle avec amertume. Sommes-nous autre chose que des pions sur l'échiquier des grands ? » Elle secoua la tête, toussa encore et ferma les yeux. Guy s'avança et lui prit doucement l'autre main.

« Bathsheba, dit-il avec douceur, j'ai peur que vous ne viviez plus longtemps. Je suis prêtre. Voulez-vous vous repentir de vos péchés et reconnaître que le Christ est votre sauveur ? »

Elle ne répondit pas. Guy lui serra la main plus fort. « Bathsheba, vous allez vous trouver devant votre Créateur. Voulez-vous Le reconnaître ? »

Barak se pencha et posa un doigt sur le cou de la fille.

« Elle est partie », dit-il doucement.

Guy s'agenouilla à côté du lit et commença à prier à mi-voix, en latin.

« À quoi bon ? » demanda âprement Barak. Je me levai, lui pris le bras et quittai la pièce avec lui. Nous regagnâmes ma chambre et je m'assis sur le lit, épuisé.

« Pauvre petite gueuse, dit Barak. Je suis désolé, je ne voulais pas manquer de respect au Maure. » Il se passa la main dans ce qui lui restait de cheveux. « Qu'est-ce qu'elle a bien pu vouloir dire ? Michael, mêlé à un complot contre lord Cromwell ?

— Je l'ignore. Depuis le début, nous avons supposé que la personne qui avait volé la formule l'avait fait par cupidité, peut-être pour la vendre à une puissance étrangère.

— C'est vrai, mais vous doutiez de l'existence même de la formule.

— Oui. Je me suis demandé si toute cette affaire n'avait pas été un piège tendu à Cromwell, mais dont les rouages s'étaient déréglés, semant la discorde entre les coquins.

— Pourtant, nous savons que le feu grégeois existe bel et bien. »

Je serrai les poings. « Il y a des choses qui ne concordent pas. Par exemple, la présence de Toky dans l'affaire depuis le début, essayant de retrouver la boisson polonaise des mois avant que les Gristwood approchent Cromwell. Pourquoi ce délai ? Et ce n'est pas tout… »

Je m'interrompis quand Guy entra, apportant une cuvette d'eau et des linges. Il y eut un instant de silence gêné. « Il faudrait que je panse votre bras, Matthew, dit-il. Vous devriez vous reposer au moins une journée avant de reprendre vos activités.

— Je ne peux pas. » Je me rappelai Marchamount et Bealknap. Nous avions perdu beaucoup de temps. Il ne restai plus que cinq jours.

« Il faut que j'aille à Lincoln's Inn.

— Vous allez vous rendre malade, dit-il en secouant la tête.

— Voulez-vous soigner mon bras ? Ensuite, je devrai partir.

— J'ai une brûlure à l'épaule, qui me pique affreusement, ajouta Barak. Pourriez-vous la regarder aussi ? »

Guy hocha la tête. Barak ôta sa chemise, révélant un torse musclé couturé de cicatrices d'anciens coups de couteau. Il avait une épaule rouge et à vif. En l'examinant, Guy remarqua le talisman pendu à la chaîne.

« Qu'est-ce que c'est que ça ?

— Ça s'appelle une mezzah. Un ancien symbole juif. Vous aviez raison quand vous avez dit que mon nom était juif.

— Le nom correct est mezouza. Les anciens Juifs fixaient cela sur leur porte, avec à l'intérieur un fragment de parchemin portant une inscription de la Torah. Pour accueillir les visiteurs. Je me souviens d'avoir vu cela dans mon enfance à Grenade. »

Barak parut impressionné. « Mazette ! Vous êtes un savant homme, messire l'apothicaire. Aïe ! Ça pique ! »

Guy soigna la brûlure, la recouvrant d'une huile à l'odeur âcre, puis renvoya Barak dans sa chambre pendant qu'il s'occupait de mon bras. Je grimaçai lorsqu'il découvrit la marque rouge violacé, la peau fripée. Il appliqua un peu de son huile et je sentis la douleur s'apaiser.

« Qu'est-ce que vous m'appliquez ?

— De l'huile de lavande. Elle a des propriétés rafraîchissantes et émollientes. Elle absorbe la sécheresse du feu qui vous a attaqué la peau.

— Je me rappelle vous avoir vu l'utiliser pour soigner la brûlure du jeune fondeur. » Je le regardai avec gravité. « Il existe un feu qu'aucune quantité de lavande ne saurait éteindre. Guy, j'avais l'intention de vous en parler et de vous poser des questions sur la substance qui a causé tant de dommages et de morts. Elle a un rapport avec l'alchimie, comme je vous l'ai dit, et il y a certains aspects qui me troublent fort. Si vous voulez bien m'écouter, je vais tout vous raconter. En gardant le secret, vous vous mettrez à l'abri de ceux qui sont à nos trousses. Mais je ne vous dirai rien si vous préférez ne rien savoir.

— Je remarque que vous avez attendu que votre ami Barak soit sorti pour m'en parler.

— Que décidez-vous ?

— Soit, je vous écoute. »

Pendant qu'il me pansait le bras avec une bandelette de tissu, je lui racontai tout ce que j'avais appris sur le feu grégeois entre le jour où Cromwell m'avait convoqué et l'incendie de la veille. À mesure qu'il m'écoutait, son visage s'assombrissait.

« Vous comptez attraper ces assassins ? demanda-t-il.

— Oui. À ce jour, ils ont tué cinq personnes. Les frères Gristwood, Bathsheba et son frère, le garde. Sans compter un fondeur nommé Leighton qui a disparu et qui est sans doute mort lui aussi.

— Je me souviens que vous posiez des questions sur les fondeurs.

— Oui. Nous sommes arrivés trop tard pour le sauver. Et il y a trois autres personnes qui sont mises au secret de peur que ces monstres ne s'en prennent à elles. Je veux les attraper pour les empêcher de continuer à semer la mort sur leur passage.

— Et remettre la main sur la formule du feu grégeois pour Cromwell ? »

J'hésitai. « Oui.

— Avez-vous songé aux ravages qu'une telle arme pourrait causer ? Elle serait susceptible de brûler des flottes entières, avec tous leurs marins. Elle pourrait servir à réduire une ville en cendres, comme on l'a vu hier.

— Je sais. » L'image de navires anéantis par le feu surgit devant moi à mon corps défendant. « Mais vous savez, Guy, si Cromwell ne met pas la main dessus, d'autres le feront, des puissances étrangères qui s'en serviront contre l'Angleterre.

— Et la forceront à retourner sous l'autorité de Rome ? » Il haussa les sourcils et je me souvins qu'il n'était ni anglais, ni protestant. Il réfléchit un moment. « Que vouliez-vous me demander ?

— Ne me répondez pas si vous avez le sentiment que vous ne le pouvez pas, Guy. Mais je sais maintenant qu'un baril de feu grégeois a été conservé à St Bartholomew pendant un siècle. Ainsi qu'une formule. Ce que je pense, c'est que les Gristwood ont mis à profit la période entre la découverte qu'ils ont faite en octobre dernier et leur entretien avec Cromwell en mars pour construire leur appareillage — il y a des preuves matérielles de cela — mais aussi pour tenter de fabriquer eux-mêmes cette substance à partir de la formule. La plus grande partie du baril d'origine a dû être utilisée pour réduire les deux bateaux en cendres. Le fait que l'incendie d'hier ait été allumé signifie peut-être qu'ils en ont fabriqué. Mais *comment*, Guy ? Comment un alchimiste crée-t-il une substance à partir d'une formule ?

— En trouvant la proportion exacte des quatre éléments qui entrent dans sa composition. Terre et air, eau et feu.

— Qui entrent dans la composition de toutes choses ici-bas. Certes, mais ce n'est pas là tâche facile.

— Assurément. S'il n'est pas trop difficile de fabriquer du fer, à partir des minéraux que Dieu a disséminés dans la terre, il est malaisé de fabriquer de l'or, sinon, nous mangerions tous dans de la vaisselle d'or, et ce métal ne vaudrait rien.

— Serait-il facile ou difficile de fabriquer du feu grégeois ?

— Sans la formule, impossible à dire. »

Je me redressai sur mon lit. « Vous avez parlé du fer et de l'or à l'instant. Certaines matières sont communes et faciles à trouver, comme le fer. D'autres, l'or, par exemple, sont fort rares.

— Certes.

— J'ai lu de nombreux ouvrages sur l'histoire des armes à feu en Orient. Nous savons que les Byzantins n'eurent aucune difficulté à trouver les éléments nécessaires pour créer le liquide qui prend feu. Par ailleurs, des substances analogues sont mentionnées par les Romains, qui n'ont cependant pas pu se servir de cette arme. Je pense qu'il doit entrer dans la composition du feu grégeois un élément crucial qu'il est difficile de se procurer. Les Gristwood cherchaient sans doute une substance susceptible de remplacer l'élément manquant. Et c'est ainsi qu'ils sont arrivés jusqu'à cette boisson polonaise qui brûlait sur la table à l'auberge. »

Guy se caressa le menton. « Ainsi, ils l'auraient utilisée pour fabriquer du feu grégeois ?

— Comment savoir ? Peut-être.

— Et d'après ce que vous dites, ils étaient déjà engagés à tramer un complot contre Cromwell avec les coquins qui allaient devenir leurs assassins.

— Oui. Je ne sais pas comment cela s'est fait. Mais, Guy, si je parvenais à trouver un peu du feu grégeois d'origine dans le cimetière de St Bartholomew... »

Il eut une grimace de dégoût. « Profaner des tombes...

— Oui, oui, je sais. Mais cette profanation aura lieu de toute façon. Si je trouvais cette substance et que je vous l'apporte, pourriez-vous l'analyser pour moi, la distiller ou faire ce que vous faites couramment ?

— Je suis apothicaire, pas alchimiste.

— Vous en connaissez aussi long sur leur art que la plupart d'entre eux. »

Il prit une profonde inspiration et croisa les bras. « À quelles fins, Matthew ? demanda-t-il.

— Pour m'aider à comprendre ce qui s'est passé... »

Il m'interrompit vivement : « Matthew, vous rendez-vous compte de ce que vous me demandez ? Vous voulez que j'analyse le feu grégeois pour en donner le secret à Cromwell. » Il arpentait la chambre. Enfin, il se tourna vers moi.

« Si vous trouvez cette maudite substance et que vous me l'apportiez, je l'examinerai. Mais je la détruirai ensuite. Je ne vous donnerai sur sa fabrication aucun indice susceptible d'aider Cromwell. En revanche, si mes recherches font apparaître quoi que ce soit qui puisse vous aider à retrouver ces assassins à l'exclusion de tout autre usage pernicieux, je vous en informerai. Pardonnez-moi, Matthew, je ne suis pas disposé à aller plus loin.

— Soit. Topons là. » Je tendis la main et il la prit, la mine toujours grave.

« Saint Grégoire de Nysse a dit jadis que tous les arts et les sciences ont pour origine la lutte contre la mort. Et c'est bien ainsi. Cet instrument de mort et de destruction est une perversion, une monstruosité. Si vous trouvez cette formule, vous devriez la détruire, pour la sécurité du monde.

— Je suis l'obligé de Cromwell et j'ai un devoir envers mon pays.

— Et quel usage croyez-vous que deux hommes aussi sanguinaires et impitoyables que Cromwell et le roi Henry feraient du feu grégeois ? Il servirait à des fins de destruction et de meurtre, voilà ! s'écria-t-il avec colère. Cette affaire est bien plus grave que celle de Scarnsea, Matthew. Cromwell s'est encore servi de vous. Pas seulement pour traquer un assassin, mais pour l'aider dans une entreprise cruelle, brutale et impie. » Je me mordis les lèvres. « Et Barak, poursuivit-il, comment voit-il les choses ?

— Il est d'une loyauté absolue vis-à-vis de son maître. Je ne lui soufflerai mot de notre conversation. »

Je me laissai retomber sur le lit en soupirant. « Vous avez raison de me faire ces reproches, dis-je à mi-voix. Je me suis inquiété des ravages possibles du feu grégeois, mais je reconnais avoir été poussé par le désir d'appréhender les meurtriers et de retrouver ce qui avait été volé. Et de sauver Elizabeth Wentworth. À tout prix.

— Un prix trop élevé, peut-être. Vous en jugerez le moment venu, Matthew. C'est une décision à prendre devant Dieu. »

33

L A MATINÉE TOUCHAIT À SA FIN lorsque nous regagnâmes la maison. J'ouvris doucement la porte
d'entrée, espérant que nous pourrions monter à l'étage
avant que Joan ait vu notre piteux état, mais, posé sur
la table, je remarquai un message portant la grosse
écriture ronde de Godfrey. Je brisai le sceau.

« Bealknap est rentré ! dis-je. Il est dans son
cabinet. Dieu soit loué, j'avais craint qu'il ne fût — je
ne finis pas la phrase.

— Alors, envoyons un message à Leman et allons
à Lincoln's Inn », dit Barak.

Juste à ce moment-là, Joan arriva de la cuisine,
alertée par nos voix. Ses yeux s'écarquillèrent en nous
voyant.

« Que s'est-il encore passé, messire ? dit-elle d'une
voix qui tremblait un peu. En ne vous voyant pas
rentrer hier soir, je me suis inquiétée.

— Il y a eu un grave incendie à Queenhithe, et nous
avons été pris dedans. Mais nous sommes sains et

saufs, Joan, dis-je d'une voix douce. Je vous demande pardon, il y a eu cette semaine beaucoup de remue-ménage.

— Vous paraissez épuisé, messire. Qu'est-il arrivé à vos cheveux, messire Barak ?

— Ils ont pris feu. J'ai l'air d'un monstre, pas vrai ? » Il lui adressa son plus charmant sourire. « J'aurais besoin qu'on me coupe le reste, pour éviter de faire peur aux enfants.

— Voulez-vous que j'essaie ?

— Vous êtes une perle entre toutes les femmes, dame Woode. »

Pendant que Joan allait chercher des ciseaux et montait avec Barak, j'écrivis à la hâte un message à Leman et envoyai Simon, qui ouvrait des yeux ronds, le porter à Cheapside. Puis je montai, refermai la porte de ma chambre et m'y adossai avec lassitude. Les réflexions de Guy concernant la nature de ma mission me revinrent en tête. Jusqu'alors, le train d'enfer que j'avais mené, l'inquiétude où j'étais pour moi-même et tous ceux qui se trouvaient mêlés à cette affaire m'avaient empêché de penser à autre chose qu'à démasquer les conspirateurs. Mais, si je réussissais, que se passerait-il ? Si la formule du feu grégeois me tombait un jour entre les mains, que ferais-je alors ? Je me rappelai les paroles de la malheureuse Bathsheba. Un complot contre lord Cromwell. Qu'avaient au juste projeté Michael et son frère, qui avait été interrompu par leur mort ? Je secouai la tête. Pour l'instant, je ne pouvais reculer et je devais aller affronter Bealknap dans sa tanière puisque l'occasion se présentait. Nous étions le cinq juin : il ne restait que cinq jours.

À Lincoln's Inn, je laissai Barak et Leman dans mon cabinet, puis traversai la cour afin de me rendre à celui de Marchamount pour m'enquérir de lui. Malgré ma profonde réticence, il faudrait que nous ayons tous deux un entretien à propos de lady Honor lorsque j'en aurais fini avec Bealknap. Mais son clerc me dit qu'il se trouvait à Hertford pour une affaire à régler devant le juge itinérant, et qu'il ne rentrerait pas avant le lendemain. Je pestai intérieurement. Au moins, lors de ma précédente mission pour Cromwell, trois ans auparavant, j'avais toutes les parties à ma disposition dans l'enceinte du monastère. J'annonçai au secrétaire que je reviendrais le lendemain, et retournai rejoindre Barak et Leman. Tous deux m'attendaient en regardant Skelly recopier laborieusement la demande d'assignation de l'affaire Bealknap devant la cour de la chancellerie. Leman, qui semblait avoir plus d'assurance aujourd'hui, demanda si Bealknap était de retour.

« C'est ce que disait le message. Je vais vérifier auprès de mon confrère. » Leman eut un sourire mauvais qui révélait son désir de vengeance.

Je frappai à la porte de Godfrey et entrai. Il était debout devant la fenêtre, la mine soucieuse. Il m'adressa un sourire hésitant.

« Tu es venu voir Bealknap, Matthew ? Je l'ai vu entrer chez lui tout à l'heure.

— Parfait. Tout va bien, Godfrey ? »

Il tordait machinalement dans ses doigts l'ourlet de sa toge. « J'ai reçu une lettre du secrétaire. J'apprends que le duc ne se contentera pas de mon amende. Il veut que je lui fasse des excuses publiques dans la Grande Salle.

— On ne peut nier que tu as violé toutes les règles de la courtoisie…

— Tu sais bien que ce n'est pas de cela qu'il s'agit, rétorqua-t-il aussitôt, les yeux brillants de colère. De quelque façon que je tourne mes excuses, elles seront prises pour un reniement de mes convictions religieuses.

— Godfrey, dis-je gravement, pour l'amour du ciel, fais tes excuses, et attends une autre occasion pour te battre. Si tu refuses, on t'interdira d'exercer, et tu seras un homme fini.

— Pourquoi pas ? murmura-t-il. Cela pourrait devenir une cause célèbre dans les annales juridiques, comme le cas Hunne [1].

— Hunne a été assassiné pour avoir défié l'Église, par des hommes de main à la solde des papistes.

— Noble façon de mourir. » Un étrange sourire joua sur ses lèvres. « Existe-t-il plus belle mort ? »

Je frissonnai malgré moi. Elle revenait, cette soif étrange qu'avaient certains de mourir en martyrs, et d'exulter dans leur souffrance vertueuse. Je l'observai fixement. Il eut un petit rire.

« Pourquoi me regardes-tu ainsi, Matthew ? »

Sous l'inspiration du moment, je lui dis : « Godfrey, puis-je te soumettre une question ?

— Bien sûr.

---

1. Cas célèbre de 1514. Richard Hunne fut accusé d'hérésie pour avoir refusé de donner la robe de baptême de son fils au prêtre de la paroisse en règlement des frais d'obsèques de l'enfant. Hunne fut trouvé pendu dans la cellule de la prison de l'évêque, où il avait été incarcéré.

« — Si Dieu te donnait un pouvoir miraculeux, disons un feu puissant comme la foudre, capable d'anéantir d'un seul coup tes ennemis, des armées entières, et que, pour cela, tu n'aies qu'à lever la main. »

Il se mit à rire. « C'est un cas tiré par les cheveux, Matthew. Jamais il n'y a eu de miracle de ce genre depuis le passage de Notre-Seigneur sur la terre.

— Mais disons que tu aies ce pouvoir à ta disposition. »

Il secoua dévotement la tête. « Je n'en serais pas digne.

— Imagine que tu l'aies, insistai-je. Un pouvoir qui, si tu l'utilisais, tuerait des milliers de gens, des innocents pour la plupart. L'emploierais-tu ? »

Il sourit doucement. « Certes, oui. Je le mettrais au service du roi, pour confondre ses ennemis dans le pays comme à l'étranger. L'Ancien Testament explique que, souvent, de nombreuses personnes doivent mourir pour que la cause de Dieu triomphe. Souviens-toi de Sodome et Gomorrhe.

— Qui ont été détruites par le feu et la foudre ? » Je fermai les yeux un moment. « Tu ne présenteras pas tes excuses, n'est-ce pas ? »

À nouveau, la lueur fanatique brilla dans ses yeux et il me répondit avec son doux sourire : « Non, Matthew, je n'en ai pas l'intention. »

Nous montâmes l'étroit escalier qui menait au cabinet de Bealknap. Le cadenas avait été enlevé. Je frappai un coup péremptoire à la porte, que Bealknap ouvrit lui-même. Il avait ôté sa robe et son pourpoint tant il faisait chaud et ne portait que sa chemise de toile blanche. Au-dessus du col, on voyait sortir des poils blonds et raides. Sans sa tenue d'avocat, il ressemblait plus à la canaille qu'il était en réalité.

« Mon cher confrère, dis-je, j'essaie de vous trouver depuis un certain temps. Où étiez-vous ? »

Il fronça les sourcils. « Je vaquais à mes affaires. » Il regarda le crâne tondu de Barak d'un œil surpris. « Qui est-ce ? » Puis il avisa Leman et ses yeux s'écarquillèrent. Le marchand lui adressa un sourire malveillant. Bealknap essaya de nous claquer la porte au nez, mais Barak, plus prompt que lui, passa un pied dans l'entrebâillement de la porte et l'empêcha de la refermer avec son épaule. Bealknap recula en chancelant tandis que Barak se frottait le bras en grimaçant. « Morbleu, j'avais oublié ma brûlure. »

Nous entrâmes. Debout au milieu de son cabinet, aussi mal rangé qu'à l'accoutumée, Bealknap avait le visage rouge d'indignation.

« Comment osez-vous ! cria-t-il. Vous ne manquez pas d'audace ! Vous introduire chez moi ! » Il tendit vers Leman un long doigt. « Pourquoi avez-vous amené ce coquin, Shardlake ? Il a une dent contre moi, et il raconterait n'importe quelles sornettes sur mon compte… »

Barak prit la parole. « Vous ne vous souvenez sûrement pas de moi, messire, car je n'étais qu'un gamin à l'époque, mais mon beau-père était l'un de vos témoins à la cour de l'évêque. Edward Stevens. Drôle de race, les témoins. Parfois, ils surgissent de nulle part pour se porter garant de l'honnêteté d'un homme qu'ils n'ont jamais rencontré. »

Depuis que je connaissais le fieffé coquin, jamais je ne l'avais vu perdre contenance, mais, cette fois-ci, il avait les dents serrées et le souffle court. « C'est un ramassis de mensonges ! s'écria-t-il d'une voix rageuse. Je ne sais pas à quoi vous jouez, Shardlake.

— Ce n'est pas un jeu. »

La bouche de Bealknap s'ouvrit, découvrant ses longues dents jaunes. « Si vous essayez de faire pression sur moi pour que je vous cède sur les maisons dont je suis propriétaire, vous n'aurez pas gain de cause. Je vous ferai radier.

— Il s'agit bien de cela ! m'écriai-je avec mépris.

— Votre avarice ne vous aura pas porté bonheur, messire Bealknap, dit Leman avec satisfaction. Une petite pièce d'or de ce coffre là-bas pour me payer votre dette vous aurait évité tous ces ennuis.

— Messire Leman a préparé une déclaration », dis-je. Je pris un exemplaire dans ma poche et le tendis à Bealknap, qui saisit le papier et le lut en fronçant les sourcils. Pourtant, en le regardant, j'eus le sentiment que sa réaction n'était pas normale. Il aurait dû être terrifié à la perspective d'une carrière ruinée. Or il paraissait seulement furieux. Il abaissa la feuille.

« Essayer de mettre un confrère aux abois, chuchota-t-il. Obtenir des marchands de Cheapside de fausses déclarations, mais qu'est-ce que ça signifie ? Que voulez-vous ?

— Vous vous souvenez que je suis mandaté par lord Cromwell ?

— Je vous ai dit tout ce que je savais sur cette affaire. Ce qui revenait à presque rien, au reste. »

Il agita une main rageuse. S'il mentait, c'était avec conviction.

« Je veux connaître la nature de vos liens avec sir Richard Rich, Bealknap.

— Cela ne vous regarde pas, sangdieu ! répliqua-t-il avec force. En effet, je suis aux ordres de sir Richard. Je travaille pour lui. C'est à son service que j'ai été occupé ces derniers jours, dit-il en levant une main. Et je ne répondrai à aucune question sur le sujet. Morbleu, je vais aller de ce pas chez sir Richard pour lui dire que vous me harcelez.

— Mon cher confrère, si vous ne répondez pas à ma question, j'irai en informer le comte Cromwell.

— Eh bien ! il n'aura qu'à parler à sir Richard. » Bealknap hocha la tête d'un air morose. « Et voilà, vous ne vous attendiez pas à cela, je parie ! » Il tendit le bras pour attraper sa robe. « J'y vais incontinent. Vous vous êtes aventuré sur un terrain glissant, messire, et vous touchez à des sujets qui sont hors de vos compétences. » Il me rit au nez. « Vous ne vous en étiez pas encore avisé ? Et maintenant, sortez de chez moi ! » Il ouvrit toute grande la porte. Barak serra les poings.

« Lord Cromwell peut vous envoyer sur le chevalet, vilain sac d'os ! »

Bealknap se mit à rire. « Je ne crois pas, non, encore qu'il pourrait vous faire caresser les côtes après avoir conféré avec mon maître. Allez, ouste ! » fit-il en désignant la porte.

Nous n'avions d'autre choix que de partir. À peine avions-nous franchi le seuil que la porte claqua derrière nous, et nous nous retrouvâmes sur le palier. Leman me dévisagea d'un air intrigué. « J'avais cru qu'il serait terrifié.

— Moi aussi.

— Lord Cromwell, Richard Rich. » Leman me coula un regard de biais. « Je ne veux plus rien avoir à faire avec cette histoire, messire. Je retourne à mon éventaire. » Sur ces mots, il tourna les talons et descendit les escaliers à la hâte, sans même demander le reste de l'argent que je lui avais promis. Barak et moi restâmes face à face, nous dévisageant.

« Eh bien ! voilà qui a été rondement mené, ricana Barak.

— Qu'est-ce que Rich pourrait bien avoir à dire à Cromwell qui lui ferait tourner sa colère contre nous ? demandai-je en secouant la tête. Cromwell est secrétaire du roi et vicaire général. Rich a le bras long, mais bien moins que Cromwell.

— Et que sait-il du feu grégeois ? renchérit Barak avec un grand soupir. Il va falloir que j'informe le comte de tout cela. » Il commença à descendre l'escalier, et je le suivis.

« Savez-vous où il se trouve aujourd'hui ?

— De nouveau à Whitehall. Je vais lui faire parvenir un message par Grey. Je pars tout de suite. Rentrez vous reposer chez vous. À votre mine, on voit que vous en avez besoin. Ne faites rien avant mon retour. »

Cromwell et lui avaient-ils à se dire des choses qu'ils ne voulaient pas que j'entende ? Dans ce cas, je n'y pouvais rien.

34

I<small>L SE PASSA PLUS DE DEUX HEURES</small> avant le retour de Barak. Je l'attendis dans le salon en regardant mon jardin où les ombres commençaient à s'allonger. J'étais encore épuisé après la terrible expérience de la veille, mais la fatigue avait beau me piquer les yeux, le repos me fuyait. Les pensées se poursuivaient dans ma tête. Qu'avait voulu dire Bealknap ? Qu'aurais-je dû comprendre ? Et surtout, que devrais-je faire si mon expédition à St Bartholomew se révélait fructueuse et que nous trouvions bel et bien un peu de feu grégeois ? Ma conversation avec Guy me tracassait. Je ne pouvais chasser de mon esprit ce qu'impliquaient mes actions en fin de compte. Assurément, mieux vaudrait que personne ne dispose du feu grégeois. Mais le maître de Toky, quel qu'il fût, le possédait déjà.

Enfin, fatigué de déambuler dans la pièce, je décidai d'aller aux écuries. En sortant, la température me fit grimacer — il faisait plus chaud que jamais — et je me rendis compte que j'avais mal partout, à mon bras brûlé, au dos, aux yeux, à la tête.

Barak avait pris Sukey, mais Genesis, qui était tranquillement à sa place, poussa un hennissement amical en me voyant. Le petit Simon était en train de nettoyer l'écurie.

« Genesis s'habitue ? lui demandai-je.

— Ma foi, oui, monsieur. C'est un bon cheval. Mais le vieux Chancery me manque.

— À moi aussi. Genesis semble d'un naturel placide.

— Pas au début, monsieur. Il était si nerveux que j'avais peur de recevoir des coups de sabot.

— Vraiment ? fis-je, surpris. Il a toujours été facile à monter.

— Il a sans doute été bien dressé dans les écuries de lord Cromwell, monsieur, mais je pense qu'il était plus au large là-bas. » Simon rougit en prononçant le nom du comte ; il n'en revenait pas que je sois associé avec un aussi grand homme.

« Peut-être.

— Messire Barak m'a dit que ses cheveux avaient brûlé hier soir, dans un incendie. » Il avait les yeux écarquillés de curiosité. « C'est un soldat, monsieur ? Je trouve parfois qu'il en a l'air.

— Non, c'est un des serviteurs mineurs du comte, tout comme moi.

— Moi, j'aimerais bien être soldat un jour.

— C'est vrai, Simon ?

— Quand je serai plus grand, j'essaierai de me faire recruter. Pour combattre les ennemis du roi qui voudraient envahir notre royaume. »

À ses paroles, je devinai que quelqu'un avait dû lui lire une proclamation officielle. Je souris en caressant l'encolure de Genesis.

« C'est un sanglant métier que celui de soldat.

— Il faut bien combattre les papistes, monsieur. Oh oui ! un jour, j'aimerais être soldat ou marin. »

Je me préparais à répondre lorsqu'un bruit de sabots retentit. Barak venait de s'arrêter devant l'écurie, la mine lasse et les vêtements poussiéreux.

Simon courut lui prendre les rênes.

« Quelles nouvelles ? demandai-je.

— Entrons. »

Je le suivis au salon. Il passa une main sur sa tête presque chauve, ce qui plissa la peau de son crâne, puis il gonfla les joues. « Le comte a déversé sa bile sur moi, déclara-t-il tout à trac. Il m'a dit qu'il avait été contraint de perdre la moitié de la matinée à persuader le coroner de garder encore quelques jours le silence sur les deux cadavres découverts à Queen-hithe. Il était furieux en apprenant que vos efforts pour faire parler Bealknap avaient poussé le coquin à se précipiter chez Rich.

— Comment pouvais-je savoir que Rich servirait de bouclier contre Cromwell ?

— Il ne le peut pas. Le comte était indigné à cette seule idée. Selon lui, Rich s'est fait passer pour plus puissant qu'il ne l'est auprès de Bealknap, et que Bealknap l'a cru. Il va convoquer Rich pour apprendre de sa bouche ce que Bealknap a voulu dire et lui tirer les vers du nez d'une manière ou d'une autre à propos du feu grégeois. Je ne voudrais pas être à la place de l'ami Bealknap après cela. »

521

Je fronçai les sourcils. « Tout cela s'accorde mal : Bealknap est un coquin sans foi ni loi, mais il n'est pas stupide. Il ne nous aurait pas parlé comme il l'a fait s'il ne savait pas qu'il ne risquait rien. Il y a une chose qui nous échappe.

— Le comte a ajouté qu'il vous connaît et qu'il sait que vous aimez avoir tous les détails d'une affaire pour les mettre à plat avant de tirer vos conclusions, mais qu'en l'occurrence il ne reste plus assez de temps, alors il faudra que vous preniez au plus court. »

Je ris avec amertume. « Alors que nous nous trouvons face à un adversaire aussi retors, et dans une affaire aussi complexe et secrète que celle-ci ? Me croit-il capable de miracles ?

— C'est à lui qu'il faudrait poser la question. Il tournait dans son bureau de Whitehall comme un ours en cage prêt à attaquer. Et il a peur. Il veut que nous allions à St Bartholomew aujourd'hui. Le moment est propice, puisqu'on emmène Rich pour l'interroger. Il veut que ce fameux cercueil soit ouvert. » Barak se laissa tomber sur les coussins. Sous son hâle, il avait un teint grisâtre ; les événements de la nuit passée commençaient à affecter sa robuste constitution.

« Comment va votre épaule ? demandai-je.

— Elle me fait mal, mais elle va mieux. Et votre bras ?

— Pareillement. La douleur est supportable. » Je réfléchis un moment. Je préférais me rendre à St Bartholomew seul. Si je trouvais un peu de feu grégeois dans la tombe du soldat, je voulais le confier à Guy, alors que Barak, je le savais, l'apporterait aussitôt à Cromwell.

« Je vais aller à St Bartholomew seul, dis-je, le cœur battant. Restez ici et reposez-vous. »

Il me regarda, stupéfait. « Vous êtes bien plus mal en point que moi. »

Je mentis : « Je suis monté me reposer dans ma chambre pendant que vous, vous affrontiez la mauvaise humeur du comte. Laissez-moi y aller.

— Et si Toky rôde dans les parages ?

— À cheval, je pourrai m'enfuir. Ne vous inquiétez pas. »

Il hésita, puis, à mon grand soulagement, se laissa aller sur les coussins. « Ce n'est pas de refus. Seigneur ! je ne crois pas avoir jamais été aussi fatigué. Le comte dit que la mère Neller paiera pour sa trahison une fois l'affaire terminée.

— Tant mieux. Je vais demander à Simon de vous apporter de la bière. Je serai de retour avant la nuit.

— Très bien. Je crois que le petit valet s'imagine que je suis un soldat de fortune, ajouta-t-il en riant. Il me demande toujours ce que je fais pour lord Cromwell, s'il m'envoie sur les champs de bataille.

— Cette fois-ci, il nous y a bel et bien envoyés tous les deux. Ne laissez pas Simon vous importuner.

— Oh, il n'est pas gênant. Bonne chance, ajouta-t-il en me regardant.

— Merci. »

En quittant la pièce, je restai un instant dans le couloir. Si j'étais soulagé que Barak ait accepté ma proposition sans barguigner, je me sentais également coupable. Manifestement, il me faisait confiance désormais. La semaine précédente, il ne m'aurait sans doute pas laissé partir seul pour pareille mission. Je

523

frémis à l'idée que, en trompant Barak, je trompais également Cromwell.

Les rues étaient calmes en cette fin d'après-midi, tandis que je cheminais vers Smithfield. Lorsque je tournai sur la grand-place, je croisai une charrette conduite par un vieil homme dont le visage était couvert d'un chiffon. Elle était pleine de vieux os, de thorax, de bassins anguleux, de fémurs et d'os de bras empilés pêle-mêle dans un incroyable désordre d'où émergeait, çà et là, le sourire moqueur d'un crâne. Les lambeaux pourris d'anciens suaires pendaient entre les os jusqu'au sol et, quand la charrette passa à ma hauteur, je sentis l'odeur humide et douceâtre du tombeau. Je savais que nombre de squelettes des cimetières monastiques étaient emportés jusqu'aux marécages de Lambeth pour y être jetés discrètement ; ceux-ci devaient venir de St Bartholomew. Pourvu que j'arrive à temps ! Rich avait dit qu'ils ne commenceraient à ouvrir les tombes du cimetière de l'hôpital que dans quelques jours. Tandis que j'éperonnais mon cheval pour lui faire traverser Smithfield, je sentis une brise bienfaisante sur mon visage et remarquai que, bien que les anabaptistes se fussent rétractés, le bûcher se dressait toujours, avec ses chaînes de fer, sinistre rappel de son usage.

Un nouveau gardien des Augmentations se tenait sous le porche d'entrée du prieuré, un jeune homme zélé qui me demanda ce que je voulais. Je me rappelai alors avec dépit que c'était Barak qui avait le sceau de Cromwell, mais ma robe d'avocat et le nom du comte me permirent néanmoins l'accès. Je demandai où en était l'excavation des cimetières. L'homme parut surpris et m'apprit qu'on venait juste de commencer le travail dans celui de l'hôpital. Il appela un autre gardien, un vieux boiteux au menton en galoche, pour qu'il me guide.

Le vieux me conduisit dans un dédale de bâtiments, certains détruits, d'autres attendant d'être transformés en logements, et me fit traverser Little Britain Street pour arriver aux terrains derrière l'hôpital. Le haut mur crénelé de la Cité se dressait au loin.

« Le travail est-il très avancé ? demandai-je.

— On a commencé hier, grogna-t-il. Il y a des centaines de tombes à ouvrir. Sale besogne. Les odeurs de cadavres apportent la peste, c'est bien connu.

— En venant, j'ai vu une charrette pleine d'ossements.

— Les ouvriers n'ont aucun respect pour les morts. Ça me rappelle l'époque où j'étais soldat en France ; partout, il y avait des cadavres auxquels on ne donnait pas de sépulture correcte. » Il se signa.

« Mon petit palefrenier veut devenir soldat.

— Grand bien lui fasse ! » Le vieillard baissa la voix lorsque nous arrivâmes à un croisement. « C'est là-bas. Attention à ces gaillards, messire, ce sont des brutes. »

Le spectacle qui s'offrait à mes yeux était digne d'un ancien tableau représentant le Jugement dernier. Un vaste cimetière où s'alignaient des tombes en rangs serrés était en cours d'excavation. Le soleil commençait à se coucher derrière l'hôpital, baignant la scène d'une lumière ocre incandescente. On avait organisé le travail méthodiquement : chaque cercueil déterré était emporté par deux hommes sur une table à tréteaux devant laquelle un fonctionnaire des Augmentations en longue robe était assis avec un secrétaire. Je vis un cercueil qu'on ouvrait sous les yeux du secrétaire : il se leva pour en inspecter le contenu, puis hocha la tête. Les ouvriers en sortirent les ossements et les empilèrent sur une charrette ; le secrétaire prit un petit objet qu'il posa devant le fonctionnaire.

Un peu plus loin, des ouvriers se restauraient, et plusieurs d'entre eux jouaient à s'envoyer un crâne à grands coups de pied. Sous nos yeux, une poussée particulièrement vigoureuse l'expédia contre une pierre tombale, le faisant éclater en mille morceaux, sous les rires des ouvriers. Le vieillard secoua la tête et me conduisit devant le fonctionnaire, qui m'examina d'un œil froid. C'était un petit homme grassouillet à la bouche pincée et aux petits yeux brillants, l'incarnation même de l'agent des Augmentations.

« Que puis-je faire pour vous, messire l'avocat ?

— Je viens de la part de lord Cromwell. C'est vous qui dirigez ces opérations ? »

Il hésita. « Oui. Je suis Paul Hoskyn, des Augmentations. » Il fit un signe au vieillard. « Vous pouvez disposer, Hogg.

— Matthew Shardlake, de Lincoln's Inn. » En voyant le vieil homme s'éloigner, je me sentis étrangement vulnérable. « Je cherche une tombe dont j'ai des raisons de croire qu'elle contient quelque chose qui intéresse mon maître. »

Les yeux de Hoskyn se plissèrent. « Tous les objets de valeur sont mis de côté pour que sir Richard les examine.

— Oui, je le sais. » Je me penchai pour regarder ceux qui se trouvaient sur la table. Bagues et médailles en or, petits poignards et boîtes en argent. Tous dégageaient l'odeur écœurante de la mort. « Ce n'est pas un objet de valeur. Seulement une curiosité. »

Il m'étudia d'un œil soupçonneux. « Il doit être important pour que le comte vous envoie ici. Sir Richard est-il au courant ?

— Non. Le comte l'a mandé pour une autre affaire. Il se trouve sans doute avec lui en ce moment. En vérité, cet objet n'a qu'un intérêt historique.

— Je n'ai jamais entendu dire que le comte s'intéressait aux antiquités.

— Et pourtant, si. Et je suis amateur d'objets anciens », ajoutai-je, avec un enthousiasme de circonstance. En venant, j'avais imaginé une histoire plausible. « Récemment, j'ai découvert des pierres de la muraille de Ludgate où étaient gravées des inscriptions hébraïques. Elles provenaient d'une ancienne synagogue, voyez-vous. Tous ces vestiges du passé m'intéressent. »

Le fonctionnaire grogna, la mine toujours soupçonneuse.

« Nous pensons que l'homme enterré ici devait être un Juif étranger, poursuivis-je d'un ton convaincu, et qu'il s'est fait ensevelir avec des objets d'art juifs. Les études hébraïques suscitent un nouvel intérêt de nos jours, maintenant que l'Ancien Testament est lu par beaucoup.

— Pouvez-vous me montrer un document du comte vous mandatant ?

— Seulement son nom », répondis-je, en le regardant droit dans les yeux. Il pinça sa petite bouche, puis se leva et me conduisit dans une autre partie du cimetière, où l'herbe était cuite par le soleil. Je regardai les petites pierres tombales en grès ordinaire ; les plus vieilles étaient indéchiffrables.

« La pierre que je cherche est du siècle dernier. Au nom de Saint-John.

— Elle doit se trouver du côté du mur. Je ne veux pas commencer à creuser dans ce secteur, cela désorganiserait mes plans, ajouta-t-il non sans mesquinerie.

— Le comte y tient pourtant. »

Il examina les pierres tombales, puis s'arrêta et tendit la main. « N'est-ce point celle-là ? »

L'excitation me fit battre le cœur lorsque je lus l'inscription toute simple « *Alan Saint-John, Soldat des guerres contre les Turcs, 1423-1454* ». Ainsi, il n'avait que trente et un ans à sa mort. Je ne me serais jamais douté qu'il était si jeune.

« Vous avez raison. Pourrais-je avoir deux de vos hommes ? »

Hoskyn fronça les sourcils. « Un Juif n'aurait pas été enterré en terre consacrée. Il n'aurait pas non plus porté un nom chrétien.

— Sauf s'il s'agissait d'un converti. Cet homme a été recensé au Domus Conversorum. »

Il fit la moue, puis se dirigea vers le groupe d'ouvriers que j'avais vus jouer avec le crâne. Ils m'adressèrent des regards hostiles. Les gens qui travaillaient pour les Augmentations n'avaient pas un labeur accablant et ils verraient d'un mauvais œil des intrus leur en donner un surcroît. Deux hommes revinrent avec Hoskyn, portant des pelles. Il désigna la tombe de Saint-John.

« Il veut qu'on ouvre celle-ci. Appelez-moi dès que ce sera fait. » Sur ces mots, le fonctionnaire retourna à sa table, où trois autres cercueils l'attendaient.

Les deux ouvriers, deux solides jeunes gaillards en sarrau taché, se mirent à creuser la terre sèche et dure. « Qu'est-ce qu'on cherche, demanda l'un d'eux. Une cassette d'or ?

— Rien qui ait de la valeur.

— On est censés s'arrêter au coucher du soleil, dit-il en regardant le ciel rouge. C'est la règle.

— Il n'y a qu'une seule tombe à ouvrir », plaidai-je pour l'amadouer. Il grogna et se pencha sur la terre.

Saint-John avait été enterré profond et la lumière faiblissait, plus rouge que jamais, lorsque la pelle buta enfin contre du bois. Les hommes creusèrent la terre autour du cercueil, puis restèrent debout à côté du trou. C'était un modeste cercueil en bois sombre. Je vis que d'autres ouvriers s'étaient approchés pour regarder eux aussi.

« Allez, Samuel, dit l'un. On aurait déjà dû partir, il fait presque nuit.

— Inutile de sortir le cercueil, dis-je. Si vous voulez bien l'ouvrir, je vais descendre voir. » Le second ouvrier m'aida à descendre, puis sortit du trou et cria à Hoskyn qu'ils avaient terminé. Je regardai le dénommé Samuel ouvrir avec sa bêche le couvercle du cercueil qui céda avec un craquement. Samuel le fit glisser, puis recula en s'exclamant : « Tudieu, qu'est-ce que ça pue ! »

Je sentis les poils se hérisser sur ma nuque. C'était l'odeur âcre que j'avais sentie la veille dans l'escalier de dame Gristwood.

Je me penchai lentement et regardai à l'intérieur du cercueil. Sous la lumière rouge du crépuscule, les restes de Saint-John paraissaient étrangement paisibles. Son squelette était étendu sur le dos, les bras croisés. Son crâne, auquel quelques cheveux bruns tenaient encore, était tourné sur le côté, comme s'il dormait, et les mâchoires serrées n'avaient pas le rictus habituel. Le suaire s'était désagrégé et seuls restaient au fond du cercueil de rares fragments de tissu moisis. Et au milieu se trouvait un petit pot d'étain de la taille d'une main, au couvercle légèrement fêlé. Quand je me penchai pour le saisir avec précaution, je sentis au poids qu'il était presque plein. J'avais eu raison, je l'avais trouvé.

« Qu'est-ce que c'est que ça ? » demanda Samuel. Il paraissait déçu, car il avait dû s'attendre à découvrir l'éclat de l'or. « Hé là ! cria-t-il à ses compagnons, apportez une torche. On n'y voit rien ici ! »

En me retournant, j'aperçus un homme qui brandissait une torche à côté de la tombe et s'apprêtait à la tendre dans le trou.

« Non ! hurlai-je. Pas de feu ici !

— Et pourquoi ? demanda Samuel, fronçant les sourcils.

— C'est de la sorcellerie, dit quelqu'un d'autre. Là-dedans, il y a un Juif, un assassin du Christ. » Samuel se signa et un murmure s'éleva dans l'assistance. Je sortis tant bien que mal du trou, tenant le pot avec d'infinies précautions. Personne ne se pencha pour m'aider ; il fallut que je prenne appui sur le cercueil et que je me hisse d'une main. Une fois dehors, je restai debout au bord de la tombe, pour reprendre mon souffle. Je cherchai Hoskyn du regard, mais il avait quitté sa table et je ne le vis nulle part. Environ dix ouvriers se tenaient autour de moi, la mine hostile et craintive. Deux d'entre eux portaient des torches. « Maudit bossu ! » murmura une voix.

Au bruit de pas qui s'approchaient, tout le monde se retourna. Les hommes saluèrent et s'écartèrent comme des épis de blé lorsque souffle la tempête : sir Richard Rich arrivait au centre du groupe, sourcils froncés, en manteau de soie jaune et toque à plumes, accompagné de Hoskyn. Je glissai discrètement le petit pot dans une poche de ma robe.

« Vous autres ! cria Rich d'un ton brusque, partez tous maintenant. » Les ouvriers s'envolèrent comme de la fumée. Samuel sortit rapidement de la tombe et les suivit. Je restai seul avec Rich et Hoskyn. Le regard froid de Rich effleura les restes de Saint-John, puis revint se poser sur moi.

« Seigneur, quelle puanteur ! Vertudieu, messire Shardlake, on dirait que St Bartholomew vous attire comme un aimant. D'abord, je vous trouve dans mon jardin parmi mon linge, et vous voilà maintenant en train d'explorer une tombe, à la recherche de breloques. »

Je rassemblai mon courage avant de répondre : « C'est lord Cromwell qui m'a mandé… »

Il fit un geste impatient de la main. « Hoskyn me l'a dit. Cela m'a tout l'air d'un conte à dormir debout. Cromwell ne fait pas collection de reliques monastiques, il les brûle.

— Ce n'était pas une relique que je cherchais, Votre Grâce. Et je n'ai rien trouvé. Je… Je croyais que le comte vous avait demandé d'aller le voir…

— Je ne suis au courant de rien, j'ai passé la journée dehors à examiner des comptes. » Rich fronça les sourcils. « Il est difficile de se débarrasser de vous,

Shardlake. » Il hocha la tête en direction de la tombe. « Si je m'aperçois que vous essayez de me jouer un tour, je vous ferai mettre là-dedans pour ajouter à l'odeur. » Il se détourna en entendant accourir un domestique, qu'il regarda avec irritation.

« Sir Richard, dit l'homme, hors d'haleine. Un message urgent. De lord Cromwell. Son messager vous a cherché toute la journée. Il veut vous voir instamment, à Whitehall. »

Rich me lança un regard surpris. Pinçant les lèvres, il dit à son valet : « Faites seller mon cheval. » Il se retourna. « Vous êtes devenu un fâcheux, Shardlake. » Il parlait à mi-voix, mais d'un ton furieux. « Un fieffé fâcheux. Sachez que je ne tolère pas les fâcheux. Prenez garde. » Sur ce, il tourna les talons et partit à grands pas, Hoskyn se dandinant dans son sillage. Ma main était crispée sur le petit pot. Alors, les jambes flageolantes, je quittai le cimetière aussi vite que je pus.

35

A SSIS DANS MA CHAMBRE, J'EXAMINAIS le pot de feu grégeois posé sur ma table. J'avais pris une assiette à la cuisine et en avais versé un peu dedans : le liquide brun noirâtre et visqueux était étalé devant moi, brillant comme la peau d'un crapaud. Je tirai la table devant la fenêtre ouverte afin que l'odeur âcre et forte n'envahisse pas la pièce. Par souci de sécurité, je laissai la chandelle à l'autre bout de la pièce, bien qu'en conséquence je n'y visse pas assez clair pour examiner le liquide. À la vérité, il me faisait peur. Le lendemain, c'était décidé, je l'emporterais chez Guy.

Un coup frappé à ma porte me fit sursauter. Une douleur fulgurante me transperça le dos et je grimaçai. En hâte, je jetai un linge sur le pot et l'assiette et criai : « Attendez un instant.

— C'est moi, dit Barak à travers la porte. Je peux entrer ?

— Je… je n'ai pas fini de m'habiller. Attendez-moi dans votre chambre, je vous rejoins. »

À mon grand soulagement, je l'entendis s'éloigner. Je humai l'air, mais l'odeur était si faible à présent qu'il n'avait pu la sentir à travers la porte : laissant la fenêtre ouverte, je me glissai hors de ma chambre, que je fermai à clef derrière moi.

À mon retour de St Bartholomew une demi-heure plus tôt, Barak dormait, et je ne l'avais pas réveillé. À présent, en frappant à sa porte, je me rappelai qu'au cours des conflits qui avaient fait rage parmi des réformateurs pour décider lequel des passages contradictoires de la Bible il fallait suivre, j'avais toujours préféré *Obéis à Dieu plutôt qu'aux hommes* à *Que l'homme soit soumis aux autorités qui gouvernent*. Je frémis à l'idée que, si le domestique n'était pas arrivé à cet instant précis, Rich aurait pu s'approprier le feu grégeois. Mais comment savoir s'il n'en avait pas déjà des quantités ?

Assis sur son lit, en chemise, Barak regardait d'un œil morose une paire de chausses poussiéreuses. Passant son doigt dans un trou, il dit : « À force de galoper, je les ai usées jusqu'à la corde.

— Je suis sûr que lord Cromwell vous en paiera d'autres. » La pièce était un vrai capharnaüm. La table et le sol étaient jonchés de vêtements sales et d'assiettes grasses. Je me souvins de l'ordre qui régnait jadis dans cette chambre lorsque Mark, mon ancien assistant, l'occupait.

Barak roula en boule les chausses déchirées et les jeta dans un coin.

« Vous avez trouvé ce que vous vouliez à St Bartholomew ?

534

— Non. Nous avons exhumé le cercueil, mais il n'y avait rien dedans, à part le squelette de Saint-John. Rich était là, et il m'a demandé ce que je faisais.

— La peste soit du gueux ! Que lui avez-vous dit ?

— J'ai eu peur que cela ne tourne mal, mais la convocation de Cromwell est arrivée à point nommé et il est parti précipitamment. »

Barak soupira. « Encore une piste qui tourne court, alors. On verra ce que le comte va réussir à tirer de Rich. Il nous enverra un message dès l'entretien terminé.

— Et Marchamount revient demain. Je vais aller le voir à Lincoln's Inn. »

Barak hocha la tête, puis leva les yeux vers moi. « Vous sentez-vous en état de retourner au puits ce soir ? Le message du comte n'arrivera pas avant plusieurs heures, peut-être pas avant demain matin. Mon épaule va beaucoup mieux, vous savez. »

J'étais rompu de fatigue et mon bras me faisait souffrir. Mais j'avais promis, et après tout, à l'origine, c'était pour Elizabeth que j'avais accepté l'autre affaire. Je hochai la tête avec lassitude. « Mangeons un morceau avant d'y aller.

— Bonne idée. J'ai faim. » Manifestement ragaillardi par son somme, Barak sauta à bas de son lit et passa le premier dans l'escalier. Je le suivis, rongé par le remords de devoir le tromper.

Joan nous avait préparé un potage qu'elle apporta dans le salon. Barak gratta son crâne rasé. « Peste ! ça me démange. Maintenant, je vais devoir porter un bonnet quand je sortirai. Je ne supporte pas la façon dont les gens me regardent, et avec ce crâne aussi dégarni qu'un cul de poule plumé, j'ai l'air d'une vieille ganache… »

Il fut interrompu par un coup sonore à la porte. « Ça doit être le message, dit-il en se levant. Diable, ils ont été vite en besogne. »

Mais c'était Joseph Wentworth, que Joan fit entrer dans le salon quelques instants plus tard. Il paraissait épuisé, ses vêtements étaient poussiéreux et ses cheveux luisaient de sueur. Ses yeux hagards nous fixaient.

« Que s'est-il passé, Joseph ? demandai-je.

— J'arrive de Newgate. Elle se meurt, messire. Elizabeth se meurt. » Et, tout grand gaillard qu'il fût, il éclata en sanglots, se couvrant le visage de ses mains.

Je le fis s'asseoir pour qu'il se calme. Il s'essuya la figure avec un mouchoir sale et froissé, celui-là même dont il s'était servi la première fois qu'il était venu chez moi, et qu'Elizabeth lui avait brodé. Il leva vers moi des yeux désespérés et égarés. À l'évidence, il avait oublié sa colère de l'autre jour devant mon absence de résultats probants.

« Que s'est-il passé ? répétai-je doucement.

— Pendant ces deux derniers jours, Elizabeth a eu une autre compagne dans sa geôle, une enfant, une petite mendiante folle qui courait dans les quartiers de la prison en accusant tout le monde d'avoir enlevé son petit frère. Elle a fait du scandale chez un boulanger à Cheapside…

— C'est elle que nous avons vue l'autre jour…

— Le commerçant a porté plainte. Elle a été arrêtée par le constable et amenée à Newgate, où on l'a mise dans la basse-fosse. Elizabeth ne voulait pas davantage

lui parler qu'à la vieille femme qui a été pendue... »
Joseph s'interrompit.

« Pourtant, elle est devenue très agitée quand on est
venu chercher la vieille femme. Cela s'est-il produit à
nouveau ? » demandai-je.

Joseph secoua la tête avec lassitude. « Non. Quand
je suis allé voir Lizzy ce matin, le geôlier m'a dit que
la petite mendiante avait été examinée par un médecin
et qu'on l'avait emmenée à l'asile de Bedlam, car il
la croyait folle. Mais il a ajouté que, quand il leur a
apporté leur pitance hier soir, il a entendu Lizzy et
la petite en train de parler. Il n'a pas distingué leurs
paroles, mais il a remarqué que c'était la première fois
qu'il entendait la voix d'Elizabeth. Quant à la petite,
elle était taciturne depuis qu'on l'avait mise dans la
basse-fosse.

— Comment s'appelle-t-elle ?

— Sarah, je crois. Son frère et elle étaient
orphelins, et ils ont été jetés dehors quand on a fermé
le couvent de St Helen. Ce matin, j'ai trouvé Elizabeth
assise, les yeux dans le vague, refusant de me regarder
ou de regarder la nourriture que je lui avais apportée.
Pourtant, elle n'avait pas touché à son repas du matin.
Et quand je suis retourné la voir ce soir... » Il ne put
continuer et se cacha à nouveau la tête dans les mains.

« Joseph, dis-je, j'espérais pouvoir vous donner des
nouvelles demain. Je sais que vous aviez peur que je
ne vous aie oublié. »

Il leva les yeux vers moi. « Vous êtes le seul espoir
qui me reste, messire Shardlake. Mais maintenant, je
crois qu'il est trop tard. Ce soir, Elizabeth gisait sans
connaissance sur sa paillasse, le visage brûlant. Elle a
la fièvre des prisons, messire. »

J'échangeai un regard avec Barak. Les épidémies de fièvre des prisons, assez communes, étaient attribuées d'ordinaire aux humeurs fétides venant de la paille nauséabonde. On avait parfois vu tous les détenus d'une prison en périr, et il était arrivé que les miasmes pénètrent à l'Old Bailey, terrassant des témoins et même des juges. Si Elizabeth en était atteinte, ses chances de survie étaient minces.

« Le geôlier refuse de l'approcher, reprit Joseph. J'ai proposé de payer pour qu'on la mette dans un endroit plus sain, qu'on appelle un médecin. Mais Dieu sait où je trouverai l'argent, je viens d'apprendre que mes moissons ont été détruites par la sécheresse. » J'entendis une note d'hystérie percer dans sa voix.

Je me levai avec peine. « Alors, c'est à moi de prendre l'affaire en main. J'ai promis de m'occuper d'Elizabeth et je ne reculerai pas devant mes responsabilités. Je vais aller à Newgate. Je sais qu'il y a des chambres pour ceux qui ont de l'argent. Et je connais un apothicaire qui la soignera mieux que personne.

— Elle a besoin d'un médecin.

— Cet homme est médecin, mais, en tant qu'étranger, il ne peut exercer dans notre pays.

— Cela coûtera…

— Je m'en charge. Vous pourrez toujours me rembourser plus tard. Voilà au moins une chose que je peux faire sans arrière-pensée ni complication.

— Je vous accompagnerai volontiers, annonça Barak.

— Vraiment ? dit Joseph dont les yeux s'écarquillèrent légèrement en voyant pour la première fois le crâne dégarni de mon compagnon.

— Merci, Barak. Alors, venez. J'enverrai Simon porter chez Guy un message lui demandant de venir à Newgate. » J'avais trouvé Dieu sait où une ultime réserve d'énergie. Joseph me jugeait peut-être plein d'abnégation, mais j'avais le sentiment que si Elizabeth mourait avant la fin du délai imparti, après toutes les épreuves auxquelles m'avait conduit ma décision de la défendre, ce serait une ironie trop amère pour que je puisse la supporter.

Sombre et sinistre la nuit, la prison de Newgate se découpait, menaçante, sur le ciel étoilé. Le geôlier était furieux d'avoir été tiré de son sommeil. Il se radoucit lorsque je lui glissai un shilling dans la main. Il appela le gros guichetier. Le visage de l'homme se rembrunit quand le geôlier lui dit de nous conduire à la basse-fosse, et il nous emmena dans les profondeurs de la prison sans ses habituelles plaisanteries grossières. Il ouvrit la porte d'un geste brusque, s'écarta prestement et se tint contre le mur opposé.

L'odeur âcre d'urine et de mauvaise nourriture qui nous saisit en entrant dans cette cellule étouffante était insoutenable. Elle nous prit à la gorge, nous faisant monter les larmes aux yeux. Nous avançâmes, le nez enfoncé dans la manche. Elizabeth gisait sur la paille, inconsciente, les membres de guingois. Son visage était crispé et ses yeux bougeaient sous les paupières closes, mus par quelque rêve fiévreux. Elle avait le visage très rouge. Son crâne lui-même, dans toute sa nudité obscène, était rose et luisant. Je mis la main sur son front. Joseph avait raison : elle était brûlante. Je fis signe à mes compagnons d'aller attendre dehors et m'approchai du guichetier. « Écoutez, je sais que vous avez des chambres confortables au-dessus.

— Seulement pour ceux qui peuvent payer.

— Nous paierons, dis-je. Emmenez-moi chez le geôlier. »

Le guichetier referma la porte à clef. Je fis signe aux autres de rester où ils étaient et le suivis jusqu'au logis du geôlier, une chambre confortable avec un lit de plumes et des tapisseries aux murs. L'homme était assis à la table, l'air inquiet malgré ses traits durs.

« Elle est morte, Williams ? demanda-t-il.

— Non, messire.

— Écoutez, nous aimerions la soustraire à ce lieu fétide. Je paierai pour qu'elle ait une chambre saine. »

Le geôlier secoua la tête. « Si on la déménage, les rumeurs de sa maladie se répandront dans toute la prison. Et le juge a ordonné qu'elle soit enfermée dans la basse-fosse.

— J'en répondrai devant Forbizer. Je connais un apothicaire qui est susceptible de l'aider, voire de la guérir de sa fièvre. Si elle se remet, il n'y aura pas d'épidémie, voyez-vous ? »

Il hésitait encore. « Qui la transportera là-haut ? Moi, je ne m'approche pas d'elle, et mes hommes non plus. »

Je réfléchis un instant, puis déclarai : « Nous nous en chargerons. Il doit bien y avoir derrière la prison des escaliers, par lesquels nous pourrons passer. »

Il pinça les lèvres. « Deux shillings la nuit, c'est le prix. » Malgré sa terreur de la fièvre, la cupidité brillait dans ses yeux durs.

« Topez là » dis-je, bien que ce fût exorbitant. Je pris ma bourse et sortis une pièce d'or. « Voilà pour cinq nuits. Cela nous mène au jour où elle doit comparaître devant Forbizer. »

L'argument parut convaincre le coquin, qui hocha la tête et tendit la main.

L'ascension fut un cauchemar. Quatre étages au-dessus de la basse-fosse jusqu'à la chambre obtenue grâce à mon or. Le geôlier allait à bonne distance devant nous avec une chandelle, tandis que Barak et Joseph portaient Elizabeth, toujours inconsciente. Je grimpai les marches derrière eux, qui montaient la malheureuse, la traînant autant qu'ils la portaient sur les marches de pierre. Les têtes tondues d'Elizabeth et de Barak projetaient des ombres étranges sur les murs. Le corps fiévreux d'Elizabeth, qui ne s'était pas lavée depuis des jours, dégageait une odeur déplaisante. Tandis que je montais péniblement, je me rendis compte que mes forces me trahissaient à nouveau et que je serais incapable de me rendre au puits le soir même. Je formulai une prière désespérée pour demander de l'aide, pour qu'il me soit donné de trouver une issue à cet imbroglio où je me trouvais empêtré et où tous mes efforts pour innocenter Elizabeth comme pour résoudre le mystère du feu grégeois semblaient tourner court.

On nous fit entrer dans une pièce claire et aérée, avec un bon lit, une couverture, un pichet d'eau sur une table et une grande fenêtre qui, bien qu'elle eût des barreaux, était ouverte : une chambre pour un prisonnier de qualité. Joseph et Barak posèrent Elizabeth sur le lit. Elle ne paraissait pas s'être aperçue du changement, mais bougeait légèrement en gémissant.

Soudain, elle murmura un nom : « Sarah ! Oh, Sarah ! »

Joseph se mordit la lèvre. « C'est le nom de la fille qui a été emmenée à Bedlam », souffla-t-il.

Je hochai la tête. « Si elle guérit, peut-être nous dira-t-elle pourquoi cette fille l'a si fort troublée. Peut-être nous dira-t-elle aussi tout ce qu'elle nous a tu pendant que nous étions dévorés par l'inquiétude », ajoutai-je avec une amertume soudaine.

Joseph me regarda, puis dit d'une voix douce : « Il m'arrive aussi d'éprouver de la colère envers elle. »

Je soupirai. « Mon apothicaire ne devrait pas tarder à arriver.

— Vous êtes très généreux, messire, reprit Joseph. Combien…

— Pas maintenant, Joseph. Nous en parlerons plus tard. Barak, vous paraissez épuisé. Vous devriez rentrer.

— Je préfère rester, dit-il. Je voudrais savoir si le vieux Maure peut la soigner. » C'était étrange, touchant même, de voir l'intérêt qu'il prenait au sort d'Elizabeth. Pourtant, je préférais qu'il ne soit pas là quand Guy arriverait. J'avais emporté le pot d'étain et il était caché au fond d'une des poches de ma robe. « Non, partez, dis-je vivement. Je ne veux pas que vous risquiez d'attraper la fièvre des prisons. J'ai besoin de vous en bonne santé. »

Il obtempéra de mauvaise grâce et sortit après avoir couvert son crâne chauve du bonnet que je lui avais trouvé. Joseph et moi gardâmes le silence, écoutant le souffle fiévreux d'Elizabeth.

Guy arriva une heure plus tard. Le geôlier en personne le conduisit jusqu'à nous. Il fixa son visage basané avec des yeux exorbités jusqu'à ce que je lui intime sèchement l'ordre de se retirer. Je présentai Guy à Joseph, qui lui aussi le regarda avec étonnement, bien que Guy fît comme si de rien n'était.

« Voici donc la malheureuse dont les vicissitudes vous ont si fort inquiété, me dit-il.

— Oui. » Je lui décrivis la façon dont la fièvre avait commencé. Il contempla Elizabeth un long moment.

« Je doute qu'il s'agisse de la fièvre des prisons, dit-il. La température serait plus élevée. Je ne sais pas au juste ce qu'elle a. Cela m'aiderait de voir ses urines. A-t-elle un pot de chambre ?

— Dans la basse-fosse, elle n'avait que la paille pour se soulager. »

Il secoua la tête. « Alors, je vais lui donner quelque chose pour essayer de calmer sa fièvre, et il serait bon qu'on la lave et qu'on lui ôte cette robe dégoûtante. »

Joseph rougit. « Monsieur, il ne serait guère convenable que je la voie dévêtue…

— Je m'en chargerai si vous m'y autorisez. Dans mon métier, un corps nu est un spectacle coutumier. Pourriez-vous acheter une chemise neuve et me l'apporter demain ?

— Oui, oui, bien entendu. »

Tandis que nous la regardions, Elizabeth remua, laissant échapper un léger gémissement, puis s'immobilisa de nouveau. Guy secoua la tête. « Quelle détresse et quelle colère exprime son visage, alors même que sa conscience sommeille.

— Y a-t-il un espoir, monsieur ? demanda Joseph.

« — Je ne sais pas, répondit Guy avec franchise. Il se peut que ce soit l'un de ces cas qui dépendent largement de la volonté de vivre du malade.

— Alors, elle va mourir, assurément.

— Nous n'en savons rien, dit Guy doucement. Et maintenant, si vous voulez bien me laisser, je vais la laver. »

Joseph et moi attendîmes dehors que Guy ait terminé sa tâche. « Je ne peux m'empêcher de lui en vouloir, déclara Joseph. Mais je l'aime toujours, malgré tout ce qu'elle m'a fait subir. »

Je lui touchai l'épaule. « Cela se voit, Joseph. »

Enfin, Guy nous rappela. Elizabeth reposait sous la couverture et il avait allumé une lampe où brûlait de l'huile qui répandait une odeur suave dans la pièce. Un linge, noir de crasse, flottait dans le pot à eau.

Le visage de la jeune fille était propre, pour la première fois depuis que je la connaissais. « Elle est jolie, dis-je. Quelle tristesse qu'elle en soit arrivée là.

— Jolie ou laide, c'est aussi triste, rétorqua Guy.

— Quelle est cette odeur ? s'enquit Joseph.

— Une infusion de citrons. Parfois, lorsque l'âme est en détresse et plongée dans les ténèbres, un environnement cruel ou infect peut l'entraîner plus profond encore dans les ténèbres. C'est pourquoi la lumière, la propreté et une atmosphère douce peuvent contribuer à soulager l'esprit du malade, même à l'atteindre pendant qu'il est inconscient. Du moins, c'est ce que je crois », ajouta-t-il avec modestie. Il nous regarda. « Vous paraissez épuisés l'un et l'autre. Vous devriez aller dormir. Je la veillerai jusqu'au matin si vous voulez.

— Je ne peux vous demander cela, protesta Joseph.

— Je vous en prie, ce sera de bon cœur.

— Puis-je rester un moment ? demandai-je. Il y a autre chose dont j'aimerais vous parler. »

Joseph partit après s'être confondu en remerciements et nous l'entendîmes descendre lourdement l'escalier.

« Je vous sais gré de tout ce que vous faites, Guy, dis-je.

— Je vous en prie. J'avoue être intrigué par l'état de cette jeune fille. C'est fort étrange.

— J'ai ici une chose qui vous intriguera encore davantage », dis-je en plongeant la main dans ma poche, d'où je sortis le pot d'étain enveloppé dans un linge. « Voici, à ce que je crois, du feu grégeois. Personne ne sait qu'il se trouve entre mes mains. » Je défis le linge et posai le pot sur la table après avoir mis la lampe à huile sur le sol. « N'approchez pas la chandelle, Guy, j'ai peur que cela ne prenne feu. »

Il examina la substance du mieux qu'il put dans la pénombre, mit un peu du liquide sombre sur le bout de ses doigts qu'il frotta et renifla d'un air dégoûté. « C'est donc cela, le feu grégeois, maugréa-t-il.

— Oui. Le feu noir. Je me demandais comment le feu pouvait être noir, mais maintenant je vois que c'est du liquide qu'il s'agit.

— Peut-être voulait-on aussi parler des ténèbres dans lesquelles il pouvait plonger les hommes ?

— Peut-être. Dans les anciens grimoires, on l'appelle aussi "larmes du diable". » Je lui racontai comment j'avais trouvé le pot à Smithfield et comment il s'en était fallu de peu qu'il ne tombe dans les griffes de Rich. « Prenez-le, je vous prie. Pourrez-vous l'examiner demain ?

— Aux conditions que je vous ai données. Je ne ferai rien pour aider Cromwell à l'utiliser.

— C'est entendu. »

Il plongea son regard dans le mien. « Vous savez, Matthew, vous auriez de graves ennuis s'il venait à découvrir que c'est à moi que vous avez apporté ce pot plutôt qu'à lui.

— Alors, nous devons faire en sorte qu'il ne l'apprenne pas, dis-je avec un sourire nerveux. Et pourtant, je ne peux m'empêcher de penser que Cromwell a certes commis beaucoup de mauvaises actions, mais, au moins, il a la vision d'un État chrétien. Tandis que Norfolk souhaite que l'Angleterre retourne à la superstition et l'obscurantisme.

— Un État chrétien ? Pareille chose est-elle possible dans ce monde déchu ? Assurément, les chroniques du dernier millénaire montrent le contraire. C'est pourquoi nombreux sont ceux qui, comme moi, ont choisi de se réfugier dans un cloître. Avant que cette voie ne soit interdite.

— Oui, l'ancienne Église a toujours cru que le monde se dirigeait tête baissée vers la catastrophe finale, et qu'aucune action humaine n'y pourrait rien changer. Cela excuse de nombreux abus d'autorité.

— Il faudrait des mesures draconiennes pour parvenir à établir le parfait État chrétien. Si on devait mettre fin à la pauvreté et à la mendicité, il faudrait pressurer les riches, par exemple.

— Je me dis parfois que ce serait une bonne chose.

— On croirait entendre parler un anabaptiste.

— Non, juste un vieil avocat qui ne sait plus où il en est, dis-je en riant.

— Mais le souci premier de Cromwell n'est pas de mettre fin à l'injustice sociale, et vous le savez. Seule compte pour lui la foi protestante, et il utiliserait le feu grégeois et ses terribles effets pour la promouvoir.

— Oui, vous avez raison. On ne peut le mettre entre ses mains sans crainte. Ni entre celles de quiconque, d'ailleurs. »

Guy parut soulagé. « Dieu soit loué, vous en avez conscience. » Il considéra le pot d'étain, puis le glissa avec précaution dans sa poche. « Je vous préviendrai dès que j'aurai quelque chose à vous dire.

— Je vous remercie. Demain, si vous pouvez. Il ne restera que quatre jours avant la démonstration prévue devant le roi. Le jour où Elizabeth devra comparaître à nouveau devant le tribunal. »

Comme si elle avait entendu son nom, Elizabeth remua les jambes sous la couverture. Nous nous tournâmes vers elle. « Sarah », murmura-t-elle encore. Puis : « Ce petit criminel. L'infâme criminel. » Ses paupières frémirent et, ouvrant les yeux, elle nous regarda sans paraître comprendre.

Guy se pencha vers elle. « Demoiselle Wentworth, vous êtes dans une chambre propre, toujours en prison. Vous avez la fièvre. Je m'appelle Guy Malton, je suis apothicaire. Votre bon oncle et messire Shardlake vous ont fait transporter ici. »

Je me penchai sur son visage. Elle avait les paupières lourdes de fièvre, mais semblait tout à fait consciente. Sachant que l'occasion ne se représenterait peut-être jamais, je lui dis lentement : « Nous essayons toujours de découvrir la vérité, Elizabeth, nous essayons de vous sauver. Je sais qu'il y a quelque chose dans le puits de votre oncle... »

Elle parut rentrer en elle-même. « La mort de Dieu, souffla-t-elle. La mort de Dieu.

— Quoi ? » demandai-je. Mais ses yeux se refermèrent. Je voulus la secouer, Guy retint mon bras.

« N'ajoutez pas à sa détresse.

— Mais… mais qu'a-t-elle voulu dire ? La mort de Dieu ? Mordieu est un juron commun, pourtant…

— La mort de Dieu, c'est le désespoir, dit Guy. Quand j'étais moine, il arrivait qu'un de mes frères perde la foi et succombe à la détresse. En général, ceux à qui cela arrivait revenaient à la foi, mais avant cela… ils avaient le sentiment que Dieu était mort, dit-il en secouant la tête.

— Le puits, marmonna Elizabeth. Le puits. » Puis elle retomba sur ses oreillers et sombra de nouveau dans l'inconscience.

36

JE PARTIS PEU APRÈS, SI ÉPUISÉ que le court trajet à
cheval pour rentrer chez moi dans l'obscurité me
parut une éternité, et je dus même me pincer pour
m'empêcher de m'endormir et de tomber de ma selle.
Guy parviendrait-il à découvrir la composition du feu
grégeois ? Ils étaient si nombreux, ceux qui étaient
morts pour préserver ce secret.

Quand j'arrivai, il était plus de deux heures du
matin. Barak s'était couché. Je grimpai tant bien que
mal l'escalier et me jetai sur mon lit tout habillé. Je
m'endormis aussitôt, mais mon sommeil fut troublé
par un cauchemar. Je rêvai que j'étais de nouveau au
tribunal devant Forbizer et que je le regardais
condamner froidement à mort une succession de
prisonniers. Pourtant, les visages de ceux-ci étaient
ceux de personnes déjà mortes : Sepultus et Michael
Gristwood, Bathsheba et son frère, le garde et un
inconnu en tablier de cuir qui devait être le fondeur, je
le savais. Dans mon rêve, je sortais de ma poche le pot

de feu grégeois, le soulevais et le laissais tomber par terre. Aussitôt s'en échappait une nappe de flammes ronflantes qui engloutissaient tout le monde, les prisonniers, les spectateurs et le juge. Forbizer levait les bras en hurlant tandis que sa barbe s'enflammait en crépitant. J'étais assis au milieu des flammes qui, pendant un moment, ne me touchèrent pas ; mais le feu parut se ressaisir et, se précipitant vers moi, m'engloutit aussi. Je sentis sa chaleur cuisante sur mon visage, criai et m'éveillai en sursaut en pleine lumière. C'était le matin, le soleil me chauffait le visage et les cloches des cent églises de Londres carillonnaient au loin, invitant à la prière les habitants de la Cité. Dimanche six juin. Plus que quatre jours.

J'étais ankylosé et dolent. Tout en m'habillant lentement, je me promis qu'après la fin de cette affaire je quitterais Londres. Mes clients semblaient en avoir assez de moi et j'avais juste assez d'argent, si je savais le ménager, pour mener une vie tranquille à la campagne. Encore sous le coup de mon cauchemar, je descendis l'escalier et trouvai Barak assis devant la table du salon. Il contemplait une lettre d'un œil morose.

« C'est de Cromwell ? demandai-je en prenant un siège.

— Oui, elle vient de Hampton Court. Il doit y être allé, mandé par le roi. Vous pouvez la lire. » Il poussa la feuille vers moi.

J'ai parlé à Rich. Vous vous êtes trompés de gibier. Ses projets avec ce coquin de Bealknap n'ont aucun rapport avec le feu grégeois. Continuez vos

recherches, si vaines qu'elles soient, je vous verrai
demain à Whitehall en rentrant à Londres.

Je reposai la lettre sur la table. « Il n'est pas content de nous.

— Non. Que diable Rich et Bealknap peuvent-ils bien manigancer ?

— Dieu seul le sait. Nous l'apprendrons demain. Aujourd'hui, il nous faut nous occuper de Marchamount.

— Et sans tarder. Je ne vous ai pas réveillé car je me suis dit que, vous ne seriez bon à rien, mais la moitié de la matinée est déjà passée. Il ne nous reste que quatre jours.

— Comme si je ne le savais pas, dis-je d'un ton sec. Puis je levai la main. Mais, je vous le répète, rien ne sert de nous en prendre l'un à l'autre.

— En effet, fit-il en se grattant le crâne. Le ton de cette lettre m'inquiète, voilà tout. »

J'avalai mon petit-déjeuner à la hâte, puis nous empruntâmes la ruelle poussiéreuse pour nous rendre à Lincoln's Inn. Je regardai le ciel sans nuages et songeai à Joseph et à ses moissons abîmées. Le blé serait rare, et à l'automne commencerait la famine.

« Hier soir, Elizabeth a repris conscience un instant, dis-je. J'ai parlé du puits et elle a dit "la mort de Dieu". D'après Guy, cela signifie qu'elle est en proie au désespoir. Et elle a aussi parlé de l'autre prisonnière et de "ce petit criminel".

— Son jeune cousin ou le frère de la petite folle ?

— Je ne sais pas. » Je le regardai. « Mais ce soir, il nous faut retourner à Walbrook sans plus surseoir. »

Il approuva. « Je veux moi aussi savoir le fin mot de cette histoire. Cette malheureuse me rappelle l'état où je me trouvais lorsque j'étais à la rue, brûlant de rage contre ma mère qui avait épousé ce complice de Bealknap. » Il eut un rire sans joie. « La rue, j'y retournerai peut-être si je perds la faveur du comte.

— Il nous reste encore du temps », dis-je.

J'espérais trouver Marchamount et que, quel qu'il soit, le secret que lady Honor ne m'avait pas dévoilé n'était pas compromettant. Quand nous entrâmes dans la cour de Lincoln's Inn, je vis que l'office venait de se terminer à la chapelle et que les avocats en sortaient. Dans la foule, j'avisai Marchamount qui retournait à son cabinet.

« Je peux venir avec vous ? » demanda Barak.

J'hésitai. Et si Marchamount me disait quelque chose qui m'orientait vers la réserve de feu grégeois des Gristwood ? Toutefois, je ne pouvais pas tenir à nouveau Barak à l'écart. J'opinai, me demandant si Guy était en ce moment même en train d'analyser l'effroyable substance.

Nous rattrapâmes Marchamount devant son cabinet.

« Mon cher confrère ! s'exclama-t-il en se retournant. En voilà une surprise. » Il sourit, découvrant un bref instant ses dents blanches. « Que vous est-il arrivé vendredi ? Le courage vous a donc manqué pour assister au combat d'ours ? Qui est-ce ? demanda-t-il en regardant fixement Barak.

— Un agent du comte Cromwell. Il m'assiste dans l'affaire du feu grégeois. »

Barak ôta son bonnet et s'inclina légèrement. Les yeux de Marchamount s'écarquillèrent à la vue du crâne chauve, puis il fronça des sourcils, irrité.

« Je vous ai dit tout ce que je savais. Combien de fois…

— Autant que je l'estimerai nécessaire, messire sergent », coupai-je. Avec lui, mieux valait ne pas prendre de gants et aller droit au but. « Pouvons-nous entrer ? »

Il pinça les lèvres, mais nous laissa le suivre dans son appartement privé, où il s'assit dans son imposant fauteuil et nous toisa d'un regard hautain. Je me penchai vers lui.

« Dans le bateau qui allait à Southwark, messire sergent, nous avons évoqué les vives instances du duc de Norfolk auprès de vous afin d'obtenir quelque chose de lady Honor. Vous avez confirmé qu'il convoitait une partie des terres des Vaughan et espérait les obtenir en retour de la faveur qu'il ferait à lady Honor en permettant au jeune Henry Vaughan de se faire accepter à la cour du roi. »

Marchamount resta parfaitement immobile. Je vis aussitôt que j'avais visé juste.

« Je vous ai trouvé fort évasif et, pendant ma promenade avec lady Honor, je l'ai interrogée sur le sujet…

— Monsieur, vous n'aviez pas le droit ! Un gentleman ne pose pas…

— Lady Honor m'a appris qu'en effet le comte insistait pour obtenir des terres, mais que ce n'était pas là son ultime propos. Elle a refusé de me dire ce qu'il attendait au juste, mais j'ai besoin de le savoir. »

Il eut un sourire matois. « Et c'est pour cela que vous venez me voir, afin d'éviter que Cromwell ne la presse à son tour ?

— Peu importe. Je veux toute l'histoire, Marchamount. Ni fanfaronnades, ni faux-fuyants, seulement l'histoire.

— Cela n'a aucun rapport avec le feu grégeois.

— Alors pourquoi tous ces secrets ?

— Parce qu'il s'agit d'une chose inconvenante. J'avais un certain sentiment pour lady Honor. Un tendre sentiment, vous le savez. » Il soupira. « Elle n'a pas voulu de moi et j'avais scrupule à presser une femme qui m'avait repoussé. » Il fit tourner sa bague d'émeraude, puis me regarda bien en face. « Mais pas le duc.

— Le duc ?

— Ce ne sont pas seulement des terres qu'il convoite en retour de son intervention en faveur du jeune Henry. Il veut que lady Honor devienne sa maîtresse.

— Seigneur ! Mais il a plus de soixante ans ! »

Marchamount haussa les épaules. « Chez certains hommes, la sève circule jusqu'à un âge avancé. Le duc est de ceux-là, même si son apparence permet d'en douter. Il n'a pas voulu l'approcher directement, il a trop d'orgueil pour cela. Non, il s'est servi de moi comme intermédiaire.

— Pauvre lady Honor ! »

Marchamount se dandina sur son siège. « Cette mission me déplaisait fort, mais j'aurais eu mauvaise grâce à m'opposer au duc de Norfolk. Il m'a dit que le petit Vaughan était un sot et une mauviette, ce qui n'est pas faux, et qu'il lui faudrait déployer beaucoup d'efforts pour le faire accepter à la cour. Il demandait une récompense de prix en retour. Or lady Honor, qui connaît sa réputation de cruauté envers les femmes, a refusé à plusieurs reprises. Hélas, il est de ces hommes dont les ardeurs sont attisées par les refus. » Il se dandina encore. « Il a fallu que je m'efforce de la convaincre à nouveau. Je vous l'ai dit, le duc ne souffre pas qu'on lui résiste.

— Et que vous a-t-il promis en retour ? De vous aider à obtenir un titre de chevalier, peut-être ?

— Je veux assurer l'avenir de ma famille moi aussi, dit Marchamount en pinçant les lèvres. Il n'est pas déshonorant de promouvoir les siens à une dignité supérieure.

— Trente pièces d'argent seraient la juste récompense de votre conduite », rétorquai-je. Barak ricana, ce qui lui valut un regard furibond de Marchamount. Ce dernier me toisa, le visage encore plus rouge.

« Comment osez-vous me parler sur ce ton ! Vous-même, vous n'êtes pas un témoin impartial. Vous la convoitez aussi.

— Allons, messire sergent, vous vous oubliez. Voilà donc le fin mot de l'histoire ? Aucun rapport avec le feu grégeois ? C'est ce que je veux savoir.

— Je vous l'ai déjà dit, je ne sais rien à ce sujet. Absolument rien.

— Vous en êtes bien sûr ? »

Il hésita une fraction de seconde. « Certain. » Puis il passa une main dans ses cheveux roux et retrouva sa suffisance. « Vous m'avez dérangé assez longtemps. Aucun homme de qualité… »

Je me levai. « Venez, Barak. Je dois présenter mes excuses à lady Honor. » Barak se leva et adressa un autre salut à Marchamount, exagéré cette fois-ci.

Le sergent me lança un regard assassin. « Vous m'avez humilié devant ce maroufle, Shardlake. Je ne l'oublierai pas. »

Dans la cour, je me tournai vers Barak. « Avez-vous remarqué son hésitation à la fin ?

— Ma foi non.

— Il cache toujours quelque chose, j'en jurerais. Mais quoi ? Il faudra que je parle à lady Honor.

— Elle sera fâchée que vous ayez tiré les vers du nez de Marchamount, et ne se soumettra pas de bonne grâce à un nouvel interrogatoire.

— Tant pis. Elle connaît ma position. Je vais la voir sans attendre.

— J'imagine que nous ne pouvons pas faire grand-chose d'autre aujourd'hui. Mais…

— Quoi encore ? demandai-je, agacé.

— Vous auriez dû le presser jusqu'à ce qu'il vous dise ce qu'il cache. Vous reculez devant l'obstacle », lança-t-il dans un brusque sursaut d'irritation.

Je lui décochai un regard furieux. « Non, ce n'est pas vrai. Quand je sens que quelqu'un n'en dira pas davantage et que je ne peux m'appuyer sur aucune preuve pour lui faire rendre gorge, je m'efforce d'en trouver une. J'ai toujours agi ainsi et c'est cette méthode que j'appliquerai avec lady Honor. »

Il grogna.

« Je n'avais pas le choix, dis-je en haussant la voix. Je l'ai poussé dans ses retranchements. Comment vouliez-vous que je l'oblige à m'en dire davantage ? Hein, comment ?

— En le menaçant des foudres du comte. Comme Bealknap.

— Ce qui nous a avancés à quoi ? Non, je vais le tenir en suspens, et si lady Honor peut m'apprendre autre chose, je reviendrai à la charge plus tard. À moins que vous n'ayez une meilleure idée ?

— Non, je n'en ai pas, avoua-t-il en haussant les épaules.

— Je monte à mon bureau quelques instants. »

J'entrai dans mon cabinet, où je trouvai Skelly en train de travailler à la lueur d'une chandelle dont il n'avait guère besoin en plein jour. Une chandelle que je payais. « Vous êtes encore là un dimanche, John ? » m'étonnai-je en cachant mon agacement.

Il me coula un regard de biais. « Je suis en retard, monsieur. »

Je n'eus pas le courage de regarder ses pages d'écriture et, me tournant vers la porte de Godfrey, je demandai : « Messire Wheelwright est-il là ?

— Oui, monsieur. »

Godfrey était tranquillement installé à son bureau. « Tu travailles le dimanche ? » m'étonnai-je. Il me regarda, la mine grave.

« Dieu me pardonnera. Je veux mettre mes affaires en ordre. Le bruit court que je serai radié si je ne présente pas mes excuses au duc. » Il eut un sourire forcé. « Cela va faire un beau scandale. Peut-être nos confrères se demanderont-ils alors qui nous servons, nous autres avocats : Dieu et l'État, ou le duc de Norfolk.

— Beaucoup soulageront leur conscience en disant que c'est une affaire d'incivilité, Godfrey, et non de religion.

— Dans ce cas, ils sont dans l'illusion, et Dieu ne laissera pas leur conscience en paix.

— Que feras-tu si tu quittes le barreau ?

— Je deviendrai prédicateur. Je crois que c'est la voie où Dieu m'appelle.

— Il se peut que nous allions vers des temps difficiles. » Si Cromwell tombe, pensai-je. Si j'échoue. S'il ne met pas la main sur le feu grégeois. J'étais pris dans un tel enchevêtrement d'engagements contradictoires que je me sentis un instant sur le point de défaillir, et je me cramponnai au dossier d'une chaise.

« Tu ne te sens pas bien, Matthew ?

— J'ai beaucoup travaillé.

— En tout cas, tu n'as perdu aucune autre affaire, dit-il. Depuis celle de l'entrepôt.

— Tant mieux. » Je décidai de tenter une dernière fois de lui faire entendre raison. « Godfrey, ne serait-ce pas une grave erreur d'abandonner un métier que tu exerces avec talent depuis tant d'années ? » Et pourtant, je m'en rendis compte en prononçant ces paroles, n'était-ce pas précisément ce que moi aussi je songeais à faire ?

« Parfois, Dieu nous invite à changer de vie.

— Et à affronter de grandes tribulations. » Je renonçai. « Il se peut que je ne revienne pas avant quelques jours », dis-je avant de repartir.

Je retournai dans mon bureau, où Barak parlait à voix basse à Skelly. Il s'informait des bruits qui couraient sur moi, probablement. « Je vais chez lady Honor, annonçai-je.

— Je ferai le trajet avec vous, dit-il. Ensuite, j'irai à la Vieille Barge. »

Nous retournâmes en silence à Chancery Lane. Je fulminais intérieurement. J'avais espéré que Barak me quitterait et me laisserait aller seul chez lady Honor, d'où j'avais compté me rendre ensuite chez Guy. Aujourd'hui, il semblait ne pas vouloir me lâcher d'une semelle.

37

NOUS ALLÂMES CHERCHER LES CHEVAUX pour gagner la Cité. Barak, morose, n'ouvrit guère la bouche. Lorsque nous passâmes sous la porte de Ludgate, je remarquai une partie plus claire dans le mur, là où il avait été réparé.

« Les pierres de l'ancienne synagogue venaient de là », dis-je pour faire la conversation.

Barak grogna. « Je parie que le gardien a fait des commentaires bien sentis sur les assassins du Christ.

— Je ne m'en souviens pas », répondis-je, bien qu'il eût raison.

Nous passâmes devant St Paul, dont la haute flèche projetait une ombre bienfaisante. Lorsque nous sortîmes à nouveau au soleil, Barak approcha sa monture de la mienne et me glissa : « Regardez discrètement derrière, sans arrêter votre cheval. À côté des éventaires à livres près de St Paul's Cross. »

En me retournant, je vis Toky appuyé contre une grille, ignorant les mouvements de la foule et tournant vers les passants son visage pâle et ravagé afin de les examiner.

« Je croyais qu'il avait disparu, dis-je. Ne pourrions-nous essayer de l'appréhender ? Ou appeler un constable ?

— Si Toky est là, Wright n'est pas loin, et ils sont sûrement armés. Je n'ai pas envie de me frotter à ces deux-là. Et un brave constable ne pourrait guère leur tenir tête.

— Ils savent beaucoup de choses. Leur capture pourrait apporter la réponse à de nombreuses questions.

— C'est pourquoi les hommes du comte les cherchent dans toute la ville. Le parvis de St Paul est un endroit bien choisi pour voir qui entre dans la Cité ou en sort. Je me demande qui il guette.

— Nous, probablement.

— Eh bien, il ne nous a pas remarqués. Je sais qui le comte a chargé de les rechercher, et je vais le faire prévenir. » Il secoua la tête avec une mine assez admirative. « Jamais je n'ai vu deux coquins aussi rusés, capables de circuler dans la Cité sans se faire prendre.

— Ils nagent dans les eaux troubles de Londres, et se cachent dans ses repaires de vice.

— On croirait entendre votre ami Godfrey, l'évangéliste ! » Il continua, se frayant un chemin dans la cohue de Cheapside et je le suivis, toujours sur mes gardes, bien que Toky fût loin derrière.

Nous nous séparâmes à Walbrook. Barak partit porter un message à Cromwell, disant à ma grande consternation qu'il reviendrait m'attendre dans une heure chez lady Honor. Il pensait que nous devions rester ensemble si Toky était dans les parages. Je ne pus trouver de parade, bien que cela m'empêchât de me rendre chez Guy. Barak s'éloigna et je poursuivis ma route vers Blue Lion Street.

À la Maison de verre, deux domestiques étaient occupés à laver les vitres avec du vinaigre. Lorsqu'on me dit que lady Honor me recevrait, je confiai Genesis à un garçon d'écurie et on me fit traverser la maison pour me conduire jusqu'à la cour intérieure. Un domestique arrosait les plantes en pots rangées le long des murs. Assise sur un banc, lady Honor le surveillait. Elle portait une robe bleue et ses cheveux blonds, découverts pour une fois, étaient noués en chignon par un ruban de soie. Elle m'accueillit avec le sourire.

« Matthew. Voilà une visite inattendue. »

Je m'inclinai. « Pardonnez-moi de venir sans m'être fait annoncer, mais…

— Vous êtes en mission officielle ?

— Hélas.

— Alors, venez vous asseoir à côté de moi. Edward, cela suffira pour le moment. Vous finirez d'arroser ce soir. » L'homme salua et s'éloigna. Lady Honor regarda sa cour. « Je crois que la chaleur est en train de faire crever mes arbustes. Vous voyez là-bas, j'ai planté de petits grenadiers, mais mes nigauds de domestiques n'y connaissent rien aux plantes, ils les arrosent au mauvais moment, ou trop ou trop peu.

— Tout crève par cette canicule. Les moissons seront mauvaises.

— Ah oui ? dit-elle avec indifférence. Mais vous n'êtes pas venu ici pour que nous parlions jardinage.

— Non. Lady Honor, je dois vous faire une confession. » Je maudis ma maladresse. Je n'aurais pas dû m'excuser de l'interroger car je ne faisais que mon devoir. « J'ai appris pourquoi le duc de Norfolk vous pressait si fort, dis-je tout à trac. J'avais besoin d'élucider la question que vous aviez laissée en suspens lors de notre promenade sur la berge de la Tamise, l'autre jour. J'ai eu un entretien avec Marchamount. »

Je m'attendais à une explosion de colère, mais elle se borna à regarder droit devant elle, le visage impassible. Lorsqu'elle tourna de nouveau son visage vers moi, elle avait un sourire las.

« Après notre conversation, j'ai craint d'avoir des ennuis si vous me dénonciez à Cromwell. Avez-vous interrogé Marchamount en premier lieu pour m'éviter d'avoir à subir les méthodes brutales du comte ?

— Peut-être.

— Vous avez des égards pour moi, peut-être plus que je n'en mérite. J'avais le sentiment que, si Cromwell me faisait avouer par la force les instances insultantes du duc, mon honneur en souffrirait moins. Sotte idée, sans doute.

— Je n'ai pu éviter d'en avoir connaissance, et je regrette de vous avoir infligé ce désagrément.

— Au moins, vous ne colporterez pas l'information, ce que feraient la plupart des gens. Je me trompe ? La nouvelle est délectable, j'en suis consciente.

— Vous savez que j'ai une trop haute opinion de vous pour cela, lady Honor. »

Elle posa un instant sa main sur la mienne. Quand elle la retira, j'eus l'étrange impression de la sentir

encore. « Vous êtes par nature un homme d'honneur. »
Elle soupira. « J'ai renvoyé Henry à la campagne.
Jamais il n'aurait fait son chemin à la cour. J'ai donc
pu repousser l'esprit tranquille les avances grossières
de ce vieux bouc.

— Je ne me rendais pas compte que le duc vous
inspirait pareille inimitié.

— Il n'est pas digne de la position qu'il occupe.
Il peut bien être le doyen des pairs du royaume, il
n'est pas noble de vieille souche. À la différence des
Vaughan », dit-elle en souriant.

Je rassemblai mon courage. « Lady Honor, j'ai une
question à vous poser, ce sera la dernière, je vous le
promets. Y a-t-il un détail dont vous ne m'auriez pas
informé et qui pourrait avoir un rapport, même lointain, avec ma quête des assassins des Gristwood ? »

Elle me regarda, piquée. « Matthew, j'ai déjà prêté
serment sur la Bible à ce sujet. Si vous vous rappelez,
j'ai juré que le duc ne m'avait aucunement pressée au
sujet du feu grégeois. Et j'ai dit la vérité. Il ne m'en
a même jamais parlé. Quant à Marchamount, il l'a
évoqué seulement pour me mettre en garde contre
vous. Je vous le répète, je déplore que ma sotte curiosité m'ait poussée un jour à mettre le nez dans ces
papiers.

— Quand j'ai parlé de vous et du duc à Marchamount ce matin, j'ai eu le sentiment qu'il cachait
encore quelque chose.

— Si c'est le cas, dit-elle, retrouvant son sourire, je
n'y suis pour rien, je le jure. Dois-je aller chercher ma
Bible ?

— Non, c'est inutile. Pardonnez-moi.

— Bien volontiers, dit-elle avec un regard indulgent. Par ma foi, vous êtes un inquisiteur fort civil.

— Marchamount ne dirait pas cela.

— Ce faquin qui se donne de grands airs ! dit-elle en regardant ses plantes flétries. Sous ses dehors urbains, c'est un coquin prêt à tout pour accéder à un rang plus élevé. » Elle réprima un petit frisson. « Je vous ai dit que je songeais à me retirer à la campagne, sur mes terres du Lincolnshire. J'en ai assez de la Cité, de Marchamount, du duc et de tout le monde. » Elle eut un bref sourire. « De presque tout le monde.

— Vous me manqueriez. Encore que, moi aussi, j'aie songé à m'établir au calme, à la campagne. »

Elle me regarda, surprise. « Ne vous y ennuieriez-vous pas ?

— Je suis originaire de Lichfield. Mon père était franc-tenancier d'une ferme là-bas. Il est âgé maintenant, et son intendant ne rajeunit pas non plus. La ferme est une dure besogne pour eux. Mais je n'ai jamais eu le talent nécessaire pour devenir fermier, ni le goût, d'ailleurs.

— Ne serait-il pas heureux d'avoir son fils auprès de lui pour ses vieux jours ?

— Je ne sais pas, répondis-je avec un haussement d'épaules. J'ai toujours eu le sentiment qu'il avait honte de moi. Pourtant, quand je vais le voir, il a l'air content. Je n'y vais pas assez souvent. »

Elle garda le silence quelques instants, puis demanda : « La petite Wentworth retourne devant le juge cette semaine, si je ne me trompe ?

— Le jeudi dix. Elle est très malade. Peut-être ne vivra-t-elle pas jusque-là.

— Pauvre Matthew. Comme vous prenez à cœur les malheurs des autres. » Elle posa à nouveau sa main sur la mienne, et cette fois ne la retira pas. Je me tournai vers elle et elle pencha la tête vers moi. Puis elle s'écarta brusquement en entendant un bruit de pas dans la cour. Je vis Barak arriver avec le majordome, le bonnet à la main. Le visage du majordome était impassible, mais Barak souriait d'une oreille à l'autre.

« Je dérange ? » demanda-t-il.

Lady Honor se leva, le visage assombri par la colère. « Connaissez-vous ce rustre, Matthew ?

— C'est Jack Barak, répondis-je en me levant aussi. Mon assistant. Il est au service de lord Cromwell.

— Alors, le comte ferait bien de lui apprendre les bonnes manières. Comment osez-vous faire irruption ainsi ? Ne savez-vous point vous tenir dans la maison d'une dame ? »

Barak rougit et ses yeux étincelèrent. « J'apporte à messire Shardlake un message de lord Cromwell.

— On ne vous a donc jamais appris à vous incliner devant une dame ? Et qu'est-il arrivé à vos cheveux ? Vous avez des poux ? Alors ne les apportez pas chez moi. » Elle parlait d'un ton dur que je ne lui avais jamais entendu. Il est vrai que Barak avait été fort discourtois.

« Je vous demande pardon, lady Honor. Nous ferions mieux de nous retirer. » Je reculai d'un pas, mais ma tête se mit à tourner. Mes jambes devinrent subitement très lourdes et je tombai plutôt que je ne m'assis sur le banc. Aussitôt, lady Honor me dévisagea avec inquiétude.

« Matthew, qu'avez-vous ? »

Je me levai avec effort, malgré le vertige qui me prenait. « Pardonnez-moi, la chaleur…

— Venez à l'intérieur. Vous, dit-elle sèchement à Barak, aidez votre maître. C'est votre faute. »

Barak lui jeta un regard noir, mais, passant le bras autour de mes épaules, il m'aida à gagner le salon et à m'asseoir sur une pile de coussins. Lady Honor agita la main pour le congédier. Il la regarda sans aménité et quitta la pièce.

« Pardonnez-moi, dis-je. Un vertige… » J'essayai de me relever. Comme je devais avoir l'air ridicule ! La peste soit de Barak. S'il n'était pas arrivé à ce moment précis…

Lady Honor s'approcha d'une petite armoire et remplit un verre. Elle traversa de nouveau la pièce et s'agenouilla près de moi en souriant. « Voici un peu d'eau-de-vie ; c'est ce que mon apothicaire me prescrit en cas de malaise. »

Je pris le petit verre délicat qu'elle me tendait, et avalai prudemment une gorgée du liquide incolore. Cela brûlait, mais beaucoup moins que la boisson polonaise. Je me sentis ragaillardi. « Merci », dis-je.

Elle me considéra, l'œil pensif. « Je crois que vous avez été mis à rude épreuve, et que vous vous en trouvez affaibli. Qui est ce drôle ?

— Le comte me l'a adjoint pour mon enquête sur le feu grégeois. Il n'est guère raffiné, hélas ! » Je me levai, honteux de ma faiblesse. « Lady Honor, je dois partir. Si Barak a un message du comte, il faut que j'en prenne connaissance.

— Revenez sans tarder, me dit-elle. Pour dîner. En tête à tête. Sans Marchamount, sans le duc, et sans Barak. » Elle sourit.

« Cela me ferait plaisir, lady Honor.

— Épargnez-moi le "lady". »

Nous étions face à face. Je fus tenté de me pencher et de l'embrasser, mais je me contentai de m'incliner avant de quitter la pièce, tout en me maudissant pour mon manque d'audace.

Barak attendait dans le vestibule, la mine rechignée. Je passai le premier et nous attendîmes que l'on nous amène nos chevaux. « Quel est le message ? demandai-je d'un ton bref.

— Il a avancé le rendez-vous à onze heures.

— C'est tout ? Cela pouvait attendre.

— Un message du comte ? Attendre ? Que vous a dit lady Honor, à propos ?

— Elle a confirmé que le duc de Norfolk avait cherché à faire d'elle sa maîtresse. Elle ne voulait pas en parler, car elle trouvait que, si l'information lui était arrachée de force par Cromwell, c'eût été moins déshonorant pour elle.

— Ça nous a fait perdre notre temps, grommela-t-il.

— Elle a agi ainsi par égard pour sa famille.

— Vous êtes certain qu'elle n'en sait pas davantage ?

— Elle ne sait rien de plus que ce qu'elle m'a déjà dit. J'en suis convaincu à présent.

— C'est une mégère mal embouchée.

— Morbleu ! m'écriai-je, c'est vrai que vous êtes un rustre. Vous adorez narguer vos supérieurs, hein ? Le raffinement est un crime à vos yeux.

— Elle a de la morgue et une langue de vipère, dit Barak. Comme ceux de sa classe. Ses semblables s'engraissent du labeur des hommes qui travaillent leurs terres. Si elle devait tout faire par elle-même, elle ne survivrait pas une semaine. » Il sourit avec amertume. « Ces gens-là sont tout sucre et tout miel lorsqu'ils y trouvent leur compte, mais regardez comment ils traitent leurs inférieurs, et vous voyez leur vraie nature.

— Vous voilà bien grincheux, Jack Barak, dis-je. Vos années dans le ruisseau vous ont aigri comme une vieille pomme. Cette femme a plus d'égards que vous pour ceux qui l'entourent.

— Et vous, demanda-t-il à brûle-pourpoint. Vous souciez-vous de vos serviteurs ? »

Je ris. « Vous n'êtes pas un serviteur. Sinon, il y a longtemps que je vous aurais jeté dehors.

— Je ne parlais pas de moi. Je pensais à votre greffier, John Skelly. Vous êtes-vous jamais demandé pourquoi il recopiait aussi mal, et pourquoi il travaillait à la chandelle ?

— Du diable si je comprends ce que vous dites.

— Il est à moitié aveugle.

— Comment ?

— Il y voit à peine. Je l'ai remarqué la première fois que je l'ai vu. Il n'ose rien dire, de peur que vous ne le mettiez à la porte. Mais vous n'avez rien remarqué, hein ? Pas plus que votre ami si dévot, le bon messire Wheelwright. »

Je le regardai fixement, comprenant que, si Skelly y voyait mal, cela expliquait ses insuffisances. « Je... Je ne pensais pas...

— Eh non. Vous ne le regardiez même pas »,
rétorqua Barak. Il s'enfonça son bonnet sur le crâne
en voyant apparaître un petit valet avec nos chevaux.
« Alors, où allons-nous maintenant ? La belle dame
vous a-t-elle appris quoi que ce soit de nouveau ?

— Non. Marchamount cache quelque chose, mais
je pense qu'il est temps de laisser le comte
l'interroger.

— Ah ! vous vous rendez enfin à la raison », grommela Barak.

38

Dès notre retour à la maison, je fus à nouveau pris de faiblesse et faillis tomber dans la cour. Je m'appuyai contre le cheval en inspirant profondément. Barak me regarda.

« Vous ne vous sentez pas bien ?

— Si, répondis-je sèchement. Mais je crois que je vais m'allonger un moment.

— Et Marchamount ? Dois-je faire dire au comte que le moment est venu de le convoquer pour l'interroger ?

— Oui, mais chez lui, pas à la Tour. Le seul fait d'être convoqué chez Cromwell devrait suffire à lui délier la langue, en plus, cela ne s'ébruitera pas. »

Il hocha la tête. « Alors, je vais à Whitehall. Ne sortez pas d'ici là, ça peut être dangereux. »

Je hochai la tête et entrai dans la maison, demandant à Joan de m'apporter du pain, du fromage et un cruchon de bière, que je montai dans ma chambre. Je m'assis sur le bord du lit et portai la main à mon front.

À mon grand soulagement, je ne perçus aucun signe de fièvre. Mon malaise devait être le fruit des fatigues et des soucis des deux dernières semaines, ajoutés aux constantes allées et venues à travers Londres par cette canicule accablante. Je n'étais pas disposé à laisser mon corps avoir raison de moi. Encore quatre jours, et tout serait réglé d'une manière ou d'une autre. Après… après, je retournerais voir lady Honor, et cette fois-ci, je ne me comporterais pas comme un pleutre. Toutes les questions que je me posais à son sujet avaient été élucidées et elle souhaitait me connaître plus intimement. Cela, je l'avais senti plus nettement que jamais sur le banc ; je ne lui étais pas plus indifférent qu'elle ne me l'était. Maudit soit Barak de nous avoir interrompus.

Mon bras brûlé me piquait. J'ôtai mon pansement et appliquai de l'huile donnée par Guy sur la peau rouge et plissée, frémissant au souvenir des flammes qui l'avait léchée. *Le baiser du feu, si léger et si atroce.* Je me bandai de nouveau le bras et m'étendis sur le lit.

Je m'assoupis aussitôt et dormis pendant plusieurs heures d'un sommeil sans rêves. Quand je me réveillai, l'air était plus frais, Dieu merci, et les ombres s'allongeaient dans le jardin. Je me sentais la tête plus claire et je réfléchis aux révélations de Barak à propos de John Skelly, qui expliquaient en effet beaucoup de choses. J'en avais voulu à Skelly car je l'avais cru négligent, indigne de la bonté dont j'avais fait preuve envers lui, alors que pendant tout ce temps… Je revis les yeux rouges et fatigués qu'il levait vers moi et secouai la tête.

La solution était peut-être de lui faire porter des lunettes. De plus en plus de gens y avaient recours, y compris, disait-on, le roi lui-même. Je pouvais lui en acheter une paire. Je hochai la tête avec satisfaction à l'idée d'en informer Barak. Puis je fronçai les sourcils. Pourquoi lui en parlerais-je ? Quelle importance avait son opinion ? Avec un peu de chance, notre association ne tarderait pas à prendre fin, et je n'aurais plus à subir son franc-parler brutal et cru, ni ses sautes d'humeur. Je souris en me rappelant la façon dont l'avait accueilli lady Honor ; peu de gens étaient capables de remettre Barak à sa place. Elle, elle y avait réussi.

À sa place... Ma conscience revint à la charge lorsque je me souvins lui avoir dit que s'il était à mon service, je l'aurais renvoyé. Ce faisant, j'aurais perdu un homme intelligent et courageux, malgré son impertinence ; un homme qui m'avait sauvé la vie. Et dont j'avais besoin pour descendre dans le puits des Wentworth ce soir.

Je me levai avec peine et descendis l'escalier. Je trouvai Barak dans la cuisine, occupé à laver avec du vinaigre la chaîne qui tenait sa mezouza. La petite cartouche d'or était posée sur la table. Il me jeta un regard peu amène. Il m'en voulait toujours.

« Où est Joan ? demandai-je.

— Elle se repose avant de préparer le souper. Même les domestiques ont besoin de repos », dit-il d'un ton appuyé.

Je m'assis en face de lui. « J'ai réfléchi à propos de Skelly. Je vais l'emmener chez Guy pour voir s'il peut lui prescrire des lunettes qui l'aideront à mieux voir. »

Barak fixa sur moi son regard perçant. « Skelly n'a pas les moyens d'acheter des lunettes.

— Je paierai.

— Et si les lunettes ne l'aident pas ? Vous le renverrez ?

— Bien obligé. Ventrebleu, Barak, il faut tout de même que je gagne ma vie. Je verrai si je peux trouver une fondation charitable susceptible de l'aider. Allons, nous n'allons pas nous disputer.

— Non. Vous souhaitez que je descende dans le puits ce soir, grogna-t-il.

— Si vous le voulez bien.

— Je vous ai promis de le faire. » Il replaça la mezouza autour de son cou.

« Avez-vous le message de Cromwell ?

— Je l'ai laissé à Grey. Il m'a lancé un méchant coup d'épingle en me disant que j'étais toujours là à demander des choses au comte alors que ce devrait être le contraire. »

Je souris. « C'est un vieillard austère. Vous devez le prendre à rebrousse-poil.

— Comme lady Honor. » Il me regarda bien en face. « Êtes-vous si sûr que le ramage de la dame correspond bien à son plumage ? La voyez-vous pour ce qu'elle est, alors que vous avez de la tendresse pour elle ?

— Je m'y efforce, dis-je en fronçant les sourcils. Oui, je crois que nous pouvons les éliminer, elle et le duc, de notre liste de suspects. C'était encore une mauvaise piste. » Je le regardai avec attention. « Pourquoi cette hostilité envers elle, Barak ?

— Il est dangereux de se laisser entraîner dans son sillage : les gens qui sont à ce point fiers de leur rang apportent des désagréments à leur entourage. J'ai vu ces jolies familles se déchirer bec et ongles à la cour. Enfin, peu importe. Ainsi, nous ne nous occupons plus d'elle. De Bealknap et de Rich non plus, semble-t-il.

— C'est moins sûr. Attendons de voir ce que dit Cromwell à leur sujet. J'espère qu'il déliera la langue de Marchamount.

— Sans aucun doute. Et s'il refuse de coopérer, il passera sur le chevalet.

— Derrière sa façade pompeuse, Marchamount ne manque pas de courage. Il a fait beaucoup de chemin alors qu'il est parti de rien.

— S'il défie Cromwell, il en paiera les conséquences. »

Nous nous tûmes en entendant des pas dans l'escalier. Joan entra et nous allâmes au salon pendant qu'elle préparait le souper. La nuit tombait quand elle nous apporta notre repas.

« Serez-vous en état d'aller au puits après le souper ? demanda Barak.

— Oui. Je ne sais pas ce qui m'a pris tout à l'heure. La chaleur, peut-être, les soucis. Mais je tiens bon. Allons-y ce soir, et peut-être aurons-nous la solution à l'un des mystères qui nous occupent. »

Une fois encore, nous remontâmes Budge Row avant de descendre la petite allée sombre. On avait mis un nouveau cadenas à la porte du verger, mais Barak l'ouvrit aussi facilement que la première fois. À travers les arbres, nous gagnâmes le mur des Wentworth. Barak me fit encore la courte échelle et j'agrippai le haut du mur pour regarder dans le jardin. Je serrai les dents en sentant mon dos protester.

Il y avait quelqu'un dans le jardin. Je voyais deux silhouettes indistinctes, Needler, qui tenait une lampe, et la mère de Joseph. Je me dis qu'une vieille femme comme elle, qui marchait avec une canne, pourrait facilement glisser dans l'obscurité. Mais non, la nuit ou le jour ne présentaient pour elle aucune différence. Je fis signe à Barak de ne pas bouger et restai en équilibre inconfortable, un pied dans sa main, les bras sur le haut du mur. Je baissai la tête de façon qu'on ne voie pas la tache pâle de mon visage et attendis que le couple approche. Mes cheveux bruns seraient invisibles, assurément.

J'entendis Needler dire : « Elle s'en est pris à moi en hurlant comme une possédée. Je n'ai plus aucune autorité sur elle. Sous son apparente assurance, elle est terrifiée. Et Avice aussi. »

La vieille femme soupira. « Il faut que je leur tienne la bride plus serrée à toutes deux. » Ils étaient tout près, et je pris le risque de lever un peu la tête pour les apercevoir. Les traits épais de Needler exprimaient l'inquiétude. La vieille femme, elle, fronçait les sourcils et son visage, dans la lumière tremblotante de la lampe, avait pris un aspect démoniaque.

« Nous devons les aider, David », dit-elle, puis elle s'arrêta brusquement. Elle parut tendre l'oreille. Je me souvins que les aveugles ont l'ouïe particulièrement développée.

« Qu'est-ce que c'est ? demanda Needler, alarmé.

— Rien, un renard, sans doute. » Je fus soulagé de les voir tourner les talons et regagner la maison. Je n'entendis plus rien de leur conversation. Une porte se ferma au loin et les lumières s'éteignirent dans toute la maison. Je me laissai retomber à terre. Barak se redressa et se frictionna les mains.

« Morbleu ! souffla-t-il, vous m'avez presque disloqué les poignets.

— Pardonnez-moi, mais je ne pouvais pas bouger. La vieille dame a d'ailleurs entendu quelque chose.

— Que diable faisait-elle dans le jardin la nuit ?

— Elle était avec le majordome. Ils voulaient parler tranquillement, à mon avis. J'ai saisi des bribes de leur conversation. Il semblerait que les filles aient peur de quelque chose. »

Nous attendîmes une dizaine de minutes. Un hibou descendit majestueusement d'un des arbres du verger, blanc comme un fantôme, et une petite créature dans l'herbe poussa un cri tandis qu'il se saisissait d'elle et l'emportait. Enfin, je remontai sur le mur. Les lumières étaient éteintes, le jardin silencieux et, au clair de lune, on distinguait vaguement la forme du puits.

« Je ne vois les chiens nulle part », dis-je.

Barak se hissa à côté de moi. « C'est curieux. On aurait cru qu'après une tentative d'effraction les propriétaires les lâcheraient la nuit.

— Oui, mais ils paraissent en avoir décidé autrement. »

Barak s'assit à califourchon sur le mur et tira de sa besace deux morceaux de viande grasse enveloppés dans du papier. Il les lança sur la pelouse, puis jeta contre le gros arbre une pierre qu'il avait ramassée tout à l'heure. Elle rebondit avec un bruit sec.

« Le Maure m'a dit que, s'ils avalaient ça, ils dormiraient au bout de cinq minutes, chuchota-t-il.

— C'est Guy qui vous a donné cette viande ?

— Oui. Je lui ai raconté l'histoire hier, pendant que vous dormiez. Je me suis dit qu'il aurait peut-être une idée. » Un sourire fendit son visage. « En faisant plus ample connaissance avec lui, je me suis rendu compte qu'on s'entendait bien.

— Oui… Toujours pas de chiens.

— Si on s'y risquait ? » proposa-t-il en se grattant le menton.

J'épiai les fenêtres sombres de la maison et chuchotai : « Tant que nous restons sur nos gardes…

— Vous vous sentez fin prêt ?

— Mais oui !

— Bon, alors, allons-y. » Barak sauta souplement sur la pelouse et je le suivis. Le contact avec le sol m'arracha une grimace tandis qu'une douleur fulgurante me traversait le dos. J'observai la maison tandis que Barak allait chercher ses morceaux de viande et les remettait dans sa besace.

« Mieux vaut ne pas les laisser là, sinon ils sauraient que quelqu'un est entré dans leur jardin. »

Il ouvrit les cadenas du puits et je l'aidai à soulever le couvercle. L'odeur était moins forte à présent, mais la vue de cette ouverture noire me tordit encore l'estomac. Barak déroula son échelle de corde et descendit prestement. Tandis que je continuais à surveiller la maison, je crus un instant voir un mouvement et quelque chose de plus noir à l'une des fenêtres du haut ; lorsque je regardai à nouveau, je ne distinguai plus rien.

Cette fois-ci, Barak réussit à allumer sa chandelle du premier coup. En apercevant dans le trou une faible lueur, je me penchai avec précaution. Le puits était moins profond que je ne l'avais cru, guère plus de vingt pieds. C'était étrange de voir Barak au fond de ce long tunnel circulaire. Il était accroupi et regardait des formes sombres entassées au fond. Puis il les tâta. Cette fois-ci, il garda le silence. Je ne distinguais pas son visage.

« Qu'est-ce que c'est ? » soufflai-je.

Il leva les yeux et la chandelle projeta sur son visage des formes étranges. « Des animaux. Il y a un chat et deux chiens. Morbleu, on leur a fait des choses horribles. On a arraché les yeux du chat. Ah, un des chiens… Seigneur, il a été pendu ! » Il se tourna à demi et examina une forme plus grande. Cette fois, il poussa un cri qui fit écho sur les briques.

« Qu'est-ce que c'est ? Dites-moi !

— Je remonte, fit-il brusquement. Pour l'amour du ciel, surveillez la maison. »

Il souffla la chandelle et escalada son échelle. Je regardai la demeure, mon cœur cognant si vite que cela brouillait ma vision. Tout était calme et silencieux. Barak reparut et escalada le bord du puits. Il avait les yeux exorbités.

« Aidez-moi à remettre le couvercle, souffla-t-il. Il faut filer. »

Barak remit les cadenas en place. Après un dernier coup d'œil à la maison silencieuse, nous repartîmes en courant vers le mur et l'escaladâmes. Une fois dans le verger du voisin, Barak appuya son dos contre un arbre. Il me regarda fixement, puis avala sa salive.

« Dans cette maison, quelqu'un a torturé des animaux. Mais pas seulement. Au fond, il y a un petit garçon. Un guenilleux d'environ sept ans. Il a été… »

Il s'interrompit. « Vous n'avez pas besoin de le savoir, mais il a dû mettre du temps à mourir.

— Le frère de la petite folle, soufflai-je. La petite qui était emprisonnée avec Elizabeth.

— Peut-être. Celui qui a fait ça a dû se dire que personne ne s'apercevrait de la disparition d'un petit mendiant, et que ça n'avait pas d'importance. J'ai eu peur, je l'avoue. Je me suis dit que si celui qui avait fait ça arrivait, je serais en fâcheuse posture au fond de ce trou. J'avais hâte de sortir… » Sa voix tremblait.

« Loin de moi l'idée de vous blâmer. »

Il me regarda, et une idée soudaine lui fit écarquiller les yeux. « Pensez-vous que cela pourrait être Elizabeth Wentworth ? Est-ce pour cela qu'elle a perdu l'envie de vivre après qu'on a enfermé la petite avec elle ? Si c'est le petit frère qui est en bas… »

Je réfléchis un instant. « Non. Joseph m'a dit qu'elle avait un chat qu'elle adorait. Needler prétend qu'il s'est sauvé, moi, je gage que c'est lui qui se trouve au fond du puits. Non, ce n'est pas elle. À mon avis, c'est le petit Ralph le coupable. Il a d'abord torturé les animaux, puis l'enfant.

— Mais alors… vous ne comprenez donc pas ? Cela donne à Elizabeth un motif pour pousser son cousin dans le puits. On pourrait dire qu'il ne l'avait pas volé. Elle a peut-être découvert ce qu'il faisait…

— Dans ce cas, pourquoi Needler n'a-t-il rien dit au sujet des animaux et du petit garçon quand il a remonté Ralph du puits ? » Je secouai la tête. « Il a bien dû voir ce qui se trouvait au fond. Il faut que je retourne auprès d'Elizabeth et que je l'interroge.

— Si elle est encore en vie.

« — J'irai dès demain matin. Merci pour tout »,
ajoutai-je maladroitement.

Barak me lança un regard sombre. « Vous me
trouvez dur, mais jamais je ne ferais de mal à un être
sans défense.

— Je vous crois. Allons, retournons à Chancery
Lane. »

Il hocha la tête et dit : « Seigneur, je vais avoir des
cauchemars cette nuit. »

39

Nı Barak ni moi n'eûmes un sommeil paisible cette nuit-là. En rentrant, nous avions trouvé un message de Guy nous informant qu'Elizabeth allait un peu mieux et que sa fièvre avait baissé. Il me demandait aussi de passer le voir pour discuter de « l'autre affaire ». Barak était allé à cheval chez Joseph avec un message lui proposant de nous rejoindre à la prison à neuf heures le lendemain.

En m'habillant ce matin du sept juin, je me dis que j'avais fort à faire ce jour-là : aller voir Elizabeth, puis Cromwell, et enfin Guy. Mon cœur se serra à la perspective de rencontrer le comte d'Essex. Il ne restait plus que trois jours. Mais maintenant, on pouvait espérer qu'il aurait interrogé Marchamount. Si lady Honor ne savait rien, et si Rich et Bealknap n'avaient rien à voir dans l'affaire, il ne restait plus que lui. J'espérais qu'il permettrait de retrouver les assassins des Gristwood. Mais si, ainsi pressé, il donnait à

Cromwell la formule du feu grégeois ? Ma foi, dans ce cas, ce ne serait plus de mon ressort.

Barak voulut m'accompagner à Newgate. Ne retrouvant plus ses chaussures de cavalier, il me demanda de l'attendre, ce que je fis devant la maison. La matinée était encore chaude, mais le vent s'était levé, une brise tiède qui faisait filer dans le ciel de petits nuages blancs. Simon apparut, menant les chevaux par la bride.

« Vous voilà encore en route de bonne heure ce matin, messire.

— En effet. Nous allons à Newgate. »

Le gamin me coula un regard de biais sous sa tignasse blonde. La curiosité se lisait sur son étroit visage. « Est-ce que messire Barak s'est battu contre des voleurs, messire ? Est-ce pour cela qu'il a perdu ses chevaux ?

— Non, Simon, répondis-je en riant. Ne sois pas si curieux. » Je regardai les solides petites chaussures qu'il avait aux pieds. « Tu t'y es habitué, maintenant ?

— Oui, messire, merci. Je cours plus vite et c'est tant mieux, avec tous les messages que j'ai portés ces temps-ci. » Il me sourit, les yeux brillants.

« C'est vrai. Tiens, voilà six pence à mettre de côté pour quand celles-ci seront usées. »

Je le regardai rentrer au trot dans la maison. Je me rendis compte que je ne savais rien de lui, seulement qu'il s'était présenté à ma porte et que Joan, trouvant qu'il avait une mine avenante, lui avait donné du travail. Encore un des innombrables orphelins de Londres, sans doute.

Barak apparut et nous partîmes. En descendant Fleet Street, je lui dis que ma brûlure me faisait mal et que j'avais l'intention de consulter Guy après notre entrevue avec Cromwell. Je craignais qu'il ne veuille m'accompagner, par chance, il hocha seulement la tête. Il avait encore le visage marqué par le choc de sa découverte au fond du puits. J'étais surpris de voir combien il avait pris la chose à cœur. Mais il avait jadis été mendiant, lui aussi.

Joseph attendait devant la prison. Avec ses joues creuses mangées de barbe, il paraissait épuisé. Il ne pourrait continuer longtemps ainsi. Je lui dis que j'avais des nouvelles d'Elizabeth, qu'elle allait un peu mieux, ce qui parut le réconforter.

Nous frappâmes et le geôlier se présenta. « Williams ! » cria-t-il. Le gros guichetier apparut.

« Nous voulons voir demoiselle Wentworth, annonçai-je.

— Comment va-t-elle ce matin ? demanda Joseph.

— Je ne sais pas. Nous ne voulons pas attraper sa fièvre, alors personne n'est monté là-haut. Sauf le moricaud, mais sans doute que la fièvre ne les atteint pas, ces gens-là.

— Voulez-vous nous montrer le chemin ? »

Il nous précéda en maugréant. Quel soulagement de ne plus revoir la basse-fosse ! Pendant que nous montions l'escalier en colimaçon, je me tournai vers Joseph. « J'ai du nouveau. Plus exactement, des preuves nouvelles, enfin. Je vais essayer une fois de plus de convaincre Elizabeth de parler. »

Un fol espoir illumina les traits de Joseph. Je le regardai avec gravité. « Je vais devoir aborder avec elle des sujets très pénibles. Des choses qui ne sont pas bonnes à entendre, Joseph, et qui concernent la famille de sir Edwin.

« — À votre aise », dit-il en acquiesçant.

Le guichetier nous ouvrit la porte de la chambre d'Elizabeth. La brise entrait par la fenêtre à barreaux et agitait le linge couvrant la petite table. Elizabeth était couchée sur le dos, immobile. Au moins, elle ne délirait plus et n'était plus agitée de mouvements convulsifs. Je pris un tabouret et m'assis, me penchant de façon à avoir le visage tout près du sien. Sa coupure à la lèvre n'était pas refermée, et il y avait une vilaine croûte noire autour. Joseph et Barak restèrent en arrière, observant la scène.

Elle devait être réveillée, car, lorsque je m'approchai, elle ouvrit les yeux. Ils étaient ternes et tristes. Je m'armai de courage.

« Elizabeth, Jack Barak ici présent est descendu voir ce qu'il y avait au fond du puits de votre oncle. » Les yeux de la jeune fille s'ouvrirent davantage, mais elle se tut. « Nous sommes entrés par effraction dans le jardin la nuit dernière pour déverrouiller le couvercle qui avait été mis sur le puits. Barak est descendu et a vu ce qui se trouvait en bas. »

Joseph en resta bouche bée. « Vous êtes entrés dans le jardin !

— C'était la seule façon d'en savoir plus, Joseph. » Je me retournai vers la jeune fille toujours silencieuse. « Nous avons pris des risques afin de découvrir la vérité, Elizabeth. Pour vous. » Je marquai une pause puis repris. « Nous les avons vus. Tous ces pauvres animaux. Votre chat. Et le petit garçon.

— Quel garçon ? demanda Joseph d'une voix que la peur rendait âpre.

— On a trouvé le cadavre d'un petit garçon dans le puits.

— Seigneur Jésus ! » Joseph se laissa tomber lourdement sur le lit. Je vis les yeux d'Elizabeth s'emplir de larmes.

« Je suis certain que ce n'est pas vous qui avez commis ces actes barbares, Elizabeth.

— Jamais ! s'écria Joseph avec fougue, jamais de la vie !

— C'est Ralph ? »

Elle toussa, puis répondit d'une voix aussi faible qu'un soupir : « Oui, c'est lui. »

Joseph porta la main à sa bouche, horrifié. Je vis que l'idée lui était venue, comme à Barak, que c'était là pour Elizabeth un puissant motif de tuer son cousin. Je me hâtai de poursuivre : « Quand je suis allé rendre visite à votre oncle Edwin, j'ai remarqué qu'une odeur très désagréable venait de ce puits. Or Joseph m'avait dit que, lorsqu'il avait vu le corps de Ralph chez le coroner, il s'en dégageait une odeur affreuse. Elizabeth, quand Needler, le majordome, est descendu chercher le corps de votre cousin, il a dû voir ce qu'il y avait au fond du puits. Mais il n'a rien dit, et votre oncle a fait sceller l'ouverture. » Je m'interrompis. Malgré les larmes qui ruisselaient sur ses joues, Elizabeth avait toujours le même regard, terne et désespéré. Je poursuivis.

« La découverte d'un autre cadavre dans le puits aurait provoqué une nouvelle enquête. Sans doute Needler n'a-t-il rien dit pour protéger quelqu'un. Qui, Elizabeth ?

— Parlez, ma fille, pour l'amour de Dieu ! intervint Barak, avec une rage soudaine. Vous ne voyez donc pas que vous infligez à votre oncle les tourments de l'enfer ?

586

— Vous retournez devant Forbizer dans trois jours, dis-je doucement. Faute d'explications satisfaisantes de votre part et si vous refusez toujours de parler, vous subirez la presse. »

Elle tourna vers moi un regard vide. « Alors, que la presse m'écrase. Vous ne pouvez rien pour moi, messire. Ni vous, ni personne. N'insistez pas, c'est inutile. Je suis damnée. » Et elle poursuivit avec un calme effrayant : « Autrefois, je croyais en Dieu, Dieu qui prenait soin de toutes les créatures et montrait à l'homme comment il devait agir pour faire le bien, et étudier la Bible pour être sauvé. La Bible que le roi a donnée au peuple. Je croyais que Dieu nous aidait à vivre en ce monde déchu.

— C'est ce que nous devons tous croire, Elizabeth, dit Joseph en serrant ses mains l'une contre l'autre. Oui, c'est ce que nous devons tous croire. » Elle lui lança un regard chargé de pitié, et fit une grimace lorsque ses larmes roulèrent sur sa lèvre coupée.

« Et la justice de ce monde, y avez-vous songé ? demanda Barak. Les meurtriers ne doivent-ils pas être châtiés ? »

Elle ne lui accorda qu'un bref coup d'œil. Cette fois-ci, les paroles de Barak n'avaient pas fait mouche. « Je vous avais dit que ce que vous verriez dans ce puits ébranlerait votre foi », fit-elle en s'adressant à moi. Puis elle s'interrompit, laissant échapper un long gémissement. « D'abord, c'est maman qui est morte dans de grandes souffrances, à cause de la tumeur qu'elle avait dans la poitrine. Puis cela a été le tour de papa. » Elle toussa encore. Je lui offris un bol d'eau, qu'elle refusa d'un geste, continuant à me regarder fixement.

« J'ai cherché le réconfort dans des livres de prières, messire, j'ai supplié Dieu de m'aider à comprendre, mais c'était comme si je priais dans un grand silence noir. Et puis on m'a dit que je n'avais plus de maison, cette maison où j'avais grandi heureuse. J'ai cru que j'irais vivre chez oncle Joseph à la campagne, mais il m'a envoyée chez oncle Edwin.

— C'était pour ton bien, Elizabeth, gémit Joseph. Nous pensions que c'était préférable pour ton avenir.

— Grand-mère et oncle Edwin ne voulaient pas de moi. Ils pensaient qu'avec mes manières rustaudes, je risquais de compromettre l'éducation qu'ils donnaient à leurs enfants pour en faire de jeunes élégants. Ils ignoraient à quel point ils étaient cruels, tous les trois. Ils ignoraient que Ralph torturait tous les animaux sur lesquels il pouvait mettre la main, afin de découvrir les différentes manières de les faire souffrir. Sabine et Avice ont pris mon pauvre Griset pour le lui donner.

— Sabine et Avice ! s'exclama Joseph, incrédule.

— Ralph les avait habituées à lui amener des animaux. Elles trouvaient amusant ce qu'il leur faisait, mais elles n'aimaient pas que du sang ou des poils souillent leurs belles robes. Elles étaient contentes de m'avoir sous la main pour se moquer de moi et me tourmenter, afin de tromper leur ennui. Elles répétaient toujours qu'elles s'ennuyaient mortellement.

— Et votre oncle Edwin ? demandai-je. Et votre grand-mère ? Vous auriez pu vous adresser à eux.

— Grand-mère savait, mais elle faisait semblant de rien, et elle a caché à oncle Edwin la vérité sur la nature de ses enfants. Ce qui comptait avant tout pour lui, c'était qu'ils fassent bonne figure dans le monde. »

Je passai une main sur mon front. « Cela ressemble à une folie, une folie qui les a tous contaminés. Quand vous êtes arrivée…

— Au début, je ne savais rien sur Ralph ; j'ai d'abord cru qu'il était différent de ses sœurs. Il ne passait pas comme elles de la bienséance la plus parfaite à la cruauté dans l'instant. Il s'est montré amical, à la façon un peu brusque des garçons. Je lui ressemble, vous savez. Peut-être Dieu m'a-t-il choisie pour expier tous leurs péchés, ne croyez-vous pas ?

— Non, répondis-je. C'est vous qui choisissez de souffrir. »

Elle secoua la tête. « Un jour, Ralph m'a emmenée en promenade et m'a montré un renard qu'il avait pris au piège. Il l'y avait laissé pour que l'animal s'affaiblisse. Il avait apporté une épingle afin de lui crever les yeux. J'ai libéré le renard et dit à Ralph que c'était une action mauvaise. Dès lors, il s'est retourné contre moi et s'est ligué avec ses sœurs pour me tourmenter de toutes les manières imaginables.

— Tu aurais dû en parler à Edwin », dit Joseph.

Elizabeth eut un sourire si désespéré qu'il me glaça le sang. « Il n'aurait pas cru une seule parole prononcée contre Ralph ou ses filles. Et tout ce qui importe à grand-mère, c'est de voir ses petites-filles faire de bons mariages. Sabine a un faible pour le majordome, et grand-mère se servait de lui pour les faire obéir, Avice et elle. Elle veut que les apparences soient sauves jusqu'à ce qu'elles trouvent un bon parti à épouser. » Elle détourna les yeux. « Plaignez les malheureux qui ne sauront ce qu'ils ont épousé que trop tard.

— Et les autres domestiques ? Que savent-ils au juste ? Ces animaux ont dû... pousser des cris horribles. » Brusquement, j'eus la nausée et sentis la bile me monter dans la gorge.

« Ralph faisait des choses abominables dans le puits. Il avait une petite échelle. C'était sa chambre de tortures ainsi que sa cachette. Je crois que les domestiques ont entendu certaines choses mais n'ont rien dit, car ils ne voulaient pas perdre leur place. L'oncle Edwin donne de bons gages, bien qu'il oblige tout le monde à aller à l'église deux fois le dimanche. » Elizabeth avait cessé de pleurer. Son regard avait retrouvé une certaine vivacité. « Je me souviens que Ralph avait parlé de trouver un jeune mendiant pour s'amuser avec lui, mais les filles lui avaient recommandé de bien veiller à ne pas se faire prendre. Il y avait un petit infirme qui mendiait dans notre rue avec sa sœur.

— Sa sœur, c'était Sarah ?

— Oui. Quand on a amené la pauvre Sarah dans la basse-fosse, je l'ai reconnue. Ralph a dû trouver un stratagème pour attirer son frère.

— Seigneur Jésus ! s'écria Joseph, il faut raconter cela au coroner.

— Oui, dis-je. Mais les Wentworth peuvent faire en sorte de retourner la mort du petit mendiant contre Elizabeth. Peut-être feront-ils dire à Needler qu'il ne l'a jamais vu.

— On ne les croira pas, tout de même !

— Le public est monté contre Elizabeth. Vous vous souvenez du compte rendu imprimé, Joseph ? Forbizer ne la relâchera pas comme cela. Et qui a tué Ralph ?

Ou alors, était-ce un accident, Elizabeth ? Est-il tombé ? »

Elle se détourna. L'espace d'un instant, j'eus un doute atroce : avait-elle commis ce crime ? Mais dans ce cas, pourquoi Needler avait-il gardé le silence sur ce qu'il avait vu dans le puits ?

« Ralph devait être possédé, estima Joseph. Possédé par un démon.

— Oui, reprit Elizabeth, s'adressant à son oncle pour la première fois. Par le diable ou peut-être par Dieu, puisqu'ils ne font qu'un seul. »

Il la regarda, pantois. « Elizabeth ! C'est un blasphème ! »

Elle se redressa sur ses coudes, en proie à une quinte de toux douloureuse. « Tu ne vois donc pas que c'est ce que j'ai fini par comprendre ? Je sais maintenant que Dieu est cruel et malveillant, qu'Il favorise les méchants, comme chacun peut le voir en regardant autour de lui. J'ai lu le Livre de Job, j'ai lu le récit des tourments infligés par Dieu à son fidèle serviteur. J'ai demandé à Dieu de me dire comment Il peut commettre un mal pareil, mais Il ne répond pas. Luther ne dit-il pas que Dieu choisit qui sera damné et qui sera sauvé avant même que les hommes soient nés ? Il m'a choisie pour être damnée et a décidé que mon châtiment commencerait ici-bas !

— Sottises ! tonna Barak, regardant Elizabeth d'un œil furieux. Cessez donc de vous apitoyer sur vous-même ! »

Elle perdit patience. « Et qui donc a eu pitié de moi ? Ma foi est morte et j'attends de mourir aussi pour pouvoir cracher à la face d'un Dieu qui se montre aussi cruel ! » Elle défia Barak du regard, puis se laissa retomber sur son lit, épuisée.

Ses paroles résonnèrent dans la pièce. Joseph agita les mains avec angoisse, comme pour chasser les paroles qui venaient d'être prononcées. « Lizzy, c'est un blasphème ! Tu veux donc être brûlée comme sorcière ? » Il joignit les mains et commença à prier à haute voix : « Ô Toi, Dieu miséricordieux, viens en aide à Ta fille, fais tomber la poutre de son œil et ramène-la dans les voies de l'obéissance !

— Autant jeter de l'eau dans la rivière ! » s'écria Barak en écartant Joseph d'un coup d'épaule pour se pencher sur Elizabeth. « Écoutez, ma fille, j'ai vu ce petit garçon. Sa mort doit être vengée. Si Ralph n'est plus, il y en a d'autres qui ont couvert son crime, comme si ce petit mendiant était une chose sans importance. Pensez aussi à sa sœur Sarah : peut-être la laissera-t-on sortir de Bedlam si on découvre que son frère a bel et bien été enlevé et assassiné.

— Et qu'est-ce qu'elle deviendra quand on la relâchera, demanda Elizabeth avec désespoir. Elle recommencera à mendier ou elle deviendra ribaude. »

J'enfouis ma tête dans mes mains, accablé par l'horreur de la situation. J'avais devant moi une fille innocente, victime d'une suite de calamités, puis de la cruauté des monstrueux enfants de sir Edwin, et qui tournait finalement sa colère contre le Dieu qui semblait l'avoir abandonnée. Manifestement pieuse autrefois, elle avait étudié la Bible comme d'autres jeunes chrétiens. Les épreuves terribles qu'elle avait subies avaient eu raison de sa foi. Mais n'y avait-il pas une effroyable logique dans sa certitude que Dieu s'était détourné d'elle ? Je pensai aux milliers d'enfants abandonnés qui mendiaient dans les rues.

Complètement bouleversé, Joseph se tordait les mains. « On pourrait l'accuser de blasphème, gémit-il, d'athéisme, même. » Je regardai la porte, me demandant si le guichetier écoutait, car, si tel était le cas, les propos d'Elizabeth suffiraient à la mettre sous le coup d'une nouvelle accusation. Mais non, l'homme devait préférer se tenir à l'écart de cette chambre de malade.

« Calmez-vous, Joseph, pour l'amour du ciel », lançai-je. Je regardai Elizabeth, qui sanglotait à présent. On n'entendait plus que cette sourde plainte pitoyable. « Faut-il s'étonner de ce qu'elle en soit arrivée à penser ainsi ?

— Ne me dites pas que vous l'excusez ! s'exclama Joseph, stupéfait.

— Elizabeth », dis-je. Elle leva de nouveau les yeux vers moi. Son accès de colère avait fait monter du rose à ses joues pâles. « Elizabeth, quelle que soit votre opinion sur les voies du Seigneur, vous devez admettre que Barak a raison. C'est la famille de votre oncle Edwin que vous devez blâmer, car c'est elle qui a commis de mauvaises actions. Et si l'un des membres de cette famille a tué Ralph, vous devez le dire, car le meurtrier doit être livré à la justice.

— Il ne le sera pas. Je vous dis que je suis damnée. » Et d'une voix plus forte, elle déclara : « Qu'il en soit fait selon la volonté de Dieu. Qu'on m'exécute ! Que Ses œuvres s'accomplissent ! » Elle retomba sur ses oreillers, épuisée.

« Dans ce cas, je devrai affronter la famille moi-même », dis-je.

Elle ne répondit pas et ferma les yeux. Elle semblait être retournée dans ces ténèbres où elle vivait à présent. Au bout de quelques instants, je me levai, me tournai vers les autres. « Venez. » J'ouvris la porte pour appeler le guichetier, qui était descendu attendre au bas de l'escalier. Quand nous quittâmes la cellule, Joseph chancelait tant qu'il faillit tomber.

Une fois dehors, il frissonna malgré la chaleur. « Dire que je pensais que la situation ne pouvait pas être pire ! souffla-t-il.

— Je sais. Il y a de quoi vous glacer le sang, répondis-je. Mais je vous en conjure, Joseph, n'oubliez pas qu'Elizabeth a l'esprit affecté, ni qu'elle a traversé une série d'épreuves effroyables. »

Il me regarda, et je lus sur son visage une terreur absolue. « Ainsi, vous la croyez, chuchota-t-il. Mon frère a engendré des démons.

— Je découvrirai le coupable », dis-je.

Il secoua la tête, visiblement en proie à la plus grande confusion. Nous l'emmenâmes dans une taverne et restâmes avec lui une demi-heure en attendant qu'il se calme. Mais l'heure de notre rendez-vous avec Cromwell approchait.

« Venez, Joseph, nous vous accompagnerons jusqu'à votre logis. Ensuite, nous prendrons un bateau, car nous devons nous rendre à Whitehall. Peut-être pourrons-nous laisser nos chevaux chez vous ? »

Il leva vers nous des yeux où brillait une faible lueur d'intérêt. « Cette autre affaire qui vous occupe, c'est donc une affaire d'État ?

— Oui. Mais j'obtiendrai des éclaircissements de votre famille, Joseph, je vous le promets.

— Comptez sur lui », renchérit Barak d'un ton encourageant.

Joseph me dévisagea. « Voulez-vous que je vous accompagne ?

— Non. J'irai seul, ou avec Barak. »

Joseph me regarda avec inquiétude. « Pour l'amour du ciel, prenez garde. »

40

LA CIRCULATION SUR LA TAMISE ÉTAIT SI DENSE que nous eûmes un certain mal à trouver un bateau. Barak jura copieusement, craignant que nous ne soyons en retard. Un bachot arriva enfin, qui nous emmena en aval avec une brise qui faisait claquer ma robe et poussait la voile à bonne allure. Je songeai à Elizabeth, à la détresse terrible où elle se trouvait, à sa haine pour un Dieu cruel devant lequel elle entendait s'immoler. Je frémis en imaginant les ténèbres qui devaient envahir son esprit, même si je croyais les comprendre. Barak, assis à l'autre bout de bateau, avait la tête rentrée dans les épaules, la mine sombre. Peut-être comprenait-il, lui aussi. Mais devant le passeur il n'était pas question de dire un mot de tout cela.

Enfin, le bateau heurta les degrés du débarcadère à Westminster. Barak sauta à terre et nous montâmes à la hâte, puis traversâmes au pas de course la grande galerie. Nous nous arrêtâmes quelques instants pour reprendre notre souffle devant le grand tableau mural où le roi semblait nous fixer en sourcillant ; enfin, nous nous rendîmes dans le bureau de Cromwell.

Grey était à sa table de travail, en train d'étudier un projet de loi pour le Parlement, et il lisait le parchemin ligne à ligne à l'aide d'une règle. Il leva les yeux et me jeta un regard sévère. « Messire Shardlake, je commençais à craindre que vous ne soyez en retard. Le comte n'est pas… d'humeur très conciliante aujourd'hui.

— Pardonnez-moi, mais la Tamise était encombrée.

— Suivez-moi. Mon maître envoie à ce Parlement tant de projets de loi qu'il ne les rédige pas avec sa rigueur habituelle. Il est très préoccupé », dit-il en secouant la tête. Puis il frappa à la porte de Cromwell et nous fit entrer.

Debout près de la fenêtre, le comte contemplait Whitehall. Il tourna vers nous un visage maussade et crispé. Il était magnifiquement vêtu d'une robe de soie rouge comme seuls les barons ont le droit d'en porter, bordée de zibeline. L'étoile de l'ordre de la Jarretière pendait à un ruban de couleur sur sa poitrine.

« Eh bien ! dit-il d'un ton sec, vous voilà donc. » Il se dirigea vers son bureau où s'entassaient des monceaux de papiers. Il avait dû jeter sa plume dans un accès de colère, car elle gisait dans une petite flaque d'encre, au milieu des papiers. Il se laissa tomber dans son fauteuil et nous regarda fixement, le visage dur.

« Eh bien, Matthew, vous m'avez fait faire un pas de clerc.

— Pardon, Votre Grâce ?

— Avec sir Richard Rich, fit-il d'un ton cassant. Je l'ai mandé ici samedi soir. » Il croisa les doigts et abattit les poings sur la table avec un bruit sec. « La raison pour laquelle Rich vous a adressé des remarques menaçantes et celle pour laquelle Bealknap a estimé ne rien avoir à craindre de vous n'ont rien à voir avec le feu grégeois.

— Qu'en est-il alors ?

— Vous avez représenté le Conseil de la Cité dans un procès où se posait la question de savoir si une propriété monastique tombait ou non sous le coup des lois de la Cité.

— C'est vrai. Ce procès est transféré devant la chancellerie.

— Non, dit-il d'un ton las. Il n'en est pas question. Quantité de personnages influents ont acheté des propriétés monastiques, Matthew. Ces maudits endroits étaient nombreux dans la Cité avant que nous ne prononcions la Dissolution. Hélas, il y en a tant sur le marché maintenant que la valeur des terrains a baissé. J'ai reçu des plaintes de nombreux acquéreurs qui se sont laissé convaincre de faire de mauvais investissements. Quand le cas concernant cette maudite fosse s'est présenté, Rich est venu me voir pour me dire qu'il fallait que Bealknap gagne ; que, sinon, le Conseil utiliserait le cas comme précédent et rendrait la vie difficile aux nouveaux propriétaires, dont certains ne peuvent faire de bénéfices qu'en transformant ces propriétés en logis à très bas loyers. Vous comprenez, maintenant ? » Il haussa les sourcils. « Et parmi ceux-là, il y a beaucoup d'hommes dont j'espère qu'ils me resteront fidèles, à une époque où tous sont prêts à se retourner contre moi.

— Je vous entends, oui.

— Rich ne m'a pas dit que vous étiez l'avocat chargé de représenter le Conseil, sinon il y a longtemps que j'aurais deviné le fin mot de l'histoire. J'ai accepté qu'il achète le juge Heslop pour que soit rendu un verdict susceptible de servir aux acquéreurs de propriétés monastiques comme précédent dans les procès à venir. Rich m'a dit qu'il avait pressé certains de ses obligés de retirer à l'avocat les affaires qu'ils lui avaient confiées et de s'adresser à ses confrères, en manière d'avertissement. Un jugement de la cour de la chancellerie à l'encontre de Bealknap brouillerait les cartes, vous devez le comprendre. » Il parlait froidement, en articulant, comme s'il s'adressait à un simple d'esprit. « Voilà pourquoi il vous a menacé, et pourquoi Bealknap pensait que vous le harceliez. Et vous n'avez pas compris. »

Je fermai les yeux.

« Joli nœud de vipères, n'est-ce pas ? » Il eut un rire sans joie. « Enfin, Matthew, ne vous êtes-vous pas inquiété en voyant certains clients s'éloigner de vous ? Ne vous êtes-vous pas renseigné ? Vous auriez vite découvert qu'ils étaient tous des hommes de sir Richard.

— J'ai eu trop à faire, Votre Grâce. Je n'ai pensé à rien qu'au feu grégeois et à l'affaire Wentworth. J'ai dû confier mon propre travail au confrère qui partage mon cabinet. »

Il me jeta un regard perçant. « Ah oui ! messire Wheelwright. Sa piété finira par le mener au bûcher. » Il serra les dents. Autrefois, Cromwell eût protégé les plus zélés des réformateurs, mais plus maintenant. Il se leva brusquement, regardant la foule des courtisans et des secrétaires qui circulaient dehors. Puis il se retourna vers moi.

« Il me semble indéniable, d'après leurs réactions, que ni Rich, ni Bealknap ne cachent quoi que ce soit concernant le feu grégeois. Rich n'en connaissait même pas l'existence. J'ai réussi à m'en assurer sans éveiller sa méfiance. Enfin, il s'en est fallu de peu.

— Je vois. Pardonnez-moi, Votre Grâce, dis-je avec le sentiment d'être un sot et un butor.

— Ce qui nous laisse comme suspects lady Honor et Marchamount. » Il se mit à déambuler de long en large dans la pièce, la tête penchée. « Alors, commençons par lady Honor. D'après ce que je comprends, vous avez pris grand plaisir à sa compagnie. »

Je me tournai vers Barak, qui haussa les épaules.

« Elle cachait quelque chose, un secret entre elle, Marchamount et le duc de Norfolk. J'ai eu un certain mal à le lui faire avouer, mais cela non plus n'avait aucun rapport avec le feu grégeois.

— Qu'est-ce que c'était ? » demanda-t-il aussitôt.

J'hésitai quelque peu. J'avais promis de ne rien dire. Devant mon silence, Cromwell releva la tête et me lança un regard si furieux que je lui révélai l'affaire. Il se borna à grogner : « Que Norfolk la pourchasse donc dans tout Londres au lieu de comploter contre moi. Ainsi, il n'y a aucune preuve permettant d'établir un lien entre elle et le feu grégeois ?

— Non, Votre Grâce, aucune. » J'avais l'estomac noué par la honte d'avoir trahi la confiance de lady Honor.

Il fit demi-tour et se mit à arpenter la pièce en sens inverse.

« Et Marchamount ?

— J'ai l'impression qu'il cache quelque chose, Votre Grâce. Barak a dit que vous le feriez mander.

— En effet. » Il interrompit ses allées et venues et me regarda. À ma grande surprise, ce n'était plus la fureur qui se lisait sur son visage, mais une grande lassitude. « Il a disparu.

— Il se déplace beaucoup. La semaine dernière, je ne suis pas parvenu à le voir parce qu'il avait quitté Londres pour se rendre à un procès. »

Cromwell secoua la tête. « J'ai envoyé deux hommes à son cabinet. Ils ont trouvé son secrétaire fort agité parce que le sergent ne s'était pas présenté à un procès où il devait plaider et n'était pas rentré de la nuit. » Il me regarda. « Vous lui avez dit qu'il devait craindre ma vengeance ?

— Pas de façon susceptible de l'alarmer à ce point.

— Mais peut-être a-t-il deviné qu'il était en fâcheuse posture et s'est-il enfui. À moins qu'il n'ait subi le sort des Gristwood ? »

Je frissonnai. « S'il est en danger, il se peut que Rich et lady Honor le soient aussi. »

Cromwell s'assit à nouveau. « Nos ennemis ont toujours eu sur vous une longueur d'avance, n'est-ce pas ? poursuivit-il sur le même ton uni. J'ignore qui est derrière tout cela, mais c'est le plus rusé coquin que je connaisse, et Dieu sait si j'en ai rencontré. » L'ombre d'un sourire passa sur son visage de granit. « En d'autres circonstances, je pourrais admirer cet homme. Ou cette femme. » Puis, à mon grand soulagement, il haussa ses lourdes épaules. « Vous avez fait de votre mieux. La partie est presque jouée. Il ne reste que trois jours avant la démonstration, et nous ne sommes pas plus avancés pour ce qui est de la formule ou de l'appareil de lancement. Où diable ont-ils pu les cacher ? » Il se tourna vers Barak. « Jack, essaie encore une fois de trouver Toky et Wright. Dis à tes mouchards que, si ces deux-là acceptent de travailler pour moi, je les paierai très cher.

— Je veux bien essayer, Votre Grâce, mais, même si je retrouvais leur trace, je doute qu'ils changent de camp à présent.

— Essaie quand même. Je crois que je vais devoir dire la vérité au roi demain, ou mercredi au plus tard. Matthew, Barak m'a expliqué que la fille qui est morte affirmait que tout cela était un coup monté contre moi depuis le début.

— C'est vrai, Votre Grâce.

— Pourtant, ce ne sont pas les complots contre moi qui ont manqué. Ne renoncez pas. Exercez toutes les ressources de votre discernement. » Je sentis le désespoir percer dans sa voix. « Et allez à Lincoln's Inn. Il se peut que vous appreniez des choses qu'on ne dira pas à mes émissaires. Fouillez le cabinet de Marchamount.

— Accordez-moi jusqu'à mercredi, Votre Grâce. Je ferai de mon mieux. Ne dites encore rien au roi.

— Vous avez une piste ? » me demanda-t-il, son regard brûlant fixé sur le mien. J'avalai ma salive.

« Je… non. Mais je vais réfléchir, comme vous me le conseillez. »

Il me dévisagea un long moment, puis se tourna vers ses papiers. « Allez, partez. Vertudieu ! Grey va m'ensevelir sous la paperasse. »

Ses manières résignées, presque douces, me surprirent tant que je restai un instant planté là, à combattre l'envie soudaine de lui avouer que j'avais trouvé un peu de feu grégeois et que je l'avais confié à Guy. Je me rendis compte que mon ancien dévouement pour lui n'était pas mort. Barak donna le signal du départ et me précéda vers la porte. Lorsqu'il l'ouvrit, j'eus la surprise d'entendre des pas menus et précipités, et vis Grey qui se rasseyait à sa table, la mine gênée.

« Tiens, tiens, on écoute aux portes, messire le secrétaire ? » lança Barak avec son sourire narquois.

Grey ne répondit pas, mais rougit. « Laissez-le tranquille, Barak », dis-je. En moi-même, je pensai que Grey était terrifié par ce qui risquait de se produire. Et à juste raison. De plus, j'avais trouvé du feu grégeois et m'étais gardé de le donner à Cromwell. Pendant quelques instants, je craignis de défaillir à nouveau.

Barak et moi étions assis sur les marches de Westminster, chacun plongé dans des pensées moroses.

« Je croyais qu'il serait furieux, mais il m'a paru presque stoïque, dis-je.

— Il sait ce qu'il adviendra s'il est obligé d'avouer au roi que le feu grégeois est perdu, répondit Barak à mi-voix.

— Mais qu'est-ce qui a bien pu arriver à Marchamount, pour l'amour du ciel ? Est-il coupable ou victime ? »

Barak eut un geste d'impuissance. « Dieu seul le sait. Je vais encore essayer d'avoir des informations sur Toky, mais je crains que ce ne soit en pure perte. À mon avis, quelqu'un graisse la patte à certains de mes mouchards pour qu'ils ne disent rien.

— N'est-il pas curieux de constater que, chaque fois que nous approchons de la vérité, la personne que nous recherchons est assassinée ? On dirait presque que quelqu'un informe nos ennemis de nos mouvements. Et qui a pris les livres à la bibliothèque de Lincoln's Inn et intimidé le bibliothécaire au point qu'il se taise ? »

Il fronça les sourcils. « Cela, je n'en sais rien. C'est la mère Neller qui a trahi Bathsheba et son frère. Le fondeur avait disparu longtemps avant que nous n'arrivions chez lui. Quant à Marchamount, il s'est peut-être enfui de son propre chef.

— Ce qui signifierait que c'était lui qui tirait les ficelles. Tout semble l'indiquer à présent.

— Assurément, mais nous avons besoin de preuves.

— Nous pourrions aller fouiller chez lui ?

— Il faut d'abord que je fasse mon enquête sur Toky. Je vous rejoindrai plus tard.

— Comme vous voudrez, dis-je en me levant. Mais soyez vigilant. Vous courez des risques.

— Je suis assez grand pour me débrouiller seul. » Il se leva aussi, épousseta ses vêtements d'un revers de main. « Il me répugne assez de décevoir mon maître.

— Il reste encore du temps. Je vous retrouverai plus tard à la maison. » Je poussai un soupir. « Mon bras me fait mal.

— Mon épaule va mieux, elle. Il s'y entend dans sa partie, ce vieux Maure. » Il resta un instant debout, les yeux fixés sur le fleuve. Je suivis son regard. Un flamboiement sur l'eau me fit sursauter, puis je compris que ce n'était qu'un rayon de soleil qui filtrait à travers un léger nuage et coloriait d'étincelants reflets jaune vif les vaguelettes soulevées par la brise.

En arrivant chez Guy, je ne vis personne par la vitre de la devanture, et craignis de prime abord qu'il ne fût sorti. Mais, quand je frappai, j'entendis des pas à l'arrière de la maison et mon ami apparut. Il paraissait fatigué.

« Avez-vous reçu mon message, Matthew ?

— Oui. » Je me glissai à l'intérieur et il referma la porte.

« Comment se porte Elizabeth ? demanda-t-il. Je vais aller la voir tout à l'heure.

— Elle va mieux. Physiquement du moins. » Je lui racontai brièvement ce que nous avions découvert dans le puits, ainsi que ma conversation avec la jeune fille. Il fixa sur moi son regard pénétrant.

« Ainsi, vous avez l'intention d'affronter la famille.

— Oui, et je ne dois plus tarder. Elizabeth comparaît à nouveau devant Forbizer jeudi.

— Soyez prudent, dit-il. On sent la présence du mal dans cette affaire.

— Je sais. » Soudain, je me sentis de nouveau pris de faiblesse et me hâtai de m'asseoir.

« Vous ne vous sentez pas bien ?

— Un petit malaise. La chaleur. »

Il s'approcha de moi et me regarda.

« C'est la première fois que cela vous arrive ?

— Je me suis déjà trouvé mal hier.

— Vous abusez de vos forces, Matthew.

— Barak en fait autant que moi et il ne s'en ressent pas. »

Guy sourit. « J'ai parlé avec messire Barak lorsqu'il vous a conduit ici après l'incendie. Il gagne à être connu.

605

— Certes. Il dit que vous lui avez donné une drogue à mettre dans la viande des chiens ?

— C'est vrai. Mais gardez-vous de vous comparer à lui. C'est un homme habitué à vivre dans la rue, et beaucoup plus jeune que vous. De plus, il a une nature aventureuse.

— Et un dos droit.

— Votre dos ne devrait guère vous importuner si vous vouliez bien faire mes exercices. Mais vous me répondrez sans doute que vous n'en avez pas eu le temps.

— C'est la vérité vraie. » Je le regardai dans les yeux. « Aucune de mes pistes n'a abouti. Et l'un de nos suspects a disparu : le sergent Marchamount. Nous ne savons pas si c'est lui qui est derrière tout cela, ou s'il a été tué comme les autres. La seule chose tangible qui me reste, Guy, c'est le feu grégeois.

— Venez dans mon cabinet. »

Je le suivis dans une pièce du fond. Avec ses bouteilles et ses cornues emplies de liquides étranges, sa table où se déployait un ensemble complexe de verres à distiller aux formes bizarres, l'endroit m'évoqua l'atelier de Sepultus Gristwood.

« Je ne savais pas que vous aviez une pièce de ce genre ici, Guy.

— Les expériences de distillation m'intéressent. Mais je reste discret, pour éviter que les voisins ne répandent le bruit que je me livre à des pratiques magiques. »

Je vis le pot d'étain contenant le feu grégeois posé sur le rebord de la fenêtre. Guy indiqua un mur du doigt, et je vis qu'il était noirci, comme la cour des Gristwood. « Une partie de la substance a pris feu hier pendant que je tentais de la distiller. La pièce s'est emplie d'une très épaisse fumée noire. Dieu merci, je ne travaillais que sur une toute petite quantité. »

Je regardai fixement le pot, puis me tournai vers Guy. « Qu'est-ce que c'est ? demandai-je avec curiosité. Quelle est la composition de ce liquide visqueux ?

— Je ne sais pas, Matthew, me répondit-il en hochant la tête. En un sens, je préfère, car je ne souhaite pas que quiconque possède cette arme. » Il écarta les mains. « J'ai distillé la substance, j'ai essayé de voir comment elle réagissait si on la mêlait à d'autres et je me suis efforcé de trouver des indices quant à sa composition. Mais je m'avoue vaincu. »

Je sentis mon cœur se serrer, cependant qu'une partie de moi-même était profondément soulagée.

« Je connais des alchimistes de renom qui pourraient nous prêter leur concours, à condition d'avoir du temps. »

Je fis non de la tête. « Nous n'en avons pas. Et je ne confierais ce secret à nul autre qu'à vous.

— Alors, je regrette, murmura-t-il.

— Vous avez fait ce que vous pouviez. » Je m'approchai du pot que j'ouvris, et regardai la substance noirâtre à l'intérieur. « Qu'est-ce que tu peux bien être ?

— Tout ce que je puis dire, c'est que je n'ai jamais rien vu de semblable. Assurément, rien dans sa composition ne ressemble à la boisson polonaise. »

Je réfléchis quelques instants. « Si vous, vous ne parvenez pas à découvrir la composition du feu grégeois, je ne vois pas comment Sepultus aurait pu le faire. Tous s'accordent à dire qu'il n'était qu'un imposteur, et non un authentique savant.

— Il a eu des mois pour se livrer à ses expériences. N'avez-vous pas dit que six mois s'étaient écoulés entre la découverte de la substance et le moment où les frères ont cherché à entrer en pourparlers avec Cromwell ?

— Oui.

— Et la formule donne peut-être les éléments constitutifs du feu grégeois. Ou, du moins, est-elle assez précise pour fournir un point de départ plus sérieux que celui que nous avons. En dernière analyse, tout doit se réduire à l'air, l'eau, le feu et la terre, n'est-ce pas ? » Il fit un geste d'impuissance. « Mais il y a des milliers de combinaisons possibles.

— Merci d'avoir essayé, Guy. Vous savez, poursuivis-je avec un petit sourire, vous êtes le seul sur qui je sais pouvoir toujours compter pour obtenir des réponses franches et résoudre les problèmes qui se posent à moi. J'en attends trop de vous, peut-être.

— Peut-être, dit-il. Je suis fait d'argile humaine, comme tout le monde, même si beaucoup me croient doté de pouvoirs hors du commun assortis à mon aspect.

— Je n'aurais pas dû vous demander de vous occuper d'une chose aussi diabolique.

— Qu'allez-vous faire, maintenant ? demanda-t-il, l'air grave.

— Je ne sais pas au juste quelle quantité de feu grégeois subsiste. Cromwell m'a dit d'user de mon discernement.

— Que dois-je faire de cela ? demanda-t-il en désignant le pot. Puis-je le détruire ? »

Après un instant d'hésitation, je hochai la tête : « Oui. Détruisez-le maintenant.

— En êtes-vous sûr ? insista-t-il en haussant les sourcils. Nous pourrions être accusés tous deux de crime d'État.

— Je n'ai plus de doute. »

Le soulagement envahit son visage. Il me serra la main à la broyer. « Merci. Vous avez pris la bonne décision, Matthew. Vous avez agi sagement. »

Je descendis jusqu'au fleuve et restai sur la berge à regarder les bateaux s'amarrer et décharger leurs cargaisons. Chaque semaine arrivaient de nouvelles merveilles. Un jour, un bateau apportera-t-il jusqu'ici quelque chose d'aussi redoutable que le feu grégeois ? Je songeai à Saint-John, débarquant ici un siècle auparavant avec ses documents et son baril. Il avait paru reposer en paix dans son cercueil. Je savais à présent que, moi, je ne connaîtrais jamais la paix si je donnais à quiconque le pouvoir de fabriquer cette arme, quelles que puissent être les conséquences de ma décision.

Je regardai l'autre rive, où je m'étais promené avec lady Honor. La fosse aux ours et l'arène des taureaux se dressaient bien au-dessus des maisons. Des cris sourds s'élevaient du côté de la fosse. Un combat devait s'y dérouler. Marchamount y avait-il passé un après-midi agréable l'autre jour ? Que lui était-il arrivé ? Je pensais comme Barak que la partie était jouée. Cependant, l'énigme sanglante me tourmentait toujours.

Non loin de là, j'avisai la taverne où nous avions vu les marins, le *Barbary Turk*. J'y entrai. À cette heure, elle était vide et mes pas résonnèrent sur le plancher de la vaste salle plongée dans la pénombre. Le fémur du géant pendait toujours au bout de ses chaînes. Je l'examinai un moment, puis m'approchai du comptoir et demandai au patron de me servir une chope de bière. C'était un robuste gaillard aux allures d'ancien marin. Il examina d'un œil curieux mon pourpoint de bonne qualité.

« C'est pas souvent qu'on a des gentilshommes ici. Vous étiez là l'autre soir, non ? C'est pas vous qui causiez à Hal Miller et à ses amis ?

— C'est exact. Ils ont évoqué le jour où ils ont mis le feu à leur table. »

L'homme se mit à rire et posa les coudes sur le rebord du comptoir. « Ah oui, quelle soirée ! J'aurais bien voulu qu'ils m'en fassent tâter, de leur bouteille. J'ai le goût des découvertes.

— Comme cet os de géant, par exemple, dis-je en désignant l'objet d'un hochement de tête.

— Ah, celui-là ! Il a été rejeté par le fleuve et il a échoué sur le sable juste à côté de l'embarcadère. Il y a vingt ans de ça. C'était du temps de mon père. L'os est apparu sur la boue un matin, abandonné par la marée. Les gens sont partis à la recherche du géant, mais bernique ! Mon père a pris le fémur et il l'a suspendu ici. Vous imaginez la taille du bonhomme entier ? Enfin, la Bible nous parle de géants, alors ce devait en être un. J'aurais préféré voir le squelette entier, mais cet os à lui tout seul attire les curieux, et c'est bon pour le commerce. »

Il aurait continué sur sa lancée, mais je voulais être seul et emportai ma bière dans le coin sombre où Barak et moi nous étions installés l'autre soir.

Les mots du tavernier me trottaient dans la cervelle : *Cet os à lui tout seul attire les curieux, et c'est bon pour le commerce.* Je songeai aux Gristwood, qui avaient travaillé avec Toky et Wright et leur mystérieux maître pendant six mois avant d'aller voir Cromwell, essayant de fabriquer du feu grégeois, s'efforçant de se procurer la boisson polonaise. Quels bénéfices ils devaient escompter ! Des bénéfices tirés de ce qui était, depuis le début, un complot contre Cromwell.

Et brusquement, je compris. Le pourquoi et le comment m'apparurent, bien que l'identité du chef se dérobât encore. Mon cœur se mit à battre à tout rompre. Je tournai et retournai ma théorie dans ma tête cinq ou six fois. Elle s'accordait avec les faits beaucoup mieux que toutes mes autres conjectures. Je me levai soudain pour quitter l'auberge, si profondément absorbé par mes pensées qu'en sortant je me heurtai au fémur du géant, qui se balança une fois de plus au bout de ses chaînes.

Je me rendis rapidement chez Joseph pour reprendre Genesis à l'écurie. Le cheval attendait, placide comme à son habitude. En sortant, je regardai la maison : bien que ce fût un logis des plus modestes, la pension coûterait à Joseph plus qu'il ne pouvait se le permettre. Ce cher Joseph, fidèle et tenace. Comme son zèle de dévot et son esprit tatillon m'irritaient parfois ! Pourtant, jamais sa loyauté envers Elizabeth ne s'était démentie. J'aurais dû me rendre chez les Wentworth le jour même, mais je tenais à ce que Barak m'accompagne pour l'occasion. Guy avait raison, cette maison était habitée par le mal. Et je voyais bien que si ma théorie se vérifiait, nous pourrions encore sortir Cromwell de l'ornière. Les secrets ne seraient plus de mise.

Quand je fus de retour chez moi, Barak n'était pas rentré. J'attendis avec impatience pendant deux heures tandis que le soleil se couchait lentement. Je me souvenais de mes exhortations à la prudence. Pourvu qu'il n'ait pas fait de mauvaise rencontre ! Je fus infiniment soulagé en l'entendant rentrer et quitter ses bottes, et l'appelai pour qu'il vienne me rejoindre dans le salon.

« Que s'est-il passé ? demanda-t-il en regardant mon visage enfiévré. Pas de mauvaise nouvelle ?

— Non. » Je fermai la porte. « Barak, dis-je d'une voix excitée, je crois que j'ai compris ce qui est arrivé. Cet après-midi, je suis retourné à la taverne où nous avons rencontré les marins. Il y a un os de géant pendu au plafond, vous vous en souvenez ?

— Minute ! fit-il en levant une main. Vous allez trop vite pour moi. Qu'est-ce que l'os du géant vient faire dans cette histoire ?

— Le tavernier a laissé tomber une remarque qui m'a fait réfléchir. Il a dit : *J'aurais préféré avoir le squelette entier, mais cet os à lui tout seul attire les curieux, et c'est bon pour le commerce.* Vous voyez, jusqu'à présent, j'ai eu l'esprit trop occupé, c'est pourquoi je n'ai pas établi le lien entre l'affaire Bealknap et Richard Rich. Nous nous sommes toujours demandé pourquoi, après la découverte du feu grégeois, les Gristwood avaient attendu six mois pour alerter Cromwell. Surtout si, comme l'affirmait Bathsheba, ils complotaient contre lui depuis le début.

— Le fait est.

— Dès le moment où ils sont tombés par hasard sur le feu grégeois à St Bartholomew, les Gristwood ont su que c'était une découverte très importante. Et susceptible d'être profitable. Michael Gristwood travaillait aux Augmentations, et il devait savoir que la faction hostile à Cromwell grossissait.

— Tout le monde le sait.

— Alors, je pense qu'ils ont décidé de proposer le feu grégeois à un membre de la faction antiréformiste, afin qu'il le montre au roi, ce qui était le moyen d'assurer leur propre avancement. Là encore, tout le monde connaît l'intérêt que le roi porte aux armes. Les Gristwood ont sans doute jugé plus sage d'entrer dans les bonnes grâces de la faction montante.

— Qui est donc ce quelqu'un ? demanda Barak, gagné par la fièvre. Marchamount ? C'est un protégé de Norfolk, le plus grand ennemi de Cromwell.

— C'est possible. Mais, comme employé aux Augmentations, Michael Gristwood avait accès à Rich, dont Cromwell dit qu'il complote aussi. Ce qui les remet sur notre liste, Bealknap et lui.

— Dans ce cas, il faut y rajouter lady Honor également. Elle n'est pas dans le camp de la Réforme.

— Soit. Pour les besoins de la discussion. Toujours est-il que les Gristwood sont allés voir cette personne, que nous appellerons pour l'instant l'ennemi de Cromwell. Ils ont pris avec eux le baril, la formule, et ont promis de fabriquer du feu grégeois. Toky et Wright leur ont été adjoints pour les aider, et probablement pour les surveiller aussi.

— Oui, c'est vraisemblable.

— Donc, pendant six mois, ils essaient de fabriquer du feu grégeois. Toutefois, la substance ne ressemble à aucune autre connue, et la formule préconise peut-être l'emploi d'un élément qui leur manque. Je me suis demandé il y a quelque temps pourquoi les Romains, qui avaient connaissance de quelque chose d'analogue au feu grégeois, n'en ont pas fait une arme. Les Byzantins avaient accès à des sources et des gisements de substances situés bien au-delà de Jérusalem, pas les Romains. Et nous non plus, nous n'avons pas accès à ces substances inconnues. »

Barak me regardait, les yeux écarquillés par l'excitation. « Qui étaient essentielles à la fabrication du feu grégeois ? »

Je hochai la tête. « J'imagine que Michael et Sepultus ont suivi toutes sortes de pistes, comme celle de la boisson polonaise, et ont fait toutes sortes d'expériences, se sentant de plus en plus aux abois.

— Parce qu'ils étaient incapables de fabriquer du feu grégeois bien que possédant la formule ?

— Tout juste. Et cela a dû être une déception affreuse pour eux comme pour leur maître de voir leur échapper cette occasion d'acquérir un tel pouvoir et une telle richesse. N'oubliez pas qu'avec l'aide de Leighton, le fondeur, ils avaient réussi à construire l'appareil utilisé pour projeter le feu grégeois, et qu'ils l'avaient expérimenté dans sa cour en l'alimentant avec la substance contenue dans le baril. Ils savaient que cela marchait. À la déception devait s'ajouter la colère à mesure que passait l'hiver et que Cromwell se trouvait en position de plus en plus précaire à cause du mariage avec Anne de Clèves.

— Ainsi, lors de leurs démonstrations, ils ont utilisé tout le contenu du baril ?

— Sans doute. Ou presque tout.

— Oui, parce que, dans ce réservoir, il devait y avoir presque un demi-baril, même s'il n'était que partiellement rempli.

— J'imagine qu'en mars l'ennemi de Cromwell a commencé à s'impatienter contre les Gristwood. Peut-être qu'avec un meilleur alchimiste, ils auraient pu élaborer d'autres combinaisons. Mais ce n'est pas sûr. Quoi qu'il en soit, ils n'osaient pas divulguer le secret hors d'un cercle très limité. Ils ont donc conçu un nouveau plan et décidé de tourner à leur avantage le fait qu'ils n'avaient qu'une quantité très limitée de feu grégeois. Oh, ils ont été fort habiles ! »

Barak leva une main, fronçant les sourcils. « C'est à ce moment-là qu'ils sont entrés en relation avec le comte en disant que non seulement ils possédaient du feu grégeois, mais qu'ils en avaient fabriqué. Et le comte en a parlé au roi.

— Tout juste. Ils se sont servis pour cela d'une série de truchements : Bealknap, Marchamount, lady Honor… qui ont rendu l'histoire plus plausible.

— Ainsi, aucun de ces trois-là n'est nécessairement impliqué ?

— Aucun, ou certains, ou les trois. »

Barak émit un sifflement. « Ils organisent donc une démonstration en utilisant ce qui reste dans le baril, et poussent le comte à faire au roi une promesse qu'il ne pourra tenir.

— Cela a dû se passer ainsi. On a peut-être dit aux Gristwood qu'ils seraient payés pour leur peine et pourraient quitter l'Angleterre avant que Cromwell se rende compte que la réserve de feu grégeois était épuisée. On s'était gardé de leur révéler qu'il était prévu qu'on les tue pour faire croire que la formule avait été volée et risquait d'être remise à une puissance étrangère. *Après* que Cromwell eut éveillé l'intérêt du roi et lui eut promis une démonstration.

— Jeudi prochain.

— Oui. L'infortuné fondeur a été tué parce qu'il en savait trop, je suppose. De plus, l'appareil se trouvait dans sa cour, et l'ennemi de Cromwell avait besoin qu'on le fasse disparaître. »

Barak hocha la tête. « Finalement, vous avez eu raison de reprendre les choses depuis le début. Si toutefois votre hypothèse est la bonne.

— C'est la seule reconstitution des événements qui tienne compte de l'ensemble de façon cohérente. »

Il resta un moment pensif, se rongeant le poing. Je le regardai avec inquiétude, craignant qu'il ne trouve dans ma théorie une faille que je n'avais pas vue. Mais il se borna à hocher la tête. « Et la pauvre Bathsheba a été assassinée parce qu'on craignait que Michael Gristwood ne lui ait fait des confidences sur l'oreiller. Ce qui fut le cas d'ailleurs.

— Je les soupçonne d'avoir mis le feu à la maison de dame Gristwood avec le peu de substance qui leur restait pour montrer à Cromwell qu'il y en avait encore, en guise d'avertissement. Tous les témoins de cet incendie ont remarqué que la maison s'est complètement embrasée en quelques instants. S'il y avait une enquête qui fasse apparaître cela, vous imaginez la réaction du roi ? »

Barak me regarda d'un air horrifié. « Mais si vous avez raison, il n'y a plus de démonstration possible. Le comte devra en informer le roi de toute façon.

— Certes, mais il pourra lui dire que toute l'affaire était un coup monté par ses ennemis, et que le roi lui aussi a été victime de leurs manigances. Cromwell peut encore retourner la situation à son avantage. Si nous parvenons à découvrir qui est derrière tout cela. S'il peut donner son nom au roi. »

Barak passa la main sur son crâne rasé.

« Marchamount. Mais Marchamount n'est peut-être qu'une victime.

— Oui, dis-je, c'est possible. » Mon enthousiasme commença à retomber.

Barak, lui, me regarda avec espoir. « Il se peut que l'ennemi du comte, si nous parvenons à le démasquer, ait encore en sa possession du feu grégeois. Assurément, il a dû en garder un peu. Si on le donnait au roi, il pourrait mettre au travail un groupe d'alchimistes afin d'en fabriquer. »

J'avais oublié cette possibilité. Bien sûr qu'il avait dû en conserver.

« Personne ne semble se soucier du fait que cette substance est source de mort et de destruction ! Vous, Barak, vous l'avez vue à l'œuvre et vous avez failli en périr ! Comment se fait-il que vous, qui avez été si bouleversé en descendant dans le puits l'autre soir, puissiez envisager sans battre un cil la mort de milliers d'hommes par le feu ? »

Il resta sourd à mon argument. « Il s'agira de soldats. Les soldats s'attendent à se battre et à mourir pour leur pays. Si le feu grégeois doit sauver mon maître, il l'aura », dit-il en me regardant bien en face.

Je me tus. Heureusement, Barak était beaucoup trop fébrile pour le remarquer. « Vous devriez mander cela au comte sur l'heure, dit-il avec insistance. Je confierai le message à Grey. Il faut que mon maître soit informé. »

J'hésitai. « Soit. Il est trop tard pour aller à Lincoln's Inn ce soir, mais nous verrons demain si nous trouvons Marchamount à son cabinet.

— Si c'est lui qui tire les ficelles et si nous pouvons en apporter la preuve, le comte n'aura plus rien à craindre. » Il eut un sourire plein d'espoir.

Je hochai la tête. Mais si nous trouvons encore du feu grégeois, pensai-je, Cromwell ne l'aura pas. Au besoin, j'empêcherai Barak de le lui donner.

41

M ALGRÉ TOUT, JE DORMIS PAISIBLEMENT CETTE NUIT-LÀ, et me réveillai vers six heures dispos, bien que mon dos fût douloureux lorsque je me levai. Je changeai le pansement de mon bras, content de voir que la brûlure était presque guérie puis, pour la première fois depuis des jours, je fis les exercices de Guy très scrupuleusement. Nous étions le huit juin. Plus que deux jours.

Après le petit-déjeuner, Barak et moi nous rendîmes à Lincoln's Inn, où la journée des juristes ne faisait que commencer. Un étudiant, qui avait dû faire la fête, était vautré sur le banc où j'avais rencontré lady Honor. Il se remit sur son séant et grimaça en ouvrant les yeux, sous le regard réprobateur des avocats qui allaient et venaient, des liasses de papiers sous le bras. Nous passâmes devant mon bureau sans nous arrêter et nous dirigeâmes vers le cabinet de Marchamount.

Les deux secrétaires qui se trouvaient dans son premier bureau étaient agités. L'un expliquait avec inquiétude à un autre sergent une affaire que Marchamount aurait dû défendre le matin même. L'autre fouillait désespérément dans une pile de documents. Poussant une exclamation contrariée, il se dirigea à grands pas vers les appartements privés de Marchamount, dont la porte était ouverte. Nous lui emboîtâmes le pas.

« Ceci est un cabinet privé. Si vous êtes venus au sujet des affaires du sergent Marchamount, souffrez que nous vous fassions attendre un peu. Nous devons trouver les papiers dont nous avons besoin ce matin.

— Nous sommes ici sur ordre du comte Cromwell, répliquai-je. Pour enquêter sur la disparition du sergent et faire une perquisition. » Barak sortit le sceau. L'homme le regarda, eut un instant d'hésitation, puis secoua la tête, visiblement ennuyé. « Le sergent sera fort mécontent, il a ici des affaires personnelles. » Ayant trouvé le document qu'il cherchait, le secrétaire sortit à la hâte. Barak ferma la porte derrière lui.

« Que cherchons-nous ? demanda-t-il.

— Je ne sais pas. Tout ce qui peut se présenter. Ensuite, nous fouillerons ses appartements.

— S'il est parti de son propre chef, il n'aura rien laissé de compromettant derrière lui.

— Si tant est qu'il soit parti. Regardez dans ces tiroirs, je m'occuperai du bureau. »

J'éprouvai un sentiment étrange en fouillant dans les affaires de Marchamount. Un tiroir fermé à clef nous donna quelque espoir, mais, lorsque Barak l'ouvrit, nous n'y découvrîmes qu'un arbre généalogique remontant à deux cents ans. Sous chaque nom était inscrite une occupation : poissonnier, fondeur de cloches, et le mot le plus infamant de tous : vilain.

Sous un nom datant du siècle précédent, Marcha-mount avait griffonné : *Cet homme avait des origines normandes !*

« Il en avait vraiment envie, de ce titre de noblesse, dit Barak en riant.

— Oui, il a toujours été vaniteux. Allons explorer ses appartements maintenant. »

Là non plus, nous ne trouvâmes rien, hormis des vêtements, d'autres papiers juridiques et de l'argent, auquel nous ne touchâmes pas. Nous interrogeâmes les secrétaires qui purent seulement nous dire que la veille, à leur arrivée, Marchamount était déjà parti sans laisser d'instructions alors qu'il y avait mille choses à faire. Nous renonçâmes et retraversâmes la cour en direction de mon cabinet.

« J'espérais découvrir quelque chose », dit Barak.

Je secouai la tête. « Il va de soi que des personnes impliquées dans un tel complot ne laisseraient chez elles aucun indice permettant de faire le lien avec le feu grégeois. Les Gristwood avaient laissé l'appareil à projeter le feu à Lothbury, par exemple.

— Ils ont tout de même conservé la formule chez eux.

— Et vous voyez ce qui leur est arrivé. Non, tout doit être caché quelque part à l'extérieur.

— Mais où, sinon dans une maison ? »

Je me figeai. « Et si c'était dans un entrepôt ?

— C'est possible. Mais il en existe des dizaines le long des berges de la Tamise.

— Parmi les affaires que j'ai perdues, l'une concernait la vente d'un entrepôt près de Salt Wharf. À l'époque, je m'étais dit que la transaction semblait conduite au nom de mandataires. Je m'étais demandé qui pouvait vouloir garder secrète la propriété d'un entrepôt.

— Mais n'est-ce pas Rich qui vous a enlevé ces affaires ? »

Je restai un instant immobile, puis me précipitai dans mon cabinet. Skelly, qui taillait une plume, leva vers moi ses yeux myopes.

« John, messire Godfrey est-il là ?

— Non, monsieur, dit-il en secouant tristement la tête. Il comparaît à nouveau devant le comité.

— Puis-je vous demander un service ? Vous savez que récemment on m'a retiré un certain nombre d'affaires. Pourriez-vous m'en dresser la liste de suite ? Avec les noms, l'objet, et les parties en présence.

— Oui, monsieur.

— Autre chose encore, dis-je en regardant ses yeux rouges. Je me demande si vous avez une aussi bonne vue qu'on pourrait l'espérer pour votre travail. » Devant son air terrifié, je me sentis aussitôt saisi de remords.

« Peut-être pas, monsieur », murmura-t-il en se dandinant d'un pied sur l'autre.

Je m'efforçai de parler d'un ton aimable. « J'ai un ami apothicaire qui fait des expériences sur des lunettes. Il cherche des volontaires pour les essayer. Si vous acceptiez d'aller le consulter, il pourrait vous aider à mieux y voir, et comme ce serait pour aider ses recherches il ne vous ferait rien payer. »

Je vis l'espoir se peindre sur son visage.

« J'irai bien volontiers, messire.

— Tant mieux. Je vais lui en parler. Maintenant, allez me préparer cette liste. »

622

Il partit au trot.

« Pensez-vous que ce soit dans cet entrepôt que sont cachés le feu grégeois et l'appareil ? demanda Barak.

— Ce n'est qu'une hypothèse, mais pourquoi pas ? Il faut suivre la piste. » Je regardai la mine sceptique de Barak. « À moins que vous n'ayez une meilleure idée. »

Il hocha la tête. « À votre aise.

— Je n'avais encore jamais entendu parler d'un entrepôt acheté par un prête-nom. C'est tellement inhabituel que cela m'est resté en mémoire. Et cela pourrait expliquer bien des choses.

— Cela vaut toujours la peine d'essayer », dit Barak.

Il était allé se poster devant la fenêtre ouverte et regardait au-dehors. « Qu'est-ce qui se passe là-bas ? » demanda-t-il.

Je le rejoignis. Un groupe de personnes, domestiques, avocats et greffiers, s'était rassemblé autour d'un étudiant, un jeune gaillard trapu aux cheveux blonds, qui gesticulait avec une extrême nervosité au milieu de la foule, les yeux écarquillés. On eût dit que quelque chose lui avait tourné le sang. Je l'entendis dire : « C'est un assassinat. »

Barak et moi échangeâmes un regard avant de sortir à la hâte et de nous frayer un chemin à travers la foule. Une fois près du jeune homme, je lui saisis le bras. « Que se passe-t-il, demandai-je. Qui a été assassiné ?

— Je ne sais pas, messire. Je montais chasser le lapin à Coney Garth et, en traversant le verger, j'ai vu… un pied. Un pied chaussé, coupé net. Et du sang partout.

— Accompagnez-nous là-bas », ordonnai-je. Après un instant d'hésitation, il se décida à nous conduire vers la grille qui menait au verger, sur le côté nord de Gatehouse Court. Quelques badauds nous suivirent, curieux comme des belettes.

« Restez là, déclarai-je. C'est une enquête officielle. » Ils grommelèrent, mais restèrent à la porte du verger empli de pommiers et de poiriers. L'étudiant passa devant nous sous les arbres.

« Comment vous appelez-vous, l'ami ? demandai-je.

— Francis Gregory, messire. Je suis sorti de bonne heure ce matin car je voulais attraper des lapins pour le dîner, mais, quand j'ai vu le… la chose, j'ai pris mes jambes à mon cou et je suis revenu. »

Je scrutai son visage. Il avait l'air assez benêt et fort effrayé.

« Calmez-vous, Francis. Vous n'avez rien à craindre. Il se trouve qu'un homme a disparu, et que nous avons reçu l'ordre de le retrouver. »

Au milieu du verger, dans l'herbe, nous découvrîmes un désordre macabre. Un vaste espace était couvert d'un sang noirâtre et gluant d'aspect. Une branche d'arbre avait été coupée, dans le tronc duquel s'ouvrait une grande entaille. La marque d'une hache, l'arme favorite de Wright. Et près du tronc gisait une chaussure, d'où sortaient quelques centimètres de chair blanche.

Je m'aventurai sur le sol imbibé de sang pour examiner le pied coupé. À la vue de la chair exposée et de l'os blanc de la cheville, mon estomac chavira. Cette extrémité avait été tranchée comme un vulgaire pied de cochon. Des mouches bourdonnaient autour.

« C'est une chaussure de gentilhomme, fit remarquer Barak.

— Oui. » Apercevant autre chose dans l'herbe, j'écartai les tiges à l'aide de ma dague. Alors, j'eus un sursaut de dégoût et me redressai. Trois doigts d'une main d'homme gisaient là, tranchés comme le pied. De petits poils noirs ressortaient sur la peau cireuse, et sur l'un des doigts brillait une grosse bague ornée d'une émeraude.

« Qu'est-ce que vous avez vu ? » cria Barak, qui s'approcha. J'avais rassemblé mon courage et m'apprêtais à ramasser le doigt, mais mon compagnon le fit sans battre un cil. « La bague de Marchamount », dis-je à voix basse pour que l'étudiant n'entende pas. Au reste, il ne s'était pas aventuré sur l'herbe trempée de sang.

« Peste ! souffla Barak.

— Il devait avoir rendez-vous ici, et on l'a attaqué à la hache.

— Toky et Wright.

— Oui. Quand il s'est débattu pour s'enfuir, ils lui ont sans doute coupé le pied pour le faire tomber. Puis il a essayé de se défendre avec les mains. Pauvre Marchamount.

— Mais pourquoi avoir pris le corps en laissant ces restes ?

— Ils n'ont peut-être pas songé à la bague. S'il faisait nuit, sans doute n'ont-ils pas remarqué ce qu'il portait à son doigt.

— Je croyais que chez vous les gardiens faisaient des rondes pour assurer la sécurité des hommes de loi et de leur or.

« — Seulement dans les bâtiments des collèges, pas dans les jardins ni les vergers. On peut entrer ici en escaladant le mur de Lincoln's Inn Fields. »

Le dos tourné à l'étudiant, Barak sépara la bague du doigt coupé, la glissa dans sa poche, et laissa le doigt retomber dans l'herbe. Nous rejoignîmes le jeune homme.

« Il n'y a pas moyen de savoir qui c'est, dis-je. Il faudra signaler cela aux autorités. Vous pouvez partir à présent. »

Il ne se le fit pas dire deux fois. Barak et moi rentrâmes, plus lentement.

« Ainsi Marchamount avait bel et bien partie liée avec Toky et Wright dans cette affaire ! dit Barak.

— Il semble que oui. Peut-être craignait-il que je ne le fasse mander par Cromwell et en a-t-il parlé à son maître. Qui a décidé de le faire taire. » Je me figeai sur place. « Morbleu ! il aurait dû se douter du risque qu'il courait, avec tous ceux qui ont déjà été réduits au silence : les frères Gristwood, le fondeur, Bathsheba et son frère, le garde. Et maintenant, lui.

— C'était peut-être lui, l'âme du complot, dit Barak.

— Comment ?

— Qui sait s'il n'a pas mené toute l'affaire avec Toky et Wright. Seulement, quand il leur a dit que la situation devenait critique, ils ont décidé de le tuer et de filer avec le feu grégeois.

— Vous avez peut-être raison. Dans ce cas, c'est sur ses deux complices qu'il nous faut mettre la main.

— Toky n'est pas né de la dernière pluie. Une éducation chez les moines et plusieurs années dans l'armée. Il serait capable de vendre le feu grégeois au plus offrant. À une puissance étrangère, même.

— Mais où sont-ils, ces deux-là ? Où ont-ils emmené le corps de Marchamount ? Où sont la formule et l'appareil ? Allons, venez, retournons voir si Skelly a fini sa liste. »

Lorsque nous arrivâmes dans la cour, le jeune Gregory, au centre d'un attroupement, était en train de relater à son auditoire ce que nous avions trouvé.

« On ne tardera pas à faire le lien avec la disparition de Marchamount. Ils ne pourront pas prouver qu'il s'agit de lui. Pas sans sa bague. » J'aperçus Bealknap en retrait de la foule, les yeux écarquillés, et je me demandai s'il avait deviné le nom de la victime.

De retour dans mon cabinet, nous trouvâmes Skelly qui nous attendait, une feuille à la main.

« C'est fait, messire.

— Je vous remercie. » Je la posai sur la table et Barak et moi déchiffrâmes son écriture irrégulière. Deux litiges concernant la propriété d'un terrain, un litige sur un testament, et la vente de l'entrepôt du Pélican, près de Salt Wharf.

— C'est quoi, un pélican ? demanda Barak.

— Un oiseau des Indes, qui a sous le bec une grosse poche où il garde le poisson en réserve. À moins que ce ne soient des secrets. » Je regardai par la fenêtre et ajoutai : « Demandez à Bealknap de venir ici, voulez-vous ? Dites-lui discrètement que nous pensons que la victime est Marchamount. » Une idée me traversa l'esprit. « John, dis-je à Skelly, voulez-vous ajouter deux de mes affaires au bas de cette liste. N'importe lesquelles. Choisissez-les au hasard, puis apportez-moi la feuille. »

Skelly, qui était resté bouche bée, hocha la tête et alla dans mon bureau. Une minute, plus tard, Barak revint, accompagné de Bealknap. Les yeux du coquin trahissaient son inquiétude.

« C'est vrai ? Le sergent Marchamount a été assassiné ? Je l'ai redouté en apprenant la nouvelle…

— C'est vrai, Bealknap, mais vous garderez cela pour vous, je vous l'ordonne au nom de Cromwell. Je gage que tous ceux qui ont un lien quelconque avec le feu grégeois sont en grand péril. »

Il agita les mains avec une rage impuissante. « Je vous l'ai répété cent fois, Shardlake, je n'ai rien à voir avec cette affaire. C'est à propos du procès pour le prieuré que sir Richard Rich est intervenu, pour que vos clients se retirent. Cela n'a aucun rapport avec le feu grégeois ! Et moi, je n'ai rien à voir non plus avec ce feu diabolique. Je n'ai été qu'un truchement. » Il était à ce point sous l'emprise de la peur et de l'inquiétude qu'il sautillait sur place. Enfin, j'avais réussi à l'alarmer.

« Vous n'avez soufflé mot à Rich du feu grégeois, j'espère ?

— Pour subir les foudres du comte ? Je ne suis pas fou ! »

Je lui tendis la liste que venait de me rapporter Skelly. « Voici les affaires qui m'ont été retirées récemment. Pouvez-vous me confirmer que ce sont bien celles que Rich m'a fait perdre ? »

Il parcourut la liste, puis secoua la tête. « Je ne sais pas. Sir Richard m'a seulement dit qu'il vous ferait du tort dans vos affaires, en manière d'avertissement. Il ne m'a pas précisé lesquelles il allait vous retirer ! » Il s'interrompit et passa une main dans ses cheveux blonds crêpelés. « Écoutez, si je suis en danger, j'ai besoin de protection, dit-il d'un ton pressant. Je ne veux pas me faire assassiner comme Marchamount !

— Et pourquoi pas ? demanda Barak. Qui vous regretterait ?

— Bealknap, j'ai besoin de voir sir Richard Rich avec cette liste pour savoir quels clients il m'a fait perdre. Cela a un rapport avec l'autre affaire. Savez-vous où il se trouve ?

— Il devrait être à St Paul à midi, pour entendre prêcher l'archevêque Cranmer. C'est lui qui fait les sermons à cette heure-là cette semaine, maintenant que monseigneur Sampson est emprisonné à la Tour. La moitié du Conseil privé sera là.

— J'avais oublié. Barak, allons-y. Je dois lui montrer cette liste. » Je me tournai vers Bealknap. « Merci. Et pour ce qui est de votre sécurité, peut-être seriez-vous bien avisé de vous enfermer dans votre cabinet pendant quelques jours avec votre coffre plein d'or.

— Mais… mais j'ai des affaires à traiter. »

Je haussai les épaules. Bealknap serra les dents puis sortit, claquant la porte derrière lui. Par la fenêtre, nous le vîmes trotter jusque chez lui en jetant à la ronde des regards inquiets. « Je doute que qui que ce soit s'en prenne à lui, dis-je. Il ne sait rien. Pas plus que lady Honor.

— Vous êtes sûr qu'il a dit la vérité ? Qu'il ne sait vraiment rien à propos du feu grégeois ?

— Certain. Il craint tant pour sa peau qu'il aurait réclamé notre protection s'il avait cru risquer le même sort que Marchamount. Allons, venez, Barak. Il faut trouver Rich et s'assurer qu'il a mis cet entrepôt sur la liste.

— Et dans le cas contraire ?

— Nous irons fouiller l'endroit. »

Barak eut un sourire. « Et nous prendrons Toky et Wright par surprise, avec pour une fois l'avantage de notre côté. »

42

COMME NOUS DESCENDIONS FLEET STREET pour entrer dans la Cité, je remarquai qu'un banc de nuages se déployait, emplissant tout l'horizon à l'ouest.

« Le ciel va encore se gausser de nous en nous accordant vingt minutes de pluie comme la dernière fois », dit Barak.

Le soir du banquet, je m'en souvenais.

En rentrant à la maison, j'avais trouvé un bref message de lady Honor : *Merci du soin que vous prenez de ma sécurité. Je suis toujours vigilante.* Je l'avais mis dans mon gousset avec un sourire. Je soupirai, me demandant si mon hypothèse concernant l'entrepôt se vérifierait. Elle nous avait certainement donné un regain d'énergie, à Barak et à moi. Mais c'était faute de mieux.

Nous remontâmes Warwick Street en longeant la cathédrale normande, qui dressait sa masse imposante. Au-dessus de nous circulaient de petits points sur l'immense toit plat de l'édifice, sous la flèche de bois géante. Les Londoniens se plaisaient à aller s'y promener pour jouir du panorama sur la ville et, par temps chaud, il y avait foule. Comme le fleuve, ce toit était un endroit où l'on pouvait trouver un peu d'air et échapper aux odeurs de la Cité.

« Pourvu que notre entretien avec Rich soit fructueux, dit Barak. Il ne reste que deux jours et les ennemis de mon maître sont partout, prêts à fondre sur lui.

— L'affaire de l'entrepôt m'a été retirée à la fin du mois de mai. Les formalités de la cession sont presque terminées.

— Qui aurait pu savoir à l'époque que vous étiez chargé de l'affaire ?

— Toky et Wright ont pu nous espionner depuis le premier jour, depuis notre visite chez les Gristwood. Et ils ont pu dire à leur maître que l'on m'avait mandé là-bas. Cependant…

— Quoi donc ?

— Ils ont toujours eu une longueur d'avance sur nous. Comme si quelqu'un de proche les informait de nos moindres mouvements. Mais qui ? » Il ricana. « Joan Woode ?

— Assurément, oui !

— Qui d'autre avons-nous côtoyé régulièrement depuis le début ? dit-il, sourcils froncés. Il n'y a que Joseph.

— C'est un espion à peu près aussi plausible que Joan. De surcroît, il est partisan de Cromwell.

— Mais le comte n'a parlé de cette affaire à personne d'autre qu'à Grey. Qui est à son service depuis plus longtemps que Joan au vôtre. Et c'est un réformateur convaincu.

— Alors je suis peut-être le jouet de mon imagination. »

Je m'épongeai le front. L'air était vraiment moite. Je me tournai vers Barak. « Je dois aller rendre visite aux Wentworth aujourd'hui et les informer de ce que nous avons découvert. Vous viendrez avec moi ? Je pressens du danger.

— Oui, je viendrai, si je ne suis pas pressé par le temps. »

Le soulagement m'envahit. « Je vous en sais gré, Barak. » Il hocha la tête, l'air grognon, mal à l'aise comme toujours quand on le remerciait. « Si nous trouvons Rich, dit-il, ne semblez pas accorder trop d'attention à l'entrepôt. Il se peut qu'il l'ait ajouté à la liste pour que vous ne vous en approchiez pas de trop près.

— Je sais. C'est pourquoi j'ai demandé à Skelly de rajouter deux affaires qu'on ne m'a pas enlevées. J'entends demander à Rich lesquelles il m'a retirées, et observer sa réaction.

— Il pourrait mentir…

— Certes. Il est maître dans l'art de la dissimulation, et en remontrerait à un avocat. Et il est assez impitoyable quand il s'agit d'écraser comme une mouche quiconque se met en travers de son chemin. » Je me mordis la lèvre. Il me faudrait de l'audace pour affronter Richard Rich, membre du Conseil privé et, à ce jour, soupçonné d'assassinats.

« Mais s'il vous donne la preuve que ce n'est pas lui qui vous a retiré l'affaire de l'entrepôt ?

— Alors il faudra chercher ailleurs. Quoi qu'il en soit, nous irons aujourd'hui. » Et, dans le cas où nous trouverions du feu grégeois, que faire si Barak voulait l'apporter à Cromwell ? Nous étions arrivés juste sous la cathédrale, dont l'énorme silhouette cachait le ciel. « Venez, dis-je. Nous laisserons nos chevaux dans cette auberge. »

Après les avoir conduits à l'écurie, nous passâmes sous le porche qui donnait accès au cimetière. Je m'attendais à voir une grande foule autour de St Paul's Cross, où prêchaient les prédicateurs depuis toujours. Or la cour pavée était déserte, à l'exception de rares personnes qui attendaient en bas des escaliers menant au toit. Deux fleuristes qui se tenaient à côté de la porte faisaient de bonnes affaires en vendant des bouquets ronds. À eux au moins, la chaleur avait rapporté.

« Sommes-nous en avance ? demandai-je à Barak.

— Non, il est presque midi. »

J'arrêtai un passant. « Pardonnez-moi, messire, l'archevêque ne prêche-t-il pas ce midi ? »

L'homme secoua la tête. « Il prêche à l'intérieur. À cause des pendaisons de ce matin. » D'un mouvement de menton, il désigna le mur derrière moi. En me retournant, je vis qu'une potence de fortune avait été dressée. Il arrivait que des condamnés coupables de crimes particulièrement odieux fussent pendus dans le cimetière. « Un infâme sodomite, déclara l'homme. Le regard de l'archevêque ne doit pas être souillé par sa présence. » Il alla rejoindre la file de ceux qui attendaient au bas de l'escalier. Je jetai un coup d'œil au corps pendu et détournai rapidement le regard. C'était un jeune homme vêtu d'un méchant pourpoint. Personne n'était venu le tirer par les jambes. Comme Marchamount, il avait dû mourir lentement, en proie à la terreur. L'espace d'un instant, je me sentis cerné par la mort. Rassemblant mon courage, je suivis Barak, qui était déjà à la porte de la cathédrale.

St Paul's Walk, à l'immense nef centrale surmontée de voûtes de pierre, était la plus grande merveille de Londres et, un jour ordinaire, les visiteurs de la campagne y auraient circulé, bouche bée, les yeux levés, tandis que coupeurs de bourses et catins les guettaient derrière les piliers. Mais, aujourd'hui, elle était presque vide. Plus haut dans la cathédrale, une grande foule entourait la chaire. Sous le tableau très coloré du Jugement dernier, où la Mort conduisait les ordres de l'État au paradis ou en enfer, que Cromwell n'avait pas encore fait enlever, prêchait un homme en aube blanche et étole noire. Barak prit une chaise et grimpa dessus pour regarder par-dessus les têtes assemblées, s'attirant le regard réprobateur de ses voisins.

« Vous voyez Rich ? demandai-je.

— Non, il y a trop de monde. Sans doute est-il dans les premiers rangs. Venez. » Il entreprit de se frayer un chemin à travers la foule, sourd aux murmures de protestations, et je me glissai dans son sillage. Plusieurs centaines de personnes étaient venues écouter le célèbre archevêque qui, aux côtés de Cromwell, avait présidé à tous les changements religieux depuis la rupture d'avec Rome.

Nous atteignîmes les premiers rangs, où des marchands en robe d'office et des courtisans se tenaient, la tête levée vers l'orateur. Barak lui-même n'osa pas bousculer ces gens-là. Il se haussa sur la pointe des pieds pour chercher Rich. J'examinai Cranmer, que je voyais pour la première fois. Contre toute attente, il avait un aspect fort peu impressionnant : petit et trapu, avec un long visage ovale et de grands yeux bruns qui paraissaient plus tristes qu'autoritaires. Devant lui, sur le lutrin, était ouvert un exemplaire de la Bible anglaise, dont il caressait les bords avec révérence.

« La parole de Dieu ! tonna-t-il. Chacun n'a besoin pour la comprendre que de savoir lire et écrire. Que dis-je, il suffit même de savoir l'écouter. Ainsi, chacun peut y accéder directement, sans le truchement d'un prêtre ni de momeries en latin. Comme il est dit dans le Livre des Proverbes, chapitre 30 : *Chaque parole de Dieu est éprouvée, Il est un bouclier pour qui s'abrite en Lui.* »

C'était un sermon d'inspiration fortement réformatrice. Si monseigneur Sampson, notoirement conservateur, avait prêché cette semaine comme prévu, il aurait mis l'accent sur l'obéissance et la tradition. Sampson, comme Cranmer, aurait utilisé un florilège de citations récoltées dans l'immense diversité des textes bibliques afin d'étayer ses positions. J'avais entendu dire que certains imprimeurs faisaient des index de citations à utiliser dans la discussion. Je songeai à l'étude patiente d'Elizabeth, qui s'était changée en rage fanatique contre Dieu, et me détournai. Où s'en est ma propre foi, me demandai-je. Où s'en est-elle allée ? Comment s'est-elle enfuie ?

« Le voilà », me chuchota Barak à l'oreille. Il se fraya de nouveau un chemin en s'excusant poliment. Tiens, pensai-je en le suivant, il peut être civil quand il veut. Au tout premier rang, entourés d'un petit groupe de leurs gens, se tenaient deux personnages luxueusement vêtus, Richard Rich et le grand chancelier Audley. Le beau visage de Rich avait une expression benoîte. Impossible de dire s'il approuvait ou non le sermon. Je vis Audley se pencher et, avec un sourire narquois, lui glisser une remarque à l'oreille ; mais Rich se borna à hocher la tête sans changer d'expression.

Barak sortit de sa poche le sceau du comte et me le tendit. « Voilà qui vous permettra de franchir le barrage de serviteurs. » J'opinai. Le cœur battant, j'attendis quelques instants pour reprendre mes esprits avant d'aborder les deux membres du Conseil privé. À mon approche, un des hommes de leur suite se tourna, sur le qui-vive, la main au pommeau de l'épée. Je lui montrai le sceau.

« Je dois parler sur-le-champ à sir Richard. Ordre de lord Cromwell ! »

Rich m'avait vu. Une ombre de contrariété passa sur son visage, vite remplacée par un sourire ironique. Il fit quelques pas vers moi.

« Mais c'est encore notre cher confrère Shardlake ! Morbleu, vous me suivez partout ! Moi qui croyais tout malentendu dissipé depuis mon entrevue avec le comte.

— Il s'agit d'autre chose aujourd'hui, sir Richard. D'une autre affaire du comte dont je dois m'entretenir avec vous.

— Eh bien ? lança-t-il en me regardant avec curiosité.

— Pourrions-nous aller dans un endroit un peu plus tranquille ? »

Il rassembla autour de lui les plis de sa robe, fit signe à ses gens de rester où ils étaient et, d'un mouvement du bras, m'invita à le précéder. Je le conduisis de l'autre côté de la cathédrale, où l'on n'entendait plus le sermon. Barak suivait, à quelques pas derrière nous.

Je sortis la liste de ma poche. « Sir Richard, j'ai besoin de savoir lesquelles de ces affaires vous avez convaincu mes clients de me retirer ? »

Il me fixa de ses yeux gris et froids, aussi insensibles que la mer. « Quel est le rapport avec le comte ?

— Je puis seulement vous dire qu'il s'intéresse à l'une d'entre elles.

— Laquelle ?

— Je ne suis pas autorisé à le révéler. »

Sa bouche dure se crispa. « Un jour, Shardlake... », murmura-t-il. Il me prit la liste des mains et la parcourut. « Première, deuxième et quatrième, dit-il. Ni la troisième, ni la cinquième, ni la sixième. »

La troisième était celle de l'entrepôt. Je scrutai son visage, mais n'y pus rien discerner. Assurément, il eût marqué une pause ou battu un cil s'il avait reconnu Salt Wharf.

Il me rendit la liste d'un geste brusque. « Est-ce là tout ?

— C'est tout. Je vous suis fort obligé, sir Richard.

— Morbleu, cessez donc de me dévisager ainsi ! fit-il avec un rire narquois. Et maintenant, avec votre permission, je retourne écouter le sermon de l'archevêque. » Il pivota sur les talons sans me saluer et plongea à nouveau dans la foule. Barak surgit alors à mon côté.

« Qu'a-t-il dit ?

— Que l'entrepôt n'était pas une des affaires qu'il m'avait prises.

— Le croyez-vous ?

— Il n'a pas hésité une seconde en lisant la liste. Mais c'est un vieux renard... Je ne sais pas, je ne sais pas », dis-je, saisi par le doute.

Barak ne disait rien. Il regardait le bas de la nef. Quand il se retourna, sans hâte, il me souffla : « Wright est ici. Il s'est caché derrière ce pilier. Je ne pense pas qu'il se soit rendu compte que je l'avais vu. Il nous observe. »

Instinctivement, je reculai vers le mur. « Que fait-il ici ?

— Je n'en sais rien. Peut-être est-il encore à nos trousses.

— Ou peut-être est-il là avec Rich. Voyez-vous Toky ?

— Non. » Le visage de Barak se durcit. « C'est le moment ou jamais de l'attraper. Vous avez votre dague ?

— En ce moment, je ne la quitte pas, dis-je en portant la main à ma ceinture.

— Alors vous m'aiderez ? »

Je hochai la tête, bien que mon cœur battît à l'idée d'affronter à nouveau cet être monstrueux, qui avait abattu Marchamount quelques heures plus tôt seulement. Je m'efforçai de ne pas regarder les piliers. « Est-il armé ?

— Il a une épée à la ceinture. Mais même lui n'aurait pas osé venir à St Paul avec une hache. » Barak parlait vite et bas, avec un sourire désinvolte. « Redescendons la nef comme si de rien n'était. Quand nous arriverons à la hauteur du pilier, je me précipiterai d'un côté et vous de l'autre, de façon à lui couper la retraite. » Il me fixa du regard : « Vous en sentez-vous capable ? »

Je hochai la tête à nouveau. Barak redescendit vers la porte, l'allure nonchalante. Dans le fond de la

639

cathédrale, du côté opposé, on entendait encore les inflexions de Cranmer et sa voix lointaine.

Quand nous atteignîmes le pilier, Barak dégaina, vif comme un chat, et le contourna prestement. J'entendis le bruit sec du métal entrechoqué. Wright avait dû dégainer lui aussi. Il attendait là pour nous assassiner.

Je contournai le pilier et vis Barak aux prises avec notre homme, épée contre épée. Ils tournoyaient. Pour un homme de sa corpulence, Wright se mouvait avec souplesse et vivacité. Tout autour de nous, les gens s'immobilisaient et s'aplatissaient contre le mur. Une femme hurla.

Je tirai ma dague. Wright ne m'avait pas encore vu. Si je pouvais le frapper au bras ou à la jambe et le mettre hors de combat, nous pourrions le capturer. Jamais encore je n'avais attaqué un homme de sang-froid, mais j'avais l'esprit clair, tous les nerfs en alerte et ma peur s'était dissipée. Je fis un pas en avant. Wright m'entendit et se retourna, tout en parant un coup de Barak. Il avait la même expression qu'au prieuré : inhumaine, bestiale. À ceci près que, maintenant, il ne songeait qu'à fuir et non plus à tuer.

Après un bond de côté, il détala dans la nef. Son épée renvoya en passant l'éclat des vitraux. « Peste ! s'écria Barak. Venez ! » Il fila aux trousses de Wright et je le suivis, courant aussi vite que je le pouvais dans St Paul's Walk. Wright s'était arrêté, car une famille au grand complet se dirigeait vers la porte d'accès au toit, lui barrant la route. Même s'il essayait de se frayer un chemin à coups d'épée, Barak aurait le temps de le rattraper et de l'abattre.

Wright contourna la famille et courut vers la porte. Un couple âgé venait d'atteindre le bas de l'escalier.

La femme poussa un hurlement quand Wright la bous-cula pour passer et se mit à grimper les degrés quatre à quatre, talonné par Barak. Je les suivis, ma robe tour-billonnant autour de moi. Lorsque j'arrivai en haut des marches, j'étais hors d'haleine, j'avais la gorge en feu comme après l'incendie. Je crus une seconde sentir l'odeur de la fumée. Devant moi s'ouvrait la porte donnant sur le toit, qui découpait un rectangle de ciel.

Je montai à la course les dernières marches. Le vent, plus fort et plus frais qu'en bas, cingla mon visage brûlant. Devant moi se trouvaient le vaste toit plat et l'immense flèche qui dressait dans le ciel ses cinq cents pieds. Au-delà du parapet, je vis tout Londres étalé à mes pieds, le fleuve sinueux comme un long serpent et des nuages gris sombre au-dessus de nos têtes. Des promeneurs apeurés se tapirent contre le petit parapet, l'œil fixé sur Barak. L'épée dressée, il avait acculé Wright le dos à la flèche et tournait autour de lui. Wright avait pour lui sa taille et sa vivacité, mais Barak était plus jeune et plus leste. Je me préci-pitai à ses côtés, me plaçant entre la porte et Wright et tenant ma dague hors de portée de l'épée de ce dernier. Derrière moi, les gens se mirent à courir vers la porte.

Un sourire moqueur apparut sur le visage de Barak. De la main, il fit signe à Wright de venir plus près.

« Allons grosse brute, c'est fini, maintenant. Tu n'aurais pas dû laisser ton ami Toky à la niche. Lâche ton épée et viens ici gentiment. On ne veut pas te tuer, juste te poser quelques questions auxquelles lord Cromwell souhaite avoir une réponse. Si tu lui réponds bien, il fera de toi un homme riche.

— Un homme mort, oui », répondit Wright d'une voix grave et sourde. Ses yeux se déplaçaient, indiquant l'agitation de son esprit. Il se demandait visiblement si, en me bousculant, il pourrait atteindre la porte. Mon estomac se serra à cette idée, mais j'étais résolu coûte que coûte à ne pas le laisser s'enfuir. Je me campai fermement sur mes jambes. Wright lut ma détermination sur mon visage, et ses yeux allèrent de Barak à moi comme ceux d'un animal aux abois. Il se savait pris au piège.

« Allons, reprit Barak, si tu dis tout à lord Cromwell, on t'épargnera le chevalet, qu'en penses-tu ? »

Alors, d'un bond, Wright s'écarta de la flèche. Pas dans ma direction ni dans celle de Barak, mais vers le centre du toit. Ce mouvement nous surprit. Barak se précipita à sa suite. J'en fis autant, l'aidant à rabattre le colosse vers le parapet, pour lui couper la retraite à nouveau. Par-dessus son épaule, Wright regarda la distance vertigineuse qui le séparait du sol. Il passa la langue sur ses lèvres, déglutit et reprit la parole d'une voix que la peur rendait plus aiguë.

« J'ai toujours dit que jamais je ne me balancerais au bout d'une corde ! Et en voyant l'homme dans le cimetière tout à l'heure, je me le suis juré une nouvelle fois.

— Hein ? » Barak s'immobilisa, l'épée brandie. Je devinai l'intention de Wright avant Barak, et essayai de lui saisir le bras, en vain car il avait déjà bondi de l'autre côté du parapet. Je crois qu'il aurait sauté de toute façon, mais, en se retournant pour me regarder, il perdit l'équilibre et tomba. Il disparut dans le grand vide sans même pousser un cri. Quand nous arrivâmes au parapet, Wright avait déjà touché le sol. Il s'était écrasé trente mètres en dessous, et on voyait la tache blanche de son visage se détacher sur son corps, d'où le sang s'échappait, s'étalant lentement dans la cour.

43

B ARAK ME TIRA PAR LA MANCHE POUR ME FAIRE
QUITTER LE TOIT et me poussa dans l'escalier.
À l'entrée de la cathédrale, des gens qui étaient déjà
descendus parlaient avec agitation aux marguilliers.
Tandis que nous approchions de la porte, nous entendîmes une femme crier que quelqu'un était tombé du
toit. Les marguilliers levèrent les mains et leur deman-
dèrent de parler plus bas, redoutant avant tout de trou-
bler le sermon de l'archevêque. Nous sortîmes sans
nous faire remarquer.

Barak me conduisit au trot dans un dédale de ruelles
du côté de Forster Lane. Enfin, il interrompit sa course
près de la halle des orfèvres et s'adossa au mur du
magasin d'un fabricant de chandelles, à la porte duquel
un apprenti au visage lunaire criait sans relâche :
« Chandelles de suif, un farthing[1] la douzaine ! » Je
m'effondrai contre le mur, hors d'haleine.

---

1. Équivalent du liard français, à la même époque.

« Ôtez donc votre robe, dit Barak. On aura donné le signalement d'un avocat. »

Je m'exécutai, la roulai en boule et la mis sous mon bras. Barak tira sur son pourpoint et regarda autour de nous. L'apprenti nous ignorait, continuant à faire la réclame des marchandises de son maître, et rejetant de temps à autre en arrière une mèche de cheveux collés par la sueur.

« Venez, m'ordonna Barak. Ils ne vont pas tarder à donner l'alarme. L'évêque Bonner sera furieux. Pensez donc, un combat à l'épée dans la cathédrale, pendant que l'archevêque en personne était en train de prêcher.

— Il y aura une chasse à l'homme. Et je serai identifié sans mal : un avocat bossu, cela ne s'oublie pas facilement. On cherchera aussi un jeune homme chauve. Tenez. » Je lui donnai ma toque ; son bonnet était tombé pendant la bagarre dans la cathédrale.

« Merci. J'ai le sceau du comte, mais le temps nous manque pour discuter avec des constables bornés. »

Je m'essuyai le front. Au-dessus des toits, j'apercevais les étages supérieurs de l'hôtel de ville. Se pouvait-il que, seulement quinze jours auparavant, j'eusse encore été un avocat respecté ? Avant que Joseph ne surgisse et ne m'engage dans cette aventure effroyable et échevelée…

« Et maintenant, que faisons-nous ? demandai-je d'une voix lasse. Nous mettons le cap sur l'entrepôt ?

— Oui, nous devrions y aller incontinent. » Barak m'observa. « Tudieu, vous êtes en nage !

— Je ne suis pas habitué à me battre pour sauver ma peau, Barak. Et il fait si lourd. » Je regardai le ciel. Il était entièrement couvert et les nuages s'épaississaient, de plus en plus sombres, comme une armée se préparant à donner l'assaut.

« Nous passerons par les allées. Venez. »

Je le suivis dans des venelles où nous étions au coude à coude avec hommes et bêtes, et où nos pieds s'enfonçaient dans des caniveaux puants. Pour gagner le fleuve, il fallait traverser Cheapside et, pendant que nous prenions au sud, quelqu'un m'appela par mon nom. Je me retournai, redoutant de me trouver nez à nez avec un constable, mais ce n'était que Jephson, un conseiller de la Cité que je connaissais, qui se dirigeait vers nous à grands pas, son assistant sur les talons. Je me hâtai de le saluer.

« Messire Shardlake, je vous souhaite le bonjour. Il faut que je vous parle. » Son visage rond et rasé de frais était grave. Je pestai intérieurement. S'il avait entendu les nouvelles de St Paul, il risquait d'appeler le constable ou même de donner l'ordre à des passants de nous arrêter. La perspective d'une bagarre dans la rue ne me disait rien qui vaille. La main de Barak glissait déjà vers son épée.

« Il faut que je vous dise, messire, que le Conseil tient à vous remercier…

— Pardon ?

— Pour avoir attiré notre attention sur les vieilles pierres de Ludgate. Les caractères hébreux montrent qu'elles provenaient d'une très ancienne synagogue. Ma foi, nous avons là un exemplaire unique à Londres d'écriture hébraïque. »

Le soulagement m'envahit et j'avalai ma salive. « Je suis heureux d'avoir pu vous servir, messire. Mais, si vous voulez bien m'excuser, des affaires urgentes m'attendent.

— Nous ferons en sorte que ces pierres soient exposées à l'hôtel de ville. Les Juifs ne sont plus qu'un souvenir, un vestige, mais ces pierres font néanmoins partie du patrimoine historique de notre ville et doivent être conservées.

— Je vous en sais gré, messire Jephson ; maintenant, si vous voulez bien m'excuser… » Je fis un salut rapide et m'engageai dans une ruelle avant qu'il puisse en dire plus.

« Le gueux, s'exclama Barak dès que nous fûmes hors de portée d'oreille. J'aurais aimé lui donner un bon coup de poing pour lui prouver que je ne suis pas un vestige.

— Dieu merci, vous vous en êtes abstenu ! »

Il désigna un homme qui vendait de la bière tirée au tonneau. « J'ai soif. »

J'étais altéré moi aussi et nous prîmes une demi-pinte chacun, servie dans de petites coupes en bois. Comme nous buvions, mon regard suivit la ruelle menant à la rivière et j'eus un moment la sensation que nous étions épiés, sans pouvoir identifier personne dans la foule des passants affairés.

Salt Wharf était une grande anse triangulaire découpée dans la berge du fleuve pour permettre aux petits bateaux de vider leurs cales. Des entrepôts bordaient un côté du bassin de Queenhithe, où deux navires de haute mer déchargeaient des oranges. Nous fîmes le tour du bassin, à la recherche de l'entrepôt du Pélican.

C'était le dernier bâtiment, situé tout près du fleuve, une solide bâtisse en brique de trois étages. Dehors pendait une enseigne représentant un oiseau blanc avec un bec énorme. Les volets des fenêtres hermétiquement clos étaient garnis de barres de fer pour décourager les voleurs. Quant à la porte, elle était fermée par un gros cadenas. Si l'on s'affairait dans les bâtiments voisins, l'entrepôt du Pélican semblait désert.

Nous allâmes jusqu'à l'extrémité sud du bâtiment, qui avait un accès direct au fleuve. Je regardai l'eau brune à nos pieds. La marée basse dévoilait la boue verdâtre qui couvrait le mur à cet endroit. En regardant vers le haut, je vis au premier étage une ouverture d'où sortait un treuil pour monter les marchandises des bateaux. Du treuil pendait une corde qui se balançait légèrement dans la brise.

« Aucun signe de vie, dit Barak à côté de moi. J'ai frappé, personne n'a répondu. Ça sonne creux, comme si l'intérieur était vide. Voulez-vous que j'essaie d'entrer ? »

Sur un signe d'assentiment de ma part, il sortit son petit outil de métal et se baissa pour crocheter le cadenas comme il l'avait fait au puits des Wentworth. Personne ne nous prêtait attention.

« J'espère que les pendards n'ont pas pris la fuite, marmonna-t-il. Sans doute déménagent-ils le matériel régulièrement pour éviter d'être découverts.

— Peut-être qu'il ne reste que Toky. » Même seul, celui-ci ferait un dangereux adversaire. Le cadenas s'ouvrit avec un cliquetis.

« Et voilà, dit Barak. Allons voir ce qu'il y a là-dedans. »

La porte aux gonds bien huilés s'ouvrit facilement. Quand Barak la poussa jusqu'au mur pour s'assurer que personne ne se cachait derrière, elle heurta la brique avec un son creux qui se réverbéra. Il faisait sombre à l'intérieur. L'entrepôt, aussi vaste que la nef d'une église et presque vide, n'était éclairé que par une fenêtre placée haut dans le mur. De petits brins de fils de laine jonchaient le sol. Une odeur de drap se mêlait à celle de moisi qui imprégnait l'air. Tirant son épée du fourreau, Barak entra. Je le suivis.

« Aussi vide qu'un ventre de nonne », dit-il.

Je levai les yeux vers l'extrémité de l'entrepôt. Un escalier en bois menait à l'étage, qui se réduisait à une plateforme en bois courant tout autour du mur, à l'exception d'une pièce proche de l'escalier dont la porte était fermée.

« Ce doit être le bureau, dis-je.

— On y va ? »

Je hochai la tête, mon cœur battant la chamade. Nous montâmes avec précaution les marches branlantes. Je regardai la porte, craignant de la voir s'ouvrir, et Toky se jeter sur nous. Barak tenait son épée devant lui et j'avais la main crispée sur le poignard à ma ceinture. Mais nous atteignîmes la plateforme sans encombre. La porte du bureau était elle aussi fermée par un cadenas. La pénombre semblait s'être obscurcie ; en levant les yeux vers la fenêtre en haut du mur, je vis que le ciel était noir comme un crépuscule d'hiver et entendis un lointain roulement de tonnerre.

Barak se pencha vers le cadenas. La poussière me fit tousser. L'endroit semblait abandonné depuis des mois. Je promenai les yeux le long de la plateforme. Il y avait une balle de drap dans un coin. Barak émit un grognement de satisfaction lorsque le cadenas céda.

Reculant d'un pas, il donna un coup de pied dans la porte, qui s'ouvrit à la volée.

La pièce était vide ; elle ne contenait absolument rien, hormis la grande ouverture par laquelle on voyait le ciel menaçant et l'extrémité du treuil, fixé au plancher par des boulons. Puis j'avisai une porte menant à une autre pièce. Je donnai un coup de coude à Barak, qui l'ouvrit et poussa un sifflement en voyant ce qu'elle renfermait.

Au milieu se trouvait une table sur laquelle étaient posés un cruchon de bière, trois assiettes, une chandelle éteinte et un morceau de pain. À côté de la table, une autre balle de drap servait de siège. Nous entrâmes.

« L'endroit était occupé, il n'y a pas longtemps », dis-je.

Barak se figea en découvrant ce qui était placé le long du mur du fond : un long tuyau de métal avec une mèche à une extrémité, une pompe à l'aspect compliqué et un trépied de métal, le tout entassé à l'intérieur d'une grande cuve en métal.

« L'appareil à lancer le feu grégeois ! s'exclama-t-il. Et regardez cela. »

À côté du vilain fouillis de métal, je vis un vase en porcelaine au col long et étroit d'environ deux pieds de haut. Il rappelait ceux que l'on utilisait pour y mettre des arbustes décoratifs dans une cour. J'en avais vu de semblables à la Maison de verre. M'approchant, je soulevai avec prudence le petit couvercle. À l'intérieur, je découvris un liquide sombre et visqueux. La puanteur horrible et maintenant familière du feu grégeois me hérissa les cheveux sur la nuque.

Je sentis l'haleine chaude de Barak sur ma joue. Debout à côté de moi, il regarda à l'intérieur du vase, trempa un doigt dedans et l'approcha de son nez pour le sentir. « Nous l'avons ! s'écria-t-il. Morbleu, nous l'avons ! » Il recula, le visage illuminé de joie, la main crispée sur le pommeau de son épée dans l'excitation du moment.

« C'est sans doute tout ce qu'il reste, dis-je. Même pas de quoi remplir le fond de la cuve. En tout cas, pas de quoi brûler un navire, loin de là.

— Je sais, dit Barak, qui renifla son doigt, l'écarta de son nez et le sentit à nouveau, comme si l'horrible mixture était un parfum exquis. Mais il y a là assez de feu grégeois pour le montrer au roi, assez pour qu'il le donne à ses alchimistes. Cela peut sauver le comte… »

Un éclat de rire retentit derrière nous, tonitruant et triomphant, et nous figea sur place. Nous nous retournâmes lentement. Derrière nous se tenait Toky dont le visage ravagé se fendait en un sourire narquois. Il était accompagné de deux hommes : l'un petit et robuste, avec une barbe clairsemée, et l'autre plus jeune, l'air moins dangereux. Celui-là, je l'avais déjà vu quelque part. Tous trois avaient l'épée au clair. « Toi, le déplumé, lâche ton arme, ordonna Toky d'une voix âpre. Vous n'êtes que deux. » Barak hésita un moment, puis laissa tomber son épée avec fracas.

Toky sourit à nouveau. « Ah ! mes jolis messieurs, nous vous attendions. Corbleu, vous êtes durs à tuer. Mais vous voilà pris. » Il désigna son plus jeune complice. « Messire Jackson vous a vus boire de la bière à Potter's Lane et il a couru nous prévenir. Nous avons cadenassé la porte pour que vous ne vous doutiez pas de notre présence, nous nous sommes cachés au coin de l'entrepôt, puis sommes revenus une fois que vous étiez dedans. » Ses yeux, brillants comme ceux d'un chat, riaient. « Nous pensions bien que vous viendriez ici, et vous étiez tellement absorbés par la découverte du feu noir que vous ne nous avez même pas entendus approcher.

— Le feu noir, répétai-je. Ainsi vous connaissez le nom ancien.

— En effet, c'est un meilleur nom que le feu grégeois, ou grec, car c'est le feu anglais, maintenant, et il jettera nos ennemis dans les ténèbres les plus profondes. Et à nous, il apportera de l'or. » Son sourire s'élargit. Savait-il que Wright était mort ? Barak avait dit qu'ils travaillaient ensemble depuis des années. Mais peut-être cela lui était-il indifférent. Il rit. Un rire ravi et enjoué, puis il hocha la tête à l'adresse de ses complices. « *Cadit quaestio.* "La discussion est close." Vous voyez, je connais un peu de latin de juriste.

— Je sais. Et quand avez-vous été novice ?

— Ça aussi, vous le savez ? Ma foi, c'était avant qu'on ne m'expulse pour avoir accusé certains moines d'avoir porté la main sur moi. J'ai été joli garçon jadis. » Il sourit. « Tuez-les tous les deux. »

Barak serra les dents. Je fis un pas en arrière, l'index pointé sur le vase. « C'est tout ce qui vous reste, n'est-ce pas ? me hâtai-je de dire, pour retarder l'heure de ma mort. Vous ne savez pas en fabriquer, vous avez échoué. Le baril de St Bartholomew a été utilisé presque en entier lors des démonstrations. C'était une ruse pour provoquer la disgrâce de Cromwell. Nous le savons, et le comte aussi. »

Les yeux de Toky se plissèrent. « Alors, pourquoi êtes-vous ici ? Pourquoi ne pas avoir amené une troupe de soldats ?

— C'est l'intuition qui nous a amenés ici. Nous ne savions pas où se trouvait le feu grégeois. Mais d'autres vont arriver bientôt. Maintenant, vous feriez bien de vous en remettre à la merci du comte.

— Malheur ! » dit le barbu. Toky lui imposa silence d'un regard furieux. Il fronçait les sourcils à présent, et son exubérance avait disparu. Il passa une main sur son visage grêlé et ses yeux étincelants allaient de Barak à moi.

« Savez-vous qui sont nos maîtres ? demanda-t-il.

— Oui. Ils seront bientôt arrêtés. » Ainsi, ils étaient plusieurs.

« Donnez-moi leurs noms », aboya Toky.

J'hésitai. « Richard Rich. »

Toky eut un lent sourire. « Rich. Voyez-vous ça ! Vous ne savez rien et vous parlez à l'aveuglette.

— Tuons-les, dit le jeune Jackson, nerveux. Il faut les mettre hors d'état de nuire pendant qu'il est encore temps.

— Pas encore, triple sot, grinça Toky. Nos maîtres voudront être au fait de ce qu'ils savent au juste. Va les chercher.

— Tous les deux ? » L'accent du jeune homme avait quelque prétention au raffinement. Celui d'un homme qui sert un maître riche. Où l'avais-je donc vu ?

« Oui. Ligote-les d'abord, dit-il en désignant du menton un rouleau de corde dans le coin. Prends la même que pour le fondeur. »

On nous empoigna sans ménagement et on nous mit les mains dans le dos. Je sentis qu'on me passait une corde humide et graisseuse autour des poignets. Puis on nous poussa rudement dans un coin avant de nous jeter au sol.

« Hâte-toi, Jackson », insista Toky.

Après un dernier regard inquiet dans notre direction, le jeune homme sortit. J'entendis ses pas dans l'escalier. Toky s'assit sur la balle de drap près de la table et nous considéra d'un œil pensif. Le barbu s'assit sur la table, mordit dans le pain qu'il fit passer avec une rasade de bière. Il nous sourit, découvrant dans la pénombre des dents jaunes comme celles d'un rat.

« On a du mal à croire que deux épouvantails pareils aient pu nous donner tant de fil à retordre. Pas vrai, Toky ? »

Lequel se contenta de grogner. Son exubérance s'était évaporée.

« Qui es-tu ? demanda Barak. Je connais Toky, mais pas toi.

— Jed Fletcher, à ton service. Je viens de l'Essex. Vieil ami de messire Toky. » Il nous fit un salut moqueur avant de se tourner vers son comparse. « On ne peut pas allumer la chandelle ? Il commence à faire noir comme dans un four. » Au-dehors, j'entendis le tonnerre gronder. L'orage ne devait pas être loin.

Toky hocha la tête en direction du vase de feu grégeois. « Non. Tu sais qu'avec ça à proximité, c'est dangereux.

— Qui sont-ils donc, ces maîtres dont vous parlez ? » demandai-je.

Toky eut un mauvais sourire. « Vous les reconnaîtrez, vous qui dînez à la table des aristocrates. »

J'eus froid, soudain. La seule aristocrate que je connaissais était lady Honor. Et je me souvins de l'endroit où j'avais vu le jeune homme qui s'efforçait de singer l'accent élégant. Il servait au banquet de lady Honor. Je regardai fixement Toky. « La Maison de verre », soufflai-je. Il me regarda dans la pénombre qui s'épaississait. « Vous verrez bien. Patience. » Il tendit la main vers le pain. Pendant une minute, le silence régna. Puis j'entendis un violent sifflement au-dehors. Au début, je ne pus l'identifier, puis des gouttes se mirent à tomber du toit et je compris qu'il pleuvait. Le tonnerre gronda à nouveau, et un craquement assourdissant retentit juste au-dessus de nous.

« Pas trop tôt, dit Fletcher.

— Non, répondit Toky. Ventrebleu, ce qu'il fait noir ! Il faut allumer cette chandelle, on ne peut pas faire autrement, mais pose-la à l'autre bout de la table. » Fletcher plaça la chandelle sur une assiette et se battit quelques instants avec un briquet à amadou. Enfin, une lueur jaune éclaira la pièce.

« Écoutez, dit Barak, vous savez que nous sommes au service du comte Cromwell. Si nous sommes tués, il y aura une chasse à l'homme comme vous n'en avez jamais vu. »

Toky grimaça un sourire sardonique : « La peste soit du fils de tavernier. Il est fini.

— Si vous nous relâchez, vous serez grassement récompensés.

— Trop tard, l'ami. » Toky regardait Barak et ses yeux ressemblaient à deux points de lumière à la chandelle. « À mon goût, vous nous avez donné beaucoup trop de fil à retordre.

— Plus encore que tu ne crois ! s'exclama Barak. Ton ami Wright a été tué ce matin. Il a fait le plongeon du toit de St Paul.

— Hein ! fit Toky en se penchant en avant.

— Si tu ne choisis pas notre camp, c'est Wright que tu rejoindras.

— Vous avez tué Sam ? » La voix de Toky n'était plus qu'un croassement horrifié. « Vous avez tué Sam ! » Fletcher le regarda, mal à l'aise. Barak avait commis une grave erreur. Toky se leva à moitié, puis se rassit.

« Tudieu, gronda-t-il, vous me le paierez. Vous allez mourir à petit feu. Vous verrez comme je me sers de mon couteau. » Son regard me glaça le sang.

En appuyant son dos contre le mur, Barak m'effleura. Il regardait toujours Toky, mais, en même temps, il tâtait ma ceinture à la recherche de ma dague, malgré ses mains liées. Nos agresseurs n'avaient pas pensé que je pouvais être armé moi aussi. Prenant bien soin de ne pas regarder Barak, je me rapprochai discrètement de lui. Je sentis qu'il me retirait ma dague. Toky s'était pris la tête entre les mains. La mort de Wright l'affectait profondément. Fletcher continuait à le regarder avec inquiétude.

Barak commença à couper mes liens, puis s'immobilisa lorsque Fletcher se leva pour ouvrir la porte.

Par l'ouverture, je voyais la pluie qui tombait à verse du ciel sombre, piquetait la surface brune de l'eau d'un million de minuscules jets blancs. Il ferma la porte et revint vers la table. Toky se leva. Son visage, plus pâle que jamais, n'était plus qu'un ovale blanc sur lequel la chandelle faisait apparaître les innombrables petits trous noirs de ses cicatrices.

« Ils arrivent ? » Sa voix était calme, mais j'y décelai rage et douleur.

« Non. Par ce temps, le trajet sera pénible. »

Toky hocha la tête et contempla ses mains. On eût dit qu'il voulait éviter de poser les yeux sur nous pour l'instant. Barak reprit sa besogne, lentement et prudemment, de façon à ne pas attirer l'attention par un mouvement intempestif. Je refoulai un cri lorsque la lame tranchante m'entailla la peau, puis sentis la corde tomber. J'eus du mal à refréner l'envie instinctive d'écarter mes mains écorchées. Je tendis les doigts et les repliai, pris la dague de la main de Barak et entrepris à mon tour de couper ses liens, sans cesser de surveiller nos geôliers. Toky était toujours absorbé dans ses pensées et Fletcher, nerveux et agité, ne nous jetait qu'un regard de temps à autre.

Puis j'entendis des pas monter l'escalier. Fletcher se leva. Je cessai de scier les liens de Barak. Assurément, j'en étais presque venu à bout. Je risquai un coup d'œil vers lui, mais il gardait un visage impassible tourné vers la porte qu'ouvrait Fletcher.

Le sergent Marchamount entra, secouant l'eau de son épais manteau. Il nous regarda. Sur son visage se lisait une cruauté froide et brutale que je ne lui avais encore jamais vue. Le masque d'urbanité était complètement tombé.

« Vous avez présumé de vos talents, dirait-on.

— Nous vous croyions mort, s'étonna Barak.

— Vous commenciez à me talonner, alors j'ai jugé plus sage de disparaître, dit Marchamount. Nous avons eu la bonne idée de laisser la vie au fondeur jusque-là. Toky et Wright l'ont emmené à Lincoln's Inn, et ont débité le faquin à la hache. Puis ils ont passé ma bague à l'un de ses doigts et ont emporté le corps dans une charrette. Cette ouverture est très utile pour jeter des objets dans la Tamise. Vous ferez bientôt votre sortie par là.

— Wright est mort, dit Toky avec un regard menaçant vers moi. Ils l'ont jeté du toit de St Paul. Je veux le venger.

— Ainsi, c'est de lui que tout le monde parle dans la Cité », répondit Marchamount d'un ton détaché. Il ôta son manteau, révélant un élégant pourpoint brodé de petits diamants. « Les gens disaient qu'un attentat avait visé Cranmer. » Il regarda Toky. « Soit, poursuivit-il à mi-voix, tout à l'heure vous ferez d'eux ce que bon vous semble. Ah, à propos, j'ai renvoyé Jackson chez son maître. Ils arrivent. Nous devrons attendre encore un peu avant d'être au complet, car cette pluie transforme les rues en rivières. » Marchamount s'assit sur le bord de la table, croisant ses mains dodues. Il paraissait pensif. « Ainsi donc, Cromwell a appris que nous n'avons pas su fabriquer de nouvelles réserves de feu grégeois, n'est-ce pas ? Mais il ignore encore nos noms.

— Pour l'instant », dis-je. Il était inutile de nier.

« L'alchimie n'est pas votre fort, hein ! » railla Barak.

Pour toute réponse, Marchamount le gifla sauvagement. « Je suis sergent, maroufle, et vous êtes prié de me parler avec respect. »

Barak le dévisagea avec insolence. « Ce qui ne vous a pas empêché de vous livrer à une vulgaire imposture, car ce n'est rien d'autre.

— Vous vous trompez », objecta une voix aristocratique depuis l'entrée.

44

M ARCHAMOUNT ET LES DEUX COQUINS firent un profond salut au duc de Norfolk qui entrait, suivi du jeune Jackson. La pluie gouttait de son manteau doublé de fourrure. Jackson avait dû assister au banquet comme domestique de Norfolk, et non de lady Honor. Avec un soulagement mêlé d'horreur, je compris que le complot atteignait les plus hautes sphères du pouvoir.

Norfolk jeta son manteau à Fletcher, puis me dévisagea de son regard hautain. Je n'avais aucune pitié à attendre de lui, je le savais. Il s'approcha de la balle de drap. Fletcher se leva prestement pour lui céder la place.

« Eh bien, messire Shardlake, dit-il, grâce à vous, je viens de traverser la rivière sous une pluie battante. » Il sourit froidement. « Vous n'avez pas démérité, compte tenu des forces adverses que vous deviez affronter, et qui étaient plus nombreuses que vous ne le soupçonniez. Il ne m'aurait pas déplu d'avoir de mon côté des hommes de votre trempe.

Mais vos sympathies vont ailleurs, non ? Alors, que sait Cromwell ? »

Je mentis : « Il sait que les Gristwood n'ont pas pu fabriquer de feu grégeois.

— Et comment avez-vous découvert cela ? demanda-t-il sur le ton de la conversation.

— En reconsidérant toute l'affaire depuis son commencement.

— Ah oui ! le moine Kytchyn. J'imagine qu'il a filé se mettre à l'abri dans l'un des asiles de Cromwell.

— Oui, il se trouve en sécurité. J'ai aussi consulté des sources anciennes, et j'ai alors compris qu'il manquait pour fabriquer le feu grégeois un élément essentiel mais introuvable en Angleterre. Peut-être en êtes-vous arrivé à la même conclusion ? Est-ce pour cela que Marchamount a pris les livres dans la bibliothèque de Lincoln's Inn ? »

Celui-ci hocha la tête. « Bien sûr. Et j'ai menacé le bibliothécaire de le faire punir par le duc s'il posait la moindre question. Il semble que nous ayons suivi le même chemin, Shardlake. Ces livres ont fini par me donner mal à la tête. Mais, je sais que nous ne pourrons jamais fabriquer de feu grégeois en Angleterre. »

Norfolk opina. « Cependant, vous ignoriez que c'était moi qui tirais les ficelles, que Marchamount ici présent était mon agent ?

— Ils ne s'en doutaient pas, intervint Toky.

— Laissez répondre le bossu.

— Je l'ignorais. »

Norfolk hocha lentement la tête. « Avez-vous deviné quel était notre premier projet ?

— Vous aviez l'intention de donner vous-même le feu grégeois au roi, mais quand Sepultus Gristwood s'est révélé incapable d'en fabriquer, vous avez imaginé une machination qui vous permettrait de compromettre Cromwell aux yeux du roi. »

Norfolk éclata de rire. « Pourquoi notre bossu n'est-il pas sergent, hein, Gabriel ? Il aurait tôt fait de vous clouer le bec au tribunal. » Marchamount se renfrogna.

« Tudieu ! poursuivit le duc, Sepultus et son frère ont mis ma patience à rude épreuve. Ils ont commencé par aller voir Gabriel en lui promettant de fabriquer du feu grégeois, et Gabriel est venu me dire que nous avions de quoi porter le coup de grâce à Cromwell. Et puis chaque mois, ils disaient que cela prendrait un peu plus longtemps que prévu, qu'il leur fallait trouver un nouvel élément. Il s'est passé des mois avant qu'ils finissent par avouer leur échec. C'est Gabriel qui a eu l'idée de retourner l'affaire contre Cromwell, et de se servir de truchements afin de donner de la vraisemblance à cette histoire. C'est un esprit subtil, en fin de compte. Il l'aura, son titre de chevalier, quand Cromwell sera tombé, n'est-ce pas, Gabriel ? » Il donna une claque sur l'épaule du sergent, qui rougit, embarrassé.

« Donc, pas de feu grégeois pour le roi. Si vous voyiez le roi quand il est en colère. C'est… un spectacle inoubliable ! »

Norfolk rejeta la tête en arrière et lança un éclat de rire déplaisant. Marchamount et Fletcher l'imitèrent servilement. Toky, lui, se borna à nous regarder d'un œil noir, tout en manipulant le poignard qu'il avait retiré de sa ceinture.

« Cromwell est en train de perdre pied, poursuivit le duc à mi-voix. Cet échec le fera tomber. Et quand je prendrai sa place, d'ici quelques mois, le feu grégeois réapparaîtra à nouveau, mystérieusement. Le roi fera remettre ce vase à ses alchimistes, et on me fera crédit de cette redécouverte.

— Vous ne pouvez pas en fabriquer, dis-je.

— Ah non ? Vous avez mis la formule en sécurité, Marchamount ?

— Oui, Votre Grâce, dit-il en tapotant son pourpoint. Elle ne me quitte plus jamais. »

Le duc hocha la tête et se tourna vers moi. « Nous nous procurerons la substance nommée naphte, messire Shardlake. Nous pouvons envoyer une expédition là où elle se trouve.

— Tous les endroits en question sont sous domination turque.

— Et alors ? J'ai assez d'or, dit Norfolk en plissant les yeux. J'aurai mon heure de gloire. Le roi se lasse de la Réforme, il voit le chaos qu'elle engendre. Il finira par se laisser persuader de revenir à Rome. Et qui sait, Catherine lui donnera peut-être un autre fils. Un héritier Howard, au cas où il arriverait malheur au petit prince Seymour. » Il sourit à nouveau et haussa les sourcils.

« Voilà donc pourquoi vous avez tué tant de gens ?

— Oui, dit-il en hochant la tête avec gravité. Cela prend-il à rebrousse-poil votre sensibilité juridique, messire l'avocat ? Ce n'étaient que de vulgaires coquins. Des canailles, une putain, et un vulgaire fondeur. Du menu fretin emporté par la marée. Moi, je veux changer le destin de l'Angleterre et sauver des millions d'âmes des hérésies réformatrices. » Le duc se leva, s'approcha de moi et me donna sur le tibia un coup de pied nonchalant mais très douloureux. Puis il fit signe à Toky. « Je vous les laisse. Mais, avant que l'avocat meure, je veux tout le détail de ce qu'il a trouvé dans ces grimoires. Vous pourrez disposer des corps par l'ouverture donnant sur le fleuve. Marchamount, restez pour aider Toky à le questionner, notez bien ce qu'il dit. »

Le sergent fit la grimace. « Est-ce bien nécessaire ? Le spectacle ne sera guère édifiant…

— Absolument nécessaire, rétorqua le duc d'un ton cassant. Vous êtes un juriste érudit, comme le bossu. Les deux autres n'en sauront pas plus long que moi sur les anciens auteurs latins.

— Comme vous voudrez, dit Marchamount en soupirant.

— Et maintenant, je dois me rendre chez l'évêque Gardiner pour dîner avec Catherine. Prévenez-moi quand ce sera terminé. » Le duc inclina la tête vers moi. « Vous découvrirez qu'il y a pires supplices que le bûcher, l'avocat, si je connais bien messire Toky. » Il claqua des doigts à l'adresse de Jackson ; le jeune homme l'aida à remettre son manteau, puis ouvrit la porte menant à la pièce extérieure. Par l'ouverture située dans le mur, je vis un rideau de pluie, et le fleuve houleux à marée montante. Fletcher et Toky s'inclinèrent tandis que le duc se dirigeait majestueusement vers la porte, qui se referma derrière Jackson et lui.

Il y eut quelques instants de silence, où l'on n'entendit plus que le sifflement de la pluie et l'eau qui gouttait sur le sol. Toky sortit un long poignard acéré. Il sourit. « Chaque entaille sera pour Sam Wright. » Il se leva. « Allons-y, bossu. On commence par tes oreilles. »

Marchamount m'adressa un sourire gêné. « Ce sera une discussion un peu inhabituelle entre deux avocats, je le crains… »

Je sentis Barak se raidir à côté de moi. Prenant appui sur ses deux mains déliées, il lança les jambes de toutes ses forces vers Fletcher. Parfaitement calculé, le coup atteignit l'homme en plein ventre et l'envoya s'écraser contre le mur, sa tête cogna avec une violence qui ébranla toute la pièce. Il s'écroula sans connaissance.

Barak se releva d'un bond et fila vers le coin où l'on avait jeté son épée par terre. Je me remis debout, et retins un cri de douleur tant mon dos et mon poignet entaillé me faisaient mal. Toky lâcha son poignard et prit son épée. Barak s'empara de son arme, mais trébucha en se relevant. Toky l'aurait frappé si, saisissant ma dague, je ne la lui avais enfoncée dans la cuisse. La douleur lui arracha un hurlement furieux. Barak lui porta à la main un coup qui la trancha presque. L'épée de Toky s'abattit au sol.

Marchamount porta la main à sa ceinture et dégaina son poignard. Il essaya de me frapper, mais Barak lui donna un grand coup de pied et les jambes du gros homme se dérobèrent sous lui. Il s'effondra sur le sol avec un bruit sourd. Je fis la grimace en voyant l'épée de Barak s'enfoncer jusqu'à la garde dans la poitrine de Toky. Toky la regarda et releva vers nous ses yeux farouches, une expression incrédule traversant son regard. Puis leur curieux éclat se ternit et il s'affaissa lentement sur le sol. Barak et moi restâmes un instant figés, ne parvenant pas à croire que l'ennemi implacable, la force attachée à nos pas pendant ces deux dernières semaines, n'était plus.

« Un nouveau pensionnaire pour l'enfer », dit Barak.

Un gémissement s'éleva du coin où Fletcher reprenait connaissance. Couvert de poussière, Marchamount se remit debout en s'agrippant à la table, le visage congestionné. Barak se retourna et piqua la gorge du sergent de la pointe de son épée. « Et maintenant, vilain crapaud, tu vas venir avec nous pour raconter ton histoire au comte. »

Marchamount chancela. « De grâce, geignit-il. Écoutez-moi. Le duc vous donnera de l'argent… »

Barak se mit à rire. « À nous ? Tu plaisantes ! Trouve d'autres arguments, gros crapaud. Toi dont les ancêtres n'étaient que des poissonniers et des serfs ! » lança-t-il avec jubilation.

Marchamount baissa la tête. J'eus presque pitié de lui. Fletcher, qui essayait de se relever, s'appuya au mur un moment, et découvrit le corps de Toky ainsi que Marchamount plaqué contre la table. Soudain, il bondit vers la porte, l'ouvrit et détala. Je voulus le suivre, mais Barak me retint. « Laissez-le filer. Nous avons fait une capture beaucoup plus importante.

— De grâce, gémit Marchamount, laissez-moi m'asseoir, je me sens mal. »

Barak désigna la balle de drap. « Alors assieds-toi, sac à tripes ! » Il le regarda d'un air méprisant s'effondrer dessus, puis se retourna vers moi. « Attrapez ce vase. »

Je m'en saisis. Au moins, il se trouvait entre mes mains. Il était lourd, presque plein. « Je ne suis pas sûr que ce soit judicieux, Barak. Nous avons Marchamount, nous savons que le duc est l'âme de ce complot. Cela suffit à sauver le comte et à perdre les Howard. »

Il me regarda avec gravité. « Il me faut ce vase, dit-il à mi-voix.

— Mais Jack, vous connaissez les effets…

— Il me le faut. Je… »

Il s'interrompit avec un hurlement. Marchamount, plus vif que je ne l'aurais imaginé, s'était penché pour saisir l'épée de Toky et s'était précipité vers Barak, visant son cou. Barak évita la lame de justesse mais elle le frappa au bras droit. Il y porta aussitôt la main et du sang jaillit entre ses doigts. Le bras paralysé, il lâcha son épée, dont Marchamount s'empara. Il me regarda et vit que je tenais toujours le vase. La mine triomphante, il recula le bras de façon à donner le coup de grâce à Barak.

Je jetai sur lui le contenu du vase. Une grande giclée de liquide l'atteignit et l'odeur infecte du feu grégeois emplit l'espace. Il hurla, recula en titubant et glissa dans une flaque visqueuse. Perdant l'équilibre, il retomba contre la table, renversant la chandelle dont la flamme lécha sa manche. Sous mes yeux incrédules, le corps entier de Marchamount se transforma en pilier de feu. Je reculai, pétrifié d'horreur en l'entendant hurler, transformé en torche de la tête aux pieds. Il battit frénétiquement des mains contre ses flancs — en vain. Déjà, on sentait l'abominable odeur de la chair brûlée. La table était en feu elle aussi, et une flaque du liquide s'étalait sur le sol. Le sergent se précipita vers la porte ouverte, les jambes en flammes, et tituba jusque dans l'autre pièce. Je le suivis. Jamais je n'oublierai la vision de Marchamount hurlant et se tordant de douleur. Il n'était plus qu'une flamme jaune et rouge, ses dents blanches découvertes dans un rictus d'agonie, le visage déjà noirci et les cheveux en feu. Il poussa un hurlement de bête en se précipitant vers l'ouverture du mur. On entendait un horrible grésillement. Il sauta dans le vide, hurlant toujours pendant sa chute vers le fleuve. La boule de feu toucha l'eau brutalement dans une gerbe d'éclaboussures et disparut. Le cri inhumain cessa net et il ne resta plus rien de Marchamount, hormis quelques lambeaux de sa robe de sergent qui se calcinaient encore sur le sol.

J'entendis Barak crier et me retournai. L'autre pièce était la proie des flammes, au milieu desquelles gisait en mille morceaux le vase qui avait contenu le liquide. Le feu léchait l'appareil à projeter le feu grégeois. Barak fit un pas dans sa direction, bien qu'il saignât copieusement. Je lui saisis l'épaule.

« Trop tard. Venez, sinon nous allons brûler avec l'entrepôt. »

Il me jeta un regard furieux et angoissé, mais me suivit tandis que je me précipitais vers l'escalier. Nous descendîmes à la course dans le corps principal ; en levant les yeux, nous vîmes que les flammes léchaient déjà les murs du bureau. Barak s'arrêta, cligna des yeux, essayant de reprendre ses esprits.

« Allons voir le comte, dit-il. Tant pis pour l'incendie. »

J'opinai et nous nous précipitâmes au-dehors, sous la pluie. Les gouttes froides qui me cinglaient le visage me coupèrent le souffle. De la fumée sortait par la porte à mi-étage et se déversait sur le fleuve. Je regardai la Tamise en contrebas. Je crus voir quelque chose de noir affleurer un instant à la surface avant d'être entraîné en amont par la marée montante. Peut-être était-ce une bûche, ou le cadavre de Marchamount, la dernière victime du feu grégeois sur cette terre.

45

Nous rentrâmes lentement par Cheapside puis redescendîmes vers le fleuve par des ruelles que la pluie avait déjà transformées en torrents de boue sale et gluante. Quand elle tombe en gouttes lourdes et dures sur des têtes lasses, comme si elle était jetée du ciel par une main courroucée, la pluie peut avoir quelque chose d'impitoyable. Cette fois-ci, nous assistions à un véritable orage et non à une petite ondée d'une demi-heure comme la dernière. Partout, des Londoniens dont les vêtements d'été trempés leur collaient à la peau couraient se mettre à l'abri.

Barak s'appuya contre un mur. Entre les doigts de la main qu'il crispait sur son bras blessé coulait un filet de sang.

« Il faut faire soigner cette blessure. Allons chez Guy, il n'habite pas loin. »

Il secoua la tête. « Non, Whitehall d'abord. Ça ira. » Il regarda mon poignet. « Et votre main ?

— Ce n'est rien. La coupure n'est pas profonde. Laissez-moi vous bander, dis-je en sortant un mouchoir de ma poche. » Passant le mouchoir autour de son bras, je le nouai serré ; il y eut un petit jet rouge, puis, à mon grand soulagement, le sang cessa de couler.

« Merci », dit Barak. Il inspira profondément, se décolla du mur. « Prenons un bateau. » Comme nous descendions tant bien que mal les marches menant au fleuve, il déclara : « Nous avons gagné. Ce sera Norfolk qui paiera les conséquences, et non Cromwell. Norfolk a essayé de duper le roi, et celui-ci ne le lui pardonnera jamais.

— Si l'on prête foi à la version du comte… Mais, maintenant que Marchamount est mort et que tout a disparu dans l'incendie, nous n'avons plus de preuves.

— Norfolk sera interrogé. Et nous ferons arrêter Fletcher. » Il siffla. « Peste ! Le comte nous fera peut-être comparaître devant le roi lui-même pour raconter notre histoire.

— J'espère que non. Il sera furieux de ne pas avoir le feu grégeois, quelle que soit la version à laquelle il prête foi. »

Barak me jeta un regard scrutateur. « En jetant ce vase sur Marchamount, vous m'avez sauvé la vie.

— J'ai agi par instinct, sans réfléchir. Je n'aurais souhaité cette mort-là à personne, pas même à Marchamount.

— Mais s'il ne nous avait pas attaqués ? M'auriez-vous contraint à vous arracher ce vase par la force ? »

Je soutins son regard. « Qu'est-ce que cela change à présent ? Cela n'a plus d'importance. »

Il n'insista pas. Un bateau était amarré en bas des marches et, bientôt, les eaux gonflées par la marée nous emmenèrent à vive allure vers Whitehall, en amont. La pluie continuait à tomber dru, brassant l'eau de la Tamise. Le tonnerre grondait encore au-dessus de nous. Un monde de feu transformé en monde d'eau, pensai-je. Je ne pus m'empêcher de regarder le fleuve, craignant de voir resurgir le corps calciné de Marchamount. Mais il avait dû couler depuis longtemps, ou être emporté par la marée au-delà de la Cité. J'espérais qu'on avait pu circonscrire le feu à Salt Wharf. Heureusement, l'entrepôt était en brique.

Je me ratatinai dans mes vêtements trempés et regardai la pluie dégouliner sur la tête de Barak et du passeur. À l'horloge d'une église, je vis qu'il était presque trois heures. J'aurais dû aller voir les Wentworth aujourd'hui. Joseph devait se ronger d'impatience et d'inquiétude.

« Qu'a voulu dire Norfolk quand il a annoncé qu'il avait plus d'aide que nous ne le pensions ? » demanda soudain Barak.

Je fronçai les sourcils. « Il semblerait que j'aie eu raison en supposant que quelqu'un parmi nos proches nous espionnait.

— Mais qui ? J'ai toute confiance en l'homme par qui j'envoyais les messages, dit-il en fronçant les sourcils. Ce vieux Maure sait beaucoup de choses sur ce qui s'est passé. »

Je secouai la tête avec irritation. « Jamais Guy n'aurait partie liée avec des assassins.

— Pas même pour la cause papiste ? grogna-t-il.

— Non, croyez-moi. Je le connais.

— Et Joseph ?

669

« — Allons, Barak ! Pouvez-vous imaginer Joseph jouant les espions pour qui que ce soit ? De plus, c'est un partisan de la Réforme.

— Alors qui ? Grey ?

— Cela fait quinze ans qu'il sert Cromwell.

— Qui d'autre ?

— Je ne vois pas. »

Le bateau buta contre le quai à Whitehall Steps. Pendant que je payais le passeur, Barak montra son sceau à l'un des gardes, et l'on nous fit signe d'entrer dans le palais. En arrivant en haut des marches, j'étais très essoufflé et des petits points blancs dansaient devant mes yeux. Je dus faire halte pour reprendre mon souffle. Barak lui aussi respirait avec peine. À travers le rideau de pluie, je regardai les imposants bâtiments et frissonnai, car avec l'orage était venu le froid. Barak continua vaille que vaille, tandis que je suivais d'un pas las.

À nouveau, nous nous dirigeâmes vers la Privy Gallery et les appartements de Cromwell. Le garde nous fit entrer dans le premier bureau, où Grey était assis devant ses papiers. Il vérifiait des documents en compagnie d'un greffier et leva des yeux étonnés sur nos deux silhouettes trempées et crottées.

« Messire Grey, dis-je, nous avons un message de la plus grande urgence pour le comte Cromwell. »

Il nous considéra quelques instants, puis renvoya le greffier et contourna son bureau, faisant de petits gestes inquiets des bras. « Que s'est-il passé, messire Shardlake ? Barak, votre bras…

— Nous apportons la réponse à l'affaire du feu grégeois. C'est une supercherie ourdie par Norfolk pour discréditer Cromwell. » Je l'informai rapidement de ce qui s'était passé à l'entrepôt, bafouillant dans ma hâte. Il resta assis, la bouche ouverte.

« Je vous en prie, dis-je avec insistance lorsque j'eus terminé, le comte doit être prévenu au plus vite. »

Il avisa la porte fermée de Cromwell. « Il n'est pas là. Il a été mandé à Hampton Court par la reine. Il a pris un bateau il y a une heure, et il est attendu ce soir à Westminster pour affaires avec le Parlement…

— Où est le roi ?

— À Greenwich.

— Alors, nous irons à Hampton Court. » Barak s'écarta de la table, puis poussa un gémissement. Il serait tombé si je ne l'avais retenu. Je le fis asseoir sur une chaise. Les yeux de Grey s'écarquillèrent.

« Qu'a-t-il ? Regardez, son bras saigne. »

Je vis que mon garrot s'était desserré et que le sang s'était remis à couler. Barak était d'une pâleur mortelle, de la sueur perlait à son visage. « Corbleu, j'ai froid », dit-il en frissonnant, tirant sur son pourpoint trempé.

« Vous n'êtes pas en état d'aller à Hampton Court, dis-je et, me tournant vers Grey, je demandai : Le médecin du roi est-il ici ? »

Il secoua la tête, tournant autour de Barak avec un empressement inquiet. « Le roi l'a renvoyé hier, lui et son assistant. Ils voulaient encore ouvrir l'ulcère de sa jambe et il les a chassés avec une volée de jurons, en leur lançant des coussins à la tête.

— Alors il faut aller voir Guy, Barak, dis-je. Je vous emmène.

— Non. Allez à Hampton Court. Laissez-moi ici.

— Je crois que je vais me trouver mal moi-même. » Je me tournai vers le secrétaire. « Messire

Grey, pouvez-vous faire porter un message incontinent à Greenwich ? Par quelqu'un de confiance, un homme fidèle à Cromwell ? »

Il hocha la tête. « Si vous pensez que c'est préférable. J'enverrai le jeune Hanfold le porter.

— Je me souviens de lui, dis-je avec un sourire amer. Il m'a jadis apporté de la Tour un message qui décidait du sort d'un monastère. Oui, envoyez-le. » Je pris une plume et écrivis à la hâte un court message à Cromwell. Grey apposa sur la lettre le cachet du comte et sortit de la pièce à pas pressés pour appeler Hanfold. Je regardai par la fenêtre le jardin trempé.

« Que va faire Norfolk à présent ? demandai-je.

— Il n'a encore aucun soupçon. Il faudra plusieurs heures avant qu'il ne commence à s'inquiéter de ne pas avoir reçu de message de l'entrepôt. »

Barak était toujours très pâle. « Aurez-vous la force de marcher jusque chez Guy ? Nous pourrons revenir ici ensuite, ou Cromwell nous fera mander chez lui.

— Soit. » Il se leva avec lenteur. « Oui, en effet, mieux vaut sans doute que j'aille chez l'apothicaire avant de perdre tout mon sang sur le beau fauteuil de messire Grey. »

Le secrétaire revint et nous informa que le message était en route. Je lui laissai l'adresse de la boutique de Guy et nous partîmes sans plus attendre. Le bateau nous emmena en amont de Whitehall, et il nous fallut une demi-heure de trajet sous la pluie pour arriver. Barak chancelait tant que je dus le soutenir afin de le guider jusque chez Guy. Nous descendîmes le dédale de ruelles en titubant. On eût dit deux ivrognes.

Guy nous ouvrit la porte et nous fit entrer. C'est à peine s'il haussa les sourcils ; il commençait à s'accoutumer à nos mésaventures. Nous nous assîmes dans son échoppe. Barak ôta sa chemise pour que Guy examine sa blessure, une horrible entaille, très profonde. Sa main se crispa autour de sa mezouza tandis que Guy sondait la plaie.

« Je vais devoir recoudre votre bras, messire Barak. Pouvez-vous résister à la douleur ?

— Ai-je le choix ? répondit Barak avec une grimace.

— Hélas, non. À moins que vous ne vouliez risquer une hémorragie mortelle. »

J'attendis dans l'échoppe pendant que Guy conduisait Barak dans son cabinet, après avoir badigeonné ma blessure au poignet d'une huile piquante. Il m'apporta des vêtements secs et je me changeai, heureux de n'avoir aucun témoin. Je me demandai une fois encore ce que lady Honor penserait de ma silhouette tordue si elle la voyait. Ma foi, elle savait ce à quoi s'attendre et ne paraissait pas me trouver trop repoussant. Pendant que je transférais ma ceinture et ma bourse sur mes chausses d'emprunt, je tressaillis en entendant Barak pousser un cri étouffé, et éprouvai une bouffée d'agacement contre moi-même et l'éternel souci que j'avais de mon apparence. C'était une coquetterie à rebours, me dis-je, un martyre que je m'infligeais. Ma foi, rien ne s'opposait à ce que j'aie des liens plus étroits avec lady Honor à présent, et je n'entendais pas laisser passer ma chance. J'avais senti le cœur me manquer dans l'entrepôt, quand j'avais cru un moment qu'elle pouvait faire partie du complot. Mon angoisse avait été assez forte pour me faire prendre la mesure de mes sentiments à son égard.

Je m'approchai de la vitrine et regardai au-dehors. La pluie semblait faiblir. La vitre s'était embuée et je posai un moment mon front sur la paroi de verre froid, fermant les yeux. La porte s'ouvrit derrière moi et Guy entra, la robe maculée de petites taches de sang.

« Voilà, dit-il doucement, c'est fait. Je lui ai dit de se reposer une heure. Il est courageux, ce jeune homme.

— Oui. Très dur au mal. Nous avons gagné, Guy. Il n'y aura pas de feu grégeois. Tout ce qui restait a brûlé.

— Dieu soit loué ! s'exclama-t-il en prenant place sur un tabouret.

— Avez-vous détruit ce qui se trouvait dans le petit pot ?

— Il est au fond de la Tamise. »

Je lui racontai ce qui s'était passé à l'entrepôt. « Il ne reste plus qu'à attendre que le message parvienne à Cromwell.

— Eh bien ! vous avez gagné, Matthew. Vous avez rempli votre mission. Et détruit le feu grégeois.

— Oui, encore que cela soit le fruit du hasard. Si Marchamount n'avait pas attaqué Barak…

— Peut-être faut-il voir là la main de Dieu, qui a exaucé vos prières et les miennes, répondit Guy en souriant.

— Alors, la main de Dieu a frappé Marchamount sans pitié. » Je le regardai d'un air grave. « Ces derniers jours, c'est à peine si j'ai prié. Ce qu'ils ont fait, Marchamount et Norfolk, ce pour quoi tous ces gens complotaient, c'était dans le but de restaurer l'autorité du pape sur l'Angleterre, vous rendez-vous compte ?

— Cromwell a commis beaucoup de mauvaises actions, lui aussi.

— Autrefois, je croyais que le monde pouvait être amélioré, dis-je en secouant tristement la tête. Je ne le pense plus. Mais si j'ai soutenu une mauvaise cause, c'était pour éviter le pire. » Je fronçai les sourcils. « Pourtant…

— Quoi donc ?

— Pourquoi la foi fait-elle ressortir chez tant d'hommes ce qu'ils ont de plus mauvais, Guy, bégayai-je. Comment se fait-il qu'elle transforme les hommes, papistes et réformateurs, en bêtes sauvages ?

— L'homme est une créature agressive et barbare. Il arrive que la foi serve d'excuse à la guerre. Dans ce cas, il ne s'agit pas de la vraie foi. En justifiant leurs positions par le nom de Dieu, les hommes Le réduisent au silence.

— Mais ils ont la certitude confortable que, pourvu qu'ils aient lu la Bible et prié, ils ne peuvent être dans l'erreur.

— Hélas. »

J'entendis Barak réclamer de l'eau. Guy se leva. « Ah ! votre ami a soif. Je pensais bien qu'il ne se tiendrait pas tranquille longtemps. Ce n'est peut-être pas un homme de foi, lui, mais il est foncièrement honnête. »

Lorsque nous partîmes de chez Guy, une heure plus tard, nous n'avions reçu aucun message de Cromwell. Nous n'en trouvâmes aucun non plus en rentrant à la maison. Joan nous servit à déjeuner, puis nous attendîmes dans le salon, tandis que l'après-midi cédait doucement le pas à la soirée. Nous étions trop épuisés pour faire autre chose que somnoler.

« Je devrais aller me coucher, finit par dire Barak.

— Oui, moi aussi, j'ai besoin de repos. » Je fronçai les sourcils. « Pourquoi Cromwell ne nous a-t-il pas répondu ?

— Sans doute attend-il l'occasion de voir le roi. À n'en pas douter, il commencera par là, et nous mandera ensuite, s'il a besoin de nous. Nous aurons des nouvelles demain matin, assurément. »

Je me remis péniblement debout. « Barak, serez-vous en état de m'accompagner chez les Wentworth demain ? Ce sera notre dernière chance. »

Il acquiesça et se leva lui aussi. « J'irai. Il faut plus qu'un coup d'épée pour m'abattre. Et qu'y a-t-il à craindre d'un majordome hypocrite, d'un marchand gros et gras et d'une couvée de femelles ? Je viendrai. Après tout, c'est là-bas que tout a commencé.

— C'est vrai. Et c'est là-bas que tout doit se terminer, car Elizabeth comparaît à nouveau devant Forbizer jeudi. »

En temps ordinaire, Joan nous eût appelés pour le petit-déjeuner, mais après avoir vu dans quel état nous étions rentrés, Barak et moi, la brave femme avait dû décider de nous laisser dormir. Nous ne nous réveillâmes guère avant midi. Quoique mon poignet me fît encore souffrir, je me sentais beaucoup mieux, et Barak semblait de nouveau lui-même, en dépit de sa pâleur. La pluie avait cessé, mais le ciel était encore sombre et chargé. À ma grande surprise, aucun message de Cromwell ne nous attendait, seulement une note plaintive de Joseph demandant des nouvelles.

« Il a dû voir le roi à l'heure qu'il est, dis-je. Il aurait pu nous le faire savoir.

— Nous sommes du menu fretin, vous et moi, répondit Barak en haussant les épaules.

— Ne devrions-nous pas envoyer un autre message ?

— Réclamant des nouvelles ? Ce serait de la dernière insolence.

— À tout le moins, nous pouvons envoyer un message disant que, si nous ne sommes pas ici, on pourra nous trouver chez les Wentworth, et demander au comte s'il a besoin de nous. » Je regardai Barak. « Vous sentez-vous capable d'aller à Walbrook ?

— Je me sens parfaitement bien. Vous aussi, vous avez meilleure figure. » Il se mit à rire. « Vous n'êtes pas aussi faible que vous le prétendez.

— Vous avez beau jeu de dire cela à votre âge. Bon, je vais écrire une note, puis nous partirons. J'enverrai Simon porter ce message, et lui demanderai de le remettre en main propre à messire Grey. Ce sera une aventure pour lui que d'aller à White-hall. Je vous emprunterai votre cachet, afin de l'imprimer sur la cire. » Après une hésitation, je repris : « Je devrais le porter moi-même, mais le temps nous manque. Nous n'aurions pas dû dormir aussi longtemps. Il nous reste à peine vingt-quatre heures. »

Nous prîmes un bateau pour aller dans la Cité, puis gagnâmes Walbrook à pied. J'avais revêtu mon meilleur pourpoint et ma robe d'avocat, et avais insisté pour que Barak prenne mon autre pourpoint afin de cacher le pansement sur son bras.

Une domestique ouvrit la porte. « Sir Edwin est-il là ? demandai-je. Je suis messire Shardlake. »

Ses yeux s'écarquillèrent légèrement lorsqu'elle reconnut mon nom. Que savaient au juste les domestiques de ce qui s'était passé dans cette maison ?

« Il est à la halle des merciers, messire.

— Alors puis-je voir dame Wentworth ? » La servante hésita. « Allons, dis-je d'un ton décidé. Nous avons affaire à Whitehall tout à l'heure avec le comte Cromwell. Votre maîtresse peut-elle nous recevoir ? »

Ses yeux s'écarquillèrent encore plus en entendant le nom de Cromwell. « Je vais voir, messire. Si vous voulez bien attendre. » Elle nous laissa à la porte et trotta à l'intérieur. Cinq minutes s'écoulèrent.

« Que fait-elle donc ? demanda Barak d'un ton agacé. Entrons. »

Je le retins. « Elle arrive. »

La fille reparut, l'air troublé. Elle nous conduisit à l'étage et, une fois encore, on nous fit entrer dans le grand salon, avec ses tapisseries au mur, ses fauteuils capitonnés, sa vue sur le jardin et le puits. Aujourd'hui, la pièce était froide. Dame Wentworth était seule. Elle portait toujours le deuil et sa coiffe noire faisait ressortir plus encore sa pâleur. Le jeune majordome se tenait derrière son fauteuil, impassible, mais les yeux aux aguets dans son large visage. Manifestement, la vieille femme venait de terminer son déjeuner car, sur un plateau posé à côté d'elle, se trouvaient les reliefs d'un repas. L'assiette vide, le pot de moutarde et la petite salière étaient en argent.

Dame Wentworth resta assise. « Vous voudrez bien pardonner la présence de mon majordome, messire Shardlake, mais aucun membre de la famille n'est présent pour l'heure. Je vous en prie, asseyez-vous. » Ce que nous fîmes. Elle sourit. « Il remplacera mes yeux. Dites-moi, David, qui accompagne l'avocat ? À entendre son pas, il s'agit d'un jeune homme.

— Un jeune gaillard chauve, dit Needler avec insolence. Bien mis cependant. »

Barak le gratifia d'un regard glacial.

« C'est mon assistant, dis-je à la vieille femme.

— Ainsi, nous avons chacun notre chaperon, répondit dame Wentworth avec un sourire qui découvrit ses horribles fausses dents et ses gencives de bois. Que puis-je pour vous ? Je crois comprendre que votre affaire est urgente. Elizabeth comparaît à nouveau devant ses juges demain, si je ne me trompe ?

— C'est vrai, madame, à moins que de nouvelles preuves ne soient fournies. Des preuves de ce qui se trouve au fond de votre puits, par exemple.

— Au fond de notre puits ? demanda-t-elle à mi-voix. Que voulez-vous dire, messire ? » J'admirai son sang-froid.

« Les corps des animaux que votre petit-fils Ralph a torturés et tués pour s'amuser. S'y trouve entre autres le cadavre du chat d'Elizabeth, que Sabine et Avice lui ont livré. Ainsi que celui d'un enfant qui, lui aussi, a été torturé, un petit mendiant. Que Needler a dû voir mais dont il s'est gardé de parler à l'enquête. » Je les regardai tour à tour. Ils restèrent muets et impassibles.

« Ce qu'on a fait à cet enfant donnerait la nausée à un bourreau », ajouta Barak.

La vieille dame se mit alors à rire, d'un rire caquetant et aigu. « Avons-nous affaire à des fous, David ? Ont-ils l'écume à la bouche, s'arrachent-ils les cheveux ? » Je répondis d'une voix égale : « Vos petites-filles ont dû avoir peine à garder pareil secret ces dernières semaines.

— Elizabeth aussi est ma petite-fille.

— Vous ne vous êtes jamais souciée que des enfants de sir Edwin. »

Elle resta un long moment silencieuse, puis le pli de sa bouche se durcit. « Ainsi, vous avez appris beaucoup de choses. » Elle soupira. « Je dois donc tout vous dire. David, je voudrais un verre de vin. Messire Shardlake, voulez-vous en prendre un aussi, votre assistant et vous ? »

Je ne répondis pas, surpris que j'étais de la voir capituler aussi promptement. Needler se dirigea vers la desserte, puis se retourna vers sa maîtresse. « Le vin a été terminé au repas du soir, madame. Voulez-vous que j'aille chercher une autre bouteille à la cave ?

— Faites donc. Je ne pense pas courir grand risque.

— Non, en effet », répliquai-je d'un ton sec. Needler quitta la pièce. Les mains de la vieille femme s'agitaient sur ses genoux tandis qu'elle tournait ses bagues sur ses doigts noueux. « Elizabeth a donc parlé ?

— Fort à contrecœur. À nous et à votre fils Joseph. »

Elle pinça les lèvres. « Ma famille a fait beaucoup de chemin, dit-elle d'une voix tranquille. Si Edwin avait ressemblé à Joseph, nous serions encore des culs-terreux, et nous travaillerions toujours la terre de cette maudite ferme. Mais, grâce à Edwin, nous avons eu avancement et richesse. À ses enfants, il a donné la chance de fréquenter les familles les plus élégantes de Londres, et à moi, beaucoup de consolations dans ma cécité. Maintenant que Ralph a disparu, il ne nous reste plus qu'à espérer que Sabine et Avice feront des mariages avantageux. Nous n'avons plus d'autres aspirations.

— Mais seront-elles des épouses convenables ? Après tous leurs méfaits ?

— Elles ont seulement besoin de solides gaillards qui leur serrent la bride », dit-elle en haussant les épaules.

Needler revint avec une bouteille de vin rouge et trois gobelets d'argent sur un plateau. Il le posa sur la table, présenta un gobelet à sa maîtresse, puis nous servit, Barak et moi, le visage toujours impassible, avant de reprendre position derrière la vieille femme. Pourquoi étaient-ils tous deux si calmes ? Je pris une gorgée de vin et Barak en avala une bonne lampée.

« Vous voulez donc la vérité ? dit dame Wentworth d'un ton décidé.

— Oui, madame. Sinon ici, du moins devant le tribunal demain matin.

— Elizabeth parlera pour se défendre ?

— Qu'elle le fasse ou non, je fournirai les preuves dont je dispose. Le moment est venu de tout m'avouer, madame, dis-je en avalant une autre gorgée.

— Où est Joseph ?

— À son logis. »

Elle hocha la tête et réfléchit avant de poursuivre.

« David a tout vu. De cette fenêtre. Il nettoyait les tapisseries, car c'est une tâche que je ne peux confier qu'à lui. » Elle hésita un moment, comme si elle tendait l'oreille, puis poursuivit.

« Elizabeth était seule dans le jardin cet après-midi-là, à bouder, comme à l'accoutumée. Elle aurait mieux fait de se rebeller, car la façon qu'elle avait de se réfugier dans les coins, comme une femme qui fait ses besoins, ne faisait qu'encourager les enfants à se montrer cruels. Et Dieu sait si les enfants peuvent l'être, n'est-ce pas ? Vous qui êtes bossu, vous ne devez pas l'ignorer.

— Oui, ils le sont. C'est pourquoi il incombe aux adultes de les corriger. Et ils étaient à trois contre une.

— Elizabeth était presque une adulte. Une grande fille de dix-huit ans, avoir peur d'un garçon de douze ans ! » Elle eut un éclat de rire méprisant. « Le jour où Ralph est mort, il était descendu dans le jardin et s'était approché d'Elizabeth. Il lui causait, assis sur le rebord du puits. Par la fenêtre, vous n'avez pas entendu ce qu'il lui disait, David ?

— Non, madame. Il devait la faire enrager, et lui parlait peut-être de son chat, qu'il avait tué. Elle était assise sous l'arbre, la tête penchée, sans réagir, comme d'habitude.

— Si elle avait eu du courage, elle se serait levée pour lui frotter les oreilles.

— Au fils préféré ? dis-je. Voilà qui aurait fort déplu à sir Edwin. »

Dame Wentworth inclina la tête. « Il se peut.

— Saviez-vous que votre petit-fils avait tué un jeune garçon, madame ? » demandai-je. Le majordome posa la main sur son bras pour l'inviter à ne pas répondre, mais elle le repoussa.

« Quand nous avons entendu parler de cette disparition, j'ai eu des doutes. Je n'ignorais rien des agissements de Ralph. J'attendais l'occasion de lui en parler, car je craignais qu'il ne se mît en danger. Mon fils Edwin ne sait rien. Il croyait Ralph incapable d'une mauvaise action et j'ai pensé que mieux valait ne pas le détromper. Il avait assez de soucis avec ses affaires.

— Ne craigniez-vous pas que Ralph ne devienne un monstre ? »

Je toussai, la gorge soudain très sèche.

Dame Wentworth haussa les épaules. « Si Ralph n'avait pas renoncé de lui-même à ses pratiques cruelles, il aurait appris à les dissimuler. C'est fréquent. » Elle soupira. « Continuez, David, je suis lasse. Racontez-leur ce qui s'est passé ensuite. »

Le majordome nous regarda avec attention. « Au bout d'un moment, Sabine et Avice sont sorties et se sont assises à côté de Ralph sur le rebord du puits. Elles se sont mises elles aussi à tourmenter leur cousine. Là-dessus, Ralph a fait à Sabine une réflexion qui lui a déplu. »

Needler rougit.

« Une allusion au sentiment de Sabine pour vous, peut-être ? »

La vieille femme leva une main. « Je répondrai, David. Sabine avait pour David un de ces faibles comme en ont les jeunes filles. Il ne l'a pas encouragée. C'est un loyal serviteur qui est dans la maison depuis dix ans. Il nous est tout dévoué. Racontez-leur ce que vous avez vu ensuite, David.

— Sabine a agrippé Ralph. Il s'est débattu pour lui faire lâcher prise et a basculé en arrière. Il est tombé dans le puits.

— Sabine affirme qu'elle n'avait pas l'intention de le précipiter dedans ; elle a juste eu un mouvement de colère, reprit dame Wentworth. Je crois que, pour un tribunal, ce serait un homicide non prémédité, pas vrai, l'avocat ? Pas un assassinat.

— Ce serait au jury d'en décider, au vu des faits.

— Quoi qu'il en soit, Sabine risquerait la corde, bien qu'elle soit une demoiselle de qualité. Nous pourrions implorer la grâce du roi, mais cela nous ruinerait. Naturellement, Sabine et Avice auraient pu dire que Ralph avait tout simplement glissé, mais Elizabeth avait vu toute la scène. Et elle ne nous aimait pas. » Elle écarta les mains et sourit. « Voilà où le bât blessait.

— Il fallait donc la réduire au silence. En l'accusant. » Je clignai des paupières, sentant à nouveau tout le poids de la lassitude m'envahir. Le peu de vin que j'avais bu commençait à me monter à la tête.

« Quand j'ai vu Ralph tomber dans le puits, poursuivit Needler, je me suis précipité dans le jardin. Sabine et Avice hurlaient et sanglotaient. J'ai regardé au fond du puits, et j'ai tout juste distingué le corps de Ralph.

— Pauvre petit, souffla la vieille dame.

— Elizabeth était toujours assise sous l'arbre, bouche bée. Sans savoir que j'avais tout vu de la fenêtre, Sabine a désigné Elizabeth en disant : "Elle a tué Ralph, elle l'a fait tomber dans le puits ! Nous étions là !" Elizabeth est restée figée, muette. Puis

Avice a abondé dans le sens de sa sœur et accusé Elizabeth. »

La vieille dame fit un signe d'assentiment et prit la parole.

« Sur ces entrefaites, je suis descendue. J'avais entendu les cris et j'ai trouvé Sabine et Avice en train de hurler qu'Elizabeth avait tué Ralph. Quand je lui ai parlé, elle a refusé de répondre. J'ai cru au début que les choses s'étaient vraiment passées ainsi. Ensuite seulement, David m'a révélé la vérité. J'ai questionné les filles, qui ont confirmé ses dires. Elles connaissaient le sort du petit mendiant. Elles ont eu grand-peur, messire Shardlake, mais elles savent se contrôler, ainsi qu'il sied à des jeunes filles comme il faut. Elles ont l'étoffe de véritables dames de qualité.

— Elles ont l'étoffe de monstres diaboliques, comme leur frère ! » s'exclama Barak.

La vieille femme l'ignora et poursuivit. « Nous avons attendu un jour ou deux pour voir si Elizabeth parlait, mais elle a gardé le silence. Joseph est venu nous dire qu'elle refusait de se défendre. Aussi avons-nous décidé que, si elle était disposée à mourir, autant la laisser faire. » Elle parlait d'une voix calme, comme s'il s'agissait d'une transaction commerciale.

J'eus une quinte de toux sèche, puis lançai : « Eh bien ! madame, maintenant que vous nous avez tout dit, que comptez-vous faire ? »

Elle sourit sans répondre. Je me rendis compte que mon cœur cognait à un rythme rapide, sans comprendre pourquoi. J'entendis des voix dans le vestibule, puis la porte d'entrée qui se refermait.

« Peste ! fit Barak. Mes yeux ! J'y vois trouble ! »

Je le regardai. Il avait le regard fixe, les pupilles dilatées. Je me souvins alors des yeux de Sabine, la première fois que j'étais venu. La belladone était terriblement toxique. J'en avais déjà vu les effets au monastère de Scarnsea.

« On nous a fait boire du poison, soufflai-je.

— Il agit rapidement », déclara la vieille dame d'une voix calme. Needler se dirigea vers la porte et tourna la clef dans la serrure, puis s'y adossa et se tourna vers nous, ses lourdes mâchoires crispées, l'air hostile.

« Vous avez renvoyé les domestiques ? demanda dame Wentworth.

— Je leur ai dit qu'il n'y avait plus rien à faire pour ce matin, et qu'ils pouvaient sortir prendre l'air pendant qu'il faisait encore frais après l'orage. » Il se tourna vers moi. « Vous pensiez que personne ne vous avait observés, la nuit où vous êtes descendus dans le puits. Mais ma maîtresse a entendu un bruit dans le verger. Elle m'a dit de me poster à la fenêtre pour regarder ce qui se passait. Je vous ai vus vous introduire dans le jardin, et le déplumé descendre dans le puits. »

La vieille femme laissa fuser un vilain caquet : « Les aveugles ont l'ouïe très fine, messire Shardlake. Après cela, nous avons craint de voir arriver le constable. Comme rien ne se produisait, nous avons compris qu'Elizabeth devait toujours refuser de parler. »

Barak voulut se lever, mais retomba sur son siège. « Je n'y vois plus », s'exclama-t-il. Sa tête se mit à dodeliner. Quel que fût le poison, il en avait bu plus que moi.

Je voulus répondre, ma voix refusa de sortir de ma gorge. Je me revis debout près du buisson de belladone à Scarnsea, avec Guy qui me décrivait les effets du poison. La seule façon de les combattre, pourvu qu'on agisse très vite après l'absorption, était de prendre un émétique.

Needler retourna prendre place derrière le fauteuil de sa maîtresse.

« Nous nous sommes doutés que vous viendriez nous rendre visite, reprit celle-ci. C'était inévitable. » Elle eut un mauvais sourire en m'entendant respirer profondément pour essayer de calmer les battements de mon cœur. « À propos, le puits est vide et les cadavres dans la Tamise. Il est prêt à vous accueillir. Ensuite, nous nous occuperons de Joseph. » Elle avait baissé la voix, et chuchotait maintenant, attendant que nous glissions sur le sol. « Une vieille femme de la campagne connaît beaucoup de plantes vénéneuses, et nous avons un grand jardin aux simples. Ils s'affaiblissent, David, tuez-les à présent. »

Le majordome avala sa salive. Le visage dur, il sortit un poignard et vint se placer derrière mon fauteuil avec une lenteur délibérée.

C'est alors que je me souvins de la moutarde et de ses propriétés émétiques dont m'avait parlé Guy le jour où j'avais évoqué l'affaire Wentworth pour la première fois devant lui. Sachant que c'était ma dernière chance, je réussis à me lever, tremblant des pieds à la tête. Au prix d'un effort surhumain, Barak se mit debout lui aussi, chancelant, et dégagea maladroitement de son fourreau son épée. Il semblait avoir toujours la vue aussi brouillée. Les yeux de Needler allaient de l'un à l'autre et il parut soudain hésiter.

Saisissant le pot de moutarde, j'en avalai une cuillerée sous le regard médusé de Needler. Aussitôt, j'eus la gorge en feu.

« Que se passe-t-il, David ? » demanda la vieille femme, d'une voix où perçait l'angoisse. Barak donna un coup d'épée incertain dans la direction de Needler, qui retourna précipitamment derrière le fauteuil de sa maîtresse.

Je sentis la nausée me remonter dans la gorge. Je me penchai et, avec un haut-le-cœur affreux, vomis sur le tapis le contenu de mon estomac. « Jack, criai-je, tenez ! » Il prit le pot et avala ce qui restait de moutarde. Il suffoqua et s'appuya au dossier de son fauteuil, l'épée toujours brandie, menaçant Needler. Je posai une main sur le dossier de mon siège, saisi de vertige. « Restez debout, messire, hurla Barak. Il ne faut pas mollir ! »

Je pris de grandes inspirations, taraudé par l'effrayante certitude que, si nous avions une défaillance, c'en serait fait de nous. Malgré tout, mon cœur se calmait un peu. Je tirai ma dague. La vieille femme se leva elle aussi, tendant devant elle ses mains tremblantes. « David ! cria-t-elle d'une voix aiguë, David, que se passe-t-il ? »

Alors Needler perdit son sang-froid. Il s'écarta de sa maîtresse et courut à la porte. Barak entreprit de le suivre, mais trébucha. La vieille femme se retourna vers les bruits de pas, agitant des mains impuissantes. « David ! David ! Où êtes-vous ? Qu'arrive-t-il ? »

Needler tourna la clef, ouvrit la porte en grand, dévala les escaliers et sortit de la maison. Barak se pencha en avant et vomit de façon aussi spectaculaire que moi. Puis il tomba à genoux, hors d'haleine.

La vieille aveugle se tourna vers le bruit, prise de panique. « David, où êtes-vous ? cria-t-elle. David ! David ! » Elle trébucha, hurla en perdant l'équilibre et s'effondra. Sa tête heurta le mur et elle s'affaissa sur le sol avec un gémissement.

Je titubai jusqu'à la porte du salon, descendis l'escalier et sortis de la maison, dont Needler avait laissé la porte ouverte. Cramponné au chambranle, je criai « Au secours ! » d'une voix rauque qui fit se retourner les têtes dans la rue animée. « À l'assassin ! Appelez le constable ! Au secours ! »

Alors mes jambes se dérobèrent sous moi et je sombrai dans les ténèbres.

46

J E REVINS À MOI EN SURSAUT, DÉTOURNANT LE VISAGE pour échapper à une odeur nauséabonde qui emplissait mes narines. Je hoquetai et regardai autour de moi, désorienté.

Je me trouvais toujours dans le salon des Wentworth, mais assis dans un fauteuil. Debout, un homme trapu portant le justaucorps des constables m'observait. À côté de moi, Guy tenait à la main le flacon qu'il m'avait mis sous le nez. Je regardai à l'entour. Le constable et Guy, en robe d'apothicaire, paraissaient complètement incongrus dans cet intérieur luxueux. Barak était vautré dans un autre fauteuil, pâle mais vivant. Ses pupilles avaient retrouvé leur taille normale

« La vieille femme…, croassai-je.

— Ne vous inquiétez pas, dit Guy. On l'a emmenée. Ainsi que ses petites-filles. Heureusement que vous avez eu la présence d'esprit de vous souvenir des propriétés émétiques de la moutarde, sinon, Barak et vous seriez morts. Vous êtes resté inconscient une heure. J'étais inquiet. »

Je souffrais d'un violent mal de tête. « C'est vous qui m'avez dit qu'en cas d'empoisonnement, il fallait vomir.

— Jamais je n'ai vu une mémoire comme la vôtre.

— Seigneur, dis-je avec un rire éraillé, je préfère ne pas songer à la note que je devrai acquitter, après tout ce que vous avez fait ce dernier mois.

— Vous avez les moyens. Pouvez-vous bouger les bras ? Et les jambes ?

— Je me sens faible…

— Cela devrait passer sans tarder. » Guy tendit la main vers un bol posé sur la table que recouvrait un linge, qu'il souleva. Une odeur âcre emplit la pièce. « Je veux que vous buviez ceci tout de suite. Cela vous fera évacuer les humeurs empoisonnées qui ne sont pas encore sorties de votre corps. »

Je regardai le liquide d'un œil méfiant, mais laissai Guy me soutenir la tête afin de me le verser douce-ment dans la bouche. Il avait un goût amer. « Voilà, dit-il. Asseyez-vous à présent. » J'obéis, suffoquant un peu.

La porte s'ouvrit et Joseph entra, le visage décom-posé. Toutefois, il sourit en voyant que j'avais repris mes esprits.

« Ah ! messire, vous êtes revenu à vous, Dieu soit loué ! »

Je serrai le bras de Guy.

« Needler a-t-il pris la fuite ? demandai-je.

— Oui. On a lancé une chasse à l'homme pour le retrouver.

— Comment se fait-il que vous soyez ici ?

« — Vous avez appelé le constable.

— De cela, je me rappelle, mais de rien d'autre ensuite.

— Il vous a trouvés tous inconscients : Barak, la vieille femme et vous. Mais vous vous êtes réveillé quelques instants et m'avez fait mander.

— Je ne m'en souviens pas. Perdrais-je l'esprit ?

— Vous retrouverez toutes vos facultés, dit Guy en posant la main sur mon bras. Mais Barak et vous êtes encore faibles. Il faut vous reposer. »

Le constable prit la parole. « David Needler a été pris, messire. C'est ce que je suis venu vous dire. Il a essayé de sortir de la Cité par Cripplegate à cheval, mais le gardien l'a arrêté. Il n'a pas opposé une trop forte résistance. Il est à Newgate à présent. »

Barak intervint à son tour : « Sabine et Avice y ont déjà été emmenées, la vieille femme aussi, bien qu'elle se soit sérieusement blessée à la tête en tombant. Les filles se cachaient à l'étage au-dessus, dans leurs chambres. Les constables ont été obligés de les tirer de sous leurs lits. Elles se sont mises à hurler et se sont défendues bec et ongles quand elles ont compris que la partie était perdue. Enfin, elles sont enfermées maintenant. Quoi qu'on ne les ait pas mises dans la basse-fosse, fit-il d'une voix rauque et amère. Elles sont mieux logées qu'Elizabeth. »

Je regardai par la fenêtre. Dans la lumière terne de la fin d'après-midi, on distinguait vaguement le contour du puits. « Seigneur Jésus, murmurai-je, si Needler et la vieille sorcière étaient parvenus à leurs fins, nous serions là-bas au fond, nous aussi. » Je me tournai vers Joseph. « Je vous demande pardon. C'est votre mère... »

Il secoua la tête. « Elle a toujours préféré Edwin. Pour nous autres, elle n'avait que mépris.

— Barak, repris-je, vous devez faire une déposition sous serment ; le magistrat et les constables aussi. Ils doivent comparaître demain devant Forbizer… » Je voulus me lever, mais titubai et retombai sur mon siège. Une pensée me traversa alors l'esprit.

« Et sir Edwin ?

— Il est dans sa chambre, de l'autre côté, dit Joseph à mi-voix. Pauvre Edwin, le coup a été rude pour lui. Sa mère blessée, ses filles emprisonnées…

— Elizabeth est-elle au fait ?

— Oui. Elle s'est mise à pleurer quand je lui ai raconté. » L'ombre d'un sourire se dessina sur son visage. « Mais elle m'a pris la main quand je m'apprêtais à partir. Je vais m'occuper d'elle désormais, messire. Mais il fallait que je vienne ici. Mon frère a besoin de moi », ajouta-t-il simplement.

Je le regardai. Je compris alors clairement pourquoi j'avais accepté cette horrible affaire : parce que Joseph était un homme bon, d'une bonté et d'une charité naturelles rares ici-bas.

« Je vais rejoindre Edwin », annonça-t-il. Le constable leva la main. « Le magistrat est encore avec lui, monsieur. »

Des pensées décousues me traversaient toujours l'esprit. Je m'exclamai soudain : « Cromwell ! Voilà longtemps que nous n'avons eu de nouvelles de lui. Grey a-t-il envoyé le message ? »

Barak hocha la tête. « Ceci est arrivé il y a un quart d'heure. » Il sortit de sa poche un billet portant le cachet du comte. Je lus ces mots, écrits de la main précise de Grey : *Le comte Cromwell a reçu votre message. Il voit le roi aujourd'hui et vous fera mander si besoin est. Il vous remercie vivement.*

« C'est donc fait », soupirai-je. Soulagé, je m'adossai à mon fauteuil. « Et il nous remercie. »

Guy s'approcha de moi pour examiner ma bouche et mes yeux, et fit de même avec Barak.

« Vous êtes tous deux tirés d'affaire, mais vous devriez rentrer vous coucher. Vous serez faibles et fatigués pendant quelques jours encore.

— Je ne discuterai pas avec vous, messire apothicaire, dit Barak.

— Bon, maintenant, je dois retourner à ma boutique. J'ai des patients. » Il nous salua, tourna les talons et se dirigea vers la porte, l'allure plus exotique que jamais dans sa longue robe à capuchon, son visage à la patine de bois bruni et ses cheveux grisonnants et bouclés.

« Merci, mon vieil ami », murmurai-je.

Il leva une main et sourit avant de disparaître.

« Il a une mine patibulaire, cet homme, dit le constable. En arrivant ici, j'ai cru que c'était lui que je devais arrêter. » Je m'abstins de répondre.

La porte s'ouvrit à nouveau et un homme grand et mince entra dans la pièce, en qui je reconnus le magistrat Parsloe. En temps ordinaire, il était jovial et content de lui, mais, en l'occurrence, il avait la mine sombre. Il salua, puis se tourna vers Joseph. « Messire Wentworth, je pense que vous devriez aller retrouver votre frère. »

Joseph se leva avec empressement. « Je m'apprêtais à le faire, messire. A-t-il demandé après moi ? »

Parsloe hésita. « Non, mais je pense qu'il ne doit pas rester seul. » Il me regarda et poursuivit :

« Messire Shardlake, je suis content de vous voir sain et sauf. Lorsque je suis arrivé ici après que le constable m'a fait mander, c'est une scène de désolation qui s'est offerte à ma vue.

— Je le conçois. Avez-vous interrogé sir Edwin ?

— Oui. Il affirme tout ignorer des agissements des siens. Je le crois. C'est un homme accablé par le malheur. Tout de même, je trouve fort étrange que la vieille femme ait entretenu un pareil commerce avec un simple majordome.

— Needler lui faisait office d'yeux, elle le disait elle-même. Elle avait besoin de lui et était vulnérable, sur ce point, à tout le moins.

— Nous avons trouvé ceci dans la cave, dit Parsloe en me tendant une petite fiole. Votre ami apothicaire dit qu'il s'agit de belladone, très concentrée. »

Je lui rendis la fiole en réprimant un haut-le-cœur.

« Pouvez-vous venir demain à l'Old Bailey ? Elizabeth Wentworth comparaît à nouveau devant le juge Forbizer. Il serait fort utile d'avoir votre témoignage.

— Volontiers, messire. Pensez-vous qu'elle acceptera de parler ?

— Je le pense. » Je regardai Barak du coin de l'œil. « Maintenant que les faits sont reconnus, il n'y aura plus de martyre pour elle, qu'elle le veuille ou non. » Je me tournai vers Joseph. « Pouvez-vous aussi vous présenter au tribunal demain à dix heures ? Ainsi, Elizabeth pourra être commise à votre garde.

— Comment vous remercier pour tout ce que vous avez fait, messire ? »

Nous le suivîmes jusqu'à la porte. De l'autre côté du couloir, une porte s'ouvrait sur une chambre confortable. Sir Edwin était assis dans un fauteuil près du lit, immobile comme une statue, le visage blême et bouffi. Joseph frappa sur le battant ouvert et entra. Son frère leva des yeux dans lesquels nulle vie ne brillait. Joseph s'assit sur le lit près de lui et voulut lui prendre la main, mais sir Edwin eut un mouvement de recul.

« Allons, Edwin, dit Joseph avec douceur, je suis là et je t'aiderai de tout mon cœur. » Il tendit à nouveau la main et, cette fois, Edwin ne lui retira pas la sienne.

« Allons-nous-en, Barak », dis-je à mi-voix, lui donnant un coup de coude pour lui indiquer la porte.

Nous rentrâmes à Chancery Lane. Malgré mes vertiges, je préparai une déposition pour Forbizer et demandai à Barak, qui n'était guère plus vaillant que moi, d'en faire autant. En lisant ce qu'il avait écrit, je fus étonné de la fluidité et de la précision de son style. Les moines lui avaient donné une bonne instruction et, assurément, il avait écrit beaucoup de rapports pour Cromwell. Après quoi, Joan nous servit à dîner et, pour la seconde nuit consécutive, sitôt couchés, nous sombrâmes dans un sommeil de plomb.

Le lendemain matin, nous n'avions toujours aucune nouvelle de Cromwell. Nous étions le dix juin, le jour du jugement. Pendant que nous déjeunions, je regardai par la fenêtre. Le temps était encore nuageux et un peu brumeux. La démonstration devant le roi aurait dû avoir lieu aujourd'hui. Le feu grégeois aurait offert un spectacle de choix par un matin aussi gris et aussi humide.

« Il est l'heure de partir, m'annonça Barak.

— Oui. Je ne veux pas être en retard, aujourd'hui moins que jamais. »

À l'Old Bailey, tout était prêt. Parsloe, le constable et trois domestiques des Wentworth, la mine inquiète, attendaient dans le vestibule. Parsloe avait une série de déclarations à me montrer. À côté de lui se tenait Joseph, encore pâle, mais l'air plus calme que la veille. Pour lui, c'était assurément une victoire à la Pyrrhus. Je lui pris le bras.

« Êtes-vous prêt, Joseph ?

— Oui. Edwin n'a pu venir. Il est fort affecté.

— Je le conçois aisément. Et comme il n'était pas chez lui hier au moment des faits, il ne peut être interrogé en tant que témoin direct.

— Je l'ai veillé cette nuit. Je pense qu'il cessera de m'en vouloir. Il ne lui reste plus que moi maintenant.

— Il ne saurait avoir meilleur soutien, dis-je.

— Je vais m'employer à le convaincre de revenir à la ferme avec moi. J'y retournerai avec Elizabeth. C'est un lieu qui leur est familier à tous deux, et ils n'y ont pas de mauvais souvenirs.

— Vous avez raison. Et sans doute est-il préférable pour eux de quitter Londres. Les pamphlétaires aiguiseront leurs plumes lorsque la nouvelle sera connue. La peste soit de leur cruauté et de leurs sarcasmes. » Je me tournai vers Parsloe. « Passons-nous en audience publique avec les autres affaires ?

— Non, dit-il en secouant la tête. J'ai vu le juge. Comme il s'agit simplement de remettre Elizabeth en liberté, il nous recevra dans son bureau dès que nous serons au complet. »

Je rassemblai mon courage : « Alors, finissons-en. Voici son greffier. » Je regardai le petit assistant grassouillet de Forbizer aller et venir, affairé. Je me souvenais du jour où il m'avait informé que le juge avait changé d'avis. C'était juste avant que Barak ne fasse irruption dans mon existence.

Parsloe, Joseph et Barak m'accompagnèrent dans le bureau du juge. Il faisait froid ce matin, et un feu avait été allumé. Forbizer, déjà vêtu de son ample robe rouge, était assis derrière un bureau où s'empilaient des papiers soigneusement rangés. Il nous dévisagea froidement. Ses yeux s'attardèrent un moment sur Barak, puis il tendit la main et claqua des doigts.

« Les dépositions. »

Je les lui donnai. Forbizer les lut, impassible. Il s'arrêta de temps à autre, fronçant les sourcils pour vérifier un détail. C'était de la comédie, je le savais. Il connaissait déjà toute l'histoire par Parsloe et ne pouvait que relâcher Elizabeth. Enfin, il reposa les papiers, les aligna méticuleusement, et grogna : « Ainsi donc elle était innocente.

— Oui.

— Malgré tout, elle aurait dû subir la presse, dit-il glacial. C'est la sentence de rigueur pour ceux qui refusent de parler. C'eût été justice. » Il caressa sa barbe grise, la mine pensive. « Je me demande si je ne devrais pas la condamner à passer encore quelque temps dans la basse-fosse pour outrage à magistrat. » Il regarda Joseph, que je vis pâlir. Je ne pus m'empêcher de froncer les sourcils : c'était là une cruauté gratuite, une façon de se venger de la pression que Barak avait exercée sur lui. « Mais la séance de ce matin est déjà suffisamment remplie sans que je fasse à nouveau comparaître cette fille, reprit-il avec un haussement d'épaules. Je la relaxe donc. Du moins jusqu'au procès de sa famille, car il faudra qu'elle vienne y témoigner.

— Je vous remercie, Votre Honneur », dis-je.

Forbizer tira une feuille vers lui. Je vis qu'un ordre de levée d'écrou avait été préparé, qu'il signa, la lèvre retroussée sur sa barbe. C'était là son habituelle mimique de mépris, fort déplaisante. Puis il poussa la feuille vers moi sur la table.

« Voilà, mon cher confrère. » Mais quand je tendis la main pour la prendre, il posa deux doigts dessus. Levant les yeux, je croisai son regard, froid et hostile.

« Que je ne vous trouve plus en travers de mon chemin, Shardlake. Sinon, malgré toutes vos protections politiques, je ferai de votre vie un véritable enfer. » Il releva les doigts. Je pris l'ordre, me levai et saluai. Nous sortîmes tous à la file, en silence.

Au-dehors, Parsloe secoua la tête avec perplexité. « On aurait pu croire qu'il serait content de voir une injustice réparée et une jeune fille sauvée d'une mort cruelle. Quel être imprévisible !

— Le méchant gueux était fâché qu'on lui ait forcé la main, dit Barak.

— Forcé la main ? répéta Parsloe. Et qu'a-t-il voulu dire par "vos protections politiques" ?

— Dieu seul le sait, répliquai-je, m'empressant de glisser sur la question. Je vous suis très reconnaissant de votre concours, messire Parsloe. Nous ne voulons pas vous retenir. »

Le magistrat s'éloigna et je lançai à Barak un regard sévère.

« Vous avez failli me mettre en fâcheuse posture à l'instant. Il n'y a pas plus grand bavard que Parsloe, et si vous lui aviez dit que Cromwell était intervenu pour sauver Elizabeth, l'histoire serait demain criée par toute la ville et distribuée par cent vendeurs de pamphlets. Fidèle à sa promesse, Forbizer ferait de ma vie un enfer. Quoi qu'il en soit, si jamais je le rencontre à nouveau, il ne s'en privera pas, poursuivis-je, la mine sombre.

— Ce n'est pas ma faute si les avocats ont de si grandes langues. Et puis, je suis fourbu. Je devrais être au lit.

— Messire, intervint Joseph, puis-je vous demander ce qu'il a voulu dire au juste en parlant de ces appuis politiques ? »

J'hésitai. Cependant, si quelqu'un avait le droit de savoir, c'était bien lui. « Barak et moi avons été mêlés à… à une affaire pour le compte de Cromwell. Elle était fort importante, et c'est la raison pour laquelle j'ai eu si peu de temps à consacrer à votre nièce. Il a usé de son influence pour obliger Forbizer à accorder un délai à Elizabeth. Mais je vous en prie, gardez cela pour vous.

— Je vous le promets, messire. » Il secoua la tête. « Le comte ! Que Dieu le bénisse, qu'Il bénisse toutes les réformes qu'il a faites. »

Je lui donnai le document. « Tenez, emportez cela à Newgate et Elizabeth sera libérée. Voulez-vous que nous venions avec vous ?

— C'est une chose dont je préfère m'acquitter seul, dit-il en souriant. Vous n'en prendrez pas ombrage, je l'espère ?

— Certes non. »

Barak et moi le regardâmes quitter l'Old Bailey, le précieux document à la main.

« Ainsi, l'affaire est close, dis-je. Que voulez-vous faire à présent ? Moi, je retourne à Lincoln's Inn, car du travail m'attend. » Je l'observai attentivement, me rendant compte que nos chemins allaient bientôt se séparer ; or, malgré ses mille et une manières agaçantes, et quoi que j'en eusse, il allait me manquer.

« Puis-je vous accompagner, me demanda-t-il non sans hésitation. Je ne peux rien faire avant d'avoir eu des nouvelles du comte.

— À votre aise.

— J'ai hâte d'avoir un message de lui.

— Peut-être une lettre nous attend-elle à Lincoln's Inn. Nous verrons bien. »

Il me jeta un regard inquisiteur. « Vous vouliez que le comte l'emporte, n'est-ce pas ?

— Je ne souhaitais pas qu'il mette la main sur le feu grégeois, mais je ne souhaite pas non plus qu'il tombe. Norfolk serait un maître bien plus cruel. Je ne suis donc pas comme lady Honor, qui n'a guère de préférence. » Après un instant d'hésitation, je poursuivis. « Je l'ai soupçonnée, vous savez. À l'entrepôt. Quand Norfolk est arrivé, j'ai presque poussé un soupir de soulagement. Je regrette de ne pas avoir trouvé plus tôt la réponse. Cela eût épargné des vies.

— À deux contre toutes les créatures féroces de Norfolk ? C'est miracle que nous soyons encore en vie ! Vous devriez vous attribuer plus de mérite dans cette affaire. Ainsi que pour l'heureuse issue de l'affaire Wentworth.

— Peut-être. »

Un bruit sinistre de chaînes raclant le sol nous fit nous retourner. Des accusés en haillons, sales et tremblants, traversaient le vestibule à la file, conduits par des constables renfrognés. Une bouffée de l'odeur infecte de la prison nous arriva aux narines tandis qu'ils passaient, et la porte du tribunal se referma derrière eux. Nous restâmes quelques instants silencieux. Je pensai à la charrette conduisant les condamnés à la potence, à la justice et à l'injustice, si difficiles à distinguer l'une de l'autre. Puis, tournant les talons, nous sortîmes dans la rue, soulagés de laisser l'Old Bailey derrière nous.

Aucun message de Cromwell ne nous attendait à Lincoln's Inn. Skelly était en train de recopier des documents, le nez sur ses papiers, mais l'air un peu moins inquiet. Godfrey, lui, était parti. J'allai dans son bureau, où je trouvai une pile de papiers soigneusement rangés sur sa table de travail, avec, sur le dessus, une note de sa main à mon intention.

Je te confie mes affaires. Je sais que les intérêts de mes clients seront en de bonnes mains. Avec certains amis, je vais prêcher la Parole de Dieu dans les villes ; mais je sais que nous devons nous défier des magistrats et je préfère ne pas te dire où pour l'instant.
  Ton frère, en justice comme dans le Christ,
        Godfrey Wheelwright.

Je soupirai. « Il a donc fait son choix », dis-je. J'examinai rapidement les affaires. Tout était en ordre et il m'avait laissé un résumé de ce qu'il y avait à faire pour chacune d'entre elles. Après quoi, je retournai dans mon bureau. Barak regardait par la fenêtre, la mine sombre. J'éprouvai une bouffée d'irritation contre Cromwell, qui nous tenait ainsi dans l'expectative. Mais Barak avait raison : nous étions du menu fretin.

« Voici l'autre gueux », dit-il en désignant du menton Stephen Bealknap, qui traversait la cour carrée. Il paraissait tendu, le cou rentré dans ses épaules étroites. Il sursauta en entendant un bruit et jeta un regard craintif autour de lui. Je me mis à rire et dis : « Mettons fin à son tourment. »

Barak m'accompagna dans la cour. Dès qu'il nous vit, Bealknap se hâta de nous rejoindre. « Mon cher confrère, avez-vous des nouvelles ? » Les yeux pâles du coquin étaient suppliants.

« Vous n'avez plus rien à craindre, Bealknap, répondis-je en souriant. L'affaire du feu grégeois est réglée. »

Ses épaules se détendirent et il poussa un soupir de soulagement. « Que s'est-il passé ? demanda-t-il, avec un regain de curiosité. Qui était derrière tout cela ? Le comte Cromwell est-il en possession du feu grégeois ?

— Cela reste confidentiel, cher confrère, dis-je en levant une main. Tout ce que je puis vous dire, c'est que vous pouvez recommencer à vaquer à vos affaires en toute tranquillité. »

Ses yeux se plissèrent. « Et l'affaire concernant mes propriétés ? Vous y renoncerez sans doute, maintenant que vous connaissez l'intérêt que porte sir Richard à cette question ? » Force m'était de constater qu'une minute avait suffi pour que les instincts prédateurs de Bealknap reprennent le dessus.

« Eh bien ! non. Je suis toujours mandaté par le Conseil de la Cité. J'irai donc devant la cour de la chancellerie. »

Je comptais bien que Cromwell ne m'en empêcherait pas. Il m'était trop largement redevable.

Bealknap se redressa, les sourcils froncés. « Eh quoi, vous traîneriez un confrère devant le tribunal ! C'est tout à fait indigne, et soyez sûr que je le ferai savoir. Vous ne pouvez agir ainsi, Shardlake. Le système est fort avantageux pour nous et il y a beaucoup d'or à gagner avec peu d'effort si l'on choisit la voie facile. »

Je pensai à ces taudis, à ceux qui étaient forcés de se servir de cette fosse puante, aux maisons du voisinage en butte à cette nuisance, et à tous les logis semblables qui commençaient à foisonner dans Londres, poussant sur les restes des anciens monastères.

« Vous êtes un enfant du péché et de la mort, Bealknap, dis-je. Et je me battrai contre vous avec tous les moyens dont je dispose. »

Je me retournai en sentant Barak me donner un coup de coude. Un homme qui venait de passer le grand porche accourait vers nous, le visage congestionné. C'était Joseph. Il hoquetait et était hors d'haleine. J'eus un moment d'angoisse terrible.

« Elizabeth ? » demandai-je.

Il secoua la tête. « Elle est en sécurité chez moi. Mais j'ai entendu une nouvelle...

— Quoi donc ?

— Le comte Cromwell est tombé !

— Quoi !

— On vient de l'annoncer. Il a été arrêté à la table du Conseil de bonne heure ce matin, pour crime d'État. On l'a emmené à la Tour. Il paraît que ses biens ont été saisis. Vous savez ce que cela signifie.

— La mise hors la loi ! » m'exclamai-je. J'avais les lèvres engourdies et comme exsangues. « Il sera condamné sans être jugé.

— On dit que le duc de Norfolk lui-même lui a arraché son collier de l'ordre de la Jarretière. Arrêté à la table du Conseil ! Ainsi que tous ses collaborateurs et amis, Wyatt en tête ! »

Je pris Joseph par l'épaule et l'emmenai à l'écart. Bealknap, dont les yeux lui sortaient de la tête, resta là un moment, puis tourna les talons et se dirigea vers la Grande Salle pour répandre la nouvelle.

« Je me suis dit qu'il fallait que vous soyez informé sans délai, messire, reprit Joseph. Après ce que vous m'avez confié ce matin, j'ai pensé… que vous seriez peut-être en danger. »

Je me tournai vers Barak. « Mais notre message, alors ? Grey a dit qu'il l'avait transmis… C'est Norfolk qui aurait dû être arrêté…

— Messire Grey ? dit Joseph. Le secrétaire du comte ?

— Oui. Qu'est-il devenu ?

— On prétend qu'il a tourné casaque et témoigné contre le comte. Comme la moitié de ses gens. Et au Conseil, personne ne s'est levé pour le défendre. Pas même Cranmer. » Il serra les poings. « Les scélérats !

— Grey ! souffla Barak. La canaille ! Il n'a pas donné le message à Hanfold. C'est lui qui nous espionnait depuis le début et informait nos ennemis de nos faits et gestes ! »

Je m'appuyai contre le mur, atterré. « Ainsi, nous avons échoué. Au bout du compte, c'est Norfolk qui a gagné. »

Barak me lança un regard appuyé. « Et nous, nous voilà dans un joli bourbier. »

47

« **V**OUS ÊTES SÛR DE LA NOUVELLE ? demandai-je à Joseph.

— Oui. On ne parlait que de cela dans la rue quand j'ai quitté Newgate. » Il se mordit la lèvre. « C'est terrible.

— Quelles étaient les réactions ?

— La plupart des gens semblaient satisfaits, se disant contents d'être débarrassés du comte. Après tout ce qu'il a fait pour la vraie religion. Mais d'autres avaient peur et se demandaient ce qui allait se passer.

— A-t-on des nouvelles du duc de Norfolk ?

— Aucune. »

Je regardai Barak. « On ne lui a donc pas offert la place de Cromwell. Du moins pas encore.

— Crime contre l'État ! s'exclama Joseph, incrédule. Qu'est-ce que ça peut bien signifier, crime contre l'État ? Personne n'a servi le roi plus fidèlement...

— Ce n'est qu'un prétexte, dis-je avec amertume. Un prétexte pour l'écarter et l'enfermer à la Tour. S'il est mis hors la loi devant le Parlement, il n'y aura même pas besoin de le juger.

— À force de faire danser Cromwell sur la corde raide de son bon plaisir, le roi a fini par provoquer sa chute, déclara Barak, d'un ton grave que je ne lui connaissais pas. Cromwell redoutait cela depuis toujours. Mais il n'a rien vu venir. À la fin, ce misérable coquin de Grey a senti le vent tourner plus clairement que mon maître. » Pâle, visiblement sous le choc, il gardait néanmoins l'esprit clair. « Il faut nous hâter de partir d'ici. Tous les deux. Si les collaborateurs du comte sont arrêtés, cela fournira à Norfolk l'occasion idéale de nous faire disparaître avant que nous ne parlions.

— Que vous parliez ? Qu'avez-vous donc à dire ? demanda Joseph.

— Mieux vaut que vous l'ignoriez », répliquai-je. Je regardai le porche d'entrée, imaginant l'arrivée de cavaliers chargés de nous emmener à la Tour. Mais plus probablement, pour nous, ce serait un coup de couteau dans la nuit, donné par un scélérat comme Toky. Je me retournai vers Barak.

« Vous avez raison, Jack. Nous ne sommes plus en sûreté à Londres. Grey. Dire que c'est un ancien avocat !

— Passé maître en l'art de dissimuler. Comment se fait-il qu'il n'ait pas fait assassiner Kytchyn et dame Gristwood ? Il connaissait leur cachette.

— Oui, mais il était presque le seul. S'il leur était arrivé quelque chose, on aurait pu remonter jusqu'à lui.

— De plus, ils nous avaient dit tout ce qu'ils savaient. Oh ! j'espère qu'ils ne sont pas en danger à présent, à cause de cela, justement. » Barak secoua la tête. « Nous ne pouvons pas rester là pour le vérifier.

— Mais où irez-vous, l'un et l'autre ? demanda Joseph.

— J'ai des amis chez qui je serai en sécurité dans l'Essex », répliqua Barak. Il se tourna vers moi et ajouta : « Vous pourriez aller chez votre père. À Lichfield, c'est bien cela ? »

Je hochai la tête. « Oui, c'est plus sage. Finalement, je l'aurai, mon séjour à la campagne ! Joseph, ne restez pas là. Mieux vaut qu'on ne vous voie pas avec nous. »

Joseph surveillait l'entrée, où un messager du roi mettait pied à terre avant de traverser la cour à la course en direction de la Grande Salle. « On annonce officiellement la nouvelle au barreau, dis-je.

— Je pars, annonça Barak.

— Êtes-vous bien en état de monter à cheval ?

— Assurément. » Il fixa sur moi son regard brun et franc, tendit la main et serra la mienne. Je vis avec surprise qu'il avait les yeux humides. « Nous leur avons sacrément donné du fil à retordre, hein ? Nous avons fait ce que nous avons pu. » Je lui rendis son étreinte. « C'est vrai, Barak. Et je vous sais gré de tout. »

Il renifla, puis tourna les talons et traversa la cour d'un pas rapide en s'enfonçant son bonnet jusqu'aux yeux. Le messager avait disparu dans la chapelle. Je me sentis seul, sans défense, et m'assis.

« Êtes-vous vraiment en danger, messire Shardlake ? demanda Joseph.

— Cela se pourrait. Je vais partir sans attendre. Je rentre chez moi prendre quelques effets et mon cheval,

709

et je vais quitter la ville. Il me reste juste une visite à rendre avant cela. » Je lui serrai la main. « Partez à présent, Joseph, et emmenez Elizabeth et votre frère avec vous. »

Il me serra la main avec vigueur. « Merci, messire, pour tout ce que vous avez fait. Je ne l'oublierai jamais. »

Je me contentai de sourire. Les mots me manquaient.

« Si on demande après vous, je dirai que je ne sais pas où vous êtes, dit-il.

— C'est plus sage. Merci, Joseph. »

Une cloche se mit à tinter dans le matin brumeux, appelant les membres du Collège à venir entendre la nouvelle. Une foule d'avocats à la mine étonnée apparut. Tous convergèrent vers la chapelle. Bealknap courait de l'un à l'autre, annonçant l'événement, le visage rosi par le plaisir de le connaître avant tout le monde. Je me levai et restai un moment immobile, rassemblant ce qui me restait de forces, puis je partis vers mon cabinet.

Je laissai à Skelly de l'argent et des instructions pour distribuer mes affaires en cours ainsi que celles de Godfrey à des confrères en qui j'avais confiance. Je lui dis que je ne savais pas combien de temps je serais absent. Puis je me glissai dehors, pendant que tout le monde était rassemblé dans la chapelle, et regagnai rapidement la maison à pied. Joan était sortie faire une course et avait emmené Simon avec elle. La maison était silencieuse et vide dans le matin calme.

J'étais heureux de ne pas avoir à leur expliquer ce dernier bouleversement.

Je pris de l'argent dans la réserve de ma chambre et leur laissai le reste, avec un message. À l'écurie, la place de Sukey, la jument de Barak, était vide, mais je trouvai le paisible hongre, Genesis, tranquillement installé devant sa mangeoire. Je le flattai et lui murmurai : « Eh bien ! on dirait que nous allons rester ensemble bon gré mal gré. Lord Cromwell ne te reprendra pas. »

Soudain, je me sentis submergé par les souvenirs. Je songeai à ma première rencontre avec le comte à un dîner de réformateurs, plus de quinze ans auparavant. Je me souvins de son zèle à défendre la Réforme, de la puissance de son intelligence, de l'énergie qu'il déployait en toute chose. Ensuite étaient venues les années du pouvoir, durant lesquelles il avait soutenu mon travail ; puis celles où j'avais été déçu par son absence de scrupules et de pitié. Je me remémorai notre brouille, trois ans auparavant, et mon impuissance à le sauver à la fin. Peut-être qu'en fait, personne n'eût pu le sauver après l'échec cuisant du mariage avec Anne de Clèves mais, le front contre le flanc de mon cheval, je pleurai sur lui. Je pensai à ce grand homme enfermé dans la Tour où il avait envoyé tant de ses ennemis.

« Je regrette, dis-je à voix haute. Je regrette. »

Il fallait que je parte. Je devais reprendre mes esprits. Je m'essuyai le visage sur ma manche du mieux que je pus, puis sortis dans la Cité. Il me restait une chose à accomplir.

Comme l'avait dit Joseph, tout le monde discutait du sort de Cromwell. En observant les visages, l'expression que je vis le plus fréquemment était la peur. Malgré sa brutalité, Cromwell avait assuré la stabilité du pays en des temps incertains. Et Londres était une ville réformatrice. J'entendis quelqu'un dire : « Le roi va épouser Catherine Howard ! » et me retournai prestement, mais ce n'était qu'un apprenti qui parlait à tort et à travers sans rien savoir. Je vis un spectacle qui me semblait présager davantage de l'avenir, celui d'une foule silencieuse regardant un ecclésiastique, un réformateur assurément, à qui une escouade de gardes royaux faisait descendre sans ménagement les marches d'une église. Je me détournai rapidement. Je compris que, ayant jadis été moi-même ardent partisan de la Réforme, j'avais toujours cru que je me trouvais en lieu sûr à Londres, même après que mon enthousiasme se fut évaporé. Brusquement, je me sentis vulnérable. Je compris ce que Guy devait éprouver la plupart du temps, dans cette Cité.

Devant la Maison de verre, il y avait grand branle-bas. Un carrosse noir attelé de quatre chevaux attendait à la porte et les domestiques le remplissaient de malles et de coffres. Je descendis de cheval et demandai à l'un d'entre eux si lady Honor était chez elle.

« Qui dois-je annoncer... Hé là, vous ne pouvez pas entrer comme cela ! » Mais j'étais déjà dans la cour, après avoir attaché Genesis à la balustrade. J'évitai une suivante qui bataillait avec un chargement de robes de soie volumineuses, me précipitai au premier et entrai dans le salon.

Debout devant la cheminée, lady Honor vérifiait les articles d'une longue liste, tandis que deux domestiques sortaient une grosse malle de la pièce.

« Lady Honor », dis-je d'une voix douce.

Elle marqua un temps de surprise, puis rougit.

« Matthew, je ne m'attendais pas à…

— Vous quittez Londres ?

— Oui, je pars aujourd'hui pour la campagne. N'avez-vous pas appris…

— La chute de lord Cromwell ? Si.

— L'un de mes amis à la cour m'a fait savoir que le duc est mécontent du rôle que j'ai joué en aidant Cromwell lors de l'affaire du feu grégeois. Et en *vous* aidant », ajouta-t-elle avec une aigreur soudaine.

« Vous n'avez rien fait… »

Elle eut un rire amer. « Allons, Matthew, nous ne sommes pas si naïfs l'un et l'autre. Depuis quand faut-il avoir *fait* quelque chose pour être en danger ? Plusieurs de mes commensaux ont été arrêtés, et mes amis me disent qu'il serait souhaitable que je disparaisse quelque temps, que je retourne sur mes terres en attendant de voir plus clairement où va la nouvelle administration.

— Ainsi, c'est Norfolk qui tient les rênes.

— Le divorce d'avec Anne de Clèves et le mariage avec Catherine Howard devraient être annoncés dans les prochains jours.

— Seigneur !

— Je regrette de vous avoir laissé me mêler à cette affaire, dit-elle avec une colère soudaine. Maintenant, je vais devoir me morfondre dans le Lincolnshire, à jamais peut-être, pour autant que je sache. »

Mon visage dut laisser paraître mon saisissement, car le sien se radoucit. « Je vous demande pardon. J'ai horreur de la précipitation, et je dois songer à tant de choses à la fois. » Elle avisa mon poignet bandé. « Que vous est-il arrivé ?

— Rien. Moi aussi, je quitte Londres. Pour les Midlands. »

Elle me regarda avec attention, puis hocha la tête. « Ah ! Vous devez partir aussi. Cela se conçoit. Que s'est-il passé pour la petite Wentworth ?

— Elle est libre. » Je soupirai. « Et j'ai trouvé la réponse à l'énigme du feu grégeois, mais trop tard pour sauver Cromwell.

— Non, Matthew. Je refuse d'en savoir davantage…

— Bien sûr. Pardonnez-moi, Honor. »

Elle m'adressa son sourire ambigu. « N'ai-je donc plus droit à mon titre ?

— Bien sûr que si, mais… » Bien que je n'eusse pas préparé ce que je voulais lui dire, les mots se bousculèrent sur mes lèvres. « Nous partons tous deux pour les Midlands. Peut-être pourrions-nous faire route ensemble jusqu'à Northampton ? Et nous ne serons pas très loin l'un de l'autre. C'est l'été, les routes ne sont pas trop mauvaises. Peut-être pourrions-nous nous voir de temps à autre… »

Elle rougit. Elle était à trois pas et je voulus m'approcher. L'heure n'était plus à la timidité. Mais elle leva une main.

« Non, Matthew, chuchota-t-elle. Non. Je regrette. »

Je poussai un long soupir déçu. « Mon aspect… »

Elle s'approcha de moi et me prit le bras. Je scrutai son visage.

« Il m'est tout à fait agréable. Et l'a toujours été. Vos traits valent bien ceux de n'importe quel lord. J'ai essayé de vous le faire comprendre l'autre jour, lorsque nous avons marché sur le bord de la Tamise. Mais… » Elle s'interrompit et chercha soigneusement ses mots. « Vous souvenez-vous aussi que je vous ai dit que certains hommes, des hommes d'exception seulement, méritaient de s'élever au-dessus de leur rang ?

— Leur rang ! dis-je avec irritation. Qu'est-ce que le rang ? Si vous voulez de moi… »

Elle secoua la tête. « Le rang passe avant tout. Je suis une Vaughan. Autrefois, j'eusse été heureuse de mieux vous connaître, car vous êtes l'un de ceux qui sont dignes de s'élever, comme mon mari. Aujourd'hui, cependant, il en va tout autrement, à cause de vos choix passés et du changement des hommes qui nous gouvernent. Et je ne veux pas déroger pour partager votre condition, Matthew.

— Ainsi donc, vous ne m'aimiez pas », dis-je.

Elle eut un sourire triste. « L'amour n'est qu'un rêve d'enfant romanesque.

— Vous pensez cela ?

— Ma foi, oui. Je vous admirais, vous m'attiriez. Mais la place de ma famille est ce qui compte en premier lieu. Si vous étiez issu d'une noble lignée, vous le comprendriez. » Et avec un dernier regard affectueux, elle ajouta : « Mais ce n'est pas le cas. Adieu, Matthew. Soyez sur vos gardes. » Puis, dans un froufrou de jupes, elle disparut, me laissant seul dans la pièce.

Une heure plus tard, je sortis de la Cité par Cripple-gate. Une longue file attendait. Certains avaient la mine apeurée. Un groupe de gardes royaux posté là me fit craindre d'être arrêté, mais il n'en fut rien. Je me mis donc en route par ce morne après-midi, passai Shoreditch et les moulins à vent dont les ailes tournaient sans cesse à Finsbury Green, et je continuai jusqu'à Hampstead Heath. Là, je pris le temps de regarder la ville qui s'étendait à mes pieds. J'apercevais la masse de la Tour, où était emprisonné Cromwell, et le fleuve qui coulait à ses pieds. Londres paraissait étrangement paisible vue d'en haut. On eût dit un tableau plutôt qu'une ville menacée par la panique en cette heure où de très vieux comptes se réglaient entre gens de haute naissance comme entre gens de basse extraction. Je flattai l'encolure de Genesis. « Nous avons une longue route, mon bon cheval », dis-je. Puis je me retournai et partis à bonne allure vers le nord.

Épilogue

30 juillet 1540

JE DESCENDIS À PIED DE CHANCERY LANE À TEMPLE STEPS en regardant tout autour de moi avec attention, à l'affût d'éventuels changements survenus pendant mes deux mois d'absence. Au vrai, les gens vaquaient à leurs affaires comme à l'accoutumée, mais en moins grand nombre, car le bruit courait que la peste s'était déclarée dans les faubourgs est, et de nombreux avocats avaient quitté la Cité. Pour les citadins qui étaient restés, il y avait double spectacle aujourd'hui, à Tyburn et à Smithfield.

La lettre de Barak m'était parvenue quelques jours auparavant. Elle était courte et allait à l'essentiel.

Messire Shardlake,
J'ai encore quelques amis au service du roi et on m'a fait savoir que vous et moi pouvions rentrer à Londres. Le comte Cromwell doit être exécuté, mais aucun de ses partisans ne sera

châtié, sauf en cas de mauvaise conduite. Wyatt
et ses autres amis sont libres ; seuls les réforma-
teurs les plus obstinés restent en prison. Si vous
voulez rentrer à Londres et me rencontrer, je
serai heureux de vous en dire davantage.
J'espère que vous êtes maintenant remis de
l'agression que vous avez subie au cours de notre
entreprise.

J. B.

Ses paroles corroboraient d'autres nouvelles qui
étaient parvenues jusque dans les Midlands. La persé-
cution des réformateurs avait été moins sévère qu'on
ne l'avait redouté, bien que, en chaire, on eût lancé
de sévères mises en garde contre le luthéranisme, et
que trois prédicateurs protestants, au nombre desquels
se trouvait Barnes, l'ami de Cromwell, fussent
condamnés à être brûlés ce jour à Smithfield. Mais, par
ailleurs, trois papistes devaient être pendus, éviscérés
et écartelés à Tyburn à la même heure : une façon
pour le roi de faire savoir qu'aucun des deux partis
n'avait la haute main, et qu'en définitive il n'y aurait
pas d'allégeance à Rome. À la surprise générale,
l'archevêque Cranmer avait conservé sa place. Et si un
divorce rapide entre le roi et Anne de Clèves avait été
approuvé par l'Église, en attendant l'annonce des fiançailles entre Henry et Catherine Howard, ni Norfolk ni
aucun autre n'avait été nommé à la place de Cromwell,
dont les charges avaient été réparties entre plusieurs
courtisans. On disait que, pour la première fois depuis
près de trente ans, Henry entendait gouverner lui-
même, sans ministre principal. Pour le duc, la déception devait être cuisante.

J'étais rentré le matin même et avais eu le soulagement de trouver la maison calme, comme de coutume. Joan avait grandement déploré mon absence prolongée, et je compris qu'après les alarmes des semaines précédant mon départ, la pauvre femme n'avait guère été rassurée de devoir rester seule. Je lui promis solennellement que ma vie reprendrait désormais son cours tranquille.

La veille, dans l'auberge où je m'étais arrêté pour dîner et passer la nuit, à Berkhampstead, j'avais appris l'exécution de Cromwell. L'homme qui apportait la nouvelle de Londres dit que le bourreau avait mal rempli son office et avait dû s'y reprendre à plusieurs fois pour le décapiter. « Mais sa tête est tombée maintenant, c'est le principal », lança un client, ce qui fit rire les autres. Je me levai et montai discrètement dans ma chambre.

En arrivant au bord du fleuve, j'ôtai ma toque et m'épongeai le front. La canicule était revenue quelques jours après la chute de Cromwell et n'avait pas faibli depuis. Je scrutai les degrés menant à l'embarcadère. Barak m'attendait à l'endroit que je lui avais indiqué dans ma réponse. Ses cheveux avaient repoussé et, avec son meilleur pourpoint, il avait fière allure. Son épée était passée à sa ceinture, comme de coutume. Il se tenait un peu à l'écart des gens qui attendaient des bateaux et, penché sur le parapet, regardait d'un œil pensif l'activité du fleuve. Je lui tapai sur l'épaule et, quand il se retourna, son visage sérieux se fendit en un large sourire. Il tendit une main.

« Comment vous portez-vous ? demanda-t-il.

— Je suis tout à fait remis, Barak. J'ai été au calme. Vous avez bonne mine.

— Ah ! je suis revenu à la Vieille Barge, et content d'y être. L'Essex est trop tranquille pour moi. Toute cette campagne, ces vastes horizons, cela vous donne mal à la tête rien qu'à les regarder.

— Je vous entends fort bien. » Et de fait, mon séjour à la ferme m'avait guéri de tout désir d'un retour définitif aux champs. À force de me promener dans la campagne desséchée, d'écouter les sempiternelles plaintes sur le temps de mon père et de son intendant, je commençais à piaffer. Et, comme le disait Barak, ces horizons vides à perte de vue avaient quelque chose d'angoissant.

« Notre vieux maître est mort il y a deux jours, le saviez-vous ? demanda-t-il, la mine assombrie.

— Oui, répondis-je en baissant la voix. J'ai entendu dire que l'exécution avait été une boucherie.

— C'est vrai. J'y ai assisté. On a fait bouillir sa tête, qui est maintenant exposée au bout d'une pique sur le London Bridge, et tournée vers Southwark, de façon à ce qu'il ne puisse plus regarder le roi. Mais il est mort en brave, refusant de reconnaître la moindre faute.

— Comme on pouvait s'y attendre. Ces accusations étaient ridicules. Conspirer pour faire la guerre au roi ? S'il y a quelque chose que Cromwell a fait fidèlement toute sa vie, c'est de servir Henry Tudor.

— Ce n'est pas la première fois que des accusations de crime contre l'État sont forgées de toutes pièces lorsque le roi veut se débarrasser de quelqu'un. Quand on l'a arrêté à la table du Conseil, Cromwell s'est écrié : "Je ne suis pas un traître !", et il a jeté sa toque par terre. C'est alors que Norfolk lui a arraché son collier de l'ordre de la Jarretière.

— Et Norfolk ? Êtes-vous sûr que nous n'ayons rien à craindre de lui ?

— Oui. J'ai des amis dans les branches les plus secrètes du service du roi. On m'a fait savoir de la part de Norfolk lui-même qu'on ne nous toucherait pas. Il a trop peur qu'un seul mot ne transpire au sujet du feu grégeois. Or j'ai laissé entendre que si quoi que ce soit arrivait à l'un de nous deux, d'autres, informés par nos soins, risqueraient de parler.

Je le regardai, méfiant. « C'est bien risqué. Pour vous comme pour moi.

— C'est notre assurance. Faites-moi confiance, je sais comment naviguer dans ces eaux-là.

— Avez-vous des nouvelles de Kytchyn ? Ou de dame Gristwood et de son fils ?

— Ils sont sains et saufs. Ils se sont enfuis avec le gardien de leur refuge dès qu'ils ont appris la chute de Cromwell. Par contre, je ne sais pas où ils sont. »

Je hochai la tête. « Ainsi, je peux reprendre mon travail.

— Si c'est ce que vous souhaitez. »

J'allai m'accouder au parapet, car, après la longue chevauchée, mon dos me faisait souffrir. Barak et moi regardâmes le fleuve. J'évitai de tourner les yeux du côté de London Bridge.

« Il n'y a pas eu les représailles auxquelles je m'attendais, dis-je. Hormis le supplice de Robert Barnes qui doit avoir lieu aujourd'hui. Quant à Godfrey, je m'inquiète à son sujet, car je suis sans nouvelles de lui. » Je regardai Barak. « Et il y a trois catholiques qui vont mourir à Tyburn. »

Barak grogna. « Jamais le roi ne retournera sous le joug de Rome, quels que soient les désirs de Norfolk. Cela lui plaît beaucoup trop d'être chef de l'Église. Le vieux pendard », ajouta-t-il a mi-voix. Puis son regard prit une intensité soudaine. « Croyez-vous que nous aurions pu sauver le comte ? Si nous avions deviné que Grey était un traître ? »

Je poussai un profond soupir. « Cette question m'a tourmenté nuit et jour. Il s'était mis dans un tel bourbier avec le mariage de Clèves que sa chute était inévitable. À moins qu'il n'ait accepté de trahir la reine. Et la Réforme. Et il n'était pas homme à pareil reniement. » Je souris avec tristesse. « Du moins, c'est ce que je me plais à penser, pour me réconforter peut-être.

— Vous avez sûrement raison. Ses principes l'ont tué, en dernier ressort.

— Il a tué beaucoup de gens à cause de ces mêmes principes. »

Barak secoua la tête, mais ne répondit pas. Nous restâmes un moment accoudés en silence. Puis je vis un bateau qui s'apprêtait à accoster, transportant deux silhouettes familières. Je donnai un coup de coude à Barak. « J'ai donné rendez-vous ici à deux autres personnes qui voulaient vous voir.

— Qui ? » Intrigué, il suivit mon regard. Le bateau stoppa et Joseph Wentworth en descendit. Il tendit la main à une jeune femme en robe et mante sombres, afin de l'aider à descendre à son tour.

« Est-ce que c'est… ? »

Je hochai la tête. « Elizabeth, oui. »

Elle marchait d'un pas mal assuré, la tête baissée et il fallut que Joseph l'aide à monter les marches. J'allai les attendre en haut de l'escalier et Barak me suivit. Joseph me serra la main avec chaleur et salua mon compagnon.

« Messire Barak, je suis heureux de vous voir ici. Ma nièce souhaite vous remercier tous les deux. »

Barak se dandina d'un pied sur l'autre. « Je n'ai rien fait, moi. »

Elizabeth releva la tête. Ses cheveux à elle aussi avaient poussé, et quelques mèches bouclées s'échappaient de son capuchon. Pour la seconde fois, je voyais ses traits intacts. Elle avait un joli visage fin à l'ossature délicate, qui n'était plus figé, renfermé, ni animé de cette colère féroce que j'avais lue dans ses yeux. Elle avait un regard pur et direct, bien qu'on y décelât une infinie tristesse.

« Oh si ! messire. » Sa voix tremblait et elle se cramponnait à la main de son oncle ; toutefois, elle parlait avec netteté. « Vous êtes descendu dans ce puits effrayant, vous avez failli mourir, empoisonné par ma grand-mère. Le jour où vous m'avez parlé dans la prison, vous m'avez fait comprendre que souffrir en silence ne servait personne, ni moi, ni mon pauvre oncle. Vous m'avez fait entrevoir des choses que j'avais ignorées auparavant. »

Barak fit un profond salut. « Si j'ai pu contribuer à vous sauver, je considère cela comme un grand honneur.

— Je vous dois tant, à oncle Joseph et à vous deux. Jamais votre aide ne s'est démentie, même quand je me comportais cruellement avec vous. » Ses lèvres se remirent à trembler, et elle baissa de nouveau la tête, tenant toujours la main de son oncle.

« La souffrance ne grandit personne, dis-je. Les gens qui souffrent se retournent et mordent, ce qui est peut-être normal. Ne vous laissez pas envahir par le remords, Elizabeth, car ce n'est qu'une autre forme de martyre. » Elle me regarda et j'ajoutai : « Cela ne fait aucun bien.

— Non, messire », répondit-elle. Joseph lui tapota la main.

« Elizabeth n'est pas encore remise, expliqua-t-il. La paix de la campagne lui est un baume. Venir à Londres reste une épreuve pour elle. Mais, si elle a insisté pour m'accompagner aujourd'hui, c'était parce qu'elle tenait à vous remercier.

— Nous lui en savons gré. » J'hésitai avant de demander : « Comment se porte votre frère ?

— Il est fort affligé depuis que Sabine a été jugée coupable d'homicide involontaire. Elle est en prison avec Avice. Mais il paie pour qu'elles soient convenablement logées. Il essaye de vendre sa maison pour obtenir une grâce royale. Je viens ici chaque semaine. Il a besoin de moi. » Il hésita. « Ma mère est morte, le saviez-vous ?

— Non, je l'ignorais.

— À Newgate, une semaine après son arrestation.

— Des suites de sa chute ?

— Non. On eût dit qu'elle ne voulait pas survivre à la honte de la famille. » Il sourit à Elizabeth. « Je crois que nous devrions rentrer, à présent. Mais... encore merci. »

Nous échangeâmes une poignée de main. Celle d'Elizabeth était légère comme une plume. Puis Joseph lui prit le bras pour lui faire remonter Temple

Walk. En les regardant s'éloigner, je vis qu'elle était d'une minceur extrême.

« Croyez-vous qu'elle se remettra ? demanda Barak.

— Je ne sais pas. Maintenant, en tout cas, elle a une chance de le faire.

— Avez-vous revu lady Honor ? me demanda-t-il sans déguiser sa curiosité. J'ai entendu dire qu'elle avait quitté Londres. »

Je ris. « Vous avez de bonnes oreilles. Non, je ne reverrai pas lady Honor.

— Dommage.

— C'est une affaire de rang, dis-je. Pour elle, cela compte plus que tout. Comme pour dame Wentworth. » Je fronçai les sourcils. « Allons, je laisse parler mon dépit. Mais tous ces banquets officiels, toutes ces réceptions m'auraient ennuyé. Je suis plus heureux dans l'exercice de mon métier d'avocat. » Avec un soupir, j'ajoutai : « Je vais retourner à Lincoln's Inn reprendre mes affaires et me plonger à nouveau dans mes livres. Et traîner Bealknap devant la cour de la chancellerie. » Je me levai.

« Méfiez-vous de Richard Rich. Vous vous en êtes fait un ennemi.

— Bah ! je m'en accommoderai. En vérité, j'aime assez cet aspect de mon métier, qui permet d'utiliser la loi pour redresser les torts. Lorsque c'est possible.

— Comment va John Skelly ?

— Je l'ai vu ce matin. Il est fort satisfait de ses lunettes. Bien qu'il reste malgré tout assez lent. » Je laissai mon regard errer sur le fleuve et dis à voix basse : « Il est si facile de transformer les autres en boucs émissaires. C'est un des travers communs de notre humanité. J'ai fait de Skelly un bouc émissaire.

Elizabeth est devenue pour sa famille un bouc émissaire. Pire, même. Les réformateurs ont persécuté les papistes, et maintenant ils sont persécutés à leur tour. Cela cessera-t-il un jour ? » Je regardai vers le nord, vers Smithfield, où se dressaient les bûchers. De Chancery Lane, on en verrait la fumée : il faut beaucoup de bois pour réduire un homme vivant en cendres. Comme ils allaient souffrir.

« C'est aux hommes à ne pas se laisser transformer en victimes, dit Barak.

— Ils ne peuvent pas toujours l'éviter quand ils sont trop en butte à l'adversité. Ou trop souvent.

— Vous avez peut-être raison. »

Je le regardai. Depuis plusieurs jours, j'avais en tête une idée que je tournais et retournais, sans être certain qu'elle fût bonne.

« Je dois maintenant me charger des affaires de Godfrey, en plus des miennes. J'ai une grosse quantité de travail en retard, sans compter les procès à venir. Les Londoniens deviennent de jour en jour plus procéduriers. J'ai besoin de plus d'aide que ne peut m'en fournir Skelly. Il me faudrait un assistant, avec qui je pourrais échanger des idées et qui se chargerait d'une partie des enquêtes. Êtes-vous occupé en ce moment ? »

Il me regarda d'un air surpris, dont je ne fus pas dupe. Depuis le début, je me doutais bien qu'il n'avait pas provoqué cette rencontre sans arrière-pensée.

« Je n'aurai plus de travail à Whitehall. Ma réputation d'homme de Cromwell me colle à la peau.

— Pensez-vous pouvoir m'assister ? Savez-vous assez de latin pour cela ?

— Je le pense.

— Êtes-vous certain de vouloir rester à Londres ? Le bruit court que la peste s'est déclarée à Islington. »

Avec un haussement d'épaules méprisant, il lâcha : « Il y a toujours la peste quelque part.

— Le travail sera parfois ennuyeux. Il faudra que vous vous accoutumiez à la langue juridique, que vous la compreniez au lieu d'en faire des gorges chaudes. Vous devrez aussi arrondir certains angles, apprendre à vous adresser aux avocats et aux juges avec plus de respect. Et aussi cesser de traiter de pendards et de gueux tous ceux qui n'ont pas l'heur de vous plaire.

— Même Bealknap ?

— Je tolérerai une exception dans son cas. Et il faudra m'appeler "monsieur". »

Barak se mordit les lèvres et plissa le nez, comme s'il était en proie à l'hésitation la plus douloureuse. Il jouait la comédie, bien entendu. Je le connaissais trop bien pour m'y laisser prendre, et dus me retenir de rire.

« Je serai heureux de vous servir, monsieur », dit-il enfin. Puis il fit un geste rare pour lui : il s'inclina.

« Fort bien, dis-je. Alors, en route pour Chancery Lane. Voyons si nous pouvons mettre de l'ordre dans ce monde mauvais. Ne serait-ce qu'un peu. »

Nous traversâmes les jardins du Temple. Devant nous se trouvait Chancery Lane. Au-delà, Smithfield, où l'on avait sans doute allumé les bûchers. Derrière nous, le fleuve roulait ses eaux vers London Bridge, où la tête de Cromwell était fixée sur sa pique. Entre Smithfield et la Tamise, la ville se déployait, turbulente, toujours en attente de justice et de pardon.

NOTE HISTORIQUE

Lorsque arriva l'été 1540, le plus chaud du siècle, la position de Thomas Cromwell, ministre principal de Henry VIII, était menacée. Le roi avait rejeté l'autorité de Rome pour se déclarer chef de l'Église huit ans auparavant, et avait au début accueilli avec faveur les mesures réformatrices. La Dissolution des monastères, à l'initiative de Cromwell, avait apporté d'immenses richesses à Henry, qui avait laissé à Cromwell et à l'archevêque Cranmer toute latitude pour en finir avec les cérémonies en latin et imprimer la Bible en anglais pour la première fois.

Mais à la fin des années 1530, le vent avait tourné. Le conservatisme religieux foncier de Henry se renforçait et il redoutait que le renversement de l'ancienne hiérarchie religieuse n'aboutisse à une remise en cause de la structure sociale séculière, comme cela s'était produit dans certaines régions d'Allemagne. Les édits religieux de 1539 amorcèrent une régression doctrinale.

De surcroît, l'Angleterre se trouvait à présent isolée en Europe. Le pape poussait les puissances catholiques — France et Espagne — à s'unir pour reconquérir l'île hérétique et la ramener dans le sein de l'Église catholique. On redoutait sérieusement l'invasion et l'on dépensa des sommes considérables pour entraîner de jeunes recrues, fortifier la côte sud et développer la flotte.

Cromwell s'efforça à la fois de renforcer la Réforme dans le pays et la position militaire de l'Angleterre à l'étranger en mariant le roi (veuf depuis la mort en couches de sa troisième femme, Jane Seymour, en 1537) à une princesse de l'un des États associés à la Ligue protestante allemande. Hélas, son choix d'Anne de Clèves fut un désastre. Le roi la prit en grippe au premier regard et se déclara incapable d'avoir des relations charnelles avec elle. Quoiqu'il eût donné son accord à ce mariage, Henry VIII, qui cherchait toujours quelqu'un d'autre que lui-même à blâmer pour ses difficultés, s'en prit à Cromwell. Comble de malchance pour celui-ci, l'alliance franco-espagnole naissante se brisa, les deux pays retournèrent à leurs hostilités traditionnelles, et le risque d'invasion s'éloigna.

Entre-temps, le roi, âgé de près de cinquante ans, s'était épris de Catherine Howard, la jeune nièce du duc de Norfolk. Lequel se trouvait à la tête des conservateurs religieux à la cour et était depuis longtemps le plus dangereux ennemi de Cromwell. Lorsque le roi voulut divorcer d'Anne de Clèves, qu'il venait d'épouser, et prendre Catherine pour cinquième épouse, Cromwell se trouva pris au piège. Il avait autrefois aidé le roi à se débarrasser de Catherine d'Aragon et d'Anne Boleyn, mais une reine Howard signifiait inévitablement un défi à sa politique ainsi qu'à la Réforme. On peut conjecturer avec Shardlake que, si Cromwell avait aidé le roi à divorcer, il aurait réussi de justesse à se sauver — il s'était tiré à plusieurs reprises de situations critiques —, mais il s'efforça de sauvegarder le mariage avec Anne de Clèves, ce qui finit sans doute de lui aliéner le roi.

Il n'en reste pas moins que l'arrestation de Cromwell en pleine séance du Conseil privé le 10 juin 1540, au motif — visiblement fabriqué — de crime contre l'État, a surpris les contemporains autant qu'elle a intrigué les historiens. Mon histoire de la conspiration du feu grégeois comme dernier aléa ayant précipité la chute de Cromwell est bien entendu totalement imaginaire, mais elle comble un vide. Tout le monde, y compris sir Richard Rich, tourna casaque. Grey, le secrétaire, est un personnage fictif, mais il a dû avoir de nombreux homologues dans la réalité.

Thomas Cromwell fut exécuté le 28 juillet 1540, comme on le raconte dans le livre. Henry divorça d'avec Anne de Clèves, qui ne fut pas fâchée d'échapper à ce terrible époux, et il épousa en secret Catherine Howard le lendemain de l'exécution de Cromwell. Le mariage devait se terminer un an plus tard par une autre tragédie macabre.

Cependant, le retour à Rome n'eut pas lieu. Pendant le reste de son règne, Henry gouverna sans ministre principal, et joua une faction contre l'autre. Un an après la mort de Cromwell, il se plaignait d'avoir été pris au piège et poussé à sacrifier « le plus fidèle conseiller que j'aie jamais eu ». Le duc de Norfolk encourut à son tour le déplaisir du roi et finit à la Tour.

On pense que le feu grégeois était un mélange de pétrole et de certaines résines de bois. Le lance-flammes primitif avait été inventé, comme on le raconte dans le livre, au VIIe siècle à Constantinople, et avait été utilisé avec grand succès par les Byzantins contre les flottes arabes. Le secret de sa composition fut transmis d'un empereur byzantin à l'autre et finit par se perdre, bien que le souvenir de cette arme étonnante subsiste parmi les chercheurs.

Bien entendu, même si la méthode de construction et de propulsion avait été redécouverte dans l'Europe de la Renaissance, il est peu probable que l'arme ait pu être utilisée, car le pétrole y était une substance inconnue et tous ses gisements potentiels, de la mer Noire au Moyen-Orient et à l'Afrique du Nord, étaient sous le contrôle d'un Empire ottoman en pleine expansion, que l'Europe, affaiblie par les luttes religieuses, puis politiques, affronta en des guerres meurtrières tout au long du XVIe siècle. L'Europe occidentale finit néanmoins par se relever et retrouva une position de premier plan ; avec l'État auquel elle donna naissance outre-Atlantique, elle créa des armes en comparaison desquelles le feu grégeois n'est qu'un jouet.

Remerciements

Mes recherches pour *Les Larmes du diable* m'ont conduit vers les sources les plus variées. Alors que j'avais juste commencé à écrire ce livre, la chance a voulu que Channel 4 diffuse un documentaire, *Machines Time Forgot, Fireship* [1] (2003), où le Pr John Haldon, de l'université de Birmingham, reconstituait de façon convaincante le feu grégeois et l'appareil qui l'enflammait. J'ai repris les résultats de son travail dans *Les Larmes du diable* et je lui suis reconnaissant, ainsi qu'à l'émission.

J'ai également puisé mes informations dans un certain nombre d'ouvrages sur Londres à l'époque Tudor, notamment *Elizabeth's London*, de Liza Picard (Weidenfeld & Nicolson, 2003), ainsi que *The Elizabethan Underworld*, de Gamini Salgado (Sovereign, 1977). Le livre de John Schofield, *Medieval London*

1. *Les machines que le temps a fait tomber dans l'oubli : le vaisseau boutefeu.*

Houses (Yale University Press, 1995), et le relevé de John Stow, *Survey of London* (publié en 1598, réimprimé en 1999 par Guernsey Press Co.) m'ont transporté dans les rues et les maisons de la Cité à l'époque Tudor. *The A-Z of Elizabethan London* (Harry Margary, 1979) m'a permis de suivre mes personnages dans leurs déplacements.

L'ouvrage monumental de sir John H. Baker, *Introduction to English Legal History* (Butterworth, 1971), m'a fourni une aide précieuse pour l'arrière-plan juridique. Le livre d'Adrienne Mayor, *Greek Fire, Poison Arrows and Scorpion Bombs — Biological and Chemical Warfare in the Ancient World* (Overlook Press, 2003), m'a été très utile pour l'histoire du feu grégeois. Quant à l'ouvrage d'Allan G. Debus, *Man and Nature in the Renaissance* (Cambridge University Press, 1978), il a ouvert pour moi les portes de l'alchimie médiévale. Le livre magnifiquement illustré de Rena Gardiner, *The Story of St Bartholomew the Great* (Workshop Press, 1990), s'est révélé très riche en informations sur le prieuré de St Bartholomew, l'un des exemples les plus intéressants de bâtiments monastiques ayant survécu à la Dissolution en Angleterre. C'est moi qui ai imaginé la tradition d'enterrer les morts avec des objets associés à leur vie terrestre.

Je suis reconnaissant à James Dewar, du bureau du trésorier de Lincoln's Inn, qui m'a fait visiter la Grande Salle, à Mrs Bernstein, du Musée juif de Londres, qui m'a indiqué des sources sur les quartiers et les noms juifs en Angleterre, ainsi qu'à Victor Tunkel, de la Selden Society for the Study of Legal History, pour son aide sur les sources concernant les études de droit de la période. Inutile de préciser que les erreurs m'incombent.

Alors que j'en étais aux premiers stades des recherches pour ce livre, j'ai eu un grave accident de voiture. Je remercie de tout cœur tous ceux, nombreux, sans l'aide et les encouragements desquels je doute que le livre eût été fini dans les délais prévus. Ma reconnaissance va en premier lieu à Mike Holmes et Tony Macaulay pour les avis donnés au béotien que je suis en matière scientifique sur la façon dont la machination contre Cromwell a pu être menée. Sans leur aide, j'aurais été très embarrassé. Je remercie tout particulièrement Mike de m'avoir guidé vers la conclusion que rien à l'époque n'aurait pu être un substitut possible au pétrole, et Tony pour m'avoir donné l'idée de la vodka.

Merci encore à Mike et Tony, ainsi qu'à Roz Brody, Jan King et William Shaw, pour avoir lu le premier jet du livre et m'avoir fait des commentaires utiles. Merci aussi à mon agent, Anthony Topping, pour ses commentaires et son aide, à mes responsables d'édition, Maria Rejt et Kathryn Court, à Liz Cowen, pour ses relectures minutieuses et enfin je tiens à exprimer ici ma gratitude à Frankie Lawrence qui a tapé le manuscrit et fait de fréquents voyages à Londres pour me chercher des livres pendant tout le temps où j'ai été immobilisé.

Imprimé en mai 2007 en Espagne par LIBERDÚPLEX
St. Llorenç d'Hortons (Barcelone)
Dépôt légal : octobre 2006
Suite du premier tirage : juin 2007

POCKET 12, avenue d'Italie - 75627 PARIS Cedex 13